HEYNE <

Das Buch

Die Welt ist grenzenlos geworden – zumindest die Welt des Internets. Denn das virtuelle Deeptown eröffnet den Bewohnern Sankt Petersburgs ungeahnte Möglichkeiten: Es gibt keine Wünsche, Träume oder Sehnsüchte, die den Besuchern Deeptowns verwehrt werden. Dass das Netz auch ungeahnte Gefahren birgt, bekommt der junge Computerexperte Leonid zu spüren, als er erfährt, dass sein Freund Romka ermordet wurde – und zwar nicht nur in Deeptown, sondern auch im realen Leben. Mit einer Waffe, die in der Lage ist, die Grenzen zwischen virtuellem Raum und der Realität zu überschreiten. Fest entschlossen, die Umstände von Romkas Tod aufzuklären und seinen Freund zu rächen, taucht Leonid in die Tiefe ein. Dort findet er heraus, dass Romka geheime Daten gestohlen und sie in der Tiefe – genauer gesagt im letzten Level des Spiels »Labyrinth des Todes« – versteckt hatte. Daten, die so brisant sind, dass Romka dafür sterben musste. Für Leonid beginnt in den Tiefen Deeptowns ein Abenteuer, an dessen Ende er eine Entdeckung macht, die so ungeheuerlich ist, dass sie die Menschheit für immer verändern wird. Zum Guten oder zum Schlechten ...

Der Autor

Sergej Lukianenko, 1968 in Kasachstan geboren, studierte in Alma-Ata Medizin, war als Psychiater tätig und lebt nun als freier Schriftsteller in Moskau. Er ist der populärste Fantasy- und Science-Fiction-Autor der Gegenwart, seine Romane und Erzählungen wurden mehrfach preisgekrönt. Die Verfilmung von *Wächter der Nacht* war der erfolgreichste russische Film aller Zeiten.
Von Sergej Lukianenko sind im Wilhelm Heyne Verlag erschienen: *Wächter der Nacht, Wächter des Tages, Wächter des Zwielichts, Wächter der Ewigkeit, Der Herr der Finsternis, Weltengänger, Weltenträumer, Sternenspiel, Sternenschatten, Spektrum, Drachenpfade, Das Schlangenschwert, Die Ritter der vierzig Inseln, Labyrinth der Spiegel*.

Sergej Lukianenko

DER FALSCHE SPIEGEL

Roman

Aus dem Russischen von
Christiane Pöhlmann

Deutsche Erstausgabe

WILHELM HEYNE VERLAG
MÜNCHEN

Titel der russischen Originalausgabe
Фальшивые зеркала

Verlagsgruppe Random House FSC-DEU-0100
Das für dieses Buch verwendete
FSC®-zertifizierte Papier *Super Snowbright*
liefert Hellefoss AS, Hokksund, Norwegen.

Deutsche Erstausgabe 12/2011
Redaktion: Hana Hadas
Copyright © 2009 by Sergej Lukianenko
Copyright © 2011 der deutschsprachigen Ausgabe
by Wilhelm Heyne Verlag, München,
in der Verlagsgruppe Random House GmbH
Printed in Germany 2011
Umschlaggestaltung: Animagic, Bielefeld
Satz: C. Schaber Datentechnik, Wels
Druck und Bindung: GGP Media GmbH, Pößneck

ISBN 978-3-453-53372-1

www.heyne-magische-bestseller.de

Verzerrte Spiegelbilder brechen sich
Mit einem blutrünstigen Lächeln,
Mit Tränen, die nicht schmerzen,
Den Weg hinaus ins Freie.

Die Spiegel beobachten uns,
Ja, sie belauschen uns,
Übernehmen unsere Träume und Gedanken
Und werfen entstellt unsere Seelen zurück.

Wünsche versinken im Spiegel,
Jede Bewegung verliert den Schwung.
Wir, von Spiegelbildern gefangen,
Wir sind dem Tode geweiht.

Rain

ERSTER TEIL

Deeptown

01

Es ist lange her, dass ich zu spät zur Arbeit gekommen bin. Ich stecke im Stau, der sich durchs halbe Viertel zieht. Neben mir steht ein gewaltiger, kastiger Wagen, ich glaube, der neueste Lincoln. Die Scheiben sind runtergelassen, und der Fahrer schielt so mürrisch zu mir rüber, als habe mein Motorrad das Verkehrschaos verschuldet.

»Hast du Feuer?«, fragt er nach einer Weile. Wahrscheinlich langweilt er sich einfach. Mir kann er jedenfalls nicht weismachen, dass es in dieser kirschroten Luxuskarosse keinen Zigarettenanzünder gibt. Garantiert kannst du in dem Schlitten sogar einen Gasherd samt Grill anschließen.

Schweigend halte ich ihm das Feuerzeug hin. Eine Hand mit einem Ring an jedem Finger langt danach. Der Typ zündet sich eine dünne teure Zigarette mit einem überdimensionalen Filter an. Was wohl Väterchen Freud zu dieser Vorliebe für große Autos und lange Zigaretten sagen würde? Aber lassen wir den Herrn lieber aus dem Spiel, der wäre bei uns genauso verrückt geworden wie wir alle, noch dazu in Rekordzeit.

»Was ist denn da vorn los?«, erkundigt sich der Fahrer.

Der Schlitten liegt viel zu tief, als dass der Typ das Chaos überblicken könnte.

»Da kommt ein Konvoi«, antworte ich. »Von LKWs.«

Jeder andere hätte daraufhin losgepoltert, wie man bloß Laster durchs Zentrum leiten könne! Noch dazu durchs russische Viertel und ausgerechnet zur morgendlichen Rushhour nach Moskauer Zeit!

»So was kann vorkommen!«, meint der Kerl jedoch nur. »Muss ja schließlich auch mal sein.«

Also will der Typ mit seinem Lincoln nicht bloß angeben. Er kann es sich wirklich leisten, die Ruhe zu bewahren, er braucht sich nicht aufzuregen, wenn er fünf oder zehn Minuten im Stau steht.

Ich mich aber schon. Und wie.

Komme ich fünf Minuten zu spät, fällt das vielleicht nicht auf. Aber zehn Minuten – das bedeutet unweigerlich einen Eintrag in der Personalakte. Und bei einer Viertelstunde ziehen sie mir die Hälfte meines Tageslohns ab.

Im Moment liege ich bei einer Verspätung von vier Minuten.

In der Spur geht nichts mehr. Nun ist ein Standardmotorrad keine nach Sonderwünschen angefertigte Limousine, und ich bin mit meiner matt stahlfarbenen Jacke, den grauen Jeans, dem Helm mit dem verspiegelten Visier keine knallige oder auffällige Erscheinung. Ebenso wenig wie ein Modell für Haute Couture, aber ...

Aber auch eine unscheinbare Erscheinung hat ihre Vorteile.

Ich gebe Gas, der Motor heult auf. Der Besitzer des Lincoln beobachtet mich mit unverhohlener Neugier.

»Willst du dich da etwa ...?«, fragt er.

Den Schluss des Satzes kriege ich schon nicht mehr mit.

Eine Spur verbrannten Gummis auf dem Asphalt hinterlassend, schieße ich zwischen den Autos hindurch.

»Richtig so!«, feuert mich jemand an.

Die Dummheiten anderer zu beobachten ist ein Gratisvergnügen im Dauerangebot.

Die Laster kriechen förmlich über die Kreuzung und blockieren den ganzen Verkehr. Obwohl es stinknormale Kamas sind, prangt auf allen Planen: 2T. Alles klar. Da hat eine große Firma einen Eilauftrag bekommen – und statt einen Verlust wegen verspäteter Lieferung einzustecken, zahlen sie lieber für verkehrswidriges Fahrverhalten: Die LKWs krauchen in einem Abstand von nur anderthalb Meter akkurat einer hinter dem anderen her.

Mal sehen, ob ich zwischen ihnen durchflutschen kann.

Die Mittagssonne spiegelt sich in den Scheiben der Laster, ich mache die Gesichter der Fahrer aus, registriere die schwarzen Auspuffe der Dieselmotoren. Die Chance, mich zwischen zwei Kamas hindurchzuschlängeln, ist minimal.

Tiefe, Tiefe, verpiss dich ...

Der Austritt aus dem virtuellen Raum in die normale Welt ist immer komisch. Diesmal waren die Unterschiede jedoch minimal, denn der Motorradhelm wich lediglich einem VR-Helm. Und hatte ich eben noch im Sattel gesessen, so hockte ich jetzt mit angezogenen Beinen auf einem Stuhl.

Allerdings wirkte die Stadt nun nicht länger real. Alles erschien mit einem Mal sehr grob, die Details verschwanden völlig, über den Himmel mit seinem Einheitsblau zogen Schäfchenwolken (die sich einmal pro Tag zu dem Slogan formten: Vergesst nie, wer diesen Himmel erdacht hat und wer ihn euch bezahlt!), die Autos büßten ihre Kratzer, Dreckflecken und Aufkleber ein – eben all das, was meine Fantasie sich für sie ausgedacht hatte.

Aber der Konvoi aus 2T-LKWs war noch da.

Und jetzt würde ich da durchkommen!

Aus den Kopfhörern schallten Stimmen, jemand winkte aus einem Auto heraus und versuchte, mich von meinem Plan abzubringen. Ich fuhrwerkte mit dem Joystick, manövrierte das

Motorrad durch die Laster. Einmal knallte es kurz, wahrscheinlich als mein Hinterrad eine Stoßstange mitnahm. Halb so wild.

Okay, in der *Tiefe* würde ich dabei eventuell ins Schlingern geraten und stürzen. Aber so reichte eine Bewegung mit dem Joystick, um die Kontrolle über das Motorrad zurückzugewinnen.

Ich hielt hinter der Kreuzung an und sah zurück. Meine Finger glitten von selbst über die Tastatur.

Deep.

Enter.

Eine Sekunde nahm ich vor meinen Augen noch die Displays wahr, spürte ich noch das Polster des Helms. Dann spülte die über die Displays tosende regenbogenfarbene Welle die Realität weg.

Das Deep-Programm startet sich schnell.

Ich stehe an der Kreuzung Gibson-Prospekt Ecke ul. Tschertkow im russischen Viertel Deeptowns. Zwischen den einzelnen Lastern hindurch, die über die Tschertkow Richtung Club *White Bear BBC* rumpeln, erhasche ich einen Blick auf meine ehemaligen Leidensgenossen, die immer noch im Stau stehen. Viele von ihnen pfeifen, klatschen und bringen auf andere Weise ihre Begeisterung zum Ausdruck.

Auch meine Laune könnte nicht besser sein.

Wie ja auch nicht anders zu erwarten – wenn du gerade einen Nagel mit deinem geliebten Mikroskop eingeschlagen hast.

Ich steige aufs Gaspedal und schieße den Prospekt hinunter. Noch besteht die Chance, nicht allzu spät zu kommen.

Und wer ist eigentlich dieser Gibson?

Meinen Arbeitsplatz erreiche ich mit einer Verspätung von sieben Minuten. Das ist schlecht, bedeutet aber nicht das Aus.

»Leonid, Leonid«, spricht mich der Security-Typ am Eingang in tadelndem Ton an. Ich breite die Arme aus und gebe mir alle Mühe, in dem verspiegelten Visier das ganze Spektrum meiner

Gefühle auszudrücken: Reue, Schuld, Scham, Verlegenheit ... »Leg lieber einen Zahn zu!«

Ich stürme den langen Gang hinunter. Unter der Decke baumeln die matten Kugeln der Lampen, die mich in ihrer Trostlosigkeit immer an die Korridore aus meiner fernen Schulzeit erinnern. An den Wänden ziehen sich die Spinde entlang. Über fast jedem leuchtet ein rotes Lämpchen, nur über zweien oder dreien ein grünes. Einer davon ist meiner.

»Hallo«, begrüßt mich Ilja.

Er ist ebenfalls zu spät dran und hantiert gerade am Nachbarspind, um das Schloss aufzuschließen.

»Du arbeitest heute in der Frühschicht?«, erkundige ich mich, während ich rasch das für Blödmänner wie mich schwer zu merkende Passwort »gfhjkm« eingebe.

»Ich bin nur auf einen Sprung hier. Gestern Abend bin ich auf einer Sache sitzen geblieben.« Ilja sieht mit finsterer Miene in seinen Spind. Er ist um die dreißig, einigermaßen muskelbepackt und fit, sein Haar kurz geschnitten, das Gesicht individuell. Das ist bestimmt nicht sein Werk, sondern die Arbeit eines guten Image-Designers. »Vielleicht kann ich den Brief ja heute abliefern.«

Endlich hat er den Spind aufgeschlossen und zieht einen in sich zusammengefallenen Körper hervor, der klein und mager ist und einem zwölfjährigen Jungen gehören mag.

»Nur zu, der beißt schon nicht!«, ermuntere ich ihn.

Es durchzuckt den Jungen, als habe er einen galvanischen Schlag bekommen. Als er sich nun zu mir umdreht, hält er den Mann, der ihn eben aus dem Schrank gezogen hat, in der Hand. Der ist jetzt nur noch eine Aufblaspuppe mit ausdruckslosen Augen, die kaum etwas wiegt.

»Halt die Klappe!«, fährt mich der Junge mit dünner Stimme an. »Deine blöden Witze kannst du dir echt sparen!«

»Welche Laus ist dir denn über die Leber gelaufen?«, entgegne ich, den Blick fest auf meinen Spind gerichtet.

»Geht dich gar nichts an!« Der Junge stopft den kräftigen Herrn mit ein paar Boxschlägen in den Spind. Der Körper krümmt sich, als sei er aus Wachs. Der Fuß samt Lackschuh steht in einem unglücklichem Winkel ab, die Krawatte hat sich aus dem Jackett hervorgekämpft. »Ich hab die Schnauze gestrichen voll!«

»Wollen wir tauschen?«, schlage ich vor. »Du übernimmst die Lasten, ich die Telegramme?«

Mein Körper für diesen Job wiegt ebenfalls nichts. Der Typ ist zwanzig Jahre alt und ein echtes Muskelpaket in Overall. Sein Gesicht ist naiv bis dämlich.

Solche Burschen haben vor zwanzig Jahren auf allen Plakaten den Kommunismus aufgebaut – sodass du nie im Leben auf die Idee kämst, dass der Avatar in den USA gezeichnet worden ist.

Natürlich habe ich diesen Körper weder designt noch nach eigenen Wünschen anfertigen lassen, sondern mich mit dem Standardmodell von Windows Home zufrieden gegeben. Ich sehe ihm in die leeren Augen, schmiege meine Stirn gegen seine …

Als ich den Biker in den Spind quetsche, gehe ich nicht weniger brutal vor als Ilja eben.

»Wieso sehen deine Körper eigentlich alle gleich aus?« Der Junge hackt auf die Knöpfe ein, um seinen Spind zu verschließen.

Auch sein neuer Körper ist kein Serienprodukt und ebenfalls von hervorragender Qualität. Ein sympathischer rotblonder Junge mit pfiffigen Augen und einem mehr oder weniger unverwüstlichen Dauergrinsen.

»Kostet schließlich einiges, sich eine individuelle Figur zu designen«, knurre ich.

»So'n Stuss!« Ilja macht eine wegwerfende Handbewegung. »Das kostet nix, du setzt dich einfach hin und zeichnest los, hab ich auch gemacht.«

»Nur hab ich kein Händchen dafür.«

Jetzt verschließe auch ich meinen Spind. Warum, ist mir schleierhaft, der Avatar ist schließlich echt nichts wert, sondern eben nur das Modell »freundlicher Arbeiter« der Standardausstattung.

Was natürlich die Frage aufwirft, ob es irgendwo in Deeptown Bedarf an unfreundlichen Arbeitskräften gibt ...

»Soll ich dir einen zeichnen?«, bietet Ilja an und ist gleich Feuer und Flamme. »Das mach ich mit links. Und danach wirst du auf alle Fälle besser aussehen, das garantier ich dir.«

»Okay, aber nicht jetzt«, erwidere ich. Ich glaube, das Gespräch hatten wir schon mal. Und sein Angebot ist genauso wie meine Bereitschaft, es zu akzeptieren, nicht mehr als eine Floskel. Ein Austausch von banalen Freundlichkeiten.

»Also dann, tschüs.« Ilja winkt mir zu und verdrückt sich, ganz wie ein richtiger kleiner Junge. Die Bewegungsmodulation der Figur ist wirklich nicht schlecht.

Was ich von meinem Avatar nicht gerade behaupten kann. Ich bewege mich plump wie ein dressierter Gorilla. Am Ausgang ist ein Schalter, an dem die Aufträge vergeben werden. Ilja hat sich seinen Posten bereits geschnappt und ist mit ihm auf und davon. Den Briefträgern steht ein Fahrrad zu.

Mir nicht. Die Frachtkuriere kriegen bloß einen Motorroller.

Aber erst mal muss ich mir die Aufträge abholen.

Am Schalter sitzt Tanja und langweilt sich. Sie ist eine nette Frau – falls sie eine Frau ist.

»Du bist spät dran«, hält sie fest, wenn auch nicht wütend, denn eigentlich ist ihr das völlig egal. »Es gibt zwei Aufträge. Wer ist noch in der Umkleide?«

»Niemand, glaube ich.«

»Willst du dann beide übernehmen?«

»Worum geht's denn?«

»Ein Klavier und ein Flügel.«

Oh, wir sind heute wohl zum Scherzen aufgelegt ...

»Okay. Geld kann ja nie schaden.«

»Wo du recht hast, hast du recht«, murmelt Tanja. Sie hält mir die Formulare hin, ich unterschreibe und trete vom Schalter weg. Ich sehe mir den ersten Auftrag an – ein Klavier –, dann den zweiten – ein Flügel.

Mir fehlt die Kraft mich umzudrehen. Mit neunundneunzigprozentiger Sicherheit grinst Tanja über beide Backen.

Kann es etwas Dämlicheres geben, als in der virtuellen Welt den Möbelpacker zu mimen? Denn es soll bitte niemand glauben, dieser Beruf sei in der Welt der elektronischen Impulse, in der es weder Entfernungen noch Schwerkraft gibt, ausgestorben!

»Leonid!«, ruft Tanja mir nach. »Igor hat sich gerade gemeldet, er hängt hier noch irgendwo rum. Zu zweit werdet ihr es doch schaffen, oder?«

Kann es etwas Dämlicheres geben als eine gezeichnete Wohnung, in die man einen gezeichneten Flügel schleppt? Bei dem es sich um nichts anderes handelt als um ein Musikprogramm, das die Töne eines Flügels imitiert und wie ebendieses Instrument aussieht.

Alles schön und gut, wäre da nicht das Unterbewusstsein. Du musst vergessen, dass du den Flügel nicht in der realen Welt hochhievst, wenn du dir sein gezeichnetes Pendant auf den Rücken packst. Und so lange der Flügel als Gummiattrappe daherkommt und mitten im Zimmer aufgeblasen wird, glaubt niemand an seinen reinen und echten Klang.

Sobald jedoch ein paar Muskelprotze im Overall das Ding vor deinen Augen schnaufend und schweißgebadet durchs Treppenhaus buckeln ... Und wie simpel der Avatar des »freundlichen

Arbeiters« auch gestaltet sein mag – Schweißabsonderung imitieren, das kann er.

Mit einem Mal packt mich Wut, dieser bekannte und häufige Gast.

Ich achte nicht länger auf Tanja, sondern gehe zum Parkplatz, schnappe mir meinen Motorroller, werfe einen Blick auf das freundliche, nicht sehr hohe Gebäude mit dem Logo HLD auf dem Schild. *HLD – Probleme ade! HLD – und mit der Lieferung ist alles okay! HLD – und Ihre Fracht landet nicht im Schnee!*

Dann wollen wir uns mal an die Werbeslogans halten!

Auf dem fröhlich knatternden Motorroller zuckle ich zurück zum Gibson-Prospekt und dann ganz gemütlich in der vierten Spur zur ersten Adresse.

Mit einem Auftrag in der Tasche schrumpft die Entfernung im Handumdrehen. In unserer kleinen Welt, in unserem ruhmreichen Deeptown, ist alles individuell abgestimmt, sogar die Sonne geht für jeden anders auf: Wenn die Angestellten bereits lunchen, bricht für ihren Boss gerade erst der Tag an. Kaum lasse ich die Straße der Deep-Designer hinter mir, bin ich auch schon in der Off-Line-Einbahnstraße. Das ist die Adresse, die auf dem Auftrag steht.

Eine schöne Villa.

Mit einem prachtvollem Garten drumherum. An Steinmauern rankt sich wilder Wein hoch, in einem Springbrunnen steht eine Skulptur, ein nackter Jüngling, der eine Schlange gepackt hält. Aus dem Maul des Tiers schießt der Wasserstrahl hinauf in den Himmel. Was um alles in der Welt soll mir diese Skulptur sagen?! Ich beuge mich vor, um die Tafel am Sockel zu lesen: *Gezähmte Tiefe.*

Schmerz durchzuckt mich.

Hätte ich den Auftrag doch bloß abgelehnt! Sollen die doch ihren inexistenten Flügel selbst in ihre inexistente Villa schleppen! Aber in Deeptown gibt es zu viele Arbeitslose, als dass ich mir dergleichen hätte erlauben können.

»Junger Mann!«

Eine Frau kommt mit verführerischem Hüftschwung die Stufen der Veranda herunter und lächelt mich an. Sie begnügt sich mit einem Minimum an Kleidung, ihr Äußeres ist auf Manga getrimmt: zu große Augen und der Körper eines Mädchens.

»Junger Mann, sind Sie der Lastenträger?«

»Ja, junge Frau«, antworte ich mürrisch.

»Sie wollen den Flügel ins Haus bringen?«

Kluges Mädchen.

»Ja.«

»Das Problem ist, dass er nicht geliefert wurde«, erklärt sie, ohne dass ihre Stimme sonderlich traurig klingt. »Angeblich hatten sie zu viele Aufträge. Können Sie vielleicht morgen noch einmal vorbeikommen?«

»Schreiben Sie eine Anforderung, dann kommt jemand. Aber ich ...«

»Das tut mir ja so leid! Ehrlich!« Sie ist die Verführung in Person. »Und wie peinlich mir das ist! Aber daran ist allein mein Mann schuld, denn er hat nie Zeit, sich um irgendetwas zu kümmern. Allerdings hat er mich gebeten, Sie für Ihre Mühe zu entlohnen!«

Schweigend halte ich ihr das Formular hin.

Die Frau unterschreibt, ohne einen Blick auf den Wisch zu werfen, und bezahlt die volle Summe für die Entlade- und Transportarbeit. Mit gerunzelter Stirn denkt sie über etwas nach. Dann zieht sie einen Geldschein aus der Tasche.

»Vielen Dank.« Ich stecke den Schein in eine spezielle Tasche in meinem Overall, die ausschließlich fürs Trinkgeld gedacht ist. Schon im nächsten Moment ist das Geld weg. Die eine Hälfte ist bereits auf dem Konto von HLD eingetrudelt, die andere auf meinem. Ganz wie es sich für eine seriöse mittelständige Firma gehört.

»Darf ich Ihnen vielleicht einen Kaffee anbieten?« In ihrem Blick mischen sich Anmache und Bescheidenheit.

Ich sehe auf die Uhr. »Ich weiß nicht«, antworte ich. »Ich kann mich heute vor Aufträgen kaum retten.«

»Ich müsste übrigens im Schlafzimmer noch den Frisiertisch verrücken!«, fällt ihr da ein. »Könnten Sie mir da nicht behilflich sein? Wir schreiben auch gleich einen neuen Auftrag!«

Alles klar.

Eine unerfahrene Frau, auf der Suche nach einem Abenteuer. Und ihr Mann ist vermutlich ein kluger Kopf.

Genau wie ich.

»Dann wollen wir mal ein bisschen rücken und schieben«, erlaube ich mir eine lässige Zweideutigkeit.

Den Frisiertisch zu verrücken dauert nicht länger, als den Blankoauftrag dafür auszufüllen. Anschließend trinken wir Kaffee und genehmigen uns auch einen Likör dazu. Grinsend harre ich der Dinge, die da kommen. Die Puppe klimpert mit den großen Augen und rückt mir Stück für Stück auf die Pelle, bis sie schließlich auf meinem Schoß sitzt. Wir küssen uns lange und leidenschaftlich. Ich achte genau auf die Bewegungen ihres vorwitzigen Händchens.

»Was ist denn?«, bringt sie plötzlich heraus. Ihre Stimme zittert bereits, doch in ihr Verlangen schleicht sich Unverständnis. Ihre Augen werden immer runder und stellen jeden japanischen Comic in den Schatten. Aber aus dem Hentai wird leider nichts.

»Junge Frau, ich bin bei einer seriösen Firma angestellt«, erkläre ich ihr. »Dieser Körper ist ausschließlich für körperliche Arbeit gedacht. Für jede Art von Vergnügungen ist er völlig ungeeignet. Haben Sie das etwa nicht gewusst?«

»Du Schuft!«

Ich würde am liebsten laut loslachen, behalte aber eine steinerne Miene bei. Schließlich schiebe ich die Frau von meinen Knien, stehe vom Sofa auf und knöpfe den Overall zu.

»Junge Frau, wenn es an meinem Verhalten etwas auszusetzen gibt, können Sie sich jederzeit mit einer offiziellen Beschwerde an meine Vorgesetzten wenden. Im Übrigen bin ich ganz Ihrer Meinung: Es würde diesem Körper nicht schaden, mit etwas mehr Drumherum ausgestattet zu werden.«

»Verpiss dich, du Arsch!«

Ich nehme ihr das nicht mal krumm, sondern kämpfe immer noch mit einem Lachanfall. Als ich das Haus dann verlassen habe und wieder auf dem Motorroller sitze, könnte ich sogar tatsächlich losprusten.

Zu dieser Körperfunktion ist der »freundliche Arbeiter« nämlich imstande.

Aber ich verkneife es mir.

Es ist Abend in Deeptown. Kaum liegt die Arbeit hinter mir, senkt sich der Abend herab. Das gefällt mir. Natürlich ist es für den armen Kerl, der mit einer Aktentasche durch die Straßen hetzt, noch früh am Morgen. Und für einen Dritten dauert der laute, grelle Partyabend rund um die Uhr an.

Na, von mir aus. Für mich wäre das eh nichts.

Bei HLD trudeln gerade die Leute aus der zweiten Schicht ein. Über dem Nachbarspind leuchtet ein rotes Lämpchen: Ilja ist also entweder noch nicht zurück oder schon wieder unterwegs. Ein paar Kollegen ziehen sich um, aber die kenne ich kaum, mehr als ein »Guten Tag und guten Weg« verbindet mich nicht mit ihnen.

Der Tag ist nicht schlecht gewesen. Zwei Aufträge, davon einer, der mir kaum etwas abverlangte. Dazu dieses komische Missverständnis mit der Frau ... Sollte etwa tatsächlich jemand noch nicht gehört haben, dass die Körper der Proletarier von Windows Home genauso geschlechtslos sind wie ein Maultier oder eine Arbeitsbiene?

Ich pfeife eine fröhliche Melodie vor mich hin und hole den Körper des Bikers aus dem Spind. Der ist nun wirklich ein ganzer Kerl, allerdings mit dem Manko, dass auch er ein absoluter Standardtyp ist. Der darf sich jedes Liebesabenteuer abschminken. Das ist allerdings nicht der Grund, warum ich ihn mag. Nein, je einfacher und unprätentiöser eine Figur ist, desto leichter kannst du dich mit ihr über die überlasteten Server bewegen. Es gibt Leute, die sich hartnäckig weigern, das einzusehen. Sie behängen ihren Avatar mit allerlei Firlefanz, designen ihm ein kompliziertes individuelles Gesicht ... Aber gut, jedem das Seine.

Ich schmiege meine Stirn an seine, starre in das verspiegelte Visier des Helms und warte, bis das Programm durchgelaufen ist. Dann stopfe ich den »freundlichen Arbeiter« in den Spind. Gute Nacht, mein Freund, bis morgen!

Und auch ich werde jetzt meinen Feierabend genießen.

Am Schalter sitzt immer noch Tanja. Als sie mich sieht, lächelt sie verlegen, sodass ich zu ihr gehe.

»Tut mir leid, Ljonka.«

»Schon gut, da hab ich halt mal ein bisschen mehr verdient.«

»Dann hast du also tatsächlich ... das Piano ganz allein hochgeschleppt?«

»Mhm.«

Sie sieht mich fassungslos an.

»Tanja«, sage ich mit einem Seufzer, »glaubst du etwa, ich wäre ohne Grund Packer geworden? Ich habe sieben Jahre im Möbelgeschäft hinter mir! Was meinst du, was ich da alles durch die Gegend buckeln musste?! Und es ist auch nicht das erste Mal, dass ich allein ein Piano schleppe! Ciao!«

Jetzt wird sie wahrscheinlich darüber rätseln, wie breit meine realen Schultern sind.

Während ich vom Motorroller wieder aufs Motorrad umsattle, überlege ich, ob ich diese Legende nicht mit allzu heißer Nadel gestrickt habe. Wahrscheinlich sollte ich HLD bald verlassen. Im Übrigen wäre das kein großer Verlust. Nur ... nur dass mir all diese dämlichen Jobs für bekloppte Firmen zum Hals raushängen, egal, ob nun als virtueller Gärtner, Plakatekleber, Anstreicher oder Möbelpacker.

Aber was habe ich denn erhofft?

Wenn ich nichts – absolut nichts! – habe, was diese grelle, großzügige Partywelt um mich herum braucht.

10

Seit einiger Zeit betrinke ich mich lieber in der *Tiefe*, genau wie alle User. Erstens ist das wesentlich gesünder, denn du kriegst bei Bedarf zwar einen Rausch, weil dein Organismus ihn sich dazudenkt, aber deine Leber nimmt keinen Schaden. Zweitens – und das ist entscheidend – ist es viel billiger, schließlich würde niemand für einen gezeichneten Drink genauso viel berappen wie für einen realen. Eine Flasche Baileys kostet in der *Tiefe* einen halben Dollar, ein vorzüglicher Scotch achtzig Cent. Für russischen Wodka musst du fast einen Dollar hinlegen, aber den kann ich ja auch in der Realität trinken.

Klar, es gibt auch Kellerkneipen, wo alles noch billiger ist. In ihnen bekommst du einen fünfzig Jahre alten Burgunder für ein paar Dollar. Aber wozu? Alle, die wissen, wie ein solcher Wein schmeckt, werden sich nie im Leben in diese Spelunken hinabbequemen. Jemand wie ich würde den Unterschied zu einem moldawischen Cabernet jedoch sowieso nicht schmecken – warum sollte ich ihn dann also trinken?

Deshalb gebe ich einer soliden, anständigen Kneipe wie dem *Fischerkönig* den Vorzug. Sie ist für drei Dinge berühmt: Die Getränke kann sich jeder leisten, und selbst ein Durchschnittsrusse hat schon mal von ihnen gehört. Die Fischkarte ist ausgezeichnet. Und es gibt Livemusik. Ausländer verirren sich übrigens nur selten hierher, eine angenehme Dreingabe. Und die wenigen, die trotzdem hier herkommen, leben schon lange in Russland. Sie wissen eine dampfende Fischsuppe, das Bier *Otschakowskoje spezialnoje* und alten Rock 'n' Roll zu schätzen.

Keine Ahnung, wie es anderen geht, aber mir sind diese Kneipen die liebsten. Im realen Leben ebenso wie in der virtuellen Welt. Weder die großen und lauten Restaurants noch die teuren In-Lokale, wo die Touris scharenweise einfallen, mag ich besonders. Von Moskau einmal abgesehen, würde ich in jeder Stadt ein kleines, unauffälliges und unscheinbares Restaurant vorziehen. In Prag das *U Fleků*, in Berlin das *Zur Letzten Instanz*, in Paris das *Maxim's*. Etwas Gemütliches eben.

Der *Fischerkönig* liegt ein wenig versteckt am Platz der Freiheit. Solche Plätze gibt es in fast allen Vierteln in Deeptown, nur wurden sie im amerikanischen oder französischen Viertel von mehr oder weniger zwielichtigen Vergnügungseinrichtungen aufgekauft, während sich im russischen dort Büros breitmachen. Aber gut, jeder Kultur das ihre.

Das Schild ist unauffällig und absichtlich primitiv gehalten. In dieser Schlichtheit stecken jedoch wesentlich mehr Kreativität und Talent als in all den bunten Leuchtreklamen über teuren Restaurants. Ein Bilderbogen, in dem karikaturhaft dargestellte Treidler einen Stör von monsterhafter Größe aus dem Fluss ziehen, darunter der geradezu hingeschmierte Name des Restaurants ...

Ich öffne die Tür und trete ein. Meine Laune hebt sich sofort, als ich sehe, dass es noch freie Plätze gibt. In der letzten Zeit ist der *Fischerkönig* nämlich angesagt, sodass ich meine Besuche hier wohl irgendwann aufgeben werde. Entweder baut die Kneipe aus und verwandelt sich zu einem Schickimicki-Restaurant, oder du musst demnächst einen Tisch bestellen und das Gegröle von Reisegruppen ertragen.

Aber noch entspricht der *Fischerkönig* genau meinen Wünschen.

Ich wähle den Tisch neben der Tür zur Küche. Die Kellnerin kenne ich nicht, sie eilt aber gleich herbei. Ich werfe einen flüchtigen Blick auf die Speisekarte.

»Heute gibt es in Folie gebackene Forelle«, teilt mir die Frau mit. »Die kann ich nur empfehlen!«

Oje. In Folie gebackene Forelle habe ich zwar schon mal gegessen, allerdings vor ziemlich langer Zeit. Da hat sie mir nicht geschmeckt – und das würde heute nicht anders sein.

»Ich nehme gefüllten Hecht«, sage ich.

Den habe ich noch nie gegessen. Aber wahrscheinlich sieht er appetitanregend aus, und meine Fantasie würde sich schon ausdenken, wie er schmeckt.

»Als Vorspeise Fischsuppe«, fahre ich fort, während mein Blick über die Karte wandert, »und ein kleines Fläschchen Wodka. Einfachen, ohne Aroma. Dazu Schwarzbrot.«

»Noch etwas?«

»Einen Tomatensaft.«

Wodka mit Saft hinunterzuspülen ist vulgär. Aber im Moment will ich genau das: vulgär sein.

Ich muss auf mein Essen warten. Natürlich könnten sie mir alles sofort bringen – doch wozu die Illusion zerstören? Als mein Blick durch den Raum schweift, mache ich ein paar bekannte Gesichter aus, andere sehe ich zum ersten Mal. Auf der Bühne sitzt einsam und verlassen ein Gitarrist. Entweder ist seine Band noch nicht vollständig eingetroffen oder er gönnt sich einen Soloauftritt. Ich lausche der leisen Stimme:

Klar, ich hab's gleich erkannt:
Ein Viertel, auf Leinwand gebannt.
Künstler würd' ich ihn nicht nennen, eher einen Spiegel
Der Zeit und von uns, auch das ein Gütesiegel.

Wie Benzin als Regenbogen auf den Fluss sich legt,
Wie bunte Kreide sich vom schwarzen Asphalt abhebt,
So sind wir, ohne Frage, so sind du und ich.

Auf Preise war er echt nicht scharf,
Auch für Lob bestand kein Bedarf,
Nur konnt' er nicht unterlassen, was er tat,
Er, der bunten Kreide Gott, der bunten Kreide Sklav'.

Wie Benzin als Regenbogen auf den Fluss sich legt,
Wie bunte Kreide sich vom schwarzen Asphalt abhebt,
So sind wir, ein Bild, das beim ersten Regen vergeht.

Klar, Regen und Schnee gibt's überall,
Und jedes Jahrhundert kommt zu Fall.
Doch freu dich nicht zu früh und spotte nicht all dessen!
Wir leben im Zeitalter der Spiegel, das darfst du nie
   vergessen.

Wie Benzin als Regenbogen auf den Fluss sich legt,
Wie bunte Kreide sich vom schwarzen Asphalt abhebt,
So sind wir, ein Bild, das wie Phönix sich aus der Asche
   erhebt.

Der Sänger lässt die Gitarre sinken und blickt auf die Gäste. Niemand hat ihm zugehört, die Leute sind zu sehr mit ihrem Essen beschäftigt. Unsere Blicke kreuzen sich kurz, und ich habe den seltsamen Eindruck, das Lied sei speziell für mich geschrieben worden.
   Wie es immer bei einem guten Song der Fall ist.
   Als der Sänger aufsteht und die Bühne verlässt, hält er die Gitarre irgendwie merkwürdig oben am Hals. So trägt man sein

Instrument doch nicht. Und trotzdem wirkt die Geste völlig natürlich.

Ich sollte wirklich öfter herkommen. *Wir leben im Zeitalter der Spiegel...*

»Ist hier noch frei?«

Ich drehe mich um.

Oho.

In Deeptown begegnen dir nur selten alte Leute. Alle wollen jung und schön sein, wenn schon nicht im Leben, dann doch wenigstens in ihren süßen Träumen. Wenn sich jemand für das Äußere eines alten Menschen entscheidet, denkt er sich etwas dabei.

»Hallo, Igel«, begrüße ich ihn und fordere ihn mit einer Geste auf, sich zu setzen.

Igel ist der Spitzname dieses Stammgastes. Ich habe ihn ziemlich lange für ein Programm gehalten, bis ich dann irgendwann selbst mit ihm gesprochen habe: Dieser Mann, der einen großen Teil seines Tages in der *Tiefe* verbringt, ist echt. Er ist um die sechzig, faltig und korpulent. Sein Gesicht ist ziemlich schwabbelig, aber frisch rasiert. Das graue Haar ist militärisch kurz geschnitten, daher auch sein Spitzname. Er wirkt etwas heruntergekommen, im Großen und Ganzen aber anständig. Das hat er vor allem seiner altmodischen, aber ordentlichen Kleidung zu verdanken. Kurz und gut: Du ekelst dich nicht vor ihm, eher macht er dich neugierig.

»Hast du schon von dem Einbruch gehört?«, will Igel wissen, als er sich zu mir setzt. Er schielt zur Kellnerin, die mir bereits den Wodka und den Saft bringt.

»Noch ein Glas«, bitte ich, obwohl mir nicht entgeht, dass auf dem Tablett bereits zwei Gläser stehen. Igel dürfte sich nicht ohne Hintergedanken im *Fischerkönig* herumdrücken. Möglicherweise ist er sogar hier angestellt, denn genau wie die Frauen in den Bordellen die Freier zu einem teuren Getränk animieren, spornt auch er die Gäste zum Trinken an.

»Danke«, bringt der Alte mit einem würdevollen Nicken heraus. Mit leicht zitternder Hand gießt er uns ein. Wir stoßen an und trinken auf ex. Igel hustet, isst aber nichts nach, sondern hält sich bloß den Arm vors Gesicht. Wie ein Trinker. Das habe ich bei ihm noch nie beobachtet.

»Was für ein Einbruch?«, will ich wissen, als seine Aufmerksamkeit wieder mir gilt. Ich hole eine Schachtel Zigaretten heraus und biete ihm eine an.

»Da ist diese Firma ... *New boundaries* ...«

»Von der habe ich schon gehört«, sage ich. »Die machen in Software, oder?«

»Nö«, widerspricht Igel und kichert. »Du steigst nicht ganz dahinter, was die machen. Anscheinend entwickeln sie neue ergonomische Tastaturen, designen Helme und besondere Stühle, auf denen du dir keine Hämorrhoiden einfängst. So Kram halt.«

»Aha«, brumme ich. Seinen Wodka muss sich der Alte mit einer guten Geschichte verdienen, aber bisher hat er nicht mal die Zigarette abgearbeitet.

»Ich muss los«, schnauft Igel. »Bin blank ... kann nicht länger bleiben ...«

Ich sehe Igel fest in die Augen. Willst du etwa behaupten, Freundchen, es lohne sich, dir für deine Geschichte deinen Aufenthalt in der *Tiefe* zu bezahlen? Okay, ein Dollar macht mich nicht arm. Trotzdem!

Geschlagene zehn Sekunden messen wir uns mit Blicken. Dann steht Igel auf – und ich kapituliere.

»Setz dich!«, verlange ich und packe ihn beim Arm. »Ich hab heute die Spendierhosen an.«

»Danke.« Der Alte schafft es, sich so locker wieder hinzusetzen, dass sogar ich mich frage, ob er wirklich gehen wollte. »Also ...

diese Firma ist nicht sehr groß, arbeitet aber anscheinend für größere ... für richtige Giganten.«

Die Kellnerin bringt meine Suppe, von der ein köstlicher Duft ausgeht. Ich habe nicht die Absicht, Igel auch noch durchzufüttern, aber er macht auch keine entsprechenden Anspielungen. Ich fange an zu essen und bringe mit meinem ganzen Verhalten zum Ausdruck, dass ich bisher noch nichts gehört hätte, was sein Geld wert wäre.

»Also, gestern wurde bei denen eingebrochen«, fährt Igel fort.

Merkwürdig.

»Gestern?«

Die virtuelle Welt führt ein schnelles Leben. Die Nachrichten von gestern – sind der Schnee von gestern.

»Ganz genau.« Igel ist nicht entgangen, dass ich gestutzt habe. »Der Kerl wurde auf frischer Tat geschnappt.«

Mein Herz setzt fast aus.

Der Kerl wurde auf frischer Tat geschnappt.

Noch vor zwei Jahren hätte nun jeder an meiner Stelle gefragt: »Und? War es ein Hacker? Oder ein Diver?«

Zwischen diesen beiden Gruppen hatte damals ein grundlegender Unterschied bestanden. Sowohl, was ihre Verteidigungsmöglichkeiten anging, wie auch in punkto ihrer Arbeitsmethoden.

Er *hatte* bestanden ... Heute erübrigt sich diese Frage jedoch – denn heute gibt es keine Diver mehr.

»Den armen Kerl hat's erwischt«, schnauft Igel. »Die haben einen guten Schutz. Ich meine jetzt nicht *New boundaries*, sondern einer der Giganten, für die sie arbeiten ...«

»In der *Tiefe* gibt es einen Hack pro Stunde«, bemerke ich, während ich den Rest der Suppe auslöffle. Die ist wirklich gut! Genau so eine Fischsuppe habe ich mal an der Wolga gegessen, nachts, an einem Lagerfeuer ... »Nein, pro Minute. Mal entkommt der Dieb, mal nicht. Was soll an dieser Geschichte so besonders sein?«

»Dass sie ihn in der realen Welt erwischt haben«, antwortet Igel.

»Dann muss er hinter einer echt heißen Sache her gewesen sein.«

»Und dass er in der Realität tot war.«

Während ich langsam den Kopf hebe, den Löffel zur Seite lege und mir mit der Serviette über den Mund wische, schafft Igel es, uns erneut einzugießen.

»Erbarme dich, o Herr, der Seele deines Sklaven Bastard, der kein untalentierter Hacker war, grob, aber mit einem guten Herzen«, nuschelt Igel. Wir trinken auf ex, stoßen aber, wie es der Brauch verlangt, nicht an.

»*Bastard?*«

»Dieser Name wird genannt, ja. Wie er eigentlich heißt, weiß ich nicht.«

»Was ist mit der Polizei?« Der Spitzname sagt mir nichts. Aber die Tatsache als solche ... dass ein Mann, der in der *Tiefe* umgebracht wird, in der Realität stirbt!

»Offiziell war es ein Zufall. Angeblich litt dieser Bastard an einem schwachen Herzen. Die Aufregung war zu viel für ihn, da ist er gestorben. So was kann doch passieren, oder?«

Ich zucke die Achseln.

Sicher. Man hat ja auch schon Pferde kotzen sehen.

Es gibt Leute, die sind bei einem Spiel in der *Tiefe* voll bei der Sache – und kriegen dann in der normalen Welt einen Herzinfarkt. Andere driften nach einer Niederlage auch in eine solche Depression ab, dass sie den Helm absetzen und sich den Strick nehmen.

Wie gesagt: Nichts ist unmöglich.

»So ist das Leben«, bemerke ich. »Eine traurige Geschichte, Igel.«

»Es wird übrigens auch gemunkelt, dass die Polizei immer noch ermittelt. Das ist nun wirklich mal was anderes.«

Ach ja? Doch auch mich hatte man schon gejagt. Und einmal ist auf meinen Kopf sogar ein Preis ausgesetzt worden. Aber gut, die Jugend will ihren Spaß haben.

Wenn ein Hacker allerdings in der *Tiefe* und in der Realität geschnappt wird, wenn die Jagd weitergeht ...

»Stimmt, das ist wirklich mal was anderes«, sage ich. »Echt. Danke, Igel, das war eine interessante Geschichte!«

»Und ist meine Geschichte vielleicht auch einen jämmerlichen Dollar wert?«, fragt der Alte scheinheilig.

Okay, ein Geheimnis hat er mir mit seiner Story nicht verraten. All das hätte ich auch anders in Erfahrung bringen können – wenn ich danach gesucht hätte. Aber du kriegst eben nie alle Neuigkeiten mit, was sowohl deine Rettung wie auch dein Unglück ist. Und Igel verdient sich sein Geld nun mal damit, dass er genau abwägt, wem er was erzählt. Neunzig Prozent aller Gäste in diesem Restaurant wäre diese Story keinen Pfifferling wert gewesen. Weitere neun Prozent würden sie zur Kenntnis nehmen und vergessen.

Aber ich habe mich irgendwie an ihr festgebissen ...

»Das ist sie, Igel«, entscheide ich und halte ihm eine Dollarnote hin.

Igel lässt sie geschickt in seiner Hand verschwinden und zieht ab. Gleich wird er jemand anderem etwas erzählen. Und ist es nicht völlig egal, was? Jeder wird etwas finden, was ihn fesselt. Denn Igel ist kein Alki, sondern ein ausgemachter Profi.

Genau deshalb schätzen ihn ja auch alle, die Gäste ebenso wie der Besitzer des *Fischerkönigs*.

Nun kommt auch mein Hecht.

»Wie ist er zubereitet worden?«, erkundige ich mich mit einem Blick auf den gewaltigen Fisch.

»Unser Chefkoch fühlte sich geehrt, ein derart extravagantes Gericht kreieren zu dürfen«, erwidert die Kellnerin lächelnd. »Das Hechtfleisch wurde zusammen mit in Milch eingeweichtem Weißbrot püriert ...«

All das muss ich wissen. Wenn ich etwas bestelle, das ich noch nie gegessen habe, muss man mir genau erklären, was ich zu mir nehme.

Doch da vibriert die Welt plötzlich wie bei einem Erdbeben, fällt auseinander, versinkt in Dunkelheit.

Offenbar darf ich mir das Essen abschminken ...

»Ljonka!«

Ich schüttelte den Kopf und blinzelte. Die Welt nahm nur langsam und widerwillig wieder Farbe an.

»Ljonka, hallo!«

Vika betrachtete mich mit leicht ironischem Ausdruck. Sie hielt den Helm in der Hand, den sie mir abgenommen hatte, ohne ihn aus der Schnittstelle zu ziehen. In ihm flimmerten weiter irgendwelche Bilder.

Ich warf erst mal einen Blick auf den Bildschirm. Die Anzeige *Nicht-standardisierter Austritt aus der Tiefe* wunderte mich nicht. Aber die Zeit ...

Fünf Uhr nachmittags. Was dachte sich Vika eigentlich? Um die Zeit konnte ich doch gut und gern noch arbeiten!

»Vika, wieso hast du ...«

»Ljonka.« Sie ging neben mir in die Hocke. »Wir kriegen heute Besuch. Hast du das vergessen? Um sechs kommt Besuch. In der realen Welt.«

»Scheiße!« Ich biss mir auf die Lippe. Das hatte ich in der Tat vergessen. »He, Rechner, Exit!«

Soll der Rechner heruntergefahren werden?

Vika seufzte, stand auf und ging in die Küche, während ich den Sensoranzug auszog. Der Computer ließ sich Zeit, bevor der Bildschirm schließlich schwarz wurde und das Gerät sich abschaltete.

Ja ... ich wollte den Rechner herunterfahren. Früher hatte er mich mit einer Stimme, die Vikas zum Verwechseln ähnlich war, gefragt: »Bist du sicher?«

Gerade war ich mir mehr als sicher. So sicher, dass es mich selbst ankotzte.

»Was soll ich einkaufen?«, fragte ich.

»Das haben wir doch schon besprochen!«, kam es aus der Küche von Vika zurück.

»Also ... Kartoffeln?«, rief ich. »Gemüse, Tomaten ... Gurken ...«

»Richtig geraten. Und? Fällt dir vielleicht noch was ein?«

»Huhn?«, ließ ich einen Versuchsballon starten.

»Ich taue das Fleisch schon auf. Um Hacksteaks zu machen. Bring Pflanzenöl mit, unsers ist fast alle. Und dann ... aber das ist eh klar.«

»Willst du heute Wodka trinken?«

Manchmal machte Vika das. Wenn sie in Stimmung war.

»Nein, wahrscheinlich nicht«, antwortete sie nach kurzer Überlegung. »Bring für mich eine Flasche trockenen Wein mit. Oder Bier.«

»Was ist dir lieber?«

»Egal. Aber beeil dich, ja?«

Mist! Der Abend fing nicht gut an. Gestern hatten wir darüber gesprochen, wann die Gäste kommen und was ich kochen sollte, während Vika arbeitete. Doch heute hatte ich mir den Helm aufgesetzt – und war abgetaucht.

Und hatte unser Gespräch vergessen. Völlig.

Es war ziemlich kalt. Graues, nasses und ungemütliches Wetter. Wir hatten zwar noch keinen Frost, auch die Blätter an den Bäumen waren noch grün, aber die beißende Herbstfeuchtigkeit hing bereits in der Luft. Sie stürzte sich auf mich, sobald ich einen Fuß vor die Tür setzte, kroch mir unters Sweatshirt und ließ mich frösteln.

Vor zwei Jahren hatte Vika mich ohne große Mühe davon überzeugt, dass im Vergleich zu dem miesen Petersburger Wetter in Moskau fast tropisches Klima herrschte. Abgesehen davon war ich selbst nie ein großer Fan des Klimas in der nördlichen Hauptstadt gewesen. Doch ehrlich gesagt wartete ich auch hier, in Moskau, vergeblich auf den legendären Goldenen Herbst.

Aber vermutlich war in der Himmlischen Verwaltung endgültig das Chaos ausgebrochen: ein total verregneter Sommer, ein trüber Herbst – und wie es aussah ein früher Winter.

Ein alter Witz fiel mir ein: Wie gefällt dir der russische Winter? Wenn er grün ist, ganz gut. Aber wenn er weiß ist ...

Mit einer leeren Tüte bewaffnet, stürmte ich in den Laden um die Ecke. Also: Kartoffeln, Tomaten, Mohrrüben ... Oder doch keine Mohrrüben? Gut, nehmen wir sie lieber mit, vergammeln werden sie schon nicht.

Natürlich gab es beim Gemüse eine kleine Schlange, schließlich kamen normale Menschen gerade von der Arbeit. Ich stellte mich hinter eine Frau, die trotz Brille ziemlich gut aussah. Sie las ein Buch, *Ada für Anfänger*. Ob sie am Ende auch in die *Tiefe* ging? Um sich als Möbelpackerin oder Postbotin etwas dazuzuverdienen ...

Eine Frau in der realen Welt anzuquatschen, das gehört sich nicht. Vor allem dann nicht, wenn zu Hause eine geliebte Ehefrau wartet. Nur die virtuelle Welt verzeiht solche Abenteuer.

Abgesehen davon wäre es ziemlich dämlich, eine Frau in einer Schlange für Kartoffeln anzuquatschen.

»Zwei Zitronen«, verlangte sie.

Ich erwischte mich dabei, wie ich sie mit einer Neugier musterte, die überhaupt nicht angemessen war. Und dass mir ihr Einkauf gefiel. Diese Frau musste einfach zwei knallgelbe Zitronen kaufen! Zwei Kilo erdverkrusteter Kartoffeln und ein Kohlkopf – das wäre auf gar keinen Fall gegangen. Jetzt stellte ich mir vor, wie sie in einem Sessel saß, zu dem als unabdingbares Attribut eine Stehlampe gehörte, wie sie Tee mit Zitrone trank und las – und zwar kein Lehrbuch, sondern einen guten Roman. Ein richtig gutes Buch, keine Schundliteratur.

Oder wie die Frau die Zitronen in Scheiben schnitt, sie mit Zucker und gemahlenem Kaffee bestreute, in kleine Schwenker Kognak einschenkte und wartete. Auf einen Mann. Auf mich zum Beispiel.

»Was darf's sein?«

Und aus war mein Traum.

Der Verkäufer sah mich fragend an. Er war eine komische Erscheinung, ein typischer Vertreter der Intelligenzija, der noch zu Sowjetzeiten im Gemüseladen gelandet war und dort seine Erfüllung gefunden hatte.

»Zwei Zitronen«, sagte ich völlig geistesabwesend.

Die Frau stand noch in der Nähe und stopfte die Zitronen in die Taschen ihrer Jacke.

»Und sonst?« Die Zitronen hüpften auf der Waage, von dort aus flogen sie in meine Tüte.

»Drei Kilo Kartoffeln. Und ein Kilo Paradeiser.«

Was sollte das jetzt schon wieder? Welcher Teufel ritt mich, Tomaten Paradeiser zu nennen? Wollte ich mich hier unbedingt lächerlich machen?!

»Darf es vielleicht auch noch eine andere Wurzelfrucht sein? Oder vielleicht etwas von den Kreuzblütlern? Auch Nachtschattengewächse hätten wir.«

Der Verkäufer behielt seine freundliche und aufgeschlossene Miene bei.

»Das gibt eine Eins in Bio«, murmelte ich. »Noch ein Kilo Gurken, das war's dann. Danke.«

Als ich bezahlte und den Laden verließ, war die Frau schon weg.

War auch besser so.

Früher wusste ich, dass mir solche Kleinigkeiten bleiben würden, ein interessantes Gesicht, eine komische Szene oder der kuriose Erwerb von zwei Zitronen in einer Schlange für Kartoffeln und Kohl. Denn früher hatte ich ein Haus. Ein großes Haus mit vielen Wohnungen, wenn auch nicht in der realen, sondern nur in der virtuellen Welt. Und in dieses Haus konnte ich jeden x-beliebigen Menschen pflanzen.

Damals hätte ich mich einfach an meinen Computer gesetzt und gesagt: »Vika, geh in die *Tiefe*!« Dann hätte ich mich an das Gesicht und die Gesten erinnert und all das hinzugefügt, was ich nicht wusste. Auf diese Weise hätte ich die Wohnung eingerichtet, in der diese Frau leben sollte.

Es brachte nichts, der Vergangenheit nachzutrauern. Schon gar nicht, wenn es sich dabei um eine kleine Wohnung voller Gerümpel handelte, in der sich wochenlang das dreckige Geschirr in der Spüle stapelte, im Kühlschrank nur Tiefkühl-Pelmeni, Würstchen und Bier warteten, und ich mich nur von einem Prinzip leiten ließ, wenn ich ein Hemd aus dem Schrank zog: Es sollte nicht allzu verknittert sein.

Nein, dem trauerte ich wirklich nicht nach.

Pflanzenöl und Wodka wurden in derselben Abteilung verkauft. Ich inspizierte kurz das Angebot. *Kristall* war besser, *Topas* billiger. Eine einfache Entscheidung: Ich kaufte beide. Unsere Gäste würden auch was zu trinken mitbringen – aber Wodka kann man nie genug im Haus haben.

Nun konnte ich zurückkehren. Der Algorithmus war durchlaufen, das Programm wurde beendet.

Return.

End.

Mir war schon öfter aufgefallen, dass ich alles, was ich in der realen Welt zu erledigen hatte, gedanklich in Phasen unterteilte, die irgendwie den Zeilen eines simplen Programms entsprachen. Und erst in der *Tiefe* lebte ich ein normales, alltägliches Leben. Ohne jeden Software-Vergleich.

Vielleicht sollte ich Vika mal davon erzählen, schließlich war das ihr Gebiet. Ihr Kampfplatz. Aber nein ... es wäre mir zu peinlich.

Ich verließ das Geschäft und spähte zum Himmel hoch. Graue Wolken. Bald würde es den ersten Schnee geben. Wenn es doch nur schon so weit wäre. Wie heißt es doch so schön? Es gibt nichts Besseres als schlechtes Wetter.

Doch leider war auch das bloß ein Symptom. Ein klares und alarmierendes Symptom. Ich wollte nicht mehr aus der virtuellen Welt raus, ich wollte nicht in der Welt der Menschen leben. Denn hier war es schlecht, hier war es schmutzig und ekelhaft. Manchmal wurde man hier sogar umgebracht.

Doch inzwischen nicht nur hier. Wenn Igel die Wahrheit gesagt hatte ...

Erbarme dich, o Herr, der Seele deines Sklaven Bastard, der kein untalentierter Hacker war ...

Früher habe ich mich immer gefreut, wenn ich einen Hacker traf. Ich war einer von ihnen, ja, vielleicht stand ich sogar eine Stufe über ihnen. Denn es gab viele Hacker – aber nur wenige von uns Divern. Und wir konnten etwas, das sie niemals hinkriegten.

Aber die Zeiten waren vorbei.

Im Grunde war das nichts Besonderes. Ich war nicht der Erste, den die Gesellschaft nicht mehr brauchte. Wo sind sie denn alle, die Virtuosen an der Setzmaschine? Die Sattler und Glasbläser? Auch sie gehören der Vergangenheit an, treten bloß noch in Bilderbüchern für Kinder, historischen Filmen und Enzyklopädien in Erscheinung.

Von uns dagegen ist nicht mal das geblieben.

Trotzdem war ich wahrscheinlich der einzige Diver – pardon, Ex-Diver –, der eine Deep-Psychose in der schwersten Form davongetragen hatte. So schwer, dass selbst Vika bisher nicht einmal ahnte, was Sache war.

11

»Warum klingelst du?«, fragte Vika, nachdem sie mir die Tür geöffnet hatte. Sie hatte eine Schürze umgebunden, an ihren Händen klebte Hackfleisch. Schuldbewusst zog ich den Finger vom Knopf, beinah als sei ich ein Bengel, der beim Klingelstreich erwischt worden war.

»Ich hab meinen Schlüssel vergessen.«

»Bring alles in die Küche!«

Vika kehrte zu ihren Hacksteaks zurück, die erste Fuhre brutzelte bereits in der Pfanne. Ich verstaute das Gemüse im Kühlschrank, legte den Wodka ins Gefrierfach und stellte das Öl auf den Tisch.

»Brauchst du Hilfe?«, fragte ich.

Vika sah mich aus den Augenwinkeln heraus an. Dann warf sie einen Blick auf die Uhr. »Nein. Wenn du willst, tauch noch eine Runde. Aber stell dir den Timer auf eine halbe Stunde ein, damit du den Tisch decken kannst.«

Verlegenheit und ein schlechtes Gewissen setzten mir zu – und zogen beide wieder ab.

»Und du brauchst wirklich keine Hilfe?«, versicherte ich mich noch einmal.

»Also, falls du unbedingt darauf bestehen solltest ...« Vika ließ den Satz unvollendet. »Na los, geh schon, die Kartoffeln kann ich auch allein schälen.«

»Mhm.« Ich schlüpfte aus der Küche. Den Timer auf eine halbe Stunde. Damit ich anschließend den Tisch decken konnte.

Der Computer erwachte zum Leben, kaum dass ich die Maus berührte. Noch ehe er bereit war, stand ich schon im Sensoranzug da, hatte ich das Kabel in die Schnittstelle am Gürtel gesteckt und den Helm aufgesetzt.

Meine Finger glitten über die Tastatur.

Deep.

Enter.

Der wahnsinnige Regenbogen, dieses Zufallsprodukt von Dima Dibenko, lodert auf den Displays des VR-Helms auf.

Das Deep-Programm, jene chaotische Farbenpracht, all die aufflammenden und erlöschenden Sterne und regenbogenfarbenen Tropfen, die sich über die Displays ausbreiten wie Benzinspritzer auf Wasser – dieses Programm ist der Dreh- und Angelpunkt des Ganzen. Ohne das ist die *Tiefe* tot. Erst dieses Programm verwandelt die gepixelte virtuelle Welt in eine erkennbare und authentische Realität. Bislang kann niemand erklären, wie die bunten Kleckse auf den Displays das Bewusstsein und das Unterbewusstsein manipulieren, warum das Deep-Programm auf jedem Rechner und mit fast jeder Grafikkarte läuft und warum sich die Details, welche die Menschen sich dazudenken, bei allen Altersgruppen und Kulturen sowie bei beiden Geschlechtern so ähneln. Tausende von Monografien und populärwissenschaftlichen Werken sind bereits zu dem Thema veröffentlicht worden, in Zeitungen und Magazinen erscheinen regelmäßig Artikel, an den Universitäten und in Geheimlabors wurden und werden entsprechende Experimente durchgeführt ...

Alles umsonst. Es gibt das Deep-Programm – und das funktioniert. Und es gibt Programme, die praktisch identische Bilder auf den Monitor bringen, bei denen aber rein gar nichts passiert. Ebenso wenig wie irgendjemand erklären kann, warum das

Deep-Programm, das auf dem Sehvermögen basiert, tadellos bei Farbblinden wirkt, während es bei Leuten, die von Geburt an taub sind, völlig versagt.

Die *Tiefe* ...

Der erste Moment ist immer der schwierigste. Ich stehe vom Stuhl auf, wobei meine Bewegungsfreiheit schon nicht mehr durch die Kabel eingeschränkt wird. Ein Blick nach links, nach rechts ...

Ich befinde mich in einem Zimmer in einem billigen Hotel, oder, warum drumherum reden: in einer Absteige aus Sowjetzeiten. Ein Bett, ein Nachttisch, ein Schrank. Ein Tisch mit dem Computer drauf, dazu ein Drehstuhl, das einzige Detail, das nicht zum spartanischen Gesamtbild passt. An der Tür ist ein Briefkasten angebracht, daneben in weiser Voraussicht ein Papierkorb aufgestellt. Durch das Fenster schaue ich auf eine leere und öde Gasse.

»Hallo«, sage ich.

Die *Tiefe* schweigt. Egal. Wer würde ihr das denn krummnehmen?

Warum bin ich hier? Ausgerechnet jetzt? Während Vika, die gerade von der Arbeit gekommen ist, in der Küche hantiert, um das Essen für unsere Gäste vorzubereiten, die übrigens wirklich *unsere* Gäste sind, nicht nur ihre. Wenn ich nur eine halbe Stunde habe ... Scheiße! Ich habe vergessen, den Timer einzustellen!

Und Vika *ist* davon ausgegangen, dass ich ihr helfe. Als ich ihr vorhin mit dieser Floskel meine Hilfe angeboten habe, hat sie abgelehnt, okay, aber eigentlich hat sie eben doch damit gerechnet. Zuzugeben, dass du dich wie ein Schwein benommen hast, tut weh. Doch inzwischen kenne ich diesen Schmerz schon. Er ist süß und ekelhaft, wie das Leiden eines Masos.

»Eine halbe Stunde«, gebe ich mir selbst einen Befehl. »Nein, eine Viertelstunde.«

Ich öffne den Briefkasten und gehe die eingegangene Post durch. Ein Dutzend Werbezettel, ein Packen Zeitungen, drei Briefe. Nichts Wichtiges.

Warum verdammt noch mal bin ich überhaupt in die *Tiefe* gegangen?

Um zu arbeiten?

Quatsch! Dazu ist die Zeit viel zu knapp.

Um meinen Fisch zu essen?

Wozu das, wenn bei mir zu Hause richtiges Fleisch in der Pfanne brutzelt?

Um mit jemandem zu reden?

Aber mit wem? Und vor allem: worüber?

Mit einem Mal fällt mir auf, dass ich mitten im Zimmer stehe, mir auf die Lippe beiße und die Post anstiere, die ich in den Papierkorb geworfen habe.

Was hat mich in die *Tiefe* gezogen?

Erbarme dich, o Herr, der Seele ...

In der *Tiefe* stirbst du nicht. Okay, es kann zu allen möglichen Unfällen kommen. Ein schwaches Herz setzt vielleicht angesichts der Belastung aus. Wenn jemand auf die geniale Idee kommt, die Sicherheitsvorkehrungen auszuschalten, kann er sich selbst bei einer fiktiven Wunde einen Schmerzschock holen. Aber das dürfte bei einem keineswegs untalentierten Hacker ausscheiden.

Bleibt die Frage, warum ich mich an dieser Geschichte so festbeiße.

Ein Hacker dringt in eine gut geschützte Firma ein. Er fliegt auf und stirbt in der *Tiefe*. Doch dann stirbt er auch in der realen Welt ... Vielleicht haben ihn ja irgendwelche angeheuerten Schläger extrem schnell gefunden und direkt an der Kiste erledigt, noch in Helm und Sensoranzug. Ja, so muss es gewesen sein. Er ist nicht der Erste und nicht der Letzte, der für seine virtuellen Sünden von höchst realen Glatzköpfen eins vor den Latz gekriegt hat.

Trotzdem gibt es da noch was, das mir keine Ruhe lässt ...

Ich öffne die Tür, trete in den Gang des Hotels hinaus und sehe mich um. Der graue, unscheinbare Körper des Bikers taugt nur für schnelles Fortkommen im Straßenverkehr. Jetzt brauche ich etwas anderes.

Falls ich es denn brauche ...

Ich stehe gegen die Wand gelehnt da, die in tristem Grün gestrichen ist. Solche Farbe haben die Klos in billigen Wohnsilos. Der Anstrich zeigt Nasen, hier und da blättert er auch ab. Die Glühbirnen unter der Decke sind trüb und staubig. Das Hotel hat schon bessere Zeiten gesehen, denn die meisten User begeben sich heute von ihrer eigenen Wohnung aus in die virtuelle Welt, nicht mehr von einem Schweinestall wie diesem aus.

Warum tu ich mir das an?

»Geht es Ihnen nicht gut?«

Ich drehe mich um. Der Concierge der Etage hat sich lautlos genähert. Trotzdem gab es einmal Zeiten, da hätte ich ihn bemerkt ...

»Doch, es ist alles in Ordnung.«

Er sieht absolut standardmäßig aus, Typ »aufmerksamer Beamter«. Auf der Arbeit darfst du zwar in einem selbstdesignten Avatar erscheinen, viele bevorzugen aber dennoch eine Standardausführung, vor allem wenn der Job stinklangweilig und blödsinnig ist. Zum Beispiel der eines Möbelpackers, Verkäufers oder Hotelangestellten.

»Sind Sie das erste Mal in der *Tiefe*? Brauchen Sie Hilfe?«

»Nein, danke, es ist wirklich alles okay.«

Daraufhin gibt er sich zufrieden und zieht mit einem Nicken ab. Es gehört sich nicht, die Gäste zu nerven, zumindest das hat das Hotelpersonal inzwischen begriffen.

Mich zum nächsten Schritt aufzuraffen fällt mir schwer. Extrem schwer. Trotzdem stapfe ich den Gang hinunter, wobei ich die Nummern, die schief an den Türen befestigt sind, im Blick behalte.

Da! 2008.

Ich ziehe vorsichtig an der Klinke – und wundere mich überhaupt nicht, dass nicht abgeschlossen ist, frei nach dem Motto, bitte einzutreten und es sich bequem zu machen.

Aber was hatte ich denn erwartet? Dass mir das Hotel ein Zimmer, für das ich schon seit einem Jahr nicht mehr zahle, frei hält?

Weiter!

2017.

Die Tür ist abgeschlossen.

Das heißt noch gar nichts. Ich habe es zwar fünf Jahre im Voraus bezahlt – aber mit einer gefälschten Kreditkarte. Vielleicht ist das Hotel also längst dahintergekommen, dass es das Geld für dieses Zimmer von seinem eigenen Konto abbucht.

In dem Fall hat also möglicherweise gerade ein anderer User das Zimmer gemietet. Oder das Hotel hat die Polizei eingeschaltet – und ich bräuchte nur die Tür aufzumachen, und schon würde ich in die Falle tappen.

Während ich diese Möglichkeiten in Gedanken durchspiele, machen sich meine Hände selbstständig. Sie tasten nach der Tür, schieben die Abdeckung über dem Zahlenschloss zur Seite und wandern über die Tasten.

Ein Code aus zwölf Ziffern. Ich erinnere mich nicht mal an ihn, aber meine Finger schon. Ganz kurz zögere ich noch, dann drücke ich auf Enter.

Im Schloss knackt es, die Tür öffnet sich.

Der Raum sieht fast genauso aus wie jenes Zimmer, das ich zurzeit im Hotel benutze. Nur das Bild an der Wand durchbricht die billige Standardgemütlichkeit. Das ist nämlich nicht die übliche Reproduktion alter Meister, die in der *Tiefe* so gern an die Wände gepappt wird. Kein Aiwasowski, Schischkin oder Dalì.

Ich stehe an der Schwelle und kämpfe mit meinen Gefühlen. Irgendwo in meiner Brust tickt erbarmungslos ein Metronom.

Ist das ein Hinterhalt? Oder ist das Zimmer sauber?

Das Polizeirevier liegt genau gegenüber dem Hotel. Ein, zwei Minuten – mehr bräuchten die nicht, um hier zu sein.

Im Gang ist nach wie vor alles ruhig und leer. Noch ist keine Wache aufgetaucht. Seit zwei Jahren benutze ich nun diese leicht fragwürdige Kreditkarte, und noch ist mir niemand auf die Schliche gekommen. Maniac hat gute Arbeit geleistet, da kann man wirklich nicht meckern.

Dann mal rein!

Mit einem Mal kapiere ich, dass ich das nicht packe, dass mir dazu einfach die Kraft fehlt.

Dieses Zimmer zu betreten ist, als blättere ich in einem alten Fotoalbum oder als würde ich einen halbvergessenen Film in den Videorecorder schieben. Das hier ist die Vergangenheit. Und die ist tot. Begraben, beheult und vergessen.

Du solltest deinen Weg nie zweimal gehen – denn da lauern nur Schatten.

Die *Tiefe* bietet dir jedoch die Möglichkeit, geradezu leichten Schrittes in die Vergangenheit zurückzukehren. Sie lässt diese authentischer und farbenprächtiger aufleben als jedes Foto, als jedes Video. Das Gestern wartet hier stets um die Ecke. Wünsch es dir herbei, und schon wird es wieder lebendig.

Nur dass es allein Gott vorbehalten ist, die Toten aus ihren Gräbern zu holen.

Vorsichtig und behutsam, als fürchte ich, jemanden zu wecken, der in dem leeren Zimmer schläft, schließe ich die Tür wieder. Das Schloss klackert enttäuscht und rastet ein. Obwohl mich nur zwanzig Schritt durch den Hotelflur von meinem anderen Zimmer trennen, bringe ich nicht einen davon zustande.

Tiefe, Tiefe ... verpiss dich doch ...

Ich nahm den Helm ab und hängte ihn an einen Haken, den ich irgendwann mal an der Wand angebracht hatte. »Schließe das Programm, du alte Kiste«, murmelte ich.

Okay, jetzt musste ich mich umziehen. Es wäre eine grobe Unhöflichkeit, unsere Gäste in einem Sensoranzug zu begrüßen, der wie der Aufzug eines verrückten Professors in einem Hollywoodschinken aussah. Ich zog mich bis auf die Unterhosen aus, faltete den Sensoranzug akkurat zusammen und legte ihn auf das Fensterbrett neben dem Computertisch. Ein Blick ins Wohnzimmer: Der Tisch war bereits gedeckt. Ich lauschte. In der Küche war alles still.

»Vika?«, rief ich.

»Ich bin im Schlafzimmer. Hast du etwa schon Schluss gemacht?«

Ich ignorierte die übertriebene Verwunderung in ihrer Stimme und stiefelte ins Schlafzimmer. Vika war gerade dabei, sich umzuziehen.

»Kannst du mir mal helfen?«, bat sie.

Ich zog den Reißverschluss ihres Kleides nach oben. Vika hatte sich wirklich herausgeputzt und sogar die Haare hochgesteckt.

»War ich zu lange weg?«, fragte ich leise, wobei ich mein Gesicht in ihr Haar grub.

»Nein«, erwiderte sie schulterzuckend. »Es waren ja nur vierzig Minuten.«

»Tut mir leid. Ich habe geglaubt, es sei höchstens eine Viertelstunde.«

»Macht ja nichts, außerdem habe ich eigentlich noch später mit dir gerechnet.«

Ich rührte mich nicht, blieb mit den Händen auf ihren Schultern stehen.

Wann war das zwischen uns kaputtgegangen? Wann hatte es sich alles zum Gestern verwandelt – in das du zurückblicken, aber niemals zurückkehren kannst?

Keine Ahnung. Ich begriff das nicht. Von dort, von der *Tiefe* aus, war mir nichts aufgefallen ...

Am schlimmsten war, dass sich nach außen hin überhaupt nichts geändert hatte. Wir verhielten uns wie immer, völlig egal, ob Dritte anwesend oder wir allein waren. Wir stritten uns nicht, zerschlugen kein Geschirr und machten kein Fass wegen des lieben Geldes, familiärer Verpflichtungen, des Alkohols, des Besuchs von Vikas Mutter oder meiner Freunde auf.

Alles schien in Butter. Neunzig Prozent aller Familien würden uns beneiden.

Ich selbst hätte nicht in Worte zu fassen gewusst, was genau uns abhandengekommen war.

»Wolltest du was sagen?«, fragte Vika, ohne sich umzudrehen.

Ich schwieg kurz. »Ich liebe dich.«

»Ich dich auch. Sehr sogar. Was meinst du, soll ich die Ohrringe anlegen?«

»Ja.« Was sollte diese Frage: Wollte sie meine leeren Worte übergehen? Oder, im Gegenteil, mir ein Zeichen geben, denn immerhin hatte ich ihr diese Ohrringe mit den gelben Topassteinen noch vor unserer Hochzeit geschenkt.

»Passen die denn auch zu dem blauen Kleid?«

»Meiner Meinung nach ja.«

»Gut. Zieh deine grauen Jeans an und das karierte Hemd, das meine Mutter dir geschenkt hat. Das steht dir so gut.«

Vika drehte sich mit einer geschmeidigen Bewegung aus meiner Umarmung. Kurz hielt ich noch die Luft umfasst, dann öffnete ich den Schrank. Die Jeans waren noch so neu, dass ich erst den Plastikfaden des Etiketts zerbeißen musste.

»Hast du eigentlich schon gehört, dass die Schere erfunden wurde?«, höhnte Vika.

»Ist mir noch nicht zu Ohren gekommen. Abgesehen davon sind für einen Faulpelz wie mich die eigenen Zähne immer näher als Messer oder eine Schere.«

Da klingelte es an der Wohnungstür.

»Beeil dich, ich öffne derweil.« Vika stürzte aus dem Schlafzimmer, warf mir dabei aber noch zu: »Und denk daran, frische Socken anzuziehen!«

»Und vergiss nicht, dir die Ohren zu waschen«, flüsterte ich, während ich mich in die steifen, noch nicht eingetragenen Jeans zwängte. Und wo zum Teufel steckte dieses Hemd? Das Ding mochte ich überhaupt nicht, aber wenn ich es nicht anzog, beleidigte ich damit meine Schwiegermutter und damit auch Vika, und das hieß …

Egal, wodurch ein Verhalten ausgelöst wird, es zieht eine ganze Kette von Folgen nach sich. Welche Konsequenzen genau – das hängt weniger davon ab, was du tust, als vielmehr davon, wie dein Gegenüber zu dir steht.

»Vielen Dank, Andrej«, hörte ich Vikas Stimme aus dem Flur. Ich knöpfte das Hemd zu. Der Kragen war zu eng, aber vielleicht stand es mir ja wirklich.

Andrej Nedossilows Antwort war kaum zu hören. Er sprach immer leise und mit weicher Stimme.

»Hast du es gleich gefunden?«, erkundigte sich Vika, denn Andrej besuchte uns zum ersten Mal.

»Wenn sich hier einer verlaufen hat, dann ich«, flüsterte ich. »Und zwar in mir selbst.«

»Ljonka!«

»Ich komme schon!« Ich stopfte das Hemd in die Jeans und ging in den Flur.

Früher mochte ich Andrej Nedossilow sehr. Er war Psychologe, ein Kollege von Vika, und erforschte die *Tiefe* sowie alle Phänomene, die mit ihr einhergingen. Aber heute ... Heute war ich mir da nicht mehr sicher.

»Guten Tag, Leonid.« Andrej begrüßte mich, als hätten wir uns erst vor ein paar Stunden voneinander verabschiedet, nicht vor einem Jahr, auf dem Bahnhof in Petersburg, als wir nach Moskau umgezogen waren. In einer Hand hielt er eine in Zellophan verpackte Rose, in der anderen eine Flasche mit irgendeinem Likör.

»Hast du es gleich gefunden?«, wiederholte ich Vikas Frage.

»War gar kein Problem. Schön habt ihr's.« Er ließ seinen Blick anerkennend durch den Flur schweifen. »Da spürt man gleich die Gemütlichkeit und Wärme einer Familie.«

Andrej war zwar groß, dabei aber recht korpulent. Typen wie ihn stellst du dir ohne Weiteres in einem Ohrensessel oder am Rednerpult vor einem kleinlauten Auditorium vor, bringst sie aber auf gar keinen Fall mit einem Steuerruder oder einem Presslufthammer in Zusammenhang. Außerdem flößt er einem bestürzend schnell Vertrauen und Respekt ein, dafür reichten ihm wenige Worte und seine leise, selbstsichere Stimme.

»Komm rein«, forderte ich ihn auf. »Du bist allein?«

»Meine Kollegen wurden aufgehalten.« Andrej fuhr sich mit einer seltsamen Geste übers Gesicht, als wollte er eine nicht vorhandene Brille hochschieben. Aus ebensolchen Details setzte sich sein Image zusammen, aus dem verschmitzten Zwinkern Lenins, dem gewinnenden Lächeln Gagarins und der unterschwelligen Melancholie Leonows. Jeder nicht-standardisierte Mensch legt sich nun mal, ob bewusst oder nicht, bestimmte Charakteristika wie Gestik, Mimik oder Intonation zu. Die trägt er dann wie ein Banner des eigenen Charmes vor sich her.

»Wie war der Kongress?«, wollte Vika wissen, als sie ihm die Rose und die Flasche abnahm. »Ljonka, bringst du mir mal die Vase, die hohe ...«

»Ausgesprochen anregend.« Nedossilow legte ab – das Wort »ausziehen« verbot sich bei ihm geradezu. »Vitja Archontow hat einen interessanten Vortrag gehalten ...«

Während ich nach der Vase suchte, lauschte ich mit halbem Ohr dem Bericht vom Kongress.

»Mark Petrowski klebt noch immer an seinem Thema ... obwohl ich fürchte, dass er im Laufe des letzten Jahres nichts Neues entdeckt hat. Allerdings hat er eine faszinierende Statistik aufgestellt ...«

Die Vase war eingestaubt. Wann hatte ich Vika eigentlich das letzte Mal Blumen geschenkt? Zum Frauentag am 8. März? Nein, später auch noch mal, im Sommer. Da war ich aus unserem Eckladen gekommen, davor hatte eine Alte Gladiolen verkauft, von ihrer Datscha und nicht teuer.

»Bagrjanow und Bogorodski haben solide Arbeit geleistet. Die Ergebnisse sind zwar noch schwer einzuschätzen, aber auf alle Fälle vielversprechend.«

Ich wischte geistesabwesend den Staub vom Vasenhals. Eine Weinflasche darf sich was auf ihre Staubschicht einbilden, nicht aber eine Blumenvase.

»Plotnikow reitet noch immer sein Steckenpferd. Viele kritisieren ihn, meiner Ansicht nach ist er jedoch auf dem richtigen Weg.«

Interessant, faszinierend, vielversprechend und aussichtsreich. Die professionelle Ethik verlangt nach nüchternen und fundierten Aussagen.

»Warum wolltest du eigentlich nicht am Kongress teilnehmen, Viktoria? Du hast doch eine Einladung gekriegt, oder?«

»Ich beschäftige mich nicht mehr mit diesem Thema, Andrjuscha, das weißt du doch. Wie ist dein Vortrag angekommen?«

»Das musst du das Publikum fragen.«

Als die beiden ins Wohnzimmer kamen, gab ich die unsinnige Abreiberei auf und ging mit der Vase ins Bad.

»Worüber hast du gesprochen?«

Vika konnte noch so beiläufig fragen – mir entging nicht, wie erpicht sie auf jede Information war. Und wahrscheinlich fiel auch Andrej nicht auf ihren Ton herein.

»*Neomythologie am Beispiel der Diver-Legenden in der Subkultur des virtuellen Raums.* Zu diesem Phänomen liegen zwar bereits Arbeiten vor, sie sind jedoch leider viel zu unkritisch.«

Ich blieb wie angewurzelt stehen, stürzte dann aber weiter, zog die Badezimmertür hinter mir zu, stellte das Wasser an und füllte die Vase. Es klirrte, als ich mit der Kristallvase gegen den Wannenrand stieß, die Vase überstand die Kollision zum Glück jedoch.

Was sollte das denn heißen? Diver-Legenden?

Nachdem ich das trübe Wasser ausgeschüttet hatte, ließ ich die Vase ein zweites Mal volllaufen. Dann schoss ich zurück ins Wohnzimmer. Doch selbst wenn ich es mit wehenden Fahnen erstürmt hätte, hätten Andrej und Vika mich wohl nicht bemerkt, da sie zu vertieft in ihr Gespräch waren.

»Und diesen Zweifel konntest du jetzt ausräumen?«

»Fürs Erste ja.« Nedossilow saß bereits auf dem Sofa, zappelte aber noch herum und suchte nach der richtigen Position. Mit Menschen wurde er sofort warm, mit einem Raum nicht. Es gibt ja Leute, die können ein fremdes Haus betreten und werden sofort ein Teil davon. Sei es nun eine hypermoderne und teure

Wohnung, sei es ein zugemülltes Zimmer in einer Gemeinschaftswohnung. Andrej gehörte nicht zu ihnen. Wahrscheinlich bildete einzig und allein sein eigenes Zuhause eine adäquate Umgebung für ihn. »Ich habe das ganze Material, das es über diese sogenannten Diver gibt, zusammengetragen ...«

Ich befreite die Rose aus dem Zellophan und setzte sie in die Vase. Vika bedachte mich mit einem warnenden Blick, als sie mir die Vase abnahm. »Was soll das denn, Ljonka?«, fragte sie entsetzt. »Das Wasser ist ja kochend heiß.«

Sie schwirrte aus dem Zimmer und riss dabei die unglückliche Blume aus dem Wasser.

Ich setzte mich neben Andrej. Schweigend schraubte ich eine Flasche Wodka auf und sah unseren Gast fragend an.

»Wenn du erlaubst ...« Nedossilow öffnete den Likör, den er in weiser Voraussicht mitgebracht hatte, etwas Irisches, Cremiges. Er goss sich ein Gläschen der sämigen weißen Flüssigkeit ein. »Was willst du, Viktoria?«

»Da wir nur Wodka haben«, antworte Vika, die gerade wieder hereinkam, »nehme ich auch Likör.«

Scheiße. Ich hatte vergessen, ihr Wein oder Bier mitzubringen.

»Es gab nichts Ordentliches«, murmelte ich.

»Schon gut«, erwiderte Vika und stellte die Vase auf den Tisch. »Andrej hat ja für mich gesorgt ...«

»Auf eure Wohnung«, toastete Nedossilow, nachdem er sich etwas Kartoffelsalat aufgetan hatte. »Darauf, dass ich es endlich geschafft habe, euch zu besuchen.«

Wir stießen an. Ich trank den nicht gerade eiskalten, aber dennoch akzeptablen Wodka und versuchte, die nächsten Toasts zu prognostizieren.

Auf die Hausherrin. Auf den Hausherrn. Auf den Gast und seine wissenschaftlichen Erfolge. Auf das Land und das Volk ...

nein, erst auf die Gesundheit aller Anwesenden, dann auf das Land und das Volk. Danach auf unseren Gegenbesuch.

Bei dieser Prognose hatte ich allerdings die Rechnung ohne Andrej gemacht. Selbst vom Likör trank er den ganzen Abend über nur drei, vier Gläschen. Deshalb kamen das Land und das Volk noch einmal davon.

»Was macht eure Arbeit?«, erkundigte sich Nedossilow, der nach dem Likör etwas Salat aß.

Die Frage galt uns beiden.

Vika und ich sahen uns an.

»Ich kann nicht klagen«, antworte Vika. »Ich untersuche die Entwicklung der räumlichen und bildlichen Vorstellung bei Grundschülern, aber das habe ich dir ja schon geschrieben. Es geht darum, wie weit die *Tiefe* als Korrektiv bei Wahrnehmungsstörungen fungieren kann.«

»Ist bald mit deiner Habilitation zu rechnen?«, fragte Andrej.

»Mhm«, antwortete sie leichthin.

»Ruf mich an, wenn du sie verteidigst! Und schicke sie mir, damit ich eine positive Rezension schreibe!«

»Und wenn sie dir nicht gefällt?«, wollte Vika wissen.

»Wie soll mir deine Arbeit nicht gefallen?«, entgegnete Andrej erstaunt. »Ich weiß doch, welche Anforderungen du an dich selbst stellst! Was ist mit dir, Leonid?«

»Ich arbeite bei einer großen Firma in Deeptown«, gab ich Auskunft. »Als Fachmann fürs Transportwesen.«

Andrej nickte.

»Ich bin Möbelpacker«, präzisierte ich.

Nedossilow lächelte. Wahrscheinlich hielt er das für einen Slangausdruck.

»Aber erzähl doch mal, Andrej. Was ist das für eine Sache mit den Divern?«, kam ich auf sein Thema zurück. »Gibt es sie nun oder nicht?«

Der Psychologe hatte endlich eine bequeme Haltung auf dem Sofa gefunden. »Wenn du davon ausgehst, dass die Welt sich aus der Gesamtheit aller Vorstellungen einer Gesellschaft und der dominanten Subkulturen ihrer sozialen Mikromilieus zusammensetzt, dann existiert einfach absolut alles«, führte er aus. »Dann ist Koschtschei der Unsterbliche ebenso real wie die Hexe Baba Jaga – zumindest wenn du diese Figuren im Kontext ihrer konkreten historischen und kulturellen Umgebung betrachtest. Was ist die Mythologie denn eigentlich? Es ist die Aufladung der Welt mit unzulänglichen Komponenten, die sich im menschlichen Bewusstsein herausgebildet haben, aber über keine reale Grundlage in der Welt verfügen. Gehst du da mit mir konform?«

»Glaub schon.«

Vika sah auf die Uhr, stand auf und ging in die Küche. »Das Essen ist gleich fertig«, kündigte sie an.

»Also ...« Andrej schien auf Versatzstücke aus dem Vortrag zurückzugreifen, den er heute gehalten hatte. »Um einen effektiven, vitalen – ja, genau, einen vitalen – Mythos zu schaffen, sind folgende Umstände nötig. Erstens: Die Gesellschaft oder ein organisierter, stabiler Teil von ihr muss ein Bedürfnis nach ebendiesem Mythos haben. Ist dieser Faktor in der Anfangsphase der Erschaffung des virtuellen Raums gegeben gewesen? Selbstverständlich, schon allein aufgrund der unzulänglichen Soft- und Hardware. Die zahllosen Abstürze verlangten nach dem Mythos des Divers als Retter und Beschützer. Zweitens: Es müssen reale Erscheinungsformen auf das Agieren dieser mythologischen Figuren deuten. Zeus war für die alten Griechen real, weil alle seine Blitze sehen konnten.«

»Das heißt also, jemand hat die Diver gesehen?«

»Nicht die Diver!« Nedossilow drohte mir mit dem Finger. »Nein, es wurden Ereignisse beobachtet, die man Divern zuschreiben konnte. Ich spreche hier von den Situationen, in denen ein normaler Mensch nicht allein aus dem virtuellen Raum auszutreten vermochte, bestimmte User aber doch dazu imstande waren. Wie sollte man das interpretieren? Die einzige Erklärung schien darin zu liegen, dass es besondere Menschen gibt, die ihr Bewusstsein vollständig unter Kontrolle haben und den Kontakt zur Realität nicht verlieren!«

»Und welche Erklärung hast du dann für diese Fälle parat?«

»Ach, Leonid!« Andrej lachte leise. »Das liegt doch auf der Hand! Ich weiß, dass du deine Zeit regelmäßig in der virtuellen Welt verbringst, in diesem Deeptown. Du bist mit dem Slang, der Kultur und den Mythen dieser Welt vertraut. Aber versuch doch einmal, all das für einen Moment zu vergessen und die Situation mit dem nüchternen Blick eines normalen, logisch denkenden Menschen zu betrachten.«

»Keine einfache Aufgabe, aber ich will es versuchen.« Ich schenkte mir Wodka nach. Da aus der Küche Geschirrgeklappere herüberdrang, trank ich schnell aus und stellte das Glas auf den Tisch. Andrej tat so, als habe er nichts bemerkt.

Vielleicht hatte er das aber auch tatsächlich nicht.

»Zunächst habe ich einen falschen Weg eingeschlagen«, gab Nedossilow selbstkritisch zu. »Da habe ich nämlich angenommen, die jungen Leute hätten an ihrer virtuellen Kleidung spezielle Knöpfe angebracht, Austrittsknöpfe, wenn du so willst. Sobald sie im virtuellen Raum auf sie drückten, erhielt der Computer in der realen Welt den Befehl zum Austritt.«

»Das würde nicht funktionieren«, wandte ich ein. »Du kannst dir tausend Knöpfe anzeichnen, an allen Körperteilen – nur glaubt dein Bewusstsein unter dem Einfluss des Deep-Programms nicht mehr daran, dass sie etwas bewirken. Denn die *Tiefe* ist eine verdammt süße Illusion. Süßer noch als Heroin. Du könntest ewig auf diesen Austrittsknopf drücken, aber du würdest keinen realen Befehl geben. Und weißt du auch warum nicht?

Weil du in dem Fall zugeben würdest, dass die *Tiefe* irreal ist. Aber die Ratte, die Elektroden in das Lustzentrums ihres Gehirns implantiert kriegt, nagt die Drähte nicht durch. Lieber tritt sie aufs Pedal und stirbt an Entkräftung. Und wir Menschen sind da keinen Deut besser als Tiere.«

»Völlig einverstanden!« Andrej hob die Hände. »Aber du musst wissen, Leonid, ich habe führende Experten zur virtuellen Welt befragt. Fachleute, die jeden Tag mehrere Stunden im Cyberspace verbringen.«

Ich schluckte mein Lachen hinunter. Wenn jemand dir aufs Butterbrot schmiert, er kenne Leute, die könnten ein ganzes Glas Wodka trinken, dann willst du natürlich antworten, dass du ein paar Flaschen bewältigst. Auch wenn das schlechter Stil ist.

Wie viele Jahre in meinem Leben hatte ich in der *Tiefe* gelebt – und war nur für ein paar Stunden aus ihr aufgetaucht?

»Doch ein falsches Ergebnis ist genauso wertvoll wie ein richtiges«, dozierte Nedossilow weiter. »Deshalb habe ich die Frage eingehender untersucht. Wenn der technische Faktor als Antwort ausscheidet, dann muss alles am humanen ...«

»Eben!«, fiel ich ihm ins Wort. »Das Phänomen der Diver war ausschließlich ein Phänomen der Menschen. Diver haben nämlich die Grenze zwischen Fantasie und Wirklichkeit nie aus den Augen verloren ...«

»Nur sitzt du damit dem Mythos auf.« Nedossilow schüttelte traurig den Kopf. »Indem du vorbehaltlos eine Legende glaubst. Und weißt du auch, was wiederum dafür der Grund ist? Du glaubst an den Mythos des einsamen Helden!«

»Das ist mir zu hoch«, gab ich ehrlich zu.

»Diver haben im Duo gearbeitet«, erklärte Andrej lachend.

»Manchmal schon«, sagte ich. Mir fiel Romka ein, und ich griff mit finsterer Miene nach der Flasche. »Aber in der Regel sind sie ausgemachte Einzelgänger und ...«

»Und eben da fängt der Mythos an!«, trumpfte Nedossilow auf. »Die Diver, genauer die sogenannten Diver, haben darauf vertraut, dass die Menschen in ihnen unbedingt Individualisten sehen wollten. Dabei haben sie jedoch stets im Team gearbeitet. Einer hielt sich in der virtuellen Welt auf.« Er legte eine Kunstpause ein. »Der andere saß zu Hause, beobachtete das Geschehen am Bildschirm und drückte bei Bedarf den Knopf zum Austritt!«

»Aber ...« Ich verstummte und versuchte, mir dieses Szenario vorzustellen.

»Das ist doch einleuchtend, oder?« Ich fürchtete schon, Nedossilow wolle mir herablassend auf die Schultern klopfen. Aber sein Bedürfnis nach körperlicher Distanz überstieg sogar noch das der Japaner. Selbst wenn er dir die Hand gab, tat er das schnell und nur mit halber Kraft. »Das ganze Geheimnis der Diver besteht darin, dass sie im Team arbeiten!«

»Ihre Art von Arbeit ließ so etwas aber kaum ...« Ich verstummte. Das war nicht das richtige Argument. Scheiße aber auch, wie sollte ich ihm das erklären? »Du warst doch auch schon mal in der *Tiefe*, oder?«

»Natürlich nicht«, erwiderte Nedossilow perplex. »Ich bin Wissenschaftler, Leonid. Ein Gelehrter, kein Versuchskaninchen.«

Das Versuchskaninchen überhörte ich. »Dann glaube mir, dass die Arbeitsweise, so wie du sie beschrieben hast, zum Scheitern verurteilt ist. Das Bild auf deinem Computerbildschirm hat wenig mit dem zu tun, was du siehst und spürst, wenn du wirklich in der *Tiefe* bist. Selbst ein noch so aufmerksamer und gewiefter Partner würde nicht begreifen, wann du wirklich aus der *Tiefe* herausgeholt werden musst.«

»Das bildest du dir ein, Leonid.« Andrej lächelte sanft. »Ich habe sogar mit Fachleuten über diese Frage gesprochen. Sie sind überzeugt davon, dass es sich genauso verhält. Obendrein haben

Experimente zweifelsfrei bestätigt, dass diese Methode funktioniert!«

»In Einzelfällen vielleicht.« Ich wollte mich nicht mit ihm streiten. Meine Ansicht stand der seinen diametral gegenüber, doch das besagte rein gar nichts. »Aber nicht in allen, das musst du mir glauben! Außerdem darf man die *Tiefe* von heute nicht mit der vergleichen, die wir früher hatten! Vor zwei Jahren gingen die meisten Leute über eine Telefonverbindung, über ein Modem, nach Deeptown. Die Datenübertragung dauerte ewig, die Welt, die du auf den Displays gesehen hast, war nur rudimentär ausgestaltet. Was meinst du denn, wozu all diese Firmen wie Deep-Explorer nötig waren?«

»Um sich bequemer im virtuellen Raum bewegen zu können«, antwortete Andrej gelassen.

»Eben nicht! Du bist im Taxi durch die virtuelle Welt gekurvt, um deinem Rechner die Zeit zu geben, die Daten jener Adresse zu laden, zu der du wolltest. Daran hat sich auch heute nichts geändert, nur geht es inzwischen viel schneller. Früher bist du dagegen nur durch Deeptown gezuckelt, und je lahmer dein Rechner, je schlechter deine Telefonverbindung war, desto mehr Zeit brauchtest du, um von Punkt A zu Punkt B zu kommen.«

»Höchst interessant«, bemerkte Nedossilow. »Ich werde das berücksichtigen, vielen Dank. Trotzdem hast du unrecht.«

»Wieso?«

»Weil der Mythos dich gefangen hält, Leonid! Du bist, bitte verzeih die Offenheit, viel zu romantisch. Natürlich gibt es gegen Romantik nichts einzuwenden. Natürlich haben die Diver existiert. Aber eben als Mythos. Als Charakteristika eines bestimmten Milieus. Als Symbol. Dabei ist in gewisser Weise sogar von ihrer materiellen Erscheinung zu sprechen, handelte es sich doch um ein gut abgestimmtes Hackerduo. Mehr steckt allerdings nicht dahinter. Nehmen wir uns doch einmal die bekanntesten Diver-Legenden vor, die bereits zu Beginn der Eroberung des virtuellen Raums geschaffen wurden, im goldenen Zeitalter der virtuellen Mythenkreation. Da haben wir die Legende von der Brücke aus Pferdehaar und dem magischen Apfel Al Kabars, die Legende vom Loser, vom Labyrinth des Todes ...«

»Das hältst du für Legenden?«, fragte ich fassungslos.

»Jungs!«

Wir sahen Vika an.

»Ihr werdet euch doch wohl nicht streiten, oder?« Vika stellte die Teller vor uns hin. »Esst vor dem nächsten Gläschen lieber was. Und du, Ljonka, schenk mir einen Wodka ein.«

»Du wolltest doch Likör«, brummte ich.

»Ich hab's mir anders überlegt.«

Wir sahen einander an.

Sie hatte alles gehört. Oder fast alles. Und sie wusste genau, wie ich mich jetzt fühlte.

In diesem Punkt verstanden wir uns wortlos.

Trotz allem.

»Danke, Vika«, sagte ich. »Es ist nicht schön, allein Wodka zu trinken.«

Wir schafften es sogar noch, einen Toast auszubringen, bevor es an der Tür klingelte.

Irgendwann um elf Uhr abends stand ich mit Wassja und Wolodja, den jungen Doktoranden Nedossilows, auf dem Balkon. Ich hielt ein volles Glas Wodka in der Hand, in meinem Kopf dröhnte es, in meinem Innern war alles leer.

»Also, was können wir als Ergebnis festhalten?«, drang Nedossilows Stimme aus dem Wohnzimmer heran. »Es ist bewiesen, dass unqualifizierte Programmierer des Vergnügungszentrums Labyrinth des Todes einen Absturz des Servers zu verantworten hatten. Sie wollten den Fehler natürlich nicht zugeben, denn das hätte für sie eine Abmahnung bedeutet. Deshalb haben sie die Version in die Welt gesetzt, an allem sei ein Diver schuld. Untersuchen wir sämtliche Mythen genauer, stellen wir schnell fest, dass jeder einzelne auf Inkompetenz, Unprofessionalität und Arroganz beruht. Im Mittelalter wurden Epidemien dem bösen Zauber der Hexen zugeschrieben, nicht den Strömen von Fäkalien, die durch die Straßen der Städte flossen. Heutzutage müssen inexistente Diver als Sündenbock herhalten, um …«

Ich nahm einen tiefen Zug an der Zigarette, die ich von Wolodja geschlaucht hatte. Ich rauchte selten, aber jetzt brauchte ich es.

Die beiden Nachwuchswissenschaftler hingen ihrem Chef förmlich an den Lippen. Ja, ja, das macht ihr ganz richtig, ihr zukünftigen Profs! Entkräftet ruhig alle Mythen, reißt das Lügengebäude ein und stellt euer eigenes wackliges Haus auf eine solide Grundlage!

»Aber wozu mussten unbedingt Diver her?«, fragte Vika. »Warum reichten die Hacker nicht aus?« Sie saß bereits seit einer halben Stunde mit einem Glas in der Hand vor Nedossilow und lauschte seiner inspirierten Erzählung.

Begriff Andrej eigentlich, dass er gerade selbst als Forschungsobjekt für Vika diente?

»Weil sich alle Programmierer – oder zumindest der überwiegende Teil von ihnen – insgeheim für Hacker halten«, erklärte Nedossilow prompt. »Wälzt man die Schuld also auf die Hacker ab, hieße das letztlich, die eigene Inkompetenz einzugestehen. Ganz anders verhält es sich jedoch mit Divern. Sie repräsentieren eine übernatürliche Kraft, bei ihnen handelt es sich um Menschen mit besonderen Fähigkeiten. Ihnen zu unterliegen ist keine Schande … Hast du dich nicht selbst auch einmal mit dem Phänomen der Diver beschäftigt, Viktoria?«

»Ja, aber inzwischen interessiert es mich nicht mehr.«

»Das ist ein Fehler. Denn es ist höchst faszinierend.«

»Aber sie existieren doch gar nicht, Andrej.«

Die Ironie in ihrer Stimme war derart fein, dass selbst ich sie kaum heraushörte.

»Ob der zu erforschende Gegenstand real existiert, ist überhaupt nicht von Belang, Vika! Nein, es kommt einzig und allein auf die Forschung selbst an.«

Ich schaute Wassili in das intelligente Gesicht, nickte ihm zu und erhob mein Glas. »Auf die Relevanz des Inexistenten!«

Wir stießen an.

»Wir müssen gehen«, meinte Wolodja auf einmal zu seinem Kollegen. »Sag Andrej Petrowitsch ... dass unser Zug bald fährt.«

»Sag es ihm doch selbst!«, blaffte Wassili.

»Andrej«, rief ich ins Wohnzimmer. »Kommt ihr nicht zu spät zum Zug? Die beiden hier draußen machen sich allmählich Sorgen.«

Eine peinliche Pause trat ein.

»Stimmt.«

Durch die Gardine hindurch beobachtete ich, wie Andrej sich unbeholfen vom Sofa hochstemmte. »Viktoria, du musst unbedingt nach Piter kommen, dann versuchen wir, deinen alten Thesen frischen Glanz zu verleihen. Versprochen?«

»Ich werde es versuchen.« Vika erhob sich.

Nedossilow und seine beiden Doktoranden waren schnell aufbruchbereit. Wenn ich etwas an Leuten schätze, dann ist es ihre Fähigkeit, sich ohne langes Gerede zu verabschieden.

»Es würde mich freuen, euch einmal wiederzusehen, Leonid!« Andrej bedachte mich mit einem außergewöhnlich kräftigen Händedruck. Anscheinend hatte der Abend ihm wirklich gefallen. Wie auch nicht? Wo er doch nach dem umjubelten Auftritt auf dem Kongress hier gleich noch einmal die Gelegenheit bekommen hatte, vor einer einst vielversprechenden, inzwischen aber vom Alltag und ihrem naiven Mann aufgezehrten Kollegin seinen Sermon abzulassen …

»Gilt für mich genauso«, erwiderte ich.

Als ich die Tür hinter unseren Gästen zuschloss, tat ich das übertrieben penibel. Offenbar hatte ich einen über den Durst getrunken.

»Ljonka …«

Ich sah Vika an. Sie stand gegen die Wand gelehnt, in sich zusammengefallen und irgendwie sogar gealtert.

»Mich gibt es nicht«, knurrte ich. »Hat uns das Andrej nicht gerade eben bewiesen? Mich gibt es nicht, und hat es auch nie gegeben. Ich bin eine Legende. Ein Mythos. Ein paar Absätze in der Dissertation von irgendjemandem.«

Sie sagte kein Wort.

»Ich bin nie in Al Kabar gewesen. Ich habe den Loser nicht aus dem Labyrinth geholt. Und ich habe mich auch nicht in einem Bordell versteckt, denn die Puffmutter existiert in Wirklichkeit ebenso wenig. Ich bin nur ein Ausdruck der Inkompetenz von Dritten. Ein Mann, der in seinem ganzen Leben noch nicht in der *Tiefe* gewesen ist, hat das ganz klar bewiesen.«

»Vergiss nicht, Leonid, dass er wirklich ein bedeutender Wissenschaftler ist …«

»Bedeutender geht es ja kaum.«

»Er hat sich mitreißen lassen. Wenn man eine Hypothese für wahr hält, dann verteidigt man sie um jeden Preis. Alles, was nicht zu dieser Theorie passt, wird diskreditiert, und selbst die zweifelhaftesten Fakten noch bewiesen.«

»Wirklich ein hervorragender Wissenschaftler!«

»Aber in einem Punkt hat er recht.« Vika sah mir in die Augen. »Es gibt keine Diver. Jedenfalls heute nicht mehr. Das müssen selbst wir anerkennen.«

Ich hätte jetzt einwenden können, dass ich das längst verstanden und akzeptiert hatte. Doch ich zog es vor zu schweigen.

»Lass uns morgen aufräumen, ja?«, schlug Vika vor.

»Okay.«

»Gehen wir schlafen?«

»Ich bin noch nicht müde. Überhaupt nicht.«

»Du Nachteule!«, sagte Vika leise und mit einem zarten Anflug von Spott – und da war mir für einen Moment alles scheißegal.

Da wollte ich nur noch ins Bett fallen, in der festen Absicht, gleich morgen meine Bekannten anzurufen und sie zu fragen, ob sie nicht einen anständigen Job für mich hätten.

»Ich bin keine Nachteule«, widersprach ich dann aber. »Genauso wenig wie ich mit dem ersten Hahnenschrei munter werde.«

»Gute Nacht, Leonid.« Vika drehte sich um und zog sich ins Bad zurück.

»Gute Nacht«, murmelte ich. Vor zwei Jahren hätte ich im Traum nicht daran gedacht, mich vor meine Kiste zu setzen, während Vika ins Bett ging.

Wie die Zeiten sich geändert hatten ...

Sobald Vika die Badezimmertür hinter sich geschlossen hatte und das Wasser rauschte, begab ich mich ins Wohnzimmer. Obwohl ich ein bisschen torkelte, zog ich mir dabei schon das Hemd und die Jeans aus und warf beides aufs Sofa. Ich klaubte mir ein Stück Käse vom Tisch und trank einen Schluck Orangensaft.

Der Sensoranzug war klamm, den hätte ich längst mal ordentlich austrocknen lassen müssen. Ich schloss ihn an den Rechner an und beobachtete, wie der Bildschirm zum Leben erwachte.

Mich gab es nicht. Niemanden von uns gab es noch. Das hatte ich doch richtig verstanden, oder?

Unbändige Wut kochte in mir hoch.

Unter uns liegt jetzt gelber Wüstensand. Es ist heiß, verdammt heiß sogar, und Windböen zwingen mich, die Augen zusammenzukneifen. Vor mir klafft eine hundert Meter breite Schlucht, auf der anderen Seite erhebt sich eine orientalische Stadt. Minarette, Kuppeln, alles in orangefarbenen, gelben und grünen Tönen.

All das hatte also nie existiert?

Über den steilen Hang zieht sich eine dichte Decke aus flachen Sträuchern. Im starken Wind muss ich die Augen zukneifen. Am Himmel hängen Wolken. Der Fluss braust und hat etliche Stromschnellen, obwohl wir nicht in den Bergen sind. In der Ferne steigt ein Schwarm großer Vögel auf, keine Ahnung, was für welche, so nah kommen sie nie herangeflogen.

Und auch das hatte es nie gegeben! Niemals!

Die blaue Flamme funkelt im Gras, setzt aber nichts in Brand und wirft keinen Schatten. Der Stern ist in einen Talkessel zwischen zwei Hügeln gefallen. Etwas weiter hinten beginnt eine Felsformation, die völlig fremd wirkt und aus einer anderen Welt gerissen zu sein scheint.

All das ist bloß ausgedacht! Von unerfahrenen Usern und untalentierten Entwicklern, deren Server abgestürzt ist! Eine neue Mythologie. In Wirklichkeit hatte es immer nur staubige Bildschirme gegeben, überlastete Rechner, starre Augen und versteinerte Gesichter von Menschen, die ihren VR-Anzug in den Deep-Port ihrer Kiste gesteckt hatten. Nur das hatte es gegeben – und daran hatte sich nichts geändert ...

Meine Finger berührten die Tasten. Ich biss mir auf die Lippe, bis es schmerzte. Gleich würde Vika aus dem Bad kommen und mich in der typischen Position vorfinden: am Rechner, die Finger auf den Tasten, die Augen vom VR-Helm verborgen, den Blick ins Nichts, in den Strom gleichgültiger, durch das Netz rasender Impulse gerichtet. Sie würde mich ansehen, vielleicht ein verheddertes Kabel auseinanderpulen, vielleicht die Balkontür ein Stück ranziehen, damit es nicht zu sehr zog.

Und dann würde sie sich umdrehen, um allein schlafen zu gehen. Ihr Notebook auf dem Nachttisch würde vergeblich auf sie warten.

Deep.

»Ich bin keine Nachteule«, teilte ich wem auch immer mit. Vielleicht Nedossilow, der im Taxi hockte und die ganze Zeit seine Erklärungen für den Fahrer, seine Doktoranden und die kalte Nacht um ihn herum vom Stapel ließ.

Enter.

Ein kreisender Regenbogen, der sich selbst in den Schwanz biss.

Die *Tiefe*.

100

Ich schlage die Tür des Hotelzimmers hinter mir zu und bleibe im Gang stehen. Wie immer in der *Tiefe* werde ich sofort nüchtern. Nur die abgehackten Bewegungen und eine gewisse Umtriebigkeit zeugen noch von dem Alkohol, den ich getrunken habe.

Mich gibt es also nicht?

Das wollen wir doch mal sehen!

Ich gehe zum Zimmer 2017, blicke mich noch einmal um, doch der Gang ist leer. Hervorragend, auch wenn sich niemand über einen Mann wundern würde, der aus einem Zimmer herauskommt und in einem anderen verschwindet.

Sobald ich den Code eingebe, springt die Tür auf.

Die Schwelle, die noch vor ein paar Stunden ein unüberwindbares Hindernis dargestellt hat, jagt mir jetzt keinen Schrecken mehr ein. Ich betrete das Zimmer und mache die Tür hinter mir zu.

Um mich herum nichts als Stille.

Aber nicht die Stille eines viel genutzten Hotelzimmers, sondern eine Stille, wie sie auf einem Friedhof, in einem aufgegebenen Hangar oder in einer regennassen Schlucht herrscht. Und selbst wenn ich mir diese Stille bloß ausgedacht habe – jetzt ist sie Realität.

Ich meide den Blick auf das Bild an der Wand und gehe zum Schrank. Er hat kein Schloss, wozu auch. Wer die Zimmertür aufkriegt, würde am Schrank garantiert nicht scheitern.

Wenn nur Vika in der realen Welt nicht auf den Bildschirm schaut!

Als ich die Türen öffne, geben sie ein leises, trauriges Quietschen von sich. »Hallo«, sage ich.

Schlaff wie Gummipuppen, aus denen die Luft entwichen ist, und in den Geruch von Staub und Mottenkugeln gehüllt hängen die Menschenkörper im Schrank.

Ich strecke die Hand aus, um einen der Schrankbewohner zu berühren. Ein hagerer, großer Mann mit dunkler Haut und blassblauen Augen, der zwei Halfter am Gürtel trägt. »Hallo, Revolvermann.«

Er schweigt. Ohne mich ist er aufgeschmissen.

Ohne mich sind sie alle am Arsch.

Ein Barttyp mit komischer Kleidung. »Sei gegrüßt, Sedativum.«

Ein älterer, sehr distinguierter Gentleman. »Guten Tag, Don.«

Eine rotblonde Frau mit kurvenreichem Körper. »Hallo, Luisa.«

Ein unauffälliger Mann in mittleren Jahren. »Hi, Slider!«

Ein tattriger Alter. »Sei gegrüßt, Proteus.«

Ein junger, attraktiver Typ. »He, Romeo!«

Patronen in der Trommel, zerknitterte Kostüme, ein Arsenal voll alter Waffen.

Oder ist es sogar noch schlimmer?

Sind es bloß Museumsstücke?

Ich nehme den Alten vom Haken, und noch während ich ihm in die Augen blicke, die leer, fahl und verhangen sind ...

Mitten in der Verwandlung fällt mir der Körper des unscheinbaren Bikers entgegen, der für Fahrten in Deeptown bestens geeignet ist. Ich fange ihn auf, hänge ihn aber nicht auf den Bügel zurück, sondern stopfe ihn in die Ecke zwischen Schrank und Bett.

Nach der abgeschlossenen Transformation begutachte ich mich im Spiegel. Dann lege ich die Hände auf mein Gesicht, glätte die Falten, ziehe die Mundwinkel nach oben, begradige die Nase ... Ich wachse, kriege breitere Schultern ...

Und schon bin ich kein Alter mehr, sondern ein Mann in mittleren Jahren. Ein ganz normaler Typ, obendrein mit intelligenten Augen.

Nur behagt er mir trotzdem nicht ganz.

In diesem Körper fühle ich mich wie von Motten zerfressen und leicht eingestaubt. Die letzten beiden Jahre sind nicht spurlos an ihm vorbeigegangen.

Ich könnte auch zu Luisa mit all ihrem Sexappeal werden. Oder zum rauen Revolvermann. Im Notfall sogar zum Slider, auch wenn ich diesen Avatar hasse.

Aber irgendwie will mich keine der Figuren so recht überzeugen.

Die haben alle zu lange auf mich gewartet, treu wie Hunde, gehorsam und stumm. Sie sind müde, die alten Masken des Divers Leonid.

Dabei sollen sie mir nur einen einzigen Gefallen tun. Der nimmt kaum Zeit in Anspruch, danach würde ich sie nie wieder um etwas bitten ...

Ich greife in die Tasche des fadenscheinigen Jacketts und hole einen Pager raus. Der funktioniert noch, Glück gehabt. Auf dem Ding sind hundert Nachrichten gespeichert, die aktuellste aus dem Frühjahr. Ich lösche sie, ohne sie überhaupt zu lesen.

Im Unterschied zur realen Welt funktioniert ein Pager in der *Tiefe* in beide Richtungen. Ich öffne das Adressbuch. Eine endlose Liste baut sich auf ...

Neben dem Namen MANIAC schimmert ein violettes Licht. Maniac ist online, aber im Stress.

Egal.

Ich versuch's trotzdem. *Hi, Schura!*

Mein Name ist nicht nötig, er weiß auch so, von wem die Nachricht kommt.

Bin im Laufe der nächsten acht Stunden in den Drei kleinen Schweinchen *und warte auf dich. Versuch zu kommen!*

Kurz starre ich aufs Display, als erwarte ich, er würde sofort antworten. Dann stecke ich den Pager wieder in die Tasche.

Mehr kann mir meine Vergangenheit vermutlich nicht bieten.

»Tut mir leid, Revolvermann«, sage ich, als ich den Revolver aus dem Halfter ziehe. »Und all ihr anderen auch ... sorry ...«

Daraufhin trete ich ein paar Schritte zurück und eröffne das Feuer.

Sechs Körper hängen im Schrank – sechs Kugeln stecken im Magazin. Der Körper der schönen Luisa lodert auf und löst sich in Luft auf, der romantische Romeo zerfällt zu Asche, der unvorhersagbare Slider verrottet, der höfliche Don verdampft, und der weise Sedativum geht in einer Funkenwolke auf. Als Letzter kommt der Revolvermann dran. Ich beiße mir auf die Lippe, bevor ich abdrücke.

Der Körper des Revolvermanns zuckt, als werde er galvanisiert, verschwindet aber nicht.

Wie auch?! Die eigene Waffe kann ihm nichts anhaben. Ich hätte mit Sliders Stilett oder mit einer Prise Gift von Sedativum gegen ihn vorgehen müssen. Nur gibt es die schon nicht mehr.

Proteus jedoch, in dessen Körper ich gerade stecke, mordet mit bloßen Händen – was ich beim Revolvermann nicht über mich bringe.

Nicht einmal unter meine eigene Vergangenheit kann ich ohne fremde Hilfe einen Schlussstrich ziehen.

Nach kurzem Zögern schnappe ich mir deshalb den Körper vom Revolvermann, nehme auch den des unscheinbaren Bikers an mich und stapfe mit beiden durch den Gang zu meinem aktuellen Zimmer. Als ich die Tür aufschließe, registriere ich an der Treppe eine rasche Bewegung. Sofort spähe ich in den halbdunklen Flur hinunter.

Nichts. Anscheinend habe ich mich getäuscht.

Beide Körper fliegen aufs Bett. Nach der Landung kehren der Biker und der Revolvermann einander die Gesichter zu und begaffen sich eifersüchtig.

War's das?

Noch nicht ganz.

Ich verlasse das Zimmer und schließe ab. Nach den ersten Schritten bleibe ich stehen und fahre herum. Aber nein, der Gang ist leer.

Also habe ich mich wirklich getäuscht.

Ein erneuter Abstecher ins Zimmer 2017, um das Bild von der Wand zu nehmen. Einen Moment lang stehe ich wie versteinert da und starre auf die designte Landschaft.

Eigentlich ist an dem Bild nichts Besonderes. Unnatürlich hohe Berge, die trotzdem völlig real wirken. An einer Schlucht steht eine kleine Berghütte, am hohen Himmel hängen einzelne, schneeweiße Wolken. Mehr nicht.

Mit dem Bild in der Hand trete ich wieder auf den Flur hinaus – und werde sofort aus unmittelbarer Nähe unter Beschuss genommen.

Der Schuss klingt stumpf, nicht wie das ohrenbetäubende Knallen einer Winchester der Bullen. Immerhin etwas. Durch die grelle Explosion kann ich jedoch nicht mehr das Geringste erkennen. Ich lande auf dem Rücken, und ein dumpfer Schmerz breitet sich in meiner Brust aus. Vor meinen Augen tanzen bunte Kreise, mein Körper erschlafft und verweigert mir den Gehorsam.

Eine dunkle Silhouette beugt sich über mich, vor meinem Gesicht schimmert matt ein Pistolenlauf samt aufgesetztem Schalldämpfer auf.

Ich bin schon verdammt lange nicht mehr getötet worden. Das letzte Mal, bevor ich endgültig gestorben bin ...

»Das ist eine Warnung.« Die Stimme klingt hohl und künstlich. »Kapiert?«

Proteus schweigt, Proteus ist taub, Proteus ist ausgeschaltet.

»Hast du mich verstanden? He!«

Kaum berührt die Hand des Unbekannten meine Schulter, setzt die Transformation ein.

Krallen zerkratzen den Körper meines Angreifers, eine gewaltige Pranke haut ihm mit einem einzigen Schlag die Pistole aus der Hand. Schon im nächsten Moment bin ich auf den Beinen – auf vier Beinen. Ich fletsche die Zähne. Ein Schneeleopard ist ein eher kleines Tier, aber es ist ja auch nicht seine Größe, die ihn gefährlich macht.

Wenn ich doch bloß wieder klar sehen könnte! Wenn diese bunten Schlieren endlich verschwinden würden! Das ist ja, als ob du das Deep-Programm auf einer uralten Kiste mit einer noch älteren Grafikkarte lädst. Abgehackte Bewegungen, verschwommene Konturen ...

»Ich wiederhole: Das ist bloß eine Warnung.«

In der Stimme liegt nicht die geringste Panik. Und das gefällt mir nicht.

Tiefe, Tiefe, ich bin nicht dein ...

Ich nahm den VR-Helm nicht mal ab, denn ich wusste, was mich erwartete: Die Displays des Helms zeigten ein verwackeltes, milchiges und grobes Bild. Sechzehn Farben können die bunte Welt Deeptowns eben nicht adäquat wiedergeben. In der *Tiefe* hatte ich trotz allem wesentlich besser gesehen, weil mein Unterbewusstsein verzweifelt alle Störungen gefiltert und die fehlenden Bilder ergänzt hatte.

Deep.
Enter.

»Wer bist du?«, frage ich halb brüllend, halb knurrend.
»Hast du das immer noch nicht begriffen?«, erwidert die plumpe Figur amüsiert.
»Nein!«
»Dann streng deinen Kopf an!«
Ein weiterer Schuss.
Aber ein lautloser. Überhaupt ist nicht mehr der leiseste Ton zu hören. Toll, jetzt bin ich nicht nur halb blind, sondern auch noch taub.
Der Körper von Proteus übernimmt das Kommando. Er speit Feuer, worauf der Schneeleopard sich in eine Flammensäule verwandelt. Allein eine Berührung von mir bringt jetzt den Tod.
Wenn ich auch noch wüsste, wen ich da eigentlich berühre ... Ich sehe nichts, ich höre nichts ... stolpere durch den Gang, fuchtele mit den Armen ...
Wer auch immer auf mich geschossen hat, er ist längst über alle Berge.
Er ist abgehauen, nachdem er getan hat, was ihn hier hergeführt hat.
Ich bin mutterseelenallein in diesem Gang, eine aus Feuer geschaffene Figur, von geballter Kraft – und absolut hilflos.
Tiefe, Tiefe, ich bin nicht dein ...

Auf dem Monitor herrschte ein gewaltiges Chaos in Himbeerrot, Gelb und Purpur, aus den Kopfhörern drang kein einziger Ton.
Der Kerl hatte mich fertiggemacht. Nach allen Regeln der Kunst. Erst hatte er mir das Augenlicht geraubt, und als das nichts half, auch noch das Hörvermögen.

Ich beugte mich vor und drückte auf Reset. Der Rechner fiepte widerwillig und startete sich neu.

Nachdem ich den Helm auf dem Tisch abgelegt hatte, sah ich erst einmal auf die Uhr.

Gerade mal halb eins. Im Schlafzimmer war alles dunkel, Vika längst nicht mehr wach.

Noch liefen die Zeilen des BIOS über den Bildschirm, der blaue Hintergrund mit den Wolken und der Desktop hatten sich noch nicht aufgebaut. Eine Sekunde lang zögerte ich.

Doch dann holte ich aus einem Stapel DVDs die unterste Scheibe hervor, legte sie ins Laufwerk und startete den Computer abermals.

Zunächst war alles wie immer.

Nur hingen am blauen Himmel keine Wolken.

Außerdem waren die Icons auf dem Desktop transparent, sodass ich sie kaum erkennen konnte. Aber das musste sein, sonst hätten sie das Gesicht überdeckt.

»Hallo, Vika«, sagte ich.

»Gutes Zeitfenster, Leonid.« Das Gesicht auf dem Monitor runzelte die Stirn. Die designte Vika brachte nicht viele Gefühle zustande. Freude, Trauer, Neugier und Zweifel. Alles in Reinform – und damit das genaue Gegenteil vom realen Leben. »Seit dem letzten Start hat es beträchtliche Veränderungen in der Hardware gegeben. Soll ich sie konfigurieren?«

»Ja«, bestätigte ich.

Ehrlich gesagt, wusste ich nicht, ob Vika, mein individuelles Interface, mit der neuen Version von Windows Home klarkam. Auf der Betaversion hatte ich sie noch laufen lassen, aber das lag fast ein Jahr zurück.

Die Vika auf dem Monitor wartete geduldig.

Ich stand auf, zog die Anschlüsse raus und ging ins Bad, um meinen Kopf unter kaltes Wasser zu halten. Mein Rausch war längst verflogen, nur in meinem Bauch grummelte es noch, und mein Mund war völlig ausgetrocknet.

Wer hatte mir da aufgelauert? Und vor allem: warum? Mir, einem harmlosen Bürger Deeptowns, einem Möbelpacker bei HLD?

Wer wollte mir ans Leder?

Oder eher: nicht mir, sondern dem Diver Leonid.

Dem Diver? Blödsinn!

Diver gibt es nicht mehr. Das ist doch zweifelsfrei bewiesen...

Mit einem Mal erwischte ich mich dabei, wie ich grinste. Es spielt nämlich überhaupt keine Rolle, wer dir bestätigt, dass du noch etwas wert bist, ein Freund oder ein Feind. Hauptsache, das bestätigt dir überhaupt jemand.

So musste ein Soldat grinsen, der wegen Krankheit zurückgestellt wurde – und dann einen Einzugsbefehl kriegt. Eigentlich hat er keinen Grund zur Freude, der Fetzen Papier verspricht nichts Gutes ...

Und trotzdem!

»Ich bin noch nicht tot!«, flüsterte ich meinem Spiegelbild zu. »Verdammt noch mal, ich bin noch lange nicht tot!«

Das Spiegelbild bewegte die Lippen und wiederholte lautlos meine Worte.

Wie hypnotisiert strich ich mit der Hand über den kalten Spiegel. Ich grinste wie ein Honigkuchenpferd. Egal. Ich holte den alten Rasierer heraus, sprühte mir Schaum auf die Hand und fing an, mich zu rasieren. Ganz langsam und sorgfältig. Anschließend sprühte ich mir etwas Eau de Cologne auf Wangen und Hals. Danach versuchte ich, eine seriöse Miene aufzusetzen, scheiterte jedoch. Worüber um alles in der Welt freute ich mich bloß so? Etwa darüber, dass ich wie ein Hund geprügelt worden war?

»Wem bin ich bloß auf den Schwanz getreten?«, fragte ich mein Spiegelbild. »Was meinst du?«

Im Kühlschrank entdeckte ich Cola und Saft. Ich trank den Saft, weil die Phosphorsäure, mit der die schlauen Cola-Hersteller das Zeug angereichert hatten, meinen Mund nur noch weiter austrocknen würde. Jetzt war es 00.45 Uhr. Entweder hatte Vika ihre Arbeit erledigt oder die Kiste hatte sich aufgehängt.

Der Rechner lief, Vika lächelte mich vom Bildschirm aus an.

»Wie sieht's aus?«, fragte ich, während ich den Helm und den Anzug anschloss.

»Das System ist stabil. Die Ressourcen reichen aus.«

»Dann geh ins Netz. Die übliche Verbindung. Figur Nr. 3, Proteus.«

»Wird erledigt«, sagte Vika mit einer kaum noch wahrnehmbaren Verzögerung. Ein Glasfaserkabel war eben kein olles Telefonkabel!

Ich setzte den Helm auf und lehnte mich auf dem Stuhl zurück.

Hol mich doch ...! Alles genau wie früher.

Jedenfalls fast.

Deep.

Enter.

Der Biker und der Revolvermann liegen immer noch auf dem Bett. Ich stehe vom Stuhl auf und betrachte mich im Spiegel. Bestens. Proteus zeigt genau die Veränderungen, die ich an ihm vorgenommen habe: Ein Mann um die dreißig mit intelligentem Blick ...

Völlig überflüssigerweise schleiche ich auf Zehenspitzen zur Tür, reiße sie mit einem Ruck auf und hechte in den Gang hinaus – eine lächerliche Vorsichtsmaßnahme. Hier ist niemand. Nur das von einer Kugel durchbohrte Bild liegt noch auf dem Boden.

Ich hebe es auf, um es mir genau anzusehen. Die Kugel hat ausgerechnet die Hütte getroffen. An ihrer Stelle prangt jetzt ein Fleck verschmierter Farbe, die aus sechzehn Tönen gemischt ist.

Die Hütte ist unwiderruflich verloren.

Ich bringe das Bild ins Zimmer, lege es oben auf die beiden schlaffen Körper. Beim Rausgehen schließe ich hinter mir ab, dann stiefle ich nach unten. Ich könnte ein Motorrad oder ein Auto mieten, denn ganz in der Nähe des Hotels liegt ein Parkplatz, doch ich vertraue lieber auf den Deep-Explorer.

Kaum hebe ich die Hand, rauscht ein gelber Mini um die Ecke. Am Steuer sitzt ein angepunkter Typ, einer der Standardavatare für Fahrer.

»Ins Restaurant *Die drei kleinen Schweinchen*«, sage ich, als ich einsteige.

»Die Fahrt dauert drei Minuten«. Der Fahrer hat einen leichten Akzent, baltisch, würde ich vermuten.

Gerade als das Auto anfährt, piept mein Pager. Mit einer Vorahnung, wer am anderen Ende ist, drücke ich auf die Empfangstaste.

»Hi«, begrüßt mich Maniac. »Ich komme. Warte auf mich.«
Kein Wort zu viel.

Täusche ich mich oder hat er inzwischen einen genauso starken Akzent wie der Fahrer? Wahrscheinlich täusche ich mich. Schließlich ist Maniac erst vor einem Jahr ausgewandert.

Er ist völlig überraschend in die Staaten gegangen. Und er ist damals nicht der Einzige gewesen … Aber bei den meisten wusstest du lange im Voraus, was sie vorhatten. Nicht so bei Schurka, der erst mit der Sprache herausgerückt ist, als er schon ein Flugticket nach Seattle in der Hand hielt. Noch zu Sowjetzeiten waren die russischen Juden ebenso klammheimlich nach Israel ausgewandert, auch sie hatten bis zum Schluss niemandem ein Sterbenswörtchen gesagt.

Das Absurde an der ganzen Sache ist aber, dass ich selbst jetzt noch nichts von den Veränderungen in Schurkas Leben zu wissen bräuchte, denn Vika und ich waren ja nach Moskau gezogen. Schurka und ich, wir sahen uns sowieso nur noch in der *Tiefe*.

Oder nein, sein Umzug wäre mir wohl doch nicht entgangen, schließlich konnten wir uns selbst in der *Tiefe* heute nicht mehr problemlos sehen ... Normalerweise gehe ich ja nachts in die *Tiefe* – und da ist bei ihnen gerade Tag, und Maniac muss arbeiten. In der virtuellen Welt spielen Entfernungen zwar keine Rolle mehr, die Zeit aber schon.

Das Auto fährt durch verlassene Gassen. Kurz blinken in der Ferne die Paläste von Microsoft auf, dann erreichen wir einen Prospekt, und ein paar Sekunden später hält der Fahrer bereits vorm Restaurant.

Ich zahle und steige aus. Vor dem Gebäude bleibe ich einen Moment stehen, um es zu betrachten. In der Gegend hat sich viel getan, etliche Häuser wurden abgerissen, andere sind neu entstanden. Das Restaurant selbst ist jedoch unverändert. Ein Bau, der zu einem Drittel aus Stein, zu einem Drittel aus Holz und zu einem Drittel aus Strohmatten besteht.

Das klügste Schweinchen hat sein Haus natürlich aus Stein gebaut. Es darf auf meinen Beifall zählen. Trotzdem ist vielleicht das jüngste Schweinchen das cleverste. Es hat sich mit Strohmatten begnügt – denn im Winter sucht es eh Zuflucht im soliden Ziegelhaus seines Bruders. Dafür kann es jedoch den Sommer in vollen Zügen genießen.

Grinsend gehe ich zum Eingang im Teil mit Strohmatten.

Wie es wohl weiterging, nachdem das klügste Schweinchen seine beiden kleinen Brüder aufgenommen hat? Sicher, der Haushalt von Schweinchen Schlau war gut in Schuss. Aber ein paar fleißige Hände schaden ja nie, vor allem dann nicht, wenn sich der Lohn in Kost und Logis erschöpft.

Erst als ich den Bambusvorhang an der Tür zur Seite schiebe, wird mir bewusst, was ich gerade mache.

Proteus lächelt.

Ich lächle.

Mit diesem Lächeln – das zwar verschlagen ist, aber sei's drum – betrete ich den asiatischen Teil des Restaurants.

Krach wogt mir entgegen.

Seit einem Jahr bin ich nun nicht mehr in den *Schweinchen* gewesen. In dieser Zeit ist der Innenraum beachtlich angewachsen, obwohl von außen alles beim Alten geblieben ist. Ein Becken ist dazugekommen, in dessen Mitte eine winzige Steininsel liegt, auf der sich eine blühende japanische Kirsche erhebt, die bis zur Decke reicht. Die Zahl der Tische ist aufgestockt worden, ebenso wie die der Kellner. Und ich würde jede Wette eingehen, dass es sich bei Letzteren ausnahmslos um echte Menschen, nicht um Programme handelt.

Ob ich mich hier mal nach einer Stelle erkundigen sollte? Vielleicht würde mich der Besitzer ja aus alter Freundschaft einstellen. Zu verachten wäre es nicht. Ein guter Job, du kommst unter Menschen ...

Ein lächelnder junger Kellner im weißen Anzug schwirrt auf mich zu. Sein Gesicht hat eher koreanische als japanische oder chinesische Züge.

»Ich erwarte noch einen Freund«, informiere ich ihn.

»Gern. In dem Fall ...«

Er geleitet mich zu einem Drehtisch in einer Ecke, entfernt zwei überzählige Stühle, wartet, bis ich Platz genommen habe, und legt mir die Speisekarte hin.

»Reissalat, Tempura, Sake«, bestelle ich, ohne einen Blick in die Karte zu werfen. Heute ist zwar nicht Donnerstag, aber dann spendiere ich mir halt einen persönlichen Fischtag.

Das Gesicht des Kellners spiegelt Irritation wider. »Wenn Sie die japanische Küche bevorzugen, würde ich Ihnen einen anderen Platz empfehlen.«

Alles klar. Ich sitze am falschen Tisch, denn der ist für chinesisches Essen gedacht.

»Ich gehe davon aus, dass mein Freund etwas Chinesisches bestellt«, entgegne ich. »Und den Sake für mich bitte nicht zu heiß, ich mag ihn eher lauwarm.«

Eine höfliche Verbeugung, und der Kellner zieht ab.

Zu was für Gourmets wir in der *Tiefe* doch werden!

In der realen Welt schlingen wir zerkochte Nudeln und angebrannte Hacksteaks aus der Tiefkühltruhe runter. Aber im virtuellen Raum, da darf der Sake bitte nicht zu heiß sein, da muss das Beefsteak nur ganz leicht medium sein ...

Wen wundert's da noch, wenn du dir eine Deep-Psychose einfängst?

Maniac ist mit Sicherheit noch nicht da, denn er würde mich mit einem Blick erkennen. Proteus ist seine Arbeit und hat wahrscheinlich ein paar Marker, die nur er kennt.

Jetzt sollte ich wohl noch mal in aller Ruhe über die Geschichte nachdenken.

Wie steht's mit meiner Ausrüstung? Neben ein paar alten Avataren habe ich bloß noch ein paar Angriffsprogramme, die man kaum als effizient bezeichnen darf. Dann noch diverse eingeschlafene Kontakte ...

Halt! Stopp! Bevor ich mein Waffenarsenal durchforste, sollte ich mir erst mal darüber klar werden, ob ich mich überhaupt auf einen Kampf einlassen will.

Was habe ich denn in der Hand? Da ist Igels Story, an der ich mich irgendwie festgebissen habe, und da ist ein Unbekannter, der mich angegriffen hat, während ich meinen alten Kram inspiziert habe.

Dieser Ansatz bringt mich jedoch auch nicht weiter.

Nein, die entscheidende Frage ist: Was verspreche ich mir von der ganzen Sache?

Warum habe ich nicht alles, was ich im *Fischerkönig* gehört habe, auf der Stelle wieder vergessen? Warum lässt mich die Warnung des Unbekannten kalt? Warum bin ich so erpicht auf diese Schwierigkeiten?

Klar, es war längst überfällig, den Job bei HLD zu schmeißen und mir eine interessante Arbeit zu suchen, bei der auch noch was raussprang. Es ist ja schließlich nicht so, als ob ich gar keine Erfahrung oder Kenntnisse hätte. Die *Tiefe* braucht Designer und Künstler, vor allem jetzt, da sie so rasant wächst, noch dazu unabhängig von allen Krisen und Konflikten der realen Welt.

Wenn das nur nicht hieße ...

Solange ich gezeichnete Klaviere durch die Gegend schleppe, bewahre ich eine ironische Distanz zu meinem Schicksal. Wenn ich meine Diver-Fähigkeiten, die niemand mehr braucht, auf diese Weise einsetze, ist das etwa so, als spiele ein arbeitsloser Musiker in einer Straßenunterführung Gitarre. Denn damit trägt er seinen Trotz zur Schau. Er signalisiert nämlich, dass er noch immer auf Erfolg, Anerkennung und eine beleuchtete Bühne über dem dunklen Abgrund des Zuschauerraums wartet. Wie hatte es der Sänger vorhin ausgedrückt? *Nur konnt' er nicht unterlassen, was er tat/Er, der bunten Kreide Gott, der bunten Kreide Sklav'.*

Wenn der Musiker jedoch erst mal das vergilbte Diplom der gastronomischen Berufsschule aus dem Schrank kramt und eine Arbeit in der Kantine um die Ecke annimmt – dann ist das Spiel für ihn aus. Und zwar unwiderruflich. Dann ist er ein gemachter Mann, kein abgerissener Bettler mehr, dann setzt er Speck an und ist mehr oder weniger abgesichert.

Nur dass er dann nie wieder die Gitarre zur Hand nehmen wird, nicht mal kurz. Nicht mal abends, wenn Freunde zu Besuch kommen – bei denen es sich nicht um arme Musiker handelt, sondern um anständige Leute, mit einer festen Stelle.

Genau das will ich nicht.

Auf eine Gelegenheit wie diese warte ich seit zwei Jahren. Gut, seit anderthalb Jahren. Seit wir Diver überflüssig geworden sind. Seit ich kapiert habe, dass ich ohne Job dastehe. Ich habe nie gewusst, was der Anlass für meine Rückkehr aufs Spielfeld sein würde. Ich habe immer nur eins gehofft: Gebe Gott, dass ich diese Chance nutze.

Der erste, noch ganz zarte Hinweis ist die Geschichte gewesen, die Igel mir erzählt hat.

Von der Sache hätte ich beinahe überhaupt nichts mitgekriegt – dabei gab es mal Zeiten, da hätte ich als einer der Ersten erfahren, was dem Hacker Bastard passiert war.

Immerhin habe ich am Ende noch von der Sache Wind bekommen. Daraufhin bin ich den Korridor zwanzig Schritt in jene Richtung hinuntergelaufen, die ich mir vor langer Zeit verboten hatte.

Wofür ich glattweg unter Beschuss genommen wurde.

Soll der renommierte *Tiefenexperte* Andrej Nedossilow Diver ruhig für einen Mythos halten – jemand anders tut das nicht.

Und darauf kommt es an.

Denn so lange du als gefährlich giltst, lebst du. Bist du erst mal eine Leiche, tritt dein Feind dich mit Füßen, stößt dich in eine Schlucht und überlässt dich den Schakalen zum Fraß. Aber er feuert keine Kugel auf dich ab.

Abermals lächle ich, als der Kellner mit einem Tablett heraneilt. Ich bin ein Diver. *Ex*-Diver gibt es nicht. Noch lebe ich.

Zwei Meter vor meinem Tisch wirft der Kellner einen Blick zurück in die Küche, stolpert und fällt. Das Tablett wird hoch in die Luft katapultiert.

Tiefe, Tiefe …

Nein, ich bin nicht zum ersten Mal im japanischen Teil des Restaurants. Ich weiß genau, dass alles glimpflich ausgeht. Ich würde nur … zu gern den Retter spielen.

... ich bin nicht dein ...

Das Bild wirkte nicht länger real. Ich hörte einen erschreckten Schrei, sah die Bauchlandung des Kellners, der dann sofort herumwirbelte und die Arme hochriss. Gleich würde er zwei Schalen mit den Händen auffangen, das Tablett kurz vorm Aufschlagen mit dem Fuß retten und die Schalen darauf stellen. Seine Bewegung würde in eine verlegene Verbeugung auslaufen, mit der er sich, das Tablett auf der linken Hand balancierend, die rechte an die Brust gepresst, vor den Gästen verneigt.

Eine kleine Showeinlage.

Die ich ihm allerdings versalzen würde.

Ich sprang auf, nichts leichter als das. Jedes Spiel, bei dem du dich vor Schüssen und einstürzenden Mauern in Sicherheit bringen musst, verlangt dir mehr ab. Ich flog über den Kellner hinweg, fing die Schalen in der Luft ab und gab dem Tablett mit dem Ellbogen einen Stups, sodass es sich in der Luft drehte. Anschließend wirbelte ich herum und zog die Nummer des Kellners bis zum Ende durch. Nicht mal die Verbeugung vergaß ich.

Der Kellner lag mit ausgestreckten Armen auf dem Boden, seinen Gesichtsausdruck konnte ich nicht deuten.

Deep.

Enter.

Der Kellner steht auf, presst erst die Hände verlegen vor die Brust – um mir dann zu applaudieren.

Hut ab! Obwohl ich ihm die Show gestohlen habe, macht er gute Miene.

Feierlich überreiche ich ihm das Tablett und setze mich wieder.

»Der Herr macht Kung Fu?«, erkundigt er sich, als er die Schalen vom Tablett nimmt.

»Ein wenig«, antworte ich vage. Um uns herum diskutieren die Gäste lauthals die Einlage. Wahrscheinlich glauben sie nicht, dass ich mir das spontan habe einfallen lassen. »Tut mir leid. Ich hoffe, Sie kriegen deswegen keine Schwierigkeiten? Schließlich habe ich Ihnen Ihren Auftritt vermasselt.«

Der Kellner grinst. Offenbar ist er tatsächlich nicht sauer. »Kein Problem. War für mich ja auch mal eine Abwechslung. Ich bringe Ihnen gleich den Sake.«

Proteus hat eine Schachtel Zigaretten in der Tasche, die ich jetzt heraushole, um mir eine anzuzünden und damit den neugierigen Blicken zu entgehen. Sollen sich die Gemüter erst mal wieder beruhigen.

»Du arbeitest wohl im Zirkus?«

Ich drehe mich um. Maniac.

Er hat viele Avatare, die aber durchweg einfach zu erkennen sind. Sie alle tragen eine betonte Unauffälligkeit und Durchschnittlichkeit zur Schau. Und meistens sind es dunklere Typen, jedenfalls habe ich Maniac noch nie blond oder rothaarig erlebt, sondern immer mit schwarzem Haar und dunklerer Haut.

»Hallo!«

Wir begrüßen uns per Handschlag und überspielen eine unvermeidliche Verlegenheit, wie sie sich immer einstellt, wenn du jemanden lange nicht gesehen hast.

»Du ... bist also zurück?«, fragt er, sobald er sich gesetzt hat.

In seinem Blick spiegelt sich Neugier, immerhin weiß er, wie es um uns Diver steht. Einmal hat er mir angeboten zu helfen, einen Job zu finden, entweder in den Staaten oder in Russland, ja, er hat mich sogar gefragt, ob ich nicht Programmierer werden will. Ein guter Witz. Als ob du einem alten Bären noch das Tanzen beibringen kannst.

»Ich brauche Hilfe«, komme ich ohne Umschweife zur Sache.

Doch da sich gerade der Kellner nähert, spreche ich nicht weiter.

»Jutsu hao min«, bestellt Maniac, »bacon and egg, Drachenaugen und grünen Tee.«

Der Kellner entfernt sich lächelnd. Neugier packt mich. Dass Maniac gebratene Nudeln mag, weiß ich. Aber exotische Dinge wie faule Eier, das Gekröse von Schlangen und andere Innereien hat er nie bestellt.

»Was sind Drachenaugen?«

»Kuchen«, antwortet Maniac grinsend.

»Oh.«

»Also, was ist los?«

Ich schweige.

Schurka reibt sich die Nasenwurzel. Anscheinend ist er gerade wirklich im Stress. Trotzdem antworte ich nicht.

»Gut. Was brauchst du?«

»Eine Waffe«, antworte ich.

»Da bist du bei mir an der falschen Adresse.« Maniac sieht mich finster an. »Damit habe ich schon seit Langem Schluss gemacht.«

»Bitte?! Aber du arbeitest doch bei Virtual Guns!«

»In der Abteilung für Abwehr«, stellt Maniac klar.

»Schurka ...«

»Okay, aber du musst etwas Geduld haben, ich muss erst eine auftreiben«, streicht er die Segel. »Bei uns ist alles gut abgesichert. Zieh eine Datei vom Server der Firma runter – und du kannst dir gleich den Strick nehmen.«

»Was ist mit einem Tipp, wo ich selbst eine Waffe auftreiben könnte?«

»Hast du denn überhaupt nichts mehr?«

»Das ist alles alter Kram«, sage ich. »Die Pistole vom Revolvermann. Und dieser Körper ... Proteus ist zwar nicht völlig unfähig, aber ...«

»... nur gut, um Lamer zu erschrecken«, stimmt Maniac mir zu. »Gib mir mal einen Zettel. Und einen Kuli.«

Ich halte ihm einen Block hin, Maniac kritzelt schnell eine Adresse. »Hier.«

Mit gerunzelter Stirn lese ich die paar Zeilen. Vorname: Dschingis. Kein Nachname. Und eine Adresse ... die seltsam ist. Ich versuche mir darüber klar zu werden, wo das sein könnte.

»Du lebst doch jetzt in Moskau, oder?« Maniac scheint überrascht, dass ich mit der Adresse nichts anzufangen weiß.

»Ja. Aber wo soll das sein?«

»Neben der Metrostation Krasnyje Worota, glaub ich.«

»Oh ...!«

Manchmal stehe ich echt auf der Leitung.

»Wenn du kein Diver wärst, würde ich annehmen, du leidest am Deep-Fieber«, murmelt Maniac, der sich meine Zigaretten nimmt und gierig eine ansteckt. »Du ahnst ja nicht, was ich für einen Jieper auf eine Kippe habe. Bei uns auf Arbeit ist Rauchen strikt verboten.«

»Warum das denn?«

»Weil es schlecht für die Gesundheit ist!«

»Was soll eine gezeichnete Zigarette denn schon schaden?«

»Hast du vergessen, wo ich lebe?«, brummt Schurka mürrisch. »Diese wild gewordenen, dogmatischen Amis ...«

»Raucht da niemand?«

»Doch«, speit Maniac. »Sie fressen auch Hamburger, diese Cholesterinbomben, schmatzen und ersticken fast an den Dingern. Stundenlang hängen sie am Handy. Jeder zweite läuft mit einem Fettarsch rum. Trotzdem können sie gar nicht genug für die Gesundheit kämpfen! Genauso wie wir, als wir noch mehr Panzer hatten als der Rest der Welt – und für den Frieden gekämpft haben. Dass die Erde eine Kugel ist, wissen vermutlich alle Amis. Aber dass es auf ihr noch was anderes als Amerika gibt, ahnen sie wohl nur. Ich habe die Schnauze echt voll ...«

Der Kellner bringt Maniacs Bestellung und meinen Sake. Diesmal ohne Showeinlage, auch wenn die Gäste hoffnungsvoll zu uns rübersehen.

»Dann komm doch zurück«, fordere ich ihn auf. Maniac stößt bloß ein Schnauben aus. Er nimmt noch mal einen tiefen Zug an der Zigarette, dann drückt er sie aus. »Was ist eigentlich passiert?«

»Ich habe vorhin mal nach meinen alten Avataren gesehen. Einfach so ...«

»Und?«

»Da wurde ich angegriffen.«

Dann erzähle ich die Geschichte in allen Einzelheiten.

»Das war die Polizei von Deeptown«, erklärt Maniac prompt. »Eine Einheit zum Kampf gegen Demonstranten.«

»Wie kommst du darauf?«

»Wegen der Schockkugeln. Die haben wir entwickelt. Erst vor Kurzem. Es ist noch gar nicht lange her, dass sie in die Standardausrüstung aufgenommen wurden.«

»Ich hab zwei von den Dingern abgekriegt. Was hat das für Folgen?«

»Keine dauerhaften. Starte den Rechner neu, dann kannst du wieder in die *Tiefe* gehen. Diese Munition wurde entwickelt, um Demonstrationen und nicht genehmigte Versammlungen aufzulösen. Die Kugeln sind human, aber extrem effizient. Sie richten bei fast allen marktüblichen Sound- und Grafikkarten Schaden an. Allerdings habe ich bisher noch nicht gehört, dass sie eingesetzt wurden. Sie sollten für ernste Auseinandersetzungen aufgehoben werden.«

»Gibt es einen Schutz dagegen?«

Maniac deutet mit dem Kopf auf den Zettel.

»Verstehe. Kann ich in der *Tiefe* zu diesem Dschingis?«

»Schon«, sagt Schurka. »Aber das würde dir nichts nützen. Solange er dir nicht in die Augen gesehen hat, kannst du jedes weiterreichende Gespräch vergessen.«

»Wird er mir helfen?«

»Sag ihm, du kommst von mir.« Maniac beißt sich auf die Lippe. »Und dass ich ihn dringend bitte, dir zu helfen. Alles andere hängt dann davon ab, welchen Eindruck du auf ihn machst.«

»Was soll ich ihm sagen?«

»Etwas weniger als mir. Aber wirklich nur etwas. Wenn ... wenn er nicht gleich weiß, woher du kommst ... erinner ihn an den Lastkahn auf der Wassili-Insel.«

»An den Lastkahn?«

»Genau. Das ist so ein verrostetes Schiff ohne Motor. Ein Lastkahn eben. Er liegt auf der Wassili-Insel.«

»Danke.«

»Vergiss es.« Maniac mustert mich nachdenklich. »Wie ... wie hältst du das eigentlich aus?«

»Was?«

»Das, was mit den Divern passiert ist.«

»Was gibt's da auszuhalten?«, frage ich zurück. »Es hat uns mal gegeben, jetzt gibt es uns halt nicht mehr.«

»Quatsch!«

»Als Diver haben wir ausgedient!«

»Aber es lässt sich doch bestimmt was finden, wo du deine Fähigkeiten einbringen kannst.«

»Ich suche schon danach«, bestätige ich. »Parallel zu meiner Arbeit für einen Bekannten, einen wahren Profi für die Herstellung von Steinäxten und Pfeilspitzen aus Feuerstein.«

Maniac nickt verständnisvoll. »Was ist denn mit deinen Kollegen?«

Ich merke auf. Unwillkürlich. Ich hatte bei ihm immer mit offenen Karten gespielt, selbst in jenen Zeiten, als sämtliche mittleren und großen Unternehmen Jagd auf uns Diver gemacht haben. Aber das ist meine – ausschließlich meine – Entscheidung gewesen.

»Ich weiß nur von wenigen, was aus ihnen geworden ist. Wie sollte es auch anders sein? Schließlich kannte ich in der realen Welt kaum einen von ihnen.«

»Und was machen die jetzt?«

»Alles Mögliche. Einige arbeiten als Programmierer, andere als Designer, manche sind auch im Servicebereich untergekommen. Ein paar haben sogar einen Schlussstrich unter die *Tiefe* gezogen. Das ist gar nicht so schwer für sie gewesen ... schließlich waren wir von dieser Droge nicht in dem Maße abhängig wie die meisten anderen Menschen.«

»Hast du mal was von einem Dark Diver gehört?«

»Nein. Oder ich erinnere mich nicht daran. Wer ist das?«

»Eine Art Supermann«, erwidert Maniac. »Es gibt Gerüchte, dass er seine Diver-Fähigkeiten immer noch uneingeschränkt einsetzen kann.«

»Wie macht er das denn?«

»Würde ich auch gern wissen«, erwidert Maniac. »Aber, wie gesagt, das sind alles bloß Gerüchte. Vielleicht ist an denen ja gar nichts dran. Aber ... angeblich steigt er hier und da ein, nichts Großes oder so.«

»Ein Diver? Der hackt?« Ich traue meinen Ohren nicht. »Heute? Wie macht er das? Nein, das glaub ich nicht. Davon hätte ich was gehört.«

»Versuch mal, was darüber rauszukriegen«, schlägt Maniac vor. »Vielleicht stimmt es ja? In dem Fall dürften auf deinen Freund wohl jede Menge Aufträge warten. Ich meine, auf diesen Profi für Steinäxte.«

»Du arbeitest doch in einer Abteilung für Sicherheit«, erwidere ich. »Was würdest du denn sagen, wenn plötzlich ein Diver auftaucht?«

»Ich sitze ja nicht nur auf der Arbeit an der Kiste!«, drückt sich Maniac vor einer offenen Antwort. »Und was die Sicherheit angeht ... Was glaubst du denn, wie der Markt boomen würde, wenn wieder Diver auftauchen? Und wie hoch erst die Leute im Kurs stehen würden, die etwas von den Methoden wüssten, mit denen die Diver bei ihren Brüchen vorgehen?«

Wir wechseln verstehende Blicke. Plötzlich kommt es mir vor, als seien die letzten zwei Jahre wie ausgelöscht.

»Willst du auch Sake?«, frage ich, als ich mir eingieße.

»Blöde Frage, nein, vor mir liegt noch ein halber Tag Arbeit«, antwortet Schurka voller Bedauern.

»Was kannst du mir über den Dark Diver sonst noch erzählen?«

»Frag Dschingis. Ich habe die Geschichte auch von ihm.«

Das ist typisch Maniac, einsilbige Antworten, Andeutungen.

Aber dieser Dschingis wird immer interessanter.

»Dann noch was«, wechsle ich das Thema. »Weißt du was über *New boundaries*?«

»Bei denen neulich eingebrochen wurde?«

»Bei denen man versucht hat einzubrechen.«

»Nicht nur versucht. Das war ein Hack, der sich sehen lassen kann.«

»Steckt der Dark Diver dahinter?«, frage ich neugierig.

»Nein. Das war Bastard. Das ist übrigens ein Freund von Dschingis. Und ein guter Hacker.«

Ich hoffe inständig, mein Unterkiefer klappt nicht zu stark runter. Noch einmal schiele ich auf den Zettel auf dem Tisch. Maniac isst genüsslich seine Küchlein, Kugeln aus halbklarem gelb-grünen Gelee, und trinkt Tee dazu.

Ich falte den Zettel zusammen und stecke ihn sorgfältig in die Innentasche des Jacketts.

Morgen – nein, heute – musste ich wohl jemandem einen Besuch abstatten. Und zwar nicht in der *Tiefe*, sondern in der realen Welt.

»Was ist da geklaut worden? Was Wertvolles?«

»Keine Ahnung«, gesteht Maniac. »Ich würde vermuten, eine ergonomische Spezialmaus. Mit Motor und Autopilot. Oder ein Turbohelm. Vielleicht auch ein VR-Anzug mit einem Stachel im Hintern, der den Schmerz einer Spritze imitiert. *New boundaries* produziert allen möglichen Mist für Lamer, den ein normaler Mensch nie im Leben braucht.«

»Warum steigt dann ein erfahrener Hacker bei denen ein?«

»Weil man auch den größten Schwachsinn verkaufen kann, wenn Nachfrage danach besteht. Allerdings hatten die anständige Sicherheitssoftware.« Maniac grinst.

»Stammte die von dir?«

»Ja. Aber sag Dschingis nichts davon, das würde ihn fertigmachen.«

»Dieser Bastard ist in der realen Welt gestorben«, teile ich Maniac leise mit. »Er ist wirklich tot.«

Schurka hebt den Kopf und sieht mich aufmerksam an. »Was faselst du da, Leonid? Hast du das überprüft?«

»Es ist ein Gerücht.«

»Das hat *New boundaries* wahrscheinlich selbst in die Welt gesetzt! Um sich ungebetene Gäste vom Hals zu halten. So was hat es schon oft genug gegeben!«

»Früher hat man auch Viren, die die Hardware zerstören, für ein Fantasieprodukt gehalten.«

»Jetzt hör mir mal zu, Ljonka«, verlangt Maniac. »Du tust ja gerade so, als ob du das erste Mal in der *Tiefe* bist! Ich habe eine Freundin, die in der Informationsabteilung arbeitet, da erfahre ich jede Neuigkeit als Erster. Glaub mir, wenn eine Waffe aufgetaucht wäre, mit der du jemanden aus der *Tiefe* heraus in der realen Welt töten kannst, dann würde ich es noch vor dem Präsidenten von Virtual Guns wissen!«

Ich muss ihm glauben. Und ich spüre, wie sich in mir ein Knoten löst, der mir den ganzen Abend die Brust abgeschnürt hat.

»Was ist das für eine Freundin?«

»Nichts Besonderes.« Maniac blickt mich finster an. »Sie sieht ganz gut aus, ist aber strohdumm. Wenn ich sie vögle, muss ich heulen.«

Ich fange an zu lachen. Schurka behält seine finstere Miene noch kurz bei, runzelt dann die Stirn, als versuche er sich zu erinnern, was er gesagt hat, und grinst schließlich auch.

»Jedenfalls existiert eine solche Waffe nicht«, versichert er. »Du kannst vielleicht einen Rechner in einen Haufen Schrott verwandeln, aber du kannst aus der *Tiefe* heraus keinen Menschen töten. Wenn an diesem Unsinn was dran wäre, wäre ich der Erste, der die *Tiefe* verlassen würde.«

»Warum das denn? Du könntest doch auch von einem Auto angefahren werden, wenn du über eine reale Straße gehst.«

»Ljonka! Stell dir doch mal vor, was in der *Tiefe* los wäre, wenn du da jemanden richtig ermorden könntest! Wenn jeder Rotzlümmel, der an einen Rechner kommt, diejenigen abknallen kann, auf die er sauer ist. Und zwar richtig!«

»Das stelle ich mir gerade vor.« Das Lachen bleibt mir im Hals stecken.

»Für die virtuelle Welt gibt es noch immer keine brauchbaren Gesetze«, überlegt Maniac laut. »Du könntest noch nicht mal irgendjemand wegen Mordes anklagen.«

»Komm mir jetzt doch nicht mit juristischen Spitzfindigkeiten!«, ereifere ich mich. »Stell dir lieber mal einen betrunkenen Kerl in der *Tiefe* vor. Oder einen Junkie. Einen Teenager mit seiner ganzen überschüssigen Energie. Einen Psychopathen. Jemanden mit Depressionen. Wenn kein richtiges Blut zu sehen ist. Wenn alles wie ein Spiel wirkt ... Scheiße!«

»Eben. Wenn so eine Waffe auftaucht, bedeutet sie das Ende der *Tiefe*!« Maniac verzieht das Gesicht, als lausche er auf etwas. »Ich muss los, Ljonka. Meine Mittagspause ist um.«

Ich schaffe es gerade noch, ihm die Hand zu geben, da wirft Maniac auch schon Geld auf den Tisch und stürmt aus dem Restaurant. Ohne Frage, Amerika hat ihm beigebracht, was Arbeitsdisziplin heißt. Die Staaten sind nicht Petersburg, wo wir uns manchmal in der Mittagspause auf ein Bierchen getroffen haben.

Ich sollte wohl auch los.

Damit ich wenigstens noch etwas Schlaf abbekomme.

Als ich beim Kellner die Rechnung bezahle, lege ich kurz die Hände aneinander und verschränke die Finger. Das ist ein völlig harmloses und simples Zeichen von uns Divern. Selbst Frischlinge erkennen es. Dieser Kellner geht verdammt geschickt mit seinen Tellern um. Ob er vielleicht über dieselben Fähigkeiten verfügt wie ich?

Doch er würdigt meinen Gruß keines Blickes.

Etwas anderes zu erwarten wäre wohl auch dumm gewesen.

101

Gegen zehn Uhr morgens wachte ich auf.
Ein feiner, monotoner Regen ging. Bei diesem Wetter reist es sich gut. Du stehst rauchend im Gang deines Zugs und schaust auf das beschlagene Fenster. Im Abteil sitzen Freunde von dir. Oder nein, besser keine Freunde, sondern Bekannte, mit denen du etwas trinkst, denen du aber nicht dein Herz ausschütten musst. Auf dem Tischchen wartet bereits die erste Flasche Wodka, jemand packt Sandwiches, Gurken und dergleichen aus.

Bei solchem Wetter muss man von seiner Liebsten Abschied nehmen. Oder nein, nicht von seiner Liebsten, sondern von allem, was man liebt. Von der geliebten Stadt, der geliebten Arbeit.

Aber von seiner Liebsten Abschied zu nehmen, das ist die beste Variante.

Und zwar für immer Abschied zu nehmen.

»Ich habe Deep-Fieber«, sagte ich. »Kapiert?«

Doch da war niemand, der mich hätte hören können. Vika hatte keine Deep-Psychose. Sie war zur Arbeit gegangen, einem ganz normalen Job in der Welt der Menschen. Ich war zu Hause geblieben, um durch die Wohnung zu tigern, ein bisschen aufzuräumen – und um dann einen grauen Plastikhelm aufzusetzen.

Wobei: Heute hatte ich ja andere Pläne.

Ich wollte diesen Typen, diesen Dschingis, aufsuchen. Damit er mir etwas gab, das ich in der *Tiefe* brauchte.

Mit diesem Gedanken sprang ich aus dem Bett.

Nach den nur knapp vier Stunden Schlaf dröhnte mir der Kopf. Ich ging ins Bad, zog das T-Shirt und die Unterhose aus, stellte mich unter die Dusche und drehte den Hahn auf.

Das Wasser war kalt. Eiskalt. Fluchend stellte ich es wieder ab. Es war also kein Zufall gewesen, dass gestern vor dem Haus ein Bagger gelärmt hatte und die Rohre freigelegt worden waren.

Was gibt es Schöneres im Leben, als sich verschlafen unter eine heiße Dusche zu begeben, vom Kopf bis zu den Füßen warm zu werden und sich danach mit einem kratzenden Handtuch abzurubbeln?

Aber nicht mal das klappte.

Im Sommer wäre ich das Risiko einer Eisdusche durchaus eingegangen, aber nicht jetzt, bei den kalten Temperaturen.

Scheiße! Die hygienischen Maßnahmen könnte ich ja ruhigen Gewissens auf den Abend verschieben. Aber wenn ich nicht richtig wach wurde, würde ich quasi den ganzen Tag schlafwandeln.

Wobei …

In meinem Hotelzimmer in Deeptown gab es ein Bad.

Ich würde in der *Tiefe* duschen, eine hervorragende Idee.

Nur dass ich dann heute Abend, wenn Vika von der Arbeit kam, immer noch mit dem Helm dasäße.

»Kommt gar nicht in die Tüte!«, rief ich mich selbst zur Ordnung, kehrte ins Bad zurück und bespritzte mich jaulend mit Eiswasser.

Wie war das? Ich war eben noch verschlafen gewesen? Während ich mich zitternd abtrocknete, suchte ich nach Resten der Müdigkeit – fand aber keine.

Maniacs Notiz lag im Drucker. Vika war in diesen Dingen großartig, sie wusste genau, wenn sie etwas nichts anging. Ich riss das Blatt ab und betrachtete es.

Keine Telefonnummer, nur die Adresse. Dschingis lebte im Zentrum, in der Nähe der Metrostation Krasnyje Worota. Bestens. Da konnte ich die Nord-Süd-Linie nehmen, die Fahrt würde nicht lange dauern.

Ich stopfte das Blatt schon mal in meine Jackentasche und ging mich anziehen.

Das hätte Maniac mir ruhig sagen können.

Ich stand vor einem Tor mit Metallgitter, hinter dem ein Häuschen lag, in dem zwei Kerle vom Security-Service saßen. Beide trugen eine paramilitärische Uniform und wahrten eine steinerne Miene. Hinter dem Häuschen erstreckte sich ein großer, gepflegter Garten, das Haus lag weit hinten. Es war nicht sehr hoch, dreizehn Stockwerke nur, dafür von ziemlich bizarrer Form, als stünde es nicht in Moskau, sondern in Deeptown.

»Warum habe ich bloß heute meinen Smoking nicht an?«, murmelte ich.

Dschingis war also einer von diesen neureichen Russen.

Und ich hatte ihn für einen Hacker gehalten.

Kaum streckte ich die Hand zum Tor aus, da öffnete es sich sanft und völlig lautlos. Die steinernen Gesichter der Security-Fuzzis verzogen sich zu einem Grinsen.

Sollen sie!

Ich trat vor das Häuschen. Die Typen beäugten mich neugierig, sprachen mich aber nicht an. Ich sah weder wie ein Mieter noch wie ein Freund des Hauses aus – warum sollten sie da also höflich sein?

»Ich muss in die Wohnung Nr. 31«, teilte ich ihnen mit, wobei ich aus den Augenwinkeln auf meinen Zettel schielte.

»Werden Sie erwartet?« Immerhin legten sie den Anschein von Höflichkeit an den Tag.

»Nein. Vermutlich nicht.«

»Was wollen Sie dann?«

Die beiden Kerle waren kräftig – und langweilten sich. Den ganzen Tag über mussten sie den reichen Schnöseln zulächeln, inzwischen dürften sie bereits einen Krampf in den Wangen haben. Dann kam endlich mal ein etwas unterbelichteter Typ in verwaschenen Jeans und alter Jacke an, noch dazu ohne Schirm ...

»Die Wohnung Nr. 31?«, wiederholte da der zweite Kerl.

»Ja.«

Die Kerle schienen enttäuscht. Alles klar. Die Wohnung Nr. 31 durfte sich offenbar einer illustren Besucherschar rühmen.

»Wen soll ich melden?« Einer der beiden langte nach dem Hörer.

»Sagen Sie, da ist jemand von ...« Ich stockte. Ich werde mir jetzt nicht meinen eigenen Sarg zimmern, indem ich sagte, ich käme von einem gewissen Maniac. »... von Alexander Letow.«

»Ihr Name?«

»Der wird dem Mieter nichts sagen.«

Wahrscheinlich hatten die Security-Kerle ihre eigene Vorstellung davon, wie diese Prozedur abzulaufen hatte, doch genau in dem Moment meldete sich am anderen Ende der Gegensprechanlage jemand.

»Guten Morgen«, legte der Typ los. »Hier ist der Security-Service vom Eingang. Dschingis Sergejewitsch hat einen Besucher. Ja, bitte, seien Sie so freundlich und holen sie ihn.«

Er wartete, schielte auf den kleinen Fernseher, auf dem ohne Ton ein Fußballspiel lief. Sein Kumpel lümmelte auf dem Sofa und stierte auf die Bildschirme, die an allen Wänden angebracht waren.

Ich wartete ebenfalls. Der Regen ließ mich zusammenkauern.

»Dschingis Sergejewitsch? Hier ist der Security-Service vom Eingang ... Ja. Ein Mann in den Dreißigern, keine besonderen Kennzeichen. Seinen Namen will er nicht nennen. Er hat gesagt, er kommt von Alexander Letow.«

Als der Security-Typ mich nun ansah, funkelte in seinen Augen echte Freude. »Was für ein Alexander Letow? Hä?«

»Von Maniac!«, brüllte ich.

»Von irgendeinem Manischen«, gab der Typ weiter. Sein Kumpel hatte sich inzwischen aufgesetzt, seine Hände ruhten auf seinen Schenkeln. Die Pistole trug er offen im Halfter. »Von was für einem Manischen?«

»Sagen Sie ihm, er soll sich an den Lastkahn auf der Wassili-Insel in Piter erinnern!«, verlangte ich verzweifelt, denn ich ahnte, dass mir statt eines Besuchs bei Dschingis eher U-Haft winkte.

»Er sagt was von einem Lastkahn auf der Wassili-Insel ...« Der Security-Typ verstummte. »Ja. Verstanden. Danke. Auf Wiedersehen.«

Der Hörer landete auf dem Apparat. Mit aufgesetzter Großzügigkeit in der Stimme verkündete der Typ: »Sie können durchgehen! Erst geradeaus, dann links. Der dritte Aufgang. Die Wache wird Sie hereinlassen. Auf Wiedersehen.«

Zwei Paar Augen bohrten sich mir in den Rücken, als ich auf das Haus zuhielt. Ich fühlte mich, als sei ich im letzten Moment begnadigt und vom elektrischen Stuhl gezerrt worden.

Nie ihm Leben hätte ich geglaubt, dass mich im realen Moskauer Alltag ein solches Gefühl packen konnte.

Halt! Bedeutete das ...?

Nein, nein und noch mal nein! Daran durfte ich nicht mal denken!

Das war kein Anfall!

Unter gar keinen Umständen!

Ich war nicht in der *Tiefe*. Mein Bewusstsein irrte nicht gerade durch den virtuellen Raum, um dort Paläste zu errichten und Städte zu zerstören. Ich befand mich mitten im normalen Moskau, steuerte auf ein stinknormales Haus von Millionären zu, das von typischen Security-Leuten bewacht wurde.

Es war alles in Ordnung, es gab keinen Grund, in Panik zu geraten.

Keine Ahnung, wie viele Aufgänge das Haus hatte. Vielleicht insgesamt ja nur drei. Mit je zwölf Wohnungen.

Im Haus selbst warteten zwei Security-Typen auf mich. Sie waren dem Pärchen vorn am Eingang so ähnlich, dass man hätte glauben können, auch im realen Leben gäbe es längst einen Standardsatz an Körpern: Neureicher Russe, ehemaliger Intelligenzler, aufmerksamer Security-Typ. Die beiden vor mir gehörten zur dritten Kategorie.

»Ihre Papiere«, verlangte einer von beiden in einem Ton, der keinen Widerspruch duldete.

Ich kramte meinen Pass heraus und wartete, bis der Kerl, der mit zwei Fingern auf die Tastatur einhackte, meine Daten in den Computer eingegeben hatte. Wenn ich mich nicht täuschte, füllte er sogar die Felder *Geschlecht* und *Nationalität* aus.

Ob mit allen Besuchern so verfahren wird? Konnte ich mir irgendwie nicht vorstellen. Wahrscheinlich hing es doch vom jeweiligen Äußeren ab.

»Drücken Sie die Zwölf«, informierte er mich, als er mir endlich meinen Pass zurückgab. »Der Fahrstuhl fährt bis zur dreizehnten.«

Es gab zwei Aufzüge, die auf den ersten Blick aussahen wie die Dinger in jedem anderen Haus auch. Aber immerhin waren es eben nur zwei bei zwölf Wohnungen.

Doch warum gab es dann dreizehn Stockwerke? Ob es sich bei einer Wohnung um eine Maisonette handelte?

Und was sollte mir der Hinweis sagen, der Fahrstuhl würde bis zum dreizehnten Stock fahren? Schaffte er das normalerweise nicht?

Der Fahrstuhl hatte eine Größe, die förmlich nach dem Einbau einer Jacuzzi schrie. Die Ähnlichkeit mit einem Badezimmer wurde zudem dadurch verstärkt, dass die Wände verspiegelt und die Decke in mattem Schwarz gehalten war. Auf dem Boden lag ein Teppich. Ein sauberer übrigens.

Es gab tatsächlich nur zwölf Knöpfe. Neben jedem befand sich ein schmaler Schlitz wie für eine Magnetkarte. Bedeuteten die womöglich irgendwelche Schwierigkeiten bei der Bedienung?

Sobald ich jedoch auf den Knopf für die zwölfte Etage drückte, setzte sich der Fahrstuhl sanft in Bewegung. Leise Musik erklang.

Wie sollte ich mich bloß diesem Dschingis gegenüber verhalten? Sollte ich von ihm Programme erbetteln, die als Waffen eingestuft und deshalb verboten waren? Oder ihn an irgendeinen dämlichen Lastkahn erinnern, auf dem ich nie gewesen bin?

Noch bevor ich eine Entscheidung getroffen hatte, glitten die Türen des Fahrstuhls bereits auseinander.

Ich war mitten in der Wohnung gelandet!

Gut, es gab eine kleine Diele und eine solide Tür, vermutlich aus holzverkleidetem Stahl. Aber die stand sperrangelweit offen.

Zaghaft trat ich durch sie hindurch in die Eingangshalle. Diese war quadratisch und maß sieben mal sieben Meter. Die hohe Decke lief in eine Art Glaspyramide aus, auf die der Regen prasselte. Bei der Wohnung handelte es sich in der Tat um eine Maisonette, eine Wendeltreppe führte hoch zur zweiten Etage.

Ich war mutterseelenallein.

»He!«, rief ich.

Dieser saloppe Ausdruck passte etwa genauso gut zu der Umgebung wie meine alten Jeans. Trotzdem erreichte ich damit etwas. Aus einer der Flügeltüren schaute ein Hund heraus und kam leichtfüßig auf mich zu.

Ich liebe Golden Retriever!

»Hallo, Hund!«, sagte ich und ging in die Hocke. »Wo ist denn dein Herrchen?«

Der Retriever beschnupperte meine Hand und ließ sich sogar großherzig von mir hinterm Ohr kraulen.

»Oder bist du vielleicht Dschingis?«, fragte ich. »In dem Fall soll ich dich nämlich von Maniac grüßen.«

»Der Gruß ist für mich. Und der Hund heißt Byte.«

Der Mann war dem Hund gefolgt, und zwar ebenso leichtfüßig und leise. Mit ausgestreckter Hand kam er auf mich zu. »Ich bin Dschingis.«

Wie seine Eltern auf diesen Namen verfallen waren, war mir ein Rätsel. Ob er orientalische oder gar tatarische Vorfahren hatte? Aussehen tat er jedenfalls wie ein Schwede, wie ein Vorzeigeschwede, um genau zu sein. Groß und stark, mit schulterlangem blondem Haar und einem nordischen Gesicht. Er war zwar braun gebrannt, aber eindeutig von Natur aus sehr hellhäutig. Der Trainingsanzug, den er trug, war kein chinesisches Imitat, sondern echte Adidas-Markenware, abgerundet von Original-Reeboks an den Füßen. Ich hatte noch nie jemanden kennengelernt, der in Turnschuhen durch seine Wohnung stiefelte – allerdings war ich auch noch nie in einer solchen Wohnung gewesen.

»Und ich Leonid.«

»Warum hast du das den Security-Leuten nicht gesagt?«

»Hätte der Name denn etwas genutzt?«

»Stimmt auch wieder«, gab Dschingis zu. »Hast du's eilig?«

Er duzte mich in einer derart selbstverständlichen Weise, dass ich keinen Einspruch erhob.

»Nicht sehr.«

»Wunderbar. Lass den Mann zufrieden, Byte!«

Der Hund löste seine Schnauze von meiner Hand und zog beleidigt ab.

»Was willst du trinken?«, fragte Dschingis. »Und zieh erst mal die Jacke aus, du kannst sie da drüben aufhängen.«

Der Kleiderschrank in der Eingangshalle war genauso groß wie unsere Diele. Während ich meine Jacke auszog, versuchte ich, meine Gedanken zu ordnen. Das war nicht einfach eine große Wohnung – das war die reine Luxuswohnung. Woher kannte Schurka solche Leute? Und was war das für ein Hacker, dieser Typ mit dem Namen eines Helden und dem Verhalten eines schweren Mafioso?

»Was nimmst du, Leonid?«

»Alles, was wärmt.« Wenn schon, denn schon.

»Sehr schön. Dann lass uns in die Küche gehen.«

Durch einen langen und breiten Korridor mit Bildern an der einen Wand und mit zum Platz an der Metrostation hinausgehenden Fenstern an der anderen gelangten wir in die Küche. Als Dschingis vor mir herging, wölbten sich unter dem schweißgetränkten Stoff des Trainingsanzugs die Muskeln. Ein Kraftbolzen. Und verglichen mit der am Eingang herrschenden Paranoia völlig arglos. Was, wenn ich jetzt ein Messer herauszöge, um es ihm zwischen die Schulterblätter zu rammen?

Doch nein. Selbst wenn ich ein Killer wäre, würde ich mich wohl nicht zu einer solchen Tat hinreißen lassen. Einfach, weil ich mich nicht in der Wohnung verlaufen wollte. In dieser Hütte könntest du vermutlich eine Woche lang herumirren, ab und an würdest du auf eine Wasserquelle stoßen – in Form von Bidets und Pissoirs – oder Nahrung entdecken – irgendwelche Skulpturen aus Schokolade unter Glas.

In der Küche gab es dann tatsächlich eine Schokoladenfigur. Sie war fast einen Meter hoch, fand sich jedoch nicht unter Glas und stellte einen Mohren mit einem Kakaozweig in der Hand dar. Dem Jungen fehlte bereits ein Ohr, wahrscheinlich hatte da jemand Hunger gehabt.

Die Küche selbst beruhigte mich irgendwie, denn sie verströmte etwas Vertrautes. Als hätte man eine stinknormale Küche einfach verdoppelt. Gut, der zusätzliche Raum war noch mit schönen Möbeln aus lackiertem Holz gefüllt worden, mit Küchengeräten und vollen Einkaufstüten ...

Trotzdem sah es verdammt nach Junggeselle aus. Anscheinend wohnte Dschingis hier allein.

»Zur Begrüßung französischen Cognac ... das geht nicht«, überlegte Dschingis laut. »Wodka würde uns umhauen.« Er sah mich unverwandt an und nickte schließlich, als sei er zufrieden. »Auf einen Kater können wir jedoch verzichten. Nach Bier steht mir nicht der Sinn ... Aber dir vielleicht?«

Ich sah mich in der Küche um und hielt nach einem Bartresen samt Zapfhähnen Ausschau. Tatsächlich entdeckte ich einen in einer Ecke. Mit Hähnen für Guinness, Kilkenny und noch zwei anderen Marken.

»Wenn die Alternative Wein oder Whisky ist, dann lieber Bier«, sagte ich mit einer Stimme, die ich selbst nicht wiedererkannte. Eine alte Filmkomödie fiel mir ein, in der ein Junge von heute auf morgen erwachsen und reich wird, sich mitten im Zimmer einen Coca-Cola-Automaten hinstellt, der seine Dosen aber nur ausspuckt, wenn man ordentlich gegen ihn tritt.

»Dann wäre das geklärt«, sagte Dschingis. Er ging zum Kühlschrank, der genauso monströs war wie alles hier, öffnete ihn, kramte in funkelnden Verpackungen und zog ein paar Päckchen mit winzigen Käsehäppchen heraus. »Willst du auch was essen?«

»Im Moment nicht.«

»Sehr schön. Und jetzt steh nicht rum, sondern mach die hier auf. Auf dem Tisch liegt ein Messer.«

Während ich mit dem abgepackten Käse kämpfte, besorgte Dschingis zwei große Kristallkrüge. »Was willst du?«, erkundigte er sich.

»Hast du tschechisches Bier?«, fragte ich in der Hoffnung, ihn vor ein unlösbares Problem zu stellen.

»Nur Pilsner Urquell.«

»Das geht«, erklärte ich im Ton eines Mannes, der für gewöhnlich sein Fußbad im besten hellen Bier der Welt nimmt.

Jeder mit einem Bierkrug in der Hand setzten wir uns in Ledersessel, die vor dem Tresen standen.

»Prost«, sagte ich.

»Prost«, erwiderte Dschingis.

Das Bier war hervorragend.

»Du gefällst mir«, bemerkte Dschingis unvermittelt. Er streckte die Hand aus und schlug mir auf die Schulter. »Die Wohnung erschlägt dich doch nicht, oder?«

Ich ließ den Blick noch einmal durch die Küche schweifen, entdeckte ein weiteres liebliches Detail, nämlich eine Treppe, die hoch in den zweiten Stock führte, und fragte: »Wo geht's denn da hin?«

»Ins Esszimmer. Mit Glasdecke.«

Um sich in Moskau eine Glasdecke einzuziehen, braucht man erst mal Stahlbeton. »Ich will noch nicht mal darüber mutmaßen, was deine Hütte gekostet hat«, meinte ich. »So ein Stübchen kann sich vermutlich nur ein Millionär leisten.«

»Leider«, bestätigte er ohne die geringste Effekthascherei. »Aber du fühlst dich trotzdem wohl?«

»Ich bin geschockt, trage es aber mit Fassung.«

»Gut. Ich mag es nicht, wenn die Leute wie benommen gaffen. Dann komme ich mir blöd vor – und das mag ich noch viel weniger ... Wie geht es Maniac?«

»Soweit ganz gut. Zumindest wenn er in der *Tiefe* ist.«

»Und wo lebt er heute in der realen Welt?«

»In San Francisco.«

Dschingis nickte. Er unterzog mich ganz offen einem simplen Test.

»Was meinst du, welches Bier er gewählt hätte?«

»Guinness.«

»Wie viele Menschen haben sich beim ersten Mal auf dem Lastkahn getroffen?«

»Das weiß ich nicht.«

Dschingis zog überrascht die Augenbrauen hoch.

»Ich bin nicht dabei gewesen. Ich weiß überhaupt nicht, von was für einem Lastkahn hier die Rede ist. Maniac hat gesagt, ich soll ihn erwähnen, wenn du dich nicht an seinen Namen erinnerst.«

»Früher hat er sich Dark genannt«, brummte Dschingis. »Aber lassen wir das. Wie kann ich dir helfen?«

War das alles? Der ganze Test?

»Ich brauche Kampf- und Sicherheitssoftware von Virtual Guns. Die allerneuesten.«

Dschingis presste die Lippen aufeinander, dann trank er einen weiteren Schluck Bier. Er sah aus, als würde er mir lieber einen Mercedes als eine Disk mit diesen Programmen schenken.

»Was machst du beruflich?«

»Ich habe Gelegenheitsjobs in der *Tiefe*.«

»Du arbeitest da aber nicht nur ... du lebst da. Wofür brauchst du das Zeug?«

»Muss ich darauf antworten?«

»Ja.« Dschingis stellte den leeren Bierkrug ab. »Wenn du mir die Frage beantwortest, kriegst du dein Spielzeug.«

»In dem Fall werde ich natürlich antworten. Und die Antwort lautet: Ich weiß es selbst noch nicht.«

»Ganz schön gerissen«, bemerkte Dschingis zufrieden. »Noch eine Frage. Willst du das Zeug weiterverkaufen?«

»Nein. Ich brauche es ausschließlich für meinen persönlichen Bedarf.«

Dschingis versenkte schweigend eine Hand in der Tasche seiner Trainingsjacke. Hätte er jetzt eine Scheibe mit den Programmen herausgezogen, hätte ich mich auch nicht gewundert. Doch in seinen Händen tauchte nur ein Handy auf, das vielleicht so groß war wie ein Feuerzeug.

»Glaub ja nicht, dass mich der Reichtum um den Verstand gebracht hat«, sagte Dschingis, der mich aus den Augenwinkeln heraus betrachtete. »Das ist wirklich bequem …«

Von mir aus sollen diese Geldsäcke ruhig ihre Macken kultivieren, auch wenn es meiner Ansicht nach idiotisch war, aus der eigenen Wohnung über Handy zu telefonieren.

»Pat?«, brummte Dschingis ins Handy. »Reiß dich von deiner Kiste los! Schnapp dir mein Geschenk und mach eine Kopie davon … Ja. Genau. Und dann komm runter in die Küche.«

Und meiner Ansicht nach war es noch idiotischer, innerhalb einer Wohnung von Zimmer zu Zimmer zu telefonieren.

»Ich komme mir fast vor, als wäre ich in der *Tiefe*«, gestand ich.

»Das ist ein Hinweis auf eine Deep-Psychose«, entgegnete Dschingis und steckte das Handy wieder weg. »Verziehst du dich, sobald du die Programme hast?«

»Wenn du mich gehen lässt«, antwortete ich grinsend.

»Das werde ich. Aber eigentlich würde ich mich gern noch ein wenig mit dir unterhalten. Du interessierst mich.«

»Dito.« Ich stand auf und besorgte mir noch Bier. »Ich hätte ebenfalls noch einige Fragen an dich.«

»Dann schieß mal los!« Dschingis hielt mir seinen Bierkrug hin. »Aber gieß mir vorher noch was ein!«

»Kennst du Bastard?«

»Sagen wir, ich kannte ihn«, antwortete Dschingis lakonisch.

Also hatte Igel doch recht. Während Maniac sich geirrt hatte.

»Geht der Hack bei *New boundaries* auf sein Konto?«

»Ja.« Dschingis fürchtete offenbar rein gar nichts. Aber ein Mann seines Kalibers dürfte wohl auch kaum Probleme mit der Polizei von Deeptown kriegen.

»Ich würde gern ein paar Einzelheiten über diesen Hack erfahren, Dschingis.«

»Wieso? Willst du selbst unter die Hacker gehen?« Dschingis grinste. »Oder ein Buch über das Leben großer Hacker schreiben?«

»War Bastard denn einer der Großen?«

»Ohne seine verdammte Faulheit wäre er es garantiert geworden.«

»Ich habe noch nie von ihm gehört«, gab ich zu, auch wenn ich damit nicht mehr ganz dem Bild des unbescholtenen Bürgers Deeptowns entsprach.

»Diejenigen, von denen schon alle gehört haben, das sind keine Hacker. Hacker arbeiten allein und im Dunkeln. Und Hacker hinterlassen keine Spuren.«

»Bist du ein Hacker?«

»Ich war einer«, antwortete Dschingis lachend. »Aber wer du bist, das würde ich gern erfahren. Jetzt bin ich dran mit den Fragen, meinst du nicht auch?«

Ich nickte. Aber dann kam Dschingis doch nicht mehr dazu, seine Fragen loszuwerden.

»Dsching.«

Wir drehten uns zur Tür um.

»Hier ist die Disk.«

Der Junge war das genaue Gegenteil von Dschingis. Ein schlaksiger Teenager, dunkle Haut, schwarzes Haar, kantig und mit finsterer, stirngerunzelter Miene. Er steckte in verwaschenen Jeans und einem weißen T-Shirt.

»Gib sie Leonid«, forderte Dschingis ihn auf. »Ich hoffe, sie ist sauber?«

»Denke ... schon.« Der Junge kam mit demonstrativem Widerwillen auf mich zu und hielt mir die Scheibe hin.

»Also keine Bookmarks? Wir wollen Leonid doch nicht ausspionieren. Abgesehen davon sollten die Programme auch einwandfrei laufen. Haben wir uns verstanden?«

Der Junge sah Dschingis mürrisch an. Der grinste. Das Ganze wirkte wie ein lang erprobtes Spiel, das beide gut kannten.

»Dann guck ich's mir lieber noch mal an.« Pat brachte die Scheibe hinter seinem Rücken in Sicherheit.

»Scheint mir eine gute Idee zu sein«, gab Dschingis gelassen seinen Kommentar ab. »Ich kann mich auf dich verlassen?«

»Diese Software hast du mir versprochen!«, schrie der Junge plötzlich. »Und zwar nur mir!«

»Die Umstände haben sich geändert.« Dschingis ließ sich nicht aus der Ruhe bringen. »Ich habe mal jemandem versprochen, ihm jede Bitte zu erfüllen. Das ist schon sehr lange her, da hast du noch in die Windeln gepisst.«

In den Augen des Jungen stand deutlich geschrieben, dass er mich für diesen miesen Jemand hielt.

»Wenn das so ist ...« Der Junge hielt die Disk immer noch außerhalb meiner Reichweite, ging zum Tresen, nahm sich ein großes Glas, zapfte sich Guinness und verließ die Küche.

»Und beeil dich!«, rief Dschingis ihm nach.

»Ist er dafür nicht noch ein bisschen jung?«, fragte ich verwirrt. Der Junge war höchstens dreizehn.

»Fürs Bier? Wie soll ich's ihm denn verbieten?« Dschingis sah mich erstaunt an.

»Aber ...«

»Ich bin nicht sein Vater. Ich bin überhaupt nicht mit ihm verwandt. Aber zurück zu dir. Oder hast du was dagegen?«

»Nein.« Ich biss mir auf die Zunge und beschloss, darauf zu verzichten, mehr über Dschingis, Pat, diese seltsame Wohnung oder die zwischenmenschlichen Beziehungen ihrer Mieter herauszukriegen. Erst wollte ich mal mein eigenes Schäfchen ins Trockene bringen.

»Wer bist du?«

»Leonid.«

»Die Angaben aus deinem Pass kannst du dir sparen. Die würde ich eh rauskriegen, wenn ich darauf erpicht wäre. Also, wer bist du?«

Ich atmete tief durch, bevor ich antwortete. »Ein Diver.«

Dschingis studierte die Neige des Biers am Boden des Krugs. Als er dort nichts Bemerkenswertes entdeckte, fragte er: »Ein Ex-Diver? Oder einer, der heute aktiv ist? Denn Letzteres ist ja wohl nicht dein Ernst!«

Hatte ich ihn also auch mal aus der Reserve gelockt!

»Ex-Diver gibt es nicht!«

Er hüllte sich in Schweigen. »Hast du mit Maniac zusammengearbeitet?«, fragte er dann.

»Manchmal. Er hat mir bei technischen Problemen geholfen. Bei Waffen ... und Sicherheitsprogrammen.«

»Und jetzt arbeitest du wieder?«

Nun hüllte ich mich in Schweigen. Ich wollte nicht zugeben, dass ich schon lange keinen Auftrag mehr erhalten hatte. Und wahrscheinlich auch nie wieder Arbeit haben würde.

Außerdem wusste er das selbst.

»Nicht wirklich«, brachte ich heraus.

»Gut, ich will dich nicht länger quälen. Hat dir jemand einen Auftrag angeboten?«

»Nein.«

Dschingis stand auf und schnappte sich auch meinen leeren Krug. Er zapfte mir ein Urquell, sich selbst Guinness.

»Worum geht es dann?«

»Ich würde gern eine Antwort auf eine ganz bestimmte Frage haben.«

»Du hast doch schon jede Menge guter Antworten – die ungefähr so informativ sind wie eine Anleitung zur Benutzung von Klopapier. Okay, gehen wir mal davon aus, dass mich das Ganze nichts angeht. Ich habe Maniac einen Gefallen geschuldet, jetzt sind wir quitt. Pat bringt dir gleich die Disk.« Dschingis stellte den Krug auf den Tisch, beugte sich vor und sah mir in die Augen. »Aber du willst doch noch was von mir, oder etwa nicht?«

»Stimmt.«

Sein Blick bohrte sich förmlich in mich. Dieser Blick drohte nicht, er übte keinen Druck aus – er bohrte sich lediglich in mich hinein.

»Dann überleg dir, was du wissen willst und welche Antworten du dafür herausrückst.«

Ich zögerte kurz. »Dschingis, wo ist hier das nächste Klo?«

Er grinste. »Ganz in der Nähe. Drei Meter den Flur runter. Geh nur und denk in Ruhe nach!«

Damit lag er jedoch nicht ganz richtig. Ich spielte nicht auf Zeit, ich würde die Karten ja so oder so auf den Tisch legen müssen. Dschingis hatte die Informationen, die ich brauchte, und vor allem: Er bezog sie aus der realen Welt, nicht aus der *Tiefe*.

Aber das Örtchen musste ich wirklich aufsuchen!

Die Tür zur Toilette war mit Eiche und mattem Glas verkleidet. Ich trat ein, und das Interieur verschlug mir nicht einmal mehr die Sprache.

Das Klo war mit zartrosafarbenen Kacheln gefliest, als hätte sich ein Nymphchen hier seinen Traum erfüllt. Die Decke bestand aus schwarzem Spiegelglas, auch dies eine Verkörperung besagter Träume.

Außerdem war das nicht bloß ein Klo, sondern eine Nasszelle, selbst wenn sich dieser Begriff aus Sowjetzeiten hier äußerst merkwürdig ausnahm! Es war ein gigantisches Bad. Ob es für Basketballer gedacht war? Ein Bidet. Ein Pissoir. In einer Privatwohnung ein Pissoir – das muss man sich mal vorstellen! Etwas abseits von diesen Gerätschaften breitete sich unterm Fenster, das schräg war wie bei einer Dachwohnung und dir freie Sicht auf den Himmel bot, ein dreieckiger Jacuzzi aus. In dem Wasser sprudelte.

Ich machte mich darauf gefasst, in der Wanne ein lebendes Krokodil vorzufinden. Oder die Leiche eines Menschen.

Die Realität erwies sich als banaler und erstaunlicher zugleich.

Der Jacuzzi war bis oben hin mit grünen Halbliterflaschen gefüllt. Die Etiketten waren längst abgeweicht und schwammen im sprudelnden Nass. Ich steckte die Hand ins Wasser – das eiskalt war! – und fischte ein Etikett heraus.

Shiguljowskoje.

Uralt noch dazu, morgen lief es ab.

Ich musste verrückt geworden sein. Anders ließ sich das nicht erklären. Ich litt nicht an einer Deep-Psychose, sondern an Schizophrenie. Ein solches Haus konnte sich doch nur in der *Tiefe* befinden, nicht aber mitten in Moskau!

Oder befand ich mich tatsächlich immer noch im virtuellen Raum? War ich gar nicht aus der *Tiefe* aufgetaucht? Hatte ich den Austritt nur geträumt? War es eigentlich morgens, Vika längst bei der Arbeit, während ich immer noch vor der Kiste hockte und meine steifen Finger über das Touchkeyboard zuckten, das mir Vika zu Neujahr geschenkt hatte?

Hatte ich mir nur selbst etwas vorgegaukelt? Wie es ja schon einmal geschehen war ...

»*Tiefe, Tiefe, ich bin nicht dein*«, flüsterte ich. »*Tiefe, Tiefe, gib mich frei.*«

Nichts. Aber selbst darauf durfte ich nicht viel geben. Jedenfalls seit zwei Jahren nicht mehr.

Ganz ruhig! Das ist jetzt das Wichtigste. Nicht die Nerven verlieren!

Die *Tiefe* bringt niemanden um. Das liegt gar nicht in der Natur der virtuellen Welt, denn sie spiegelt nur das wider, was in uns steckt. Es ist alles okay.

Abgesehen davon gab es einen simplen Trick, um herauszufinden, in welcher Welt ich mich aufhielt.

Ich holte ein Taschenmesser heraus, pulte eine kleine, spitze Klinge heraus und krempelte den Ärmel meines Hemdes hoch.

So. Und jetzt die Spitze rein ins Fleisch. Auch wenn mir das nicht schmeckte.

Ich achtete darauf, keine Vene zu treffen, als ich mir den Arm aufschlitzte. Schmerz ließ mich aufheulen.

Das tat verdammt weh! Mehr, als wenn jemand mich aufgeschlitzt hätte.

Ich leckte den Kratzer ab, der nicht sehr tief war, aus dem es aber trotzdem gewaltig blutete, und zog aus der Gesäßtasche meiner Jeans ein Päckchen mit Pflastern. Halblaut vor mich hinfluchend klebte ich eins davon auf die Wunde.

Ich befand mich nicht in der *Tiefe*. So stark, wie der Schmerz war, hätte er mich aus der virtuellen Welt herausschleudern müssen. Nein, ich musste mich in der realen Welt aufhalten. In einer realen Wohnung. In der völlig durchgeknallte Typen lebten.

Nun ging ich zum Pissoir hinüber und tat endlich das, weswegen ich hier hergekommen war. Anschließend spritzte ich mir kaltes Wasser ins Gesicht und glotzte verdrossen mein Spiegelbild an. Rote Augen, hohlwangig ... Es war kein Wunder, dass mich die Typen am Eingang nicht hatten durchlassen wollen. Und noch weniger erstaunte es mich jetzt, dass Dschingis auf Anhieb in mir einen Bewohner der virtuellen Welt erkannt hatte.

Der Hausherr trank nach wie vor in der Küche Bier. Wahrscheinlich amüsierte er sich köstlich über mich.

»Jetzt können wir weiterreden«, teilte ich ihm mit, als ich mich wieder setzte.

»Ich bin ganz Ohr.«

»Gestern hat mir jemand erzählt, ein Hacker, der unter dem Namen Bastard bekannt ist, sei bei *New boundaries* eingestiegen, einem Unternehmen, das Hardware herstellt.«

Dschingis nickte. Das war ja schon mal ein gutes Zeichen.

»Er wurde geschnappt«, berichtete ich weiter. »Zum Pech für den Hacker war der Objektschutz nämlich verdammt gut.«

»In der Tat, das war er«, meinte Dschingis bloß. »Ich nehme an, Maniac hat denen den Schutz eingerichtet. Das ist seine Handschrift.«

»Der Objektschutz«, fuhr ich rasch fort, um das heikle Thema nicht zu vertiefen, »hat die Spur des Hackers aufgenommen und ihn getötet, als er fliehen wollte. Worum es aber eigentlich geht, ist, dass der Hacker auch in der realen Welt gestorben ist. Das bedeutet ... wenn wir nicht von einem Zufall ausgehen ... und davon sollten wir nicht ausgehen ... dass jemand eine Waffe der dritten Generation entwickelt hat und sie auch einsetzt.«

»Der dritten?«, erklang es da. »Was soll das denn heißen?«

Der seltsame Freund von Dschingis stand wieder in der Tür, auch diesmal hielt er eine Scheibe in der Hand – die jedoch vermutlich keine unangenehmen Überraschungen mehr enthielt.

»Das habe ich dir doch schon erklärt«, sagte Dschingis. »Die erste Generation vernichtet deine Software. Die zweite, die nur die Polizei einsetzen darf, kann auch deinen Rechner ausknocken. Der Prozessor läuft heiß, das BIOS wird gelöscht oder manipuliert, der Bildschirm schmort durch.«

»Das weiß ich selbst, ich bin ja nicht blöd«, blaffte der Junge Dschingis an. Die mussten sich ja echt heiß und innig lieben. »Aber die dritte Generation hast du mir verheimlicht!«

»Weil sie nicht existiert«, hielt Dschingis dagegen. »Außer in der Fantasie. Es soll eine Waffe sein, die einen Menschen aus dem virtuellen Raum heraus tötet. Das ist Blödsinn. Damit machen Blättchen wie die *Buschtrommel* Schlagzeilen. Dann kannst du auch gleich an das Ungeheuer von Loch Ness glauben!«

»Aber der Hacker ist und bleibt tot«, warf ich ein. »Es gibt eine Leiche. Die ist völlig real.«

»Pat, gib dem Mann die Scheibe«, befahl Dschingis. »Dann geh hoch ins Esszimmer. Da liegt eine Leiche auf dem Boden. Sieh mal nach, ob sie schon verfault ist! Wenn nicht, gib ihr ein schönes Paar Tritte in die Seite!«

»Echte Tritte?«, fragte der Junge mit leuchtenden Augen zurück.

»Darum würde ich bitten. Auf meine Verantwortung.«

Der Junge strahlte über beide Backen. Er drückte mir die Disk in die Hand, von der er sich bis eben nicht hatte trennen wollen, und stürmte die Treppe hoch.

Ich sah Dschingis überrascht an.

Der grinste. Gelangweilt erhob er sich, nahm einen kristallenen Aschenbecher vom Bartresen, der bereits halbvoll mit Kippen war, und schnappte sich auch ein Päckchen Zigaretten sowie ein Ronson-Feuerzeug. Er zündete sich eine Zigarette an und warf mir die Schachtel lässig zu.

Automatisch nahm ich mir ebenfalls eine Zigarette, ließ das Feuerzeug aufschnappen – und hätte es beinahe fallen gelassen.

Oben, im Esszimmer mit der Glasdecke, ertönte ein Schrei.

»Die Leiche zeigt also noch Reaktionen«, bemerkte Dschingis versonnen. »Halten wir das als positives Zeichen fest und nehmen es zum Anlass, uns zu freuen.«

Ohne die Zigarette anzuzünden, legte ich sie zurück.

Oben fiel irgendwas zu Boden. Ein Schrei wie von einem Kind war zu hören, der so durchdringend klang wie das Geräusch eines Kabelmodems mit einer Geschwindigkeit von 115 200 Baud, danach fiel abermals etwas Schweres zu Boden, und offenbar ging etwas zu Bruch. Ein zweiter quiekender Schrei erklang.

»Da wird doch nichts … passiert sein?«, fragte ich. Ich hatte Pat zwar nicht sonderlich ins Herz geschlossen und verspürte auch keinen Wunsch, nach jemandem zu sehen, der so schrie … Trotzdem war Pat noch ein Kind …

»Alles, was zu Bruch gehen kann, ist längst hinüber.« Dschingis schüttelte traurig den Kopf. »Bis auf die Decke, aber die besteht aus Panzerglas.«

Auf der Treppe erklang Getrampel, das elegante Holzgeländer erzitterte. Zunächst kriegte ich nur zwei Paar Beine zu sehen. Das eine gehörte Pat und berührte nur hin und wieder mal eine Stufe. Das andere war nackt und mit rotblondem Haar bewachsen.

Kurz darauf erschien die vermeintliche Leiche in voller Pracht.

Bei ihm handelte es sich um einen stämmigen Mann von etwa vierzig Jahren. Seine Proportionen beschrieb man am besten mit dem Wort Quadrat. Der kurze Hals verschwand unter einem gewaltigen Rauschebart, der Backenbart schrie nach einem Barbier. Dafür war der Kopf absolut kahl.

Das i-Tüpfelchen an der Erscheinung der neuen Figur in diesem absurden Theater bildeten knielange, schwarze Unterhosen aus Satin, das einzige Stück, das der Mann am Körper trug, sah man von dem Kreuz ab, dass sich in seinem Brustfell verfangen hatte. Die weit aufgerissenen Augen blickten durch eine Brille mit schmalem Goldrand.

»Dsching!« Das Gebrüll des Kraftbolzen ließ die Bierkrüge vibrieren. »Hast du Pat befohlen, mich zu treten?«

»Hab ich«, bestätigte Dschingis mit unerschütterlicher Ruhe. »Zwei Tritte sollte er dir verpassen. War er ein braver Junge?«

»Der hier?« Der Mann betrachtete seine rechte Hand, an der Pat hing. »Der war brav, dieser pedantische Widerling! Normalerweise schafft es niemand, mir einen zweiten Tritt zu verpassen! Was verlangst du für den?«

»Dein Notebook, Bastard.«

Natürlich haute mich diese Eröffnung nicht um. Von welcher Leiche hier die Rede war, hatte ich schnell begriffen. Allein, ich konnte mein Glück nicht fassen.

Obwohl: Durfte ich eine Begegnung mit diesem Typ als Glück bezeichnen?

Nachdenklich musterte Bastard den schweigenden Pat. Zunächst wunderte ich mich, wie widerstandslos der Junge diese Behandlung über sich ergehen ließ – bis mir dann auffiel, dass er sich völlig in die behaarte Hand des Hackers verbissen hatte.

»Nein, das ist er nicht wert«, erklärte Bastard und schüttelte Pat ab. Sobald der auf dem Boden gelandet war, sprang er zur Seite und spuckte aus.

»Dann begrüße wenigstens meinen Gast«, schlug Dschingis vor.

Bastard richtete seinen Blick wie in Zeitlupe auf mich. Er räusperte sich, um mit fast normaler, nur etwas lauter Stimme zu äußern: »Ich bitte um Verzeihung. Meine allzu emotionale Reaktion ist der etwas ungewöhnlichen Art geschuldet, mit der ich zu so früher Stunde geweckt wurde.«

Ich erhob mich und versuchte mir über die Szene, deren Zeuge ich gerade geworden war, keine Gedanken zu machen. »Ich bin Leonid.«

Bastard drückte mir mit akkurat bemessener Kraft die Hand. »Und ich bin Bastard. Ihr gestattet?«

»Bitte? O ja!«

Der Hacker nahm meinen Krug und trank einen Schluck. Er verzog das Gesicht. »Schon wieder dieses Spülwasser! Dsching, du Dreckskerl, warum zum Teufel hast du dem Jungen gesagt, er soll mich treten? Noch dazu zweimal?«

»Wieso nicht? Wo du doch eine Leiche bist! Da tut dir doch nichts weh. Außerdem ...« Dschingis, der in seinem Sessel lümmelte, nickte zu dem mürrischen Pat hinüber. »... wollte Pat schon lange mal wissen, ob du durch einen Tritt aufwachst oder nicht.«

Der Junge brachte sich erstaunlich flink hinter seinem Sessel in Deckung. Aber Bastard machte keine Anstalten, ihm hinterherzujagen.

»Warum bin ich eine Leiche?«, fragte er und kratzte sich die Brust.

»Weil du getötet worden bist. Im virtuellen Raum, mit einer Waffe der dritten Generation – die dafür sorgt, dass du auch in der realen Welt stirbst.«

Dschingis brach in schallendes Gelächter aus.

Bastard blieb jedoch todernst. »Jemand wurde ermordet«, bestätigte er. »Und jemand ist gestorben. Nur war das nicht ich.«

Er stellte meinen leeren Krug ab und ging in den Flur. Kurz darauf klapperten die Flaschen, die er aus dem Jacuzzi fischte.

Ich sah Dschingis und Pat an. Der Junge machte ein fröhliches und aufgeregtes Gesicht, Dschingis jedoch hatte eine steinerne Miene aufgesetzt.

»Die Waffe existiert also nur in meiner Fantasie, ja?«, fragte ich.

110

Als der Hacker aus dem Bad zurückkam, hatte er etwas mehr Kleidung am Körper. Er trug einen eleganten Bademantel, der ihm allerdings zu lang und in den Schultern zu eng war. Mit Sicherheit gehörte er eigentlich Dschingis. Seine Füße hatte er in Latschen gezwängt, die ihm viel zu klein waren, sodass die Ferse und ein Gutteil des Fußes überstanden.

In jeder Hand hielt Bastard zwei Flaschen Shiguljowskoje.

»Warum hast du dein Bier schon wieder in dem Jacuzzi kalt gelegt?«, fragte Dschingis.

»Reg dich ab«, knurrte Bastard. »Im Kühlschrank kriegst du die ideale Temperatur einfach nicht hin. Außerdem gibt nur Fließwasser Bier den richtigen Geschmack.«

»Außerdem hast du meinen Bademantel an.«

»Machst du dir Sorgen um ihn? Was bist du eigentlich für ein Lackaffe geworden?«, fragte der Hacker, während er einen Sessel näher zu uns heranzog, sich setzte und ein Bein übers andere schlug. Er öffnete die Flasche mit bloßen Händen und nahm gierig einen Schluck.

»Und warum trägst du meine Hausschuhe?!«, maulte Pat.

»Oh, oh, oh«, äffte Bastard seinen Tonfall nach. »Und wer hat von meinem Tellerchen gegessen? Auf meinem Stühlchen gesessen? Und wer hat meine Festplättchen formatiert? Ich trage deine Hausschuhe nicht, du Rotzbanause, ich bin in sie hineingeschlüpft!«

»Lenk nicht ab, Bastard!«, verlangte Dschingis gelassen. »Und spar dir deine Kraftausdrücke, wenn der Junge im Raum ist!«

»Du hättest dir mal anhören sollen ...« Bastard setzte die Flasche an die Lippen, leerte sie in einem Zug und stellte sie unterm Tisch ab. »... was dieser Junge mir gestern Abend alles gesagt hat.«

»Abends?! Pah!«, ereiferte sich Pat. »Das war um halb drei in der Nacht! Da bist du stockbesoffen hier angearscht gekommen!«

»Hör dir das doch mal an!« Bastard öffnete die zweite Flasche.

»Tu ich ja«, sagte Dschingis. »Du wirst dir deine Zunge mit Seife abspülen müssen, Pat.«

»Aber er war besoffen! Und er hat versucht ...« Der Junge zögerte kurz, als suche er nach dem passenden Wort. »... eine Prostituierte raufzuschleppen! In seiner Tasche!«

»Stimmt das?«, fragte Dschingis amüsiert. »In der Tasche?«

»Ja!«, rief Pat.

»Petze!«, polterte Bastard und setzte die Flasche ab. »Verräter! Mistkerl! Also gut, du Giftgurke, du hast es so gewollt. Soll ich jetzt mal erzählen, wo du letzte Woche in Deeptown gewesen bist? Und was du da gemacht hast?«

Pat keuchte auf. »Das weißt du doch gar nicht«, entgegnete er, wenn auch nicht sehr überzeugt. »Das kannst du gar nicht wissen!«

»Doch. Was ist? Soll ich es erzählen?«

»Ich habe alle Skripts auf deiner Kiste gelöscht!«

»Ach Gottchen, ach Gottchen, er hat die Skripts gelöscht. Pass auf, wenn du das wirklich geschafft hast, schenke ich dir mein Notebook.«

Die beiden maßen sich mit Blicken, als wollten sie gleich zum Messer greifen. Wenn das keine Psychos waren! Minderjährige Psychos!

»Du lügst«, beschuldigte ihn Pat.

»Komm mit!« Bastard erhob sich, ging auf Pat zu und klemmte ihn sich unter den Arm. »Einen Trojaner zeige ich dir. Als Beispiel. Die anderen musst du selbst finden.«

»Bastard, wir haben hier etwas zu besprechen«, erinnerte ihn Dschingis.

»Es dauert nur drei Minuten«, beschwichtigte ihn der Hacker und zog mit dem Jungen unterm Arm und der Flasche in der Hand ab. »Und in dieser Zeit werde ich jemand vom Hochmut kurieren und ihn Ehrfurcht vor dem Alter lehren.«

»Wir müssen warten«, wandte sich Dschingis an mich. »Ich will ihn jetzt lieber nicht aufhalten, Leonid. Willst du noch Bier?«

»Warum trinkt Bastard Shiguljowskoje?«

»Weil es ihm schmeckt. Was dachtest du denn?«

Schweigend griff ich nach meinem Krug. Dem vierten. Wenn ich die gleiche Menge in Shiguljowskoje getrunken hätte, wäre ich inzwischen zu nichts mehr zu gebrauchen.

»Nun, da Bastard bestätigt hat, dass jemand getötet wurde«, sagte Dschingis, »möchte ich mich … bei dir entschuldigen, dass ich dir nicht gleich geglaubt habe. Zum Glück ist Pat gerade nicht da. Dem würde es nämlich gar nicht passen, dass du recht hattest und ich nicht.«

»Halb so wild. Ich wollte es anfangs auch nicht glauben.«

»Was denkst du, was das für Folgen hat, Diver?«

»Der Tod aus der *Tiefe* ist der Tod für die *Tiefe*.«

»Nicht unbedingt.«

»Doch! Deeptown war immer ein freies Gebiet. Eine Welt mit eigenen Gesetzen, einer eigenen Moral und Kultur. Selbst Verbrechen hat man hier mit anderen Augen betrachtet. Wir haben uns daran gewöhnt, dass wir unserem Gegenüber den Mund mit Kampfsoftware stopfen können, dass es kein Verbrechen, sondern eine Kunst ist, in einem fremden Rechner herumzuwühlen, und dass du allen Grund hast, vor deinen Freunden anzugeben, wenn du Kreditkarten fälschen kannst.«

»Nur dass Mord auf einem anderen Blatt steht. Wenn du weißt, dass dein Schuss nicht irgendeine Kiste ausknockt, sondern das Herz eines Menschen ...«

»Dschingis, würdest du Pat eine Waffe der dritten Generation geben?«

»Noch habe ich meinen Verstand beisammen!«

»Wie viele Teenager wie er treiben sich in Deeptown wohl rum? Was meinst du?«

»Es wird ja wohl kaum jedes Kind an einen Rechner kommen ...«

»Würdest du Bastard eine solche Waffe geben?«, unterbrach ich ihn.

»Urteile nicht vorschnell!«, riet mir Dschingis. »Bastard kannst du den Atomkoffer anvertrauen. Zu dem hat er übrigens sowieso Zugang, auch ohne Wissen des Präsidenten.«

»Hast du Bodyguards, Dschingis?«

»Geh davon aus«, erwiderte er grinsend.

»Was anderes habe ich nicht erwartet. Und wahrscheinlich hast du Feinde.«

»Jeder hat Feinde. Ohne sie wäre das Leben langweilig. Außerdem kann man auf einige Feinde mindestens ebenso stolz sein wie auf seine Freunde.«

»Du gehst doch auch in die *Tiefe*. Was, wenn dich da jemand fertigmachen will? In der Realität ist das eine Sache. Da kriegst du eins vor den Bug, kannst es deinem Gegner aber mit gleicher Münze heimzahlen. Was willst du jedoch einem Schuss in der *Tiefe* entgegensetzen? Wo dein Feind keine Spuren hinterlässt? Wo die normalen Gesetze nicht gelten? Wo ...«

»Ich hab's schon verstanden«, fiel mir Dschingis ins Wort. »Alle weiteren Ausführungen kannst du dir sparen. Ich will nur nicht wahrhaben, was hier vor sich geht.«

»Ich auch nicht. Trotzdem müssen wir unbedingt etwas unternehmen.«

»Nur fürchte ich, dass wir zu spät kommen. Ist ein Programm erst mal entwickelt, kommt jeder in der *Tiefe* an das Zeug ran. Das ist lediglich eine Frage der Zeit.«

In diesem Moment kamen Bastard und Pat zurück. Der Junge stapfte hinter dem Hacker her und machte ein Gesicht, als sei er gerade ausgepeitscht worden.

»Wer ist als Sieger aus dem Streit hervorgegangen?«, erkundigte sich Dschingis.

»Das ist nicht fair!«, brüllte Pat. »Das Interface selbst war in das Antivirenprogramm eingebaut! Und das hatte ich von Bastard! Um mich gegen andere Hacker zu schützen!«

»Nur weil ich es dir gegeben habe, heißt das noch lange nicht, dass du es nicht checkst.« Bastard stellte die leere Flasche unter den Tisch und öffnete die letzte seines Vorrats. »Bring mir Bier.«

»Ich habe gesagt, das ist unfair! Und wie!«, brüllte Pat weiter. »Du hast mich übers Ohr gehauen!«

»Wieso das? Hat der Schutz versagt? Den Bären willst du mir ja wohl nicht aufbinden! Worüber beschwerst du dich dann also? Lass es dir eine Lehre sein und überprüf das nächste Mal die Geschenke deiner Freunde. Und hol mir endlich Bier!«

»Jetzt lasst uns zur Sache kommen. Was ist da vorgefallen, Tocha?« Dschingis hatte übergangslos einen anderen Ton angeschlagen. »Und du, Saschka, hol Bier.«

Dschingis brauchte die beiden nur mit ihren richtigen Namen anzusprechen, und schon legte dieses durchgeknallte Pärchen ein völlig anderes Verhalten an den Tag. Pat klappte den Mund zu und ging Bier holen. Bastard seufzte und fuhr sich über den rasierten Kopf. »Ich hab Hunger, Dsching.«

»Erzähl alles, dann mache ich dir derweil ein paar Würstchen warm.«

»Willst du mich vergiften?! Stell sie in die dämliche Mikrowelle, damit das Eis schmilzt, das reicht!«

»Wie du meinst. Und jetzt fang an.« Daraufhin erhob Dschingis sich, ging zum Kühlschrank und entnahm ihm eine lange Würstchengirlande.

»Ich hatte einen Auftrag, ich sollte irgendwo einsteigen.« Bastard zuckte die Achseln. »Keine große Sache. Bis auf den Auftraggeber.«

Pat kam zurück, einen Armvoll feuchter Bierflaschen an die Brust gepresst. Während Bastard sie auf dem Tisch aufreihte, redete er ohne Unterbrechung weiter. »Keine Ahnung, wie der Kerl ausgerechnet auf mich gekommen ist, habe auch nicht weiter nachgebohrt. Du weißt, wie ich bin, auf Empfehlungen pfeife ich, Hauptsache, die Kasse stimmt.«

»Du solltest eben nicht nur aufs Geld achten«, bemerkte Dschingis, während er die Würste in die Mikrowelle stopfte. »Wo hat er dich angesprochen? In der Realität oder in der *Tiefe*?«

»In der *Tiefe* natürlich. Ich saß in Deeptown, in einer Kneipe. Da kam er auf mich zu und hat die Karte auf den Tisch gelegt. Er hat sich als Diver geoutet.«

Mein Herz fing an zu rasen.

»Und das war dein Auftraggeber?«, fragte Dschingis, der an der laufenden Mikrowelle stand. »Irgendwie bringe ich diese beiden Geschichten nicht zusammen. Aber gut, erzähl erst mal weiter.«

»Zieh dir ein neues T-Shirt an, Saschka, das ist ja ganz nass«, riet Bastard dem Jungen und öffnete sich das nächste Bier. »Am Anfang sah es so aus«, fuhr Bastard fort, »als ob du das mit links erledigst. Einsteigen, die Daten kopieren und wieder raus. Ein simpler Abgang, ohne Bookmarks in den Skripts für zukünftige Hacks zu hinterlassen. Ich würde einen Anteil vom Erlös kriegen, aber fünfhundert Dollar garantiert.«

»Und du bist sicher, dass dieser Typ ein Diver war?«, hakte ich nach.

»Ja, absolut. Er hat mir alle ihre Tricks vorgeführt ... Eintritt und Austritt aus der *Tiefe* auf Kommando, keine Reaktion auf Schmerz und noch was ...«

»Und was, wenn er einfach das Deep-Programm nicht gestartet hatte?«

»Hat er aber. Glaubst du, ich wäre noch nie einem Diver begegnet? Oder jemandem, der versucht, ohne Deep in die *Tiefe* zu gehen? Das war ein Diver. Er musste bei *New boundaries* einsteigen, aber da wartete Arbeit für einen Hacker, nicht für einen Diver.«

»Aber für Diver gibt es heute keine Arbeit mehr«, murmelte ich. »Niemand braucht sie noch.«

»Offenbar hat er eine Marktlücke entdeckt«, bemerkte Bastard leichthin. »Er war nicht gerade gesprächig, deshalb hat er mir keine Details erzählt. Wir haben uns dann über den Preis und die Bedingungen geeinigt. Ich habe das Terrain sondiert: gängige Sicherheitssoftware, nichts Besonderes. Niemand wäre auf die Idee gekommen, die auszurauben. Bis auf diesen komischen Diver. Der war scharf auf das *Sweet-immersing*-Projekt. Das setzt sich aus der *Deep box* und der *Artificial nature* zusammen. Er wollte beide Programme, würde sich aber im Notfall mit *Artificial nature* zufriedengeben. Das hat er immer wieder betont: dass dieser Teil wichtiger ist. Ich habe mich auf die Sache eingelassen, mir einen Jungen geschnappt und bin losgezogen.«

»Was für einen Jungen?«, wollte Dschingis wissen. Die Mikrowelle gab endlich ein Pling von sich.

»Du kennst ihn nicht. Ein naiver, ungeschickter, aber sehr hartnäckiger Junge. Er nervt mich schon seit einer Ewigkeit, ich soll ihn anlernen. Er hat angenommen, ich würde ihm etwas Anständiges beibringen ...«

Als Pat daraufhin kicherte, warf Bastard ihm einen Blick zu, der den Jungen unverzüglich verstummen ließ.

»Jetzt ist er tot«, stieß der Hacker scharf aus. »Er hat mir immer wieder in den Ohren gelegen ... bis ich ihn dann mit zu diesem Hack genommen habe. Das Ganze schien ohne jedes Risiko, und ich wollte ihn mir mal bei der Arbeit ansehen.«

»Was ist passiert?« Dschingis biss sich auf die Lippe. »Lass dir doch nicht jedes Wort einzeln aus der Nase ziehen, Bastard!«

»Das tu ich doch gar nicht!«, erwiderte Bastard, der damit beschäftigt war, die nächste Flasche zu öffnen. »Die generelle Sicherheitssoftware der Firma hat uns nicht die geringsten Probleme bereitet. Einiges hat der Junge selbst entdeckt, auf andere Sachen habe ich ihn hingewiesen ... Er hatte Talent, wenn auch ein eher bescheidenes. Wir hatten die Körper von Firmenmitarbeitern vorbereitet, kannten sämtliche Passwörter, kurz und gut, es lief alles bestens. Wir sind ohne Schwierigkeiten zum Büro für das *Sweet-immersing*-Projekt gekommen, und es sollte kein Problem sein, die Daten zu kopieren. Wie gesagt, das sah alles nach einem verfluchten Kinderspiel aus! Deshalb bin ich im Gang geblieben, und er ist reingegangen. Er brauchte drei Minuten, um die Dateien zu finden. Doch als er sich ans Kopieren machte, hat sich irgendein Skript gestartet.«

»Wie hat das ausgesehen?«, fragte ich.

»Es war eine Stahltür, die aus der Decke heruntergelassen wurde. Zusätzlich wurden die Fenster verriegelt. Sirenen heulten, der Wachschutz eilte herbei ... das ganze Repertoire eben. Der Schutz war übrigens sowohl gegen Hacker wie auch gegen Diver gedacht. Nur dass ein Diver bei dem Hack draufgegangen wäre.«

»Aber der Hacker ist auch gestorben«, erinnerte ich ihn.

»Nicht sofort, Leonid. Ich habe es nämlich geschafft, ihn aus dem Büro rauszuholen.«

»Wie das?«

»Ich habe die Tür zerstört.« Bastard grinste. »Obwohl der Junge Panik bekommen hat, hat er die Datenübertragung nicht abgebrochen. Doch statt die Daten an mich zu bringen, habe ich einen Ausgang nach draußen aufgerissen und den Abzug des Jungen gedeckt. Er ist auch sofort abgehauen ... mit weit aufgerissenen Augen ... voller Angst.«

»Von wo aus hast du gearbeitet?«, wollte Pat wissen.

»Von einem Deep-Café aus.« Bastard sah den Jungen an. »Hol mir mal Kippen!«

»Aber erzähl erst weiter, wenn ich wieder da bin!«

Kaum war Pat die Treppe hochgestürmt, gestand der Hacker im Flüsterton: »Ich habe mich wie ein Idiot vorführen lassen! Die ersten Wachschützer stammten von der Firma selbst. Die taugten absolut nichts. Drei Menschen und zwei Dutzend Programme. Davon habe ich mich täuschen lassen! Dabei hätte ich dem Jungen folgen, die Daten an mich nehmen und fliehen müssen! Aber nein, ich wollte ja unbedingt in der Gegend rumballern! Als sei ich auf dem Schießplatz!«

Doch da kam Pat auch schon zurück. Bastard nahm ihm die Schachtel Belomorkanal ab, zündete sich eine Papirossa an und fuhr volltönend fort: »Mir blieb also gar nichts anderes übrig, als bis zum Schluss durchzuhalten. Die erste Welle von Security-Leuten habe ich zurückgeschlagen. Dreißig Mann habe ich umgenietet ... Was glotzt du mich so an, Pat?«

Der Junge starrte ihn mit funkelnden Augen an.

»Aber dann wendete sich das Blatt«, gab Bastard seufzend zu. »Von irgendwoher tauchten weitere Security-Leute auf, diesmal doppelt so viele. Ein Teil von ihnen hat einen Ring um das Gebäude gebildet, ein Teil hat mich umzingelt. Wo sind die Streichhölzer, Pat?«

»Du hast doch ein Feuerzeug!«, blaffte der Junge.

»Ich zünde mir meine Zigaretten nicht mit Gas an! Gas ist eine Verhohnepipelung der heiligen Idee des Ewigen Feuers! Echt! Man muss sich die Kippe mit Streichhölzern anzünden!«

Pat schoss erneut die Treppe hoch, Bastard senkte abermals die Stimme: »Es waren sieben Mann. Und alle echt, keine Bots. Bei denen haben meine Programme schlicht und ergreifend versagt.«

»Völlig?«, hakte Dschingis verwundert nach.

»Hundertprozentig. Die Kerle haben nicht eine Sekunde schlapp gemacht. Ich weiß nicht, woher die ihren Schutz hatten, aber es war, als wollte ich mit bloßen Händen gegen einen Panzer vorgehen.«

Pat kam zurück, holte bereits ein Streichholz aus der Schachtel, strich es an und gab Bastard Feuer. Der Hacker nahm einen Zug an der Zigarette und nickte dem Jungen hoheitsvoll zu. Nachdem er die nächste Flasche Bier geleert hatte, berichtete er weiter: »Ich habe diese Lamer ein Weilchen in Schach gehalten, bevor ich dann ganz gemütlich abgezogen bin.«

Pat strahlte glücklich. Er saß neben Bastard und konnte nicht sehen, was dieser für Grimassen zog.

»Aber den Jungen haben sie gekriegt. Nach fünfeinhalb Minuten. Auf dem Bill-Gates-Platz. Und sie haben ihn erschossen. Die Leute drumherum haben nur gegafft und sind weitergegangen, die Leiche wurde zur Untersuchung mitgenommen.« Wie aus heiterem Himmel knallte Bastard die Faust auf den Tisch. »Woher sollte ich das denn wissen, verdammt noch mal?! Woher sollte ich wissen, dass Waffen der dritten Generation bereits existieren!«

Dschingis stellte den Krug wieder auf, der durch das Tischbeben umgekippt war. Es hat schon Vorteile, sein Bier rechtzeitig auszutrinken. »Und du bist sicher, dass er in der realen Welt gestorben ist?«, wollte er wissen.

»Ja. Ich kannte ihn. Wir haben uns ein paarmal getroffen. Er war noch das reinste Kind, gerade mal siebzehn! Sobald ich aus der Schusslinie war, habe ich ihn angerufen. Da war besetzt! Ob ihr's glaubt oder nicht, aber er ging noch über eine Telefonverbindung in die *Tiefe*.«

»Bist du sicher, habe ich gefragt?« Dschingis Stimme klang mit einem Mal gefährlich laut.

»Ja! Ich bin sofort zu ihm. Router hin oder her – was, wenn die den Jungen finden? Wenn jemand einen derartigen Schutz aufbietet, dann musst du mit allem rechnen. Auch mit einer kleinen Stippvisite der Polizei.«

»Warum zum Teufel musstest du auch unbedingt diesen Jungen mit zu dem Hack nehmen?« Dschingis zündete sich die nächste Zigarette an, und auch ich nahm mir eine. »Wo du wusstest, dass er noch ein Kind ist!«

»Er war schon öfter irgendwo eingestiegen!«, erwiderte Bastard schroff. »Soll ich jetzt weitererzählen?«

»Ja«, forderte ich ihn auf. »Und ohne Umschweife.«

Bastard war zehn Minuten später zu Hause bei dem Jungen aufgekreuzt. Er lebte in der Nähe des Deep-Cafés, von dem aus der Hacker agiert hatte. Die Eltern des Jungen kannten ihn und baten ihn herein, auch wenn dieser Freund ihres Sohnes sie nicht allzu sehr entzückte.

Der Junge saß vor der Kiste. Mit Helm und im Sensoranzug. Seine steifen Hände umklammerten die Tastatur ...

»Ich habe den Jungen per Notausstieg aus der *Tiefe* geholt.« Bastard zerdrückte eine unangezündete Papirossa in der Faust. »Aber da war es schon zu spät. Die Eltern haben noch den Notarzt gerufen, aber ihr Junge war bereits tot.«

»Wie ist er gestorben?«, fragte ich. Das war bitter. Ich sah diesen unbekannten Jungen genau vor mir. Wahrscheinlich hatte er Bastard genauso angehimmelt, wie es Pat tat. Der starrte jetzt allerdings nach unten und fuhr mit dem Fuß über den Boden, als wolle er die Fliesen durchbohren oder ein Loch im Strumpf auf die Maße des großen Zehs erweitern.

»Erbärmlich«, knurrte Bastard. »Durch einen Muskelkrampf.«

»Einen Muskelkrampf?«, fragte Pat erstaunt. »Wie soll das denn gehen?«

»Ganz einfach. Das ist, wenn alle Muskeln sich in einem Krampf zusammenziehen. Es sah aus, als sei er erstickt, schlicht und ergreifend erstickt.«

»Vielleicht hatte er irgendeine Krankheit?«, gab Dschingis zu bedenken. »Epilepsie oder so. Und dann die Aufregung, die Verfolgungsjagd, der Schusswechsel ... Das hat er nicht verkraftet. Vielleicht war es also nur ein unglücklicher Zufall.«

»Seine Eltern haben gesagt, er sei absolut gesund gewesen. Sie haben kaum einen Ton herausgebracht ... aber diese Behauptung hat seine Mutter ständig wiederholt.«

»Was haben die Logs hergegeben?« Dschingis war offensichtlich nicht bereit, sich irgendwelche Sentimentalitäten anzuhören.

»Ich habe sie mir nicht angesehen, habe einfach nicht daran gedacht. Sobald ich festgestellt hatte, dass sich die Beute nicht auf der Kiste befand, war mir klar, dass er es nicht geschafft hat, die Daten zu kopieren. Ich habe dann in seiner Kiste ein altes, aber zuverlässiges Programm entdeckt. *Pure Conscience*. Das habe ich gestartet, dann bin ich gegangen. Seinen Eltern habe ich gesagt, wir hätten in der *Tiefe* gechattet und plötzlich habe der Junge keinen Mucks mehr von sich gegeben.«

»Trotzdem bleibe ich dabei, Bastard. Es ist nicht mit hundertprozentiger Sicherheit gesagt, dass der Junge aus der *Tiefe* heraus getötet wurde. Schließlich hat es schon genug Zufälle dieser Art gegeben, Infarkte, Schlaganfälle ...«

»Er wurde getötet. Das hab ich im Gefühl.« Bastard nahm sich eine neue Flasche. »Ein neues Zeitalter ist angebrochen, Dsching.

Ein beschissenes Zeitalter. Eins, in dem du in der *Tiefe* richtig morden kannst.«

»Hast du das gehört, Pat?« Dschingis sah den Jungen an. »Damit kannst du dir die Besuche in Deeptown abschminken.«

»Nein!«

»Doch!« In Dschingis Stimme schwang erneut eisige Kälte mit. »Und keine Widerrede! Morgen wird hier das Glasfaserkabel abmontiert. Sie sollen es einfach kappen und mitnehmen. Und die Modems kommen auch weg. Um dich gar nicht erst in Versuchung zu führen!«

»Aber ich hacke doch gar nicht!«

»Aber du träumst davon! Und du hast es schon versucht. Wegen ein paar gefälschter Kreditkarten bringt dich niemand um. Früher oder später wirst du jedoch echte Heldentaten vollbringen wollen. Und dann fängst du dir aus der *Tiefe* heraus eine Kugel ein.«

»Dann wirst du dich für mich rächen«, brummte Pat.

»Ich ziehe es vor, auf diese Rache zu verzichten«, erwiderte Dschingis mit überraschender Zärtlichkeit. »Ich habe nämlich einfach keine Lust, auf den Friedhof zu fahren und Blumen auf ein Grab zu legen.«

Dann wandte er sich Bastard zu: »Und du alter Esel mach dich auf einiges gefasst! Du wirst das noch bitter bereuen! Einen Jungen mit zu einem Hack zu nehmen! Ohne die möglichen Gefahren abzuschätzen! Ach nein, das ist ja bloß eine kleine Firma, was sollen die sich schon für einen Schutz leisten können!«

»Du hast ja recht!«, brüllte Bastard. »Das ist meine Schuld! Aber wie hätte ich das voraussehen sollen? Außerdem war der Junge nicht zum ersten Mal in der *Tiefe*! Vor zwei Jahren ist er sogar bei Al Kabar eingestiegen!«

Ob sich ein Muskelkrampf genauso anfühlte wie das, was mich gerade erfasste?

131

Wenn die Hände leicht zittern, die Beine in den Knien steif werden, der Kiefer klappert und du kein einziges Wort herausbringst?

»Glaubst du eigentlich jeden Scheiß, den dir ein Junge vorsetzt?«, wetterte Dschingis. »Als ob du noch nie gehört hast, wie sich Pat vor seinen Freunden dicke tut!«

Nein, ein Muskelkrampf musste sich anders anfühlen. Ich konnte ja noch atmen, meine Lungen verarbeiteten die eingeatmete Luft ohne Probleme. Ich sah, wie das Bier im Krug schwappte, als der mir beinahe aus den Händen gefallen wäre. Auch mein Herz schlug noch. Zwar wie verrückt, aber okay, solange es nur mein Blut durch die Adern pumpte. Selbst wenn das wehtat.

»Wie hieß er?«, fragte ich. Mir kam es vor, als klinge meine Stimme völlig normal. Aber aus irgendeinem Grund zuckten die drei anderen zusammen.

»Ich nenne keine Namen ...«, setzte Bastard an.

»Ihm schon!«, verlangte Dschingis scharf.

»Romka.«

»Er ist in Al Kabar eingestiegen«, sagte ich. »Vor zwei Jahren. Da war er fünfzehn. Aber das wusste ich damals nicht.«

»Wer bist du, Leonid?« Bastard starrte mich mit großen Augen an.

»E-ein Di-diver.« Mit einem Mal fing ich an zu stottern. »Und auch Romka war ein Diver. Bis wir dann beide zu einem Niemand wurden. Ich habe mich damit abgefunden, aber er wollte anscheinend Hacker werden ...«

»Hol mich doch ... ein Diver!«, platzte es aus Bastard heraus. »In der realen Welt! Heute! Ein echter Diver!«

Wie absurd das doch war. Ihn haute meine Vergangenheit, die nichts mehr zählte, mehr um als die Tatsache, dass es Romkas Zukunft nicht mehr gab!

Mit dem noch fast vollen Bierkrug beugte ich mich über den Tisch, fegte die Flaschen weg, verpasste Bastard einen Kinnhaken – und wurde durch die Luft geschleudert.

Die Kraft entspricht der Gegenkraft – aber dieses Gesetz galt nur für physische Objekte. Mit biologischen sah die Sache offenbar anders aus.

Vor allem da die Faust, die auf meinen Schädel traf, fast genauso groß war wie dieser.

»Doch nicht hierhin, du Idiot! Das ist das Bidet!«

Das war Dschingis.

»Ja und? Gibt nichts Besseres, um ihn zu waschen!«

Das war Bastard.

»Sollen wir ihn vielleicht an Essig riechen lassen?«

Das war Pat.

Es folgten eisiges Wasser und Shiguljowskoje-Flaschen am Boden des Jacuzzi.

So enden allzu aggressive Diver. Sie werden in einer Wanne mit Bier ertränkt. Wo sie keine Luft mehr kriegten.

Mit letzter Kraft versuchte ich aufzutauchen. In dem Moment wurde ich aus dem Wasser gezogen.

»Alles klar?«, fragte Dschingis besorgt. »Siehst du irgendwas doppelt?«

Er hatte mich in den Jacuzzi gesteckt.

Bastard stand etwas abseits. Er rieb sich die Wange, die, wie ich voller Genugtuung registrierte, blau leuchtete. Ein Glas in seiner Brille war gesprungen. Er sah ziemlich zerknirscht drein.

»Kannst du sprechen?«, fragte Dschingis noch besorgter.

»Ja«, presste ich heraus. Mein Kiefer schmerzte, aus meiner Nase tropfte unaufhörlich Blut, das Wasser in der Wanne hatte bereits eine zartrosa Färbung angenommen.

Aber sprechen konnte ich.

»Er ist selbst schuld!«, rief Bastard im Ton eines Schülers, der vor den Direktor zitiert wird. »Das war eine reine Reflexhandlung meinerseits, verdammt noch mal! Wer austeilt, muss auch einstecken können!«

»Du hast Romka umgebracht«, giftete ich. »Du ... abgearschter Hacker ...«

»Das habe ich nicht!!!«

»Wieso lebst du dann? Während Romka tot ...«

Dschingis tauchte meinen Kopf so geschickt in den Jacuzzi, dass ich den Rest des Satzes verschluckte. Sofort zog er mich wieder heraus.

»Spar dir diese Töne, Ljonka. Bastard geht nicht in Sack und Asche, aber das heißt nicht, dass ihn der Tod des Jungen kaltlässt. Er hat einfach schon zu viele Tote gesehen. Und dein Romka war für ihn nur einer von hundert kleinen Hackern. Und jetzt reiß dich zusammen!«

»Es tut mir wirklich sehr leid«, versicherte Bastard. Er nahm die Brille ab. Mit seinem kurzsichtigen Blick machte er einen schutzlosen Eindruck. »Wenn du willst ... Diver ... kannst du mir jetzt eine knallen! Ich werde mich auch nicht wehren!«

»Er ist sofort zu dem Jungen hin«, brachte mir Dschingis in Erinnerung. »Noch auf dem Weg zu ihm hat er mich angerufen, um mir anzukündigen, dass er eventuell einen Newbie verstecken muss, nach dem gefahndet wird. Dafür bräuchte er Geld und falsche Papiere ...«

»Ich habe nicht gewusst, dass diese Scheißwaffe existiert.« Bastard stand noch immer in Erwartung eines Schlags da. »Eine Waffe der dritten Generation. Nun schlag schon zu! Danach fühlst du dich besser. Das weiß ich.«

»Ist er wirklich tot?«, fragte ich. Am liebsten hätte ich losgeheult. Nur ist es verdammt schwierig, mit nassem Gesicht zu weinen.

»Ja.«

»Ging es schnell?«

»Ich fürchte nicht«, antwortete Bastard nach kurzem Zögern. »Es war ein beschissener Tod, Diver. Tut mir leid ... aber das ist die Wahrheit.«

Ich riss mich aus Dschingis' Umklammerung los und stürzte auf den Hacker zu.

Bastard kniff die Augen zusammen. Genau wie ein Kind.

Ich sackte neben dem Bidet auf den Boden. Jetzt fing ich doch an zu weinen.

Scheiße. Das war verdammt scheiße.

Ich hörte, wie sie das Bad verließen. Noch eine ganze Weile kauerte ich da, schluchzte, wischte mir immer wieder die Tränen ab und betastete meinen schmerzenden Kiefer. Irgendwann legte sich mir eine Hand auf die Schulter. Da wurde mir klar, dass ich nicht allein war.

»War er dein bester Freund?«

»Nein ... ich weiß nicht ...«, flüsterte ich. »Nein, wahrscheinlich nicht.«

»Weine nicht!«, sagte Pat ernst, nachdem er sich neben mich gehockt hatte. »Romka ist immerhin im Kampf gestorben. In der *Tiefe*. Wie ein echter Hacker. Also ist er am Ende doch noch ein Hacker geworden. Er hat sich ein Ziel gesetzt – und er hat es erreicht.«

»Es ist keine Heldentat zu sterben, Pat.«

»Ich weiß. Das sagt Bastard auch immer. Und Dsching. Aber Romka wusste doch, dass die Sache nicht ungefährlich ist, oder?«

»Wahrscheinlich schon. Aber er war kein Hacker. Er war ganz anders gepolt.«

»Trotzdem hat er sich auf den Hack eingelassen. Für ihn war das eine Heldentat. Er hat etwas gewagt. Und er hat gewonnen.«

»Er hat verloren, Pat. Schlimmer hätte er gar nicht verlieren können.«

»Das sehe ich anders.«

Ich sah Pat an, wobei ich mich nicht mal meiner Tränen schämte. Er hatte zu lange neben mir gestanden und gehört, wie ich geflennt hatte. Jetzt war es zu spät, sich noch zu schämen.

»Und wie?«

»Bisher wusste niemand, dass es dieses Ding schon gibt. Diese Waffe. Aber jetzt wissen wir es. Also hat Romka uns eine Warnung zukommen lassen.«

Er sah aus wie ein Allerweltsjunge. Man würde ihm weder Mitleid mit Fremden noch sonderliche Überzeugungskraft zutrauen.

»Wie kommt es, dass du so schlau bist, Pat?«

»Keine Ahnung«, erwiderte Pat unbeeindruckt. »Mein Vater ist Schlosser, meine Mutter Stuckateurin. Aber mein Opa war Lehrer, vielleicht komme ich nach ihm.«

»Gehen wir wieder zu den anderen«, entschied ich, stand auf und spritzte mir ein paarmal Wasser aus dem Jacuzzi ins Gesicht. Dann schnappte ich mir ein paar Flaschen, und mit denen kehrten wir in die Küche zurück.

Bei meinem Auftritt vorhin hatte ich zwar nicht alle Shiguljowskoje-Flaschen zerdeppert, trotzdem baute ich die mitgebrachten Flaschen nun vor Bastard auf. Die Würstchen waren schon wieder abgekühlt und mit kluger Überlegung auf Teller verteilt worden: eine Riesenportion für Bastard, der Rest für Dschingis und mich.

»Danke, Kumpel.« Bastard hatte die Brille immer noch in Händen gehalten, setzte sie jetzt aber wieder auf. Als signalisiere er mir, dass er keine Schläge mehr erwarte. »Und sei nicht wütend auf mich! Ich würde mir ja auch wünschen, dass dein Freund noch lebt!«

»Daran bin ich genauso schuld«, räumte ich ein und setzte mich auf meinen bisherigen Platz. Ich starrte zum Fenster raus. Es dämmerte bereits. »Dschingis ...«

»Kein Problem«, erklärte der großherzig. »Bleib ruhig hier! Ich würde mich in dem Aufzug auch nicht zu Hause blicken lassen.«

»Das war eine Reflexhandlung«, beteuerte Bastard noch einmal in kläglichem Ton, während er die Bierflasche öffnete. »Ich bin deswegen sogar schon mal in psychotherapeutischer Behandlung gewesen ... Damit ich lerne, nicht mehr automatisch zuzuschlagen ...«

»Dabei ist wohl nicht viel rausgekommen?«

»Ich habe denen gesagt, ich schaffe es einfach nicht, mich zu beherrschen ... und das hat sich dann auch gezeigt«, brummte Bastard. »Weshalb solltest du denn am Schicksal deines Freundes schuld sein?«

»Ich kannte Romka nur aus der virtuellen Welt«, holte ich aus. Es war, als würde ich in kaltes Wasser springen. »Als der Beruf des Divers ausstarb ... haben wir uns alle aus den Augen verloren. Er hat das wahrscheinlich nicht gut verkraftet. Immerhin war er daran gewöhnt, seine Familie zu unterstützen. Außerdem hatte er sich an einen bestimmten Lebensstil gewöhnt ... Clubs, Mädchen, gute Kleidung, ein teures Gymnasium ... in einer normalen Schule langweilte er sich nur.«

»Hat er dich um Hilfe gebeten?« Bastard runzelte die Stirn.

»Ja. Natürlich wollte er mich nicht anpumpen. Er hat einfach etwas gesucht, das er in der *Tiefe* machen könnte. Ohne sie konnte er nämlich nicht leben. Mathematisch war er keine große Leuchte. Er war ein hervorragender Diver, ein echtes Naturtalent. Aber als Hacker ... da konntest du ihn vergessen. Er wollte Designer werden, und hier hätte ich ihm tatsächlich helfen können.«

»Aber?«, fragte Dschingis.

»Irgendwie habe ich dann nie Zeit für ihn gefunden. Außerdem habe ich beschlossen, der Junge soll ruhig mal ohne die virtuelle Welt leben, das würde ihm nur guttun. Genau das konnte er aber nicht. Auch wenn er ein Diver war.«

»Niemand von uns kann das.« Dschingis erhob sich und ging zum Kühlschrank, der in den Bartresen eingebaut war. Er kehrte mit einer Flasche Wodka zurück. Pat schleppte unaufgefordert zwei Päckchen Saft an.

»Du hast dich völlig richtig verhalten«, bemerkte Bastard. Er stellte das Bier ab.

Schweigend beobachtete ich, wie Dschingis uns die Gläser mit hundert Gramm teurem dänischem Wodka füllte. Pat goss allen Saft ein, ohne ein Wort zu sagen.

»Du nimmst auch einen?«, fragte Dschingis den Jungen.

»In dem Fall, ja.«

Pat zeigte keine Spur der üblichen Begeisterung eines Teenies, dem offiziell Wodka angeboten wird. Vielleicht gab er aber auch nur sehr geschickt vor, das alles lasse ihn kalt.

Wir erhoben die Gläser. Pat hockte vorm Tisch und wollte, nun doch aufgeregt, schon anstoßen, besann sich jedoch gerade noch rechtzeitig eines Besseren und zog sein Glas mit einer Entschuldigung zurück.

»Auf den Hacker Roman, der gestorben ist, wie es sich für einen Hacker ziemt«, brachte Bastard einen Toast aus. Dann sah er mich an.

»Auf den Diver Romka, der ein Diver geblieben ist«, sagte ich.

»Auf den Menschen, der von uns gegangen ist«, meinte Dschingis.

»Möge die *Tiefe* gut zu ihm sein.« Pat sah erst Bastard, dann mich unsicher an.

Ich nickte.

Wir tranken auf ex.

»Jeder muss seine eigenen Entscheidungen treffen«, bemerkte Dschingis. »Mach dir keine Vorwürfe, Leonid!«

»Quatsch! Natürlich kannst du auch Entscheidungen für andere treffen«, knurrte Bastard. Statt Saft nachzutrinken, hielt er sich den Arm vors Gesicht. »Nur klaust du diesem anderen dann sein Leben. Und das würde dir ja wohl auch nicht gefallen, oder?«

Ich hüllte mich in Schweigen. Sie hatten beide recht. Gleichzeitig musste es noch eine dritte Wahrheit geben. Nämlich dass jeder Freund, der stirbt – sei es nun in der *Tiefe* oder in der realen Welt – auf dein Konto geht.

»Morgen findet die Beerdigung statt«, teilte Bastard uns unvermittelt mit. »Gehst du hin, Leonid?«

»Nein«, antwortete ich.

»Warum nicht?«, wollte Bastard wissen.

»Ich kannte ihn nur in der *Tiefe*. Und dort lebt er noch. Selbst wenn die *Tiefe* ihn getötet hat.«

»Hat sie das? Hat wirklich die virtuelle Welt auf den Abzug gedrückt? Obwohl sie noch nicht mal Finger hat?« Dschingis sah mich aufmerksam an. »Leonid, jetzt denk mal in Ruhe nach! Dein Freund wurde mit einer Waffe getötet, deren Existenz bisher immer bestritten wurde.«

»Darauf hat Pat mich auch schon hingewiesen.«

»Pat ist ein kluger Kopf. Hast du dann auch den nächsten Schritt gemacht?«

Ich sah ihn verständnislos an.

»Leonid, wenn du zu einem kleinen Büro am Stadtrand von Moskau gehst ... sagen wir mal, um Büroklammern und Klopapier zu klauen ... und der Wachschutz geht mit Laserpistolen auf dich los ... was denkst du dann?«

Er war sehr ernst.

Mit einem Mal fing ich an zu zittern. Eine Herde besoffener Ameisen flitzte über meine Haut. Es war, als hätte ich einen Schrank geöffnet und in ihm ein Skelett entdeckt, das in meinem einzigen anständigen Anzug steckte.

»Das müssen verdammt wichtige Daten gewesen sein«, sagte ich. »So wichtig, dass nicht nur die beste Firma zum Schutz herangezogen wurde, sondern auch streng geheime Waffen eingesetzt wurden. Die vielleicht fürs Militär ... oder die Regierung entwickelt wurden.«

»Oder für die freie Wirtschaft«, ergänzte Dschingis sanft. »Eine profitorientierte, knallharte Firma hat allemal bessere Möglichkeiten, ein Geheimnis zu schützen, als die CIA oder der Nachrichtendienst des Militärs.«

»Was könnte noch wichtiger sein als eine Waffe der dritten Generation? Denn die sprengt ja bereits unsere Vorstellungskraft. Sie wird unsere Einstellung zu Rechnern und zur *Tiefe* von Grund auf ändern! Was also könnte noch wichtiger sein?«

Dschingis und Bastard wechselten beredte Blicke.

»Das solltest du so schnell wie möglich herausfinden, Diver«, sagte Bastard finster.

»Und warum bitte schön?«

»Weil ich diesen Kugeln nur rein zufällig entgangen bin!«, brüllte Bastard, ohne dass er Pat vorher weggeschickt hätte, um vor ihm nicht das Gesicht zu verlieren. »Wäre ich nicht abgehauen und hätte ich nicht aus alter Gewohnheit den Timer auf fünf Minuten nach Beginn des Bruchs eingestellt, würde mir nur noch blutiger Speichel aus der aufgebissenen Zunge sickern!«

Er verstummte, aber da war es bereits zu spät. Ich wusste jetzt, was er gesehen hatte, als er Romka den VR-Helm abgenommen hatte.

»Nur geht das über meine Möglichkeiten«, stellte ich klar. Mein Blick wanderte über alle Gesichter, das des neureichen Hackers, das des angepunkten Hackers und das des Jungen, der davon träumte, ein Hacker zu werden. »Ihr wisst doch genau, wozu wir Diver taugen und wo wir jämmerlich versagen. Deshalb knacke ich nicht mal die simpelste Sicherheitssoftware!«

»Ich weiß nicht, was du fertigbringst und was nicht«, bemerkte Dschingis. »Aber wenn Gefahr im Verzug ist, kannst du die *Tiefe* verlassen. Daran scheitert Tocha. Und ich auch.«

»Ihr solltet die *Tiefe* sowieso vorerst meiden. Ich sehe ja ein, dass ein verantwortungsvoller Mann wie du, Dschingis ...«

»Pat wird nicht mehr in die *Tiefe* gehen«, unterbrach mich Dschingis. »Ich werde alle Zugänge verrammeln. Bis auf die auf meiner Kiste, aber die rührt er nicht an. Oder?«

»Und ich gehe von hier aus eh nur in Kneipen oder treff mich mit Frauen.« Bastard grinste. »Ich werde doch nicht vor meiner eigenen Haustür ein krummes Ding drehen. Und unser Freundchen hier wird meinen Lap nicht mehr in die Finger bekommen!«

»Ihr seid fies!« Pat hörte sich an, als würde er gleich losheulen.

»Dann frag doch mal Leonid, was er davon hält!«

Dschingis langte nach einer Flasche Bier. Mit einem Blick bat ich ihn um die Erlaubnis, sein Handy zu benutzen.

»Erzähl ihr, dass du bis über beide Ohren in Arbeit steckst!«, riet mir Bastard. »Dass es um einen Auftrag geht, der dir enormes Geld einbringt. So was schlucken Frauen immer.«

»Vika?«

»Ljonka?« In ihrer Stimme schwang echte Überraschung mit. »Wo bist du?«

»Ich bin zu Freunden gegangen. Wir haben Bier getrunken, danach noch Wodka ... Was würdest du dazu sagen, wenn ich erst ziemlich spät nach Hause käme? Vielleicht übernachte ich sogar hier ...«

Ich wollte ihr etwas von Romka erzählen. Am liebsten hätte ich geweint und mir alles von der Seele geredet. Immerhin wusste Vika, wer Romka war.

Dennoch sagte ich ihr kein einziges Wort davon, denn ich war ja nicht allein. Es gab hier Leute, mit denen ich fluchen und trauern, mit denen ich Wodka trinken konnte.

Endlich gab es wieder jemanden. Völlig überraschend und ohne große Anstrengung war jemand aufgetaucht.

Vika dagegen war in diesem Moment allein.

Deshalb durfte ich sie am Telefon nicht mit dieser Geschichte überfallen.

»Sie kann doch auch herkommen«, schlug Dschingis vor.

»Du brauchst nicht auf die Uhr zu gucken, notfalls kannst du auch da schlafen«, sagte Vika. Sie klang unsicher und zerstreut. »Deine Stimme klingt nicht so, als wärest du betrunken. Falls du doch nach Hause kommst, klingel mich nicht aus dem Bett und mach keinen Lärm.«

»Wahrscheinlich komme ich gegen Morgen«, teilte ich ihr mit. »Also hol dir lieber keinen Lover ins Bett, das gibt nur Ärger. Oder willst du vielleicht auch herkommen? So ein Haus siehst du nicht alle Tage. Und die Leute sind wirklich nett.«

Ich spürte ihre Unentschlossenheit sogar durchs Telefon. Seit ewigen Zeiten waren wir nicht zusammen aus gewesen. Vika ging nicht mehr in die *Tiefe*, und in der realen Welt ... lagen unsere Interessen zu weit auseinander.

»Lieber nicht. Es ist schon spät. Trink nicht zu viel, ja?«

»Mach ich nicht.«

»Dann viel Vergnügen. Freut mich, dass du mal wieder aus dem Haus kommst.«

Als ich das Gespräch beendete, fing ich Bastards begeisterten Blick auf.

»Wo hast du denn diese Frau her? Der du sagen kannst, dass du noch mit Freunden trinken willst.«

»Aus der *Tiefe*.«

»Ja, so was kommt vor«, bestätigte Bastard mit finsterer Miene. »Ich habe auch mal eine getroffen ... Aber dann hat sich herausgestellt, dass sie schon vierzig ist und ein Mann, der Chef von einem SM-Club.«

»Kann dein Auftraggeber dir vielleicht noch was sagen, Bastard? Dieser Diver?«

»Kaum«, erwiderte er. »Das Geld hat er mir sofort überwiesen. Auf sehr professionellem Weg. Ein weiteres Treffen war nur bei Erfolg der Operation geplant.«

»Tritt trotzdem noch mal mit ihm in Kontakt.«

»Ich kann's zumindest versuchen, aber versprich dir nicht zu viel davon. Wir müssen wohl mit dem zurechtkommen, was wir haben: mit *New boundaries* und ihrem perfiden Sicherheitssystem.«

»Er wusste etwas«, sagte ich. »Garantiert wusste er, dass die Sache stinkt.«

»Wie kommst du darauf?«

»Bei uns ist ... war es nicht üblich, andere bei so einem Job vorzuschicken. Wie hat er ausgesehen, dieser Diver?«

»Wir haben uns dreimal getroffen. Beim ersten Mal trat er als hagerer Typ mit Brille auf, der irgendwie ziemlich naiv aussah, schusselig, mit einem europäischen Gesicht. Kein Standardavatar, aber auch nicht sehr ordentlich designt. Beim zweiten Mal war es eine üppige Blondine, eine Individualanfertigung, Typus Haute Couture. Beim dritten Mal trat mir ein älterer, müder und irgendwie besorgter Mann entgegen.«

»Verstehe. Hatten diese drei Figuren irgendwas gemeinsam?«

»Sie waren alle drei europäisch.« Bastard dachte kurz nach. »Mehr nicht.«

»Konntest du ihn verfolgen?«

»Er hat ziemlich alte Sicherheitssoftware benutzt, Leonid. Die war vielleicht vor anderthalb Jahren mal aktuell. Aber sie war von guter Qualität und funktionierte einwandfrei. Da wollte ich ihm lieber nicht hinterher, wer weiß, vielleicht hätte er dann noch ein paar Asse aus dem Ärmel gezogen.«

»Was ist, bleibst du hier?«, fragte Dschingis. »Ein Bett finden wir schon für dich, darum brauchst du dir keine Sorgen zu machen.«

»Unser Bett ist das Mousepad!«, stieß Bastard aus und fing an, schallend zu lachen. »Komm, Diver, bleib hier!«

Ich starrte auf die DVD, die auf dem Tisch lag.

»Nein, ich mach mich doch besser auf. Noch fährt die Metro.«

»Immer mit der Ruhe, die Metro fährt noch drei Stunden«, sagte Dschingis nach einem Blick auf die Uhr. »Abgesehen davon bringe ich dich nach Hause.«

»Du bist betrunken!«, rief Pat.

»Gut, ich bleibe noch ein Weilchen. Aber dann nehme ich die Metro«, kapitulierte ich.

Dschingis schob mir wortlos mein Glas hin.

III

Um mich herum nichts als Nebel.
Graues Dunkel.
Auch diesmal gibt es weder Richtungen noch Entfernungen. Ich irre durch milchige Schichten. Etwas riecht ... wie frische Wäsche, deren Geruch der Frost heranträgt, oder wie ein heraufziehendes Gewitter.
Ich sehe mich um: nirgends ein Licht oder ein Widerschein.
Aber da war doch mal ein Licht ... daran erinnere ich mich ganz genau.
Irgendwo am anderen Ende dieser Haarbrücke, da, wo die Felswände aus Feuer und Eis aufeinandertreffen, da war ein Licht ...
Orientierungslos mache ich die ersten Schritte. Ich bin mir sicher, dass ich in jede beliebige Richtung gehen, hetzen kann – früher oder später wird in jedem Fall das Licht auflodern und dem Nebel die funkelnden Felswände aus purpurrotem Feuer und blauem Eis entreißen.
Und tatsächlich leuchtet das Licht auf. Ein schwaches magisches Licht, gespenstisch, trüb und diffus.
Meide die wandernden Lichter, wenn du übers Moor gehst!
Ich renne.
Der Eindruck, ganz in meiner Nähe bewege sich jemand, verstärkt sich. Vielleicht versteckt er sich hinter mir, vielleicht be-

gleitet er mich oder beschützt mich. Er tritt sehr weich auf, hat keine Eile, bleibt aber auch nie zurück.

Von mir aus.

Die linke Wand besteht aus blauem Eis, die rechte aus purpurrotem Feuer. Sie ragen bis in den Himmel auf, im grauen Nebel lässt sich weder ihr Anfang noch ihr Ende ausmachen, sie wachsen aus bodenloser Tiefe auf.

Dann setze ich meinen Fuß auf die straff gespannte Saite. Kälte durchschießt meine linke Hand, Feuer versengt die rechte. Es ist wie ein Spiel, wenn du abstürzt, kannst du von vorn anfangen. Es ist wie ein Spiel, wie ein Spiel ...

Auch wenn es verdammt wehtut.

Und du jedes Mal von vorn anfangen musst.

»Du kommst nicht durch, Ljonka.«

Das ist neu.

Zum ersten Mal vernehme ich in diesem Königreich aus totem Nebel und sengenden Felsen eine Stimme.

Die ich kenne.

Ich will mich umdrehen, aber der Schatten in meinem Rücken entschwindet, gleitet so schnell zur Seite, dass ich ihm nicht ins Gesicht blicken kann.

»Aber ich muss da doch rüber, oder?«, frage ich.

»Stimmt. Aber das heißt nicht, dass du es auch schaffst.«

Das war's. Die Stimme verfliegt, löst sich auf ...

Nur das Haar unter meinen Füßen bleibt. Nur die Wände zu beiden Seiten.

Und ein schwaches, zitterndes, ersterbendes Licht vor mir.

Ich gehe über das Haar.

Heute ist es schon leichter. Warum auch immer. Vielleicht weil derjenige, der vor mir schleicht, und ich endlich im Gleichschritt gehen. Vielleicht weil er auf der anderen Seite der Brücke zurückgeblieben ist.

Vielleicht aber auch, weil ich gelernt habe, den Takt zu halten.

Die linke Felswand besteht aus blauem Eis. An ihren spitzen Nadeln ist eine Figur aufgespießt. Da hatte jemand dieser Seite den Vorzug gegeben, aus Furcht vor der rechten Wand, deren Flamme dich völlig verbrennt.

Vielleicht ist das mein eigener Körper …

Ich kann den Gedanken nicht zu Ende denken. Ich muss mich dieser Figur stellen. Sie zittert, als ich an ihr vorübergehe. Tote Luft, die Wärme meines eigenen Körpers oder was sonst auch immer reißt mit einem Mal diese Figur von der Wand und schleudert sie auf die Haarbrücke. Einen Moment lang fürchte ich, die Brücke zerschneide die Figur in zwei Hälften, doch dann ist alles weit profaner: Der von Raureif überzogene Körper stürzt in die Tiefe, in den bodenlosen Abgrund. Die Saite unter meinen Füßen vibriert, schwankt und schwingt immer weiter nach links und nach rechts, als habe dieser Absturz einen Mechanismus in Gang gesetzt.

Die linke Wand besteht aus blauem Eis, die rechte aus purpurrotem Feuer, links Eis, rechts Feuer, links, rechts …

Ich stoße mich von dem zitternden Haar ab, werfe mich der rechten Wand entgegen …

»Warum schreist du so?«

Ich öffnete die Augen.

»Hast du schlecht geträumt?«

Im Auto war es warm. Nicht sengend heiß, sondern warm. Ob ich deshalb im Traum die rechte Wand gewählt hatte?

Der Fahrer hatte sich nicht zu mir umgedreht. Vor mir ragte sein quadratischer Nacken mit stoppelkurzem Haar auf, schimmerten die Lämpchen am Armaturenbrett. Die Klimaanlage rauschte leise, der Motor war abgestellt.

Natürlich hatte Dschingis mich nicht selbst nach Hause gebracht, sondern seinen Fahrer beauftragt. Oder einen seiner Bodyguards.

Vermutlich Letzteres.

»Sind wir schon da?«, fragte ich und sah mich um.

»Die Adresse stimmt«, sagte der Fahrer. »Den Rest musst du wissen, ich fahre dich ja zum ersten Mal.«

»Gehst du etwa davon aus, dass du noch öfter Gelegenheit dazu haben wirst?« Ich sah auf die Uhr. Wie sollte ich das verstehen? Von Dschingis war ich um zwei Uhr nachts aufgebrochen. Jetzt war es vier Uhr morgens. Der Weg dauerte doch wohl keine zwei Stunden!

»Klar«, antwortete der Fahrer. »Du hast ihm anscheinend gefallen, also wirst du ihn noch öfter besuchen ...«

»Und wenn ich darauf keine Lust habe?«

Der Fahrer lachte kurz auf. »Den musst du mir mal zeigen, der Dschingis nicht gern besucht.«

Da hatte er recht. Wenn Dschingis jemanden mochte, würde er ihm garantiert jeden Wunsch erfüllen. Für den einen Bier und Würstchen in der Küche, für den anderen einen hochherrschaftlichen Empfang mit erlesenem Champagner, Kaviar und Stör.

»Stehen wir schon lange hier rum?«

»Anderthalb Stunden. Dschingis hat mir aufgetragen, dich nicht zu wecken, wenn du einschläfst. Jedenfalls nicht vor fünf.«

»Na, dann werd ich jetzt mal gehen«, murmelte ich.

»Gut.« Der Bodyguard stieg aus, und als ich aus dem Fond des bescheidenen Fords geklettert war, nahm er mich bereits in Empfang.

»Mein Aufgang ist gleich da drüben«, versuchte ich seine Begleitung abzuwimmeln. »Und ich bin keine wehrlose Frau, dass du mich bis vor die Tür bringen musst.«

»Befehl ist Befehl«, erklärte der Fahrer bloß. Da gab ich Ruhe. Das war schließlich seine Arbeit.

Ich öffnete die Tür mit der Geschicklichkeit eines erfahrenen Einbrechers, notorischen Trinkers oder jungen Hackers. Auf Zehenspitzen trat ich ein, verriegelte beide Schlösser absolut lautlos und schaltete nicht mal das Licht an.

Es war alles ruhig. Dabei mussten nachts doch die Ventilatoren des Computers rauschen, die Festplatte surren, die Tastatur klackern ... Ob Vika mir deshalb ein Touchkeyboard geschenkt hatte?

Im Bad spritzte ich mir schnell etwas kaltes Wasser ins Gesicht, anschließend schlich ich ins Wohnzimmer, zog mich aus und legte meine Sachen möglichst ordentlich aufs Sofa. Dann öffnete ich die Schlafzimmertür.

Mit allem hätte ich gerechnet, nur nicht damit.

Vika saß auf der Bettkante, der schwache Widerschein des Monitors ihres Notebooks fiel auf ihren dunkelblauen VR-Helm. Der war zwar nicht topmodern, aber sehr ausgereift, sodass Kenner den Creative Diana selbst heute, zwei Jahre nach seiner Markteinführung, als Spitzenmodell für Frauen schätzten. Fünfhundert Dollar hatte ich damals dafür hingeblättert. Vikas Körper zuckte leicht, ein Echo auf die Bewegungen, die sie machte. Hin und wieder berührte ihre Hand die Tasten, manchmal zog sie sie gleich zurück und presste sie an die Brust.

Vika war in der *Tiefe*.

Ein Anblick, der schön und erschreckend zugleich war. Der betörende Tanz eines Körpers, der nicht in dieser Welt weilte. Vika hatte den Kopf in den Nacken gelegt – und schaute in den Himmel hinauf. Oder auch gegen eine Decke, keine Ahnung. Unter dem elastischen Band, mit dem der Helm unterm Kinn verschlossen wurde, schimmerte ein Streifen weißer Haut.

»Nein«, hörte ich sie sagen. »Das interessiert mich nicht.«

Sie war schon sehr lange nicht mehr in der *Tiefe* gewesen, hatte ihre Besuche dort völlig aufgegeben.

Was hatte sie dazu gebracht, in diese Scheinwelt zurückzukehren?

Ich könnte zu ihr gehen und mich über ihre Schulter beugen. Oder mich neben sie setzen. Die Lautstärke vom Notebook hochdrehen.

Dann würde ich Zeuge eines Zeichentrickfilms, der für Vika absolute, erschreckend authentische Realität war. Ich könnte mir ein Bruchstück aus ihrem Traum ansehen, ohne dass sie es merken würde. Außerdem brauchte sie relativ lange, um aus der *Tiefe* aufzutauchen, durchschnittlich zehn Sekunden – also genug Zeit für mich, um mich zu verkrümeln.

Ach, Nedossilow, du kluger, du überschlauer Kerl. Eines hast du einfach nicht begriffen, als du diese Theorie über Diver-Pärchen entwickelt hast, über den einen mit dem Helm und den anderen am Bildschirm.

Niemand lässt jemals irgendwen in seinen Traum hinein.

Nicht einmal den Menschen, der ihm am nächsten steht.

»Viel Spaß in der *Tiefe*, Vika«, flüsterte ich und schloss die Tür hinter mir.

Dann würde ich eben auf dem Sofa schlafen.

Oder überhaupt nicht.

Leise ging ich zu meinem Rechner, beugte mich über das Mikro und flüsterte: »Wach auf, Vika!«

Die Festplatte summte los, die Ventilatoren sirrten leise. Meine Kiste hatte mittlerweile derart viele zusätzliche Festplatten, dass ich ein zweites Paar Ventilatoren hatte kaufen müssen, sonst wäre der Rechner nach einer Viertelstunde durchgeschmurgelt.

»Nimm den Ton raus. Und gib mir einen Statusbericht!«

Es liegen keine Meldungen vor. Die Ressourcen reichen aus.

Ich nickte der Schriftzeile zu und zog mir den Sensoranzug an.
»Zugang zum Netz. Die Standardverbindung. Persönlichkeit Nr. 3, Proteus.«
Wird erledigt.
Natürlich sollte ich den Timer einstellen.
Aber ich wusste nicht, wie viel Zeit ich brauchte.
Denn ich ging weder zur Arbeit noch besuchte ich die *Tiefe* zu meinem Vergnügen.
Ich zog aus, Rache zu üben.
Ich spürte das weiche Polster des Helms, sah die Displays vor meinen Augen. Der Ventilator summte ganz leise, er blies mir Luft ins Gesicht, die momentan weder warm noch eiskalt war, sondern einfach die Luft des Zimmers. Aus den Kopfhörern drang kein Ton.
Deep.
Enter.
Ein wirbelnder Regenbogen, ein Trichter, ein Wasserfall ...
Der Schlund der *Tiefe*.

ZWEITER TEIL

Der Diver-in-der-Tiefe-Tempel

00

Ich verlasse das Hotel in Proteus' Körper, den ich leicht verändert habe, sodass ich nun um die vierzig bin. In meinen Taschen stecken die Pistole des Revolvermanns und die alten Programme, denn mit den neuen muss ich mich erst mal vertraut machen. Und das dauert.

Dann mal los.

Sobald ich ein Taxi des Deep-Explorers angehalten und die Adresse genannt habe, starre ich bloß noch auf die Häuser, an denen wir vorbeifahren, und murmle immer wieder mein Mantra vor mich hin: »Es muss sein, es muss sein, es muss sein ...«

So sehr es mich auch schreckt.

Es ist, als ob du über verbrannte Erde gehst. Als ob du deine Liebste in den Armen eines anderen Mannes erwischst. Als ob du einen alten Freund triffst, der sauer auf dich ist und dir deshalb nicht die Hand gibt. Als ob du dich zu einem Ort begibst, von dem man dich mal achtkantig vertrieben hat.

Trotzdem darf ich nicht trödeln. Denn ich darf auf gar keinen Fall zu spät kommen. Wenn das Kind erst einmal in den Brunnen gefallen ist ... Zerschlagenes Vertrauen kittest du weder mit Tränen noch mit Gejammer, und einer Wasserleiche bringt es überhaupt nichts, wenn du ihr einen Rettungsring zuwirfst.

Nur: Ich komme längst zu spät.

»Wir haben den Bestimmungsort erreicht«, teilt mir die Fahrerin mit, eine junge Schwarze mit überdimensionalen Ohrringen und einem fantasievollen Tattoo am Hals. Es ist das erste Mal, dass mir eine weiße Tätowierung unterkommt. Wahrscheinlich wurde so was speziell für dunkelhäutige Menschen entwickelt.

Das sieht, nebenbei bemerkt, ziemlich gut aus.

»*New boundaries*«, fügt die Fahrerin noch hinzu.

Ich zahle und steige aus, das Taxi fährt weiter, um den nächsten Kunden aufzugabeln. Erst einmal sehe ich mich um.

Eine stinknormale Straße, genau wie viele andere Geschäftsstraßen in Deeptown. Immerhin sind die Häuser relativ ausgefallen, fast schon originell. Ich stehe vor dem Sitz der Firma, in die Bastard und Romka eingestiegen sind.

Aber die ist nicht mein Ziel.

Ich hole eine Zigarre raus und zünde sie mir an.

Nach einem Blick auf die Uhr schlendere ich gemütlich Richtung Bill-Gates-Platz, der bereits von hier aus zu erkennen ist. Der rechteckige Platz ist mit weißen und blauen Pflastersteinen ausgelegt, in der Mitte steht das Denkmal von Billy selbst. Nirgendwo versammeln sich die Gegner von Windows Home so gern wie hier. Das Denkmal wird regelmäßig in die Luft gejagt, beschmiert und einmal im Jahr mit Sahnetorten beschmissen. Microsoft setzt es ohne jede Klage Mal um Mal wieder instand, liefert ihr doch jeder neue Anschlag wertvolle Informationen über die Methoden des virtuellen Terrorismus. Gates selbst hat offen zugegeben, dass er mit diesem Denkmal bereits mehr Geld gescheffelt hat, als er es sich je erträumt hatte. Dieser kluge Kopf ...

Trotzdem werden die jugendlichen Hacker keine Ruhe geben.

Rund ums Denkmal hängen Hippies herum, die Bier trinken und Marihuana rauchen. Ich bleibe stehen und sehe noch einmal auf die Uhr.

Vier Minuten. Okay, um exakt zu sein, vier Minuten und zehn Sekunden.

Aber Romka hat fünfeinhalb Minuten gebraucht, um den Platz zu erreichen.

Warum?

Selbst wenn er eine lahme Kiste hatte, über eine Telefonverbindung in die *Tiefe* ging, seine Spuren verwischt und Haken geschlagen hatte, selbst wenn er sich gegen seine Verfolger zur Wehr setzen musste ...

Aber er war auf der Flucht! Und wenn wir Diver etwas können, dann ist das fliehen!

Wie du es auch drehst und wendest, es bleiben ein, zwei Minuten, für die es keine Erklärung gibt.

Wo genau Romka getötet worden ist, weiß ich nicht. Und ich will es auch gar nicht wissen, ich will niemanden danach fragen. Er ist hier gestorben, an diesem Platz, das reicht mir. Ich kaufe am nächsten Kiosk eine Flasche Wodka, nehme einen Schluck und gieße den Rest auf das blau-weiße Pflaster.

Romka hat immer Unmengen Alkohol in sich hineingekippt. Trotzdem ist er nie besoffen gewesen. Das konnte er nicht, denn in seinem realen Leben hat er, der Fünfzehnjährige, nie Alkohol getrunken.

»Möge die *Tiefe* gut zu dir sein, Partner«, hauche ich. »Verzeih mir, dass ich nicht bei dir war.«

Wobei die Frage ist, wie ich ihm eigentlich hätte helfen sollen? Schließlich ist ... schließlich war er selbst ein Diver.

Er hätte die virtuelle Welt jederzeit verlassen können.

Und das beschäftigt mich: Warum hat Romka das nicht getan?

Warum hatte er sich denn damals, vor zwei Jahren, in einen aussichtslosen Kampf gegen jene als Drachen gestaltete Sicherheitssoftware von Al Kabar gestürzt, um mir die Gelegenheit zu geben, mit den gestohlenen Daten zu fliehen?

Romka musste auf Zeit gespielt haben. Er wusste ja nicht, dass die Kugel, die in ihm steckte, in der realen Welt tödlich für ihn ist. Er glaubte, lediglich seinen Rechner zu opfern. Aber worauf hat er dann noch gewartet?

Darauf, um die Daten zu kopieren?

Nur: Wo sind sie dann gelandet?

Auf Romkas Kiste hat Bastard nichts gefunden. Und wenn er nichts entdeckt hat, dann ist da auch nichts.

Ich stehe da und betrachte Gates, der pfiffig durch seine Brille blinzelt. Ob Romka noch einen anderen Partner hatte?

Nein, das ist unwahrscheinlich. Er hat nicht gern mit anderen zusammengearbeitet. Außerdem hätte er Bastard darüber informiert.

Vielleicht war Romka bei seiner Flucht ja auch einem alten Bekannten in die Arme gelaufen – und hatte ihm die Daten übergeben?

Nein, auch unwahrscheinlich.

Ob er die Daten irgendwo versteckt hat?

Aber wie hätte er das anstellen sollen?

Das hier ist nicht die reale Welt, in der er eine Diskette einfach in einen Spalt zwischen zwei Steinen schieben oder in den Straßenrand werfen kann, um danach Hals über Kopf davonzustürzen. Hier hätte er vorab ein Versteck anlegen müssen. Oder er hätte ein gutes Programm parat haben müssen, das in einer Minute die Sicherheitssoftware von jedem x-beliebigen Server knackt, die Daten dorthin überspielt und verschlüsselt.

Irgendwie kann ich mir das nicht so recht vorstellen. Auch wenn es möglich wäre.

Trotzdem lässt sich an bestimmten Tatsachen nicht rütteln. Obwohl ich nicht bei Romka gewesen bin, habe ich klar vor Augen, wie er sich verhalten hat. Er hat die heiße Ware irgendwo versteckt, ist weitergestürmt, hat Zeit geschunden und auf etwas gewartet. Das Schlimmste, mit dem er dabei gerechnet hat, war wohl, dass seine Kiste abschmiert. Weil jemand mit einer Waffe der zweiten Generation auf ihn losgegangen ist.

Stopp! Selbst das ist merkwürdig.

Ein Rechner ist nicht bloß eine Ansammlung von Mikrochips und Programmen. Schon gar nicht für uns Diver. Jeder Buchhalter, der die Jahresbilanz auf einer längst schrottreifen Kiste erstellt, hängt an seiner Kiste. Eben weil er an das Gerät, an die alte, klemmende Tastatur, die Maus, die er nicht mehr richtig sauber kriegt und längst austauschen müsste, an die lauten Ventilatoren made in China, an die lahme und überlastete Festplatte gewohnt ist.

Deshalb lieben wir es auch so, unseren Rechner immer wieder aufzumotzen, ihm neue Platinen zu spendieren, ihn mit neuen Programmen zu füttern.

Wer also würde, wenn er es mit wütenden Sicherheits-Fuzzis zu tun kriegt, wenn er kapiert, dass jemand eine Waffe der zweiten Generation eingesetzt hat, seinen Rechner opfern? Noch dazu wegen ein paar lächerlicher Dollar und eines zweifelhaften Anteils am zukünftigen Gewinn?

Ich selbst würde in einer solchen Situation garantiert auftauchen. Und Romka auch, denn er war immer extrem pingelig, was seinen Rechner betraf.

Daher kann die Frage nur lauten, ob er sich die Dateien ansehen konnte. Ob er dahintergekommen ist, worum es bei der Sache überhaupt ging.

Sofern er keine weiteren, in den Text selbst eingebauten Passwörter knacken musste, wäre das durchaus denkbar.

Zum Beispiel als er im Büro eingeschlossen war und auf Bastards Hilfe wartete. Denn da hatte er bereits Zugang zu den Daten. Da stand er vor dem offenen Safe, mit dem Icon in der

Hand. Keine Ahnung, wie das ausgesehen hat, vielleicht war es ein Apfel wie in Al Kabar. Vielleicht aber auch eine Diskette oder ein simpler Aktendeckel aus Pappe. Und in dem Fall hätte Romka bestimmt mal reingeguckt.

Das, was er entdeckt hat, muss ihm dann schier den Verstand geraubt haben, sodass er keinen Gedanken mehr an seine Sicherheit, seinen Rechner oder Bastard, der seinen Rückzug deckte, verschwendete, sondern nur noch floh. Mit, wie es Bastard beschrieben hat, angstgeweiteten Augen.

»Worauf bist du bloß gestoßen, Romka?«, flüstere ich. »Was hat dich so erschreckt?«

Was hat dich umgebracht?

Ich lecke mir über die Lippen und verpasse einer herumliegenden Flasche einen Tritt.

Deeptown kommt ohne Straßenkehrer aus, jede leere Flasche verschwindet nach ein paar Stunden von selbst.

Wenn ich nur an diese Dateien rankäme! Sie stellen den Schlüssel zu diesem Rätsel dar. Sie führen zu demjenigen, der den Hack in Auftrag gegeben hat. Zu demjenigen, der Romka erschossen hat. Zu demjenigen, der den Befehl gegeben hat, das Feuer zu eröffnen. Zu demjenigen, der eine Waffe der dritten Generation entwickelt und den Security-Leuten gegeben hat.

Den Weg zu *New boundaries* kann ich mir in diesem Zusammenhang sparen. Nach dem Hack würden die ihre Sicherheitsmaßnahmen nur noch verschärft haben. Vor allem da es nicht nur ein versuchter, sondern ein höchst erfolgreicher Hack gewesen ist. Da kann selbst Bastard noch so sehr angeben und tönen, er würde an sämtliche Daten der Firma rankommen, einschließlich der Personalakten der Mitarbeiter und der gefälschten Steuererklärungen. Oder eben eines harmlosen Geschäftsprojekts. Doch auch er würde nun scheitern. Sogar wenn er Freunde um Hilfe bittet. Den perfekten Schutz gegen Einbruch, den gibt es nämlich doch – und diese Firma kann ihn sich leisten: Sie bräuchte bloß die Abteilung, die sich mit dem *Sweet Immersing*-Projekt befasst, von der *Tiefe* abzukoppeln.

Und dann sollte doch mal bitte schön jemand versuchen, da einzusteigen.

Was ist das überhaupt für ein Name für ein Projekt? *Süßes Eintauchen*. Es schmeckt mir nicht, wenn etwas überzuckert ist.

Aber ich würde den Bäcker schon finden, dessen Torten nach Bittermandel duften.

Dreimal lege ich den Weg von *New boundaries* zum Gates-Platz zurück. Beim ersten Mal sehe ich mich lediglich aufmerksam in der Gegend um. Beim zweiten Mal verlasse ich die *Tiefe* und studiere den ungeschminkten Aufbau der Gegend. Beim dritten Mal scanne ich den Weg, und zwar abermals in der virtuellen Welt, um Spuren des Hacks zu entdecken.

Nichts.

Zumindest nicht bei oberflächlicher Sondierung.

Daraufhin nehme ich mir ein Taxi zu den *Drei kleinen Schweinchen*. Meine Uhr – vor allem aber mein Bauch – sagt mir, dass es Zeit fürs Frühstück ist.

»Die Straßen sind völlig verstopft«, teilt mir der Fahrer mit. »Haben Sie es eilig?«

»Nein.«

Ich habe nicht die geringste Lust, etwas für die Nutzung von Reservekanälen des Deep-Explorers hinzublättern. Abgesehen davon brauche ich Zeit zum Nachdenken.

Wie hätte ich mich verhalten, wenn ich mit Daten auf der Flucht wäre, die die virtuelle Welt auf den Kopf stellen? Wenn mir die Zeit fehlt, sie auf meinen Rechner zu überspielen? Wenn es weit und breit keinen Schlupfwinkel gibt, in dem ich sicher wäre? Hätte ich dann die heiße Ware versteckt?

Nein, das hätte auch nichts gebracht. Denn in dem Fall hätten die Programmierer der Firma mir den Zugriff auf die Daten in null Komma nichts unmöglich gemacht. Hätte ich den Apfel aus Al Kabar damals nicht gleich auf meinen Rechner gepackt, wäre er mir vor der Nase vergammelt.

Also muss Romka die Daten jemandem übergeben haben. Und er muss diesen Jemand gebeten haben, sie für ihn zu überspielen und aufzubewahren. Er muss einen Bekannten getroffen haben.

Nur bringt mich diese Erkenntnis nicht weiter. Ich weiß nicht, wer seine aktuellen Freunde sind. Ich kenne niemanden außer Bastard – und der hat Romka in der realen Welt auch nur ein paarmal getroffen.

Was tun? Soll ich jetzt etwa mit einem Plakat *Suche Romkas Freunde* durch Deeptown ziehen?

Und welchen Romka überhaupt?

In der *Tiefe* kann er unter allen möglichen Namen bekannt gewesen sein.

Nein, das bringt mich erst recht nicht weiter.

Die Daten müssen irgendwo sein. Und sie tragen das Geheimnis von Romkas Tod in sich. Denn sie sind der Grund dafür, dass jemand nicht gezögert hat, Romka in der realen Welt zu töten.

Aber ich werde wohl nie erfahren, wer sie gerade in Händen hält.

Damit sollte ich mich abfinden.

Dann versuchen wir's eben anders. Wenn ich die Daten nicht finden und folglich auch nicht noch mal klauen kann, wo kann ich dann ansetzen?

Da wäre zum Beispiel dieser Diver.

Dieser Dark Diver, der den Hack in Auftrag gegeben hat und selbst heute, wo wir alle in die Röhre gucken, noch als Diver arbeitet.

Er kennt zumindest einen Teil der Wahrheit über *New boundaries*. Und er trägt einen Teil der Verantwortung für Romkas Tod.

Es besteht die schwache Hoffnung, dass Bastard ihn aufspürt.

Aber was, wenn nicht?

Oder er spürt ihn auf – beißt sich jedoch die Zähne an dem Diver aus?

Ich hole meinen Pager heraus und rufe ein codiertes Adressbuch auf. Es ist nicht sehr umfangreich, sechs Einträge bloß. Diver rücken nicht gern mit ihren Adressen raus. Nicht mal unter sich.

Jeder von ihnen kriegt nur ein einziges Wort.

Cito.

Ich weiß nicht, ob sie ihre Pager noch checken. Meinen habe ich fast zwei Jahre nicht benutzt. Vielleicht habe ich in dieser Zeit ja auch mehr als einmal diesen Notruf erhalten.

Doch selbst wenn sie die Nachricht lesen, wer würde dann auf die Aufforderung reagieren? Auf das kurze lateinische Wort, das manchmal auf Rezepten steht.

Cito.

Und es ist wirklich dringend, das weiß ich. Obwohl ich keine Beweise habe, nichts, außer meinem siebten Sinn, außer meinem Gefühl, dass es nicht mehr lange dauert, bis der Himmel über Deeptown zusammenstürzt.

»Da wären wir, *Die drei kleinen Schweinchen*.«

Ich bezahle. Ich bin knapp bei Kasse. Zu HLD käme ich mittlerweile so gewaltig zu spät, dass ich keinen Zweifel daran habe: Die haben mich längst vor die Tür gesetzt. In der *Tiefe* fackelt man da nicht lange.

Ich muss mich wohl doch mal mit Maniac wegen eines Jobs in Verbindung setzen. Oder Zuko, den abgefahrensten Spezialisten für Sicherheitssoftware, den ich kenne, darauf ansprechen.

Aber das hat Zeit. Erst mal muss ich unter uns Divern jemanden finden, der mich zum Dark Diver bringt.

Vor dem Restauranteingang verlangsame ich den Schritt. Holz, Stein oder Schilf?

Alea iacta est, die Würfel sind gefallen. Stein.

Heute gibt's europäische Küche.

Neben dem Eingang klebt ein Plakat an der Hauswand. Mit bewusst eiligen, krakeligen Buchstaben steht da: *Heute tschechische Küche.*

Soll mir nur recht sein.

Ich werfe einen Blick in Richtung Bartresen. Manchmal steht Andrej, der Chef des Restaurants, selbst dahinter, normalerweise ersetzt ihn aber ein Barkeeper-Programm.

Mal sehen, ob ich Glück habe.

Ich gehe näher.

»Hallo, ich bin's, Leonid.«

Andrej hebt den Kopf und mustert mich, schließlich grinst er über beide Backen.

Sofort hebt sich meine Laune.

In der letzten Zeit bin ich nicht oft hergekommen, und die letzten zwei Jahre immer inkognito. Ich hatte keine Lust, mir Fragen anzuhören, ich konnte auf Trost und Mitleid verzichten.

»Ljonka! Das ist ja eine Überraschung! Fühl dich eingeladen! Wie geht's dir?«

»Soweit ganz gut. Aber bei den Drinks bin ich lieber vorsichtig, ich hab noch zu tun.«

»Ich habe schon gehört, dass ein Diver wieder Arbeit gefunden hat«, erwidert Andrej. »Hab ich's doch gewusst, dass du das bist. Warum hast du dich so lange nicht blicken lassen?«

Verschone mich doch bitte damit!

Weil ich mich in die Ecke gestellt habe. Weil ich langsam, aber sicher verreckt bin. Weil ich Klaviere durch die Gegend geschleppt habe. Weil ich einen Schlussstrich unter mich und meine Zukunft gezogen habe. Während alle anderen wussten, es gibt ein Licht am Ende des Tunnels.

Ein Diver arbeitet wieder.

»Ich hatte viel zu tun«, antworte ich vage.

Andrej packt einen der vorbeeilenden Kellner am Ärmel und deutet mit einem Blick auf mich. »Der Mann hier ist heute unser Ehrengast. Er kriegt alles auf Kosten des Hauses. Aber dalli!«

Der Kellner wartet gespannt. Meine Bestellung erfolgt schnell, ich brauche nicht mal die Speisekarte.

»Gebratene Schweinshaxe und einen Krug Budweiser. Und bitte wirklich schnell.«

Der Kellner eilt in die Küche.

»Gut, ich lass dich jetzt allein.« Inzwischen steuert bereits der nächste Gast auf die Bar zu. »Ich komm nachher noch mal zu dir, ja?«

»Was hört man denn so über diesen arbeitenden Diver?«

»Nichts Konkretes«, erwidert Andrej. »Es soll irgendein Diver in Deeptown arbeiten. Offenbar seit einem Jahr.«

Wie blöd bin ich eigentlich?!

Dass ich ein ganzes Jahr lang nichts über einen Kollegen erfahre, der einen Ausweg aus dieser Misere gefunden hat!

Am meisten zermürbt mich jedoch, dass das ein schlechtes Zeichen ist. Wenn alle Diver wieder aktiv wären, würde selbst ich das wissen. Also schottet sich der Dark Diver irgendwie ab.

Verdammt schlecht.

Für wen genau, das würde sich noch zeigen.

Ich sehe mich nach einem freien Tisch um und plötzlich bemerke ich ein bekanntes Gesicht.

An einem der Tische sitzt, die Beine zusammengepresst und mürrisch auf den Teller stierend, ein rotblonder Junge.

Ich gehe zu ihm und nehme ihm gegenüber Platz. »Warum bist du nicht auf der Arbeit?«, will ich wissen.

Ilja linst mich von unten herauf finster an. »Wer bist du überhaupt?«, fragt er.

Ach ja, richtig.

»Leonid. Der Spind links neben deinem.«

»Oh!« Nun gewinnt Freude die Oberhand. »Hallo, Ljonka. Wieso hast du dich so aufgebretzelt?«

»Ich kann ja wohl schlecht mit einem Motorradhelm durch die Gegend spazieren.«

Ilja mustert mich skeptisch. »Eine Durchschnittsvisage. Du kannst wirklich nicht zeichnen. Aber besser als der Biker.«

»Danke, das tröstet mich«, sage ich. Der Kellner bringt mir bereits mein Essen. Gebratene Schweinshaxe ist einfach köstlich. Und hier wird sie serviert, wie es sein muss, auf einem Holzbrett, das von Messern zerkratzt ist, mit einem Berg Meerrettich und Senf, Zwiebeln und Gurken.

Natürlich ist das nicht ganz das geeignete Frühstück. Aber da ich die Nacht durchgemacht habe, kann die Mahlzeit vielleicht als spätes Abendessen durchgehen.

»Ekelhaft«, stößt Ilja aus und glotzt angewidert auf mein Essen.

»Wenn was ekelhaft ist, dann das Zeug, das du in dich reingestopft hast«, gebe ich zurück. Die leeren Saucenpäckchen deuten darauf, dass Ilja in den *Drei kleinen Schweinchen* Hamburger von McDonald's gegessen hat. Aber gut, jedem das Seine.

Ich schneide ein großes Stück von dem weichen, saftigen Fleisch ab, lasse es in meinem Mund verschwinden und spüle es mit einem gewaltigen Schluck Bier herunter.

»Trotzdem guten Appetit«, murmelt Ilja und steht auf.

»Warum bist du eigentlich nicht auf Arbeit?«, frage ich noch mal, während ich die Schweinshaxe zerlege.

»Mensch, dich hab ich ja noch gar nicht gefragt!«, ruft Ilja. »Hast du schon mal was vom Diver-in-der-*Tiefe*-Tempel gehört?«

Prompt verschlucke ich mich an meinem Fleisch und kriege einen Hustenanfall. »Mhm«, brumme ich, »hab ich.«

»Echt?« Ilja setzt sich wieder hin. »Dann erzähl mal! Wo ist er? Und bestell mir ein Bier, ja!«

Nach einem weiteren großen Schluck winke ich den Kellner heran und versuche, Ordnung in meine Gedanken zu bringen.

Irgendwie wird heute zu viel von Divern geredet. Das solltest du dir mal anhören, Nedossilow, du Historiker und Theoretiker, du Meister der klugen Worte.

»Willst du etwa behaupten, du hättest noch nie von diesem tollen Lügenmärchen gehört?«, frage ich. Sehr scharf. Ohne es zu wollen, schlage ich einen aggressiven und zynischen Ton an, eine instinktive Abwehrreaktion.

»Doch, schon, aber viel zu wenig.«

»Vor zwei Jahren wurde in Deeptown von nichts anderem gesprochen.«

»Damals bin ich noch nicht in der *Tiefe* gewesen. Also, los, erzähl schon!«

»Damals sind alle Diver krepiert«, hole ich aus.

»Echt?« Er reißt die Augen auf.

»Irgendwie schon.« Ich schiebe das Meisterwerk des virtuellen Kochs, zubereitet aus einem nicht weniger virtuellen Schwein, von mir. »Wenn du so willst. Jedenfalls ... braucht sie seitdem niemand mehr.«

»Erzähl! Von Anfang an!«

Ich sehe Ilja fassungslos an. Hat er wirklich von nichts einen Schimmer? Verpufft der Ruhm so schnell?

»Niemand, der damals die *Tiefe* besucht hat, konnte sie aus eigener Kraft verlassen«, erkläre ich.

»Das weiß doch jeder!«

»Soll ich nun alles von Anfang an erzählen oder nicht?«, blaffe ich ihn an. »Dann hör also auch von Anfang an zu!«

01

Es ist, als ob du eine Eiterbeule ausdrückst. Es tut weh, ist widerlich – aber es bringt auch Linderung.

»Das Deep-Programm, das Dmitri Dibenko entwickelt hat, versetzt den Menschen in eine besondere Form von Hypnosezustand«, fange ich meinen Vortrag an. »Wenn jemand dieses Programm startet und dann auf seinen Computerbildschirm oder auf die Displays seines VR-Helms sieht, dann fällt er in den Zustand einer kontrollierten Psychose und gelangt so in die *Tiefe*. Die Folge davon ist, dass er die gezeichnete Welt als Realität wahrnimmt. Kommen dann noch eine Tonspur, die räumliche Darstellung durch den VR-Helm und haptische Eindrücke des Sensoranzugs hinzu, ist die Illusion perfekt. Das Unterbewusstsein ergänzt von sich aus Gerüche, Geschmack und alles, was nicht von den Entwicklern vorgesehen ist. Du *weißt* zwar, dass dieses Restaurant gezeichnet ist, dass das Essen eigentlich gar nicht existiert, ich bei mir zu Hause sitze, und du bei dir ...«

Iljas Gesicht spiegelt klar wider, was er von solchen Vorträgen hält, deshalb überspringe ich diesen Teil, den eh jedes Kind kennt.

»Wie sich nach Entstehung der *Tiefe* und der virtuellen Stadt Deeptown zeigte, kann ein Besucher der virtuellen Welt diese nur an einem speziell eingerichteten Ausgangspunkt wieder verlassen. An einem Ort, wo ein Pendant seines Rechners steht, an dem er den Befehl zum Austritt eingeben und sehen kann, wie sich das Deep-Programm beendet.«

»Weißt du überhaupt was über den Tempel?«, zischt Ilja.

»Hör zu!«, verlange ich in der Manier eines Sadisten. »*Wer* will was wissen? Also! Dann hör dir auch alles an!«

Vermutlich rechne ich, bedingt durch Iljas kindliches Äußeres, damit, dass er aufsteht und geht. Aber Ilja lehnt sich auf dem Stuhl zurück und bringt überdeutlich zum Ausdruck, dass er bereit ist zuzuhören, bis er Schimmel ansetzt.

»Damals gab es ein paar Leute, die jederzeit aus der *Tiefe* auftauchen konnten«, raune ich im Ton eines kleinen miesen Besserwissers, der dem Feind gerade für ein Päckchen Kekse und einen Löffel Marmelade das größte Militärgeheimnis verrät. »Sie wurden Diver genannt, und ihre Arbeit wurde sehr geschätzt.«

Wie hätte es auch anders sein sollen? Wenn ein grundsolider Familienvater einen Monat im Voraus für einen Besuch in den Hängenden Gärten der Semiramis bezahlt hatte, wenn ein Teenager mit Papas Kreditkarte ein paar Wochen durch das Labyrinth des Todes geirrt war, wenn ein frischgebackener Neureicher sich in der virtuellen Welt einen individuellen Foltersaal für seine gezeichneten Kollegen eingerichtet hatte, dann ging die Sache meist übel aus. Sobald dir jedoch jemand den Helm herunterreißt, löst er damit zwar eine leichte Psychose bei dir aus, holt dich aber immerhin aus der *Tiefe*.

Doch was, wenn es niemanden gibt, der dir diesen Gefallen tun kann?

Deshalb übernehmen wir die Aufgabe, an der Grenze zwischen der realen und der fiktiven Welt für Ordnung zu sorgen. Denn wir verloren niemals die Verbindung zur Realität. Wir schafften es, die Ertrinkenden zu überreden, zu beruhigen, zu trösten und ihnen die echte Adresse zu entlocken, damit wir dort, in der realen Welt, die Tür eintraten und den User retteten, der schon dehydriert war, sich in die Hosen geschissen hatte und in einen süßen Traum abgedriftet war.

Damals gab es diese Grenze. Eine gute, solide Grenze. Weil sie existierte, wurden wir geliebt.

Unsere Arbeit bestand jedoch nicht nur aus Rettung. Firmen, die sich von der virtuellen Welt günstigere Bedingungen für kreative Arbeit versprachen, bauten ihren Mitarbeiten prächtige Büros, die sie quasi nichts kosteten, und, ja, sie heuerten erfahrene Hacker für den Schutz dieser Büros an ...

Die *Tiefe* lebte aber nach ihren eigenen Gesetzen. Ein winziger Fehler in einem Programm, ein Loch in der Verteidigung, das der beste Entwickler in monatelanger Arbeit hätte suchen müssen, sprang einem Diver förmlich ins Auge. Er sah es als Tür in der Wand, als Loch im Zaun, offenes Oberlicht oder weitmaschiges Netz.

Keine Ahnung, welchen Preis wir für diese Fähigkeit gezahlt haben. Vielleicht die Kopfschmerzen oder die quälenden Migräneanfälle – die nur Ignoranten für eine Krankheit hysterischer Weiber halten. Manchmal haben wir wohl auch mit einem Schlaganfall dafür bezahlt. Oft mit Psychosen, Depressionen und Suizid. Um mit jenem hundertprozentigen Wirkungsgrad zu arbeiten, der in der realen Welt nie erreicht wird, mussten unsere Hirne schmurgeln.

So haben wir die Sicherheitssoftware geknackt, ohne auch nur zu wissen, wie. Ob deshalb die meisten Diver aus Russland stammten? Schließlich waren wir an diese ... Dreistigkeit gewohnt. Daran, einfach loszulegen, auch wenn wir von einer Sache nichts verstanden. Daran, für etwas bezahlt zu werden, das nicht jeder als Arbeit bezeichnen würde.

Dieser Aspekt im Diver-Leben hat dazu geführt, dass wir inkognito blieben.

»Coole Typen«, sagt Ilja bloß. »Aber das weiß ich. Was ist mit dem Tempel?«

Ich werde immer nervöser. Hier ist doch was im Busch. Irgendwas treibt diesen Jungen um, der jetzt seit einem halben Jahr mein Kollege ist – und ein halbes Jahr in der *Tiefe* zählt viel mehr als sechs Monate in der realen Welt.

»Dann kam vor zwei Jahren das Aus für diese coolen Typen«, fahre ich fort. »Das endgültige Aus. Zum einen, weil die Leute nicht mehr ertranken. Das Deep-Programm hat sie zwar nach wie vor in die *Tiefe* gebracht, aber das war nur noch ein kontrolliertes Eintauchen. Als ob du Bungee-Jumping ins Wasser machst. Nach einem Tag, und zwar exakt nach vierundzwanzig Stunden, es geht hier höchstens um plus minus zehn Minuten, kehren alle in die reale Welt zurück.«

»Ich bin noch nie einen ganzen Tag in der *Tiefe* gewesen«, weiht mich Ilja mürrisch in seinen Kummer ein. Er trinkt einen Schluck Bier und verzieht das Gesicht. »Kommen sie noch in fremde Server rein?«

»Nein, die Diver sehen die Löcher in den Programmen nicht mehr«, sage ich. Ich grinse, als erfülle mich diese Tatsache mit enormer Genugtuung. »Sie können immer noch jederzeit aus der *Tiefe* auftauchen und brauchen keinen Timer. Wenn sie wollten, könnten sie die Vierundzwanzig-Stunden-Beschränkung überwinden. Aber warum sollten sie? Wo sie eh keine Arbeit mehr haben. Deshalb sind die Diver krepiert. Deshalb halten sie sich heute mit allem möglichen Mist über Wasser.«

»Scheiße, das tut mir leid.« Anscheinend kennt Ilja wirklich nicht alle Fakten des kurzen Flugs und des langen Falls von uns Divern. »Aber wie konnte es dazu kommen?«

»Das weiß niemand.«

Eine knappe Antwort, um endlosen Fragestunden zu entgehen.

»Und der Tempel?«

Ich seufze. Das ist absolut ehrlich. Denn diese Frage lastet mir auch auf der Seele. Neben anderen.

»Als ... als die Diver verstanden haben, dass ihre Stunde geschlagen hat ... hat einer von ihnen vorgeschlagen, ein Denkmal zu errichten ... als eine Art Club. Und es Diver-in-der-*Tiefe*-Tempel zu nennen. Der sollte von allen Divern gemeinsam gebaut werden. Schließlich hatten sie ja nicht nur ihre besonderen Fähigkeiten, sie alle konnten noch andere Sachen. Es sollte ein Haus werden, das nur Diver betreten konnten. Trotz allem, was geschehen ist, sollte es nur ein Diver schaffen, dort einzutreten.«

»Und? Ist der Tempel gebaut worden?«

»Das weiß ich nicht. Viele haben ihre Mitarbeit abgesagt. Gleich am Anfang und ganz entschieden. Sie alle machten sich Sorgen, wie sie in Zukunft über die Runden kommen sollten. Die Welt hatte sich verändert. Die Möglichkeit ihres Zuverdienstes war verschwunden, ihr besonderer, privilegierter Status abgeschafft. Und dann sollten sie Zeit, Geld und Energie an so ein Wahnsinnsvorhaben verschwenden ...«

»Aber gibt es ihn nun, diesen Diver-in-der-*Tiefe*-Tempel, oder nicht?«

In Iljas Augen steht noch immer allein diese eine Frage geschrieben. Ich sehe ihn mir genauer an. Er hat ein verdammt ausdrucksstarkes Gesicht. Ein lebendiges, echtes Gesicht.

Solche Gesichter werden nicht am Tablet-PC gezeichnet. Solche Gesichter kriegen nur Diver hin. Und Ilja ist kein Diver.

»Sag mal, Ilja, dein Äußeres ... Siehst du wirklich so aus wie jetzt?«

»Was spielt denn das für eine Rolle?« Ilja verkrampft sich sofort.

»Bist du tatsächlich ein Junge?«

»Ja! Was ist jetzt mit diesem Tempel?«

Ich kann es irgendwie nicht fassen. Ein halbes Jahr kenne ich ihn, wenn auch flüchtig. Die ganze Zeit habe ich angenommen, er sei ein erwachsener Mann – und nun stellt sich raus, er ist ein zwölfjähriger Bengel!

»Ich weiß es nicht«, antworte ich. »Ehrlich nicht.«

Nein, Ilja lügt bestimmt. Er kann kein Kind sein. Aber wieso eigentlich nicht? Hatte ich etwa noch nie ein Kind in der *Tiefe* gesehen? Entweder ein Wunderkind, das so unendlich langweilig und alt ist, oder eben ein normales Kind. Gut, bei Romka habe ich auch nicht gemerkt, wie jung er war. Aber letztlich war er ja auch ein bisschen älter.

»Wenn das so ist ...« Ilja steht auf. Ich bin froh, dass er mein richtiges Gesicht nicht sieht. Auf dem dürfte sich jetzt wahrscheinlich ein ganzes Spektrum an Gefühlen widerspiegeln. »Dann such ich ihn eben allein!«

»Worum geht's dir denn eigentlich?«

Hat der heutige Tag nicht schon genug Überraschungen bereitgehalten?

Aber wann würden wir uns je mit einem Genug zufrieden geben?

Plötzlich habe ich den Weg von *New boundaries* zum Bill-Gates-Platz förmlich vor mir. Die Hauswände. Die Fenster. Die Regenrinnen (obwohl bisher niemand auf die Idee gekommen ist, es in Deeptown regnen zu lassen).

Nein, das kann unmöglich sein!

»Ich habe einen Brief, den ich in diesem verfuckten Tempel abgeben muss!« Iljas Stimme bricht und wird ganz fiepsig. »Den hier!«

Ich strecke die Hand aus und nehme den Umschlag an mich. Ein großer Umschlag aus festem Papier, mit dem Logo der Firma und etlichen Briefmarken. Der Umschlag ist leer – und daran würde sich nichts ändern, bis er an seinem Bestimmungsort eingetroffen ist.

Die Adresse ist von Hand geschrieben. Die Buchstaben sind krakelig.

Mir fällt ein, wie Romka von seinem Tablet-PC geschwärmt hat, als er ihn neu gekauft hatte. Dass er direkt mit einem Stift darauf schreiben konnte ...

*Diver-in-der-Tiefe-Tempel
Rom.*

Mir schwirrt der Kopf. Ich versuche, den Umschlag aufzubekommen, offenbar habe ich all die Losungen vergessen, deren HLD sich – völlig zu Recht – rühmt.

»Was machst du denn da?«, fragt Ilja erstaunt.

»Setz dich!«, sage ich und behalte den Umschlag in der Hand. »Na, los! Also ... es gibt da eine Sache ...«

Verständnislos nimmt er wieder Platz. Ich könnte vor Wut und Ungeduld schreien.

Unsere Firma macht ihrem Ruf alle Ehre. Diesen Brief kriegt niemand auf, solange er seinen Bestimmungsort nicht erreicht hat. Jeder Versuch, ihn aufzubrechen, würde damit enden, dass der Inhalt gelöscht wird. Es würde auch nichts bringen, den Brief zu klauen. In dem Fall hat HLD einen ganz besonderen Trick auf Lager: Wird der Brief dem Postboten entwendet, hält der Dieb in der nächsten Sekunde nur noch einen Haufen Schnipsel in der Hand.

Der Diver-in-der-*Tiefe*-Tempel.

Gibt es ihn also doch?

Habt ihr ihn wirklich gebaut, Leute?

Auf seiner Flucht kam Romka an Hauswänden vorbei. An Fenstern und Regenrinnen.

Und an Briefkästen.

Romka, du hast etwas entdeckt, das alle wissen müssen. Unbedingt. Deshalb hast du an einem Briefkasten gestoppt, vom endlosen Stapel oben auf dem Kasten einen Umschlag genommen und eine Adresse draufgeschrieben. Du hast ihn dorthin geschickt, wo man dir glauben würde, wo man dir helfen könnte.

Du hast die heiße Ware in den Umschlag gesteckt, ihn eingeworfen – und bist weitergerannt, hast deine Haken geschlagen und mit irgendeiner vorsintflutlichen Schrottwaffe um dich geballert, bis HLD die kostbaren Daten gespeichert hat, ein Wettlauf gegen die Uhr, denn deine Kiste war bereits am Abnippeln.

Vielleicht haben dir ja bloß ein paar Sekunden gefehlt. Vielleicht wolltest du dich aber auch über deine Verfolger lustig machen.

Doch selbst als sich dein Körper schon in Krämpfen wand, deine Lungen versagten und aus deiner aufgebissenen Lippe Blut in den Helm tropfte, hast du nicht begriffen, was dir eigentlich passiert war.

»Wie gesagt, die Sache ist die, Ilja, dass ...« Es fällt mir schwer, die Worte über die Lippen zu bringen. Als ob ich das Sprechen verlernt hätte. »Du wirst den Tempel nicht finden. Und selbst wenn du ihn findest, kommst du nicht rein. Das schafft nur ein Diver.«

Wie gern würde ich jetzt erwähnen, dass ich ein Diver bin. Wie gern würde ich erleben, wie es ihm die Sprache verschlägt.

Doch ich bremse mich im letzten Moment.

Wenn du ein Diver bist, ist es, als hättest du Lepra.

Letztlich wirst du diese Krankheit nicht mehr los.

Was jedoch wahrlich kein Grund ist, sich in die Brust zu werfen.

Seit drei Jahren ist HLD nun als Unternehmen in Deeptown tätig. Im Zustellungsbereich ist die Firma quasi unangefochtener Marktführer. Völlig zu Recht.

Sie bedient einerseits das Segment des Lasttransports, das zwar dumm, aber notwendig ist, um in einer fiktiven Welt die Illusion hundertprozentiger Realität zu wahren.

Andererseits übernimmt sie die Zustellung schwieriger Korrespondenz – und die kann manchmal absolut notwendig sein.

Deeptown verändert sich ständig. Firmen gehen pleite oder, im Gegenteil, boomen und wechseln den Standort. Ein User zieht sich eine Weile aus der *Tiefe* zurück, nimmt seine Besuche dann aber wieder auf, allerdings unter neuem Namen und mit neuer Adresse. Was tust du, wenn du jemanden suchst, aber nicht genau weißt, wo und wer er ist?

Eben! Du gibst einen Brief bei unserer Firma auf.

Mir persönlich gefällt diese Arbeit nicht, ich schleppe lieber Klaviere durch die Gegend. Aber viele begeistert sie richtig. Wir kriegen zum Beispiel einen Brief rein, der an eine gewisse Olga N. adressiert ist, die vor drei Jahren in der Moschkow-Bibliothek gearbeitet hat. Und dann geht der Spaß los.

Die Bibliothek ist längst umgezogen, alle Mitarbeiter ausgetauscht. Wo anfangen? Selbst wenn du es schaffst, an die Personalakten heranzukommen, heißt das noch nicht, dass die dir weiterhelfen. Dann musst du in ganz Deeptown nach dieser Olga suchen, musst Fäden verfolgen, die vor langer Zeit gekappt worden sind. Wie intensiv du dich dahinterklemmst, hängt vom Wert der Briefmarken auf dem Umschlag ab, denn die Hälfte davon erhält der Postbote.

Dank unglaublicher Anstrengungen, Intrigen und purem Glück wird diese Olga schließlich gefunden. Nur heißt sie jetzt Oleg M. Mit verblüfftem Gesicht reißt er das Kuvert auf – und hält einen Brief von einem verflossenen Verehrer Olgas in Händen. Eine Liebeserklärung, die Bitte, ihm zu verzeihen, der flehende Wunsch, sich abermals zu treffen ... Unter schallendem Gelächter berichtet Oleg von drei armen Psychologiestudenten, die sich als Olga N. etwas in der Bibliothek dazuverdient hatten, wobei sie abwechselnd in die *Tiefe* gegangen sind.

Diese Geschichte geht uns allerdings schon nichts mehr an. Entscheidend ist: Wir haben den Brief abgeliefert.

Natürlich stehen solche Aufträge nicht ständig auf der Tagesordnung, denn durchgedrehte Liebhaber und alte Freunde auf einem Nostalgietrip kann man an einer Hand abzählen ...

Dann sind da noch Briefe, die einem verschwundenen Geschäftspartner zugestellt werden müssen und die ein hübsches Sümmchen einbringen.

Wir sind verpflichtet, jedes Gebäude in Deeptown zu finden – selbst wenn die Adresse nirgendwo zu ermitteln ist.

Was für ein brillanter Schachzug von Romka, den Brief an den Diver-in-der-*Tiefe*-Tempel zu adressieren!

Sollte der Tempel tatsächlich gebaut worden sein, dann würde der Brief dort auch ankommen. Und dann würden die Daten ausschließlich Diver lesen. Dafür würden die Sicherheitsmaßnahmen, die beim Tempelbau ergriffen worden sind, schon sorgen.

Falls der Tempel aber nicht existiert oder Ilja ihn einfach nicht findet, landet der Umschlag zur unbefristeten Aufbewahrung bei HLD. Auch dort ist er verdammt sicher. Ich kenne die Regeln ein wenig. Romka könnte jederzeit bei unserer Firma reinspazieren und den Brief zurückfordern.

Ein optimales Versteck.

Besser ginge es gar nicht.

Nur dass Ilja den Tempel nicht findet, und wenn doch, dann kommt er nicht rein, denn er ist kein Diver.

Und Romka seinen Brief nicht mehr abholen kann. Das Passwort, mit dem er ihn geschützt hat, kenne ich nicht, mich für Roman auszugeben, das klappt also auch nicht.

Scheiße.

»Gib her!«, brummt Ilja und nimmt mir den Umschlag wieder ab. »Ich werd den Tempel schon finden und reinkommen ... Wär ja gelacht, wenn nicht.«

Im letzten Moment schaffe ich es noch, mir die Briefmarken anzusehen.

Zwei à einhundert Dollar, eine à fünfzig.

Nicht schlecht!

Das erklärt natürlich auch, warum Ilja Deeptown so hartnäckig auf der Suche nach diesem Tempel durchstreift.

Wirklich ein großzügiges Porto ...

Romka hat für diesen Brief mehr bezahlt, als bei dem Hack für ihn rausgesprungen wäre. Wahrscheinlich ist sein gesamtes Erspartes für die Briefmarken draufgegangen.

»Das ist nicht nur dahingesagt, Ilja«, versichere ich. »Du wirst den Tempel nicht finden.« Doch da wird der Junge bereits trübe. Kurz blickt mich noch eine Puppe aus Milchglas an, dann platzt das Glas mit leisem Klirren.

Ein Standardaustritt aus der *Tiefe*. Der Timer hat sich eingeschaltet.

Mist.

Da weiß ich endlich, wo diese Dateien sind, die Romka das Leben gekostet haben, kriege es rein zufällig raus. – Und dann kann ich nicht an die Daten ran.

Der Appetit ist mir vergangen, nicht mal trinken will ich noch was. Ich sitze an dem leeren Tisch, starre auf das Fleisch, das langsam kalt wird, und auf das Bier, das stur seine Schaumkrone behält.

»Ist hier noch frei?«

Ich hebe den Kopf. Vor mir steht eine atemberaubende schwarzhaarige Schönheit. Groß, schlank, langbeinig. Wie die meisten Frauen in Deeptown. Logisch.

Die ewige Suche nach einem Abenteuer ...

»Ja«, sage ich.

Tiefe, Tiefe, ich bin nicht dein.

Ich nahm den Helm ab und sah auf den Monitor. Die Frau stand noch, als erwarte sie eine Extraeinladung.

Der Designer hatte wirklich gute Arbeit geleistet, die Frau war individuell und nicht in der typischen *Tiefe*-Manier geschminkt.

»Schließ das Programm, Vika«, befahl ich.

Bist du sicher?

»Klappe.«

Das Bild auf dem Monitor erlosch.

»Fahr den Rechner runter«, verlangte ich und erhob mich. Ein Blick auf die Uhr. Fünf vor sieben.

Die echte Vika schlief noch. Ich zog den Sensoranzug aus und schmiss ihn auf den Sessel, streckte mich auf dem Sofa aus und kroch unter die Decke, die Vika gestern Abend bereitgelegt haben musste – falls ich doch noch nach Hause käme und hier schlafen wollte.

In meinem Kopf herrschte das reinste Chaos.

Romka war tot.

Durch Deeptown zogen Typen mit einer Waffe, mit der sie jemanden in der Realität töten konnten.

Die Dateien, die den Schlüssel zu alldem bargen, hielt – sozusagen – ein Junge in Händen, mit dem ich seit einem halben Jahr zusammenarbeitete. Läge die Diskette mit den Daten auf dem Mond, käme ich allerdings auch nicht leichter an sie heran.

In den letzten vierundzwanzig Stunden hatten sich die Ereignisse förmlich überschlagen. Ein derart stürmischer Anfang verhieß nichts Gutes. Ob sich das Schicksal über mich lustig machte?

Es war, als hätte mir jemand eine Menge Schlösser in die Hand gegeben – dabei aber eine winzige Kleinigkeit vergessen: die Schlüssel.

Natürlich könnte man für jedes Schloss einen Schlüssel auftreiben. Wenn die Zeit dafür da wäre.

Genau das war jedoch nicht der Fall.

Ich schloss die Augen und fiel in einen schweren, unruhigen Schlaf, wie er sich nur nach einer durchgemachten Nacht einstellt.

10

Die linke Wand besteht aus blauem Eis.
Die rechte aus purpurrotem Feuer.

Aber diesmal irre ich nicht durch den Nebel. Ich stehe bereits an der Schlucht, kann meinen Weg beginnen.

»Wie wollen wir die Brücke bauen – an der Schlucht entlang oder quer drüber?«, fragt eine Figur in einem alten Witz.

Die Brücke zieht sich parallel zum Abgrund entlang. Blöder ginge es nicht. Und die Wände aus Eis und Feuer machen die Sache auch nicht leichter.

Das weiß ich leider nur zu genau.

Ich sehe mich um. Vielleicht taucht mein unerwarteter Begleiter ja wieder auf.

Aber nein, hier ist niemand. Hinter mir wabert bloß der Nebel.

Sie sind seltsam, diese Träume von einer Brücke über einem Abgrund. Ich begreife immer, dass ich schlafe. Und ich erinnere mich in diesen Träumen an frühere Träume.

Außerdem bin ich in diesen Träumen nicht allmächtig, wie es sonst in einem Traum häufig der Fall ist. Ich kann nicht in der Luft schweben oder über die Schlucht springen, um mit einem Satz das trübe Licht in der Ferne zu erreichen.

Wobei ... eine Sache habe ich noch nicht ausprobiert.

»Tiefe, Tiefe, ich bin nicht dein«, flüstere ich.

Zunächst habe ich den Eindruck, es passiert überhaupt nichts. Es ist eben doch ein Traum, nicht die virtuelle Welt.

Doch dann verändert sich die Umgebung ganz leicht.

Plötzlich haftet ihr ein Hauch von Irrealität an. Die Feuerzungen lecken nicht mehr so gierig nach mir, die an der Eiswand klebenden Körper wirken gröber, gleichen von Raureif überzogenen Silhouetten.

Die Schlucht liegt nun als schmaler Spalt vor mir, das Ergebnis eines Schlags mit einer monströsen Axt – der obendrein die linke Wand in Eis, die rechte in Feuer verwandelt hat.

Lächelnd setze ich im Traum einen Fuß über den Abgrund. Wie leicht das jetzt ist! Aber was soll schon schwer daran sein, über einen Kreidestrich auf dem Straßenpflaster zu balancieren? Wenn das Leben zu einem Zeichentrickfilm wird, dann vollbringen wir Wunder ...

Nur fehlt jetzt die Haarbrücke über dem Abgrund. Sobald die Realität verschwunden ist, ist auch sie verschwunden. Es gibt keine Brücke mehr, es gibt nur noch die Schlucht ...

Mit einem Aufschrei falle ich in die Tiefe und greife nach der linken Wand.

Die Kälte verbeißt sich in meinen Händen und frisst sich die Arme rauf. Ich spüre, wie mir das Blut gefriert, die Adern reißen, höre, wie die Knochen zerbrechen, sehe, wie meine Haut sich mit Raureif überzieht ...

Dann reißen meine Arme an den Ellbogen durch.

Ich stürze haltlos in die Tiefe ...

Mein Weg wird von blutigen Fleischklumpen auf der blauen Felswand markiert.

»Leonid!«

Ich öffnete die Augen. Gierig rang ich nach Luft. Im Traum war ich fast erstickt. Am Schmerz, an der Panik, an meinem endlosen Schrei.

Letzten Endes ist die Feuerwand doch wesentlich humaner.

»Um Himmels willen, Ljonka, was ist denn los?« Vika setzte sich zu mir. Sie trug ein Kostüm und Pumps, hatte Lippenstift aufgelegt. Wahrscheinlich wollte sie gerade zur Arbeit gehen.

»Habe ich geschrien?«, fragte ich, während ich mich hochsetzte.

»Und wie! Als ob du zerhackt wirst!«

In ihren Augen lag echte Angst.

Verständlich. Denn auch ich erinnerte mich an diesen Schrei.

»Ich habe geträumt«, sagte ich. »Ich hatte einen Alptraum.«

»Von der Brücke über dem Abgrund?«

»Mhm.«

Ich hatte ihr zwei von meinen ersten Träumen mit der Eis- und der Feuerwand erzählt. Es war nicht so, dass sie mich völlig aus der Bahn geworfen hatten. Jeder, der regelmäßig mit dem Deep-Programm in die *Tiefe* geht, kennt diese grellen Träume. Mich irritierte jedoch, dass mich immer der gleiche Traum heimsuchte.

Vika hatte mich damals darauf hingewiesen, dass wiederkehrende Alpträume das Symptom einer Deep-Psychose seien. Daraufhin hatte ich meine Träume nie wieder erwähnt.

»Das ist jetzt schon das dritte Mal«, stellte Vika fest und lachte verkrampft.

Schön wär's ja ...

»Meinst du nicht, du verbringst zu viel Zeit in der *Tiefe*?«

»Nicht mehr als andere auch«, antwortete ich.

»Nicht mehr als andere auch ... Diese Antwort würde dir auch ein Alkoholiker auf die Frage geben, ob er viel trinkt. Wie war es gestern Abend mit deinen Freunden?«

»Nett. Und sehr interessant.«

»Und dann, als du nach Hause gekommen bist? Bist du da noch mal in die *Tiefe*?«

»Ja. Aber nicht lange. Ich habe den anderen versprochen, mich um eine Sache zu kümmern.«

»Das gefällt mir nicht, Ljonka«, erklärte Vika und erhob sich. »Wenn du kein Diver wärst, würde ich bei dir eine Deep-Psychose vermuten.«

»Vielleicht bin ich ja der erste Diver, der nicht mehr immun gegenüber der *Tiefe* ist.«

»In dem Fall würde mir eine glänzende akademische Karriere bevorstehen!«, meinte Vika lachend. »Was für ein einmaliger Fall! Noch dazu direkt vor meiner Nase! Jedenfalls manchmal ... Ich muss los, Ljonka, ich komme eh schon zu spät.«

»Vika ...«

Ich verstummte. In der Ecke hatte sich leise der Computer eingeschaltet. Aus irgendeinem Grund wollte ich Vika gegenüber nicht erwähnen, dass ich wieder das alte Zeug auf dem Rechner installiert hatte.

»Erinnerst du dich noch an den Diver-in-der-*Tiefe*-Tempel?«

»Na klar.« Vika hatte nicht gemerkt, dass sich der Rechner hochgefahren hatte. »Wie kommst du denn jetzt da drauf?«

»Gestern hat mich jemand auf den Tempel angesprochen«, lavierte ich zwischen Wahrheit und Lüge. Normalerweise klappt das mit Vika nicht so gut, aber jetzt war sie in Eile. »Du weißt nicht zufällig, ob er gebaut wurde?«

»Wir haben damals doch zusammen entschieden, nicht bei dieser Sache mitzumachen.« Vika schlüpfte in der Diele mit hastigen Bewegungen in ihren Mantel. »Deshalb habe ich mich danach nie wieder um den Tempel gekümmert. Du bist derjenige von uns beiden, der einen Haufen Freunde unter Divern hat. Frag sie!«

»Zu denen habe ich keinen Kontakt mehr.«

»Dann wende dich an die Adressauskunft in Deeptown.«

»Als ob die die Adresse des Tempels hätten!«

»Die Adresse werden sie dir vielleicht nicht geben, aber sie werden dir auf alle Fälle sagen können, ob der Tempel überhaupt gebaut wurde. Tschüs, Ljonka. Ich bin um sechs wieder da. Kochst du was?«

Dann fiel die Tür hinter ihr zu.

Fast hätte ich mir gegen die Stirn geschlagen.

Natürlich! Die Adressauskunft in Deeptown. Klar, die brachte mich erst mal nicht weiter. All die Unternehmen, die auch nur ein wenig zur Konspiration neigten, rückten ihre Adresse nicht raus. Aber es gab da eine Möglichkeit ...

»Vika, ich brauche Zugang zum Netz!« Ich schoss förmlich zum Rechner.

Wird erledigt.

»Wir gehen nicht in die *Tiefe*. Verbinde mich bloß mit der Adressauskunft in Deeptown.«

Wird erledigt.

Ich seufzte und beobachtete, wie sich ein neues Fenster öffnete.

»Finde eine Liste mit Kult- und Sakralbauten. Dann klicke im Menü *Tempel und Kirchen* an.«

Die Liste war ziemlich lang. Was es da nicht alles gab! Neben den Gotteshäusern der konventionellen alten Religionen fand sich der Tempel der Aufgehenden Sonne, die Lost Church, der Tempel des Tiefen Schlafs und sogar die Kirche des Schmackhaften und Gesunden Essens.

Fantasie hatten die Leute ja! Und fünfzig Dollar pro Jahr waren auch keine Unsumme.

Einen Diver-in-der-*Tiefe*-Tempel gab es in der Liste nicht. Aber das hieß noch gar nichts.

Ich setzte mich hin, legte die linke Hand auf die Tastatur, die rechte auf die Maus. Dann gab ich ein: Gehe auf: Bauregistrierung.

Wird erledigt.

Jetzt auf: Antragsformular.

Auf dem Bildschirm erschien ein Blanko-Formular. Ein endlos langes Ding, aber mich interessierte im Moment nur die erste Zeile. Der Name.

Diver-in-der-*Tiefe*-Tempel, gab ich ein.

Das Formular verschwand.

Es folgte die traurige Mitteilung: *Bedauerlicherweise ist bereits ein Bauwerk unter diesem Namen registriert. Bitte ändern Sie den Namen oder wiederholen Sie den Versuch später.*

So, so.

Sämtliche Informationen über den Tempel waren geheim. Und außerdem vermutlich gefakt.

Sofern deine Hardware ausreicht, kannst du natürlich auch heimlich etwas in der *Tiefe* bauen. Das ist zwar nicht ganz legal, und der Bau würde mit Sicherheit bald wieder abgerissen, doch das dürfte die Bauherren erst mal nicht von ihrem Vorhaben abhalten.

Die Registrierung des Tempels hatte also nur ein Ziel: zu verhindern, dass ein Doppelgänger auftauchte, ein Pseudo-Diver-in-der-*Tiefe*-Tempel.

»Treffer!«, flüsterte ich. »Ins Schwarze!«

Damit blieb nur noch eine winzige Sache zu erledigen: Ich musste den Tempel finden. Dann würde ich Ilja zu ihm bringen, er sollte ruhig sein Geld für die Zustellung des Briefs kassieren. Und sobald er fröhlich abgezogen wäre, könnte ich mir endlich die Dateien ansehen. Im Tempel würde der Brief nämlich seinen Schutz einbüßen, da könnte ich ihn problemlos öffnen. Schließlich bin ich ein Diver. Die Architekten des Tempels dürften ja wohl kaum eine Einteilung in Gläubige und Abtrünnige vorgenommen haben. Sicher, es gab einige, die haben den Tempel gebaut, andere dagegen haben nicht mitgemacht – aber wenn du ein Diver bist, kannst du ihn betreten.

»Vika«, bat ich. »Check den Pager von Proteus.«

Ehrlich gesagt, rechnete ich nicht mit einer Antwort. Doch es gab eine. Von Crazy Tosser.

Erwarte dich im Büro vom Labyrinth des Todes. Frag nach Richard.

Aha.

Bei Crazy war ich mir fast sicher gewesen, dass er nicht reagieren würde. Offen gestanden, hatte ich sogar ein wenig darauf gehofft.

Denn ich hatte ihn einmal umgebracht, wenn auch virtuell. Doch kein Diver ist auf eine solche Schweinerei vonseiten eines anderen Divers gefasst. Und kein Diver verzeiht sie.

Ja, wenn dann alles anders gekommen wäre ... wenn wir nicht von heute auf morgen hätten feststellen müssen, dass wir überflüssig geworden waren ...

Mir war etwas bange.

Crazy Tosser war einer der ältesten und respektiertesten Diver. Einer, dem ich eigentlich die Füße küssen müsste. Einer, dem ich auf gar keinen Fall widersprechen durfte, wenn er mir die alte Geschichte vorhielt.

Aber Crazy würde auch wissen, wo der Tempel steht! Wer denn sonst, wenn nicht er?!

Am liebsten hätte ich mich auf der Stelle in meine Kluft geworfen und wäre in die *Tiefe* gegangen. Wenn ich bloß nicht so ausgehungert gewesen wäre! Das virtuelle Essen verjagt den Hunger zwar für ein paar Stunden, aber selbst in den *Drei kleinen Schweinchen* hatte ich ja nur ein, zwei Bissen zu mir genommen.

In der Küche wartete ein Frühstück auf mich, Vika hatte es mir gemacht. Zwei gekochte Eier und ein paar Käsebrote in Frischhaltefolie. Offenbar hatte sie angenommen, ich würde noch mindestens ein paar Stunden schlafen. Das Wasser im Teekessel war noch warm, ich goss mir einen löslichen Kaffee auf und verschlang das Frühstück.

Die *Tiefe* wartete.

Und irgendwo dort, in der *Tiefe*, tickte eine unsichtbare Uhr, die die Stunden und Minuten bis zu jenem Tag zählte, an dem in der virtuellen Welt Panik ausbrechen würde.

Ich hatte nichts mehr, was ich noch zu meinen Aktivposten zählen konnte. Absolut nichts.

Außer ein paar alten Beziehungen.

Außer dem Wunsch zu gewinnen.

Und eine Deep-Psychose als Zugabe.

Ich stellte die Tasse ins Abwaschbecken und ging zum Rechner. Ganz langsam, als wollte ich Zeit schinden, schlüpfte ich in den Sensoranzug, stöpselte die USB-Stecker ein, startete das Testprogramm und machte ein paar Schritte und Sprünge.

Alle Abweichungen befanden sich im Bereich des Üblichen. Ich konnte loslegen.

Und als Erstes würde ich einen Mann aufsuchen, den ich mir vor zwei Jahren zum Feind gemacht hatte – und den ich jetzt um Hilfe bitten wollte.

Ich stülpte mir den Helm auf und saß einige Zeit reglos vorm Rechner, den Blick starr auf die Displays gerichtet. Die Kopfhörer knisterten, wenn auch kaum wahrnehmbar, der Ventilator im Helm surrte lauter als sonst.

Hypersensibilität ist ebenfalls ein Symptom einer Deep-Psychose.

Allerdings war der Helm auch längst schrottreif ...

»Vika, gehe in die *Tiefe*. Figur ... Nr. 7. Der Revolvermann.«

Deep.

Enter.

Ich liege auf dem Bett und studiere das Gesicht des Bikers. Er hat leere Augen, eine glatte, rosige Haut, und sein Mund ist etwas geöffnet. Eine Puppe. Eine Marionette. Es tut mir nicht leid, ihn auszurangieren.

Dann stehe ich auf, um mich im Spiegel zu betrachten.

Ach ja, Revolvermann, alter Freund.

Du hast auch schon bessere Tage gesehen.

Außerdem ist er nicht mehr up to date. Vor zwei Jahren, da durfte er nicht nur als passabler Typ gelten, da war er geradezu einer der Prototypen seiner Zeit. Jetzt weht in Deeptown ein anderer Wind. Jeans, Lederjacke und ein sehniger, hagerer Körper sind nicht mehr in. Inzwischen sind die Zeiten der massiven Kraftbolzen in teuren Anzügen und der infantilen Schönheiten in durchsichtigen, negligéhaften Fummeln angebrochen. Heute sind große, ausdrucksstarke Augen und bizarrer Schmuck modern. Es ist eine Mischung aus Unisex und Prunksucht.

Ich strecke meinem Spiegelbild die Hand hin – und eine Hand streckt sich mir entschlossen entgegen.

»Du bist schon immer der letzte Revolvermann in dieser Welt gewesen«, tröste ich mein Spiegelbild. »Deshalb hatte ich immer etwas für dich übrig.«

Der Revolvermann kriegt keine knalligen Haare, ich tausche seine Jeans nicht gegen Samthosen, die rissige Lederjacke nicht gegen einen gepflegten Pelz aus.

Ich bin der Revolvermann.

Ich überprüfe den Revolver. Das Magazin ist noch das alte, aber ich will mich mit Crazy Tosser ja auch nicht duellieren, sondern Frieden mit ihm schließen.

Ich will das Zimmer verlassen und reiße die Tür auf. Beim Abschließen behalte ich aus den Augenwinkeln heraus den Gang im Blick. Doch die Zeit der Überraschungen ist offenbar vorüber.

Sobald ich das Hotel verlassen habe, halte ich ein Taxi an.

Was für ein komisches Gefühl, wieder in dem alten Körper zu stecken – und jene Adresse zu nennen.

»Labyrinth des Todes«, teile ich dem Fahrer mit. Im letzten Moment kapiere ich, dass das missverständlich ist. »Zur Verwaltung«, präzisiere ich.

Die Fahrt dauert nicht lang. Das Labyrinth hat gute Rechner, und zur Verwaltung dürfte es nicht allzu viele Besucher ziehen.

Mit einer gewissen Sorge registriere ich das gelbe Licht auf meiner Kreditkarte, als ich bezahle: Ich habe weniger als fünfzig Dollar Guthaben.

Wie wollte ich eigentlich in den Kampf ziehen, wenn ich mir nicht mal Patronen kaufen kann?

Das Haus, eine einstöckige Villa mit Putz aus Muschelkalk, hat sich nicht verändert. Solide Firmen stellen Stabilität manchmal ja durchaus über Prunk. Nur der Objektschützer am Eingang ist mit einer hochmodernen Waffe ausgerüstet, einem Zwitter aus einer Harpune und einer futuristischen Scheuerbürste.

Doch darüber muss ich mir wohl nicht den Kopf zerbrechen.

Im Foyer finden sich drei Schalter. Vor einem Tisch steht eine junge Frau und redet mit leiser Stimme auf die Angestellte dahinter ein. Die beiden anderen Plätze sind frei. Natürlich erwarten mich zwei lächelnde junge Frauen, eine Blondine und eine Brünette.

Mir sollen beide recht sein.

»Hallo«, sage ich. »Ich möchte zu Richard.«

»Richard?« Da ich nicht an einen der Tische herantrete, verständigen sich die beiden Frauen durch Blicke und treffen ihre Entscheidung selbst. Ich kriege die Blondine.

»Zu Ihrem Mitarbeiter Richard.«

»Richard?« Die Frau runzelt kaum merklich die Stirn. »Meinen Sie vielleicht Richard Parker?«

»Wahrscheinlich.«

Ob nun Parker, Zippo oder Ronson ...

»Wen darf ich melden?«

»Leonid.«

»Wenn Sie sich bitte hier eintragen wollen ...«

Während die Frau jemanden über das hausinterne Telefon informiert, trage ich meine Daten in ein Blankoformular ein.

Ich habe eine Anfrage auf Identifizierung erhalten, flüstert mir die unsichtbare Vika zu. *Soll ich den Zugang zu den Systeminformationen freigeben?*

»Ja«, sage ich.

Mein Windows Home ist auf den Namen User von einer Firma namens Firma registriert.

Mit dieser Information sollte ich zwar nicht hausieren gehen – aber diesmal bin ich bereit, sie zu opfern.

»Folgen Sie dem Signal«, wendet sich die Blondine an mich und lächelt. Sie hat die Anweisung erhalten, mich durchzulassen.

In der Luft leuchtet ein rosafarbenes Licht auf, das zu einer der Türen schwebt. Ich nicke der Sekretärin zu und folge dem Signal.

Der Gang ist kurz, die Schilder neben den Türen lassen mich nicht unbeeindruckt. Das gilt vor allem für das gesuchte Zimmer.

Richard Parker.

Äußere Sicherheit.

Ich öffne die Tür und trete ein.

Hoppla! Ich bin nicht der Einzige, der in seinen alten Körper geschlüpft ist.

Denn Crazy Tosser steckt in dem Avatar, das ich von Diver-Treffen kenne.

Ein dicklicher, älterer Mann mit spärlichem, sorgfältig geschnittenem Haar, im Anzug und mit Krawatte. Fast schon spießig.

Gespannt warte ich ab, was er sagen wird. Präsentiert er mir jetzt die offene Rechnung?

»Ljonka, du alter Gauner!«, begrüßt mich Crazy erfreut. Er springt mit einer Behändigkeit hinterm Tisch hervor, die nur in der *Tiefe* möglich ist. »Du hast dich überhaupt nicht verändert!«

Selbst als ich ihm die Hand drücke, rechne ich noch mit einem miesen Zug. Irgendeinem.

Und erst als ich mit einem Glas Whiskey im Sessel sitze, verflüchtigen sich die letzten Zweifel: Crazy freut sich wirklich darüber, mich zu sehen.

»Wo hast du denn bloß gesteckt?«, will Crazy wissen. Er ist Kanadier und spricht entweder mit einem nahezu perfekten Übersetzungsprogramm – oder er hat ordentlich Russisch gepaukt. Früher hat er nämlich ganz gut Russisch gesprochen, allerdings mit deutlichem Akzent. Der fehlt jetzt völlig. »Ich habe überall nach dir gesucht ... und dir ganze vierundzwanzig Mails geschickt.«

»Ich habe meinen Pager lange nicht gecheckt.«

»Warum nicht?«, fragt Crazy erstaunt.

»Warum hätte ich das tun sollen?«, antworte ich mit einer Gegenfrage. Dann hebe ich das Glas. »Auf unser Wiedersehen!«

»Nur zu gern!«, erwidert Crazy. »Wie schlägst du dich durch?«

»Geht so.«

»Hast du irgendein Geschäft aufgezogen?«

»Nein.« Ich sehe keinen Sinn darin, mich in besserem Licht erscheinen zu lassen.

»Ist nicht wahr!« Mit Crazy Tosser scheint eine Veränderung vorzugehen, nicht äußerlich, sondern in seinem Verhalten, in seiner Intonation. Jetzt ist er wirklich Richard Parker, der leitende Mitarbeiter im Labyrinth des Todes. »Ich habe dir sogar mal ein Angebot geschickt, bei uns anzufangen.«

»Als was?«

»Als Leiter der Abteilung für innere Sicherheit.« Dick lächelt. »Du weißt, was das heißt?«

»Ehrlich gesagt, nein«, gebe ich zu.

»Okay.« Dick seufzt. »Vor zwei Jahren hast du einen sehr schönen Durchmarsch durchs Labyrinth hingelegt. Heute sind wir natürlich nicht mehr an Divern als Rettern interessiert, das brauche ich dir nicht zu erklären. Aber an Leadern.«

Crazy legt eine Pause ein, aber ich weiß immer noch nicht, worauf er hinauswill.

»Jedes Spiel muss einen klar definierten Leader haben. Ein Idol. Jemand, der Kult ist. Er darf nicht ständig auftauchen, denn dann würden alle anderen Minderwertigkeitskomplexe bekommen. Aber hin und wieder ... da sollte er sich zeigen und sozusagen mit gutem Beispiel vorangehen.«

»Und für diese Rolle schwebt dir der Revolvermann vor?«, frage ich.

»Ja. Schließlich ist er zu einer Legende im Labyrinth geworden! Wie sieht's aus? Könnte dich der Job reizen?«

Ich zucke die Achseln. Es wäre eine Arbeit wie jede andere auch. Einigermaßen interessant, nicht dreckig – und vermutlich besser bezahlt als das Herumschleppen gezeichneter Klaviere.

»Ich denke schon«, sage ich.

»Noch ist es nicht zu spät!«, ruft Dick aus. »Gut ... es ist viel Zeit ins Land gegangen. Aber wenn du zwei-, dreimal durchs Labyrinth gehst und ...«

»Da hat sich doch bestimmt alles geändert.«

»Was dachtest du denn! Aber du könntest trainieren ...«

»Crazy, ich bin eigentlich nicht wegen eines Jobs hier ...«

»Okay.« Dick setzt sich in seinen Sessel zurück und nickt. »Dann rück mal raus mit der Sprache. Auf mein Angebot können wir ja vielleicht nachher noch zurückkommen.«

»Du bist wirklich nicht sauer auf mich?«, frage ich vorsichtshalber. »Wegen ... dieses Unfalls.«

»Welcher Unfall? Ach, du meinst die Geschichte mit dem Warlock.« Crazy grinst. »Unmittelbar danach war ich stinkwütend auf dich. Aber jetzt trage ich dir die Sache nicht mehr nach.«

»Dann bin ich ja beruhigt«, sage ich erleichtert. »Also, es geht um Folgendes.«

Crazy Tosser ist jetzt ganz Ohr.

»Du erinnerst dich doch noch an den Diver-in-der-*Tiefe*-Tempel?«

»Wer könnte den vergessen haben?« Richard wird ernst. »Hast du von Anfang an abgelehnt, an seinem Bau mitzuwirken?«

»Ja.« Ich meide seinen Blick.

»Hochachtung!«, sagt Dick. »Eine kluge Entscheidung. Obwohl ich mitgemacht habe, habe ich mich immer wieder mit der Frage herumgeschlagen, ob es richtig ist. Im Grunde bis zum Schluss.«

»Warum das?«

»Man darf sich nicht an die Vergangenheit klammern. An eine untergegangene Welt.« Dick hebt den Finger wie ein Oberlehrer. »Und sich selbst ein monumentales Denkmal setzen … das ist doch absurd und dumm.«

Hört, hört.

Aber natürlich hat er recht. Seiner Ansicht nach habe ich allerdings noch klüger gehandelt. Mir selbst ist mein Verhalten jedoch etwas peinlich: Nicht ein Ziegel von mir steckt in diesem Tempel.

»Der Tempel ist also gebaut worden?«, hake ich nach.

»Er ist seit einem Jahr fertig. Bist du schon mal dort gewesen?«

Wie einfach auf einmal alles ist!

»Nein, Dick. Aber ich muss unbedingt zum Tempel. Kannst du mir da helfen?«

»Also … Leonid«, murmelt Crazy. »Zu Beginn, da haben mehr als hundert Leute beim Tempelbau mitgemacht. Aber schon nach einem halben Jahr waren es nur noch sieben, am Ende nur noch drei. Wir haben den Bau dann abgeschlossen …«

»Mein Kompliment«, sage ich. »Es ist gut, dass der Tempel gebaut wurde. Und wo steht er?«

»In einem Peer-to-Peer-Netz.«

»Bitte?!«

»Weißt du wirklich überhaupt nichts von dieser Geschichte?« Dick seufzt. Er holt ein Päckchen Zigaretten heraus und zündet sich eine an. Entweder hat er eine höhere Stellung als Maniac oder die Chefs vom Labyrinth sind nicht ganz so idiotisch wie die Leute bei Virtual Guns. »Der Tempel sollte ein ganz besonderes Projekt sein, Leonid.«

»Und das heißt?«

»Er sollte ewig stehen. Wie die *Tiefe* selbst. Deshalb durfte er nicht über einen einzigen Server laufen. Die Programme für den Tempel zirkulieren frei im Netz, ihre Fragmente werden synchronisiert und neu zusammengesetzt. Sie organisieren sich selbst. Um den Tempel zu zerstören, müsstest du sämtliche Rechner im Netz vernichten. Oder, um präzise zu sein, mehr als dreiundneunzig Prozent der Rechner, die es gegenwärtig tragen.«

»Oh!«, bringe ich nur heraus. »Habt ihr den Tempel auf der Grundlage der Virustechnologie geschaffen?«

»Was dachtest du denn? Darum habe ich mich persönlich gekümmert, die meisten Diver haben an der Errichtung des Tempels selbst gearbeitet. Die grundlegenden Programme dafür haben Profis geschrieben.«

»Also existiert der Tempel ... hat aber keine bestimmte Adresse in Deeptown ...« Ich beiße mir auf die Lippe. »Wie komme ich dann zu ihm?«

»Als unsere Zahl auf drei Diver zusammengeschmolzen war, haben wir eingesehen, dass es höchste Zeit war, das Projekt abzuschließen«, sagt Dick. »Auch wenn wir noch nicht alles realisiert hatten, was geplant war. Daraufhin haben wir drei Eingänge angelegt, jeder von uns einen. Die haben wir in der *Tiefe* versteckt ... Damit war der Bau dann beendet. In dieser Sekunde existiert der Tempel nicht einmal – aber sobald du zu einem Eingang gehst, setzt er sich eigenständig zusammen. Beeindruckend, oder?«

»Ja«, bestätige ich. »Und wo ist dein Eingang? Verrätst du mir das?«

»Klar. Du bist schließlich ein Diver. Aber ... du musst verstehen ...«

»Was? Komm schon, Crazy, raus mit der Sprache!«

»Damals hing mir das ganze Projekt zum Hals raus«, gesteht Dick. »Deshalb habe ich meinen Eingang an einem ziemlich ... ausgefallenen Punkt angelegt. Im letzten Level vom Labyrinth des Todes.«

»Du Idiot!«, sage ich nur, während ich mir vorstelle, wozu sich das größte Spiel in Deeptown in den vergangenen zwei Jahren ausgewachsen hat. »Wie schnell kann man das Labyrinth heute durchlaufen?«

»Du kannst es auch heute noch allein durchlaufen, aber eigentlich ist es inzwischen ein Mannschaftsspiel«, antwortet Dick. »Man braucht einen Monat, vielleicht zwei. Wenn du dir den Tempel ansehen willst, dann nimm lieber einen anderen Weg.«

»Und welchen?«

»Der zweite in unserem Trio war Paul. Du erinnerst dich doch noch an ihn?«

Das tue ich, wenn auch vage. Ein echter Hungerhaken in Shorts, der immer mit nacktem Oberkörper rumlief und eine bunt tätowierte Brust zur Schau trug.

»Ja«, sage ich.

»Er hat lange darüber nachgedacht, wo er seinen Eingang verstecken soll. Er hat das Ganze ziemlich ernst genommen. Am Ende hat er ihn im Keller eines der Büros von Microsoft untergebracht.«

»Nicht schlecht.«

»Nur leider war es genau in dem Gebäude, das im letzten Frühling von Terroristen in die Luft gejagt worden ist.«

In meiner Verblüffung stoße ich einen Pfiff aus.

Von diesem Anschlag hatten alle gehört. Damals war ganz Deeptown in Panik geraten. Die Täter hatten eine logische Bombe der zweiten Generation unter dem Haus deponiert, die sämtliche Server lahmgelegt hat.

»Der Eingang existiert nicht mehr?«

»Richtig. Er wurde nicht wiederhergestellt. Am besten wird es daher sein, du wendest dich an Roman. Ihr seid doch Freunde, oder?«

»Wir waren Freunde«, korrigiere ich ihn automatisch. Aber Dick achtet nicht darauf.

»Er hat einen einfachen Eingang gewählt, irgendwo in seinem Haus. Roman wollte keinem fremden Server vertrauen, er hat alles über seine eigene Kiste laufen lassen.«

Schweigend denke ich darüber nach, ob es möglich ist, die alte Version seines Rechners wiederherzustellen, nachdem Bastard sein Programm installiert hat. Wohl kaum.

»Es ist die reinste Tortur, zu meinem Tempeleingang zu gelangen«, schließt Dick selbstkritisch. »Da würde ich dich nur hinschicken, wenn ich wirklich noch sauer auf dich wäre.«

»In dem Fall wären wir quitt«, erwidere ich. »Romka ist tot, Crazy. Auf seiner Kiste ist alles gelöscht. Das ist auch der Grund, warum ich in den Tempel will. Um mich an seinen Mördern zu rächen.«

Ich hebe den Blick und sehe, wie Dick langsam die Gesichtszüge entgleiten.

»Er ist tot«, wiederhole ich. »Ermordet worden. Er ist in der *Tiefe* ermordet worden – und in der Realität gestorben. Du weißt, was das heißt?«

Der zuvorkommende und gelassene Sicherheitschef scheint kurz vor einer Ohnmacht zu stehen. Trotzdem spreche ich das aus, was er wahrscheinlich gerade denkt.

»Stell dir einmal vor, dass alle Spieler, die jetzt im Labyrinth sind, neue Waffen haben. Dass sie nach und nach und ohne dass es jemand merkt, an Waffen der dritten Generation herankommen. Und dann anfangen, sich gegenseitig umzubringen. Richtig umzubringen.«

Ich hoffe sehr, dass Crazy Tosser ein starkes Herz hat. Schließlich ist er kein junger Mann mehr. Hier nicht – und im realen Leben auch nicht.

11

Karten gibt es nicht. Daran hat sich nichts geändert. Genauso wenig wie Zugänge fürs Personal. Wer bräuchte die schon noch – jetzt, da die Menschen nicht mehr ertrinken?

»Versuch es!«, sagt Crazy. »Sieh zu, wie du durchkommst.«

»Kannst du mich nicht doch begleiten?«, frage ich.

Der Torbogen aus schwarzem Marmor, der Eingang zum Labyrinth des Todes, ist immerhin noch der alte. Purpurroter Nebel wabert um ihn herum, die Blitze zucken langsam, fast verschlafen, die Menschen ziehen in einem endlosen Strom ins Labyrinth.

Ein Teil von ihnen ist echt, einen anderen Teil packt der Rechner dazu. Um Masse zu bilden.

»Ich bin zu alt für diese Spielchen«, antwortet Crazy.

Wir stehen etwas abseits der Menge. Ich stecke nach wie vor im Körper des Revolvermanns, Crazy ist in einen jüngeren und kräftigeren Avatar geschlüpft.

»Hat sich das Ambiente stark verändert?«

»Nicht nur das Ambiente. Das hier ist die neue Variante des Spiels, die alte wurde auf ein zusätzliches Spielfeld ausgelagert. Auf dem fallen immer noch die Außerirdischen auf der Erde ein.«

»Und worum geht es hier?«

»Hier wird zum Gegenangriff geblasen, indem ein terrestrisches Raumschiff mit Truppen an Bord auf dem Planeten des Feindes landet.«

Oje. Irgendwie hatte ich völlig den Anschluss verpasst.

»Aber die Grundidee ist die gleiche geblieben?«, will ich wissen.

»An der verdammten Grundidee hat sich seit dem Reich des Wolfes nichts geändert. Du musst alles umnieten, was sich bewegt. Und jede Waffe an dich bringen, die dir unter die Finger gerät.«

»Worin besteht dann das Problem?«

Crazy zuckt die Achseln und beobachtet den Strom, der einfach nicht versiegen will. »Du solltest wissen, Leonid ... Nein, sieh es dir lieber selbst an. Ich warte in meinem Büro auf dich. Viel Glück!«

Er hat recht. Es bringt nichts, schon jetzt in Panik zu geraten.

»Danke!«, sage ich und klatsche ihm noch die Hand ab, bevor ich mich in die Masse einreihe.

Die verschiedensten Gesichter umgeben mich. Jungen, die noch nicht mal den ersten Bart haben, ältere Männer und grauhaarige Reservisten. Man könnte glauben, die ganze Erde sei zum Kampf gegen die Außerirdischen angetreten. Der alte Militarist Heinlein wäre entzückt von diesem Anblick.

Selbstverständlich sind auch Frauen dabei, wenn auch deutlich weniger.

Sogar ein paar Invaliden auf Krücken oder im Rollstuhl haben sich hergeschleppt.

Kurz und gut, die Political Correctness lässt nichts zu wünschen übrig. Wie sollte es heutzutage auch anders sein?

»Hallo.«

Ich habe ein leichtes Déjà-vu.

Doch das ist nicht Alex, der mich da begrüßt und der mich vor zwei Jahren in seinem Hass bis zum dreiunddreißigsten Level gejagt hat.

Nein, es ist eine junge Frau von etwa siebzehn Jahren. Ihr schwarzes Haar ist sehr kurz geschnitten. Ihr Gesicht ist vielleicht sogar etwas zu jung und naiv geraten. Aber ihre Figur ist durchtrainiert und schlank. Sie trägt Jeans und ein kariertes Männerhemd.

Irgendwo habe ich sie schon mal gesehen.

»Du hast den Job auch nicht gekriegt?«, fragt sie.

Da fällt es mir ein. Sie war es, die der Sekretärin im Foyer irgendwas erklärt hat, als ich zu Richard gegangen bin.

»Ich wollte ihn nicht.«

»Haben dir die Bedingungen nicht gepasst?«

Ich werfe einen Blick nach vorn. Bis zum Tor ist es noch ein ganzes Stück. Das dumpfe Heulen schwillt an.

Warum die Zeit nicht mit ein wenig Geplauder überbrücken?

»So in der Art.«

»Du bist nicht sehr gesprächig.«

Ich nicke.

»Ich bin Nike.«

»Und ich der Revolvermann.«

»Spielst du schon lange?«

»Sagen wir es so: Ich habe lange nicht gespielt.«

»Was hältst du davon, wenn wir das erste Stück gemeinsam absolvieren? Das ist ziemlich vertrackt.«

Ich muss mir alle Mühe geben, um nicht zu grinsen. »Nein, lieber nicht. Ich bin von Natur aus ein Einzelgänger.«

Es wäre kein Vergnügen, sie abzuknallen – wenn sie mich hinterrücks erschießen will. Besser, ich führe sie gar nicht erst in Versuchung.

»Okay«, gibt sie sich sofort geschlagen.

»Frag doch jemand anderen«, sage ich.

»Das werde ich auch. Sobald ich einen Spieler aus Fleisch und Blut finde.« Sie hat sofort jedes Interesse an mir verloren und sieht sich die anderen Spieler um uns herum aufmerksam an.

Es sind offenbar wirklich nur computergenerierte Attrappen. Das Labyrinth ist zwar gut besucht – aber so viele Menschen strömen nun auch wieder nicht herbei.

»Sag mal, Revolvermann, kommt es dir auch manchmal so vor, als ob es im richtigen Leben genauso ist wie hier?« Unvermittelt befindet mich Nike wieder ihres Interesses für würdig. »Dass nur Attrappen um dich herum sind. Okay, sie haben alle unterschiedliche Gesichter und unterschiedliche Charaktere. Der eine hat einen starken Willen, der andere einen schwächeren. Trotzdem sind und bleiben neunzig Prozent von ihnen Puppen. Die jemand gemacht hat, damit wir uns nicht langweilen.«

»Wie kommst du denn darauf?« Diese Hypothese verwirrt mich nun doch.

»Also, wenn du an Reinkarnation glaubst ... und dann bedenkst, dass die Zahl der Menschen ständig zunimmt ... woher sollten denn da die ganzen Seelen kommen? Da müssen zwangsläufig Marionetten entstehen. Die sehen dann zwar völlig normal aus, haben aber keine Seele.«

Ich könnte jetzt natürlich erwidern, dass ich nicht an Reinkarnation glaube.

Nur ist das kein Argument.

Inzwischen trennt uns nicht mehr viel vom Tor. Das Heulen wird fast unerträglich, die Luft riecht nach Ozon, jemand stolpert und sieht sich verängstigt um. O ja, der Eingang ins Labyrinth ist durchaus schreckenerregend – und stimmt dich folglich bestens auf das ein, was dich erwartet.

»Mach's gut, Revolvermann!«, ruft die Frau und rennt los, um in den dichten Nebel einzutauchen.

Ich sollte mir ein Beispiel an ihr nehmen!

Nach nur wenigen Schritten verschluckt der Torbogen den Himmel, bleiben nur noch Nebel und Stille.

Ich rechne damit, sofort auf einem anderen Planeten herauszukommen, denn früher wurdest du im Labyrinth förmlich in die andere Welt hineinkatapultiert. Doch da sollte ich mich getäuscht haben.

Unmittelbar hinter dem Torbogen liegt ein riesiger Saal. Mit Metallwänden, einer niedrigen Decke und einem kalten elektrischen Licht. An einer der Wände ziehen sich offene Duschen dahin, an einer anderen flache Badewannen, die mit einer Glasglocke verschlossen werden können.

Es wimmelt von Menschen. Manche sind noch angezogen, andere bereits nackt: Letztere duschen sich oder irren hilflos durch den Raum.

Ein paar durchtrainierte Frauen und Männer in Uniform und mit kurzen Knüppeln in der Hand sind ebenfalls anwesend.

»Was gaffst du so?«, fragt mich eine junge Schwarze und fuchtelt mit dem Knüppel. Sie kaut einen Kaugummi, über ihre Wange zieht sich eine Narbe, auf ihrer Brust prangen mir unbekannte Orden. »Unter die Dusche mit dir, du elender Frischling! Zack, zack!«

Ich lege es weder auf ein Wortgefecht noch auf Handgreiflichkeiten an; schon allein die Tatsache, dass mir meine Pistole abgenommen worden ist, würde mich vor diesem Schritt zurückschrecken lassen.

Deshalb ziehe ich mich umgehend aus, werfe meine Sachen auf einen Haufen anderer Kleidung, der sich bereits auf dem Boden gebildet hat, und stelle mich unter die Dusche.

Das Wasser ist grünlich und riecht scharf nach Chemie. Wie haben die bloß diesen medizinischen Gestank hingekriegt?

Ich dusche mich lange und gründlich. Allmählich amüsiert mich das Ganze. Die Sergeanten stiefeln durch den Raum, um

Neulinge erst unter die Duschen und anschließend in die Wannen zu treiben. Sobald diese mit dem Glasdeckel verschlossen werden, bildet sich in ihnen milchiger Nebel.

»Das ist eine Dusche, du Blödmann, keine Sauna!«

Der Schlag gegen meine Rippen tut nicht besonders weh. Aber er stellt eine Form der Demütigung dar. Vor allem wenn du nackt bist und es eine Frau ist, die auf dich einknüppelt.

»Das sollten Sie besser unterlassen, Sergeantin«, bemerke ich.

»Du hast mir gar nichts zu sagen!«, zischt die Schwarze. »In die Anabiosezelle mit dir! Auf der Stelle!«

Als ich unter der Bewachung der Schwarzen zur nächsten freien Wanne gehe, rechne ich felsenfest mit einem Arschtritt ihrerseits.

In diesem Moment steuert Nike auf die Wanne neben meiner zu. Auch sie ist nackt. Unsere Blicke kreuzen sich.

Selbst wenn das hier eine virtuelle Welt ist und die Körper nur gezeichnet sind, macht sich doch eine gewisse Verlegenheit breit. Mit der Sergeantin ist das irgendwie anders, die erledigt bloß ihren Job.

Wie ich im Grunde ja auch.

»Beeilung!«

Ich zwinkere Nike zu.

Am Wannenboden steht eine Flüssigkeit, aus der irgendwelche Düsen und Elektroden herausragen. Das Ding ist eine Mischung aus Jacuzzi und elektrischem Stuhl. Genauer gesagt aus elektrischer Wanne.

Beim Hineinklettern zieht mir die Schwarze noch einmal den Knüppel über – und diesmal tut es verdammt weh. Noch ehe ich jedoch darauf reagieren kann, schließt sich die Glashaube über mir, quillt Nebel aus den Düsen.

»Das wirst du noch bereuen!«, schreie ich, während ich mich in Schmerzen winde und die Knie gegen das Glas presse.

Doch schon zucken aus den stumpfen Kegeln der Elektroden blaue Blitze. Dann wird alles dunkel …

Die Zeit ist aufgehoben. Es gibt nur noch Dunkelheit.

Irgendwo weit in der Ferne heulen allerdings wehmütig Sirenen.

Ich öffne die Augen und stiere auf die eingeschlagene Glasabdeckung. Durch ein Loch im Glas zieht langsam der weiße Nebel ab.

Ist das Raumschiff etwa schon gelandet?

Aber warum ist es dann so dunkel? Warum brennen nur zwei oder drei matte Lampen an der Decke?

Und die Glashaube der Anabiosewanne … warum ist die zerstört?

Ich stemme mich gegen diesen Deckel, doch nichts rührt sich. Bei dem Versuch, das Loch im Glas zu vergrößern, schneide ich mir zwar die Hände auf, breche aber immerhin ein gewaltiges Stück heraus. Durch diese Öffnung müsste ich mich quetschen können.

Ein grauenvoller Anblick bietet sich mir.

Eine Hälfte des Saals ist völlig demoliert, die Wannen sind zerschlagen, aus einigen hängen verrenkte Körper heraus, der Fußboden ist von Blutlachen bedeckt.

Etwas Schreckliches muss diesem Raumschiff widerfahren sein.

Ich sehe zu den Wannen neben mir hinüber, aber deren Glashauben stehen offen. In ihnen ist niemand mehr.

Also haben sie mich wohl für tot gehalten? Und sind schon gegangen?

Rasch durchkämme ich den Saal auf der Suche nach einer Waffe, habe aber keinen Erfolg. Immerhin entdecke ich einen toten Sergeanten, der etwa meine Größe hat. Sein Kopf scheint von einem gigantischen Beil gespalten worden zu sein – und zwar derart akkurat, dass die Form des Schädels noch immer zu erkennen ist, ja, dass der Kopf nicht einmal blutverschmiert ist. Ohne zu zögern, ziehe ich ihm seine Sachen aus, denn genau dafür liegt er da, der Unglücksrabe: damit ich was zum Anziehen bekomme.

Aber wo zum Teufel sind die Waffen?!

Irgendwie ist dieser Auftakt nicht ganz fair.

Ich trabe aus dem Saal in einen Gang. Das Licht ist überall gleich trüb und unwirklich. Obwohl ich auch hier alles gründlich inspiziere, finde ich keine Waffe, nur eine Taschenlampe, die jemand vergessen hat.

Das Ganze fixt mich immer mehr an. Warum bin ich bloß so lange nicht im Labyrinth gewesen?!

Nach einer Viertelstunde entdecke ich endlich den Ausgang. Das ist keine Luke, sondern ein eingerissenes Stück Wand mit abgeschmolzenen Rändern. Sacht berühre ich das Metall. Es ist noch heiß. Vorsichtig stecke ich den Kopf durch das Loch.

Was für eine Landschaft!

Ein hoher, lilafarbener Himmel, über den, ebenfalls in erstaunlicher Höhe, Wolken driften. Vögel ziehen ihre Kreise und stoßen hin und wieder ein trauriges, kehliges Krächzen aus.

Als ich aus dem Raumschiff springe, komme ich unglücklich auf, verletze mich aber nicht wirklich. Ich entferne mich ein paar Schritte vom Schiff, um es besser betrachten zu können. Das riesige, mindestens dreihundert Meter lange Raumschiff liegt auf dem Boden, halb aufgerissen, weil es gegen einen Felsen gerammt ist. Eine harte Landung.

Außer mir ist sonst weit und breit niemand.

Wo sind bloß meine Unglücksgefährten geblieben, die die Landung ebenfalls überstanden haben?

Erst fünf Minuten später, als ich mich einer Felskette nähere, stoße ich auf den ersten Menschen.

Eine Frau. Es ist Nike. Genauer gesagt, ein Teil von ihr. Der andere Teil besteht nur noch aus blutigen Erdbrocken. Sie wurde in einer Weise in die Erde gepresst und derart verquirlt, wie es sich selbst Hieronymus Bosch in seinen kühnsten Träumen nicht ausgemalt hätte.

Ihre tote Hand hält immer noch eine Pistole umklammert ...

»Ach, Mädchen«, sage ich seufzend. »Hast du nicht behauptet, es wären alles bloß Marionetten und Puppen?«

Für mich ist sie in diesem Moment jedenfalls genau das: eine Marionette. Die aufgetaucht und gestorben ist, damit ich eine Waffe erhalte.

Oder ist am Ende doch alles purer Zufall?

Ich sehe mir die Waffe genauer an. Die Pistole spuckt blaue Flammen aus, wobei man die Schussintensität verstärkt, wenn man den Abzugshahn etwas länger gedrückt hält. Laut Anzeige ist die Waffe noch fast vollständig geladen.

Damit sah die Sache schon besser aus. Mit einer solchen Waffe würde nur der letzte Idiot den Kürzeren ziehen.

In weit besserer Laune halte ich auf die Felsen zu.

Die Vögel krächzen noch immer traurig am Himmel. Ich kämpfe gegen die Versuchung an, sie abzuballern.

»Ich bin der Revolvermann!«, sporne ich mich selbst an. Ich vertraue auf jenen alten Kampfeseifer, der mich immer getragen hat – bis dann echte Aggressivität aufkam. »Ich bin der Revolvermann!«

Eine Höhle in den Felsen erregt mein Misstrauen. Leider muss ich da durch. Mit der Pistole im Anschlag schalte ich die Taschenlampe ein und betrete sie. Die Höhle geht bald in einen Tunnel über, der sich zwar grob ausnimmt, aber dennoch eindeutig künstlichen Ursprungs ist. Ein Ort wie geschaffen für einen Gegner, der auf mich lauert ...

Na bitte!

Mein Feind verrät sich durch seinen schnaufenden Atem und dumpfe Schritte. Ich bringe mich an einem Knick in Deckung, presse mich gegen die Wand und warte.

Das Wesen, das dann vor mir auftaucht, gleicht einem überfetteten und leicht zerzausten Bären, der sich auf den Hinterpfoten fortbewegt. Es ist zwei Kopf größer als ich. Sobald ich den Abzug ziehe, schlägt eine Serie blauer Blitze in die Brust des Monsters ein.

Direkt in die matten Platten seiner Rüstung.

Doch das Monster gibt nicht einen Schrei von sich. Wahrscheinlich hält er das für unter seiner Würde. Dafür zischt aus seiner Schulter eine kurze, stumpfe Rakete.

Scheiße.

Das tut weh.

Mein Sterben dauert fünf Sekunden – was nach meiner unmaßgeblichen Meinung viel zu lange für einen Menschen dauert, der schon über den Boden verschmiert ist. Ich registriere noch, wie das Wesen sich über mich beugt und mit seiner Pfote nach meiner Pistole grapscht, ich sehe noch die Platten seines Panzers, die durch meine Schüsse etwas geschwärzt sind und ein paar Beulen davongetragen haben.

Dann bin ich tot.

»In die Dusche mit dir, du Arschgeige! Was glotzt du so blöd?!«

Dieses Mal staucht mich ein junger Typ zusammen, der ebenfalls eine Sergeantenuniform trägt. Immerhin schlägt er mich nicht mit dem Knüppel, was ja schon mal ein Fortschritt ist.

Heißt das, du musst jedes Mal mit der Dusche vor dem Abflug anfangen? Und nackt, von blutigem Schleim bedeckt von den Toten auferstehen?

Nike ist übrigens auch wieder mit von der Partie.

Die Frau ist etwas verwirrt. So, so.

Wer ist denn jetzt ein echter Mensch? Und wer eine Puppe? Und was spielt das für eine Rolle – wenn wir alle im selben Boot sitzen?

»Ihr habt die Hosen wohl voll?«, brüllt der Sergeant nun alle Anwesenden an. Anscheinend sind die Passagiere des ersten Flugs ausnahmslos so früh gestorben, dass sie zum zweiten Start wieder da sind, denn wenn ich mich nicht täuschte, ist es haargenau die gleiche Gruppe. Einzelne Gesichter erkenne ich wieder, außer Nike ist da noch ein älterer Mann, der sehr intelligent aussieht, zwei Zwillinge (die ja vielleicht sogar tatsächlich Brüder sind), eine kurvige Frau, die mich irgendwie an Luisa erinnert, ein pickliger Teenager, der von einem Menschen designt worden sein muss, der Jugendliche hasst.

»Das ist ein Scheißspiel!«, fasst einer der beiden Zwillinge in Worte, was alle denken. Der andere nickt nur.

»Wir zwingen niemanden, daran teilzunehmen.« Der Sergeant spuckt auf den Boden. »Wer zu feige ist, kann gern gehen.«

Schweigend stelle ich mich unter die Dusche.

Die anderen folgen meinem Beispiel.

»Vielen Dank für die Pistole«, sage ich Nike.

»Welche Pistole?« Sie wäscht sich in der Nachbarkabine den Dreck und das Blut ab. Jede Scham ist längst vergessen.

»Ich habe deine Leiche gefunden. Und mir deine Waffe genommen.«

Die Frau kehrt mir nun doch den Rücken zu. »Wenn du den Abzug drei Sekunden gedrückt hältst«, erklärt sie, »intensiviert sich die Schusskraft.«

»Danke, aber da bin ich auch von allein hintergekommen. Doch selbst mit der stärksten Ladung kannst du mit dieser Waffe auf dem Planeten nur Fliegen umbringen.«

Wir werden wieder in die Wannen getrieben.

Ein weißes Gas zischt. Ein kurzer Schmerz, verursacht von Stromschlägen, durchzuckt mich. Dann folgt Dunkelheit.

Diesmal wache ich zusammen mit allen anderen auf. Der Saal hat weniger gelitten als beim letzten Mal, dafür haben bei den meisten Anabiosewannen die Apparaturen verrückt gespielt. In ihnen liegen nur noch verbrannte Körper.

»Das sind diejenigen, die keine Seele hatten«, erklärt Nike und setzt ein triumphierendes Lächeln auf.

Wohl oder übel muss ich ihr recht geben. Gestorben sind nur völlig banale Figuren – die eindeutig computergeneriert waren.

Wohingegen alle, in denen ich echte Menschen vermutet hatte, noch leben.

Genau wie die drei Sergeanten. Sie verteilen Pistolen und Uniformen in einem tristen Grau an uns. In der bunten Welt außerhalb des Raumschiffs werden wir in diesen Dingern ein vorzügliches Ziel abgeben ...

Unsere kleine Truppe begibt sich nach draußen.

»Abmarsch!«, brüllt einer der Sergeanten.

»Ich gehe meinen eigenen Weg!«, sage ich und richte die Pistole auf ihn.

»Was???«

»Ich bin der Revolvermann. Ich gehe allein.«

Der picklige Teenager ist begeistert. Der Intelligenzler und die Zwillinge betrachten mich missbilligend. Nike scheint über etwas nachzugrübeln.

Nach kurzem Zögern nickt der Sergeant. »Na gut, du Idiot, geh ruhig allein.«

Daraufhin zieht die Gruppe ab. Nike bleibt noch stehen und sieht mich an. »Warum sonderst du dich ab?«, will sie wissen.

»Dieser Trupp marschiert wie auf dem Präsentierteller«, antworte ich. »Wenn du ein Ziel für deine Rakete suchst, kannst du dir gar nichts Besseres wünschen.«

»Und wie willst du dich allein durchschlagen?«

»Ich werd mir schon was einfallen lassen.«

Nike sieht der Gruppe nach, zuckt die Achseln und jagt den anderen schließlich hinterher.

Ich setze mich erst mal auf einen Stein und lasse mir die Situation durch den Kopf gehen. In aller Ruhe. Nach reiflicher Überlegung folge auch ich der Gruppe.

Einerseits ist es natürlich absolut mies von mir, die anderen vorzuschicken, damit sie mir den Weg bahnen. Andererseits bin ich ja auch nicht zum Spielen hier.

Ausschlaggebend ist jedoch: Ich glaube nicht an ihren Erfolg.

Und damit liege ich völlig richtig.

Der Tunnel in der Höhle erinnert inzwischen an ein Schlachtfeld, überall liegen Leichenteile rum. Aber leider keine Waffen.

Dafür sind wieder diese schweren Schritte zu hören.

»Ich bin der Revolvermann«, wiederhole ich, um mir dann auf die Lippe zu beißen. Ob dieses Mantra vielleicht schon abgenutzt ist?

Die Schritte kommen immer näher.

Kurz bevor das Monster um die Ecke biegt, drücke ich sanft auf den Abzug. Die Pistole vibriert leicht, als sie den intensivierten Schuss vorbereitet. Schließlich spuckt sie ein dunkelblaues Flammenknäuel aus, das die Brust des Feindes trifft.

Doch auch diesmal lässt der Treffer dieses Untier völlig kalt!

Ich sause los, zische dem Monster direkt vor die Nase, weil ich hoffe, dass er sich mit seinem Raketenwerfer nicht vor die Füße schießt.

In der Tat, er verzichtet darauf.

Stattdessen schlägt er mit seiner kräftigen Pfote zu, und obwohl er mich leicht verfehlt, werde ich gegen die Wand geschleudert.

Am Boden liegend feuere ich ununterbrochen weiter. Die Intervalle zwischen den einzelnen Schüssen wachsen bereits an, weil sich die Ladung einfach nicht so schnell regeneriert. Trotzdem habe ich am Ende Erfolg.

Der Brustpanzer platzt, das Monster fällt.

Ich stehe auf. Mein Kopf dröhnt, meine Seite schmerzt, meine Hände zittern.

Toller Auftakt!

Das Blut in meinen Schläfen pulsiert mit einem gleichmäßigen Bumm, Bumm, Bumm.

Nur kann ich mich um meine Befindlichkeit nicht weiter kümmern. Mir stapft nämlich bereits ein zweites Monster entgegen, eine genau Kopie des ersten – nur mit dem Unterschied, dass es frisch, voller Energie und Tatendrang ist, während ich mehr tot als lebendig bin und meine Pistole kaum noch was taugt.

Tiefe, Tiefe, ich bin nicht dein ...

Dann pfeifen wir eben auf die Regeln!

Die Szenerie sah nahezu unverändert aus. Was für eine exzellente Arbeit! Dennoch hielt mich das Labyrinth des Todes nicht länger gefangen. Ich befand mich in meiner Wohnung, mit einem VR-Helm auf dem Kopf und im Sensoranzug, und nur auf dem Bildschirm hielt ich mit ausgestrecktem Arm eine gezeichnete Pistole in der Hand.

Kaum hatte meine Figur einen Schuss abgegeben, warf sie sich nach rechts. Das Monster drehte sich leicht plump, aber trotzdem schnell um.

Ich rollte weg.

Sprang auf.

Hechtete zur Seite.

Das Monster feuerte ununterbrochen. Die Raketen schlugen in die Wände ein, die Stoßwelle schüttelte mich durch.

Ein Tanz zwischen Feuerblumen.

Ich kam mir vor wie eine halbzerquetschte Biene, die vor einem feuerspeienden Bären herumschwirrte.

Und die nur sehr selten zustechen konnte.

Aber immerhin landete ich ab und an einen Treffer.

Als ich meinen letzten Schuss abfeuerte, wusste ich, dass ich das wahnsinnige Tempo dieses Tanzes nicht länger würde halten können. Die Entscheidung, mich dicht vor den Feind zu werfen, war ohne Zweifel richtig gewesen. Ich hatte einfach nicht damit gerechnet, dass noch ein zweites Monster auftauchte.

Genau in dieser Sekunde stieß mein Feind ein tiefes Heulen aus und fiel tot um.

Deep.

Enter.

Ich sitze neben dem zerfetzten Körper, die Pistole auf meinen Knien, und wische mir den Schweiß von der Stirn.

Und das ... war der Auftakt des Spiels?

Das erste Level?

Aber gut, diese Hürde habe ich genommen.

Meine Bewegungen sind verlangsamt, denn ich bin verwundet. Unter ein paar leeren Kisten entdecke ich ein MedKit. Das ist eine unveränderliche und vermutlich auch unvermeidliche Konzession der Spieldesigner: Menschen wie Monster erhalten dieselben Medikamente.

Sobald ich den kleinen Kasten auf meinen Körper presse, legt sich der Schmerz, gewinne ich meine Kraft zurück, zieht der rosafarbene Nebel vor meinen Augen ab.

Dann mal weiter! Schließlich bin ich der Revolvermann, das habe ich gerade erst unter Beweis gestellt!

Der Tunnel bringt mich zu einer Hügelebene. In der Ferne mache ich Hütten aus.

Das traurige Krächzen der Vögel schwillt immer weiter an ...

Als ich den Kopf in den Nacken lege, um nach oben zu sehen, fange ich mir prompt einen Flügelschlag ins Gesicht ein.

Der Vogel erinnert am ehesten an einen Mini-Pterodactylus. In dem aufgerissenen Schnabel warten spitze, messerscharfe Zähne ...

Das hat mir gerade noch gefehlt!

Eine geschlagene Minute stürmen nun von allen Seiten Flugmonster auf mich ein und nehmen mich unter Beschuss.

Trotzdem schaffe ich es, eine dieser Kreaturen zu erledigen ...

... bevor ich dann die nächsten fünf Sekunden lang zuschauen darf, wie diese Monster den Körper vom Revolvermann verschmausen.

Selbst Fetzen meiner Uniform verschmähen sie nicht, sondern schlingen sie einfach runter. Wahrscheinlich halten sie die für die Vorspeise.

»Der Alleingang ist dir wohl nicht bekommen!«, höhnt der Sergeant. Es ist derjenige, den ich mit meiner Pistole bedroht habe. »Von wegen ... Revolvermann!«

»Du hast zu viele Geschichten gehört. Da wolltest du wohl selbst mal den Revolvermann spielen«, sagt der Intelligenzler ohne jede Herablassung. »Aber, meine Damen und Herren, lassen Sie uns jetzt ernsthaft über eine Strategie nachdenken! Ich hielte es für das Beste, wenn wir unsere Kräfte bündeln! Nur als Mannschaft werden wir dieses Spiel bewältigen!«

Die Sergeanten erheben gegen seine Initiative keinen Einspruch, ja, sie lassen nicht mal ihre Knüppel sprechen. Weil sie jetzt ihr Ziel erreicht haben, uns zu einer eingeschworenen Kampfgemeinschaft zusammenzuschweißen?

Abgesehen davon mustern sie mit unverhohlener Neugier meinen blutverschmierten Körper.

»Das waren diese netten kleinen Vögel, oder?«, fragt die Schwarze und schnalzt mit der Zunge.

Lässt sich an meinem Äußeren wirklich ablesen, wie weit ich gekommen war?

»Oder doch die Fliegen?«

Fliegen erwarten uns da auch noch?

Ohne ein Wort zu antworten, gehe ich unter die Dusche, um mir das Blut abzuwaschen.

Als ich mich anziehe, ruhen alle Blicke auf mir. Einige sind verständnisvoll, andere verächtlich.

»Kopf hoch!« Der Sergeant legt mir die Hand auf die Schulter. »Du hast Talent. Aber du bist allein losgezogen, noch dazu ohne jede Erfahrung.«

Ich habe nicht den geringsten Wunsch, mich in ihre Mannschaft einzureihen. In einem Team zu spielen. Mich mit anderen Gruppen zu messen. Schließlich bin ich nicht hierhergekommen, um zu spielen!

Es würde mich offenbar tatsächlich einen Monat harter Arbeit kosten, das neue Labyrinth des Todes zu durchlaufen.

Das war zu lange, wenn ich eine Katastrophe verhindern wollte.

Richard und ich trinken Kaffee.

»Du bist also wirklich davon überzeugt, dass eine Waffe der dritten Generation existiert?«

Eigentlich hätte er diese Frage längst stellen müssen. Die Enthüllung musste ihm also einen gewaltigen Schock versetzt haben.

»Ja«, antworte ich.

»Wir müssen Romans Krankenakte prüfen«, fährt Richard fort. »Außerdem besteht bei euch doch Wehrpflicht, da werden ihn die Armeeärzte gründlich untersuchen ...«

»Dick«, falle ich ihm ins Wort, »wir leben nicht in Kanada. Und auch nicht in Israel. Bei uns beschränken sich Armeeärzte darauf festzustellen, ob annähernd alle Extremitäten vorhanden sind.«

»Wenn diese Waffe wirklich entwickelt worden ist, verwandelt sich Deeptown in ein riesiges Schlachtfeld«, sagt Crazy. »Denn es gibt keinen prinzipiellen Unterschied zwischen einem Programm mit lokaler Anwendung, das nur einem konkreten Menschen schadet, und einer Bombe, die weite Teile des virtuellen Raums versengt. Es braucht nur ein einziger Psychopath aufzukreuzen, und schon ist die Katastrophe da.«

Richard hat recht. Wenn man am eigenen Schreibtisch aus einer alten Pistole eine Atombombe bauen könnte, hätte sich die Welt längst in eine radioaktiv verseuchte Wüste verwandelt.

»Was könnten die geklauten Dateien enthalten haben?«

»Ich weiß es nicht, Crazy. Die Firma handelt eigentlich mit irgendwelchem Kram für Anwender, mit Schnickschnack für die Peripherie. Aber ...«

»Ob sie diese Waffe entwickelt haben?«

Das ist natürlich die Variante, die am nächsten liegt. Dass in den Reihen von *New boundaries* irgendein verrücktes Genie à la Dima Dibenko aufgetaucht war, der quasi nebenbei ein Programm geschrieben hat, mit dem man Menschen aus der *Tiefe* heraus in der Realität töten kann. Die kreuzdämliche Unternehmungsleitung muss dann ihre Security-Leute prompt mit diesen neuen Waffen ausgestattet haben. Danach brauchten sie vermutlich etwas Bedenkzeit, um zu entscheiden, ob sie die Entwicklung verschachern, mit ihr große Elektronikkonzerne erpressen oder aber gleich die gesamte virtuelle Welt erobern sollten.

»Ich weiß es nicht, Crazy.«

»Für das Labyrinth bedeutet das jedenfalls das Ende«, schlussfolgert Crazy. »Das ist schade, aber nicht weiter schlimm. Aber es bedeutet auch für die gesamte *Tiefe* das Aus.«

»Als ob es darum geht«, platze ich heraus. »Es besteht die Gefahr, dass Hunderttausende von Menschen vor ihrem Bildschirm verrecken!«

»Vielleicht würde es ja reichen, erst mal ein Gerücht in die Welt zu setzen. Damit niemand mehr in die virtuelle Welt geht, meine ich«, lässt Crazy seinen Gedanken freien Lauf. »In der Zwischenzeit könnten wir endgültig die Frage klären, ob diese Waffe tatsächlich existiert.«

»Ein Gerücht wird niemanden überzeugen, Dick. Denk doch mal daran, wie viele unsinnige Geschichten in der *Tiefe* die Runde machen.«

Crazy zieht eine Flasche Whiskey hervor und schenkt uns beiden großzügig ein. »Betrachten wir das Ganze doch mal aus einer anderen Richtung! Wer ist dieser Dark Diver, der den Hack in Auftrag gegeben hat?«

»Darüber haben wir keine konkreten Informationen.«

»Und das macht ihn verdächtig, oder?«, entgegnet Dick. »Er hat bestimmt gewusst, was Sache ist!«

»In dem Fall wäre er ein Verbrecher, denn ein anderer sollte für ihn die Drecksarbeit erledigen, und er wusste, dass der nicht rechtzeitig aus der *Tiefe* herauskommt.«

»Seine Moral steht auf einem anderen Blatt. Lass uns lieber darüber nachdenken, wie wir ihn finden.«

»Darum kümmert sich schon jemand. Und wenn er das nicht schafft, dann schafft das niemand.«

Crazy bohrt nicht weiter. Im Notfall vertrauen wir Diver einander.

»Wo sind die Daten selbst?«

»Die liegen bei HLD, das ist die Firma, in der ich arbeite. Genauer gesagt, gearbeitet habe.«

»Wäre es dann nicht am einfachsten, in diese Firma einzusteigen?«

»Das würde auch nicht ...«, setze ich an.

»Hast du nicht gesagt, irgendein Junge hat den Brief?«, unterbricht mich Crazy.

»Ja, aber selbst wenn ich ihn hätte, würde das nichts ändern. Im Umschlag steckt nämlich lediglich ein Icon, ein Link zu den Daten. Die Daten selbst sind in der Firma abgespeichert und mit einem 4096 Byte großen Passwort gesichert.«

Crazy verkneift sich jeden Kommentar.

»Erst wenn der Brief am Bestimmungsort abgegeben worden ist, kann man ihn öffnen. Der Brief selbst ist übrigens auch noch gesichert. Die Programme testen zunächst, ob alles seine Richtigkeit hat, ehe sie die Daten an die Adresse übermitteln.«

»An die Adresse?«, hakt Crazy nach. »Also nicht an den Empfänger, sondern an die Adresse?«

»Ganz genau.«

»Aber der Diver-in-der-*Tiefe*-Tempel hat keine feste Adresse! Er existiert überhaupt nicht, solange ihn nicht jemand betritt!«

»Darum geht es ja. Die Daten sind so gut gesichert, dass ich nicht an sie rankomme. Und der Kurier kann den Brief nur im Tempel abgeben ...«

»... den es nicht gibt. Warum verschlüsselt HLD die Sachen so aufwendig? Handelt die Firma mit den Geheimnissen des Pentagons? Oder mit Videoaufnahmen aus dem Intimleben diverser Präsidenten?«

»Wir garantieren nur Sicherheit.« Unwillkürlich muss ich grinsen. »Wir ... ich bin da ein Niemand. Ein kleiner Fisch. Ein Arbeiter, der für wenig Geld angeheuert wurde.«

»Vielleicht sollten wir uns mal an deine Chefs wenden«, schlägt Crazy vor. »Ihnen klarmachen, was Sache ist. Sie müssen doch für Notfälle dieser Art Maßnahmen in der Hinterhand haben.«

»Dein Job hat dich ganz schön verändert«, bemerke ich. »Aber gut, spielen wir das einmal durch. Wir gehen in die Chefetage und erzählen denen, dass wir Freunde eines toten Hackers sind, der einer angesehenen Firma ein paar wertvolle Daten geklaut hat. Dann tischen wir ihnen in den sattesten Farben die Geschichte vom Dark Diver und der Waffe der dritten Generation auf, warten anschließend hübsch auf die Polizei ...«

»Was schlägst du dann vor?«, fragt Crazy müde. »Was?«

»Warum hast du den Eingang zum Tempel bloß im Labyrinth versteckt?! Andernfalls könnte alles so einfach sein!«

»Deinetwegen! Du hast uns allen bewiesen, dass ein Diver durchs Labyrinth flanieren kann, als ob er einen Schaufensterbummel macht. Deshalb war es nur logisch, den Eingang an einem Ort anzulegen, den niemand so leicht erreicht wie er, nämlich am Ende des schwierigsten Spiels, das du dir vorstellen kannst!«

»Wir müssen in den Tempel«, sage ich. »Wir müssen dafür sorgen, dass er an irgendeinem Punkt in Deeptown entsteht … wenigstens vorübergehend.«

»Wahrscheinlich hast du recht.«

»Dann teilen wir dem Jungen mit, wo sich der Tempel befindet, erhalten den Brief und … und werden hoffentlich klarer sehen. Wissen wir erst einmal, was Sache ist, können wir in aller Ruhe entscheiden, was wir unternehmen.«

»Das Labyrinth durchläufst du heute, wie gesagt, am besten in einer Mannschaft. Ein erfahrenes Team braucht dafür vielleicht einen Monat. Der Rekord liegt bei … äh … siebenundzwanzig Tagen, wobei die Leute zehn Stunden pro Tag unterwegs waren. Von den dreißig Spielern sind allerdings nur vier am Ziel angekommen, die anderen haben es nicht geschafft. Haben wir diese Zeit?«

»Nein, jedenfalls glaube ich das nicht. Meinem Gefühl nach sollten wir diesen Brief in den nächsten drei, vier Tagen an uns bringen.«

»Ich habe deinen Instinkten immer vertraut. Also, was hast du vor? Willst du trotz allem durchs Labyrinth gehen?«

»Zunächst mal werde ich mit ein paar Freunden beratschlagen. Offenbar müssen wir ja wohl doch eine Mannschaft zusammenstellen. Du willst nicht zufällig Urlaub einreichen, Crazy?«

»Woher weißt du das denn?«

»Danke, Dick.«

»Wofür?«

»Deine Teilnahme macht die Sache wesentlich leichter, schließlich kennst du dich bestens im Labyrinth …« In dem Moment wird mir jedoch klar, wie der Hase läuft.

»Ich nehme mir Urlaub, um ihn außerhalb der *Tiefe* zu verbringen, Leonid.«

Darauf erwidere ich kein Wort.

Damit hatte ich nicht gerechnet. Bei ihm nicht.

»Meinst du, das ist ein Fehler?«, fragt Richard.

»Nein.« Ich erhebe mich. »Das ist völlig richtig, Crazy. Mache deinem Spitznamen lieber keine Ehre.«

»Es wäre auch für dich klüger, nicht in die *Tiefe* zu gehen, Leonid.«

»Ich weiß. Aber ich bin nicht so ein Vernunftmensch.«

»Dann versuche es wenigstens auf einem anderen Weg«, rät mir Dick müde. »Es war ein Fehler, meinen Eingang im Labyrinth zu verstecken, das gebe ich unumwunden zu. Aber damals hing mir der ganze Tempelbau zum Hals raus ... diese Galvanisation einer Leiche. Keine Sekunde lang habe ich daran gedacht, dass es eines Tages nötig sein würde, möglichst schnell zum Eingang zu gelangen.«

»Was meinst du damit – ich soll es auf einem anderen Weg versuchen?«

»Schnapp dir ein paar erfahrene Hacker. Sollen die sich was einfallen lassen, wie sie die Passwörter knacken und die Dateien öffnen. Das ist leichter.«

Ich nicke und verlasse ihn. Mit steinerner Miene.

Obwohl ich zugeben muss, dass der Rat klug ist. Das Labyrinth würde ich wohl nicht packen.

Tiefe, Tiefe, ich bin nicht dein ...

Ich nahm den Helm ab.

Es war schon komisch. Nie im Leben hätte ich geglaubt, dass Crazy Tosser bei einer Gefahr kneifen würde.

Aber wenn wir ehrlich sein wollten, waren wir alle keine Helden. Wahrscheinlich taugt eh nur ein Vollidiot zum echten Helden. Denn es gibt immer zwei Wege: zu fliehen – oder seiner Angst entgegenzutreten.

Doch wenn ich eins nicht will, dann ist es, die *Tiefe* abzuschreiben.

Obwohl ...

»Vika, fahr den Rechner runter!«

Ich zog die Kabel raus, ging zum Fenster, schob die Gardine zur Seite und schaute hinaus.

Es regnete. Ein hässlicher, dichter Regen, fast schon Schneeregen. Regenschirme schwebten über die Straße, die Leute hatten sich in Mäntel und Jacken gehüllt. Es war eine feine Sache, alles von oben zu betrachten. Den Regen durchs Fenster zu beobachten.

Es war eine feine Sache, nur ein teilnahmsloser Beobachter zu sein.

Und Crazy machte ja nichts Amoralisches, nicht mal, selbst wenn ich ihn nach den Maßstäben unseres eigenen Ehrenkodexes beurteilte, der heute allerdings sowieso nichts mehr galt. Crazy begab sich bloß nicht in Gefahr. Das war sein gutes Recht. Was sollte ihn denn zwingen, Deeptown zu verteidigen? Gut, er arbeitete dort, er hatte seinen Spaß in der *Tiefe* – aber das war nichts, wofür es sich lohnte, sein Leben zu riskieren. Sein reales Leben.

Was wollte ich verteidigen?

Romka würde ich nicht mehr retten. Ging es also um Rache? Aber an wem? Der Security-Mann wusste vermutlich nicht mal, womit seine Waffe geladen war und was er mit ihr anrichtete. Und derjenige, der diese Waffe der dritten Generation entwickelt hat, hatte noch nie im Leben von Romka gehört. Man kann schließlich auch Kalaschnikow nicht zum Vorwurf machen, dass irgendein Verbrecher mit dem berühmten Gewehr in eine Menge von Geiseln feuert.

Sicher, es wäre bestimmt am besten, ich würde die *Tiefe* verlassen.

Für immer. Das würde überhaupt etliche Probleme lösen. Ich würde mir eine richtige Arbeit suchen, die nichts mit der *Tiefe* zu tun hat. Statt virtuelle Restaurants aufzusuchen, würde ich reales Bier kaufen. Von mir aus sogar Shiguljowskoje. Wenn es selbst Bastard trank, würde ich es ja wohl auch runterbringen. Vika und ich könnten ans Meer fahren. Oder eine Wanderung machen, durch einen richtigen Wald, durch echte Berge. Wir würden mehr Freunde haben. Und aus den Zeitungen erfahren, was in Deeptown los war.

Wobei ...

Ganz brauchte ich auf das Deep-Programm gar nicht zu verzichten. Vika und ich, wir könnten ein Restaurant nur für uns beide kreieren. Eine kleine und gemütliche Gaststätte. Mit computergenerierten Kellnern. Wir würden uns ein Haus designen. So eins wie das von Dschingis zum Beispiel.

Vika könnte wieder ihre Berge zeichnen, die Quellcodes hatte sie ja noch.

Nein, wir müssten wirklich nicht völlig auf die virtuelle Welt verzichten. Wir könnten uns ein Schneckenhaus in ihr schaffen. Indem wir die Telefonverbindungen kappten, die Standleitung aufgaben.

Mit dieser kleinen, gemütlichen und sicheren Nische nur für uns beide in der Hinterhand könnten wir tagsüber in der realen Welt arbeiten und abends in unser persönliches virtuelles Paradies fliehen.

»*Tiefe, Tiefe ... ich bin nicht dein*«, sagte ich.

Der Regen nahm immer weiter zu. Eine Frau mit zusammengeklapptem Schirm hetzte über die Straße, weil sie unbedingt den Trolleybus erreichen wollte. Er fuhr ihr aber vor der Nase davon. Ein Junge schlenderte vorbei und stiefelte beherzt in jede Pfütze.

Wie viele Menschen ohne die *Tiefe* leben!

Warum bringe ich das dann nicht fertig?

Etwa dreißig Millionen Menschen besuchen regelmäßig Deeptown. Sie können als intellektuelle Elite der Gesellschaft bezeichnet werden, als die Spitze aus Wissenschaft und Kunst. Und trotzdem ist es nur eine sehr dünne Schicht. Würden sie alle von heute auf morgen sterben, würde die Welt zwar vor Schmerz aufheulen und erschüttert sein – aber sie würde es verkraften.

Denn letzten Endes sind nicht sie es, die die Welt am Leben halten. Das sind vielmehr Chinesen, die kaum lesen können und am Fließband Computer zusammensetzen. Das sind Hirten, die noch nie in ihrem Leben einen Rechner mit eigenen Augen gesehen haben. Bauarbeiter, die nach getaner Arbeit nach Hause gehen, zu Frau und Kind. Politiker und Geschäftsleute, für die Deeptown nur eine Modeerscheinung ist – denn sie können es sich auch ohne die *Tiefe* leisten, sich am Strand von Hawaii zu aalen und eine Party für hundert Leute zu schmeißen.

Wir sind eine besondere Kaste. Wir haben Wurzeln in der fiktiven Welt geschlagen und die reale fast vergessen.

Deshalb würden wir die *Tiefe* um jeden Preis verteidigen.

Denn wir sind ein Teil von ihr.

Das sind nicht meine Gedanken! Das ist das Produkt meiner Deep-Psychose. Jener entzündete Teil meines Hirns, der ohne die *Tiefe* nicht leben kann, hat sie hervorgebracht. Ich bin durchaus imstande, auf endlose Wälder, einen knallblauen Himmel, den Luxus von Restaurants und, vor allem, auf die Informationen zu verzichten. Dieser kranke Teil in mir nicht.

Der braucht ständig neue Kontakte. Neue Gesichter. Gerüchte und Gerede. Intrigen und Gefahr. Den wahnsinnigen Rhythmus der *Tiefe*.

Und nur deshalb will ich diesen Kampf bis zum Ende ausfechten, will ich die virtuelle Welt gegen Unheil schützen. Weil die

Tiefe es mir befiehlt. Natürlich nicht in wörtlichem Sinne, einen elektronischen Verstand braucht man also gar nicht erst ins Spiel zu bringen, den gibt es nämlich nicht. Nein, vielmehr sind wir zu Neuronen im Bewusstsein der *Tiefe*, zu Zellen in ihrem Organismus geworden. Und jede Zelle erfüllt ihre Funktion: die *Tiefe* aufzubauen, für die *Tiefe* zu denken, andere in die *Tiefe* zu locken, die *Tiefe* zu verteidigen.

Künstler und Designer haben nicht umsonst Monate und Jahre daran gegeben, Deeptown zu entwerfen und zu gestalten ...

Entwickler und Techniker haben nicht umsonst alles aus den Rechnern herausgeholt, was diese nur hergaben, um Deeptown aufzubauen.

Schriftsteller haben nicht umsonst Bücher geschrieben, in denen sie Deeptown idealisiert und verklärt haben.

Und ich bin ein Phagozyt, eine Fresszelle, dieser elektronischen Welt.

Die einzige Gefahr, die dieser Welt droht, ist die Menschheit selbst. Sollte die *Tiefe* die Menschen eines Tages wirklich fürchten, wird sie ihre eigenen Zellen abstoßen. Eine nach der anderen.

Früher fürchteten die Besucher Deeptowns nichts mehr, als für immer in der virtuellen Welt zu bleiben. Dort gefangen zu sein und zu verhungern, nachdem sie sich am fiktiven Essen überfressen hatten.

Deshalb hatte es uns gegeben, die Diver. Diejenigen, die die *Tiefe* jederzeit verlassen und andere aus ihr herausholen konnten.

Doch dann veränderte sich etwas. Niemand weiß, was, warum und wie. Danach ertranken die Menschen nicht mehr, danach brauchte niemand mehr einen Diver. O nein, die *Tiefe* hatte uns nicht umgebracht – sie hat uns lediglich überflüssig gemacht.

Jetzt ging es jedoch um eine wesentlich ernstere Gefahr. Denn was ist die Furcht, aus eigener Dummheit zu ertrinken, schon gegen die Furcht, ersäuft zu werden?

Echte Angst hat man immer nur vor etwas, das von außen kommt.

Die *Tiefe* ist bereits vor Schreck zusammengezuckt – und ihre fiktiven Hirne zerbrechen sich den Kopf darüber, warum.

Wer auch immer dieser Dark Diver sein mochte, er hat von der Existenz einer Waffe der dritten Generation erfahren. Romka musste sterben, weil er versucht hat, aus einem Büro das schrecklichste Geheimnis zu klauen, das es in Deeptown gibt. Woraufhin Igel mir die Geschichte von einem toten Hacker erzählt hat …

In den unsichtbaren Adern rauscht das Blut schneller und schneller, die elektronischen Hormone spielen verrückt, schlagen auf alles ein, was uns teuer ist.

Und der alte, halbverreckte Phagozyt wird in ein Gemetzel geschickt, wird auf einen neuen Feind gehetzt.

Die *Tiefe* kann nicht denken. Sie lebt nur. Und sie kämpft so gut sie kann um ihr Überleben.

Nun sind die Reservisten gefragt. Diejenigen, die noch kämpfen können. Und zwar richtig. Mit Leib und Seele.

Einer wie Richard Parker?

Bestimmt nicht. Er war ein echter Diver – für den die *Tiefe* immer nur ein Arbeitsplatz ist. Wahrscheinlich bietet ihm die reale Welt genug Reize und Attraktionen. Deshalb ist er aus dem Spiel ausgestiegen, deshalb hält er sich jetzt aus allem raus.

Vika hatte die *Tiefe* ebenfalls verlassen können, leichten Herzens, wie es schien. Sie hat ihre aussichtsreichen Forschungen aufgegeben, auf ihr florierendes Geschäft gepfiffen, auf ihre Fähigkeiten als Raumdesignerin verzichtet …

Nur mir wollte es nicht gelingen, mich von der *Tiefe* zu trennen. Mir war es egal, ob ich als Kadaver oder als Puppe weiterexistierte – wenn ich nur in Deeptown bleiben durfte. Falls es gar keine andere Möglichkeit gab, war ich sogar bereit, gezeichnete Klaviere durch die Gegend zu schleppen.

Und auch Romka hatte nicht fortgehen können. Er war ein guter Diver und Werwolf gewesen – und wurde zu einem miserablen Hacker.

Wir sind in die Falle getappt. Wir haben geglaubt, nur weil wir imstande sind, den VR-Helm rechtzeitig abzusetzen, haben wir uns unsere Unabhängigkeit gegenüber der *Tiefe* bewahrt. Aber so einfach war das alles nicht. Wirkliche Freiheit ist etwas ganz anderes. Kettenhunde bekommen zwar regelmäßig Auslauf – aber nur innerhalb eines festabgesteckten Terrains.

Wessen Freiheit ist nun größer? Die des Yorkshires, der an der Leine mit seinem Herrchen Gassi geht? Oder die des Wolfshunds, der die ganze Nacht trunken von seiner Freiheit durch den Hof jagt und an den Latten des Zauns seine Duftmarken setzt?

Du hältst dich natürlich gern für einen Wolfshund – jedenfalls so lange du den Zaun nicht bemerkst.

»Gib mich frei, du verdammtes Stück«, zischte ich und stierte auf den Rechner. Vika runzelte die Stirn, während sie versuchte, die Schlüsselwörter und Befehle herauszufiltern. »Tu doch nicht so, als gebe es dich nicht, du gottverdammte *Tiefe*!«

»Das habe ich nicht verstanden, Leonid.«

»Klappe!«, brüllte ich, obwohl das Programm nichts für meine Stimmung konnte. »Du bist noch vorhanden, *Tiefe*, das weiß ich! Du verfolgst mich ... wartest ... du kannst nicht denken und nicht reden, aber du kannst leben!«

Die gezeichnete Vika erwiderte kein Wort.

Eine fiktive Geliebte ist besser als eine echte. Sie hört dir immer zu. Sie stimmt dir zu. Und sie sagt nur das, was du hören möchtest.

»Du willst mir eine Deep-Psychose einreden, oder? Mir vormachen, dass ich ohne dich nicht leben kann, ja?«

Was erwartete ich? Eine Antwort? Eine Donnerstimme, die mir erklärte: »Ja, ich bin ein Computerverstand, und du bist in meiner Gewalt!«

In dem Fall wäre es eine ausgemachte Psychose. Ohne »Deep« davor.

Ich beugte mich über den Tisch und presste die Stirn gegen das kalte Glas des Bildschirms. »Du hast ja recht«, flüsterte ich. »Ich kann ohne dich nicht leben. Ich brauche Deeptown. Ich brauche eine Rolle. Eine klar definierte Rolle. Und sei es die eines Phagozyten.«

Mit einem Haufen kalter Mikrochips zu streiten – wenn das nicht Wahnsinn war!

Doch am Ende wohl auch nicht wahnsinniger, als durch eine gezeichnete Kugel zu sterben ...

»Gut, du hast gewonnen«, hauchte ich. *Tiefe, Tiefe ... ich bin dein.«*

Ich werde dich verteidigen. Ich werde gegen jede Gefahr ankämpfen, die dir droht.

Sollten wir jedoch unterschiedliche Ziele verfolgen, sollte dir das Ergebnis nicht schmecken, dann habe Mitleid mit mir.

Aber diese Worte würden nie über meine Lippen kommen.

Niemals – solange der Rechner eingeschaltet ist.

Gehen wir also davon aus, dass ich völlig den Verstand verloren habe.

Deep.

Enter.

Wie lange würde ich wohl mit nur drei, vier Stunden Schlaf pro Tag auskommen? Einige Zeit bestimmt. Jedenfalls war das früher so.

Figur Nr. 1.

Der Biker. Ein unscheinbarer Standardtyp, der niemanden interessiert.

Doch in der Tasche seiner Lederjacke steckt eine Pistole, die mit Kugeln der zweiten Generation geladen ist.

Das ist zwar lächerlich, wenn ich bedenke, womit mein unbekannter Feind in den Kampf zieht, aber trotzdem besser als meine bisherige Ausrüstung. Und sogar furchteinflößender als der Warlock.

Ich habe noch nie fremde Computer killen müssen.

Ein kühner Husar aus dem 19. Jahrhundert würde mich jetzt vielleicht verstehen. Es ist eine Sache, einen Feind gefangen zu nehmen, eine andere, ihn zu zerhacken. Ganz zu schweigen davon, ihm das Pferd unterm Hintern abzuknallen. Oder, nein, nennen wir die Dinge bei ihrem stolzen Namen: das Streitross. Das für den Husaren nicht nur ein Fortbewegungsmittel ist, sondern auch ein treuer Freund, ein Gefährte, der ihm mehr als einmal aus der Klemme geholfen hat.

Egal. Notfalls würde ich auch das Tier töten.

Phagozyten haben kein Gewissen.

Ich zog aus Proteus' Jackentasche den Pager. Maniac war nicht online. Komisch.

Schurka, es ist sehr wichtig. Etwas, das es gar nicht geben kann, existiert doch. Wir müssen miteinander reden. Dringend! Sag mir, wann und wo!

Nachdem ich die Mail abgeschickt habe, kann ich nur noch warten ... und nach anderen Wegen suchen.

Welche Hacker kenne ich noch? Vielleicht gibt es ja doch eine Chance, den Brief zu knacken ...

Ich suche im Adressbuch des Pagers nach Bastard, finde ihn aber nicht. Ich hätte nach seiner Adresse fragen müssen. Immerhin erinnere ich mich noch an die Telefonnummer von Dschingis.

»Telefonat innerhalb von Moskau«, verlange ich. Das grüne Licht am Pager flackert, mein Konto ist also glücklicherweise noch nicht leergeräumt. Ein Anruf aus der virtuellen Welt in die reale ist nicht sehr teuer, leider aber auch nicht umsonst.

Da ich dem Stimmerkennungsprogramm des Pagers nicht ganz traue, gebe ich die Nummer über die Tastatur ein. Die nächsten ein, zwei Minuten lausche ich auf das monotone Läuten.

Verdammt noch mal, du läufst doch selbst in der Wohnung mit deinem Handy herum! Also geh schon ran!

»Ja?«

Dschingis' Stimme klingt angespannt und scharf, als würde er einen unangenehmen Anruf erwarten. Er wird seine eigenen Probleme haben. Egal. Denn ich brauche jetzt jemanden, auf den ich einen Teil meiner Probleme abwälzen kann.

»Ich bin's, Leonid.«

»Hallo. Schon wach?«

Sein Ton ändert sich prompt, gegen ein Gespräch mit mir hat er also nichts einzuwenden.

»Sagen wir es so: Ich habe gar nicht geschlafen.«

»Warum nicht?«

»Diese Geschichte beschäftigt mich. Dschingis, es sind weitere Probleme aufgetaucht.«

»Verstehe. Komm am besten her.«

»Okay. Vorher muss ich aber noch was erledigen.«

»Das kannst du auch von hier aus. Komm also am besten gleich her. Ich bin gerade in Deeptown. Die Adresse ist leicht zu merken: *Hackerklause*.«

»Ist Bastard da?«

»Es sind alle da. Deshalb trifft es sich ja auch so gut, dass du angerufen hast. Also, bis gleich.«

Es sind alle da? Das sollte wohl heißen, auch Pat.

Doch noch ehe ich nachhaken kann, hat Dschingis das Gespräch beendet.

Gut, dann würde ich eben gleich zu ihm fahren.

Beim Verlassen des Hotels sehe ich mich auch diesmal immer wieder um, doch nichts erregt mein Misstrauen. Deeptown wächst und gedeiht fröhlich weiter. Über der Stadt hängt ein dunkler Abendhimmel, an dem die ersten Sterne aufgegangen sind, das Resultat einer Umfrage, die ergeben hatte, dass gut siebzig Prozent aller Menschen zum Relaxen einen frühen Sommerabend bevorzugen.

Ich halte ein Taxi an, nenne die Adresse – und wundere mich überhaupt nicht, als das Auto nach drei Minuten vor einer exakten Kopie von Dschingis' Haus in Moskau anhält.

Selbst die Visagen der virtuellen Wachschützer sind denen der realen zum Verwechseln ähnlich.

Überraschen durfte mich das bei einem Mann, dessen Wohnung aussieht wie der Fiebertraum eines Bewohners von Deeptown, wohl kaum. Nichts liegt näher, als die Wohnung einfach in die virtuelle Welt zu transferieren. Um die Unterschiede zwischen den Welten endgültig auszuradieren. Ich selbst habe früher einmal vergleichbare Experimente veranstaltet ... nur sind meine Paläste nie so luxuriös ausgefallen.

»Ich möchte zu Dschingis«, sage ich dem Security-Typen. Der nimmt mich nicht weiter ins Verhör.

Wie unproblematisch doch alles ist. Noch. Doch wenn in Deeptown erst mal eine reale Waffe auftaucht, werden die Kontrollen strenger sein als in der realen Welt.

Nachdem mich der Fahrstuhl nach oben gebracht hat, stehe ich allerdings vor einer verschlossenen Tür. Sogar nach dem Klingeln muss ich noch eine ganze Weile warten.

Achtung!, warnt mich Vika lautlos. *Das System wird gecheckt.*

Na, von mir aus.

Schließlich öffnet mir Pat die Tür.

Er sieht etwas zerzauster aus als in der Realität und trägt einen Wireless-Sensoranzug. So was ist mir in der *Tiefe* noch nie untergekommen. Warum sollte hier jemand das tragen, was er auch in der echten Welt anhat?

»Hallo«, nuschelt Pat und tritt zur Seite. »Das ging ja schnell.«

Ich trete ein, sehe mich neugierig um und versuche, die Eindrücke abzugleichen. Anscheinend ist auch die Einrichtung eine Kopie ... Aber was hatte ich bei Dschingis anderes erwartet? Mit seinem Geld konnte er sich schließlich die besten Raumdesigner Moskaus leisten.

»Hallo, Pat. Wo ist der Herr des Hauses?«

»Herren des Hauses gibt es hier nicht«, antwortet Pat ernst und drückt mir die Hand. »Hier bist du höchstens in einem einzelnen Zimmer Herr dieser vier Wände.«

Mir liegt schon ein Kommentar zu all den Klischees von Kommunen und Hackerfreiheit auf der Zunge, aber ich verkneife mir die Bemerkung. In ein fremdes Kloster schleppst du nicht das eigene Gebetbuch ...

»Dann frage ich anders: Wo ist Dschingis?«

»Komm mit.«

Ich folge dem Jungen durch den Flur. Als ich dabei zum Fenster raussehe, erblicke ich Moskau. Das richtige, brodelnde Moskau. Wo Autos fahren, Menschen durch die Straßen gehen und Wolken über den Himmel ziehen. Wo Schneeregen niederfällt.

Ich könnte schwören, dass es sich dabei nicht um einen Film handelt, der in einer Endlosschleife läuft, sondern dass tatsächlich an jedem Fenster des realen Hauses eine Kamera angebracht ist, die ihre Bilder in die *Tiefe* sendet.

Das ist nicht einfach bloß cool!

Das ist extravagant.

Ein Retriever kommt uns entgegengetrottet und beschnüffelt meine Hand.

»Aus, Byte!«, verlangt Pat, worauf der Hund gehorsam abzieht. Viel zu gehorsam. Bei ihm handelt es sich garantiert um ein Programm. Dabei war ich schon kurz davor zu glauben, sie hätten auch den Hund in einen Sensoranzug gesteckt.

Ich vermute Dschingis in der Küche, bei einem weiteren Besäufnis, doch Pat weist auf die Wendeltreppe und lässt mir den Vortritt, um selbst den Abschluss unserer kleinen Prozession zu bilden.

Ich gelange ins Esszimmer, in dem ich in der realen Welt noch nicht gewesen bin.

Der Raum ist rund, ein Teil der Wände besteht aus Glas. Die Decke hat eine Glaskuppel, der Boden ist mit einem dicken Teppich ausgelegt. Die Einrichtung ist mehr als spartanisch, es gibt keine Möbel, noch nicht mal einen Tisch mit Stühlen!

Dafür stehen auf dem Boden einige Fässer Bier, um die herum Dschingis, Bastard und auch Maniac im Schneidersitz Platz genommen haben.

»Ah«, ruft Bastard aus und streicht sich mit der Hand über die Glatze. »Da kommt ja auch unser Diver!«

Ich begrüße ihn und Dschingis und umarme Maniac. »Hast du meine Nachricht bekommen, Schurka?«, frage ich.

Daraufhin holt er seinen Pager heraus, wirft einen Blick aufs Display und reibt sich die Nasenwurzel. »Wie ich gerade sehe ... ja.«

Wenn er selbst unabhängig von meiner Mail hier aufgetaucht ist, soll's mir auch recht sein. Hauptsache, wir sind jetzt alle da.

»Fühl dich ganz wie zu Hause«, sagt Dschingis freundlich. »Pat, hol uns mal ein paar Chips!«

»Warum immer ...«, setzt Pat an, verstummt aber sofort, als er Dschingis' Blick auffängt, und geht nach unten.

Ich nehme auf dem Boden Platz und kriege ein Bier, ein Baltika Nr. 7. Wahrscheinlich ist das ein Kompromiss, auf den sich Bastard und die anderen geeinigt haben.

»Wir haben versucht, abschließend zu klären, ob eine Waffe der dritten Generation existiert«, informiert mich Dschingis. »Und dabei ... haben wir einiges ausgegraben. Gibst du Ljonka noch mal eine Kurzfassung, Schurka?«

Maniac nickt. Er sieht irgendwie verstört aus. »Als Erstes habe ich bei uns nachgeforscht«, fängt er an. »Übrigens habe ich gerade ein paar Tage Urlaub.«

Ach ja? Und willst du die auch außerhalb der *Tiefe* verbringen? Genau wie Crazy Tosser?

»Ich will diese Erkundigungen nicht über die Rechner auf der Arbeit einholen«, fährt Maniac fort. »Da wird nämlich alles kontrolliert. Ich bin jetzt über einen illegalen Zugang in die *Tiefe* gekommen. Also ... ich habe mich mal umgehört. Seit fast zwei Jahren wird an einer Waffe der dritten Generation gearbeitet. Das Projekt leitet ...« Hier legt er eine Pause ein, doch ich meine, die Fortsetzung schon zu kennen. »... Dmitri Dibenko persönlich.«

»Scheiße«, bringe ich bloß heraus. »Scheiße, scheiße, scheiße ...«

»Das reicht!«, brummt Bastard und gießt sich noch Bier ein. »Was wunderst du dich eigentlich? Wer hätte denn sonst dahinterstecken sollen?«

Das stimmt natürlich. Eine Waffe, die aus der *Tiefe* heraus tötet, kann nur auf eine einzige Art und Weise funktionieren: Es wird ein bestimmtes Bild geschaffen, das aufs Unterbewusstsein wirkt. Genau wie beim Deep-Programm. Für den eigentlichen Tod sind dann Varianten denkbar: Herzstillstand, Atemstillstand oder Muskelkrämpfe, die die Atmung unterbinden.

Eine überschaubare Zahl von Todesarten.

Vielleicht könnte es sogar ohne Schussverletzung gehen, zum Beispiel mit irgendetwas, das eine Erschlaffung des Schließmuskels bewirkt. Es ist nicht gerade angenehm, sich vorm PC in die Hose zu scheißen. Außerdem wäre Tränengas vorstellbar. Oder ein Brechmittel. Denn für einen Menschen, der einen VR-Helm auf dem Kopf hat, hat auch Kotze fatale Folgen ...

Pat kommt mit ein paar Chipstüten zurück. Er ist ohne jede Frage stinksauer, aber niemand geht auf seine demonstrativ zusammengekniffenen Lippen ein.

»Und?«, frage ich ganz direkt. »Hat Dibenko Erfolg gehabt?«

»Anscheinend ja«, antwortet Maniac. »Das letzte halbe Jahr ist die Geheimhaltung derart verschärft worden, dass ich nichts herausbringen konnte. Ehrlich gesagt, habe ich da nicht weiter nachgebohrt, dafür ist mir mein Leben zu lieb. Jedenfalls führt man Vorsichtsmaßnahmen wie die Abkapselung der Labors von der *Tiefe* normalerweise nur beim Debuggen der Programme ein.«

»Steckt eure Firma in dem Projekt drin?«

»Nein. Das liegt alles bei Dibenko persönlich. Und bei einer sehr kleinen Gruppe von Mitarbeitern, von einer Firma, die *Shield and Sword* heißt. Die hat allerdings zwei Leute unserer Firma geheadhuntet, Experten für psychologische Manipulation. Nur deswegen habe ich überhaupt das eine oder andere herausgekriegt. Wenn auch auf indirektem Weg, denn an die beiden kommst du jetzt nicht mehr ran.«

»Hast du mal versucht, in der realen Welt mit ihnen zu reden?«, will ich wissen.

»Damit sie mich real ermorden?« Maniac sieht mich erstaunt an. »Wach auf, Ljonka! Wenn jemand sich auf ein solches Projekt eingelassen hat, dann macht er vor nichts Halt!«

»Das heißt, wir wissen jetzt mit Sicherheit, dass eine Waffe der dritten Generation bereits existiert?«, bohre ich nach. »Daran zweifelt niemand mehr?«

Niemand sagt einen Ton. Nur Bastard hüstelt und senkt den Blick. Er hat nun wirklich keinen Grund, sich für irgendwas zu schämen – schließlich hat er als Erster an die Existenz dieser Waffe geglaubt.

»Du hast auch was rausgefunden?«, durchbricht Dschingis die Stille. »Oder?«

»Ja«, antworte ich. »Sag mal, Schurka, hängen *Shield and Sword* und *New boundaries* irgendwie zusammen?«

»Kaum. *Shield and Sword* gehört zu hundert Prozent Dibenko«, erklärt Schurka, »während er an *New boundaries* nur ein kleineres Aktienpaket hält.«

»Trotzdem hätten wir damit eine direkte Verbindung.«

»Ganz genau. Dibenko könnte die Security-Leute von *New boundaries* durchaus mit Waffen ausgestattet haben. Als Test, sozusagen.«

Ungläubig schüttle ich den Kopf. Nein, das scheint mir nun doch zu weit hergeholt. »Ich könnte mir eher vorstellen, dass bei ihnen Arbeiten durchgeführt wurden, die für ihn von großer Bedeutung sind.«

Niemand widerspricht mir – aber es stimmt auch niemand zu. All das sind reine Spekulationen.

»Das Erstaunlichste an der Sache ist doch«, mischt sich nun Bastard ein, »dass Romka, ein ziemlich mittelmäßiger Hacker, es geschafft hat, die Daten zu klauen und so verdammt gut zu verstecken!«

»Genau. Wie hat er das eigentlich angestellt?« Dschingis zieht verwundert eine Augenbraue hoch. »Schließlich blieb ihm gar keine Zeit, um ...«

»Er hat die geklauten Daten per Post verschickt. Mit HLD, wo ich übrigens arbeite.«

»Heiliger Hodensack!«, ruft Bastard aus. »Das glaub ich nicht!«

Kein Wunder! Welcher Hacker würde schon den offiziellen Wegen der Datenübermittlung trauen?

»Und wohin hat er die Daten geschickt?«, kommt Maniac wieder zum Kern der Sache.

»Zum Diver-in-der-*Tiefe*-Tempel.«

»Gibt es den etwa wirklich?«

»Es kann ihn geben.«

Nachdem ich mir Bier eingegossen habe, schildere ich detailliert alles, was mir Crazy Tosser erzählt hatte.

Auf die einzelnen Abschnitte reagiert jeder anders. Maniac wird immer düsterer, Bastard immer fröhlicher, vor allem als er hört, dass erst mein Durchmarsch vor zwei Jahren Dick auf die Idee gebracht hat, seinen Eingang zum Tempel im letzten Level des Labyrinths anzulegen. Pat wird vom Spielfieber erfasst; in seinem Gesicht steht offen geschrieben, was er vorhat. Dschingis klinkt sich immer weiter aus und grübelt, entweder über das, was er gerade eben gehört hat, oder über etwas ganz anderes.

»Leonid! Durch das Labyrinth zu gehen – das ist, als ob du mit dem Kopf durch die Wand willst«, macht mir Maniac unmissverständlich klar, als ich fertig bin. »Vielleicht kracht die Wand ja früher oder später tatsächlich ein. Aber vermutlich geht doch eher dein Kopf kaputt.«

»Das kann schon sein«, erwidere ich. »Aber hast du einen anderen Vorschlag?«

»Wir könnten die Daten klauen.«

»Und wie? Klar, es ist nicht schwer, Ilja mit irgendeinem Angriffsprogramm auszuschalten und den Umschlag an uns zu bringen. Aber dann zerstört er sich selbst.«

»Das lässt sich einfach vermeiden.« Maniac grinst nur. »Ich weiß nämlich, wie die Identifikationsprogramme aufgebaut sind.«

»Und wie sollen wir die Dateien öffnen?«

»Wie viel Byte hat das Passwort?«

»4096.«

»Verstehe. Damit scheidet die Variante aus.«

»Sicher?«, fragt Dschingis nach. »Du bist schließlich nicht auf Dechiffrierungen spezialisiert.«

»Gibt es inzwischen etwa neue Methoden der Primfaktorzerlegung?«, fragt Maniac unerschüttert zurück. »Dschingis, mein Guter, du erstaunst mich.«

»Okay, du hast mich überzeugt«, gibt sich Dschingis geschlagen. »Aber vielleicht können wir noch jemanden anderen um Rat fragen?«

»Wie wär's mit Zuko?«, schlägt Schurka vor. »Niemand knackt so gern Passwörter wie er. Allerdings kann ich euch auch schon jetzt sagen, was er antworten wird: Gebt mir sämtliche Netzressourcen und ein paar Jahre.«

»Dann müssen wir eben doch durchs Labyrinth!«, frohlockt Pat.

»Vielleicht gibt es noch eine andere Möglichkeit«, sage ich. Hoffnungsvolle Blicke richten sich auf mich. »Was wäre, wenn wir einen Pseudo-Tempel bauen? Damit der Brief dort zugestellt wird und ...«

»Und?«, unterbricht mich Maniac amüsiert. »Um den Code zu dechiffrieren, brauchen wir das Original-Programm. Also den Tempel, falls das verständlicher ist. Sicher, der erste Teil der Operation würde tadellos ablaufen. Der Brief käme an die Adresse, und wir hätten die Dateien. Nur könnten wir sie eben immer noch nicht öffnen.«

»Dann bleibt also nur das Labyrinth«, halte ich fest.

»Durchaus nicht«, widerspricht Dschingis. »Es gibt noch eine weitere Option. Wir könnten uns die ganze Sache aus dem Kopf schlagen. Und die *Tiefe* verlassen.«

Ich habe lange darauf gewartet, dass jemand diesen Vorschlag macht.

Denn ich wollte ihn auf gar keinen Fall vorbringen.

»Gut«, sagt Maniac, der jetzt am Fenster steht, »dann lautet die Frage: Was wollen wir von der *Tiefe*? Was ist für uns das Wichtigste in Deeptown?«

Bis auf Pat hat es niemanden mehr am Boden gehalten. Mit unseren Bierkrügen in der Hand stehen wir am Fenster und betrachten aus der *Tiefe*, aus der virtuellen Welt heraus, das echte Moskau. Wir diskutieren, tauschen so lebhaft und ungezwungen unsere Ansichten aus, als bestünde überhaupt keine Gefahr für die *Tiefe*.

Pat dagegen liegt noch auf dem Boden und strampelt mit den Beinen. Entweder zieht er eine Show ab, oder das zweite Bier ist zu viel für ihn gewesen. Wahrscheinlich Letzteres. Bastard hustet und kratzt sich immer wieder die Glatze. Schon komisch. Warum hat er sich kurz vorm Winter eine solche Frisur verpassen lassen?

Dschingis und Maniac sind die verschlossensten von uns. Sowohl im Verhalten wie auch in ihren Äußerungen.

»Das Wichtigste in der *Tiefe* ist der direkte Kontakt zu anderen«, sagt Dschingis endlich. »Und die Abenteuer. Jedenfalls im Großen und Ganzen. Alles andere können auch Mails leisten.«

»Wir könnten uns innerhalb der *Tiefe* abkapseln«, bemerkt Maniac.

Der Gedanke liegt auf der Hand, schließlich hatte ich diese Möglichkeit auch schon erwogen.

»Stimmt«, gibt ihm Dschingis recht. »Das wäre kein Problem.«

»Wir würden einfach unsere Teile des virtuellen Raums zusammenführen«, fährt Maniac fort. »Ihr drei, ich, Leonid, Zuko ... und vielleicht noch zwei Dutzend Leute, denen wir vertrauen, die nie mit einer echten Waffe in die *Tiefe* gehen würden. Dann sorgen wir selbst für die Ausstattung, die wir brauchen, bauen Häuser und Restaurants, legen einen Strand an ... und richten Bordells ein. Den restlichen Teil von Deeptown betreten wir nur im Notfall und dann über einen kontrollierten Zugang.«

»Trotzdem wäre das letztlich eine Sackgasse«, urteilt Dschingis, und ich nicke, denn ich sehe das genauso. »Und zwar in jeder Hinsicht. Denn erstens bräuchten wir eine echte Waffe, um uns zu verteidigen, falls uns eine Gefahr droht.«

»Aber mit der würden wir ja wohl nicht aufeinander losgehen?«, hält Maniac dagegen.

»Du, ich, Bastard ... wir nicht. Aber ...«

»Und was ist mit mir?«, empört sich Pat. »Na? Habe ich dich je auch nur gepiekt?«

»Du kleines Miststück hast mich getreten, noch dazu als ich geschlafen habe!«, ruft ihm Bastard in Erinnerung.

»Eben! Getreten! Aber nicht gepiekt!«

»Und du würdest auch nie auf Ljonka schießen?«, will Dschingis wissen.

Der Junge sieht mich an. »Nein«, bringt er mürrisch heraus. »Er ist schon okay.«

»Es spricht aber noch etwas anderes gegen diese Variante«, nimmt Dschingis seine Argumentation wieder auf. »Jeder von uns wird in dieses sichere Mini-Deeptown seine Freunde bringen wollen, oder etwa nicht? Und jeder wäre bereit, für sie zu bürgen, und würde ihnen vertrauen. Aber ein Freund meines

Freundes muss nicht unbedingt auch mein Freund sein. Das ist leider nun mal so.«

»Dann schränken wir die Zahl halt ein«, schlägt Maniac einen Ausweg vor. Sie spielen diese Möglichkeit jetzt bis zum Ende durch.

»Und dann? Wenn wir zu wenig sind, werden wir uns bald langweilen. Dann brechen wir alle möglichen Streitigkeiten und Intrigen vom Zaun. Bis schließlich einer von uns diese kleine, sichere Welt mit einer echten Waffe betritt. Zunächst, um sich zu verteidigen. Doch früher oder später würden wir anfangen zu schießen. Auf die Freunde unserer Freunde. Ungeachtet der Konsequenzen, die das hat. Nein, Schurka, dein Vorschlag ist eine Utopie.«

»Und wenn schon«, knurrt Maniac und zündet sich eine Zigarette an. »Es wäre immerhin ein Ausweg. Die Alternative wäre, die *Tiefe* ganz aufzugeben.«

Ich stelle mich zwischen die beiden ans Fenster und sehe hinunter, auf die Straße.

Sie wird allmählich weiß.

»Der Schnee bleibt schon liegen.«

Eine Minute blicken wir alle nach unten, selbst Pat ist aufgestanden und zu uns gekommen.

»In den Staaten haben wir gerade eine Affenhitze«, berichtet Maniac. »Wie gern wäre ich jetzt hier in Moskau ... mit richtigem Schnee.«

»Dann komm doch her«, schlägt Dschingis vor.

»Ich kann mir kein Flugticket leisten«, gesteht Maniac. »Vielleicht im nächsten Jahr.«

»Der Sommer ist auch schön«, flüstert Pat.

»Aber der ist jetzt vorbei«, sage ich.

»Schon seit Langem«, brummt Bastard. »Du wolltest das nur nicht wahrhaben. Und jetzt ist der Winter da.«

Da stehen wir nun, Hacker und Diver, vor einem gezeichneten Fenster in einem gezeichneten Haus.

»Das bedeutet überhaupt nicht das Ende der *Tiefe*«, hauche ich. Mir ist endlich aufgegangen, dass die Wahrheit wesentlich schrecklicher ist, als ich anfangs gedacht habe. »Denkt doch mal nach! Was passiert denn, wenn alle von der neuen Waffe erfahren?«

»Dann gibt es eine Massenflucht«, sagt Dschingis.

»Blödsinn!« Bastard schüttelt den Kopf. »Die Leute werden nur glotzen, wenn am Anfang viele Menschen umgenietet werden. Ja, Ljonka, du hast recht!«

»Einige werden die *Tiefe* verlassen«, sage ich. »Aber die meisten werden wohl bleiben wollen und lediglich ein paar Vorsichtsmaßnahmen ergreifen, etwa in der Art wie die, die wir gerade eben diskutiert haben. Deeptown wird in viele kleine Bezirke zerfallen. In jedem von ihnen wird es eine eigene Polizei geben, auf lange Sicht auch eine Armee. Die Menschen werden sich nach bestimmten Merkmalen zu Gruppen zusammenschließen, nach Nationalität, Beruf, Interessen, sexueller Orientierung ...«

»Und dann bricht ein tausendjähriger Krieg zwischen Sadisten und Masochisten aus!«, bemerkt Bastard. Er kann sich offenbar über alles amüsieren. »Das französische Fürstentum La Profondeur setzt der Freien Union der Systemadministratoren ein Ultimatum!«

»Die Fans von Strategiespielen ... gegen ...« Pat hüpft aufgeregt auf der Suche nach einem würdigen Gegner herum.

»Gegen die Tetris-Junkies!« Bastard verstummt mit einem Mal und sieht mich düster an. »Ja, du hast recht. Es wird alles genauso werden wie im richtigen Leben ...«

»Die *Tiefe* hat der Welt Freiheit gebracht«, erwidere ich. »Eine neue Freiheit, wie es sie bis dahin nie gegeben hat und auch nicht geben konnte. Daraufhin hat man versucht, diese Freiheit zu ersticken, zu vergiften und zu reglementieren. Aber das hat alles nichts gebracht. Dann bekamen die Menschen Angst vor der *Tiefe*. Sie haben die *Tiefe* verflucht oder versucht, sie zu ignorieren. Aber auch das hat nichts geändert. Deeptown ist nur weiter gewachsen. Immer mehr Menschen sind in die virtuelle Welt gekommen, um hier zu arbeiten und ihre Freizeit zu verbringen. Und nun dürfte auch die Todesangst nichts mehr an der Existenz von Deeptown ändern. Nehme ich jedenfalls an. Das Einzige, was geschehen wird, ist, dass der ganze Dreck, der Teil des realen Lebens ist, in die *Tiefe* importiert wird. Deeptown kriegt eine echte Regierung, eine echte Polizei, eine echte Armee – und echte Beerdigungen.«

»Wie viel Zeit bleibt uns noch?«, fragt Maniac.

»Das hängt davon ab, ob der Feind die geklauten Dateien sucht.«

Ich merke nicht einmal, wie leicht mir das Wort »Feind« über die Lippen kommt.

Ein Wort, das früher in Deeptown letztlich nur im Scherz Verwendung fand.

»Wie schnell kann man das Labyrinth des Todes durchlaufen?« Schurka scheint sich vor allem in die Frage, wie viel Zeit uns bleibt, verbissen zu haben.

»Crazy Tosser behauptet, es dauert ein paar Monate, bestenfalls einen Monat. Ich glaube ...«

Abermals sehen mich alle an, Pat sogar mit offenem Mund.

»Ich glaube, uns bleiben noch zwei, drei Tage.«

Obwohl ich mit allgemeinem Gelächter rechne, lacht niemand.

»Ich habe lange nicht mehr gespielt«, presst Dschingis heraus. »Früher aber ... Du erinnerst dich, Schurka?«

Maniac kaut auf der Unterlippe herum, Dschingis' Frage hat er offenbar völlig überhört. »Also ... ich muss etwas essen, ausschlafen und meinen Rechner neu einrichten. Lasst uns in acht bis zehn Stunden wiedertreffen, ja?«

»Wollt ihr mich total verarschen?!«, brüllt Bastard. »Wir sollen die Welt retten – indem wir ein kreuzdämliches Spiel gewinnen?«

»Kommt ja nicht auf die Idee, mich nicht ins Team zu nehmen!« Pat stürzt sich auf mich und packt mich bei der Jacke. »Echt nicht! Das würde euch am Ende nur selbst leidtun! Ich kenne das Labyrinth nämlich besser als ihr alle! Dschingis, sag es ihnen! Dsching!«

Da fällt irgendwo in weiter Ferne eine Tür ins Schloss.

Dschingis sieht Pat an und behält sein Lächeln noch kurz bei, ehe sein Gesicht einen seltsamen, alarmierten Ausdruck annimmt. »Leonid! Schurka! Habt ihr das auch gehört?«

»Etwas hat geklappert. Die Tür, nehme ich an.« Maniac macht einen Schritt vom Fenster weg zur Wendeltreppe hin.

»Dann war es also hier, in der virtuellen Welt«, sagt Dschingis.

»Dschingis, wer kann dieses Haus betreten?«

»Niemand außer mir, Pat und Bastard kennt das Passwort.« Dschingis zieht mit einer geschmeidigen Bewegung eine langläufige Pistole hinter seinem Rücken hervor. »Ansonsten gebe ich den Code an niemanden weiter.«

»Ich habe ihn nicht verraten!«, versichert Pat.

Oje.

Aber ein Unglück kommt ja selten allein.

Maniac schleicht in gebückter Haltung zur Wendeltreppe und zieht dabei ein kleines Taschenmesser.

Ich bin mir hundertprozentig sicher, dass er dieses harmlose Produkt der Firma Victorinox, das in der *Tiefe* als Werbegeschenk verteilt wird, manipuliert hat.

Bastard hat sich inzwischen mit einer leeren Bierflasche bewaffnet. Wo kommt die denn her? Auf dem Boden stehen doch nur Fässer, keine Flaschen!

Und die kurze Winchester, die Pat hastig zusammensetzt, indem er den Lauf auf den Kolben schraubt und gleichzeitig Patronen einlegt? Wo hatte er die versteckt?

Ich selbst komme mir völlig nackt vor – ein Eindruck, der sich verflüchtigt, sobald ich die Pistole heraushole. O nein, Adam und Eva haben ihre Nacktheit vor Gott bestimmt nicht mit einem Feigenblatt bedeckt. Sie haben sich jeweils eine Keule geschnappt, und schon empfanden sie keine Scham mehr.

»Ich würde dir raten, die *Tiefe* zu verlassen«, flüstert Dschingis. »Du bist der Einzige von uns, der dazu jederzeit imstande ist.«

»Warum das?« Ich lasse die Wendeltreppe, hinter dessen Geländer sich Schurka versteckt hält, nicht aus den Augen.

»Falls es zu einem Gemetzel kommt, gäbe es wenigstens einen Zeugen«, erwidert Dschingis. Dann stellt er sich schützend vor Pat.

Er nimmt das wirklich ernst!

Mich hat jedoch schon eine heiße Welle der Wut gepackt.

»Ich bin der Revolvermann«, sage ich.

Selbst in diesem Körper bin ich der Revolvermann. Und werde es auch immer sein.

Wir stehen fast eine Minute reglos da. Warten. Dann richtet sich Maniac auf, späht noch einmal über das Geländer nach unten, zuckt die Schultern und sieht Dschingis fragend an.

»Gehen wir runter«, entscheidet dieser.

Er macht einen Schritt nach vorn, ich folge ihm. Bastard bleibt, wo er ist, und hält den halblaut protestierenden Pat fest gepackt.

Und dann geschieht es.

Eine Bewegung, ein Sprung, ein grauer Schatten, der über die Stufen schießt.

Maniac holt aus – und das harmlose Taschenmesser verwandelt sich im Flug in eine Lanze aus blauem Licht. Der Eindringling will sich ducken, doch da durchbohrt der Strahl ihn schon und schleudert ihn an die gegenüberliegende Wand. Dort erstarrt er, aufgespießt wie ein Käfer auf eine Nadel.

»Rofl!«, stößt Bastard aus. Was er mit dieser Buchstabenkombination ausdrücken will, weiß ich nicht.

Vielleicht seine Verwunderung, dass der ungebetene Gast eine exakte Kopie von Dschingis ist?

Er ist sogar genauso angezogen, mit einem Trainingsanzug und Turnschuhen.

»Wer bist du?« Dschingis reagiert recht gelassen auf das Auftauchen seines Doppelgängers. Er behält ihn im Visier, macht aber keine Anstalten zu schießen.

Der Pseudo-Dschingis runzelt die Stirn, packt die lodernde Lanze und reißt sie sich mit einem einzigen Ruck aus der Schulter. Blut fließt, genau wie es sein muss. »Ein Gast«, antwortet der Mann.

»Ein ungebetener, noch dazu mit einem falschen Gesicht.«

»Woher willst du wissen, wie mein wahres Gesicht aussieht, Dschingis?« Der Unbekannte grinst schief. »Aber vielleicht …«

Er fährt sich mit der Hand über sein Gesicht und verwandelt sich, schrumpft ein wenig und wird in den Schultern breiter. Die Haare auf dem Kopf fallen ihm aus, dafür wachsen ihm welche auf der Brust. Von der Kleidung bleiben nur alte, zerknitterte Shorts übrig.

»Wie unverschämt!«, schreit Bastard. »So hässlich bin ich nicht!«

Doch Dschingis bedeutet ihm mit einer Handbewegung, den Mund zu halten. »Wer bist du? Was willst du? Wie konntest du in mein Haus eindringen?«

»Soll ich der Reihe nach auf deine Fragen antworten?« Der Besucher zeigt nicht die geringste Verlegenheit. Und auch dass wir zu fünft sind, er aber allein ist, beunruhigt ihn nicht.

Angesichts der Tatsache, wie mühelos er Maniacs Waffe ausgeschaltet hat, scheint mir diese Selbstsicherheit allerdings nicht unbegründet.

»Ja.«

»Ich bin derjenige, den man den Dark Diver nennt.«

»Halleluja!«, brummt Bastard. »Wie viel Gesichter hast du denn noch auf Lager?«

»Ich will euch warnen«, sagt sein Doppelgänger, ohne auf Bastards Bemerkung einzugehen.

»Wie bist du reingekommen?«, wiederholt Dschingis seine Frage.

»Ganz einfach. Ich bin zu dir geworden.« Es folgt ein spöttisches Grinsen. »Aber irgendwie haben wir uns in diesem Durcheinander noch gar nicht begrüßt … Die Herren Hacker … Hallo, Schurka.«

Maniac starrt ihn wütend an, erwidert jedoch kein Wort.

»Der verehrte Diver …« Er deutet ein Nicken in meine Richtung an. »Ich glaube, ihr macht einen großen Fehler.«

»Und welchen?«, fragt Dschingis ungerührt.

»Unser kleines Geschäft«, sagt der Dark Diver mit Blick auf Bastard, »ist offenbar geplatzt, schließlich habt ihr die Daten von *New boundaries* nicht besorgt. Es tut mir sehr leid, dass Roman gestorben ist. Aber uns verbindet jetzt nichts mehr … und das soll es auch nicht.«

»Das stimmt nicht, Kumpel.« Bastard lässt Pat los, der seinen Protest inzwischen eingestellt hat, und geht auf den Dark Diver zu. »Wir haben die Daten.«

»Hier?« Der Dark Diver lächelt so breit, dass klar ist: Wir werden ihm nichts vormachen.

»Im Moment nicht. Aber das wird sich bald ändern.«

»Das wird es nicht. Ihr werdet die Dateien nicht bekommen. Niemals.«

»Und ob!« Bastard fuchtelt mit der leeren Flasche. »Und dann geben wir sie dir. Alles wie abgemacht.«

»Ihr wollt das wohl nicht verstehen.« Der Dark Diver stößt einen höchst überzeugenden Seufzer aus. »Den Diver-in-der-*Tiefe*-Tempel kann nur jemand betreten, der über die Fähigkeiten eines Divers verfügt.«

Er weiß wirklich alles!

Mit einem Mal begreife ich, dass das Ganze kein Spiel ist. Die leichte Starre, die mich nach dem Auftauchen des Unbekannten gefangen hat, weicht von mir.

Vor mir steht wirklich ein Diver, der seine Fähigkeiten nicht verloren hat. Ein Typ, der in der *Tiefe* weiter nach seinen Regeln spielt!

Während wir anderen alle den Verstand verloren und uns dem Wodka ergeben haben. Während wir gelernt haben, Programme zu schreiben und uns mit Hilfsarbeiten durchzuschlagen, inständig hoffend, irgendwann aufs Spielfeld zurückkehren zu können.

Während er unverändert das alte Spiel mit Realität und Fiktion gespielt hat ...

»Deshalb werdet ihr scheitern, selbst wenn ihr das Labyrinth schafft«, stellt der Dark Diver klar. »Nehmen wir doch einmal an, ihr lasst die alten Zeiten wieder aufleben, holt euch ein paar Dutzend spielwütiger Teenager ins Team, besorgt euch eine Viruswaffe ... und legt tatsächlich einen Durchmarsch durchs Labyrinth hin, ja, ihr findet sogar den Tempeleingang. Und dann? Glaubt ihr wirklich, damit wäre die Sache erledigt?«

Alle schweigen.

»Nur ein Diver kann den Tempel betreten«, fährt der Unbekannte fort.

»Wir haben einen Diver im Team, vergiss das nicht«, mischt sich Maniac ein. »Deshalb schaffen wir das Labyrinth und kommen in den Tempel! Besser gesagt, er kommt rein.«

Daraufhin richtet Bastards Doppelgänger den Blick auf mich. Mir wird ganz mulmig. Der Kerl scheint mich regelrecht zu röntgen.

»Leonid ... ist ein Ex-Diver.« Er zieht die Arme mit einem Ruck von oben nach unten über sein Gesicht, als lasse er ein Rollo runter.

Ich sehe in meine eigenen Augen.

»Er ist schon lange kein Diver mehr«, hält mein Doppelgänger fest. »Er musste das Schiff aus gesundheitlichen Gründen verlassen. Ein Diver mit Deep-Psychose – das ist wirklich ein guter Witz.«

»Ich komme in den Tempel«, versichere ich. Obwohl ich selbst nicht an diese Worte glaube, muss ich sie einfach aussprechen.

»Das wirst du nicht, Leonid. Sieh der Wahrheit endlich ins Gesicht! Du bist nicht der Revolvermann. Du bist kein Diver. Deine Zeit ist vor zwei Jahren abgelaufen. Du hattest eine Chance, aber du hast sie nicht genutzt. Deshalb bist du heute ein Niemand. Ohne Namen.«

»Spar dir diese Reden«, knurrt Maniac. »Auf die können wir gern verzichten!«

»Ich habe einen Vorschlag.« Der Dark Diver sieht uns einen nach dem anderen an. Lächelnd.

Also echt! Ich habe ein viel freundlicheres Lächeln.

»Dann lass mal hören!«, verlangt Dschingis.

»Vergesst diese Daten! Sie werden euch nichts nutzen. Ihr könnt mit den Informationen, die sie enthalten, nichts anfangen. Der Einzige, dem sie etwas nutzen – das bin ich.«

»Und wir sollen wohl auch vergessen, dass Romka gestorben ist?«, fahre ich ihn an. »Oder dass Deeptown sich in die gleiche Scheiße verwandelt, die wir schon mit der realen Welt haben, ja?«

»Woher willst du wissen, wie ich zu Romka stand?«, hält mir der Dark Diver vor. »Und was Deeptown für mich bedeutet? Oder die reale Welt? Ihr seid Kinder ... Kinder, die sich in der *Tiefe* verirrt haben. Ihr wart es, die die virtuelle Welt in einen Abklatsch des realen Lebens verwandelt habt! Und zwar schon vor sehr langer Zeit.«

Dieses Gespräch hätte sich womöglich noch ewig hingezogen. Vielleicht hätten wir dabei sogar was Wichtiges erfahren. Aber da reißt Pat seine Waffe hoch. »Du hast dich doch selbst auch verlaufen!«, brüllt er. »Und wir wollen dich hier nicht haben!«

Wohl wahr.

Die Waffe in seinen Händen rattert wie eine MP, die Kugeln durchlöchern die Wand. Der Dark Diver hat sich jedoch rechtzeitig zu Boden geworfen und kriegt nicht einen Schuss ab. Dafür geht er jetzt zum Gegenangriff über. Mit einer Pistole, wie auch ich sie habe, trifft er auf Anhieb.

Pat krümmt sich und geht zu Boden.

Damit geht der Wahnsinn los.

Dschingis feuert, die Kugeln durchsieben den Körper des Dark Divers, fügen ihm aber offensichtlich nicht den geringsten Schaden zu. Bastard stürzt sich mit Gebrüll auf seinen Feind und zieht ihm die Flasche über den Schädel.

Doch auch das bringt rein gar nichts.

Ich richte meine Waffe auf den Dark Diver. Wenn ich bloß Bastard nicht treffe! Der Dark Diver nimmt mich ebenfalls ins Visier. Als Einzigen.

Als wüsste er, was für eine Ladung in meiner Waffe steckt.

Wir schießen gleichzeitig. Oder bin ich vielleicht doch den Bruchteil einer Sekunde schneller?

Denn ich sehe noch, wie der Kopf des Dark Divers in blutig-graue Teilchen zerfetzt wird und sein Körper sich in einem Krampf krümmt.

Dann erreicht auch mich seine Kugel.
Um mich herum wird alles dunkel.

Es ist kein sonderliches Vergnügen, mit einem Kochtopf auf dem Kopf dazusitzen.

Die Displays des Helms waren dunkel und tot.

Ich löste das Band unterm Kinn und nahm den alten Sony ab. Ein Blick auf den Monitor: Auch hier war alles schwarz.

Scheiße.

»Vika, öffne das Programm! Wir haben zu arbeiten!«

Meine Hoffnung, dass der Dark Diver lediglich die Stromversorgung des Rechners unterbrochen hatte, war gering. Trotzdem startete ich den Computer jetzt neu und wartete eine Minute.

Nichts passierte. Meine Kiste gab kein Lebenszeichen von sich.

Ich zog alle Kabel heraus, öffnete – eine Premiere – den Tower und starrte hinein. Als ob ich den Schaden mit bloßem Auge erkennen würde.

Alles sah einwandfrei aus. Nirgends schmurgelte etwas, die Festplatte war nicht zerfetzt, in der Hauptplatine steckte keine Kugel.

Ich griff nach dem Telefon und wählte Dschingis' Nummer. Er war sofort dran. »Leonid?«

»Ja. Was ist mit Pat?«

»Er sitzt vor seinem abgenippelten Rechner und heult. Der Dreckskerl muss eine Waffe der zweiten Generation haben. Was ist mit dir?«

»Das Gleiche.«

»Kriegst du das allein wieder hin?«, fragte er nach kurzem Schweigen.

»Nein.«

»Okay, dann bitte ich Bastard, bei dir vorbeizuschauen.«

»Was ist mit dem Dark Diver?«

»Du hast ihn getötet. Womit hast du geschossen?«

»In der Waffe steckten Kugeln der zweiten Generation. Die, die ich von dir habe.«

»Dann habe ich sie dir ja nicht umsonst gegeben.« Dschingis lachte kurz und böse. »Wir anderen hatten humanere Waffen. Mach dir jetzt keine Sorgen, Leonid. Bastard kommt nachher zu dir. Er kümmert sich um deinen Rechner.«

»Danke«, sagte ich. Und richtete mich aufs Warten ein.

So fand mich dann auch Vika vor, als sie von der Arbeit nach Hause kam. Vor einem aufgeschraubten Computer am Boden hockend.

»Jemand hat meinen Rechner erledigt«, teilte ich ihr mit, als sie eintrat. »Mir nichts, dir nichts erledigt.«

»Wie das?«, wollte sie wissen, während sie ihren Schal abnahm.

»In der *Tiefe*. Mit einer Waffe der zweiten Generation. Die zerstört die Hardware.«

Vika setzte sich neben mich. Sie sah mir in die Augen, dann warf sie einen Blick in das Innere meines Towers. »Bist du sicher, Ljonka?«, fragte sie mich und lächelte sanft. »Wer würde denn mit einer solchen Waffe gegen einen normalen User vorgehen?«

Sie ahnte nicht einmal, wie sehr mich ihre Worte verletzten.

»Vika ... Ich muss dir was sagen.«

»Dann schieß los!«

»Romka ist ermordet worden.«

»Der Werwolf?« Sie behielt ihr Lächeln bei. »Wie das denn?«

»Romka ist tot. Richtig tot.«

Ganz langsam verschwand das Lächeln aus ihrem Gesicht.

»Guter Gott ... Wie?«

»Er ist aus der *Tiefe* heraus ermordet worden. Mit einer Waffe der dritten Generation.«

»Leonid ...«

»Hör mir zu, Vika. Bitte. Und ... du musst mir glauben.«

Wenn du alle Gefühle beiseitelässt, dann kannst du das, was in den letzten beiden Tagen geschehen ist, in sehr knappen Worten zusammenfassen. Und in sehr klaren. Es gab einen Hack, eine Verfolgungsjagd und einen Mord. Daraufhin suchte ich Maniac und Dschingis auf. Dann war da noch der Brief. Und der Dark Diver.

Als ich endete, stand Vika vom Boden auf und setzte sich aufs Sofa. Ihre Lippen waren so fest aufeinander gepresst, dass sie nur noch einen Strich bildeten. Ihr Blick nahm einen kalten und entschlossenen Ausdruck an. Es war der Blick von Madame, nicht der von Vika ...

Ich mochte diesen Blick nicht. Ich hasste ihn sogar.

Aber genauso wenig, wie man die Welt mit fremden Augen betrachten darf, darf man für andere entscheiden, welchen Blick sie aufsetzen sollen.

»Und das hast du dir wirklich nicht ... ausgedacht, Ljonka?«

»Nein. Ich habe dir alles so erzählt, wie es wirklich war. Vika, die *Tiefe* ist am Ende. Jedenfalls fast. Sie verwandelt sich in eine Kopie der realen Welt. Mit Tod, Gefahren, Misstrauen und Argwohn. Wenn wir mit dieser Situation nicht fertigwerden ...«

»Und wie wollt ihr damit fertigwerden? Habe ich das richtig verstanden, Ljonka – diese Waffe existiert bereits? Jemand hat bereits Gebrauch von ihr gemacht. Und nichts, was in der *Tiefe* geschieht, bleibt lange ein Geheimnis.«

Ich hüllte mich in Schweigen. Sie hatte ja recht. Wie immer.

»Leonid ... ich bin gleich wieder da.«

Ich beobachtete, wie Vika ein Päckchen Zigaretten und ein Feuerzeug aus ihrer Tasche holte. Sie rauchte nur selten. Nur wenn es ihr sehr gut ging. Oder sehr schlecht.

»Einen Dschinn, der aus seiner Flasche entwichen ist, fängst du nicht wieder ein.« Vika zündete sich eine Zigarette an. »Deshalb hast du recht, das bedeutet das Aus für die virtuelle Welt, zumindest in der Form, wie wir sie kennen.«

»Gib mir auch eine Zigarette«, bat ich. Nachdem ich mir eine leichte Mild Seven angesteckt hatte, fuhr ich fort: »Wenn die Möglichkeit besteht, ein Unglück zu verhindern, dann musst du es auch versuchen.«

»Schon – nur trifft das in diesem Fall nicht zu. Dieses Unglück kannst du nicht verhindern, es hat längst seinen Lauf genommen. Du, Schurka, die ganze Hacker-Gang – ihr tretet alle viel zu spät auf den Plan. Lass uns der Wahrheit ins Gesicht sehen.«

»Welcher?«

»Deeptown lebt nach seinen eigenen Gesetzen – aber das sind die Gesetze von uns Menschen. Anders ginge es gar nicht. Vor ein paar Jahren war die virtuelle Welt noch ein Kind. Mit all der Begeisterungsfähigkeit und all der Grausamkeit eines Kindes. Mit Raufereien im Sandkasten. Wenn du mir mit dem Eimerchen eins überziehst, dann haue ich dir mit dem Schäufelchen auf den Popo. Mit Doktorspielen, Prügeleien, Schmollereien, Märchen von der schwarzen Hand und dem blutigen Laken. Aber irgendwann ist die Kindheit zu Ende. Und heute ist Deeptown erwachsen. Damit sieht die Sache völlig anders aus. Leonid ... in der *Tiefe* hat die normale Welt der Menschen Einzug gehalten.«

»Zu töten – ist das normal?«

»Ljonka, wir reden hier nicht davon, was gut ist und was schlecht. Wir reden von dem, was üblich ist. Und zum Leben der Menschen gehören Krieg und Mord nun einmal dazu. Man kann nicht immer nur im Labyrinth des Todes oder in der Arena von Duel to Death Dampf ablassen. Ein kleiner Junge kann mit einer

Plastik-MP durch die Gegend laufen, aber sobald er achtzehn Jahre alt ist, kriegt er eine echte Waffe in die Hand gedrückt. Der Tod musste zwangsläufig nach Deeptown kommen. Und nun ist er da.«

Vika verstummte. Sie klopfte die Asche auf die Zeitung ab, die auf dem Sofa lag.

Die Geschichte nahm sie doch mehr mit, als sie zugab.

»Schlag doch mal die Zeitung auf! Was liest du da auf der ersten Seite? Ein besoffener Kerl ist nach Hause gekommen, hat weiter getrunken, seine Frau aufgeschlitzt und seine kleinen Kinder aus dem Fenster geschmissen, dann hat er noch ein Glas getrunken, sich auf seine Schwiegermutter gestürzt, sie aber nicht erwischt. Dann hat er die letzte Flasche leergemacht und sich im Klo aufgehängt. Die US-Air Force hat eine Friedensmission nach Europa entsandt. Dabei wurden zwanzig militärische Ziele zerstört, einschließlich einer Keksfabrik, eines Krankenhauses und eines Wohnviertels. Arabische Terroristen haben eine Bombe in einem Passagierflugzeug gelegt. Um gegen eine andere Friedensmission zu protestieren.«

»Ich lese keine Zeitungen.«

»Ljonka ...« Vika seufzte. »Ljonka, mein Liebster, du liest sie eben doch. Du schnappst hier und da etwas auf und reimst dir den Rest zusammen. Man kann sich nicht immer in der *Tiefe* verstecken. Ich versteh ja, dass du das möchtest. Aber es klappt nicht. Früher oder später musste jemand eine echte Waffe nach Deeptown einschleppen. Und jetzt, wo das geschehen ist, musst du eine Entscheidung treffen. Was ist für dich Realität, was Fiktion? Wenn es keinen Unterschied gibt, dann leb weiter in der *Tiefe*. Ist es am Ende nicht egal, wie wir sterben?«

Es klingelte an der Wohnungstür.

»Das ist Bastard«, informierte ich sie.

»Wer?«

»Bastard. Ein Hacker, ich habe dir von ihm erzählt.«

»Hättest du mich nicht warnen können?« Vika stand auf und sah sich rasch im Zimmer um, als hoffte sie, in zwanzig Sekunden aufräumen zu können. »Dass er kommt, meine ich.«

»Tut mir leid.« Ich erhob mich. »Hab ich vergessen.«

»Geh aufmachen!« Vika strich sich übers Haar. »Na, los, es ist dein Freund, worauf wartest du denn?«

Mhm.

Wenn doch bloß Dschingis gekommen wäre ...

Bei der Vorstellung, wie Bastard mit seinem Gebrüll und seinen Flüchen in die Diele stürmt und sie in Beschlag nimmt, wie er aus einer alten Tasche zwanzig Flaschen Shiguljowskoje zieht, hätte ich am liebsten nicht aufgemacht.

Nur dass Bastard dann womöglich die Tür mit der Schulter eingedrückt hätte. Vorsichtshalber. Falls ich das Klingeln nicht gehört hatte.

Ich seufzte schwer, ging zur Tür und schloss auf.

»Guten Abend, Leonid«, begrüßte mich Bastard mit gedämpfter Stimme. »Du hast doch nicht zu lange warten müssen?«

Obwohl ich es mir fest vorgenommen hatte, Vikas Anwesenheit zu erwähnen, verkniff ich mir die Bemerkung, dass meine Frau zu Hause sei und er deshalb bitte keine vulgären Ausdrücken durch die Gegend brüllen solle, und bat ihn herein.

Bastard trat sich die Füße ab und kam herein.

In einer Hand hielt er einen großen Strauß Teerosen, in der anderen eine riesige Tasche. Ob es die war, in der er versucht hatte, die Nutte in Dschingis' Wohnung zu schmuggeln?

»Ist deine Frau zu Hause?«, fragte Bastard leise. Als ich nickte, wollte er wissen. »Wie heißt sie?«

»Vika.«

»Danke.«

Als ich sah, wie Bastard nach Hausschuhen Ausschau hielt, streifte ich meine von den Füßen.

»Guten Abend.« Vika gesellte sich zu uns in die Diele.

»Guten Abend!« Bastard vollführte eine ungeschickte Verbeugung und streckte ihr die Blumen hin. »Es ist mir ein wahnsinniges Vergnügen, Sie kennenzulernen, nachdem Leonid schon so viel von Ihnen erzählt hat. Ich bin Anton.«

Was zog er denn jetzt schon wieder für eine Show ab?

»Vielen Dank! Wie hübsch.« Vika nahm den Strauß an sich. »Willst du uns nicht vorstellen, Leonid?«

»Das ist Vika, meine Frau«, murmelte ich. »Und das ist Ba... Anton. Ein hervorragender Computerfachmann.«

»Wie ist es Ihnen lieber – Anton oder Bastard?«, wollte Vika wissen. Ich konnte ihr in den Augen ablesen, wie sehr sie die Situation genoss.

»Ehrlich gesagt, Viktoria, wäre es mir lieber, wenn Sie mich Bastard nennen. Aber manch einen schockiert der Name ...«

»Mich nicht. Dann nehmen wir Bastard und das Du, ja? Leg deine Jacke ab und komm rein. Und entschuldige die Unordnung. Ich arbeite den ganzen Tag, und Ljonka ist in der *Tiefe*.«

»Ist doch sehr gemütlich und reizend!«, brachte Bastard eifrig hervor. Er zog eine schäbige Mütze aus Bisam vom Kopf. Wenn er sich mit der vor einer Metrostation aufbauen würde, dürfte der Rubel rollen. »Vika ... also mein ungewöhnliches Äußeres, das hängt damit zusammen ... dass ich mich vorm Winter immer kahl schere.«

»Interessant. Und warum? Die Jacke kannst du hierher hängen. Fühl dich einfach wie zu Hause, ja?«

Bastard schniefte und stellte die Tasche ab. »Sicher?«, entgegnete er. »Dass ich mich wie zu Hause fühlen darf?«

»Aber natürlich.«

»Heiliger Hodensack ... Oh! Aber ich habe dich ja gewarnt ...« Bastard zog die Jacke aus und warf sie über den Garderobenständer, während er seine Mütze mit größter Sorgfalt aufhängte. »Also ... ich schere mich wegen ihr. Sie ist schon alt ...«

»Wer ist schon alt?«

»Meine Mütze. Sie ist alt, zerschlissen und eingelaufen. Deshalb passt sie mir bei meiner Mähne nur, wenn ich mich kahl schere.«

Mir schoss der Gedanke durch den Kopf, Bastard umgehend wieder ins Treppenhaus zu bugsieren. Aber vermutlich würde das nicht klappen. Schon gar nicht umgehend.

»Warum kaufst du dir keine neue? Sicher, heute ist alles teuer, aber ...«

»Weil ich vor acht Jahren dem Tierschutzverein beigetreten bin. Seitdem vertrete ich die Auffassung, dass es ein Ausdruck von Barbarei und Faschismus ist, Pelzkleidung herzustellen. Deshalb habe ich kein Recht, mir eine neue Pelzmütze zu kaufen. Aber im Winter ist es in Moskau so kalt, dass ich mir wer weiß was einfangen würde, wenn ich ohne Mütze rumlaufen würde ...«

»Diese Position verdient höchste Anerkennung«, erwiderte Vika. »Macht es dir im Übrigen etwas aus, dass mein Pelzmantel neben deiner Jacke hängt?«

»Nein«, antwortete Bastard voller Würde. »Aber es enttäuscht mich. Wenn du einverstanden bist, können wir vielleicht nachher noch ein wenig über den Schutz der Umwelt und über eine humane Beziehung zu unseren kleinen Brüdern sprechen.«

Ich schielte aus den Augenwinkeln zu Vika hinüber.

Sie lächelte. Und zwar so offen, wie schon lange nicht mehr.

»Und jetzt komm rein, Bastard. Und fühl dich, wie gesagt, ganz wie zu Hause. Oder lieber fast ganz. Wollt ihr gleich euer Bier trinken oder erst, nachdem du dir den Rechner angesehen hast?«

»Wir können diese beiden Prozesse durchaus ... äh ... synchronisieren«, schlug Bastard verlegen vor. »Nimmst du auch ein Bier, Viktoria?«

»Gern. Aber sag doch Vika, ja?«

»Nichts lieber als das!« Bastard zerfloss in einem Lächeln. »Also, Ljonka, bring mal ein paar Gläser und zeig mir, wo deine durchgeschmorte Kiste steht.«

»Das zeige ich dir«, sagte Vika. »Ljonka, schneid auch Brot und Käse auf und sieh mal nach, was wir noch im Kühlschrank haben.«

Mit dem dumpfen Gefühl, leicht überflüssig zu sein, begab ich mich in die Küche.

110

»Hab ich's mir doch gedacht«, rief Bastard aus. »Konnte ja gar nicht anders sein.«

Er hockte inmitten der ausgebauten Platinen auf dem Boden und drehte den ausgebauten Prozessor von einer Seite zur anderen.

»Was?«, fragte ich mit brechender Stimme. Ich kam mir vor wie beim Arzt, der sich deine Röntgenbilder und Werte ansieht, gegen dein Knie hämmert, dir die Lungen abhorcht – und dann mit verschlossener Miene in unleserlichen Krakeln etwas in deine Krankenakte einträgt.

»Vierundzwanzig Volt auf den Prozessor – und finito!«, triumphiert Bastard. »Soll ich dir ein Bierchen aufmachen, Vika?«

»Danke, ich hab noch.«

Vika saß mit untergeschlagenen Beinen auf dem Sofa, weidete sich an unserem Anblick, nippte immer wieder an ihrem Bier und klaubte sich ab und an aus einem Glas eine Olive.

»Dein Prozessor ist abgeschmiert!«, diagnostizierte Bastard, öffnete die nächste Flasche Jaroslawskoje – auch dies ein Kompromiss zwischen seinem Shiguljowskoje und der Höflichkeit – und trank einen Schluck. »Hast du einen auf Halde?«

»Machst du Witze? Woher ...?«

»Schwill ab! Den hier habe ich eigentlich für mich besorgt.« Der Hacker kramte in seiner Tasche, um schließlich ein Taschentuch herauszuholen, das seine frischgewaschenen Tage schon lange hinter sich hatte. In dessen einer Ecke befanden sich eindeutige Spuren vom letzten Schnäuzen. Als er es auffächerte, war ich mir sicher, er würde mit der Geste eines Zauberers einen Prozessor zutage fördern.

Doch er wollte sich nur noch mal die Nase putzen.

»Ich baue dir eins, zwei einen Prozessor ein. Zu deiner Hauptplatine passt er ... Mann, nur gut, dass ich das Ding eingesteckt habe.«

»Komm schon, du hast einfach auf gut Glück alles angeschleppt, was du hattest ... Wie kann man einen Prozessor so zurichten, Bastard?«

»Scheißschlaue BIOS heutzutage ...« Eine Antwort auf meine Frage lag offenbar unter seiner Würde. »Na, dann wollen wir doch mal sehen ... Womöglich ist hier noch was durchgeschmurgelt ...«

»Wenn die Stromzufuhr bei nur zwölf Volt liegt, wie konnte dann ...?«

»Du weißt, was plus und minus zwölf Volt sind?«

Das wusste ich nicht. Trotzdem nickte ich.

Bastard holte derweil aus seiner Riesentasche einen kleinen Koffer – und aus dem den Prozessor. Als er ihn anstelle des alten einsetzte, legte er den Jumper bedenkenlos auf die Hauptplatine. »Schließ den Bildschirm an«, brummte er.

Sobald ich es getan hatte, drückte Bastard feierlich auf den Knopf zum Einschalten des Rechners.

»Da tut sich nichts«, kommentierte Vika.

»Das wird sich gleich ändern«, erwiderte Bastard. »Leonid, den Stecker in die Dose.«

Er drückte noch mal auf den Einschaltknopf, und die Festplatte surrte leise los.

»Wer sagt's denn«, rief Bastard triumphierend aus, als auf dem Bildschirm das Logo von Windows Home erschien. »Und ihr habt schon gedacht, die Kiste wär im Arsch.«

»Bastard ... ich habe gerade kein Geld für einen Prozessor.«

»Den setz ich Dschingis auf die Rechnung«, erklärte Bastard leichthin. »Wird ihn nicht arm machen. Außerdem warst du bei ihm, als deine Kiste verreckt ist.«

»Aber fair ist das nicht.«

»Komm mir doch nicht damit! Du brauchst einen funktionierenden Rechner. Und im Moment auch einen schnellen. Pass auf, ich erweitere deinen Arbeitsspeicher um ein Gigabyte.«

Wie hätte ich diesen Vorschlag ablehnen sollen? Als ich mir vorstellte, wie es wäre, mit einem Prozessor mit eintausendzweihundert Megahertz in die *Tiefe* zu gehen und dazu einen größeren Arbeitsspeicher zu haben, stieß mein Gewissen nur einen kurzen durchdringenden Schrei aus – dann verstummte es.

»Wollt ihr diesen Tempel also doch suchen?«, fragte Vika.

»Selbstverständlich!«, antwortete Bastard, der nach wie vor am Rechner hantierte. »Was bleibt uns denn anderes übrig, meine Teure?«

»Nicht in diesem Ton, mein Teurer!«

Bastard zog den Kopf ein, was bei seinem kurzen Hals allerdings kaum auffiel. Ängstlich sah er mich an. »Tut mir leid, Vika, ich wollte nicht frech werden.«

»Schon gut, Bastard. Erklär mir lieber, was ihr euch davon versprecht.«

»Wir wollen an diese Daten kommen. Wir wollen demjenigen auf die Füße treten, der eine Waffe der dritten Generation entwickelt hat.«

»Und du glaubst, ihr schafft das?«

»Wir müssen es auf alle Fälle versuchen.« Jetzt hatte Bastard das Motherboard eingesetzt und machte sich daran, die übrigen

Bauteile auf ihm zu montieren. »Ein Versuch schadet ja nichts, oder?«

»Da wär ich mir nicht so sicher«, sagte sie. »Außerdem kann man die Zeit nicht zurückdrehen. Und diese Waffe existiert bereits.«

»Das kann sich schnell ändern, denn vernichten lässt sie sich garantiert ohne Probleme«, entgegnete Bastard, der gerade die Grafikkarte einsetzte. »Jedenfalls dürfen wir jetzt nicht den Schwanz einziehen!«

»Ich bin ja nicht eure Beraterin, überhaupt gehe ich schon lange nicht mehr in die *Tiefe* ...«

Mir fiel ein, wie ich Vika neulich mit dem Helm auf dem Kopf vorm Laptop ertappt hatte, doch ich sagte kein Wort.

»Vika, lass es uns doch erst mal versuchen, dann sehen wir weiter!«, sagte Bastard.

»Es gibt eine ganz einfache Regel für die eigene Sicherheit«, bemerkte Vika. »Und die lautet: Meide gefährliche Orte. Im Moment ist die *Tiefe* ein gefährlicher Ort. Es wäre wesentlich sicherer für euch, eine Zeit lang ohne sie auszukommen. Warum seht ihr das nicht ein?«

»Das tun wir doch«, erwiderte Bastard. »Aber wir können halt nicht anders. Morgen gehen wir ins Labyrinth.«

»Davon würde ich euch dringend abraten«, brachte Vika mit Nachdruck hervor. »Euch allen. Doch in erster Linie Ljonka.«

»Den Rat haben wir auch schon von jemand anderem gehört«, entgegnete Bastard. »Der hockt vermutlich auch gerade vor einer durchgeschmurgelten Kiste ...«

Ich sah Vika an – dann senkte ich meinen Blick. Ich fühlte mich nicht mehr wohl in meiner Haut.

»Die Situation eskaliert immer weiter«, bemerkte Vika, an Bastard gewandt. »Noch vor einem Jahr hättest du an der Decke geklebt, wenn irgendein Dreckskerl einen fremden Rechner zum

Abschmieren gebracht hätte. Und heute lachst du dir vor Schadenfreude ins Fäustchen.«

»Und was hat dieser Kerl Ljonka angetan?!«, stieß Bastard aus. »Wer hat denn angefangen?!«

»Na?«, entgegnete Vika. »Wer?«

Bastard und ich, wir sahen uns an.

»Also, Maniac zählt nicht ...«, erklärte Bastard. »Seine Waffe war sauber. Außerdem hat sie überhaupt nicht funktioniert. Und Pat ...«

Vielleicht hätte ich Vika doch noch nicht alles erzählen sollen ...

»Er ist noch ein Kind«, fuhr Bastard fort. »Gut, er hat es verdient, dass ihm jemand den Kopf wäscht ... oder übers Knie legt. Aber warum vernichtet jemand seine Kiste?«

»Bastard, ihr habt zu einer Waffe der zweiten Generation gegriffen – und ihr habt nicht mal ein schlechtes Gewissen«, konstatierte Vika. »Genauso würde es mit einer Waffe sein, mit der man einen Menschen tötet. Sobald einer von euch sie in die Finger bekommt, wird er eine Rechtfertigung finden, um sie einzusetzen.«

»Nie im Leben!«, widersprach Bastard.

»Dann werdet ihr umgebracht. Ihr begebt euch freiwillig in eine Situation, die nach immer heftigeren Maßnahmen verlangt. Dieser Dark Diver hat euch gewarnt! Und wahrscheinlich weiß er wirklich mehr als ihr.«

»Dann hätte er sein Wissen mit uns teilen müssen.«

»Vielleicht hatte er das ja vor?«

»Warum verteidigst du ihn eigentlich, Vika?«, fragte Bastard. »Er hat Romka auf dem Gewissen, er ist in Dschingis' Haus eingebrochen und er hat Leonids Kiste lahmgelegt!«

»Ich verteidige ihn nicht, ich bemühe mich lediglich um Objektivität. Je tiefer ihr euch in diese Geschichte verstrickt, desto größer ist das Risiko, dass ihr dieser neuen Waffe zum Opfer fallt. Oder ... sie selbst einsetzt.«

»Nie im Leben!«, wiederholte Bastard.

»Darauf würde ich nicht wetten.« Vika zuckte die Achseln. »Im Übrigen ist es eure Entscheidung.«

»Wirst du Leonid verbieten, in die *Tiefe* zu gehen?«, fragte Bastard naiv.

»Du scheinst nicht ganz zu begreifen, was für eine Beziehung wir haben«, antwortete Vika lächelnd.

Das war nicht weiter erstaunlich – ich selbst blickte da seit Langem nicht mehr durch.

»Wie könnte es auch anders sein?«, entgegnete Bastard ihr.

»Dann will ich es dir erklären«, fuhr Vika ruhig fort. Unsere Blicke kreuzten sich. Ich sah als Erster zur Seite. »Ljonka und ich, wir lieben einander. Aber wahrscheinlich lieben wir uns in erster Linie so, wie wir in der *Tiefe* sind. Wie wir vor zwei Jahren waren, als wir uns kennengelernt haben, als wir zusammen sehr … sehr viel … durchgemacht haben … Aber zusammen unter einem Dach zu leben, in der richtigen Welt … das ist etwas anderes. Es klappt, wie du siehst. Und wir lieben uns. Aber …«

Vika stellte das leere Glas leise ab.

»Als ich nach Petersburg geflogen bin, um Ljonka persönlich kennenzulernen, habe ich eine Stunde am Flughafen gewartet, bis ich begriff, dass er mich nicht abholt. Danach haben wir eine einfache Regel aufgestellt. Eine ganz einfache. Unser Leben in Deeptown ist eine Sache, unser Leben in der realen Welt eine andere. Wenn wir wirklich zusammenleben wollen, dann haben wir nicht das Recht, dem anderen vorzuschreiben, was er in der *Tiefe* zu machen hat. Mir gefällt der Gedanke überhaupt nicht, dass Leonid sich in dieses Abenteuer stürzt. Aber ich habe nicht das Recht, es ihm zu verbieten.«

Bastard erhob sich ungeschickt, hüstelte und schnappte sich seine Tasche. »Dann werd ich wohl mal … Vielen Dank, Vika. Hat mich gefreut, dich kennenzulernen.«

»Lass dich mal wieder blicken«, sagte Vika und lud ihn herzlich ein.

»Ich würd mich freuen, dich wiederzusehen.«

In der Diele packte Bastard mich am Kragen und zischte mir ins Ohr: »Was bist du für ein mieses Schwein! Warum konntest du sie nicht abholen?!«

Ich befreite mich aus seinem Griff und löste seine Hand mit einiger Mühe von meinem Hemd. »Dazu solltest du eins wissen, Bastard«, flüsterte ich halblaut. »Ich war sicher, ich hätte Vika abgeholt.«

Er nahm es mir nicht ab. Ich öffnete die Tür und sah ihn fragend an.

»Ist noch was?«, wollte Bastard wissen.

»Wann soll ich da sein?«

»Morgen um Punkt zehn, bei Dschingis.«

»In der *Tiefe*?«

»Ist wahrscheinlich besser.«

»Ich werde da sein.«

Daraufhin ging Bastard.

Als ich ins Wohnzimmer zurückkam, war Vika bereits im Schlafzimmer verschwunden. Die Flaschen und Gläser standen immer noch da, wo wir sie abgestellt hatten. Ich sammelte sie ein und brachte sie in die Küche. Die Flaschen landeten in einer alten Plastiktüte, die Gläser im Abwasch.

Vika war ins Bett gegangen, ohne auf mich zu warten.

Kurz kämpfte ich gegen die Versuchung, mich vor den Rechner zu setzen. Ein neuer Prozessor! Ein erweiterter Arbeitsspeicher! Es dürfte nichts schaden, ein paar Tests vorzunehmen und mir anzusehen, wie schnell die Kiste jetzt war.

Am Ende zog ich mich aber doch aus, löschte das Licht und legte mich neben Vika. Sie schlief immer schnell ein. Vielleicht war das ja auch jetzt der Fall.

»Gute Nacht«, sagte ich.

Vika antwortete nicht.

Gut, dann gehen wir mal davon aus, dass sie wirklich schläft.

»Ich habe damals nicht verschlafen, Vika. Ich habe gedacht, dass ich dich abhole. Ich bin zum Flughafen gefahren und habe am Infoschalter auf dich gewartet. Und du bist gekommen. Du hast genauso ausgesehen wie jetzt. Genauso wie in der *Tiefe*. Und ich habe dir gesagt, ich würde dir niemals gezeichnete Blumen schenken.«

Kein Wort. Vikas Atem ging leise und gleichmäßig.

»Nur hat damals meine Deep-Psychose begonnen, Vika. Es war der erste Anfall. Der schwerste wahrscheinlich. Jedenfalls hat es mich seitdem nie wieder so heftig erwischt.«

Sie schlief wirklich.

Ich lag noch eine halbe Stunde schweigend neben ihr. Vielleicht hoffte ich, sie würde doch noch etwas antworten. Vielleicht befürchtete ich aber auch gerade das. Dabei sah ich zu den phosphoreszierenden Sternen hoch, die an der Decke klebten. Sie leuchteten immer schwächer und schwächer.

Es gab nicht nur gezeichnete Blumen.

Dann schlief ich ein.

Der Tag begann mit Wechselduschen.

Es gibt eine wunderbare russische Tradition: sich vor dem Kampf zu waschen und etwas Sauberes anzuziehen.

Vielleicht kämpfen wir deshalb so gern: weil wir ab und an mal sauber durch die Gegend laufen wollen?

Vika war bereits weg, sie musste in aller Herrgottsfrühe das Haus verlassen haben. Ich hatte gehört, wie sie sich anzog, wie die Tür ins Schloss gefallen war, bin aber liegen geblieben.

Jetzt musste ich was essen. Und sei es nur eine Kleinigkeit.

Ich machte mir einen Toast und aß ihn, ohne den Geschmack wahrzunehmen. Dazu trank ich starken Kaffee, löslichen zwar, der aber trotzdem nicht schlecht war.

Die Uhr zeigte kurz nach neun.

Genug Zeit, mich mit dem aufgerüsteten Rechner vertraut zu machen.

»Vika, öffne das Programm«, sagte ich. Ich holte einen sauberen Overall, den ich unter dem Sensoranzug anziehen würde, aus dem Schrank. Den alten, den ich in den letzten drei Tagen völlig durchgeschwitzt hatte, knöpfte ich heraus und schmiss ihn in den Wäschekorb.

Die Vika auf dem Bildschirm wartete bereits auf mich.

Kurz stellte ich mich noch vors Fenster. Es schneite, ja, es ging sogar ein leichter Schneesturm. Und so wie der Himmel aussah, würde es so bald nicht aufhören. Der Winter hatte Einzug gehalten ...

»Wähl dich ins Netz ein«, befahl ich. »Über die Standardverbindung. Figur Nr. 7, der Revolvermann.«

Ich stülpte mir den Helm auf, verschloss ihn, erhöhte die Helligkeit der Displays ...

Deep.

Enter.

Ein feuriger Regenbogen ...

Wahrscheinlich funktioniert eine Waffe der dritten Generation auf die gleiche Weise. Sie überflutet dich mit Farben, weit, weit über dir blinken die Sterne ... und dann zwingt dein manipuliertes Unterbewusstsein deinen Körper, sich zu krümmen. Lässt sich das Herz eigentlich durch pure Willensanstrengung zum Stehen bringen? Lässt sich ein katatonischer Krampf heraufbeschwören? Falls du ein Yogi oder ein Mensch mit langer Praxis in Autosuggestion bist, dann wahrscheinlich schon. Oder falls dich das Deep-Programm hypnotisiert ...

Der Farbsturm legt sich.
Ich stehe auf.
Ich bin in der *Tiefe*.
Und die *Tiefe* ist in mir.
Alles ist wie immer.

Ich mache einen Schritt durch das kleine Hotelzimmer und sehe auf die Uhr. Mir bleibt jede Menge Zeit, allerdings habe ich auch noch einiges zu erledigen.

Als ich in den Gang hinaustrete, sehe ich mich mit jener Vorsicht um, die mir inzwischen in Fleisch und Blut übergegangen ist. Meine Hand ruht auf dem Revolvergriff.

Nein, hier ist niemand.

Auf dem Parkplatz vorm Eingang wartet noch das Motorrad vom Biker auf mich, dieses Standardmodell mit dem simplen Passwort.

Auf der Straße sind etliche Autos unterwegs. Heute werde ich da schwieriger durchkommen, denn der Revolvermann taugt nicht so gut für den Verkehr wie der Biker.

Ich fahre zu HLD.

Da die Server nicht überlastet sind, schaffe ich es am Ende doch recht schnell. Vielleicht sind aber auch irgendwo neue Glasfaserleitungen gelegt worden. Oder der größte Provider ist ausgefallen, sodass all seine User von Deeptown abgeschnitten sind.

Am Schalter sitzt Galotschka. Sie tut mir schon jetzt leid, denn sie ist eine nette Frau, der es bestimmt nicht leicht fällt, mir mitzuteilen, dass ich gekündigt bin.

»Hallo ... ich bin's, Leonid«, sage ich, als ich mich zu ihr runterbeuge.

Sie wird wirklich verlegen. Außerdem macht mein neues Äußeres einen gewissen Eindruck auf sie. Das hat mir gerade noch gefehlt. Aber so ist es ja immer: Da hast du noch einen alten Avatar auf Vorrat und denkst gar nicht daran, dass irgendjemandem dieses zerknautschte Gesicht, die kalten blauen Augen und die sehnigen Arme gefallen könnten ...

»Leonid ... ich muss dir ...«

»Ich ahne schon, was du sagen willst«, falle ich ihr ins Wort.

»Du bist nicht zur Arbeit gekommen ...«

»Galotschka, ich verstehe das doch. Ich bin sogar nur hier, um offiziell zu kündigen. Dafür muss ich doch sicher irgendwas unterschreiben, oder?«

Galja nickt schuldbewusst, fast als ob sie mich rausgeschmissen hätte. Sie holt ein Formular heraus und legt es mir vor. Ich überfliege es rasch.

In Übereinstimmung mit den Punkten 2.1 und 2.4 des Vertrages ... Unentschuldigtes Fernbleiben vom Arbeitsplatz ohne Unterrichtung der Firmenleitung ... Sollte das Unternehmen dadurch einen Verlust erlitten haben ... Gemäß Punkt 3.7 kann eine Abfindung nur gezahlt werden, wenn ...

Ich unterschreibe und schiebe Galja den Wisch hin. »Das ist schon okay, wirklich«, beteuere ich. »Ich habe es einfach satt, dauernd hier aufzukreuzen.«

»Hast du einen anderen Job?«, will sie wissen.

»Oh ... ich komme ganz bestimmt klar.« Ein Lächeln kriecht auf mein Gesicht. Mein Helm ist nicht so intelligent wie die neuesten Modelle, die deine Mimik reproduzieren können. Ich habe nur meine Finger, die über die Tastatur eilen und damit das Symbol des Lächelns auf das gezeichnete Gesicht zaubern. Aber vielleicht ist es besser so, denn so kann ich lachen – auch wenn ich weine.

»Viel Glück, Leonid.«

»Dir auch, Galja.«

Ich beuge mich vor und gebe ihr einen Kuss auf die Wange.

Damit dürfte ich alle Formalitäten erledigt haben – und könnte mich endlich an die Arbeit machen.

»Sieh lieber nach, ob du noch was im Spind hast.« Galja lächelt. Anscheinend ist sie zufrieden, dass alles so glattgegangen ist. Ich bin nicht sauer auf sie, wir bleiben Freunde, sie hat meine Unterschrift ...

»Mach ich.«

Ich gehe zu meinem Spind. Das hätte ich sowieso getan. Doch nicht wegen meiner Sachen, die können mir gestohlen bleiben. Nein – ich müsste um diese Zeit Ilja in der Umkleide antreffen.

Richtig.

Er stopft gerade den Briefträger in den Spind. Sein Gesichtsausdruck verrät mir, dass er wieder durch Deeptown gestreift ist, um das zu finden, was es nicht gibt.

»Hallo, Ilja.«

Er sieht mich verständnislos an. Ach ja, klar, diese Persönlichkeit kennt er ja auch noch nicht.

»Ich bin's, Leonid.«

»Oh ...«

Ilja mustert den Revolvermann mit einer gewissen Neugier. »Nicht schlecht«, urteilt er, »nur ein bisschen altmodisch. Sieht aus wie Clint Eastwood.«

»Ich bin überhaupt ziemlich altmodisch. Wie läuft's bei dir?«

Ilja winkt bloß mit finsterer Miene ab.

»Willst du den Brief vielleicht zurückgeben?«, frage ich in beiläufigem Ton.

»Wie kommst du denn darauf?«, empört er sich. »Natürlich nicht. Du willst wohl selbst zum Tempel gehen, was?«

»Ich will dir helfen«, erwidere ich.

Damit wäre das Angebot auf dem Tisch. In Iljas Blick spiegeln sich Misstrauen und die Entschlossenheit, den Diver-in-der-*Tiefe*-Tempel selbst zu finden.

Woher soll der Junge auch wissen, dass die Apokalypse bereits vor der Tür steht?

»Ich schaff das schon allein.«

»Ilja, jetzt hör mal zu«, bitte ich ihn. »Ich habe Verbindung zu einem Diver ... Der kann mir sagen, wo der Tempel ...«

»Den brauch ich nicht! Ich bin mit ein paar Hackern befreundet! Die finden den Tempel in ein paar Stunden!«

Hört, hört.

»Warum rennst du dann schon zwei Tage mit dem Brief durch die Gegend?«

»Weil sie gerade beschäftigt sind. Sehr beschäftigt sogar.« Ilja sieht mich finster an. »Ich kann dir nicht sagen, was sie machen ... das ist zu abgefahren.«

O ja, er ist wirklich noch ein Kind.

Was auch immer Maniac getan hat – ich habe davon immer erst im Nachhinein erfahren. Obwohl ich sein Freund bin. Aber Hacker, die sich mit den abgefahrenen Sachen brüsten, an denen sie gerade basteln ...

»Okay.« Ich zucke die Achseln. »Aber wenn der Empfänger den Brief nicht annimmt, weil du ihn zu spät ablieferst, dann stehst du ganz ohne Verdienst da.«

»Warte!« Ilja schließt seinen Spind schnell ab. »Wie viel willst du?«

»Die Hälfte.«

»Du spinnst wohl!« Er zeigt mir einen Vogel. »Für wie blöd hältst du mich eigentlich?!«

»Du kriegst hundertfünfundzwanzig Dollar für diesen Brief«, wiegle ich ab. »Sagen wir also fünfzig für mich.«

»Nein!«

Seinem Ton nach zu urteilen ist Ilja nicht verhandlungswillig.

»Wie viel rückst du denn freiwillig raus?«

Er denkt eine Minute nach. Offenbar ist das die entscheidende Frage.

»Fünfundzwanzig Dollar«, antwortete er mit der Miene eines Jungen aus Sparta, der gerade den eigenen Finger durchgebissen hat, um seinen Feinden Angst einzujagen. »Und keinen Cent mehr.«

Jetzt ist die Reihe an mir, eine Entscheidung zu treffen.

»Ich bin nicht gierig«, erklärt Ilja unvermittelt. »Aber meine Soundkarte ist hundsmiserabel. Eine gute kostet hundert Dollar. Aber die ist dann auch verdammt gut.«

Himmel hilf! Ich bin weder auf hundert noch auf fünfundzwanzig oder zehn Dollar seines Verdienstes scharf. Wenn alles klappt und er den Brief am Bestimmungsort abliefert, werde ich keinen Cent von ihm nehmen.

Dieses Gefeilsche ist nur nötig, um ihm klarzumachen, dass es mir ernst mit der Sache ist. Dass ich ihm sagen würde, wo der Tempel steht, damit er den Brief abgeben kann – und er nicht im Archiv zur Aufbewahrung landet.

Vertrauen würde er mir jedoch nur in zwei Fällen: Wenn ich sein Freund bin oder wenn ich als sein Geschäftspartner auftrete.

Um mich mit ihm anzufreunden, fehlt mir die Zeit.

Also muss ich zu seinem Geschäftspartner werden.

»Abgemacht«, sage ich. »Sobald ich diesen Diver gefunden und die Adresse vom Tempel herausgekriegt habe, sage ich dir Bescheid. Einverstanden?«

Ilja nickt, und wir besiegeln das Geschäft per Handschlag.

»Aber wenn meine Freunde die Adresse eher rausfinden, kriegst du nichts!«, stellt Ilja noch schnell klar.

»Versteht sich doch von selbst«, stimme ich zu. »Lass uns am besten die Adressen unserer Pager tauschen ... dann kannst du mich gegebenenfalls informieren, damit ich nicht umsonst weitersuche.«

»Okay.«

Ich speichere seine Nummer, er meine.

»Wann bist du normalerweise in der *Tiefe*?«, will ich wissen.

»Morgens und abends. Und nachts.«

»Was ist tagsüber?«

»Da muss das Telefon frei bleiben«, erklärt Ilja unzufrieden.

Der arme Kerl. Er geht noch übers Modem ins Internet ...

»Wenn ich nicht arbeite, bin ich in der Kneipe *Zum toten Hacker*«, sagt Ilja. »Aber die lassen nur Hacker rein.«

»Cool«, bemerke ich. »Schade ... dass ich kein Hacker bin.«

»Du kommst rein, wenn du das Passwort nennst«, beruhigt mich Ilja. »Ich geb's dir. Aber vergiss nicht, dass es streng geheim ist.«

»Ich verspreche, es niemandem zu sagen.«

»Herz und Liebe!«, raunt mir Ilja feierlich zu.

Ich muss ein Lachen unterdrücken. Ein Passwort, dass auch nur den geringsten Sinn hat, ist kein Passwort mehr. Als der militärische Zufallsgenerator einmal als Passwort den klaren Satz von dem Affen ausgespuckt hat, der imstande war, *Krieg und Frieden* zu schreiben, ist in der ganzen ehemaligen UdSSR Panik ausgebrochen.

»Dann ist ja alles klar!«

Nun wäre wirklich alles erledigt – abgesehen von jener Kleinigkeit natürlich, die darin besteht, den Tempel zu finden. Ich sehe auf die Uhr: Es ist zehn vor zehn.

»Ich muss los«, teilt mir Ilja mit.

»Ich auch«, erwidere ich. »Ich will eine Runde spielen.«

»Was spielst du?«

»Labyrinth des Todes.«

»Das ist doch Kinderkram«, speit Ilja verächtlich aus. »Klar, als ich klein war, habe ich das auch gespielt. Aber jetzt arbeite ich.«

»Meine Arbeit verlangt von mir, das Labyrinth des Todes zu durchlaufen.«

Sicher, es ist gemein von mir, seinen Neid zu wecken. Aber immerhin habe ich nicht gelogen.

Diesmal öffnet mir Bastard die Tür von Dschingis' Wohnung. Er hält eine Mossberg Mariner in der Hand, ein beeindruckendes Gewehr, wie es auch die reale Polizei benutzt. Wahrscheinlich ist das virtuelle Pendant nicht weniger gefährlich.

»Bist du das?«, fragt Bastard.

»Siehst du das nicht?«

»Als ob ich mich noch darauf verlassen kann, was ich sehe«, blafft Bastard. »Was für einen Prozessor habe ich dir gestern eingebaut?«

»Einen mit tausendzweihundert Megahertz.«

Bastard zögert trotzdem noch, mich reinzulassen. Der golden schimmernde Lauf des Gewehrs bleibt auf meinen Bauch gerichtet.

»Was habe ich dir mitgebracht?«

»Bier. Und für Vika Blumen.«

»Was für Blumen, was für Bier?«

»Ein Strauß cremegelber Rosen, und Jaroslawskoje.«

»Komm rein, Ljonka!«

Das würde wohl in Zukunft immer so sein: dass wir erst einmal Erinnerungen austauschen, wenn wir uns in der *Tiefe* begegnen. Der Dark Diver hatte uns mit seinem Auftritt einen zu großen Schrecken eingejagt ...

Heute haben sich alle in der Bibliothek versammelt. Es ist ein sehr schöner Raum. Angesichts der unzähligen Bücher kommen mir merkwürdige Gedanken. Ein solches Zimmer in der *Tiefe* einzurichten ist in der Regel ja gar kein Problem, denn sobald ein Buch erscheint, liegt es auch irgendwann in digitaler Form vor. Sollte Dschingis eine solche Bibliothek jedoch auch in der realen Welt besitzen ... All die Regale, die bis unter die Decke reichen, voll mit Klassik, Science Fiction, Krimis, Bildbänden, Nachschlagewerken, Enzyklopädien, Minibüchern und Reprints ...

Kein Wunder, dass er nicht mehr als Hacker arbeitet. So viel zu lesen und dabei sein professionelles Niveau als Hacker zu halten – das wäre schlicht und ergreifend ein Ding der Unmöglichkeit. Und nach meinem Dafürhalten stehen diese Bücher hier nicht, um das Interieur aufzupeppen.

Das Zimmer ist langgestreckt, an der Stirnseite liegen zwei Fenster, deren Gardinen vorgezogen sind. Sie rahmen einen Kamin ein, in dem ein Feuer lodert. Um ihn herum haben sich die anderen gruppiert. Pat sitzt auf dem Fußboden und hat die Arme um die Knie geschlungen. Er blickt finster wie eine Gewitterwolke und nickt mir kaum merklich zu. Offenbar hatte er gestern eine ernste Unterhaltung mit Dschingis.

Dschingis lümmelt in einem Sessel herum. Er trägt einen Bademantel und wirkt völlig entspannt. Die in seiner Hand glimmende Zigarre rundet das Bild ab: ein Bourgeois, wie er im Buche steht.

»Nun sieh dir den an!«, grummelt Bastard denn auch gleich. »Wie der sich rumflätzt! Dieser Bourgeois! Dieser gottverfluchte Hedonist!«

Diese Einstellung hält Bastard allerdings nicht davon ab, sich in den zweiten und letzten Sessel zu setzen, ja, mehr noch: Er zündet sich auch sofort selbst eine Zigarre an.

»Guten Tag, Leonid«, begrüßt mich Dschingis. »Mach's dir bequem.«

Maniac steht am Kamin, die Arme vor der Brust verschränkt, und nickt mir mit einem angedeuteten Lächeln zu. Er ist ganz in Schwarz gekleidet, auf seinem Kopf sitzt eine schwarze Baskenmütze.

»Dann wären wir also alle versammelt«, sagt Dschingis, nachdem ich mich ohne viel Federlesens neben Pat auf den Boden gesetzt und die Hände Richtung Kamin ausgestreckt habe. »Beginnen wir damit, unsere Taktik zu diskutieren?«

»Zunächst mal sollten wir wohl über das reden, was gestern geschehen ist«, erwidert Maniac leise. »Das erscheint mir vordringlich.«

Da mir auffällt, dass er auf etwas hinter meiner Schulter schielt, ducke ich mich weg. Gerade noch rechtzeitig.

»Hallo, Ljonka!«, schreit es da. Jemand will mich offenbar von hinten überfallen. Die Schulter, auf die er sich zu stürzen beabsichtigte, ist jedoch nicht mehr da, sodass er über meine Beine stolpert und mit dem Kopf voran laut schreiend gegen den Kamin knallt.

»O Gott«, stöhnt Dschingis leise.

Der hochgewachsene, schlaksige Kerl dreht sich aber schon wieder zu uns um. Er hat sich nicht verletzt. Sein Schädel ist ziemlich hart.

Wo hatte der sich denn versteckt – der Computermagier, auch nur Magier genannt? Oder Zuko, wegen seiner Vorliebe für lösliche Getränke. Er hat früher als Entwickler in Vikas virtuellem Bordell gearbeitet und ist einer der talentiertesten und gleichzeitig albernsten Programmierer, die ich kenne. Und vermutlich der lauteste.

»Hallo, Zuko ... äh ... ich meine, Magier«, bringe ich verwirrt heraus.

»Er kennt mich noch!« Der Computermagier setzt sich hin und fasst sich an den Kopf. »Nach all den Jahren! Wann, mein Freund, haben wir uns nur zum letzten Mal gesehen?«

»Vor einem Monat«, antworte ich und will aufstehen.

Prompt versucht Zuko, mich hochzustemmen. Leider ist der virtuelle Körper des Revolvermanns sehr schwer. Der Revolvermann ist zwar drahtig, hat aber einen schweren Knochenbau.

»Du bist ganz schön dick geworden!«, gickelt Zuko. »Ich wollte natürlich sagen: reif geworden. Warum hab ich dich eigentlich nicht mit Dschingis bekannt gemacht? Schließlich ist er mein bester Freunde! Nicht wahr, Dschingis? So ein bescheidener Mann, der ganz zurückgezogen lebt. Aber wenn ich komme, finde ich immer einen gedeckten Tisch vor. Da gibt es nur Sachen, die sind vom Feinsten!«

Ich sehe zu Dschingis und Bastard hinüber, in deren Augen ich einen mitleidigen, aber auch irritierten Ausdruck entdecke. Pat kriecht von Zuko weg, was Maniac anscheinend nicht entgeht.

»Sergej, wir haben keine Zeit für Plaudereien«, ermahnt er Zuko und fasst ihn bei der Schulter. »Lass uns das Wiedersehen nachher begießen, ja?«

Der Magier schüttelt seine Hand ab. »Du bist also auch da?«, fragt er theatralisch. »Und du willst mir verbieten, meine Freunde mit der gebotenen Höflichkeit zu begrüßen. Ausgerechnet du? Nein, jetzt reicht's, ich bin beleidigt!«

»Magier, reiß dich jetzt zusammen, ja?«, bitte ich ihn. »Du weißt doch, worum es geht, oder? Das heißt ... wer hat dir eigentlich von dieser Geschichte erzählt?«

Als mein Blick auf Schurka fällt, senkt er bloß den Kopf.

»Ich habe schon lange mit etwas in dieser Art gerechnet!«, flüstert der Computermagier und setzt sich neben mich. Sein Flüstern ist noch durchdringender, als wenn er mit voller Stimme sprechen würde. Es ist ein echtes Theaterflüstern, das Schauspieler lange und mühselig erlernen müssen. »Was für ein ... Chaos! Ljonka, wie geht es unserer Madame?«

»Gut«, flüstere ich. »Und jetzt lass Schurka zu Wort kommen!«

Zuko klappt den Mund geräuschvoll mit beiden Händen zu. Die nächsten paar Minuten dürften wir Ruhe haben.

Maniac fängt ohne lange Vorrede an, die Situation zu analysieren: »Gestern haben wir uns alle unprofessionell verhalten, ja, wir haben uns geradezu lächerlich gemacht.«

Bastard hüstelt, Dschingis nickt, Pat verkrümelt sich in eine dunkle Ecke und tut so, als studiere er die Bücherrücken.

»Dschingis! Dein Verteidigungssystem hat sich als völlig primitiv erwiesen.«

»Es ist ein gutes System«, widerspricht dieser. »Nur dass es ...«

»Nur dass es nicht funktioniert«, beendet Schurka den Satz. »Außerdem sind wir alle aggressiv geworden, kaum dass der Dark Diver aufgetaucht ist. Das ist meine Schuld. Obwohl ich ein ziemlich gut ausgearbeitetes Produkt unserer Firma zum Einsatz gebracht habe, das den Dark Diver eigentlich hätte völlig lähmen müssen ... Aber gut, trotzdem hätte ich nicht zum Angriff übergehen sollen. Obendrein habe ich damit irgendwie unser weiteres Verhalten vorgegeben.«

Obwohl ich der Ansicht bin, dass Maniac sich völlig richtig verhalten hat, widerspreche ich ihm nicht. Wenn er uns allen, sich selbst inbegriffen, die Schuld an dem gestrigen Desaster geben will, werde ich ihn nicht daran hindern.

»Bastard hat völlig idiotisch reagiert«, urteilt Schurka scharf. »Solange der Feind noch nicht aktiv wurde, hätte er Pat kontrollieren müssen. Dann hätte Pat das Feuer nicht eröffnen dürfen. Egal, wie sehr uns unser Gast auch beleidigt haben mochte! Das ließe sich zwar durch sein Alter entschuldigen – nur sind wir in der *Tiefe* alle gleich. Wer nach Deeptown kommt, hat sich gefälligst wie ein erwachsener Mann zu verhalten!«

Was er wohl an mir zu kritisieren hat?

»Nun zu Leonid. Sein Verhalten ist mir völlig schleierhaft!«, sagt Maniac. »Verdammt, Ljonka, du bist ein Diver! Du hättest die *Tiefe* sofort verlassen und die Auseinandersetzung am Bildschirm verfolgen müssen! Dann wärest du wesentlich schneller gewesen und hättest ihn erschießen können, sobald die Geschichte eine ernste Wendung nahm ...«

Das war's. Damit haben alle ihr Fett abbekommen.

Ich senke den Blick.

Maniac hat ja recht.

Aber soll ich ihm vielleicht erklären, dass der Dark Diver nicht gelogen hat? Dass ich wirklich eine Deep-Psychose habe?

Technisch stellt es für mich nach wie vor kein Problem dar, die *Tiefe* jederzeit zu verlassen. Praktisch ... will ich das aber meist gar nicht.

Nun fängt Zuko an herumzuzappeln, schließlich hebt er die Hand.

»Musst du mal raus?«, fragt Maniac im Ton eines Lehrers.

Pat in seiner Ecke kichert.

»Nein, ich will nur wissen, woran ich schuld bin?«

»Du?« Maniac denkt einen Moment nach. »Du hast uns vor einem Jahr versprochen, ein Erkennungssystem samt Eingangskontrolle zu entwickeln und es allen, inklusive Dschingis, zum Test zu überlassen. Wenn du das getan hättest, hätte niemand in dieses Haus eindringen können.«

Zuko scheint wie vor den Kopf geschlagen.

»Gut, Schurka.« Dschingis streift die Asche von der Zigarre. »Diese Fehler lassen sich nicht von der Hand weisen. Welche Schlüsse können wir nun aus dem beschämenden Ereignis von gestern ziehen?«

»Wir müssen diesen Dreckskerl erledigen, das ist der einzige Schluss!« Bastard schlägt mit der Faust auf den Zeitungstisch. Der knarzt, geht aber nicht entzwei.

»Er hat eine Waffe der zweiten Generation!«, wirft Pat mit leiser Stimme ein.

»Und er ist immun gegen die meisten Waffen«, ergänzt Maniac.

»Er verfolgt seine eigenen Ziele und hat nicht die Absicht, mit uns zu kooperieren«, sagt Dschingis.

Jetzt bestimmt nicht mehr. Wenn ich ihm mit meiner Waffe den gleichen Schaden zugefügt habe wie er mir mit seiner, dann können wir uns jede Zusammenarbeit abschminken.

Nun richten sich alle Blicke auf mich. »Er muss Schurka kennen.«

»Zumindest kannte er meinen Namen«, bemerkt Maniac.

»Und?«, hake ich nach. »Fällt dir jetzt irgendwas zu ihm ein?«

»Nein. Gut möglich, dass ich ihm mal begegnet bin. Aber in welchem Avatar er da steckte und wo das gewesen sein soll – keine Ahnung.«

»Darf ich vielleicht auch was zum Thema sagen?« Zuko sieht uns an. »Dieser Dark Diver weiß alles über uns. Oder fast alles! Während wir von ihm nicht das Geringste wissen! Vergessen wir also am besten alle Spekulationen über seine Identität. Lasst uns lieber überlegen, was er als Nächstes plant!«

»Er wird in den Tempel gehen.« Maniac zuckt mit den Schultern.

»Das kapiert sogar ein besoffener Igel«, murmelt Bastard.

»Und wo liegt der einzige Zugang in den Tempel?«, tiriliert Zuko. »Im Labyrinth des Todes!«

»Und ich wette«, sagt Bastard, »dass dieser Dark Diver noch gestern ins Labyrinth marschiert ist!«

»Was sitzen wir dann noch hier rum?!«, fragt der Magier. »Falls es jemand noch nicht weiß: Ich habe mir extra drei Tage Urlaub genommen! Meine Firma muss eine Zeit ohne ihren Chef zurechtkommen, soll der Idiot von meinem Kompagnon sich doch mal um alles kümmern. Auch wenn der nur dummes Zeug schwatzen und dreckige Witze erzählen kann! Also, auf ins Labyrinth! Helfen wir Leonid, in den Tempel zu gelangen!«

»Dann müssen wir nur noch eine Frage klären: Wer von uns geht?«, sagt Dschingis. »Ich selbst werde natürlich auf alle Fälle dabei sein. Aber wer sonst noch?«

Ein paar Sekunden ist nur das knisternde Kaminfeuer zu hören.

»Ich habe mir extra Urlaub genommen …«, wiederholt Zuko schüchtern.

»Ist dir eigentlich aufgefallen«, wendet sich Bastard an Dschingis, »dass ich heute noch kein einziges Bier getrunken habe? Okay ... fast keins.«

Maniac grinst nur.

»Was mich angeht, dürfte die Sache wohl klar sein«, werfe ich ein. »Einen anderen Diver haben wir ja nicht ...«

Pat in seiner Ecke scheint auf ein langes und aussichtsloses Gefecht gefasst zu sein: »Dschingis ... wenn ihr mich nicht mitnehmt ... dann bist du nicht länger mein Freund. Dann will ich nichts mehr von dir wissen!«

Wir alle sehen den Jungen an. Der schnieft verräterisch und fährt fort: »Gut, gestern habe ich eine Dummheit gemacht. Aber das heißt noch gar nichts! Außerdem haben wir uns gestern alle falsch verhalten. Und wenn ein Mensch nie die Gelegenheit kriegt, einen Fehler wiedergutzumachen ... dann muss er sein ganzes Leben mit diesem Fehler leben. Und dann wird dieser Fehler ... also, er bekommt dann ...«

Er verheddert sich in seiner wirren Tirade, verstummt kurz und brüllt schließlich aus vollem Hals: »Was ist jetzt, Dsching? Nehmt ihr mich mit oder nicht?«

Dschingis drückt seine Zigarre im Ascher aus, als sei es eine stinknormale Kippe.

Ich weiß genau, was ihm jetzt durch den Kopf geht.

»Wenn ich immer wieder umgebracht werde, dann verlasse ich euch! Versprochen! Ich werde euch kein Klotz am Bein sein!«, beteuert Pat. »Dann gehe ich lieber nach Hause! Ehrenwort!«

Er schien immer noch nicht begriffen zu haben, dass sich alles grundlegend geändert hat. Dass man nicht mehr nach jedem Tod in der *Tiefe* nach Hause gehen kann. Dass wir gestern schon befürchtet haben, wir müssten ihn tatsächlich beerdigen.

»Dsching ...«, stößt Pat völlig hoffnungslos aus.

»Was führst du dich auf wie ein Programmierer beim Anblick eines Taschenrechners?!« Dschingis erhebt sich. »Natürlich nehmen wir dich mit. Du bist derjenige von uns, der dieses Spiel am besten kennt. Was sollten wir denn ohne dich anfangen?«

Am liebsten hätte ich ihm applaudiert, aber das durfte ich nicht.

Wenn ein Mensch die Verantwortung für jemand anderen übernimmt, sollte man ihm keinen Beifall spenden.

Sonst achten am Ende nur noch alle darauf, ob irgendwo ein Applaus die zähe Stille durchreißt.

III

Wir marschieren in einer derart fest geschlossenen Gruppe auf den Torbogen aus schwarzem Stein zu, dass uns garantiert niemand für computergenerierte Spieler hält.

Das Ergebnis lässt nicht lange auf sich warten: Andere Spieler wollen sich uns anschließen, darunter zwei Typen, die sich unglaublich exklusiv geben, eine nervöse Frau von unvorstellbarer Hässlichkeit, dann noch irgendein blasser Waschlappen ...

Mir gefällt das nicht.

Und nicht nur mir.

Wir wechseln beredte Blicke.

Irgendwann nickt Dschingis.

Wir sind uns einig. Niemand von uns hat die Absicht, den Sturmbock zu mimen, der anderen Spielern den Weg bahnt.

»He, Leute!«, ruft Bastard laut. »Bleiben wir doch alle hübsch für uns! Wir in unserer Gruppe, ihr in eurer.«

»Das Labyrinth ist ein Spiel für Teams«, bemerkt der Blässling.

»Klar«, erwidert Schurka freundlich. »Dagegen sagt ja niemand was. Nur ist unser Team schon komplett.«

Alle sehen es ein. Man schwärmt auseinander, legt entweder einen Zahn zu oder fällt zurück.

Ein endloser Fluss aus Menschen sickert in den gierigen Schlund des Labyrinths.

»He, Revolvermann!«

Wer war das?

Ich sehe mich um.

Dachte ich's mir doch.

Die Frau von gestern, Nike. Ich erkenne sie, auch wenn sie sich ein wenig verändert hat, jetzt blond ist und größere Augen hat. Das Gesicht ist aber das alte geblieben.

»Willst du es auch noch mal versuchen?« Sie kommt näher und mustert neugierig meine Gefährten.

»*Wir* wollen es noch mal versuchen«, stelle ich sofort klar.

»Du hast eine Gruppe? Sind das alles Revolvermänner?« Nike lächelt. Sie zwinkert Pat zu, der sofort einen Kopf größer wird und sich alle Mühe gibt, gerade zu gehen.

»Klar. Und wo ist *dein* Team?«, frage ich.

Nike verzieht das Gesicht. »Wir gehen jetzt getrennte Wege. Erinnerst du dich noch an diesen Intelligenzler? Wir haben ihn Professor genannt ...«

»Der uns aufgefordert hat, eine Mannschaft zu bilden?«, frage ich.

»Genau der. Wir haben uns dann sogar noch mit drei anderen Gruppen zusammengetan. Der Professor hat ein derartiges Tempo vorgelegt, dass die Hälfte der Gruppe nicht mithalten konnte. Dafür dürften die übrigen jetzt wahrscheinlich schon zehn Levels hinter sich haben.« Nike lächelt, wenn auch irgendwie unsicher.

»Und du?«

»Ich habe im vierten Level den Anschluss verloren. Da sind irgendwelche ... Bestien aufgetaucht. Die Sergeanten begleiten die Gruppen nur in den ersten drei Levels. In der Zeit sollen die Spieler Erfahrungen sammeln, danach sind sie auf sich selbst angewiesen.«

Das Heulen vom Portal erstickt inzwischen unsere Worte. Direkt über unseren Köpfen zucken Blitze.

Ich sehe Dschingis und Maniac an. Dschingis zuckt die Achseln, Maniac beißt sich auf die Lippe.

Wir müssen mit allem rechnen.

Vielleicht hat sich der Dark Diver im Avatar des Professors eine Mannschaft aus einigermaßen kräftigen Typen zusammengestellt und ist bereits auf dem Weg zu seinem Ziel.

Aber vielleicht ist auch alles bloß purer Zufall.

Nun verschwindet Bastard als Erster im Torbogen, Zuko kichert und springt ihm fröhlich hinterher.

Ich bin der Nächste.

Purpurroter Nebel wabert um mich herum.

Dann gelange ich in den Saal, den ich ja bereits kenne.

Allem Anschein nach ist Maniac der Einzige außer mir, der bereits im neuen Labyrinth gewesen ist. Er zieht sich aus und geht zielsicher auf die Duschen zu.

»Oh, Mademoiselle!«, stürzt sich Zuko auf die schwarze Sergeantin. »Sagen Sie, würden Sie mir vielleicht den Rücken abbürsten?«

Kann ihre Reaktion überraschen? Der Magier kriegt mit dem Knüppel eins zwischen die Rippen und fliegt zu Boden.

»Das hätten Sie mir auch mit Worten begreiflich machen können«, schnaubt er beleidigt, als er sich erhebt. »Dass einem hier niemand den Rücken abbürstet, meine ich. Was verstehen Sie bloß unter Service?«

Nike geht an ihm vorbei und fängt an sich auszuziehen. Der Magier stellt sich kurzerhand neben sie. Den Blick fest auf Nike gerichtet, imitiert er beim Entkleiden jede ihrer Gesten. Die Sergeanten verfolgen schmunzelnd diesen seltsamen Striptease. Nike lässt sich jedoch nicht aus der Ruhe bringen. Wahrscheinlich hat sie bei ihren diversen Versuchen schon allerlei dieser Art erlebt.

Dafür gerät Pat jetzt in Verlegenheit. Keine Ahnung, wo er sich bisher in der *Tiefe* herumgetrieben hat, aber die zahllosen nackten Frauen und die Notwendigkeit, sich selbst auszuziehen, setzen ihm ohne Frage zu. Ich hatte ihm wirklich abgekauft, dass er das Labyrinth kennen würde – was für ein Irrtum!

»Muss das wirklich sein?«, fragt er einen Sergeanten mit gedämpfter Stimme. Die Akustik im Saal ist jedoch ganz erstaunlich, alle hören seine Worte. »Ich habe mich erst vor zwei Stunden geduscht!«

Der kleine Dummkopf. Nicht nur, dass jetzt niemand mehr glaubt, einen Erwachsenen vor sich zu haben, der lediglich einen Jungenkörper gewählt habe, um schneller zu sein und weniger Angriffsfläche zu bieten! Nein, offiziell darf man erst ab sechzehn ins Labyrinth, weil das Spiel zu brutal und blutig ist. Das prüft zwar eigentlich nie jemand nach, aber wenn man es derart darauf anlegt, erkannt zu werden ...

Zum Glück glaubt der Sergeant jedoch, Pat albere genauso herum wie der Computermagier.

»Wir haben unsere eigenen Duschen«, erklärt der Sergeant, wobei er seine Keule drohend schwingt. »Damit kein Schlaukopf eine unerlaubte Waffe ins Labyrinth schleppt. Sei es am Körper, sei es in der Kleidung. Hat es alles schon gegeben!«

Maniac wirft mir einen Blick zu.

O ja, wir wissen, von welchem Präzedenzfall der Sergeant da spricht.

Der Warlock 9000, der als Gürtel getarnt war. Maniac hatte die Waffe entwickelt, ich sie zum Einsatz gebracht.

Pat gibt endlich Ruhe, zieht sich aus und stellt sich unter die Dusche.

Ich folge seinem Beispiel, lege den Kopf in den Nacken und fange mit dem Mund das Wasser auf, das nach Chemie riecht. Darum geht es also. Die Duschen sollen nicht nur das Ambiente vervollständigen, sondern sie testen dich auch auf Viren.

»Das reicht!«, brüllt jemand. »Ihr habt lange genug unter der Dusche gestanden!«

Um mir diesmal nicht wieder Prügel einzufangen, gehe ich schnurstracks zur Anabiosewanne. In der Wanne rechts neben mir liegt Nike. Sie zwinkert mir noch einmal zu, ehe die Glashaube über ihr geschlossen wird. Pat stürmt wie der Blitz in die Wanne links neben mir.

»Guten Flug«, wünscht mir die schwarze Sergeantin beiläufig, als sie den Deckel herunterklappt.

In die Wanne wird dichter weißer Nebel eingelassen, elektrische Entladungen durchzucken ihn.

Dann wird alles dunkel.

Nebel wogt.

Ich strecke die Hände aus. Etwas stimmt hier doch nicht ... Ah, verstehe. Die Glasglocke fehlt – und trotzdem zieht der Nebel nicht ab.

Ich hocke mich hin und richte mich auf.

Was ist das schon wieder?

Schüttelfrost packt mich.

Langsam begreife ich, was Sache ist. Damit hätte ich nicht gerechnet. Niemals.

Dunkelheit umgibt mich. Graue, verklumpte Finsternis.

Jede Entfernung ist aufgehoben, jeder Orientierungspunkt fehlt.

Ich bin allein, ein nackter, zitternder Mensch in einer endlosen Welt. Aus früheren Träumen weiß ich leider zu genau, was ich tun muss.

Einen Schritt.

Nun schimmert vor mir ein schwaches, fahles Licht auf. Weit, weit vor mir ...

Ich wische mir den Schweiß vom Gesicht.

Bisher hatte ich diese seltsamen Träume noch nie in der *Tiefe* gehabt.

Was soll ich bloß tun? Warten, bis mich jemand weckt?

Oder losgehen? Einen weiteren sinnlosen Versuch wagen, diese Brücke zu überwinden?

Zu warten ist irgendwie ... langweilig.

Deshalb bewege ich mich vorwärts.

Auch diesmal habe ich das Gefühl, es sei jemand in meiner Nähe. Jemand, den ich zwar nicht sehen kann, dessen Schritte ich aber höre.

Doch sobald ich mich umdrehe, verstummen die Geräusche.

»He!«, schreie ich. »Meinst du nicht, es reicht langsam mit diesen Spielchen?«

Stille.

Was soll das? Ich werde in diesem Traum ja wohl nicht auf einen Gesprächspartner hoffen ...

Aber gut, letzten Endes weiß ich, wie ich aufwachen kann. Das Verfahren ist ja bereits mehrfach erprobt.

Warum also nicht ein weiteres Experiment wagen, die Brücke zu überwinden?

Ich halte auf das Licht zu.

Der Nebel lichtet sich nach und nach, wird hell, rein und strahlend, als phosphoresziere er.

Schon erheben sich vor mir die Felsen.

Links blaues Eis, rechts purpurrotes Feuer.

Ich stehe vor der Haarbrücke. Wie mühelos ich sie doch in Al Kabar überwunden hatte. Aber die sollte ja auch Diver herausfiltern. Doch hier, in meinem immer wiederkehrenden Traum, hilft mir mein bewährtes Mantra nicht weiter, denn mit der Illusion verschwindet auch die Brücke.

Aber was, wenn ich mir vorstelle, die Brücke sei ein Seil? Ein Seil über einem stürmischem Fluss. Und ich ein verrückter alter

Tourist oder ein nicht weniger verrückter kleiner Pfadfinder. Ob ich dann über die Brücke komme?

Probieren wir's!

Ich hocke mich hin und greife nach dem Seil. Es schneidet mir nicht ins Fleisch, was ja schon mal gut ist.

Dann schlinge ich meine Füße um das Seil. So, über dem Abgrund baumelnd, fange ich an, mich vorwärtszuhangeln.

Das ist doch absurd! Wie einfach plötzlich alles ist!

Ob meine Träume wohl aufhören, wenn ich diese Brücke hinter mich bringe?

Ich hangle mich weiter.

Schauen Sie nur, meine Herrschaften! Ein Mann am Seil, eine nie dagewesene Attraktion! Wagen Sie einen Wetteinsatz!

Doch so leicht, wie anfangs gedacht, ist das Ganze nicht.

Nach einer Weile bohrt sich mir das Seil nämlich doch in die Haut, zunächst bloß unangenehm – als ob du eine zu schwere Tasche an einem zu schmalen Griff trägst.

Scheiße.

Dann frisst es sich immer tiefer ins Fleisch. Meine Finger sind schon über und über mit Blut verschmiert.

Verdammte Scheiße.

Nein, das Seil wird nicht dünner, es ist nur … endlos. Ich habe die Länge der Brücke unterschätzt, habe nicht daran gedacht, dass steter Tropfen den Stein höhlt.

Und Haarbrücken dir die Hände aufschlitzen.

»Nein! Doch nicht so!«

Die Stimme ist kaum zu hören, denn inzwischen habe ich mich ziemlich weit vom Ausgangspunkt meiner wahnsinnigen Kriecherei entfernt. Selbst als ich den Kopf in den Nacken lege, kann ich denjenigen, der mir da zuschreit, um mich zu warnen oder zu erschrecken, nicht erkennen.

»Doch nicht so!«

Ein Blutstropfen löst sich vom Faden und fällt mir auf die Nasenwurzel. Ihm folgt ein zweiter.

Ich beiße die Zähne aufeinander und hangle mich weiter, obwohl mir bereits klar ist, dass ich scheitern werde. Trotzdem krauche ich weiter ...

Die linke Felswand besteht aus blauem Eis.

Die rechte aus purpurrotem Feuer.

Ich stehe wieder vor derselben Entscheidung.

Das Feuer ist schnell – und es verbrennt dich mit Haut und Haar.

Mit einem jähen Ruck reiße ich meinen Körper nach rechts, löse die zerfleischten Hände vom Seil ...

Wenn man eines von der rechten Wand nicht sagen kann, dann, dass sie einen sauberen Tod gewährt.

Ich merke noch, wie meine Arme sich in schwarzen, fetten und stinkenden Ruß verwandeln.

Der Schmerz bleibt mir jedoch bereits erspart, den Gebietern der Träume sei Dank.

Über meinem Kopf lichtet sich der Nebel. Die Haube der Anabiosezelle ist eingeschlagen.

Ich liege in ihr und beiße mir auf die Unterlippe.

Tolle Bescherung!

Nie im Leben hätte ich angenommen, dass mich dieser Traum sogar in die virtuelle Welt verfolgt. Eine Erklärung konnte nur sein, dass ich in diesem Spiel eine gewisse Zeit geschlafen habe.

Die Abdeckung lässt sich problemlos öffnen, ich brauche sie also nicht weiter einzuschlagen. Ich beäuge meine Handflächen so misstrauisch, als würde ich erwarten, dort feine Einschnitte von einem Seil zu entdecken.

Aber nein – sie sind unversehrt.

Zum Teufel mit diesen Träumen! Wir müssen den Kopf für andere Dinge frei haben. Für wesentlich wichtigere Dinge.

Ich finde die obligatorische Leiche, deren Uniform ich mir anziehe.

Den Weg zu der Stelle, wo ein Loch in die Verkleidung des Raumschiffs geschlagen ist, kenne ich ja bereits.

Die anderen sitzen im Gras und warten auf mich. Was hätten sie auch sonst tun sollen? Ich bin der einzige Diver im Team. Der Kopf des Sturmbocks, die Spitze des Pfeils. Das Raumschiff, das von einer Mehrstufenrakete in seine Umlaufbahn gebracht wird.

Wobei ich mir über das Schicksal der abgestoßenen Stufen lieber keine Gedanken machen möchte.

»Da wäre ich!«, schreie ich und springe aus dem Schiff.

Bastard grinst, kratzt sich den Nacken und reicht mir eine Pistole.

»Woher hast du die denn?«, frage ich erstaunt. Wer zu spät kommt, geht bei der Waffenverteilung doch eigentlich leer aus.

»Wir spielen hier schließlich nicht Mikado«, antwortet Bastard nebulös.

Ach nee!

»Die anderen sind bereits losgegangen?«, will ich wissen.

»Ja. Zwei Sergeanten, eine Frau und drei Männer«, teilt Maniac mir mit.

»Wer von uns hat diese Variante des Labyrinths eigentlich schon gespielt?«, frage ich.

Pat hebt die Hand, wie in der Schule. »Ich! Allerdings in der russischen Version! Da vorn kommt eine Höhle mit zwei Wildschweinen. Wenn sie mit den Pfoten schlagen, werden Raketen abgefeuert.«

»Dann sind es wohl eher Bären als Wildschweine«, korrigiere ich ihn.

»Die mach ich fertig!«, begeistert sich Pat. »Ich kenne da eine prima Taktik!«

»Wer hat sonst noch gespielt?«, frage ich weiter, Pats großherziges Angebot ignorierend.

Maniac grinst, alle anderen breiten nur in beredter Geste die Arme aus.

»Dann los!«, übernehme ich wohl oder übel das Kommando. »Die Monster erledigen … Pat und ich. Okay? Ihr bleibt in sicherem Abstand hinter uns und achtet darauf, nicht unter Raketenbeschuss zu geraten. Alles Weitere findet sich dann.«

Niemand widerspricht, und so halten wir auf die Felsen zu. Über uns kreisen die verfluchten Vögel. Mittlerweile ist mir klar, dass sie erst mal nicht angreifen. Trotzdem spähe ich immer wieder zu ihnen hinauf.

Am Höhleneingang bleiben alle bis auf Pat und mich zurück. Ob sie von dort aus überhaupt etwas sehen würden? Wahrscheinlich nicht. Egal, Hauptsache, sie kriegen keinen Schuss ab.

Die Wände werden immer gerader, die Höhle geht in den Tunnel über. Pat, der die Armeemütze in den Nacken geschoben hat, pirscht sich als Erster in den Gang hinein und dreht sich immer wieder zu mir zurück, um mir begeisterte Blicke zuzuwerfen. Wenn er dabei am Ende bloß nicht diesen Monstern in die Arme läuft!

Doch dann kommt alles anders.

Statt auf die beiden Monster stoßen wir auf Fleischklumpen und Eisenteile, die auf dem Boden liegen.

»Die anderen sind schon durch«, bemerkt Pat enttäuscht. »Na ja, immerhin haben sie uns den Weg gebahnt!«

Mhm. Dann wollen wir mal hoffen, dass uns am Höhlenausgang keine böse Überraschung erwartet. Aber gut, erst mal ist es von Vorteil, wenn wir hier nicht unsere Zeit verplempern müssen.

Wir rufen die anderen.

Zuko zwitschert beim Anblick der toten Monster entzückt los. Wir müssen ihm erst einmal erklären, dass dieser Sieg nicht auf unser Konto geht.

Wir gehen weiter. MedKits finden wir leider keine, die anderen müssen alle Trophäen eingesammelt haben.

Schließlich gelangen wir zur Hügelebene.

»In diesen Hütten da drüben gibt es auch Monster!«, erklärt Pat aufgeregt. »Echt fiese Biester! Die werden uns bestimmt 'ne Menge Zeit kosten!«

»Warten wir's ab«, äußert Maniac nebulös. »Aber zuerst kommen noch diese entzückenden Vögelchen.«

»Nein, Schurka«, sage ich. Als wir aus dem Steingang herausgetreten sind, habe ich bereits zum Himmel hinaufgesehen. »Ich glaube, die Vögel sind auch schon erledigt.«

»Ein gutes Team«, bemerkt Dschingis anerkennend. »Andererseits bringen wir uns so um unser Training. Und jedes Level wird schwieriger ...«

Ohne dass wir es abgesprochen hätten, legen wir nun alle einen Zahn zu.

Wir haben den Höhlenausgang keine vierzig Meter hinter uns gelassen, als jemand das Feuer auf uns eröffnet – mit Pistolen, wie wir sie auch haben.

Zu fliehen wäre aussichtslos. Zurückzuschießen ebenfalls, denn die anderen Spieler aus dem Raumschiff haben sich hinter Felsbrocken verschanzt, eine optimale Position. Sie wollen uns also nicht länger den Weg freiräumen. Sie haben offenbar überhaupt was gegen uns. Und nun präsentieren wir uns ihnen förmlich auf dem Silbertablett ... Bastard flucht mit halblauter Stimme, ein Schuss hat ihm den Arm versengt. Der Computermagier ballert schnell hintereinander in der Gegend herum. Schurka gibt nur wenige Schüsse ab, die aber gezielt. Dschingis presst Pat auf den Boden und feuert ebenfalls ein paar kurze Salven ab.

Das bringt alles nichts. Nicht aus dieser Position. Wir sitzen in der Falle.

Mit einem Mal erstirbt das Feuer der Gegenseite. Nach ein paar Sekunden nimmt uns nur noch ein einziger Schütze unter Beschuss. Dann brüllt jemand. »Du Arschloch!«

Es folgt ein weiterer Schuss. Aber nicht auf uns. Danach ist alles still.

Wir sehen uns verständnislos an.

Anscheinend hat uns da jemand genau zur rechten Zeit geholfen ...

»Schießt nicht, Leute!«

Hinter den Felsbrocken erhebt sich eine Figur.

Bastard stößt ein lautes Freudengeheul aus und vergisst sogar seine Wunde. »Das ist ja das Weibsbild!«

Nike hält die Pistole am Lauf in der gesenkten Hand und kommt auf uns zu. Maniac nimmt sie dennoch ins Visier, anscheinend rein aus Prinzip.

»Das ist mein Ende. Die Liebe hat mich besiegt, ich kapituliere ...«, murmelt Zuko, steht auf und klopft sich den Dreck von seinem Overall.

Ich sehe Nike an und lächle.

Aus irgendeinem Grund gefällt es mir verdammt gut, dass sie nicht auf uns geschossen hat, sondern auf unsere Seite gewechselt ist. Und noch besser gefällt mir, dass die anderen nicht sie ermordet haben, um an eine Pistole für mich zu gelangen.

»Was ist passiert?«, fragt Dschingis sie in scharfem Ton.

»Ist das nicht klar?«, fragt Nike zurück.

»Schon. Aber vielleicht erklärst du es uns trotzdem noch mal«, bittet Dschingis höflich.

»Ihr habt einen von ihnen getötet, um an eine Pistole für euern Freund zu kommen.« Sie spendiert mir ein kaum merkliches Lächeln, worauf ich Nike ebenso unmerklich zuwinke. »Die

Sergeanten haben erklärt, das wär unsportlich und unfair. Deshalb haben sie uns vorgeschlagen, euch hier aufzulauern. Aber ...« Sie verstummt, als würde sie nach Worten suchen. Dann fährt sie fort: »Aber mir kam das nicht weniger unfair vor. Daher habe ich meine Wahl getroffen. Ich habe eine Position eingenommen, von der aus ich meine ganze Gruppe im Blick hatte ... meine Ex-Gruppe.«

Wir sehen uns an.

»Mhm«, presst Zuko heraus.

»Schöne Bescherung«, brummt Bastard. »Und, Leute? Was nun?«

Maniac senkt die Pistole. »Die hätten uns hier gerade beinahe alle umgenietet«, sagt er. »Wenn du nicht ...«

»Was ist jetzt?«, fragt Nike unumwunden. »Nehmt ihr mich in euer Team auf?«

Den Mienen meiner Gefährten entnehme ich, wer diese Entscheidung zu treffen hat. Dschingis und ich.

Toll!

Wir müssen nicht zur Seite treten, um uns zu beratschlagen. Ein Blick reicht, um zu wissen: Vielleicht hat Nike nicht nur aus Gründen der Fairness so gehandelt.

Der Dark Diver muss nicht unbedingt als Mann auftreten.

Und was könnte es für ihn Amüsanteres geben, als zusammen mit uns durchs Labyrinth zu ziehen? Ich bin mir sicher, dass dies ein Zug ganz nach seinem Geschmack wäre.

Andererseits ...

Entschlossen versenke ich meine Pistole im Halfter.

»Wenn du das am Ende mal nicht bereust«, bringt Dschingis heraus. »... Mädchen.«

»Nike.«

»Wir sind ein etwas merkwürdiges Team, Nike. Wir haben uns darauf eingestellt, rund um die Uhr hier zu sein, und das mehrere Tage hintereinander. Und wir sind bereit, zu absolut unsportlichen Methoden zu greifen. Stört dich das?«

»Ich bin ein Mensch, der völlig frei über seine Zeit verfügt«, erwidert Nike.

Diesen Satz hätte auch ein Mann sagen können. Aber eben auch eine Frau, vor allem eine Feministin. Wahrscheinlich müssen wir bei ihr jedes Wort auf die Goldwaage legen und sehen, ob sie sich irgendwie verplappert.

»Dann willst du es also mit uns wagen?«, hakt Dschingis nach.

»Selbstverständlich. Ich bin auf einen Job im Labyrinth aus. Als Sergeantin.« Nike grinst. »Das ist keine schlechte Arbeit und extrem gut bezahlt. Aber sie nehmen nur Leute, die die aktuelle Version des Labyrinths durchlaufen haben. Insofern: Ich bin bereit, mich auf euch einzulassen.«

»Wir werden nicht auf dich warten, wenn was ist ...«, warnt Dschingis sie, was Bastard mit einem unzufriedenen Brummen quittiert.

»Das ist nur gerecht«, beteuert Nike. »Ich habe nichts dagegen.«

»Abgesehen davon, könnte das Fehlen von Frauen in unserem Team als Geschlechtsdiskriminierung verstanden werden«, ergänzt Maniac. »Als Ausdruck des üblichen Sexismus.«

Ich sehe ihn an und bin mir sicher, ein Grinsen zu entdecken. Aber Maniac meint das völlig ernst. Oje! Was macht dieses Amerika bloß aus den Menschen?!

Und weiter geht's.

Maniac tritt die Tür einer heruntergekommenen Hütte auf und huscht sofort zur Seite. An der Stelle, an der er eben noch gestanden hatte, gehen mit einem leisen Pfeifen feine weiße Nadeln nieder.

Die Pistole in Schurkas Händen zittert, als die Ladung vorbereitet wird.

Er springt vor die Tür, schießt, bringt sich wieder in Deckung – und wartet ab, bis die nächste Serie von Nadeln niedergeprasselt ist. Dann wagt er sich wieder vor, zielt nach oben und nimmt die Decke mit einer langen Salve unter Beschuss.

Etwas Schweres und Weiches platzt schmatzend auf.

Das Monster hat unter der Decke gehangen. Bei ihm handelte es sich um eine Art Sack mit Rüssel, aus dem die Nadeln flogen ...

»Ihr habt gesehen, wie's geht«, bringt Maniac heraus. »Dschingis, Bastard, Pat! Kontrolliert die anderen Baracken!«

Der Tag fängt gut an. Jeder von uns tötet eines dieser Monster. Dabei werden wir nicht mal verwundet.

»Irgendwie war das viel zu leicht«, formuliere ich das, was wir alle denken. »Als ich zum ersten Mal ins neue Labyrinth gekommen bin, hatte ich den Eindruck, dass heute alles viel schwieriger ist als früher.«

»Es wird noch schwer genug werden«, entgegnet Maniac. »Die ersten fünf Levels sind zum Warmwerden gedacht. Sie haben sich im Laufe der Zeit kaum verändert. Du kämpfst in der Regel gegen computergenerierte Monster und brauchst dich kaum mit den anderen Mannschaften rumzuplagen.«

»Und später?«

In Schurkas Blick legt sich leichtes Erstaunen.

»Hast du schon mal was von House Defense gehört?«

»Das ist doch ein Konkurrenzspiel des Labyrinths, oder?«, erwidere ich.

Maniac schnaubt. Er schielt zu Pat hinüber, der in einer der Baracken eine MP entdeckt hat, die er jetzt begeistert unterm Arm trägt. »Ein Konkurrenzspiel? Wenn du der Ansicht bist, dass die Arme in Konkurrenz zu den Beinen stehen ... Nein, das ist eine alternative Variante des Spiels.«

Allmählich dämmert es mir. »Da stehst du auf Seiten der Monster, oder?«

»Eben. Was kannst du denn über das alte Labyrinth des Todes sagen? Wirklich intelligent waren da nur die Menschen. Deshalb fanden die interessantesten Kämpfe auch zwischen ihnen statt. Die Monster haben dir kaum was abverlangt. Heute hast du jedoch die Chance, in ihre Haut zu schlüpfen. Um deinen Planeten gegen die Invasion der Menschen zu schützen. Hast du etwa noch nie einen der Reklameflyer gelesen?«

»Du weißt doch, dass ich diese Spiele schon lange nicht mehr spiele!«

»Ich auch nicht. Trotzdem bleibe ich auf dem Laufenden. Heute orientieren sich fast alle Spiele am Labyrinth. Bei Starchaser kannst du Pilot auf einem Zerstörer werden und mit Monstern im All kämpfen. Und zwar sowohl auf unserer Seite wie auch auf der Gegenseite. Oder du kannst bei Stars and Planets in den Dienst des Generalstabs der terrestrischen Kosmosflotte eintreten ...«

Das muss ich erst mal verdauen.

Bisher habe ich angenommen, im Labyrinth würde man nach wie vor gegen starke, aber stockdumme Monster kämpfen. Und selbst wenn sie inzwischen deutlich schlauer geworden sein mochten, blieb ihr Verhalten doch vorhersagbar. Daneben gäbe es natürlich noch blutige Kämpfe gegen andere Spieler, die genauso stark sind wie du.

Ein Irrtum, wie sich gerade gezeigt hat.

Im gepanzerten Körper eines Monsters, das mit Zielsuchraketen ausgestattet ist, kann durchaus ein Mensch stecken. Der in der Lage ist, sich zu verbergen und auf eine günstige Gelegenheit zu warten. Der individuell handelt – und sich nicht nur blindlings in den Kampf stürzt.

Du musst also damit rechnen, dass ein Flugmonster mit pfeilspitzen Zähnen nicht mehr vom Himmel aus auf dich herabschießt, sondern sich in den Büschen verbirgt und dir ins Bein beißt.

Einem Menschen in einem nicht-menschlichen Körper würden schon ein paar hübsche Sachen einfallen …

»Gehen wir weiter?«, durchbricht Nike das Schweigen. »Ich weiß, wo in diesem Level der Ausgang liegt.«

Mit einem Blick mache ich Maniac auf die MP in Pats Händen aufmerksam. »Das Ding taugt nichts«, raunt er mir daraufhin bloß zu. »Lassen wir Pat also ruhig seinen Spaß. Noch reichen uns unsere Pistolen.«

Gegen Mittag erreichen wir das Ende des dritten Levels. Wir haben uns ganz gut geschlagen, hätten allerdings beinahe Zuko verloren, noch dazu wegen seiner eigenen Dummheit. Der Magier wollte uns nämlich unbedingt seine Meisterschaft im Kampf gegen die berüchtigten Fliegen demonstrieren. Am ehesten erinnern diese Viecher an taubengroße Libellen. Es ist wirklich nicht gerade einfach, sie zu treffen. Zwei der Fliegen hat der Magier in der Tat sehr schön und schnell erledigt. Dann hat ihn jedoch eine dritte von hinten angegriffen und angefangen, ihn in den Nacken zu hacken. Das sah so komisch aus, dass wir anfangs gar nicht begriffen, dass die wilden Schreie und Sprünge des Magiers nicht seinem üblichen theatralischen Gebaren entsprachen, sondern wirklich einen Kampf auf Leben und Tod bedeuteten. Hätten wir auf die Fliegen geschossen, hätten wir Zuko mit an Sicherheit grenzender Wahrscheinlichkeit getötet. Es war dann Pat, der ihn rettete, indem er die Fliege einfach mit dem Kolben seiner MP erschlug.

Richtig gezielt, ist dieses Monster ziemlich leicht zu töten.

Danach mussten wir den halbtoten und stöhnenden Magier bis zum Ende des Levels schleifen. Erst da haben wir endlich ein MedKit gefunden.

»Die hat mich erwischt!«, brummt Zuko, als er wieder zu sich kommt und die Fähigkeit zu sprechen zurückerlangt. »Meine

Arme und Beine waren völlig taub! Was für ein Mistvieh! Hört mal, Leute! Nächstes Mal erschießt mich lieber, ich will so was nicht noch mal durchmachen!«

Im Moment sind wir jedoch überhaupt nicht zum Scherzen aufgelegt.

»Sechs Stunden«, stellt Dschingis mit einem Blick auf die Uhr fest. »Und das Labyrinth hat hundert Levels ... Wenn wir für die ersten drei sechs Stunden gebraucht haben, also zwei Stunden pro Level ...«

»Dann brauchen wir zweihundert Stunden!«, verkündet Pat fröhlich – obwohl das jedem von uns auch so klar ist.

»Das sind fast acht Tage.« Dschingis verzieht das Gesicht. »Aber wir müssen auch noch schlafen, essen, uns ausruhen, aufs Klo gehen ... und manchmal nachdenken. Geben wir also noch zwei Tage dazu. Das macht dann zehn.«

»Außerdem haben wir bisher niemanden verloren«, ergänzt Maniac. »Sollte das aber geschehen, müssen wir uns überlegen, ob wir unseren Freund aufgeben oder zum Anfang des Levels zurückkehren und es von vorn durchlaufen ...«

»Und es wird immer schwieriger werden.« Zuko wird jetzt ernst. »Bisher haben wir es nur mit Robotern zu tun gehabt. In den kommenden Levels müssen wir uns aber auf Kämpfe gegen Konkurrenten einstellen. Und auch auf Menschen, die in den Körpern von Monstern stecken.«

»Wir sammeln aber auch immer mehr Erfahrungen«, hält Bastard dagegen.

»Stimmt, unsere Erfahrung nimmt zu«, sagt Nike. »Aber auch unsere Müdigkeit.«

Damit bringt sie die Sache auf den Punkt.

Ich setze mich neben sie und hole die Essensration hervor, die ich in einem demolierten Armeewagen gefunden habe. Vielleicht gehörte der Wagen ja zur Kulisse, vielleicht ist aber auch wirklich jemand auf die Idee gekommen, das Labyrinth mit einem Mini-Panzer zu durchqueren.

Schweigend teile ich die Ration zwischen uns beiden auf.

Erst da wird mir bewusst, dass ich niemandem sonst etwas zu essen angeboten habe. Weder Dschingis noch Bastard, Schurka, Zuko oder Pat.

Dieses Essen existiert in der Natur gar nicht! Es ist bloß gezeichnet! Und wir können jetzt, am Ende des Levels, aus der *Tiefe* herausgehen, etwas Richtiges zu uns nehmen und relaxen. Niemand von uns würde also verhungern.

Aber ich habe mich verhalten, als seien wir tatsächlich auf Kriegspfad in einem fremden Territorium. Ich habe mein Essen nur mit einer Frau geteilt – die mir gefällt.

Wortlos halte ich Pat meine Hälfte der Ration hin.

»Möchtest du auch was?«, fragt der sofort Dschingis.

Dschingis schüttelt den Kopf, und Pat beginnt zu essen, ohne sonst noch jemandem etwas anzubieten.

Ich hätte es mir denken können.

Es zeigt mir aber auch, dass wir das Labyrinth nicht unterschätzen dürfen.

»Die Frage der Nahrungsaufnahme wird bald vordringlich werden«, bemerkt Bastard ernst – um sogleich in einen vertrauteren Ton zu wechseln. »Verfuckt noch mal, ich brauch was zwischen die Kiemen!«

»Die Sergeanten haben gesagt, man kann hier auf Jagd gehen«, wirft Nike ein. »Einige Tiere könnten wir bedenkenlos essen. Genau wie einen Teil der Pflanzen. Nahrungspakete werden wir nur selten finden ...«

»Machen wir erst mal eine Pause fürs Mittagessen. Oder fürs Abendessen«, entscheidet Dschingis. »Wir sind am Ende des Levels. Geben wir unsere Daten ein und setzen das Spiel nach einer Pause fort.«

Er verstummt, als ob er überlegen würde.

»Der Ausgang des Levels ist die Furt durch diesen Fluss da drüben«, erklärt Nike. »Wie dann weiter? Planen wir zehn Minuten ein, um nach Hause zu gelangen ... zumindest brauche ich so lange. Dann der Austritt aus der *Tiefe*, eine Viertelstunde fürs Essen ... Dann noch einmal zehn Minuten, um wieder herzukommen. Und vielleicht fünf Minuten, bis wir wieder alle versammelt sind.«

»Damit verlieren wir vierzig Minuten«, stellt Maniac fest. »Außerdem sind wir dann aus dem Takt und müssen uns erst wieder an diese Welt gewöhnen ...«

»Jetzt ist es vier Uhr nachmittags ... nach Moskauer Zeit«, sagt Dschingis. »Bleiben wir noch sechs Stunden. Wenn wir etwas zu essen finden, bestens. Wenn nicht, muss es halt so gehen. Gibt es irgendwelche Einwände?«

Die gibt es nicht.

»Warum habt ihr es eigentlich so eilig, Leute?«, will Nike allerdings wissen. »Seid ihr auf den Rekord scharf?«

Niemand antwortet ihr.

»Wenn du einen Rekord aufstellen willst, musst du vorher gut trainieren«, überlegt Nike laut. »Ihr macht aber eher den Eindruck, als seid ihr zum ersten Mal im Labyrinth.«

»Nike ...« Mir ist klar, dass ich intervenieren muss, bevor ihre Neugier zu weit geht. »Du hast uns geholfen. Wir haben dich ins Team genommen. Ist es nicht so?«

Die Frau nickt.

»Wenn du willst, komm also weiter mit uns mit. Wir würden uns freuen. Und wenn wir können, helfen wir dir auch. Aber die Gründe, warum wir hier sind, die gehen dich nichts an.«

»Dann sagt mir wenigstens, was ihr vorhabt«, verlangt Nike. »Ihr gefallt mir – aber ich kann nicht mit einem Team mitmarschieren, dessen Verhalten ich nicht verstehe. Womöglich wollt ihr ja bloß jemanden schnappen, auf den ihr sauer seid, mit ihm abrechnen – und anschließend auf Nimmerwiedersehen verduften! Und ich darf dann allein weiterziehen!«

»Gut«, sagt Dschingis daraufhin. »Auf die Frage kannst du eine Antwort haben. Wir wollen, dass der Revolvermann ...« Er nickt in meine Richtung. »... so schnell wie möglich das letzte Level des Labyrinths erreicht.«

»Und es muss unbedingt der Revolvermann sein?« Nike sieht mich neugierig an.

»Ja. Wir wollen möglichst lange als Gruppe zusammenbleiben, das aber vor allem, weil wir unser eigentliches Ziel dann leichter erreichen. Deshalb werden wir versuchen, einen Kompromiss zwischen schnellem Fortkommen und der allgemeinen Kampfkraft der Gruppe zu finden. Unter Umständen müssen wir in den letzten Levels des Labyrinths aber diejenigen zurücklassen, die zu schwach sind.«

»Verstehe«, erwidert Nike. »Die Schnelligkeit des Geschwaders entspricht der Schnelligkeit des langsamsten Schiffs ... aber nur so lange, wie keine U-Boote Jagd aufs Geschwader machen. Sag mal, Dschingis, was ist, wenn der Revolvermann die Bremse in der Gruppe ist? Bisher macht er nicht den stärksten Eindruck. Tut mir leid, Leonid.«

Am fliederfarbenen Himmel kreisen Vögel. Du hast ausgelebt, Revolvermann. Deine Zeit ist vorbei. Aber wer hätte je geahnt, dass dein Leben irgendwann einmal von der Fähigkeit abhängt, ein virtuelles Spiel zu spielen? Ja, nicht nur dein Leben, sondern das Leben von Tausenden.

»Ich habe dir gesagt, worauf wir aus sind«, antwortet Dschingis gelassen. »Deshalb würden wir, um dein Bild aufzugreifen, U-Boote mit Torpedos beschießen.«

»Verstanden. Keine weiteren Fragen meinerseits – obwohl ich vor Neugier fast platze«, erklärt Nike. »Aber ihr werdet schon eure Gründe haben ...«

»Im Zweifelsfall würden wir auch dich beschießen.« Dschingis' Ton wird scharf. »Das ist dir doch klar, oder?«

Nike sieht mich an. »Ja«, erwidert sie lächelnd. »Es würde mich natürlich schon interessieren, was dieser langsame Kahn geladen hat, aber ich werde selbstverständlich nicht fragen.«

Wenn sie nicht gelächelt hätte, wäre ich jetzt beleidigt.

Aber so lächle ich zurück.

Ich stehe auf und streiche meine Uniform glatt. Bisher haben wir noch keine einzige kugelsichere Weste gefunden. Das ist irgendwie nicht gerecht.

Ich schlendere zum Fluss hinunter. Das ist also das Ende des Levels ...

Dann wollen wir mal aufhören zu spielen – und anfangen zu leben.

DRITTER TEIL

Die Brücke

22

Das fünfte Level im Labyrinth des Todes ist wie eine Scheide: Es stellt die Grenze zwischen den computergenerierten und den echten Monstern dar.

Das Labyrinth des Todes schreibt dir nicht strikt vor, welchen Weg du zu nehmen hast. Wir folgen gerade dem Hauptweg, aber du darfst ihn auch verlassen. Oder du kannst versuchen, Gefahren zu vermeiden und eine Abkürzung zu finden. Es würde mich gar nicht wundern, wenn für das Spiel sogar ein eigener Planet modelliert worden wäre. Die Sache hat nur einen Haken: Früher oder später musst du deine Daten eingeben, deine Lage im Spiel vermerken – und dafür brauchst du einen Rechner.

Dann heißt es: noch mal durchs Level! Und zwar auf dem Hauptweg.

Ich drehe einen schweren Raketenwerfer mit sechs Läufen in den Händen. Irgendwie hat das Ding was. Wir spielen jetzt bald zehn Stunden und haben das fünfte Level fast hinter uns gebracht. Schneller kommen wir auf gar keinen Fall voran.

Bräuchten wir also wirklich acht Tage?

Aber diese Zeit haben wir nicht, da bin ich mir sicher.

Doch selbst wenn wir vorwärtsstürmen würden, gut, problemlos und ohne Schwierigkeiten vorankämen, würde uns das nichts nutzen. Es gibt nun einmal natürliche Grenzen: fünf Kilometer in der Stunde, wenn du in normalem Tempo gehst, fünfzehn wenn du rennst. Nur kannst du durchs Labyrinth nicht sprinten, denn du musst ständig schießen, fliehen, Waffen und Munition suchen. Unter zwei Stunden schaffst du ein Level nicht. Auf gar keinen Fall!

»Leonid!«, treibt Bastard mich an. Er mustert mich eindringlich. »Alles klar bei dir?«

»Ja.«

»Schurka meint, am Ende des fünften Levels gibt es einen Halt, bei dem die Spieler traditionell nicht aufeinander schießen.«

»Und?«

»Wenn da eine andere Gruppe sein sollte, müssen wir uns zu ihr gesellen ...«

Ich nicke. Ein Blick auf die Anzeige meines Raketenwerfers verrät mir: Noch sieben Schuss. Hervorragend. Das bedeutet eine Salve, plus eine Rakete extra. »Na, wenn wir das müssen ...«

Wir wandern durch eine schmale Schlucht. Hier und da entdecken wir Spuren eines Kampfes, der noch nicht lange her sein kann: Steine, die von Raketen zerfetzt worden sind, verbrannte Erde, verkohlte Bäume.

Irgendwann greift uns ein Monster an. Mit Biestern dieser Art haben wir bereits das Vergnügen gehabt. Es sind extrem schnelle Zweibeiner, die größer als wir Menschen sind und die die Füße eines Reptils haben. Aus der Ferne schießen sie mit zwei gewaltigen Laserkanonen auf dich, im Nahkampf dienen ihnen die bekrallten Pfoten und der elastische Schwanz als Waffen. Wenn du einem solchen Vich allein gegenüberstehst, ist das kein sonderliches Vergnügen.

Aber wir sind ja zu siebt.

Das Monster schafft es mal gerade, einen Schuss abzugeben, dann krümmt es sich auch schon und stirbt unter dem Beschuss aus vier Pistolen, einer MP und jenem seltsamen Laserstrahler, den Nike gefunden hat. Das Ding spuckt blaue Flammen aus, die über das Ziel hinwegfegen.

Ich bringe meine Waffe nicht zum Einsatz.

Deswegen linsen zwar alle irritiert zu mir herüber, es verliert jedoch niemand ein Wort darüber.

Der Ausgang aus der Schlucht ist mit Felsbrocken versperrt. Sie weisen zahlreiche Graffiti auf. Von banalem Geschreibsel wie *Max und Sly waren hier* anonymer Teenies bis zu langen Zitaten aus Shakespeare, Dante und Éluard oder codierten Mitteilungen für Gefährten in der Nachhut. Ein Wort überragt jedoch alle anderen:

WAFFENSTILLSTAND!

Es ist in den Stein gemeißelt. Wie lange der unbekannte Autor wohl dafür gebraucht hat?

Schurka steckt die Pistole ins Halfter und klettert die Steine hoch, Pat schiebt seine MP mit einem Seufzer auf die Schulter.

Ich mache das Gleiche mit meinem Raketenwerfer, der stärksten Waffe, über die unser Team verfügt. Die anderen haben sie mir anvertraut. Bisher habe ich noch keinen einzigen Schuss daraus abgegeben.

Auch wir anderen erklimmen jetzt die Steine.

Als wir oben sind, erkennen wir bereits den Ausgang aus dem Level.

So ruhig und friedlich, wie die Landschaft wirkt, kommen uns all unsere Waffen wie überflüssiges Gepäck vor.

Ein Wald, ein See und weiches, dunkelgrünes Gras bilden den Hintergrund für ein prasselndes Lagerfeuer ...

Am Feuer sitzen sieben Personen.

»Endlich haben wir mal jemanden eingeholt«, bemerkt der Magier. »Dann wollen wir mal was essen und uns ein wenig unterhalten!«

Als wir von den Felsbrocken hinunterkraxeln, geben wir ein exzellentes Ziel ab, doch die anderen Spieler halten den Waffenstillstand in der Tat ein, ja, sie winken uns sogar zu sich.

Die Gruppe macht einen angenehmen Eindruck. Drei junge Männer, kräftig und schlank, bei denen du aus irgendeinem Grund fest davon überzeugt bist, dass sie im echten Leben genauso aussehen. Zwei Frauen, attraktiv und keine Standarderscheinungen, die eine Europäerin, die andere Chinesin. Ein Junge, der kaum älter ist als Pat. Und ein Greis, ein knochiger Kerl, der in der Gruppe offenbar das Sagen hat.

»Haltet ihr euch an den Waffenstillstand?«, erkundigt sich der Alte. Die leichte Verzögerung, mit der ich seine Stimme wahrnehme, deutet darauf, dass er mit einem Übersetzungsprogramm spricht.

»Ja!«, antwortet Maniac. »Seid ihr schon lange unterwegs?«

»Unsere reine Spielzeit liegt jetzt bei zwanzig Stunden«, gibt einer der Männer bereitwillig Auskunft.

Sie sehen nicht wie Newbies aus. Also werden sie es wohl darauf angelegt haben, jede Menge Ausrüstung zu sammeln. Tatsächlich tragen sie fast alle kugelsichere Westen, und ihre Waffen sind wesentlich besser als unsere. Jeder hat eine MP und eine Pistole, obendrein besitzen sie zwei Laserstrahler, die dem von Nike entsprechen, drei Raketenwerfer und eine bizarre Waffe, die uns bisher noch nicht begegnet ist.

»Wir sind bei zehn Stunden!«, trumpft der Magier auf.

Die Mitteilung trägt uns ein herablassendes Lächeln von den sieben ein.

»Sieht man«, bemerkt der Alte. »Setzt euch!«

Sie machen uns Platz am Feuer. Nachdem wir uns niedergelassen haben, tritt eine peinliche Pause ein – bis dann Zuko das Ruder an sich reißt.

»Sagt mal, habt ihr ein Crack für *Visual Board*?«, wendet er sich an die anderen.

Die sehen einander an.

»Bisher hat noch niemand das Programm geknackt«, antwortet einer. »Und vermutlich wird sich das auch nicht so schnell ändern.«

Der Magier bleckt zufrieden die Zähne. Vermutlich liegt ihm schon auf der Zunge zu sagen, dass er selbst dieses Programm geschrieben hat. Es ist nicht nur für seine einfache Handhabung bekannt, sondern auch dafür, dass es bisher noch niemandem gelungen ist, den Kopierschutz zu entfernen. In letzter Sekunde kann er sich jedoch zügeln. Nun wechselt das Gespräch rasch auf allgemeinere Themen über. Wie, wo und was für Hacks es gegeben, wen man bei was erwischt hat, wer entkommen konnte und wer noch hinter Gittern sitzt.

Schon zehn Minuten später debattieren alle hitzig. Nur ich langweile mich. Und offenbar auch Nike. Für uns sind diese Fachsimpeleien unter Profis zu abgehoben.

Schon bald kommt man aber noch einmal auf das Labyrinth des Todes und die beste Spieltaktik zu sprechen. Das Eis ist gebrochen ...

»Ihr solltet die Levels nicht so schnell durchlaufen«, rät uns die Chinesin. Sie liegt im Gras, den Kopf auf die Knie eines der Männer gebettet. »Die ersten fünf Levels muss man nutzen, um seine Ausrüstung zusammenzustellen. Da heißt es: suchen, suchen und noch mal suchen.«

»Wir müssen das Labyrinth so schnell wie möglich hinter uns bringen«, erklärt Dschingis.

»Indem ihr pro Level nur zwei Stunden ansetzt?« Die Chinesin setzt ein überlegenes Lächeln auf.

»Besser wäre es, wenn wir noch weniger Zeit bräuchten«, entgegnet Dschingis.

»Schneller geht es auf gar keinen Fall. Das ist die theoretisch mögliche Mindestzeit.«

Womit auch das geklärt wäre.

Wir sehen uns an. Das hat anscheinend niemand von uns gewusst.

»Das könnt ihr uns ruhig glauben«, meint der Alte. »Diese Zeit ist aufwendig berechnet worden. In der Praxis schafft es aber trotzdem kaum jemand in zwei Stunden. Wir sind im Moment auf dem besten Weg, eine Rekordzeit zu erzielen. Mit vier Stunden pro Level. Das macht dann vierhundert Stunden insgesamt.«

»Zu lange für uns«, murmelt Dschingis.

Der Alte lächelt nur, sagt aber kein Wort.

»Wann würde bei uns schon mal was glattlaufen«, wirft Bastard düster ein. Er hat sich im Gras ausgestreckt und reibt sich mit schmerzverzerrtem Gesicht den verletzten Arm. Wir haben alle MedKits für den Magier verwendet, da blieb für solche Lappalien wie Bastards Arm nichts übrig.

»Hier!« Der Alte reicht Bastard ein MedKit.

»Da sag ich nicht Nein.« Bastard presst sich den weißen Plastikwürfel auf den Arm und grinst erleichtert. »Danke. Damit habe ich schon gar nicht mehr gerechnet.«

»Keine Ursache. Wir haben genug davon.«

Das sind sie, die Vorteile, die ein gut geplanter Besuch im Labyrinth des Todes mit sich bringt. Zu bedauerlich, dass wir darauf verzichten müssen.

»Es wird Zeit, Leute«, sage ich und stehe auf.

Als Erste erhebt sich Nike mit einem Seufzer, dann folgen die anderen ihrem Beispiel.

»Ihr müsst schon entschuldigen«, wende ich mich an die andere Gruppe. »Aber wir haben wirklich keine Zeit zu verlieren.«

Niemand hält uns auf. Die Chinesin lächelt, die Europäerin reagiert nicht weiter auf unseren Aufbruch, genau wie die Männer und der Junge. Der Alte – wie alt er wohl tatsächlich ist? – zeigt sich ein wenig enttäuscht.

»Viel Glück«, sagt er trotzdem.

Die anderen aus meiner Gruppe gehen los, ohne sich von diesen versierten Spielern zu verabschieden. Aber auch ohne einen Streit mit mir vom Zaun zu brechen – obwohl vermutlich niemand über meine Entscheidung glücklich ist.

Ich strecke dem Alten die rechte Hand hin, und wir verabschieden uns mit einem kräftigen Handschlag.

Mit der linken Hand drücke ich derweil auf den Auslöser des Raketenwerfers. Das sanfte Schmatzen, mit dem die erste Rakete in den Lauf wandert, ist kaum zu hören.

Nun kommt es einzig und allein darauf an, den Knopf weder zu früh noch zu spät loszulassen. Der Beschuss würde losgehen, sobald ich den Finger vom Auslöser nehme – oder nachdem die sechste Rakete im Lauf ist.

»Euch auch«, wünsche ich dem Alten.

Dann eile ich meinem Team hinterher. Dass meine Hand auf dem Raketenwerfer ruht, erregt bei niemandem Argwohn. Warum auch? Irgendwie muss ich die Waffe ja tragen.

Da schmatzt es wieder.

Ist jetzt der dritte oder schon der vierte Lauf geladen?

Es schmatzt.

Ich bleibe stehen und reiße den Raketenwerfer hoch. Ein Blick auf die Anzeige: Da leuchtet die Ziffer 5.

Es schmatzt.

Im letzten Moment durchschauen die sieben meine Absicht. Leider. Einer greift nach seiner Waffe, einer springt auf. Nur auf dem Gesicht des Alten spiegelt sich Verwirrung. Er macht den Mund mehrmals auf und zu. Ob er mich an den Waffenstillstand erinnern will?

Die Waffe ist auf die Mitte der Gruppe gerichtet, vielleicht etwas weiter nach links.

Sobald die sechste Rakete in den Lauf gewandert ist, vibriert der Raketenwerfer und spuckt einen flammenden Fächer aus.

Die sechs gleichzeitig abgehenden Raketen erzeugen einen derart heftigen Rückstoß, dass ich zu Boden gehe. Aus den Mündungen schießen Strahlen glühenden Gases ...

An der Stelle, an der unsere Konkurrenten eben noch friedlich beieinander gesessen haben, erstreckt sich nun ein schwarzer Streifen. Die Erde ist aufgerissen, als habe der Ripper eines Bulldozers hier sein Werk verrichtet. Die sechs Einschusstrichter sind leicht auszumachen.

Alles in allem kein schlechter Schuss.

Sechs der sieben sind hinüber, von dem Jungen ist nicht einmal mehr die geringste Spur übrig. Nur die Chinesin lebt noch und streckt jetzt wie in Zeitlupe die Hand nach ihrer Waffe aus. Ihre Lebenskraft kann sich nur auf ein paar lächerliche Prozent belaufen – die aber für einen Schuss reichen würden. Ich habe nicht die geringste Absicht, meine letzte Rakete zu vergeuden. Doch da erstarrt die Frau mitten in der Bewegung ...

»Was hast du getan?«, schreit Bastard.

Pat steht mit offenem Mund da, Dschingis ist in Gedanken versunken. Maniac stiefelt mit finsterer Miene an mir vorbei, hockt sich neben einen der Trichter und fischt aus ihm einen völlig intakten Laserstrahler. Genau darauf habe ich gehofft. Wie viele kugelsichere Westen die Knallerei wohl überstanden haben? Die Wahrscheinlichkeit, dass sie nach dem Tod ihrer Besitzer unbeschädigt geblieben sind, liegt bei fünfzig Prozent.

»Ljonka ... das war ...«, stammelt der Magier. »Wie konntest du nur ...?«

»Keine Sorge, sie werden uns deswegen nicht jagen«, sage ich. »Das passt nämlich nicht zu ihrer Taktik.«

»Ljonka, aber hier gilt Waffenstillstand!«, hält er mir vor. »Das hättest du nicht tun dürfen!«

»Ach ja? Waffenstillstand?«, explodiere ich mit einem Mal. »Das hier ist kein Sandkastenspiel! Wir sind hier, um ...«

Da fange ich Nikes aufmerksamen Blick auf. Sofort verstumme ich.

Eine Fremde in der Gruppe stört eben doch.

Die anderen haben sich inzwischen mit meiner Tat abgefunden. Der Magier seufzt noch einmal – und fängt dann ebenfalls an, die Trophäen in den Einschusslöchern einzusammeln.

»Wenn du willst, kannst du gehen«, sage ich zu Nike. »Ich werde dir nicht in den Rücken schießen. Das schwöre ich.«

Ich könnte mir vorstellen, dass sie mir das nicht abkauft.

»Ausgerechnet jetzt? Wo ihr mich immer neugieriger macht? Nein, ich bleibe!«

Bis auf Dschingis und mich suchen jetzt alle den rauchenden Boden nach Ausrüstung ab.

»Ich habe gedacht, die Geschäftsleute von heute verfügen über eine recht biegsame Moral«, spreche ich ihn an.

»Glaubst du etwa, ich habe Gewissensbisse«, entgegnet Dschingis. »Quatsch! Ich überlege nur gerade, ob es sich lohnt, auf die nächste Gruppe zu warten. Was meinst du, ist der Zeitverlust die zusätzliche Ausrüstung wert?«

»Ich glaube nicht.«

»Wahrscheinlich hast du recht«, stimmt Dschingis mir zu.

»Hurra!« Pat springt aus einem Trichter und schwingt eine kugelsichere Weste. »Genau meine Größe! Dann mal auf in den Kampf!«

Deshalb mag ich Kinder: Sie sind so spontan.

Nun beginne auch ich mit den Ausgrabungen. Als Erstes finde ich eine kugelsichere Weste – die jedoch zerfetzt ist. Dann einen Raketenwerfer – aber einen ungeladenen. Ich habe heute kein Glück …

»Leonid«, ruft mir Bastard warnend zu.

Ich fahre herum und reiße den Raketenwerfer hoch. Einen Schuss habe ich noch, das ist nicht viel, aber immerhin besser als gar nichts.

So viel zum Thema Zeitverlust.

Drei Gestalten tauchen aus dem Wald auf. Ein junger, hochgewachsener Typ und zwei Frauen, genauer gesagt Teenies. Der Mann erweckt kein Misstrauen, aber die beiden Mädchen wirken nicht unbedingt wie Menschen: Die Augen sind zu groß, die Ohren zu lang und spitz, und unter ihren Helmen quillt eine viel zu golden funkelnde Haarmähne hervor.

Das alles ist jedoch zweitrangig. Worauf es ankommt, sind die Raketenwerfer, mit denen die drei bewaffnet sind und die sie auf uns richten.

»Habt ihr nicht behauptet, ihr würdet den Waffenstillstand achten?«, fragt der Typ süffisant.

Die nächsten Sekunden mustern wir uns gegenseitig. Wenn eine Gruppe anfangen würde zu schießen, käme das kollektivem Selbstmord gleich.

»Wer bist du?«, will Dschingis wissen.

»Ein Freund der Elfinnen«, informiert uns der Mann mit einem Blick auf seine beiden Begleiterinnen. In was für Zeiten leben wir eigentlich? Früher hätte ein Liebhaber von Rollenspielen im Traum nicht daran gedacht, einen Fuß ins Labyrinth des Todes zu setzen ...

»Wir haben dringend Waffen gebraucht«, erklärt Dschingis ganz offen. »Das war der Grund für den Beschuss.«

»Hier brauchen alle dringend Waffen«, erwidert der Mann. »Waffen, Rüstung, Munition ...«

Aus den Augenwinkeln heraus bemerke ich, wie Bastards Hand zur Pistole wandert. Ich schüttle den Kopf. Aus diesem Schlamassel mussten wir anders rauskommen. Ganz anders.

»Dann wären wir uns in dem Punkt ja einig«, erklärt Dschingis ungerührt. »Lasst uns also zum nächsten Punkt übergehen. Verkauft ihr uns Munition?«

»Bitte?!«, stößt der Mann konsterniert aus, während sich die Elfinnen bloß verwirrt ansehen.

»Ich möchte euch einen Teil eurer Ausrüstung abkaufen. Für echtes, reales Geld. Zehn Dollar pro Rakete. Hundert für einen Raketenwerfer.«

Der Wahnsinn nimmt seinen Lauf. Garantiert hat es dergleichen in der Geschichte des Labyrinths noch nie gegeben: dass jemand echtes Geld für eine gezeichnete Waffe hinblättert.

»Kommst du direkt aus der Klapse?«, fragt der Freund der Elfinnen.

»Nein. Direkt aus der Geschäftswelt.«

»Trotzdem tickst du nicht mehr ganz richtig! Also ... für eine Rakete verlange ich fünfzehn Dollar, für einen Raketenwerfer zweihundert.«

»Da ist ja ein echter billiger!«, brüllt Bastard.

»Und? Brauchst du denn einen echten?«, kontert der Mann. »Um hier, in einer gezeichneten Welt, herumzuballern?«

»Abgemacht«, interveniert Dschingis. »Ich nehme einen Raketenwerfer und zwanzig Raketen. Wir beide verlassen kurz das Labyrinth, damit ich dir das Geld überweise. Dann kommen wir sofort zurück und trennen uns als zufriedene Männer.«

Obwohl sich Bastard und Pat weit mehr Sorgen um Dschingis' Geld als dieser selbst machen, mischen sie sich nicht in die Verhandlungen ein. Maniac fasst sich bloß an den Kopf, setzt sich an den Rand eines Einschusslochs und kehrt uns den Rücken zu: Es übersteigt seine Kräfte, Zeuge dieses Deals zu werden.

Deshalb mag ich unsere Geschäftsleute: Sie sind so pragmatisch.

01

Im neunten Level begreifen wir, dass **wir allmählich** Schluss machen sollten.

Das siebte Level hat uns eine erste Bewährungsprobe abverlangt. In ihm ist sogar unser Glückspilz Maniac ermordet worden, in ihm haben etwa fünfzig Monster unterschiedlicher Provenienz – darunter ein Erdwurm – eine brillant koordinierte Attacke gegen uns gefahren. Der Erdwurm ist mit überraschender Behändigkeit sowohl über Bastard, den für zweihundert Dollar erworbenen Raketenwerfer und auch jenen Granitfelsen hergefallen, hinter dem der Hacker sich in Sicherheit gebracht hatte.

Zu dem Zeitpunkt waren wir jedoch noch frisch genug, um den Angriff zurückzuschlagen. Danach haben wir auf Maniac gewartet, der fuchsteufelswild und nur mit einer MP, über deren Herkunft er sich hartnäckig ausschwieg, wieder zu uns stieß. Dann mussten wir Bastard suchen, der in irgendeiner Felsspalte steckte und verzweifelt auf drei schneckenartige Monster feuerte, die aus einem flachen Gewässer herausgekrochen kamen. Diese Biester! Als wir in der geschlossenen Gruppe an ihnen vorbeigezogen waren, hatten sie sich natürlich nicht aus dem Wasser rausgetraut!

Verglichen damit war das achte Level das reinste Kinderspiel. Bei dem handelte es sich um einen riesigen Sumpf. Da mich das

Ganze irgendwie an *Stalker* erinnerte, habe ich angefangen, den Weg vor uns mit Raketen zu spicken – mit einem Ergebnis, das unsere kühnsten Erwartungen übertraf: Etliche Monsterleichen trieben hoch an die Oberfläche, um dort ein bizarres Muster zu bilden. Die Viecher, die sich in größerer Entfernung verborgen gehalten hatten, gingen daraufhin zum Angriff über. Der wirkte zwar recht furchteinflößend, konnte ihr Ableben aber nicht verhindern.

Das neunte Level war dann zu viel für uns.

Dabei schien es zunächst ganz harmlos. Die Berge darin sind nicht übermäßig hoch, du musst durch Steinbrüche, in denen komplizierte Mechanismen behäbig das Gestein schlucken und zerhäckseln. Daneben wartet es mit verschiedenen Bauwerken, den Ruinen eines alten, gigantischen Tempels und ein paar Armeefahrzeugen auf.

Nur: Wir waren einfach schon zu erschöpft.

Allein für die Fahrzeuge – ob sich jemand in ihnen versteckt hielt und wenn ja, wer, haben wir bis zum Schluss nicht herausbekommen – brauchten wir zehn Raketen, bis sie fulminant abbrannten. Die Steinbrüche kosteten uns drei Anläufe – bei denen wir fast unsere gesamte Ausrüstung verloren.

Und das, was wir in den Bauten gefunden haben, reichte vorne und hinten nicht für unsere kleine Armee.

An starken Waffen sind uns nur mein Raketenwerfer mit fünf Schuss Munition, Nikes Laserstrahler und Maniacs MP geblieben.

Alle anderen müssen sich mit Pistolen begnügen.

Und natürlich verfügt niemand von uns noch über eine kugelsichere Weste.

Wir bringen noch den langen, aufsteigenden und extrem öden Tunnel in den Bergen neben dem Tempel hinter uns und erreichen so den Ausgang zum zehnten Level.

Der Rechner, an dem wir unsere Daten eingeben, steht auf dem Gipfel. Er ist halb in den Stein eingelassen, nur der Bildschirm und die Tastatur liegen an der Oberfläche.

Jede Diskussion können wir uns sparen – nach achtzehn Stunden ohne Schlaf, nach achtzehn Stunden im Labyrinth.

»Wir treffen uns um zehn Uhr Moskauer Zeit am Torbogen wieder«, entscheidet Dschingis und sieht uns an. Niemand erhebt Einwände. Daraufhin schiebt er Pat zum Rechner. Der gibt erschöpft sein Passwort ein, zieht den Cursor auf Exit – und verschwindet. Dschingis folgt ihm.

»War doch trotzdem ganz lustig, oder?«, sagt Zuko, der unbedingt Optimismus verbreiten will. Doch selbst seine Albernheit hat einen Knacks davongetragen.

»Wir sind eben alle nicht mehr so in Form wie früher«, murmelt Maniac. »Und jetzt hör auf rumzutrödeln!«

Zuko gibt seine Daten ein – und verschwindet.

Als Nächster ist Maniac dran.

Bastard sieht sich noch einmal nachdenklich um. Das Level ist sehr schön, da haben sich die Designer des Labyrinths wirklich alle Mühe gegeben. Ein flacher Hang zieht sich ins Tal, in dem dunkelblaue Seen liegen. In den Strahlen der untergehenden Sonne funkelt der Schnee, über den lilafarbenen Himmel ziehen hellviolette Wolken. Wir müssen noch hinunter in dieses Tal, uns anschließend durch einen Wald schlagen, ein Meer überqueren ... Was haben sich die Macher des Spiels wohl noch alles ausgedacht? Fabriken, Vulkane, Weltraumbahnhöfe oder Felder? Und am Ende kommt dann jene Stadt, wo der schuftige Imperator auf dich wartet ...

»Leonid, das klappt doch nie«, sagt Bastard. »Und zwar nicht, weil wir nicht fit genug sind. Hier sind doch praktisch keine Kämpfe nötig! Die guten alten Duelle ... du mit der MG, ich mit der Kettensäge ... wo du den anderen austrickst ... die gibt es hier nicht. Wir kämpfen hier nicht gegen andere Spieler ... egal, ob die nun im Körper von einem Menschen oder von einer Schnecke stecken. Wir kämpfen gegen die ganze Welt. Gegen die Welt des Labyrinths, gegen die Welt innerhalb von Deeptown. Wir kämpfen gegen die Entfernung, die Zeit ... ach, verfuckt noch mal, als ob du das nicht alles selber wüsstest! Also dann, morgen um zehn ...«

Er legt die Hand auf die Tastatur – und Nike und ich bleiben allein zurück.

»Der Revolvermann ...«

Ich sehe sie an.

»Also, der Revolvermann ... über den im Labyrinth so viel geredet wird ...«

Ich schweige.

»Bist du das?«

»Ja.«

»Dann spielst du nicht mit voller Kraft.«

»Richtig.«

»Wissen die anderen das?«

Ich schüttle den Kopf.

»Warum habt ihr es eigentlich so eilig?«

»Haben wir nicht abgemacht, dass du keine Fragen stellst?«

»Tut mir leid, Revolvermann.« Sie lächelt und sieht eher traurig als sauer aus. »Ich wollte mich nicht in eure Angelegenheiten einmischen. Wenn du tatsächlich der Revolvermann bist ...«

»Bin ich.«

»Also ... wenn ich euch aufhalte, dann sag's mir. Dann hau ich ab und such mir ein anderes Team.«

»Ich möchte sehr gern, dass du bei uns bleibst.« Ich weiß selbst nicht, warum ich das sage.

»Und wieso?«

In dem Camouflageoverall sind wir alle gleich. Geschlechtslos, formlos, vereinheitlicht. Fleischbrocken in der Uniform einer inexistenten Armee, Freiwillige in einer fiktiven Schlacht. Helden, die ihr Leben opfern, um Taten zu vollbringen, die niemand braucht.

Wir unterscheiden uns nur durch die Gesichter über dem hohen Jackenkragen. Die Gesichter, die wir uns selbst ausgedacht haben. Es gehört nicht viel dazu, ein Gesicht zu designen. Punkt, Punkt, Komma, Strich, fertig ist das Mondgesicht. Du kannst alles selbst zeichnen oder vorbereitete Details zusammensetzen, wie früher mit dem Baukasten. Ein entschlossenes Kinn, ein schlaffes Kinn ... Segelohren, enganliegende Ohren ... Eine gerade Nase, eine Stupsnase ...

Schwierigkeiten bereiten mir einzig und allein die Augen. Manchmal muss ich sie ein Dutzend Mal umarbeiten, bevor sie lebendig wirken. Seitdem weiß ich, worauf es bei gezeichneten Gesichtern ankommt.

Ich sehe nur ihre Augen.

»Du gefällst mir«, sage ich schließlich. »Das kommt mir zwar ungelegen, aber gut, so ist es nun mal.«

Dann lege ich die Finger auf die Tastatur.

Das Passwort.

Exit.

Du verlässt das Labyrinth des Todes auch heute noch auf die gleiche Weise wie vor zwei Jahren: durch den riesigen Umkleideraum.

Ich ziehe den Overall aus und stopfe ihn in den Spind. Dort wartet die Kluft des Revolvermanns auf mich – wie sollte es auch anders sein?

Ich dusche mich in einer kleinen Kabine ab. Es ist ganz normales Wasser, ohne irgendwelche Anti-Viren-Chemikalien. Nachdem ich mich wieder angezogen habe, zögere ich kurz, bevor ich die Tür aufmache.

Das ist doch, als ob ...

... als ob eine Legende zurückkehrt! Der Revolvermann streift wieder durchs Labyrinth des Todes. Und zwar nicht allein, sondern mit einer Gruppe von Freunden. Nur hat sich der Revolvermann diesmal wirklich nicht besonders fair verhalten ...

Ich betrete den Säulensaal, von dem aus bereits die Straßen Deeptowns zu sehen sind. Was, wenn sich die Jagd auf mich wiederholt? Wenn ich erneut fliehen und mich in einem Puff verstecken muss?

Doch der Saal ist leer. Jedenfalls fast. Eine Gruppe ist noch da. Die Leute unterhalten sich und lachen über irgendwas. Keines der Gesichter kommt mir bekannt vor. Gut. Die habe ich also nicht im fünften Level abgeknallt.

Aber wo sind sie dann – die Erniedrigten und Beleidigten?

Wo ist die Menge, die nach meinem Blut dürstet?

Ich nähere mich dem Team und tu so, als würde ich jemanden suchen. Niemand achtet auf mich, man unterhält sich einfach weiter.

»Hast du schon gehört, dass Semezki getötet wurde? Dreimal hintereinander!«

»Und?«

»Er ist jedes Mal sofort nach seiner Wiederbelebung ins Labyrinth zurückgekehrt und hat sein Team eingeholt ...«

Alle brechen in Gelächter aus.

»He, Leute, habt ihr schon mal von einem Spieler namens Revolvermann gehört?«, frage ich.

Verständnislose Blicke hier, ein desinteressiertes Schulterzucken da.

Schließlich kommt ein junger Mann aus der Umkleide und wird von den anderen lebhaft begrüßt.

»Na, endlich, Cruise«, ruft einer, »das hat ja ewig gedauert!«
Nun strömt die Gruppe geschlossen aus dem Saal.
Mich haben sie völlig vergessen – genau wie meine Frage.
Mit gesenktem Blick stehe ich da und lächle verwirrt. Die Hand in meiner Tasche schließt sich fest um den Revolver.
Wie schnell der Ruhm sich doch verflüchtigt ...
Aber warum hat sich Nike dann an mich erinnert? Na ja, wahrscheinlich hat sich die Frau gründlich auf ihre Karriere im Labyrinth des Todes vorbereitet.
Und was hatte ich denn erwartet?
Das Labyrinth ist längst nicht mehr so, wie es einmal war. Lustige Balgereien im Sandkasten, heftige Schusswechsel in engen Gassen – für solche Albernheiten gibt es inzwischen vermutlich andere Spielfelder.
Das Labyrinth von heute gleicht eher einem militärischen Übungsplatz. Hier sind keine einsamen Helden gefragt, die ihre Reflexe perfektionieren und ihr Reaktionsvermögen trainieren. Nein, hier haben die Gruppenspiele Einzug gehalten. Die langen und langweiligen Märsche. Man hilft sich gegenseitig, scheidet die Schwachen aus, unterstützt die Starken, ordnet sich widerspruchslos den Befehlshabern unter ...
Warum gefällt mir das nicht?
Weil ich bis ins Mark hinein ein Einzelgänger bin?
Oder weil ich damals, vor zwei Jahren, noch nicht genug gespielt, noch nicht all das erlebt habe, was ich erleben wollte?
So oder so, jetzt ist es zu spät, nach Antworten auf diese Fragen zu suchen. Die Welt hat sich verändert – und ich habe es nicht einmal bemerkt, denn ich habe mich in meinem kleinen, gemütlichen und sicheren Schneckenhaus verrammelt.
Ich verlasse den Säulensaal. Draußen ist es bereits dunkel, die Laternen brennen, die Leuchtreklamen schillern in bunten Farben, es sind mehr Menschen unterwegs ... Alles ist so, wie es sein

soll, schließlich befinde ich mich im Vergnügungsviertel, und um diese Zeit strömen die meisten Menschen hierher. Im europäischen und russischen Teil von Deeptown machen jetzt alle Feierabend und begeben sich auf die Suche nach Abenteuern. Sollen sie – Hauptsache, mir bleibt mein lauer Sommerabend, Hauptsache, mir bleiben die ersten Sterne am dunkelblauen Himmel und der Geruch nach Regen, der vor Kurzem niedergegangen ist, erhalten.

Was wir vorhaben, ist dumm. Wir geben wahrlich ein paar schöne Helden ab – die genauso arrogant sind wie die Deutschen im Juni neunzehnhunderteinundvierzig.

Was haben wir bloß im Labyrinth des Todes verloren? Das ganze Unternehmen ist doch von vornherein zum Scheitern verurteilt!

Ich hätte meinen Instinkten vertrauen sollen, die mich nach der ersten Niederlage aus dem Labyrinth herausgetrieben haben.

Nur: Welche Alternativen gibt es? Sollen wir den Dark Diver suchen? Da würden wir eher eine Nadel im Heuhaufen finden. Außerdem würde er uns bestimmt nicht helfen.

Oder sollen wir uns zu Dmitri Dibenko, der hinter all diesem Chaos steckt, vorkämpfen? Aber wozu? Wenn einer weiß, welche Gefahr der *Tiefe* droht, dann er. Vor ein paar Jahren hat er sie aus der Taufe gehoben – nun kreiert er eben ihren Tod. Weshalb? Keine Ahnung, ich bin schließlich kein Psychiater. Für jedes Verhalten lässt sich eine edle und eine unedle Erklärung finden. Und welche er uns auftischen würde, spielt überhaupt keine Rolle. Denn auf sein neues Spielzeug würde er im einen wie im andern Fall nicht verzichten.

Was könnten wir sonst noch tun?

Sollen wir uns an die Redaktionen der virtuellen Zeitungen und Zeitschriften wenden? An den *Boten der Tiefe* zum Beispiel. Oder an *Deeptown am Abend*. Dort würde man uns zweifellos höflich zuhören, uns Kaffee anbieten – und uns dann freundlich, aber bestimmt vor die Tür setzen. Die werden schließlich jeden Tag von irgendwelchen Psychos belästigt! Eines der russischen Boulevardblättchen, etwas wie die *Buschtrommel* aus Woronesh oder *Flitter und Glitzer* aus Lipezk, würde uns dagegen garantiert mit offenen Armen empfangen. Sie würden uns danken, uns die Hände drücken und eine Nummer mit einer fetten Schlagzeile herausbringen: WAFFE DER FÜNFTEN GENERATION TÖTET 27 HACKER!

An die Kraft *dieses* Aufmachers glaube ich nicht.

An die Dummheit, Frechheit und Ignoranz *dieser Art* Presse schon.

Für einen kurzen Moment bin ich so deprimiert, dass ich am liebsten mein altes Mantra flüstern würde, um die *Tiefe* auf der Stelle zu verlassen, selbst wenn mir das Kopfschmerzen beschert. Ich wollte nur noch irgendwas aus dem Kühlschrank in mich hineinstopfen und mich aufs Ohr hauen, immerhin ist es schon vier Uhr morgens.

Nur würde ich nicht schlafen können. Dafür pulsieren viel zu viele Hormone durch mein Blut. Wir hatten den Zeitpunkt verpasst, wo man sich noch schlafen legen kann, waren wachgeblieben und hatten bis zu einer hartnäckigen, schlaflosen Müdigkeit ausgehalten.

Ich hebe den Arm, um ein Taxi anzuhalten.

»Zur Bar *Zum toten Hacker*.«

Der Fahrer nickt, er kennt die Adresse also. Na, dann wollen wir uns doch mal ansehen, wo sich die coolsten Hacker von heute versammeln.

Die Fahrt dauert lange, anscheinend läuft die Kneipe über einen total veralteten Server. Vielleicht sogar über den Rechner vom Wirt selbst. Nach einer Ewigkeit halten wir vor einem leuchtenden Schild, dem einzigen in einer dunklen Gasse.

Zum toten Hacker.

Was für eine hervorragende Maskierung! Das meine ich völlig ernst, ohne jede Ironie. Wie kann sich ein Hacker besser tarnen als mit diesem grellen Schild? Das niemand für voll nimmt.

Denn für eine gute Tarnung gibt es nur zwei Möglichkeiten: entweder bist du absolut unauffällig – oder absolut grell.

Ich zahle und gehe zum Eingang. Als ich die Tür aufstoßen will, zeigt sich, dass sie verschlossen ist.

Ich komme mir wie der letzte Idiot vor, als ich laut sage: »Herz und Liebe!«

Mit einem langen Quietschen öffnet sich die Tür.

Kaum bin ich eingetreten, knallt die Tür hinter mir zu. Ich verstehe ja, dass sie sich wieder verschanzen wollen – aber wozu brauchen sie diese Geräuschkulisse?

Die Bar ist eher klein und – womit ich nun wirklich nicht gerechnet hätte – ganz gemütlich.

Eine schummrige Beleuchtung erfüllt den rechteckigen Raum. Die Wände, der Boden und die Decke bestehen aus kleinen Quadraten. Ich sehe genauer hin.

Aus Disketten.

Das hat Stil, ohne Frage.

Die Disketten sind ganz unterschiedlich, manche offenbar neu, andere bereits beschrieben. Hier sind Programme drauf, dort Spiele, genauer gesagt: Teile von Programmen, Teile von Spielen.

Langsam finde ich Gefallen an der Kneipe.

Hinter dem Tresen bedient ein computergenerierter Barkeeper, ein fülliger, lächelnder Herr mit rosa Wangen.

»Ein Bierchen«, bestelle ich und zeige aufs Geratewohl auf einen der Zapfhähne.

Der Barmann nickt und füllt mir einen Krug ab.

Es wird versucht, dein System zu checken. Ich habe eine Anfrage zur Identifizierung erhalten. Soll ich den Zugang zu den Systeminformationen freigeben?

Vikas Stimme höre nur ich. Mit einem Lächeln auf den Lippen nicke ich dem Barkeeper zu und sage: »Ja.«

Das Bier kostet nichts. Logisch. Wenn das hier ein Hackertreff ist, dann muss das Bier geklaut sein. Die eigenen Leute kriegen es umsonst, und Fremde kommen nicht rein.

Mit dem Bier in der Hand schlendere ich vom Tresen weg und sehe mich in der Bar um. Es sind nicht viele Leute da. An einem Tisch sitzen zwei junge Typen, die aus dem Hacker-Bilderbuch entsprungen sein könnten. Genauer, aus einem Hollywoodfilm über Hacker. Sie haben ungekämmte lange Haare, Augen, in denen der Wahnsinn lodert, stecken in schlampiger Kleidung, gestikulieren wie wild und streiten über irgendwas. Solche Typen knacken in Actionfilmen nur wenige Sekunden, bevor die Bombe explodiert, ein extrem kompliziertes Passwort, durchforsten den Rechner des Pentagons, verständigen sich nicht mit Buchstaben, sondern mit Zahlen, stiefeln in jede Pfütze, legen aber im entscheidenden Moment einen Mut und ein Geschick an den Tag, das weniger an einen friedlichen Entwickler als vielmehr an einen Spezialagenten im Einsatz denken lässt.

Was soll ich über diese beide Typen sagen? Vielleicht dient ihre Aufmachung der Imagepflege, vielleicht der Tarnung. Vielleicht spielen sie aber auch bloß »coole Hacker«. Wie kleine Kinder.

Als ich an ihnen vorbeigehe, beachten sie mich nicht: Ich bin in ihre Kneipe gekommen – also bin ich einer von ihnen.

Nun nehme ich eine Gruppe am Ende des Raums etwas genauer unter die Lupe.

Eine junge Frau mit hübschem Gesicht, auf dem allerdings ein nervöser und angespannter Ausdruck liegt. Ein muskulöser

Mann, etwas älter als sie. Und jemand, der noch bis vor Kurzem mein Kollege gewesen ist und gerade im Körper eines Erwachsenen auftritt.

Als ich auf den Tisch zugehe, frage ich per Blick, ob ich mich setzen darf.

Der Mann und die Frau sehen sich an.

Ilja glotzt stumpfsinnig ins Nichts, vermutlich döst er einfach vor einem vollen Krug Bier.

»Wer bist du?«, will der Mann wissen.

»Leonid.«

Daraufhin wird der Blick des Mannes freundlicher. »Setz dich. Ilja hat dir das Passwort gesagt, oder?«

»Ja.« Ich nehme neben ihm Platz und nippe an meinem Bier. Da ich nicht mitbekommen habe, welche Sorte es ist, trinke ich jetzt einfach ein Bier, ein abstraktes Durchschnittsgebräu. Soll mir auch recht sein.

»Du bist ein Hacker?«, fragt die Frau in scharfem Ton.

»Nein«, antworte ich ehrlich. »Nicht mal ansatzweise.«

»Hier treffen sich nur Hacker«, erklärt mir der Typ. »Echte Hacker.«

Ich trinke mein Bier und warte auf die Fortsetzung. Irgendwie habe ich das Gefühl, dass sie mich nicht auffordern werden, mich zu verpissen.

»Gut«, sagt die Frau, »wenn unser Freund für dich bürgt, kannst du bleiben.«

»Danke«, erwidere ich und bringe mit meiner gesamten Haltung meine Dankbarkeit zum Ausdruck.

Als sich das Schweigen zwischen uns hinzieht, stößt die Frau Ilja leicht in die Seite. Der schwankt, fällt aber nicht vom Stuhl.

»Lass ihn, er schläft«, verlangt der Mann. »Bei ihm ist es jetzt vier Uhr morgens. Du bist also Leonid, ja?«

»Ja.«

»Ich habe gehört, du willst Ilja helfen, den Diver-Tempel zu finden?«, erkundigt sich die Frau.

»Den Diver-in-der-*Tiefe*-Tempel.«

»Den soll's geben«, äußert sich der Mann. »Mhm.«

Ob das die ganze Zeit so weitergeht? Dass die immer hübsch im Wechsel reden?

»Und warum willst du ihm helfen?«, fragt die Frau.

»Ich brauche das Geld.« Ich setze ein geheimnisvolles Lächeln auf.

»Als ob bei einer Briefzustellung was rausspringt!«, kontert der Mann. »Gib's zu, du willst einen Hack im Tempel versuchen!«

»Wie kommst du denn darauf?«, entgegne ich.

Die Frau grinst, zündet sich eine Zigarette an und hält auch mir die Schachtel hin.

Das ist ein Marker, warnt mich Vika.

Ich nehme mir eine Zigarette und zünde sie an.

Die Hacker blicken sich vielsagend an. Auf der Werteskala dieser Leute bin ich gerade ein paar Stufen gesunken.

»Das steht dir quasi auf die Stirn geschrieben«, meint die Frau nebulös. »Aber du wirst diesen Tempel nicht knacken. Selbst Dao hat das nicht geschafft. Und der war ein verdammt guter Hacker.«

Von einem Hacker namens Dao habe ich noch nie gehört ...

»Du willst also Hacker werden?«, will der Mann wissen.

Es wäre nicht sehr höflich, darauf mit einem Nein zu antworten. »Klar.«

Ich ernte von beiden ein arrogantes Lächeln.

»Dann musst du öfter herkommen«, empfiehlt mir die Frau. »Hier sind alle unsere Schüler und Freunde. Siehst du den Jungen mit der Riesenbrille da drüben?«

Der *Junge* ist etwa dreißig. Aber seine Brille ist in der Tat beeindruckend.

»Er ist gestern bei *Cray* eingestiegen«, informiert mich der Mann.

Nur gut, dass ich in dem Moment gerade kein Bier trinke, sonst hätte ich mich garantiert verschluckt. Aber so ... kann man meinen Gesichtsausdruck auch anders interpretieren.

»Ein begabter Bursche«, lässt sich die Frau vernehmen. »Du darfst dich nicht von seinem Äußeren täuschen lassen. Er ist vor zwei Jahren zu uns gekommen, da konnte er noch nicht mal Windows Home installieren. Und jetzt diese Erfolge!«

Ich bringe nach wie vor kein Wort heraus. Wer um alles in der Welt würde bei *Cray* einsteigen? Deren Superrechner sind nicht mal vernetzt, Deeptown läuft nicht über sie, für die Arbeit in der virtuellen Welt spielen sie keine Rolle. Auf den Dingern ist eine Software installiert, die mit den gängigen Betriebssystemen nicht kompatibel ist. Kurz und gut, wer bei *Cray* einsteigt, könnte auch eine Dampflokomotive klauen.

Die auf dem platten Land steht, wohlgemerkt, nicht auf Gleisen.

Es wäre genauso einfach wie überflüssig.

»Es liegt also alles bei dir«, schließt der Mann.

»Super!«, bringe ich mit letzter Kraft heraus. »Das hätte ich nicht für möglich gehalten!«

Die nächsten Minuten rauchen wir und trinken unser Bier. Im Grunde weiß ich, was ich wissen will.

Aber man soll nie halbe Sachen machen.

»Verratet ihr mir vielleicht eure Namen?«, frage ich. »Das wäre irgendwie einfacher.«

Erneut ernte ich von den beiden dieses wissende Lächeln.

»Nenn mich Keys«, sagt die Frau.

»Und mich Byrd«, sagt der Mann. »Unsere richtigen Namen kennt niemand.«

»Weshalb ich eigentlich gekommen bin ...«, stammle ich. »Ilja hat gesagt, dass ihr bloß ein paar Stunden bräuchtet, um den Diver-in-der-*Tiefe*-Tempel zu finden ...«

»Das stimmt«, bestätigt Keys.

»Null problemo«, fügt Byrd hinzu.

»Ehrlich gesagt, habe ich schon das eine oder andere versucht ...« Ich grinse verlegen. »Ich kenne da einen Diver ... einen Ex-Diver. Er hat mir versprochen, mir den Tempel zu zeigen, aber irgendwie kommt er nicht zu Potte. Aber wenn ihr den Tempel auch finden könnt ... warum sollte ich dann meine Zeit weiter verplempern?«

Die Hacker wechseln beredte Blicke.

»Wir können dir da gerade nicht helfen«, sagt die Frau schließlich. »Wir haben für solche Albernheiten im Moment nämlich keine Zeit. Stimmt doch, oder, Byrd?«

»Absolut, Keys«, bestätigt der Mann. »Leider.«

Eine feierliche Stille hängt im Raum. Jetzt müsste ich unbedingt eine gewisse Neugier an den Tag legen – erliege jedoch einem akuten Anfall von Gemeinheit und schweige.

»Ein Freund von uns ist in eine Schweizer Bank eingestiegen«, sagt Keys. »Er versteckt sich zurzeit in Deeptown. Und der einzige Ort, wo er in Sicherheit ist, ist diese Bar. Denn hier kommen keine Fremden rein.«

»Wir müssen auf ihn warten«, fährt Byrd fort.

Was für ein trauriges Schauspiel!

Ohne jegliche Originalität. Ich weiß genau, was ich hören würde, wenn ich noch eine Stunde bliebe, und womit die beiden herausrücken würden, wenn ich geschlagene drei Stunden bei ihnen hocken würde.

»Wir können dich da nicht einweihen«, bringt Keys mit einem Seufzer hervor. »Denn das sind leider ...«

»Streng geheime Sachen«, platzt es aus mir heraus.

»... düstere Sachen«, toppt mich Keys.

»Hast du schon mal von einem Betriebssystem gehört, das *Drug* heißt?«, wechselt Byrd das Thema.

»Nein, noch nie.« Ein Betriebssystem namens *Freund*?

»Dao hat es geschrieben«, verkündet Keys feierlich. »Es ist das einzige Betriebssystem weltweit, das über künstliche Intelligenz verfügt. Es ist fähig, sich selbst weiterzuentwickeln und zu perfektionieren.«

»Hinter dem Programm sind alle her«, raunt mir Byrd zu. »Man hat zu einer großen und gefährlichen Jagd geblasen.«

»Wir haben Drug auf unsern Rechnern installiert.« Keys schnippt mit den Fingern, damit der Barkeeper ihr ein weiteres Bier bringt.

»Von den OS existieren bloß zwei Kopien.«

»Eine auf meiner Kiste ...«

»... die andere auf meiner.«

»Und auf die sind alle scharf.«

»Bist du aus Moskau?«, fragt Byrd da plötzlich und setzt ein feierliches Lächeln auf.

»Ja.«

»Und du arbeitest noch mit Windows Home? Pass auf, ich werde dir Drug installieren. Du wirst aus dem Staunen nicht mehr rauskommen.«

Ehrlich gesagt, habe ich ein Faible für Experimente mit unverifizierter Software. Allerdings gebe ich sie immer erst Maniac, damit er sie auf Viren checkt ...

»Das ist natürlich nicht ganz ungefährlich«, stellt Keys klar.

»Dann wird nämlich auch auf dich die Jagd eröffnet.«

»Daran bin ich gewöhnt«, antworte ich. Ich lange nach den Zigaretten. Ein Marker mehr oder weniger macht den Kohl auch nicht fett. Sobald ich meine Kiste neustarte, sind die Dinger eh erledigt.

Ich hätte so gern geglaubt, dass Ilja wirklich Hacker kennt, die imstande sind, den Diver-in-der-*Tiefe*-Tempel zu finden ...

»Du wirst nicht mal merken, dass sich dein OS geändert hat«, versichert mir Keys. »Die Oberfläche ist wie gehabt. Drug legt sich über Windows Home und nimmt nur an einigen entscheidenden Daten Veränderungen vor. Bei unveränderter Benutzeroberfläche wird deine Kiste mit dem neuen OS viel besser laufen.«

»Die Software passt sich an deinen Rechner an«, führt Byrd aus. »Du bist kein Hacker, deshalb wird dir das gar nicht auffallen ... aber einem Profi springt die Veränderung sofort ins Auge.«

»Du siehst, es lohnt sich immer, bei uns vorbeizuschauen«, schärft mir Keys ein.

Ich nicke. »Schläft er eigentlich immer in der *Tiefe*?«, frage ich die beiden mit einem Blick auf Ilja.

»Ja, das gefällt ihm«, antwortet Byrd freundlich. »Hier wächst ein echter Hacker heran.«

Ich habe keine Lust aufzustehen, deshalb werfe ich einen Blick auf die Uhr und rufe besorgt aus: »Mist! Mein Timer meldet sich gleich!«

Die beiden grinsen mich verständnisvoll an.

»Hast du den Diver-in-der-*Tiefe*-Tempel schon mal gesehen, Byrd?«, frage ich zum Schluss noch.

»Ja.« Der Hacker zerdrückt völlig geistesabwesend die Zigarette in seiner Hand. »Das ist ein hoher weißer Turm mit einer Kristallkugel an der Spitze. Er hat sieben Sicherheitsstufen. Die Diver haben mich gebeten, das Sicherheitssystem zu testen ...«

»Meinst du, es geht in Ordnung, darüber zu sprechen?«, fällt Keys ihm ins Wort.

»Das ist doch Schnee von gestern«, entgegnet Byrd. »Also, Leonid, kurz und gut, ich habe sechs Stufen gecheckt. Die siebte durfte ich nicht testen, denn die Diver hatten Schiss, dass ich dann sehen würde, was sich im Kristallsaal befindet. Aber einen kurzen Blick konnte ich dennoch in den Raum werfen. Danach ist mir manches klar geworden. Genau in diesem Kristallsaal haben die Diver nämlich ihre speziellen Fähigkeiten erhalten. Irgendwer ... muss dann den Schutz geknackt haben. Und das bedeutete das Aus für sie. Das Ganze ist jetzt schon drei Jahre her, aber ich erinnere mich noch daran, als sei es gestern gewesen.«

Ah, dieser ganze Lügenkladderatsch. Wahrscheinlich sollte ich jetzt wirklich besser gehen.

Tiefe, Tiefe, ich bin nicht dein ...

Ich nahm den Helm ab und warf einen letzten Blick auf den Bildschirm. Auf die beiden Hacker und den Jungen, der so gern in der *Tiefe* schlief.

»Vika, imitiere einen vom Timer ausgelösten Austritt aus der virtuellen Welt«, flüsterte ich.

Das Bild erlosch. Dort, in der Kneipe *Zum toten Hacker*, würde der Körper von Revolvermann noch eine Minute weiterexistieren, erstarrt, unbeweglich und aufmerksam der Geschichte über den Tempel lauschend.

Dann würde er klirrend zu Kristallstaub zerfallen ...

Mir tat alles weh. Es war, als hätte jemand mich gezwungen, zehn Stunden lang in einem alten Laster über einen Feldweg zu brettern. Ich stöpselte den Sensoranzug aus und zog mich aus. Auf dem Bildschirm prangte die gezeichnete Vika.

»Vika, weck mich um halb zehn.«

»Wird erledigt!«, antwortete sie mit einem leisen, zärtlichen Flüstern. »Der Wecker klingelt um halb zehn.«

»Dann fahre dich jetzt runter«, sagte ich.

Was sollten wir bloß tun? Was? Durchs Labyrinth zu preschen brachte absolut nichts. Auf die Hacker durften wir auch nicht hoffen. Wenn die schon im Tempel gewesen waren, noch ehe der überhaupt gebaut worden ist ...

Als der Bildschirm erlosch und das leise, monotone Rauschen, an das ich so gewohnt war, dass ich es gar nicht mehr hörte, verstummte, hatte ich mich immer noch nicht vom Fleck gerührt.

Es war halb fünf.

Um diese Zeit verlassen selbst die letzten Einwohner Deeptowns langsam die *Tiefe*. Sie hoffen, in den drei, vier Stunden, die ihnen noch bleiben, den Schlaf einer ganzen Nacht nachzuholen.

Aber das würde sich bald ändern. Denn schon in kurzer Zeit würde es Deeptown nicht mehr geben. Zumindest nicht in der Form, in der wir es kannten.

Vielleicht war es ja besser so?

Ich linste ins Schlafzimmer. Da war alles ruhig. Ich blieb kurz stehen, um auf das leise, gleichmäßige Atmen Vikas zu lauschen. Der echten Vika, nicht der gezeichneten. Der realen – die mir gerade deshalb so fern war.

Sie hatte ja recht. In so vielen Punkten hatte sie recht, als sie auf die *Tiefe* verzichtet hatte. Oder fast verzichtet hatte.

Aber nicht alle können den gleichen Weg gehen ...

Ich schloss die Tür und ging im Dunkeln zum Sofa. Wie vertraut mir doch diese Wegstrecke war! Ich legte mich hin und schob mir das harte Kissen unter den Kopf.

Mein letzter Gedanke war: Hauptsache, ich träume nichts!

10

Nebel wabert.
Die linke Felswand besteht aus Eis.
Die rechte aus Feuer.
Ich stehe vor der Schlucht, direkt an der Brücke.
Ich setze mich hin und lasse die Beine baumeln. Aus der dunklen, abgrundtiefen Schlucht steigt muffige Luft auf.
»Schluss jetzt!«, erkläre ich dem Nebel. »Schluss! Mir hängt dieses Spiel zum Hals raus! Es gibt auch Träume, die einfach Träume sind. Das wusste selbst Väterchen Freud!«
Aber ich glaube schon lange nicht mehr an simple Träume, in denen du einen gewundenen Gang langrennst, in einem altersschwachen Fahrstuhl feststeckst, das Licht nicht anschalten oder ein Feuer nicht löschen kannst, in denen du einem weggehenden Freund etwas hinterherrufst oder auf einen schallend lachenden Feind ballerst. Die Zeit, in der ich diese schlichten Träume hatte, ist längst vorbei. Mir ist nur ein Traum geblieben, den ich bis zum letzten Schritt kenne, bis zur einzigen Wahl am Ende: Feuer oder Eis.
»Leonid ...«
Ich spähe über die Schulter zurück und bin mir sicher, dass ich niemanden sehen werde, dass sich mein unsichtbarer Gefährte wieder im grauen Nebel verbirgt.

Aber nein, diesmal steht er hinter mir, von Nebelfäden durchbohrt, aus Nebelfäden geschaffen, das Gespenst eines Menschen, den es nicht mehr gibt.

»Bringt es Glück oder Unglück«, frage ich, »wenn du im Traum einen Toten siehst, Romka?«

Romka kommt zu mir und setzt sich neben mich. Sein Körper scheint sich immer weiter zu manifestieren, scheint mir sein Fleisch immer plastischer vorzugaukeln.

»Du schläfst nicht, Leonid.«

»Doch.«

Romka schüttelt den Kopf.

Er besteht ausschließlich aus grauer Dunkelheit. Seine Haut lässt keine Farbe erkennen, seine Augen, seine Haare sind nur Nuancen von Grau. Ich meine, eine lebendige Statue vor mir zu haben, die von einem geschickten Bildhauer aus plötzlich fest gewordenem Nebel herausgehauen wurde.

Er steckt in dem Körper, in dem er normalerweise in die *Tiefe* ging. In der Realität haben wir uns nur einmal getroffen, und das war irgendwie peinlich gewesen, das haben wir beide so empfunden. Was kann einen sechzehnjährigen Jungen und einen erwachsenen Mann schon verbinden? Dass beide Diver sind? Das zählt nur in der *Tiefe*. Und in ihr waren wir ja auch gleich, in ihr konnten wir Freunde sein ...

»Okay«, sage ich. »Dann schlafe ich halt nicht. Dann deliriere ich eben, leide unter einer Deep-Psychose.«

»Ljonka, ich wurde ermordet.«

»Ich weiß, Roman. Du hast Daten für eine Viruswaffe der dritten Generation geklaut ...«

Romka grinst.

Als er noch am Leben war, hat er nie so gegrinst. Das ist das ironische Lächeln eines Erwachsenen. Seit dem Zeitpunkt, da wir uns das letzte Mal gesehen haben, muss er reifer geworden sein.

Oder ist das erst nach seinem Tod geschehen?

Die Gespenster der Erinnerung – mögen sie nun durch Schmerz, Sympathie oder das schlechte Gewissen entstehen – sind keine hölzernen Puppen. Sie leben in unserem Bewusstsein ihr eigenes Leben, altern und verändern sich, werden zu guten oder zu schlechten Menschen. Sie mutieren von Gespräch zu Gespräch, indem wir ihnen Fragen stellen – auf die wir uns dann selbst antworten.

»Es geht gar nicht um die Viruswaffe, Leonid. Es ist alles noch viel schlimmer.«

»Was soll das heißen?«

»Du wirst schon noch dahinterkommen.« Romka beugt sich vor, als wolle er in die Schlucht spucken. Anscheinend hat er es jedoch verlernt zu spucken. Er starrt lediglich in die Tiefe, dann richtet er sich wieder auf. »Du wirst es garantiert herauskriegen. Und dann verstehst du alles. Das Einzige, worauf es ankommt, ist, dass du es rechtzeitig begreifst.«

Mir wird mulmig zumute …

Das ist kein Traum mehr. Das ist noch nicht mal ein Delirium. Obwohl: Woher will ich denn wissen, wie ein Delirium auszusehen hat?!

»Was enthielten diese Dateien?«, frage ich ihn. Es ist mir völlig egal, wie dumm diese Frage klingt, die ich im Schlaf stelle. Die ich eigentlich mir selbst stelle. Es ist mir egal, denn ich weiß nicht mehr, wo die Grenze zwischen Wachen und Schlafen verläuft.

»Das findest du heraus, sobald du in den Tempel gehst.«

»Aber wie komme ich da hin? Das ist ein Weg von einer Woche. Und diese Zeit habe ich nicht.«

»Stimmt.«

»Was soll ich also tun?«

Ich habe ihn selten um Rat gefragt, und selbst der geträumte Romka scheint jetzt verwirrt.

»Leonid ... du bist doch ein Diver. Gehe nicht die ausgetretenen Wege. Suche deinen eigenen.«

»Meine eigenen ... nur dass ich kein Diver mehr bin. Es gibt keine Diver mehr.«

»Natürlich nicht. Das hast du schließlich so gewollt ...«

»Was habe ich damit zu tun?«

Eine Frage, auf die es keine Antwort gibt.

»Dieser Traum kotzt mich an, Romka!«, sage ich, um wenigstens etwas zu sagen. »Wenn du wüsstest, wie sehr mich dieser Traum ankotzt! Diese Felswände aus Eis und Feuer ... diese idiotische Haarbrücke ... diese beschissene Schlucht!«

»Das ist das letzte Mal«, verspricht mir Romka. »Du wirst keine Träume mehr haben, Ljonka. Ehrenwort!«

»Wirklich nicht?« In meiner Stimme liegt die Begeisterung eines Atheisten, der zum ersten Mal betet und dann eine beruhigende Stimme von oben vernimmt.

»Bestimmt nicht. Du wirst keine Träume mehr haben, Ljonka. Selbst das ist eigentlich kein Traum.«

»Wenn es kein Traum ist, was ist es dann?«, frage ich. Obwohl ich weiß, dass ich keine Antwort erhalte. »Romka, kannst du mir zumindest eine Frage beantworten?«

»Welche?«, will er müde wissen.

»Wer ist der Dark Diver?«, presse ich heraus. Und da wird mir klar, dass dies tatsächlich die entscheidende Frage ist. Mit meiner letzten Kugel habe ich ins Schwarze getroffen.

Romka lässt sich Zeit mit der Antwort. »Willst du das wirklich wissen?«, sagt er schließlich.

»Ja.«

»Aber du kennst die Antwort längst, Leonid. Du kennst sie – du weigerst dich bloß, sie zu glauben.«

»Roman ... sag es mir! Bitte!«

»Warum?«

»Weil ich wissen will, wer für deinen Tod verantwortlich ist!«, erwidere ich in scharfem Ton.

»Ich hege keinen Groll gegen ihn«, meint Romka geschwollen. »Wirklich nicht. Niemand konnte ahnen, dass alles so kommen würde. Wenn ich gleich abgehauen wäre ...«

Mit einem Mal schwankt er, als peitsche eine Windböe auf die Nebelfigur ein. Seine Lippen bewegen sich noch, doch die Worte höre ich bereits nicht mehr.

Und von den Lippen lesen – das habe ich nicht gelernt.

»Ljonka!«

Ich schlug die Augen auf.

Vika saß auf der Sofakante. Sie streichelte mir zärtlich das Gesicht.

Ich atmete keuchend ein und setzte mich auf. Mir tat immer noch alles weh, und mein Kopf drohte im nächsten Moment zu platzen.

»Du siehst aus wie ein Gespenst«, sagte Vika.

»Hauptsache, ich sehe keine Gespenster ...«, murmelte ich.

»Hast du Kopfschmerzen?«

»Ja.«

»Warte!« Vika stand auf und ging rasch in die Küche. Ich hörte, wie sie in einem Schrank kramte, wie Geschirr klapperte, wie Wasser gluckerte. Analgin war schon immer die Erfindung der Menschen, die mir am liebsten ist.

»Trink das!«

Ich zerkaute zwei Tabletten und spülte sie mit Wasser runter. Vika stand neben mir, angespannt und ... irgendwie verlegen. »Hattest du wieder einen Alptraum?«, fragte sie. »Du hast dich hin und her geworfen und irgendwas geflüstert.«

Ich nickte.

»Leonid, fragst du dich nicht manchmal, ob du eine Deep-Psychose hast?«

»Nein, nie.« Ich trank gierig das Wasser aus – und stellte lieber nicht klar, dass ich mir diese Frage nicht mehr stellte, weil ich ihre Antwort seit Langem kannte.

»Was hast du geträumt?«

»Von Romka. Er war tot und gleichzeitig ... lebte er. Wir haben miteinander gesprochen.« Mit Schaudern musste ich mir eingestehen, dass ich im Traum geglaubt hatte, wirklich den realen Romka vor mir zu haben.

»Du musst mal abschalten, Ljonka ...« Sie strich mir übers Haar. »Fahr irgendwohin ... wo es keine Computer gibt, kein Internet ... und keine *Tiefe*.«

»Du meinst, aufs Land?«

»Zum Beispiel. Hast du Lust dazu? Wollen wir zusammen fahren?«

Ich sah ihr in die Augen. »Das machen wir. Sobald das alles vorbei ist.«

»Was treibt ihr denn überhaupt in der *Tiefe*, Ljonka?«, fragte sie seufzend.

»Wir gehen durchs Labyrinth des Todes.«

»Kommt ihr gut voran?«

»Wir haben es bis zum zehnten Level geschafft.«

»Insgesamt sind es hundert, oder?«

»Ja. Und du brauchst mir jetzt nicht zu sagen, wie viel Zeit es kostet, das gesamte Labyrinth zu durchlaufen. Das kleine Einmaleins hängt mir zum Hals raus.«

»Den Eindruck habe ich nicht.« Sie stand auf.

Ich blieb sitzen und beobachtete, wie Vika sich anzog und ein paar Bücher einsteckte. Dabei beschäftigte mich nur ein einziger Gedanke: Was für müde Augen sie hat! Die roten, müden Augen eines Menschen, der die ganze Nacht nicht geschlafen hatte. Sondern geweint hatte. Oder bis zum Morgengrauen mit einem VR-Helm vor der Kiste gehockt hatte.

»Wann bist du wieder da?«, fragte ich.

Vika runzelte die Stirn. »Um sechs ... oder sieben. Was spielt das schon für eine Rolle? Du wirst sowieso in der *Tiefe* sein.«

»Vika, versteh doch ...«

»Du weißt, dass ich immer alles verstehe. Das ist schließlich mein Beruf.«

Sie weinte nie. Zumindest nicht in meiner Anwesenheit.

»Heute bringen wir das Labyrinth hinter uns«, teilte ich ihr mit. Vika sah mich an, sagte aber kein Wort. »Vielleicht werde ich also ziemlich lange in der *Tiefe* sein. Mach dir dann bitte keine Gedanken, ja?«

»Ihr wollt neunzig Levels an einem Tag schaffen?«

Ich hüllte mich in Schweigen.

»Viel Glück, Ljonka.« Vika sagte das ohne jeden Spott. »Allerdings glaube ich, du machst dir da selbst etwas vor.«

»Aber nur wenn ich selbst daran glaube, werde ich auch die anderen überzeugen.«

Sie nickte mir noch einmal zu und zog dann leise die Tür hinter sich zu.

Ich erhob mich und ging ins Schlafzimmer.

Der Laptop stand auf dem Nachttisch, da, wo andere Frauen sonst ihre Parfüms, Cremes und andere Kosmetik deponieren. Der VR-Helm und der Sensoranzug hingen an der Wand.

Ich steckte die Hand in den Anzug und betastete den Baumwolloverall. Er war leicht feucht.

Halten wir also fest: Ich litt nicht an einer Deep-Psychose, Vika ging nicht in die *Tiefe* ...

Selbstverständlich könnte ich ihren Rechner starten und mir die Logs ansehen. Wenn sich das nicht von selbst verbieten würde.

Es gehört sich nämlich nicht, durchs Schlüsselloch zu linsen, das weiß jedes Kind.

Ich fuhr mit der Hand über den Lap, als wolle ich im Nachhinein Vikas Zärtlichkeit erwidern. Dann ging ich unter die Dusche.

Deep.
Enter.
Ein Tanz bunter Schneeflocken, Explosionen im Dunkel.

Nun komm schon, du Schöpfung des heimlichen Genies Dima Dibenko, reiß die Barrieren zwischen Lüge und Wahrheit, zwischen der gezeichneten Welt und den echten Menschen ein! Lass mich den Geruch von Gras riechen, das Rauschen des Windes hören, die Härte des Felsens und die Wärme des Feuers spüren! Lass mich an die Realität Deeptowns glauben! Denn ich bin versessen auf diesen Selbstbetrug!

Weil wir alle den Hals nie voll genug kriegen können! Ein Dach überm Kopf, die Sonne am Himmel, meine Hand in deiner, ein Stück Brot auf dem Tisch – was zählt all das schon im Vergleich mit jener fiktiven Welt? In der du wie ein Dschinn, der aus seiner Flasche ausgebrochen ist, deine Wunder vollbringen kannst. In der du Paläste bauen, Städte zerstören, dir einen Harem zulegen und Gelage feiern kannst. Deeptown ist ein Märchen, das Wirklichkeit geworden ist. Eine Droge von nie dagewesener Kraft ...

Der erste Schritt ist am schwierigsten.

Das Bewusstsein zappelt noch in den Fängen des Deep-Programms, die Welt um dich herum wabert, steckt mitten in der Transformation. Ich befinde mich in einem kleinen Hotelzimmer. Ich hatte schon Paläste und öde Plattenbauten, ich hatte schon Waldhütten und Bungalows auf einer einsamen Insel.

Jetzt bin ich zu meinen Anfängen zurückgekehrt. Zu einem spottbilligen Standardzimmer in einem virtuellen Hotel. Jede Illusion ist gleich süß. Und gleich bitter.

Ich mache einen Schritt und sehe in den Spiegel.

Der Revolvermann schaut finster drein. Seine Augen zeigen die Farbe des Frühlingshimmels, die Pupillen sind nur kleine schwarze Punkte. Warum bleiben die Augen ein Spiegel der Seele, selbst wenn sie nur gezeichnet sind?

»Dann wollen wir uns mal an die Arbeit machen«, sage ich.

Mein Spiegelbild erwidert mein Nicken.

Ich habe noch etwas Zeit. Deshalb will ich mir, obwohl ich schon in der Realität gegessen habe, noch ein paar süße Wahnbilder gönnen, die den Joghurt und das Käsebrot vergessen lassen.

Kaum habe ich das Hotel verlassen, halte ich ein Taxi an. »Zum *Fischerkönig*«, verlange ich.

In ein Fischrestaurant zu fahren, um eine Tasse Kaffee zu trinken, ist natürlich absurd. Aber der Kaffee hier ist hervorragend.

Ich beobachte den Kellner, wie er in einer geradezu feierlichen Zeremonie einen arabischen Kaffee zubereitet. Das langstielige Metallgefäß steht inmitten heißen gelben Sandes, der Geruch steigt mir in die Nase ...

»Entschuldigung, aber wir kennen uns doch, oder?«

Igel steht vor mir. Was für ein unglaublicher Spürsinn – denn im Körper des Revolvermanns hat er mich noch nie gesehen!

»Stimmt«, bestätige ich. »Ich bin Leonid ... dieser stupide Biker ...«

Igel strahlt übers ganze Gesicht und blickt fragend auf den Nachbarstuhl.

»Setz dich«, sage ich. In dem Moment wird mir klar, dass ich nur seinetwegen hierhergekommen bin.

»Herrje ... meine Zeit ist gleich rum«, erklärt Igel, auch wenn das nicht besonders originell ist. Er streicht über sein kurzgeschnittenes Haar.

»Dann wollen wir deine Zeit mal verlängern«, gehe ich auf sein Spiel ein. »Hast du was Interessantes zu erzählen?«

»Passiert doch nichts mehr.« Igel seufzt und setzt sich. »Kellner! Für mich einen Kaffee und einen Kognak.«

»Du kannst mir nichts Neues erzählen?!«, frage ich erstaunt.

»Also ... etwas gibt's schon ...«, murmelt Igel. »Angeblich geht's im Labyrinth des Todes drunter und drüber. Die Spieler knallen sich gegenseitig ab, niemand hält sich mehr an die Regeln ...«

»Das ist nichts Neues!«, halte ich dagegen.

Igel seufzt erneut und nickt bedeutungsschwer: Ja, ja, so ist das Leben. »Das *Flitter und Glitzer* hat was über Bastard gebracht«, kommt er auf unser früheres Gespräch zurück. »Angeblich ist er mit einer Waffe der dritten Generation kaltgemacht worden. Bastard soll vierundfünfzig Jahre alt und der älteste Hacker der Welt gewesen sein. Er hat in Magadan gelebt ...«

Damit entlockt er mir nicht mal einen Kommentar.

Igel kratzt sich nachdenklich den Nacken. Heute hat er offenbar wirklich keine Geschichte, auf die ich anspringe.

Dabei geht es ihm meiner Ansicht nach gar nicht darum, mir ein paar Dollar aus der Tasche zu ziehen. Nein, wenn ich mich nicht täusche, findet er mittlerweile selbst Gefallen daran, mit den Gästen im Restaurant zu plaudern. Dahinterzukommen, wen was interessieren könnte.

»Angeblich wurde Dibenko vor Kurzem in der *Tiefe* gesehen ...«

Damit könnte er doch noch einen Treffer gelandet haben.

»Ach ja?«, erwidere ich. »Und wo?«

»Auf einer Konferenz zu neuen Kommunikationsprogrammen. Er hat inkognito teilgenommen, aber Leute, auf deren Urteil ich etwas gebe, meinen, ihn erkannt zu haben.«

»Warum sollte der Schöpfer der *Tiefe* nicht bei einer solchen Konferenz auflaufen?«, frage ich. Und lächle. Dibenko interessiert mich, logisch. Aber nicht die Frage, wann er wo mal kurz aufgetaucht ist ...

»Er hat keinen Vortrag gehalten«, fährt Igel fort. »Aber bei den Gesprächen am Rande hat er sich geäußert. Seiner Meinung nach ist die *Tiefe* in ihrer heutigen Form nur noch ein billiger Abklatsch des realen Lebens. Er habe jedoch eigentlich von etwas ganz anderem geträumt. Und bald würde sich ganz Deeptown verändern ... grundlegend ... zum Besseren.«

Das interessiert mich:

Denn ich bin mir ebenfalls sicher, dass Deeptown sich verändern wird, sobald eine reale Waffe auftaucht. Aber ob das zum Besseren sein wird?

»Wenn er es sagt ...«, bemerke ich.

Igel kichert, nimmt erst einen Schluck Kognak und nippt dann am Kaffee. »Dibenko wird sein Schäfchen schon ins Trockene bringen. Wenn einer weiß, wann er ein Programm zum Patent anmelden muss, dann er.«

»Sag mal, Igel ... nimmst du eigentlich auch Aufträge an?«

»Bitte?« Er stellt die Tasse ab.

»Du erzählt den Gästen hier im *Fischerkönig* doch ständig irgendwelche Gerüchte und Geschichten. Jetzt würde ich sozusagen gern eins bestellen. Ich brauche eine ganz bestimmte Information.«

»Über den Dark Diver?«

Er ist wirklich nicht dumm. Wir haben noch nie über den Dark Diver gesprochen, ja, wir haben nicht mal das Wort Diver erwähnt.

»Genau.«

»Was gibt's über den schon groß zu sagen?« Igel sieht mich fragend an. »Vor zwei Jahren haben alle Diver ihre besonderen Fähigkeiten verloren, er nicht.«

»Wer ist er?«

Igel breitet die Arme aus.

»Und was macht er?«

Der Alte blickt seufzend auf sein leeres Glas. Ich nicke dem Kellner zu – der ohne jede Rückfrage eine Flasche Kognak bringt. »Er hat's auf Dibenko abgesehen ...«

»Was?«, entfährt es mir.

»Überworfen haben sie sich eigentlich nicht. Trotzdem macht der Dark Diver Jagd auf Dibenko. Genauer gesagt, er versucht, ihm zu schaden. Ohne Erfolg natürlich. Sicher, Dibenko ist nicht Bill Gates. Aber auch er ist ein Millionär und kann sich wehren. Sogar gegen einen Diver.«

»Woher hast du die Information?«

»Das sind Gerüchte«, erklärt Igel gelangweilt. »Wie letzten Endes jede Information nur ein Gerücht ist. Aber wenn du richtig hinhörst, kannst du die Wahrheit aus ihnen herausfiltern.«

»Kannst du eigentlich auch ein Gerücht in Umlauf setzen?«, will ich wissen. Mir ist eine Idee gekommen, die so wahnsinnig ist, dass ich nicht anders kann: Ich muss sie in die Tat umsetzen.

Igel sieht mich kurz mit einem prüfenden Blick an. Nein, er ist kein alter Mann. Das ist der feste Blick eines jungen Mannes. Falls du den Augen in der *Tiefe* trauen kannst.

»Das ist gar nicht so schwer ... wenn du weißt, wem du was wie hinterbringen musst. Wenn du das kannst, redet morgen die ganze *Tiefe* davon, und übermorgen liest du es dann als Aufmacher in der *Buschtrommel*.«

»Was würde mich das kosten?«, packe ich den Stier bei den Hörnern.

»Kommt darauf an, was genau ich erzählen muss.« Igel sieht weder beleidigt noch erstaunt aus.

»Du sollst erzählen, dass ein Ex-Diver namens Revolvermann von Dmitri Dibenko den Auftrag erhalten hat, den Dark Diver aufzuspüren und unschädlich zu machen. Dafür hat Dibenko dem Revolvermann zunächst eine Waffe der zweiten Generation zur Verfügung gestellt, aber die hat nichts gebracht. Deshalb hat der Revolvermann nun eine Waffe der dritten Generation erhalten. Und die ist tödlich.«

Igel starrt gedankenversunken auf meinen Revolver. »Stimmt das?«

»Ich glaube, du hast nur eine Möglichkeit, das herauszukriegen«, entgegne ich. »Nämlich wenn ich auf dich schießen würde.«

»Okay«, sagt Igel, »ich ziehe die Frage zurück.«

»Übernimmst du den Auftrag?«

Er nickt.

»Wie viel verlangst du?«

»Nichts. Das mache ich aus Liebe zur Kunst.«

»Wann fängt man an, über die Sache zu reden?«

Igel stiert an die Decke, während er laut überlegt. »Also ... Pjotr kommt mittags her ... Max wird gegen Abend reinschauen ... der Lehrer auch ... Am späten Abend nach Moskauer Zeit wird das russische Viertel Deeptowns auf dem Laufenden sein, morgen früh ganz Deeptown.«

»Danke«, sage ich.

Das passt. Wenn ich das Labyrinth des Todes verlassen werde, kennt Deeptown ein Gerücht mehr. Sicher, derart abstruse Storys kriegst du jeden Tag dutzendweise zu hören. Für mich zählt im Moment aber nur, dass zwei Menschen von dieser Geschichte Kenntnis erhalten: Dmitri Dibenko und der Dark Diver.

Einer von beiden wird wissen, dass es eine Lüge ist. Der andere könnte sie allerdings durchaus für bare Münze nehmen.

Und das würde mich weiterbringen. Eventuell.

Ich winke den Kellner herbei, um zu zahlen.

Das Heulen am Torbogen ist heute besonders durchdringend. Vielleicht hat sich sogar am Tonspektrum etwas geändert, denn das Geräusch ruft einen beinah körperlichen Schmerz hervor. Und die Blitze über dem steinernen Torbogen zucken auch wesentlich öfter.

»Hallo, Ljonka!«, schreit Pat.

Die drei Moskauer und Maniac sind bereits da, Zuko und Nike lassen noch auf sich warten.

»Warten wir auf die zwei?«, fragt Dschingis, nachdem er mich begrüßt hat.

»Selbstverständlich.«

Bastard schüttelt mir mit mürrischem Gesichtsausdruck die Hand. Er ist heute einsilbig, qualmt in einem fort seine Belomor, reagiert nicht auf Pats Fragen und macht ganz den Eindruck eines unausgeschlafenen und vom Leben enttäuschten Mannes. Zum Glück müssen wir nicht lange warten. Die beiden tauchen gleichzeitig auf, der Computermagier redet mit Händen und Füßen auf Nike ein. Wahrscheinlich ist er der Einzige von uns, der vor Optimismus platzt.

Nein, das ist gelogen. Ich lächle auch.

»Hast du irgendeinen Plan ausgeheckt, Leonid?«, fragt mich Maniac.

Ich zucke bloß mit den Achseln, was ihm als Antwort jedoch völlig ausreicht.

»Da wären wir!«, schreit der Magier. »Wartet ihr schon lange?«

Wir bilden einen engen Kreis. Die Menge aus computergenerierten und realen Spielern macht einen Bogen um uns. Neugierige Blicke beäugen uns, hier und da flüstern sich die Leute etwas zu – aber niemand traut sich an uns heran.

»Was ist?«, fragt Dschingis. »Probieren wir eine neue Taktik? Oder machen wir es wie gestern – indem wir losrennen und ballern?«

Auf seinem Gesicht spiegelt sich wider, was er von Letzterem hält.

»Hat jemand eine neue Idee?«, frage ich.

»Wir können zur Leitung des Labyrinths gehen«, schlägt Bastard zu unser aller Überraschung vor. »Sie sollen alle Monster stilllegen, die anderen Spieler aus den Levels jagen ... und uns freien Durchgang gewähren. Wir müssen ihnen die Situation erklären, vielleicht haben sie ein Einsehen ...«

Mit jedem Wort entgleiten Pat die Gesichtszüge weiter. Von Bastard hätte er wohl nie im Leben mit einem solchen Vorschlag gerechnet. Dabei hat Bastard recht. Der Haken an der Sache ist bloß, dass uns niemand glauben würde.

»Ich habe eine bessere Idee«, sage ich. »Schurka ...«

Maniac sieht mich fragend an.

»Raus mit der Sprache: Hast du den Warlock dabei oder nicht?«

»Wie kommst du denn darauf?«, fragt Maniac verblüfft. »Hast du vergessen, wie sie uns gestern gefilzt haben? Du kannst heute keine Waffe mehr ins Labyrinth einschmuggeln!«

Ich erwidere kein Wort, sehe ihn bloß schweigend an. Die nächsten zehn Sekunden messen wir uns mit Blicken.

Dann kapituliert Schurka. »Du kannst eine neue Viruswaffe nur einmal uneingeschränkt zum Einsatz bringen, das weißt du genau, Ljonka.«

»Schon.«

»Inzwischen hat das Labyrinth längst ein Programm entwickelt, das den Warlock erkennt und neutralisiert. Und dann würden wir schön blöd dastehen.«

»Was meinst du, wie blöd wir erst dastehen, wenn wir heute nicht durchs Labyrinth kommen«, erwidere ich bloß.

Zuko blickt verständnislos von mir zu Maniac. »Was heißt das, Schurka?«, fragt er. »Hast du gestern etwa versucht, was einzuschmuggeln?«

»Lasst uns besser reingehen«, verlange ich. »Je weniger wir hier vorm Torbogen reden, desto besser.«

Niemand widerspricht mir. Dschingis wird ein wenig munterer. Bastards Blick ruht gedankenversunken auf Maniac. Wahrscheinlich grübelt er darüber, ob Maniac irgendein Ass aus dem Ärmel zieht.

»Wie bist du dahintergekommen?«, raunt mir Maniac zu, als wir uns dem Torbogen nähern.

»Ich kenn dich doch«, antworte ich. »Mir kannst du nicht erzählen, dass du nicht etwas ausgeheckt hast, um ihre Sicherheitssoftware zu überlisten.«

Diesmal gibt es keine Anabiosezellen – wozu auch, schließlich sind wir schon ein gutes Stück vorangekommen und brauchen nicht mehr erneut auf dem Planeten zu landen.

Um die Dusche kommen wir allerdings nicht herum.

Unter den aufmerksamen Blicken der Sergeanten ziehen wir uns aus.

Das Wasser riecht stark nach Chemie. Wir stehen unter dem harten Strahl und stieren auf Maniac, der sich unter einer Dusche auf der gegenüberliegenden Seite wäscht. Gut, unser Verhalten erinnert etwas an das von Spannern – aber was sollen wir tun? Wir alle sind erpicht, Antwort auf die alles entscheidende Frage zu erhalten: Wo hat Schurka das Virus versteckt? Maniac wird allmählich sauer.

Schließlich deutet jemand vom Personal schweigend auf die Rechner an einer Wand, an denen wir unsere Daten eingeben sollen.

»Schurka, ich weiß ganz genau, wo du das Ding versteckt hast!«, flüstert Zuko in frivolem Ton. Er schafft es gerade noch, einer Ohrfeige zu entgehen, gibt kichernd sein Passwort ein und verschwindet.

Wir anderen folgen ihm.

Wir stehen auf dem Gipfel.

Über uns ragt ein lilafarbener Himmel mit violetten Wolken auf, unter uns liegt funkelnder Schnee.

Wir tauchen im zehnten Level bereits in Uniform und mit den Waffen auf, mit denen wir das neunte verlassen haben.

Und wir haben Gesellschaft gekriegt.

Am Abhang sitzt ein sehniger, kleiner Kerl, ein wahres Kraftbündel. Neben ihm liegt eine Waffe, die wie ein Zwitter aus Präzisionsgewehr und Schüreisen aussieht. Wenn ich mich nicht täusche, sind die Security-Typen des Labyrinths mit solchen Dingern ausgestattet.

Zuko nimmt den Mann mit der Pistole ins Visier, obwohl der eine kugelsichere Weste trägt. Ein Schuss würde ihn vermutlich nicht töten – der Einschlag ihn aber womöglich in die Tiefe stürzen.

»Wen haben wir denn da?«, fragt der Magier.

Nun richtet auch Maniac seine MP auf den Unbekannten.

Der Mann dreht sich langsam um.

»Runter mit den Waffen!«, schreie ich. »Leute, schießt nicht! Das ist einer von uns!«

Trotzdem behalten die anderen ihre Waffen im Anschlag. Ich gehe auf ihn zu, es ist Crazy Tosser.

»Was bin ich doch für ein alter Idiot gewesen«, sagt Dick.

Wir begrüßen uns per Handschlag.

»Ohne die *Tiefe* hast du es wohl nicht ausgehalten?«, frage ich.

Dick schüttelt den Kopf. In seinen Augen liegt ein diffuser Schmerz. »Ich habe mir Urlaub genommen, weil ich gesundheitliche Probleme habe. Mein Herz macht mir in letzter Zeit zu schaffen.«

Das glaube ich gern.

»Dann bin ich mit meinem Enkel spazieren gegangen«, holt Dick aus. »Er ist noch klein und war noch nie in der *Tiefe*. Und da ist mir klar geworden, dass er sie auch nie kennenlernen wird. Niemals. Jedenfalls wenn du scheiterst. Und das wäre einfach nicht gerecht, Leonid, wenn die Enkel nicht das erleben können, was die Großväter noch erleben durften. Hast du einen Enkel?«

»Nein.«

»Außerdem kenne ich mich hier besser aus als ihr alle«, fährt Crazy fort. Es ist schwer zu sagen, ob er mich überzeugen will oder sich selbst. »Und nehmen wir einmal an, ihr bewältigt das Labyrinth. Was dann? So ohne Weiteres kommst du in den Tempel nämlich nicht rein. Da sind zwei Diver auf alle Fälle besser als einer.«

»Ganz bestimmt.«

»Ist das dein Team?«

Ich sehe zurück und nicke.

Als Erste kommt Nike zu Crazy und reicht ihm die Hand, die anderen tun es ihr nach.

»Ich werde euch keine Last sein«, versichert Crazy rasch. »Das ist schließlich meine Arbeit, ich bin seit dem ersten Tag im Labyrinth dabei. Für die neun Levels habe ich bloß vierzehn Stunden gebraucht.«

»Ach«, sage ich. »Und die zwei Stunden pro Level, die nicht zu unterbieten sind? Die gelten für dich wohl nicht?«

Crazy grinst bloß.

»Hat jemand was dagegen, dass Dick sich uns anschließt?«, frage ich vorsichtshalber. Doch niemand erhebt Einspruch.

Crazy schultert seine Waffe. »Die nächsten beiden Levels werden schwer«, warnt er uns. »Wenn sich nichts verändert hat, brauchen wir für jedes von ihnen zwei Stunden. Danach wird es wieder leichter ...«

»Dick!«

Er verstummt.

»Wir haben nicht vor, alle Levels zu durchlaufen«, teile ich ihm sanft mit. »Dafür bleibt uns keine Zeit.«

Crazy sieht mich finster an.

»Du erinnerst dich an den Warlock 9000?«

»Den würdest du heute nicht mehr durch das Anti-Viren-Programm kriegen«, sagt Crazy.

»Bist du da sicher?«

Eine leichte Verwirrung spiegelt sich in seiner Miene wider. »Aber wie ...?«

»Wir bohren einen Gang zum hundertsten Level. Das ist doch möglich, oder, Schurka?«

»Das müsste man mal rauskriegen«, antwortet Maniac ausweichend.

»Leonid ...« Crazys Übersetzungsprogramm versagt kurz, die nächsten Worte kann ich nicht verstehen. »... haben dir die Schwierigkeiten damals nicht gereicht?«

»Wir haben keine andere Wahl, Dick. Ich sage dir ganz klar, was wir planen, damit du gegebenenfalls einen Rückzieher machen kannst.«

Crazy Tosser mustert einen nach dem anderen, als wolle er sich Verstärkung gegen mich holen. Aber die kriegt er nicht. »Leonid, die hundert Levels ... da sollen die Spieler ihre Kräfte trainieren! Sie sollen unterwegs bessere Waffen und Rüstung sammeln! Ihre Kondition verbessern! Vom neunten Level ins hundertste zu springen, das ist, als wolle jemand, der gerade schwimmen gelernt hat, durch die Beringstraße kraulen!«

»Aber wir beide werden ja wohl trotzdem nicht untergehen, oder, Crazy?«

Daraufhin erwidert er nichts. Ihn beunruhigen offenbar nicht nur die Unannehmlichkeiten, die ihm vonseiten seiner Chefs drohen. Auch die Aussicht, vom neunten ins hundertste Level katapultiert zu werden, scheint ihm zuzusetzen.

»Schließt du dich uns an?«, frage ich.

»Ja«, entscheidet Crazy. »Aber ich bin mir wirklich nicht sicher, ob euer Plan klappt. Heutzutage kann man keine Viruswaffe mehr ins Labyrinth einschmuggeln.«

»Jetzt ist die Reihe an dir, Schurka«, wende ich mich an Maniac.

»Wie kommst du bloß darauf, dass ich eine Viruswaffe habe?«, fragt Schurka seufzend. »An dem, was dein Freund sagt, lässt sich nicht rütteln.«

»Trotzdem bin ich mir sicher, dass du was dabeihast.«

»Du bist doch total durchgeknallt«, bemerkt Schurka grinsend und nimmt die MP auf – um sich den Kolben mit voller Wucht ins Gesicht zu rammen.

11

Um uns herum ist es sehr still.

Maniac reibt sich das Kinn, dann spuckt er Blut aus.

»Oh«, bringt Zuko leise heraus.

»Ist ja 'ne seltene Perversion«, sagt Bastard. »Auto-Sadomasochismus, meine ich. Hundertprozentig kann man ihn nur in der *Tiefe* ausleben.«

Schurka bedenkt ihn mit einem vernichtenden Blick und holt abermals mit der MP aus.

Da lodert neben uns ein blaues Licht auf. Da wir auch das für eine Folge seiner Selbstfolter halten, reagieren wir zunächst gar nicht darauf. Doch dann materialisiert sich in dem Licht ein kräftiger Typ in kugelsicherer Weste und mit einem Raketenwerfer im Anschlag. Wahrscheinlich ist das ein erfahrener Spieler, der auf den Feind losballert, sobald er das Spielfeld betritt. Und er hätte durchaus Chancen gehabt, die Hälfte unseres Teams umzunieten. Doch kaum dass er im Level erscheint, sieht er einen Mann, der sich mit schmerzverzerrtem Gesichtsausdruck den Kolben seiner Waffe in die Fresse rammt.

Auf diesen Anblick war der Fremde nicht gefasst. Die kurze Verzögerung wird ihm zum Verhängnis. Tosser bringt mit einer einzigen Schulterbewegung sein Gewehr in Position und drückt ab. Aus dem Lauf schießt kreischend eine Klinge, die an einen Bumerang erinnert. Sie köpft den Fremden in tadelloser Weise.

»Das war doch kein Fehler, oder?«, fragt Dick.

Die kugelsichere Weste des Fremden birst und zerfällt. Der Raketenwerfer und die Munition überstehen den Anschlag jedoch. Pat fällt sofort über beides her.

»Nein, das war kein Fehler«, versichere ich.

Genau in diesem Moment taucht der Unbekannte erneut auf, diesmal jedoch ohne Weste und nur mit einer Pistole bewaffnet. Dschingis und Zuko erschießen ihn. Bastard versucht derweil, Pat den Raketenwerfer zu entreißen, was ihm jedoch nicht gelingen will.

Ein drittes Auftauchen des Unbekannten bleibt uns erspart. Offenbar zieht er es vor, sich etwas zu gedulden.

Maniac ignoriert das Geplänkel völlig und spuckt schon wieder Blut aus. Mit einem Mal fängt er an, im Schnee zu wühlen. Schließlich hebt er einen Zahn auf.

»Ah! Verstehe«, ruft der Magier aus. »Du hast das Virus in deinen Körper eingebaut!«

»Die Kontrolle hätte es trotzdem entdecken müssen!«, erhebt Crazy gegen diese offensichtliche Tatsache Einspruch.

»Das ist kein Virus«, erklärt Maniac mit leichtem Lispeln. »Das sind nur Teile davon.«

Er hängt sich die MP um den Hals und zieht ein Messer hinter dem Gürtel hervor.

»Nein!« Zuko schlägt die Hände vor die Augen, wobei er es allerdings nicht vergisst, die Finger zu spreizen. »Wenn du das tust, was ich vermute ... das ertrag ich nicht!«

»Das wirst du schon«, erwidert Maniac – und schneidet sich eine Haarsträhne ab. »Halt das mal, Tocha!«

Bastard streckt die flache Hand aus, und Maniac legt die Haare und den Zahn darauf.

»Igitt!«, murmelt Bastard. »Das ist doch echt eklig!«

»Eklig?«, wiederholt Schurka. »Du solltest mir dankbar sein, dass ich nicht schmerzlosere und natürlichere Varianten gewählt habe, um das Zeug zu verstecken.«

Dann schneidet er sich ein Stück vom Fingernagel ab und legt es auf den unappetitlichen Haufen.

»Haben wir denn auch ein Krötenauge, Krokodilscheiße und Piroleier?«, brummt Bastard mit angewiderter Miene. »Dann könnten wir ein vorzügliches mittelalterliches Elixier gegen Seitenstechen mixen.«

»Mach du nur deine Witze!«, knurrt Schurka und hält seine linke Hand über Bastards ausgestreckte Hand.

Er wird sich jetzt doch wohl nicht den Finger abschneiden?

Nein, es geht nur um ein wenig Blut.

»Tut das weh?«, fragt Nike leise. Sie ist heute sehr schweigsam. Schurka sieht sie kurz an.

»Klar«, sagt er. »Ich bin schließlich kein Diver.«

Selbst wenn wir alle längst wahnsinnig geworden sein sollten – was *das* heißt, wissen wir.

Auch wenn es jeder auf seine eigene Weise versteht. Für die anderen ist klar, dass es in der *Tiefe* genauso schmerzlich ist, sich einen Zahn auszuschlagen oder sich die Haut aufzuschlitzen, wie in der Realität. Für mich gilt das nicht. Sobald Schmerzen drohen, nehme ich Reißaus. Da heißt es: *Tiefe, Tiefe, ich bin nicht dein ...* Und dann verfolge ich in aller Seelenruhe, wie gezeichnete Monster meinen Körper zerfleischen.

Doch selbst der talentierteste Hacker, selbst der beste Entwickler verfügt nicht über diese Fähigkeit ...

»Tut mir leid, Schurka, ich wollte nicht frotzeln«, sagt Bastard. »Was fehlt noch?«

»Es muss nur noch alles zusammengesetzt werden«, antwortet er und hält kurz inne, als ob er nachdenken würde. »Aber das ist ein Kinderspiel. Du brauchst bloß all diese Komponenten hinunterzuschlucken ...«

»Spinnst du?!«, schreit Bastard. »Das kannst du von mir nicht erwarten! Ich gieße sogar den ganzen Topf mit Suppe weg, wenn ich nur ein Haar darin entdecke!«

»Du hättest mir halt keinen Auto-Sadomasochismus unterstellen sollen!«, erklärt Maniac ungerührt, beugt sich vor – und spuckt auf Bastards Hand. »Strafe muss sein.«

Im ersten Moment passiert gar nichts. Ich frage mich schon, ob es uns gelingen würde, Bastard festzuhalten, oder ob ich Maniac besser auf der Stelle erschießen sollte.

Doch dann steigt plötzlich Rauch aus Bastards Handteller auf.

»Ohne ein paar Spezialaffekte geht's bei dir natürlich auch nicht!«, zwitschert der Magier.

Der Rauch verzieht sich.

»Was ist das?«, fragt Bastard misstrauisch.

Auf seiner Handfläche liegt eine kleine Schachtel. Wir anderen drängeln uns um ihn, um das Ding zu betrachten.

»Das ist der Warlock 9300«, antwortet Schurka. »Endlich habe ich ihn so hingekriegt, wie ich wollte.«

Bei der Schachtel handelt es sich um einen Minifahrstuhl, den nichts von seinem großen Pendant unterscheidet: Er ist braun, die Türen gleiten zur Seite, oben ragt noch ein Stück des Stahlseils auf.

Nur ist dieser Fahrstuhl eben bloß zehn Zentimeter groß.

»Das ist die optimale Form«, führt Maniac aus. »Der 9000er war eigentlich auch so gedacht, aber da ist irgendwas schiefgelaufen.«

»Schurka ... mein Täubchen«, krächzt Bastard, »und die Maße ...? Bist du dir sicher, dass mit denen nichts schiefgelaufen ist?«

»Also über die Maße habe ich mir eigentlich keine Gedanken gemacht«, räumt Maniac selbstkritisch ein. Aha. Bastard erhält also noch eine weitere Abstrafung für seine frechen Bemerkungen ... »Ich muss wohl das Komma an der falschen Stelle gesetzt haben.«

»Schurka, ich ziehe dich auch nie wieder durch den Kakao!«, beteuert Bastard ebenso mitleidheischend wie drohend. »Ich schwöre es bei Peter Norton. Und jetzt mal ehrlich! Funktioniert das Ding oder nicht?«

»Stell den Fahrstuhl mal auf die Erde!«, lässt Maniac Gnade vor Recht ergehen. »Dann werden wir's sehen.«

Bastard beugt sich vor und setzt den Fahrstuhl im Schnee ab.

»Und es erwuchsen aus den Zähnen des Drachen erbarmungslose Krieger, welche sich gegenseitig töteten«, murmelt Nike. »Wir dürfen wohl alle von Glück sagen, dass du kein Drache bist, Schurka.«

Der Fahrstuhl quillt auf, und zwar ziemlich ungleichmäßig: Erst wölbt sich eine Seite, dann die andere. Schon hat er die Maße eines normalen Holzklotzes erreicht. Vom Schnee steigt Dampf auf.

»Zurück! Sofort!«, schreit Dschingis und zieht Pat zur Seite. Ein kluger Rat. Wir weichen zurück, während der Fahrstuhl immer weiter anschwillt.

»Wir fliegen gleich auf!«, warnt uns Crazy, der neben mir steht. »Leonid, die entdecken das Virus garantiert. Und dann wird das gesamte Labyrinth gescannt.«

»Wird das Spiel dafür angehalten?«

»Keine Ahnung. Wenn ja, dann vermutlich nicht sofort. Wahrscheinlich werden sie erst mal nur den Eingang dichtmachen.«

Inzwischen hat der Fahrstuhl die übliche Größe erreicht. Das Einzige, was ihn jetzt noch von einem normalen Aufzug unterscheidet, ist, dass der Knopf direkt auf der Tür sitzt. Aber wie sollte es auch anders sein – schließlich gibt es keinen Schacht.

»Es kann losgehen«, erklärt Maniac. Er tritt an die Kabine heran und drückt auf den Knopf, worauf die Türen sich öffnen. Im Innern brennt Licht.

»Nur stimmen die Maße immer noch nicht«, lästert Bastard. »Der Fahrstuhl ist viel zu klein. Da passen höchstens vier Leute rein.«

»Dafür gibt es aber keine Gewichtsbeschränkung«, hält Maniac grinsend dagegen.

»Das ändert aber nicht viel an den Außenmaßen, oder?«

Das Problem lässt sich nicht von der Hand weisen. Wir stehen vor einem ziemlich kleinen Fahrstuhl – und wir sind acht.

»Da müssen wir uns halt etwas dünner machen«, erklärt Maniac. »Aber ihr seid ja wohl alle schon mal zu sechst in einem Saporoshez gefahren?«

»Pat! Ich nehme dich auf die Schultern!«, reißt Bastard das Ruder an sich, da er offensichtlich keine Zeit mit leerem Wortgeplänkel verlieren will. Er beugt sich runter, und Pat steigt schweigend auf seine breiten Schultern.

»Dass du dich immer kahl scheren musst!«, ruft er. »Soll ich mich etwa an deinen Ohren festhalten?«

Die beiden betreten als Erste die Kabine – die daraufhin bereits zur Hälfte ausgefüllt zu sein scheint.

»Leonid nimmt ... Nike«, entscheidet Dschingis.

Seufzend beuge ich mich vor.

Nike steigt grinsend auf meine Schultern. »Bin ich auch nicht zu schwer?«, erkundigt sie sich.

»Ich habe ein Jahr lang als Möbelpacker gearbeitet«, teile ich ihr mit, ohne jedoch zu erwähnen, dass ich in der *Tiefe* gearbeitet habe. Abgesehen davon ist sie wirklich nicht schwer. Eine schöne Frau auf den Schultern zu tragen – das ist eben etwas anderes, als einen Sack Kartoffeln zu schleppen.

Ich stelle mich neben Bastard. Obwohl sich unsere Reiter gewaltig krümmen, stoßen sie mit dem Rücken an die Decke.

»Rein mit euch!«, kommandiert Dschingis. Maniac, Zuko und Crazy treten an die Kabine heran. Im Grunde sind sie nicht sonderlich kräftig, einer von ihnen käme ohne Probleme noch rein ...

Aber es müssen sich ja alle drei hereinquetschen. Maniac verschmilzt geradezu mit der Wand, legt den Finger auf einen der Knöpfe und schreit Dschingis zu: »Was ist mit dir?«

Statt zu antworten, nimmt Dschingis Anlauf und bohrt sich in uns herein. Ich spüre, wie meine Rippen knacken. Pat stößt einen begeisterten Schrei aus, Zuko ein gepresstes Fiepen, denn er wird völlig zermalmt.

Maniac drückt den Knopf, und die Türen schließen sich. Die Knöpfe in diesem Fahrstuhl verdienen eine Extrabeschreibung: Sie sind aus Plastik, von Zigaretten angekokelt, einige leuchten, andere nicht – vermutlich sind ihre Lämpchen durchgebrannt. Und sie passen bestens zum Rest des Aufzugs, diesem verdienten Veteran aus einem achtstöckigen Plattenbau, voller Graffiti, Kraftausdrücke und Lobeshymnen auf Spartak, voller Telefonnummern, deftiger Flüche, Herzchen und Namen.

»Los geht's!«, verkündet Maniac feierlich. Er drückt einmal die Eins und zweimal die Null. Wahrscheinlich ist die letzte Taste, die Null, das einzige Detail, das diesen Fahrstuhl von anderen unterscheidet.

Es ruckt einmal, gleich darauf noch mal.

»Und du bist sicher, dass dieses Ding einen Kanal zum hundertsten Level bohrt?«, fragt Crazy. Die Frage bleibt unbeantwortet. Der Fahrstuhl setzt sich langsam in Bewegung, allem Anschein nach nach oben.

Wie das wohl von außen aussieht? Steigen wir gen Himmel auf? Oder lösen wir uns in Luft auf? Keine Ahnung. Der Warlock

9000 ist in dieser Hinsicht beeindruckender gewesen. Da sind der Loser und ich durch einen endlosen Tunnel gefallen, vorbei an den verschiedenen Levels des Labyrinths, vorbei an irgendwelchen völlig unbekannten Räumen.

Das war schön, simpel und amüsant.

Wahrscheinlich hat Vika recht. Damals steckte Deeptown vermutlich tatsächlich noch in den Kinderschuhen. Und in der Kindheit ist alles anders. Prügeleien enden nur mit Tränen, die Farben sind reiner und greller, es gibt nur eine große Liebe, und die hält fürs ganze Leben ...

Plötzlich wackelt der Fahrstuhl und bleibt stehen, setzt sich kurz darauf jedoch wieder in Bewegung.

»Was ist eigentlich, wenn wir steckenbleiben, Schurka?«, will der Magier wissen. »Gibt es einen Notruf? Ich werde es hier drin nämlich nicht lange aushalten! Nicht bei der furchtbaren Klaustrophobie, unter der ich leide!«

Nun vibriert der Fahrstuhl sanft. Ich versuche, mich in einer Art Hockstellung zu halten, damit Nike etwas mehr Platz hat. Das ist zwar unbequem, aber immerhin kann sie sich etwas aufrichten. Mein Gesicht presst sich gegen das Klingen-Gewehr von Crazy Tosser. Wo in diesem Ding wohl die Klingen stecken? Der Lauf ist zwar recht breit – aber *so* breit nun auch wieder nicht.

»Wir sind garantiert längst aufgeflogen«, sagt Crazy mit gedämpfter Stimme. »Noch zwei, drei Minuten, dann wird das Virus neutralisiert.«

Im Grunde trifft die Bezeichnung Virus für den Warlock 9300 nicht zu. Eher ist es ein Trojaner, der sich im Server des Labyrinths breitmacht und versucht, uns einen Weg ins hundertste Level zu bahnen. Aber es hat sich nun mal eingebürgert, alle Hacker-Erzeugnisse Viren zu nennen.

»Das wollen wir doch erst mal sehen!«, widerspricht Maniac.

Der Aufzug bebt immer stärker. Es ist, als ob er auf einem LKW-Anhänger stünde, der über holpriges Straßenpflaster rumpelt.

Irgendwann fliegt aus einer Wand ein Stück heraus. Bastard atmet geräuschvoll ein und rückt von dem Loch ab, sodass wir noch enger zusammenrücken müssen. Obwohl es kaum vorstellbar scheint, klappt das. Und wer wollte Bastard seinen Wunsch, von dem Loch abzurücken, verübeln? Dahinter lauert das Nichts, eine graue geballte Dunkelheit ohne jede Kontur. Das ist weit furchteinflößender als jede Landschaft, die die Fantasie eines Menschen hervorzubringen vermag. Nikes Hände krallen sich in meine Schultern.

»Was ist das?«, presst Pat heraus.

Maniac schüttelt den Kopf und versucht hinter sich zu blicken. »Nichts.«

Eine sehr vage Auskunft.

»Geht es vielleicht etwas genauer?«, fragt Dschingis.

»Das Programm durchläuft verschiedene Transformationen, um einem Angriff durch die Software auszuweichen«, erklärt Maniac. »Wer es noch präziser haben will ... wir befinden uns gerade im Boot-Sektor auf einem der Server des Labyrinths.«

Zuko kichert, als ob er etwas unglaublich Komisches gehört hätte.

Mit einem Mal löst sich die Dunkelheit auf, an ihre Stelle tritt ein Gang, der ins Nichts führt. Seine Wände sind in Armeegrün gestrichen, die Decke ist miserabel geweißt, auf dem Boden liegt abgewetztes Linoleum. Irgendwo in der Ferne geht langsam ein Mann durch diesen Gang, der sich nun zu uns umdreht. Doch da ist es schon zu spät, da sind wir bereits weiter gesaust.

Was war das? Wo? Ich weiß es nicht. Ich weiß nur, dass ich froh bin, nicht dort zu sein.

»Suchen wir nach einem Umweg?«, will Bastard wissen.

Was hier geschieht, interessiert sie alle. Sehr sogar. Denn sie alle verstehen weitaus mehr von diesen Vorgängen als ich. Für mich ist das Ganze lediglich ein spannender Film, ein magisches Abenteuer – und natürlich ein Teil meines normalen Lebens. Sie dagegen wissen, was hinter den bunten Bildern steckt.

Dafür kann ich die *Tiefe* jederzeit verlassen ...

Vor das Loch schiebt sich abermals graue Dunkelheit. Dann glänzt etwas metallen. Es folgen Fetzen eines blauen Himmels, kaltes Bleiwasser und Flammenzungen. Und dann wieder graue Dunkelheit.

Das Programm sucht einen Weg.

Erneut graue Dunkelheit. Sie wird abgelöst von ...

Ein gellender Schrei entfährt mir, und ich zucke zusammen. Wäre im Fahrstuhl nur etwas mehr Platz, wäre Nike jetzt von meinen Schultern gerutscht.

Durch die aufgerissene Verschalung ist eine Schlucht zu sehen, ein schmaler Streifen zwischen zwei Felsen. Die linke Felswand besteht aus blauem Eis, die rechte aus purpurrotem Feuer. Die Haarbrücke mache ich nicht aus, doch ich weiß, dass auch sie vorhanden ist.

»Ljonka!« Maniac sieht mich entsetzt an. »Was hast du denn? Ist was passiert?«

Vor dem Loch breitet sich wieder graue Dunkelheit aus. Mein Alptraum ist verschwunden, hat sich in Luft aufgelöst ...

»Es ist nichts weiter«, bringe ich heraus. Mir fehlte die Kraft, den Zwischenfall zu erklären.

Jetzt legt sich der Aufzug auf die Seite. Er schwankt und schaukelt, als reite er auf Wellen.

»Achtung!«, befiehlt Maniac. Als ob wir nicht schon längst auf alles gefasst sind ...

Es folgen ein Stoß und Stille, die nur dadurch durchbrochen wird, dass die Verschalung knistert.

»Schlagt die Tür ein!«, verlangt Maniac mit gepresster Stimme. Er muss uns nicht lange überreden. Dschingis, der inzwischen auf Bastards Bauch liegt, rammt den Lauf seiner MP in die Spalte zwischen den Türen und stemmt sich gegen den Kolben.

In der Öffnung taucht der lilafarbene Himmel auf.

Ich helfe Nike hinaus, was, zugegeben, nicht sonderlich klug ist, schließlich wissen wir nicht, was uns da draußen erwartet. Diese Einsicht kommt mir jedoch zu spät. Nike springt aus dem Fahrstuhl wie der Teufel aus der Schachtel, wirbelt herum – und die Waffe in ihren Händen spuckt eine lange Salve aus.

»Auf in den Kampf!«, schreit Pat euphorisch und versucht, als Nächster aus dem Fahrstuhl zu springen. Doch Dschingis und Maniac kommen ihm zuvor. Erst nach den beiden schafft Pat es, sich aus der Kabine zu befreien, ihm folgen Zuko und Bastard.

Crazy und ich verlassen den Fahrstuhl als Letzte.

Von den bisherigen wilden Landschaften fehlt jede Spur.

Der Fahrstuhl ist auf dem Dach eines endlos hohen Gebäudes gelandet. Hier fegen eisige Windböen – und hier lauern zwei Dutzend Echsen.

Uns rettet nur, dass wir so überraschend auftauchen. Die Viecher sind computergeneriert, in ihren Körpern stecken ganz klar keine Menschen. Trotzdem verfügen sie über eine außergewöhnliche Schnelligkeit. Sie hantieren an einer Waffe herum, die an eine Flugabwehrkanone erinnert, auf deren Rohr ein transparenter Schild sitzt. Normalerweise feuern sie damit nach unten ...

Aber jetzt gilt es, einen Angriff von hinten abzuwehren.

Pats Raketenwerfer schmatzt leise, als die Raketen in den Lauf wandern. Das dauert zu lange! Ich gebe ein paar Schuss ab, die unsere Angreifer immerhin auseinandertreiben.

Wir bräuchten jetzt dringend eine schwere Waffe!

Schon pirschen sich die ersten beiden Monster an uns heran. Nike stemmt sich ihre Waffe in den Bauch und nimmt die Biester unter Beschuss. Gut, das Ding ist immerhin mit komischen blauen Nadeln geladen, die wie Kartätschen wirken. Eine Echse geht tot zu Boden, die andere erledigt Crazy mit seinem Klingen-Gewehr.

Nun formieren sich die Monster neu. Zwei richten diese seltsame Kanone auf uns, die anderen eröffnen das Feuer aus Laserwaffen.

In diesem Moment gibt Pat eine Salve ab. Der Rückstoß ist so stark, dass es ihn in die Luft hebt und er zurück in den Fahrstuhl geschleudert wird.

Dafür stehen wir nun allein auf dem Kampfplatz.

Fleischbrocken, Panzer und Blutlachen bedecken das Dach. Vor mir zappelt eine Pfote, die einer Echse durch die Explosion abgerissen worden ist. Die langen Krallen fahren über meine Stiefel und hinterlassen tiefe Kratzer.

»Her mit dem Ding!« Dschingis zieht Pat aus der Kabine. Der schüttelt benommen den Kopf und klammert sich fest an seine Waffe. »Los!«

»Wieso?«, empört sich Pat. »War das etwa ein schlechter Schuss?«

»Der war gut«, gibt Dschingis zu, nimmt ihm den Raketenwerfer aber trotzdem ab. »Du bist stark, sogar sehr stark. Aber du bist zu leicht.«

»Schöne Bescherung!« Maniac verzieht das Gesicht und presst sich eine Hand in die Seite. Unter seinen Fingern sickert Blut hervor.

»Was beschwerst du dich?« Crazy sieht ihn ungläubig an. »Wir sollten dem Herrgott dafür danken, dass wir hier sind. Das ist tatsächlich das hundertste Level! Das erreichen nur sehr wenige Spieler! Und nie mit so netten Schießeisen!« Er fuchtelt mit seiner unglaublichen Waffe. »Außerdem können wir noch von Glück sagen, dass wir nicht der Hauptstreitmacht in die Arme gelaufen sind!«

Das Dach hat etwa die Größe eines Volleyballfelds. Aus der Ferne muss der Bau wirken wie eine Nadel, die sich in den Himmel bohrt. Ohne uns abzusprechen, suchen wir nach einer Möglichkeit hinunterzugelangen.

Die gibt es nicht.

Sind diese dämlichen Monster etwa mit Hubschraubern hier abgesetzt worden?

Mit einem Mal beendet eine nicht sehr laute Explosion unsere Suche. Der Fahrstuhl ist in Flammen aufgegangen. Nach wenigen Sekunden ist von ihm nur noch ein Häufchen Asche übrig.

»Das dürfte das Ende deines Programms gewesen sein«, bemerkt Crazy hämisch. Die Situation ist nicht leicht für ihn: Letztlich versucht er eben doch, auf zwei Seiten zugleich zu spielen.

»Fünfeinhalb Minuten«, hält Maniac mit einem demonstrativen Blick auf die Uhr fest. »In dieser Zeit hätte ich euern Server völlig lahmgelegt ... wenn ich gewollt hätte.«

Crazy wird zwar wütend, widerspricht jedoch nicht.

»Wo befinden wir uns jetzt genau?«, fragt Dschingis. »Und wie um alles in der Welt kommen wir hier weg?!«

Dick, der seine Waffe am Schaft hält und damit irgendwie an Natty Bumppo erinnert, tritt an den Rand des Daches heran, wir anderen folgen ihm.

Scheiße! Das ist verdammt hoch.

Ich hasse große Höhen. Selbst fiktive.

Das Gebäude ragt fast einen Kilometer auf. Um uns herum stehen weitere Bauten, die entweder genauso hoch oder nur geringfügig flacher sind. Die Straßen wirken von hier oben extrem schmal, müssen aber eigentlich breiter als jeder Prospekt sein.

Dann ist da noch der Wind.

Bastard hält Pat mit einer Hand fest, mit der anderen sichert er Maniac am Gürtel ab. Dieser hat gegen die rührende Vorsichts-

maßnahme nichts einzuwenden, schließlich dürfte der untersetzte Hacker nicht so schnell vom Dach gefegt werden.
»Da drüben ist der Beginn des Levels!«, erklärt Crazy, gegen den Wind anschreiend. »Da hättet ihr eigentlich rauskommen müssen! Dann hättet ihr euch durch die Stadt zum Turm des Imperators schlagen müssen! Danach folgt der Kampf gegen den Imperator ...«
»Wer oder was steckt hinter dem Imperator?«, erkundigt sich Maniac.
»Ein Programm. Aber freut euch bloß nicht zu früh! Es wird nämlich nicht leicht werden, es zu besiegen. Das Programm vervollkommnet sich permanent, indem es alle erfolgreichen Schritte seiner Gegner, die eigenen Erfolge und Fehler analysiert und speichert. Es hat uns eine schöne Stange Geld gekostet ... aber dafür ist es jedem Spieler aus Fleisch und Blut weit überlegen. Wenn ihr so wollt, müsst ihr bei dem Programm gegen alle Spieler ankämpfen, die das Labyrinth vor euch durchlaufen haben.«
»Zunächst mal müssen wir hier runter«, hält Nike fest. »Dann sehen wir weiter, okay?«

Mein Raketenwerfer spuckt seine Raketen fast ohne Rückstoß aus. Die funkelnden Zylinder schießen aus dem Lauf und gehen in einem Bogen nieder.
Ich brauche drei Schuss, um ein Loch ins Dach zu reißen. Danach verrät mir die Anzeige, dass mir noch fünf Raketen bleiben. Nicht gerade viel.
Wir treten an das Loch heran – und starren verständnislos in die Tiefe.
Das Innere dieses Wolkenkratzers gleicht einer leeren Schachtel: An den Wänden gibt es ein paar Lampen, ansonsten nur noch ein Gerüst. Aber keine Etagen.
»Was ist das denn?«, fragt Maniac amüsiert.

»Also, das ist ...«, setzt Crazy verlegen an. »Bei einem derart großen Spielfeld wie dem Labyrinth ist es einfach unmöglich, alle Elemente auszugestalten. Wer hätte denn ahnen können, dass je eine Gruppe auf dem Dach landet?«

»Das Ding ist also eine Attrappe«, stellt Maniac in spöttischem Ton fest. »Ich erinnere mich noch, wie ich mal in Doom durch Wände gegangen bin und ...«

»Was würdest du denn dazu sagen, wenn das Gebäude völlig leer wäre? Oder bis oben mit Beton ausgegossen?«, verteidigt Crazy die Ehre der Macher des Labyrinths. »Da hätte ich dein Gesicht mal sehen wollen!«

»Er hat's doch nicht böse gemeint!«, sagt Bastard und legt seine Hand fest auf Crazys Schulter. »Hast du vergessen, dass wir in einem Team spielen?«

»Daran wird man mich noch von ganz anderer Seite erinnern!« Crazy schüttelt die Hand ab. »Was ist jetzt? Klettern wir runter?«

Wir befinden uns rund einen Kilometer über dem Fußboden des Hauses. Ich lege mich neben dem Loch aufs Dach und rüttle an einer Stahlröhre. Die scheint stabil ...

»Na los!«, entscheidet Nike. Sie lässt die Beine baumeln, nimmt Maß und springt mit einer geschmeidigen Bewegung aufs Gerüst. Jede Turnerin könnte sie beneiden.

Tiefe, Tiefe, ich bin nicht dein ... Tiefe, Tiefe, gib mich frei!

Das war unfair, das war richtig mies den anderen gegenüber. Aber wenn ich die Illusion nicht aufhob, würde ich diesen Abstieg nicht durchstehen.

Mein Kopf schmerzte leicht.

Egal.

Dafür hatte ich jetzt nur noch ein gezeichnetes Bild vor mir. Einen langen Schacht, durch den sich bequem angebrachte Querbalken zogen. Ich sprang nach unten und packte das Rohr.

Nichts leichter als das.

»Wer hat Höhenangst?«, drang Crazys Stimme aus den Kopfhörern.

»Ich!«, gab Pat offen zu.

»Dann nehme ich dich huckepack. Und bindet den Jungen fest!«

»Bist du sicher?« Das war Dschingis, wie sollte es anders sein?

»Ich bin ein Diver. Tut mir leid, aber ich verlasse die virtuelle Welt für den Abstieg. Deshalb ist es mir völlig einerlei, ob ich noch jemanden auf dem Rücken habe ...«

Daran hatte ich gar nicht gedacht. Ich legte den Kopf in den Nacken, worauf sich das Bild auf den Displays veränderte. Nun hatte ich die gezeichneten Gesichter meiner Freunde vor mir. »Ich nehme auch jemanden mit runter.«

»Du musst schon entschuldigen, aber ich bin daran gewöhnt, durch meine eigene Dummheit zu sterben«, murmelte Bastard und kletterte vorsichtig auf das Gerüst.

»Hurra!«, rief der Magier begeistert aus. »Was ich mal wieder für Glück habe!« Zuko stieg auf meine Schultern. »Soll ich dir was vorsingen?«, fragte er. »Damit der Abstieg etwas lustiger wird. Ich habe eine Stimme, die verschlägt dir glatt die Sprache. Ich hätte gut und gern Opernsänger werden können, ungelogen!«

»Aber ich habe kein Gehör, ich wüsste deine Darbietung gar nicht zu schätzen!«

Damit begann der Abstieg.

Crazy, Nike und ich hatten die anderen nach einer guten halben Stunde abgehängt, auch wenn Crazy und mich unsere Reiter etwas störten. Nike wiederum musste eine geborene Alpinistin sein. Sie stieg konzentriert hinab, ohne in die Tiefe zu spähen, gleichmäßig wie ein Roboter.

»Macht jetzt bloß nicht schlapp, Jungs!«, jaulte der Magier auf meinem Rücken. »Sonst brettern wir hier wie die Irren runter!«

Die eine Hand packte das eine Stahlrohr, die andere das andere. Dann den linken Fuß versetzen und mit einer Hand nach unten zu den nächsten Trägern. Dann mit dem rechten Fuß hinterher und wieder umgreifen ...

Wie einfach das war! Das Gerüst wies eine klare geometrische Anordnung auf. Maniac an meiner Stelle hätte garantiert in einer Minute ein Skript für den Abstieg geschrieben und wäre inzwischen Kaffee trinken gegangen.

Doch wir Diver waren aus irgendeinem Grund außerstande, ein Programm zu schreiben. Dafür konnte umgekehrt kein Hacker eigenständig aus der *Tiefe* auftauchen.

Für einen Meter brauchte ich gut zehn Sekunden, für fünf eine Minute. Die Rechnung war simpel: In rund drei Stunden wären wir unten.

Der linke Fuß, die rechte Hand ...

»Ein normaler Mensch kann dieses Tempo nicht lange durchhalten«, sagte Crazy. Er machte sich offenbar die gleichen Gedanken wie ich. »Die anderen dürften bald erschöpft sein. Dann müssen sie sich ausruhen. Sie werden fünf, sechs Stunden brauchen ... vielleicht etwas länger ... sie bleiben ja schon jetzt zurück.«

»Gibt es eine Alternative?«, wollte ich wissen.

»Daran hätten wir früher denken müssen«, erwiderte Crazy.

Plötzlich fing der Magier auf meinem Rücken an zu kichern. »Da drüben! Da ist sie, unsere Alternative! An der Wand!«

Ich drehte den Kopf und machte mich auf alles gefasst: auf hundert Monster, einen Hubschrauber, Karlsson oder einen Fahrstuhl.

Aber da waren nur weitere Rohre.

»Und ihr wollt Diver sein? Warum seht ihr das dann nicht?«, spottete Zuko. »Da!«

Deep.

Enter.

Ein regenbogenfarbener Schneesturm. Die Welt um mich herum wird wieder zu meiner Realität. Ich halte mich mit einer Kraft an einem der Stahlrohre fest, die mich selbst erstaunt. Der Raketenwerfer wird immer schwerer. Selbst der spindeldürre Zuko scheint mit einem Mal einen ganzen Zentner zu wiegen.

Immerhin sehe ich jetzt, was Zuko meint.

An den Wänden ziehen sich straffe Stahlseile in die Tiefe. Sie sind glatt und akkurat. Anscheinend sind die Röhren im Innern des Gebäudes nicht willkürlich verteilt worden, sondern dienen doch irgendwie der Stabilität. Wenn mich mein Gedächtnis nicht täuscht, ist auch der Fernsehturm von Ostankino an solchen Trossen »aufgehängt«.

»Warten wir auf die anderen«, entscheide ich. »Magier, halt dich irgendwo fest, du bist nämlich verdammt schwer! Ich bin kurz davor abzustürzen!«

Zuko greift sofort nach einer Stahlröhre.

Nach einer ganzen Weile erreichen uns die anderen. Bastard schnauft, sein Gesicht ist puterrot und trieft vor Schweiß. Maniac dagegen ist kreidebleich, wenn auch konzentriert.

Dschingis flucht – ohne Punkt und Komma, leise und ausgesprochen fantasievoll.

»Leute«, wende ich mich an sie, »auf diese Weise schafft ihr es nicht nach unten.«

»Was du nicht sagst!«, giftet Maniac.

»Aber es gibt eine Alternative!« Ich nicke in Richtung der Seile.

Als Erster macht sich Crazy für den Express-Abstieg bereit.

»Ich bin im Team letztlich ein Fremder«, erklärt er ohne Umschweife. »Wenn alles in Ordnung ist ... könnt ihr mir folgen.«

Seine kugelsichere Weste überlässt er Maniac. Auch dafür hat er eine logische Erklärung parat: »Wenn du bremsen willst, press die Brust gegen das Seil. Die Weste sollte das aushalten, aber pass auf, sie wird heiß und fängt vielleicht an zu schmurgeln.«

»Und was ist mit dir?«

»Mir wird es nicht wehtun ...«, grinst Crazy.

Wir rücken alle unsere Gürtel und Riemen raus. Jeder braucht eine Schlinge für die Hände, um die Geschwindigkeit zu regulieren, und eine für die Taille; sie muss das Hauptgewicht tragen. Dann musst du dich noch mit den Füßen an der Trosse festklammern ...

»Das wird ein langer Flug«, presst der Magier heraus. »Ehrlich gesagt tut es mir fast leid, dass ich diesen Vorschlag gemacht ...«

»Nein, nein, wir müssen es probieren!«, fällt ihm Bastard ins Wort. »Wenn wir weiter über das Gerüst runterkraxeln würden, würde bestimmt einer von uns abstürzen!«

»Ich werde sehen, ob es gelingt, heil unten anzukommen«, sagt Crazy.

»Wie kriegen wir mit, dass bei dir alles glattgegangen ist?« Dschingis stellt wie immer die entscheidende Frage, allerdings erst im letzten Moment.

»Ich schreie.«

»Hören wir das auch?«

»Hier gibt es ja ein Echo. Und ich werde laut schreien«, verspricht Crazy. Dabei meidet er jeden Blick nach unten.

»Du verlässt die *Tiefe* aber?«, versichere ich mich noch einmal.

»Nein, ich hab's mir anders überlegt. Dann würde ich vielleicht irgendwas nicht mitkriegen. Bis gleich ...«

Er lässt die Röhren los, sodass er am Seil hängt. Die beiden Schlaufen scheinen zu halten ...

Sobald Crazy der Schlaufe an den Händen mehr Spielraum gibt, rutscht er nach unten. Seine Figur wird kleiner und kleiner. Die Abfahrt klappt – allerdings mit einem wahnwitzigen Tempo.

»Das packe ich nicht!«, gibt Pat ehrlich zu. »Dsching, das schaff ich nicht!«

Der Junge ist kurz davor, in Panik zu geraten.

»Wir machen das zusammen«, sagt Nike da zu unser aller Überraschung. »Vertraust du mir?«

Als Pat ihr amüsiertes Lächeln sieht, ist es um ihn geschehen. »Na, was ist?«

»Wenn Dsching das erlaubt ...«

»Traust du dir das wirklich zu?«, fragt Dschingis. »Immerhin haben wir einen Diver unter uns ...«

»Es wäre für mich schwieriger, den Magier huckepack zu nehmen.«

»Was sagst du dazu?«, wendet sich Dschingis an mich.

Ich denke nach. Mir kommen da ein paar Ahnungen – und die gefallen mir nicht.

»Sie schafft das schon«, treffe ich schließlich eine Entscheidung. »Wahrscheinlich genauso gut wie ich, würde ich vermuten.«

»Wenn nur Crazy schon angekommen wäre«, bringt Maniac heraus.

Wir warten.

»Hören wir es, wenn er abstürzt?«, will Pat wissen und fängt sich für die Frage eine ziemlich kräftige Ohrfeige von Bastard ein.

»Ich schmeiß dich hier gleich eigenhändig runter, nur um zu hören, wie das klingt!«

Von unten hören wir ein leises, undeutliches Geräusch.

»Was hat das nun schon wieder zu bedeuten?«, fragt Maniac.

Das Geräusch wiederholt sich.

»Also Crazy wird doch nicht in zwei Schüben abgestürzt sein! Noch dazu in diesem Abstand!«, erklärt der Magier. »Nun? Was ist? Wagen wir's?«

»Halt dich fest!«, verlange ich.
Da wir keinen Riemen übrig haben, muss sich der Magier an mir festklammern.
»Aber erwürg mich nicht!«, sage ich. »Obwohl ... halt dich einfach irgendwo fest!«
Tiefe, Tiefe, ich bin nicht dein ...
Heute Abend war mir ein Migräneanfall sicher.
Ich sah auf meine gezeichneten Hände, die eine gezeichnete Schlaufe gepackt hielten. In den Kopfhörern schnaufte der Magier.
Es ging los.
»Oho!«, schrie Zuko – weniger verängstigt als vielmehr begeistert.
Er war zu beneiden. Ich empfand keine Angst, gut. Aber auch keine echte Begeisterung.
Die Wand und das Gerüst aus Stahlröhren rasten an uns vorbei. Ich senkte den Kopf, sah nach unten und fing an zu bremsen. Der Boden schoss förmlich auf uns zu.
»Wir werden doch nicht zerschellen?« Anscheinend wurde dem Magier jetzt doch etwas mulmig.
Ich zog die Schlaufe an meinen Händen enger zusammen.
Das kostete mich nicht die geringste Mühe! Nur in der *Tiefe* sind Abenteuer derart aufregend – und ungefährlich zugleich. Jeder Bergsteiger würde bei der Beschreibung eines solchen Abstiegs mit einer derart improvisierten Ausrüstung entweder vor lauter Nervosität in Schweiß gebadet sein oder wie ein Wahnsinniger zu lachen anfangen – weil es dergleichen schlicht und ergreifend nicht geben kann.
Ich hingegen drosselte mühelos die Geschwindigkeit, die Schlaufen hielten, und Zuko flog nicht in hohem Bogen davon, weil er die Hände, die ihm vor Angst flatterten, vom Seil gelöst hatte. Hier ging es um das pure Vergnügen, um Fun! Und selbst wenn

Zuko kein Diver war, wusste er doch, dass in Deeptown niemand stirbt. Zumindest bislang nicht.

Genau deshalb waren wir ja auch hier: damit sich daran nichts änderte.

Deep.

Enter.

Wahrscheinlich sollte ich besser keine Experimente wagen, solange ich noch am Seil hänge. Aber ich will unbedingt wissen, wie sich dieser Sturzflug anfühlt.

Am ehesten erinnert er an einen Alptraum.

Von der Schlaufe um meine Taille steigt feiner Rauch auf. Außerdem knarzt sie verdächtig. Wir gleiten vermutlich schneller zu Boden als ein Fallschirmspringer. Mittlerweile mache ich Crazy aus, der mit den Armen fuchtelt und uns etwas zuschreit.

Es hat nur vier Minuten gedauert ... bei einer Höhe von neunhundert Metern, plus/minus fünfzig.

Ich drücke die Schlaufe in meinen Händen eng unter der Trosse zusammen und versuche außerdem, mit den Füßen abzubremsen. Meine Beine werden jedoch zur Seite geschleudert, das Stahlseil peitscht gegen meine Brust, was trotz der kugelsicheren Weste extrem wehtut und ein Geräusch verursacht, das mir eine Gänsehaut über den Rücken jagt.

»Bremse!«, schreit der Magier und will schon mit einer Hand nach der Trosse greifen, besinnt sich aber im letzten Moment eines Besseren. Er würde im hohen Bogen davongeschleudert, wenn er sich nicht an mir festhielte.

Ich bremse ... gebe mir jedenfalls alle Mühe ...

Trotzdem kommen wir mit enormer Wucht auf. Meine Knie sind watteweich, sodass ich mich nicht auf den Beinen halten kann. Ich falle hin, der Magier schafft es gerade noch, von mir abzuspringen.

»Alles klar?« Crazy beugt sich über mich und hält mir die Hand hin. Ich stehe auf und klopfe meine Uniform ab, obwohl das eigentlich nicht nötig wäre, denn der Boden ist eine glatte Betonfläche, auf der sich kein einziges Staubkörnchen findet.

»Ja. Obwohl mir ein MedKit bestimmt nicht schaden würde.«

Crazy langt nach seinem Gürtel, an dem eines unserer wenigen MedKits hängt. Doch mitten in der Bewegung hält er inne.

»Lass uns noch warten, Ljonka. Mal sehen, wie die anderen diese Rutschpartie bewältigen.«

Er hat vermutlich recht.

»Bist du tatsächlich nicht aus der *Tiefe* aufgetaucht?«, erkundige ich mich.

»Doch.« Crazy verzichtet darauf, den Helden zu mimen. »Auf halber Strecke habe ich Muffensausen gekriegt.«

Wir sehen einander an und haben beide den gleichen Gedanken: Den anderen steht diese Möglichkeit nicht offen.

»Wie machst du es?«, frage ich. Das ist ein heikles Thema. Zumindest früher haben wir uns nur gegenüber guten Freunden getraut, nach solchen Details zu fragen. Aber jetzt ...

Doch Crazy fühlt sich nicht auf den Schlips getreten. »Ich stelle mir das Gesicht einer Frau vor, die im Nachbarhaus wohnt.«

»Und das ist alles?«

»Ja.« Er grinst. »Und komm jetzt nicht auf falsche Gedanken! Das ist nur eine Nachbarin. Sie ist fünfundzwanzig Jahre jünger als ich. Und wie verlässt du die *Tiefe*?«

»Ich murmle einen Spruch, den ich mir selbst ausgedacht habe.«

Das kann wiederum Crazy kaum glauben.

»Wir müssen schreien«, verlangt der Magier von uns. »Sonst machen sich die anderen Sorgen.«

»Habt ihr mich gehört?«, fragt Dick.

»Mhm.«

Aus irgendeinem Grund bauen wir uns nebeneinander auf.
»Eins, zwei, drei ...«, gibt der Magier das Zeichen.

Wir brüllen wie aus einem Munde und voller Inbrunst, um auf diese Weise die Anspannung abzubauen.

»Noch zweimal«, verlangt Zuko. »Schließlich sind wir hier unten zu dritt.«

Danach können wir nur noch warten. Wir stehen an der Trosse und sehen nach oben. Irgendwann lege ich vorsichtig die Hand an das Seil. Entweder bilde ich es mir ein oder es vibriert tatsächlich. »Wir kriegen gleich Besuch ...«

»Crazy«, wendet sich der Magier an Dick, »aus welcher Höhe endet ein Sturz im Labyrinth tödlich?«

»Wenn du unverletzt bist und eine gute Ausrüstung hast ...« Dick gräbt stirnrunzelnd in seinem Gedächtnis. »... aus etwa fünfzig Metern.«

»Ihr seid wirklich gütig«, bemerkt der Magier. »Wenn ich mich recht erinnere, reichen in Deeptown zehn Meter.«

»Und geplant waren fünf«, füge ich hinzu. Vika und ich haben einmal über Übereinstimmungen und Abweichungen von realer Welt und virtuellem Raum gesprochen. »Damit seine Einwohner nicht anfangen, sich wie Helden zu fühlen, und eines Tages rein zufällig von einem realen Balkon springen.«

»Das hier ist eben doch nur ein Spiel«, setzt Crazy zu einer Rechtfertigung an. »Wenn dein halber Bauch aufgerissen ist, hilft dir in der Realität auch kein Verbandskasten. Aber hier ...«

»Es kommt jemand!«, unterbricht Zuko ihn.

In der Tat. Ein unförmiges Etwas saust am Seil herunter.

»Ist das Bastard?«, fragt der Magier. »Nein, der wäre breiter ...«

Es vergehen noch zehn Sekunden, bis wir erkennen, dass es Nike und Pat sind.

»Ich hätte auch jemanden mitnehmen sollen«, murmelt Crazy. »Immerhin bin ich ein Diver ...«

»Du hast den Weg ausgekundschaftet«, beruhige ich ihn. Der Magier späht nachdenklich nach oben. Dann holt er aus seiner Tasche ein Sandwich und zerreißt die Klarsichtfolie.

»Bist du verletzt?«, frage ich ihn.

»Nein, ich will nur was futtern.«

»Das sind fünf Prozent Lebenskraft!« Ich strecke die Hand aus und nehme ihm das Sandwich weg. »Die habe ich mir mit der Bremserei ja wohl verdient, oder?!«

»Das hast du!«, bestätigt der Magier. »Puh, die haben aber ein Tempo drauf!«

»Ihr wart genauso schnell«, bemerkt Crazy. »Noch ist alles im grünen Bereich. Hauptsache, Nike schafft es zu bremsen ...«

Schon nach einer Minute landet Nike, sogar besser als ich. Sie hat die Geschwindigkeit fast ganz drosseln können und fällt nicht mal hin. Es dauert fünf Sekunden, um Pat von ihr loszueisen – der einfach zu benommen ist, um zu begreifen, dass er das Ganze überstanden hat.

»Alle Achtung!«, lobt Crazy Nike. »Das hast du gut gemacht, Mädchen!«

»Na«, sagt Nike grinsend, »eigne ich mich für die Arbeit im Labyrinth?«

»Ich würde dich auf der Stelle nehmen«, versichert Crazy. »Und zwar gar nicht erst als Sergeantin, die die Newbies durch die ersten Levels begleitet, sondern gleich als getarnte Spielerin, die in einer Gruppe mit gutem Beispiel vorangeht.«

»Von wegen!«, macht der Magier Nikes Traum zunichte. »Uns lässt doch nach dieser Aktion niemand mehr auch nur in die Nähe des Labyrinths!«

Crazy hüstelt, als wollte er etwas sagen, überlegt es sich dann aber anders.

»Ha!«, bringt Pat plötzlich leise heraus. »Das war eine sagenhafte Abfahrt, oder?«

»Einmalig«, bestätigt der Magier.

Pat geht zu Nike und schmatzt ihr einen ungeschickten Kuss auf die Wange, wobei ihn seine Courage ganz klar in Panik versetzt. Nike lächelt, verwuschelt ihm das Haar und gibt ihm einen Kuss zurück.

»Die Jugend heutzutage! Da stören wir Alten nur noch«, säuselt Zuko. »Gut, dann lasst jetzt uns schreien, und zwar alle zusammen!«

Wir brüllen los, um die geglückte Landung zu verkünden. Fünfmal hintereinander. Pat strahlt.

Als Sechster kommt Bastard. Er gleitet sehr langsam und akkurat nach unten. Doch als er das Seil loslässt, zittert er am ganzen Leib. Auf die begeisterten Schreie und Umarmungen Pats reagiert er überhaupt nicht.

Der Siebte ist Maniac. Er saust fast so schnell nach unten wie Nike und ich, allerdings nicht, weil er keine Angst hat, sondern weil er einfach nicht zu bremsen vermag. Wir helfen ihm aus der Schlaufe um seine Taille und sehen uns bedeutungsvoll an. Mich beschleicht ein ungutes Vorgefühl ...

»Wenn Dschingis das mal bloß hinkriegt«, sagt Crazy unvermittelt.

»Mal den Teufel nicht an die Wand!«, fährt Bastard ihn sofort an. »Pass auf, Dsching kommt gleich frisch und fröhlich angesaust, da gehe ich jede Wette ein.«

Natürlich widerspricht ihm niemand.

Allerdings stelle ich mir vor, wie Dschingis da oben steht und unsere Schreie aus der Tiefe hört. Wie er das Stahlseil vor sich sieht, das straff wie eine Saite gespannt zu sein scheint. Die wenigen Lampen, die von den Architekten zur Dekoration im Innern dieses Gebäudes angebracht worden sind, spenden ein nur spärliches Licht ...

Und niemand ist bei ihm.

Er greift nach der Trosse, befestigt die Bremsschlaufe, schnallt sich mit dem Riemen um der Taille fest, umklammert das Seil mit den Beinen, gleitet dabei aber bereits in die Tiefe, gewinnt immer mehr an Fahrt, kann den Fall kaum noch kontrollieren ...

Scheiße! Ich hasse schlimme Vorahnungen! Denn manchmal treffen sie zu!

»Das ist doch alles nur Show hier!«, bringt Pat heraus, wenn auch sehr unsicher. »Selbst wenn Dschingis das nicht schafft ... dann erledigen wir den Imperator eben ohne ihn ... und er platzt vor Neid ...«

Er kichert sogar, aber so verlegen, dass ihm niemand seine Munterkeit abkauft.

»Da kommt er«, sagt Bastard. Er schirmt die Augen mit der Hand ab, als gebe es in diesem Betonkasten Sonne, die ihn blenden würde, und lugt nach oben. »Sieht ganz gut aus ... würde ich sagen ... etwas schneller als Schurka ...«

Ich schweige. Warum soll ich ihn darauf hinweisen, dass schon Maniac zu viel Tempo drauf hatte und vermutlich zehn Prozent Lebenskraft beim Aufprall verloren hat?

»Dsching!«, schreit Pat fröhlich. »Komm schon! Schlaf nicht ein!«

Meiner Ansicht nach tut er das sowieso nicht. Im Gegenteil ...

Dschingis trennt nicht mehr viel von uns, er befindet sich jetzt etwa auf der Höhe eines neunstöckigen Hochhauses.

Und da passiert es.

Dschingis' Arme fliegen auseinander. Die beiden Hälften der Schlaufe sind nirgends zu sehen, aber man braucht nicht viel Fantasie, um zu ahnen, dass sie hinter Dschingis herfliegen.

»Nein!«, schreit Pat und stürzt zum Seil. Bastard packt ihn blitzschnell beim Kragen, sagt aber kein Wort.

Dschingis schießt unterdessen kopfüber zu Boden. Immerhin verkraftet der Riemen um seine Taille, mit dem er an der Trosse gesichert ist, den Ruck und reißt nicht. Doch Dschingis saust quasi im freien Fall nach unten. Was das heißt, wissen wir alle.

»Der Himmel steh ihm bei«, presst Bastard heraus. Pat fängt daraufhin an, ihn verzweifelt zu treten, aber Bastard scheint das nicht einmal zu bemerken.

Dschingis bleiben nur noch wenige Sekunden bis zum Aufprall – da schafft er es, sich wieder ans Seil zu klammern. Vollständig abbremsen wird er selbstverständlich nicht mehr können, aber immerhin ist sein Flug verlangsamt.

Als Dschingis auf dem Beton aufschlägt, bringt er keinen einzigen Ton heraus.

Dafür schreit Pat aus voller Kehle.

Nike stürzt als Erste zu Dschingis. Sie sieht ihn kurz an, holt ein MedKit heraus – ich wusste nicht mal, dass sie noch eins hat – und presst es auf Dschingis' Körper.

»Bitte nicht«, stöhnt Dick und holt sein MedKit heraus.

Nach dem dritten und letzten MedKit, das von Maniac stammt, öffnet Dschingis die Augen.

»Du siehst aus wie ein Zombie«, sagt Pat. Sobald Nike sich um Dschingis gekümmert hat, hat er sich beruhigt. Jetzt schämt er sich offenbar für sein Gejammer in Grund und Boden.

»Kann ich mir vorstellen«, antwortet Dschingis.

Er ist über und über mit Blut beschmiert, was merkwürdig ist, denn eine Wunde ist nirgends zu sehen. Aber die Programme des Labyrinths stellen den Grad einer Verletzung nun einmal auf ebendiese Weise dar. Dschingis' Auge ist geschwollen, seine Handschuhe sind zerfetzt.

»Wieso ist der Riemen gerissen?« Bastard beugt sich über ihn und zerrt ihn mit einer Bewegung hoch. Dschingis schwankt, hält sich aber auf den Beinen.

»Meine Hände sind rausgerutscht«, berichtet Dschingis. »Komisch ...«

»Was soll daran komisch sein?«, will Crazy wissen. »Es ist erstaunlich, dass nur dir das passiert ist.«

»Komisch, dass ich noch lebe.«

»Gibt es noch mehr MedKits?« Nike sieht einen nach dem andern von uns an.

Ich halte Dschingis schweigend das Sandwich hin, das ich dem Magier abgeknüpft habe.

»Danke, aber ich kriege keinen Bissen runter!«

»Das sind fünf Prozent Lebenskraft!«, fahre ich ihn an.

Daraufhin beißt Dschingis mit finsterer Miene in das Brot, zu einer erkennbaren Verbesserung seines Zustands führt die Nahrungsaufnahme jedoch nicht.

»Weißt du was?«, gickelt Pat. »Wir schicken dich voraus, damit du die Monster erschrickst.«

»Auf die müssen wir erst mal stoßen. Gibt es hier einen Ausgang?«

Ohne uns abzusprechen, schwärmen Crazy und ich aus. Ich gehe nach links, er nach rechts. Wir umrunden das Innere dieses Wolkenkratzers und treffen uns bei den anderen wieder. Nirgends gibt es eine Tür.

»Dann erschießt mich!«, verlangt Dschingis. »Ich bräuchte nämlich dringend noch ein paar MedKits.«

»Einen Moment noch.« Crazy geht zu Maniac. »Gib mir deine Bankverbindung.«

Es dauert eine Weile, bis sich auf Maniacs Gesicht ein Grinsen abzeichnet. »Auch die Nummer der Kreditkarte und die PIN?«

»Die kannst du selbst eingeben, wenn du die tausend Dollar abhebst.«

»Tausend Dollar?«

»Heute Morgen habe ich den Aufsichtsrat vom Labyrinth darüber informiert, dass ich für eine Sicherheitsinspektion im Labyrinth Dritte hinzuziehen muss. Du hattest doch den Auftrag zu zeigen, dass man nach wie vor Viruswaffen ins Labyrinth einschmuggeln kann, oder nicht?«

Sogar Dschingis' Laune scheint sich zu bessern.

»Das heißt, wir brauchen nicht mit einer Anzeige zu rechnen?«, präzisiert Maniac.

»Wie kommst du denn darauf? Wenn ihr in unserem Auftrag gehandelt habt ...«, fragt Crazy mit angedeutetem Schmunzeln zurück.

»Den ich euch gestern Abend erteilt habe.«

»Hättest du das nicht eher sagen können?«

»Ich hielt es für besser, das erst jetzt zu tun.«

Ich verstehe Crazy. Wir brauchen dringend etwas, das uns aufmuntert. Bei guten Nachrichten musst du manchmal ebenso auf den richtigen Zeitpunkt achten wie bei schlechten.

»Und dafür kriegen wir tausend Dollar?«

»Neunhundertneunundneunzig, um genau zu sein. Ich bin nicht befugt, Schecks über vierstellige Summen auszustellen.«

Nike lächelt. Für sie ist diese Nachricht von besonderer Bedeutung. Wenn sie zusammen mit uns bei einer illegalen Aktion erwischt worden wäre, hätte sie sich ihren Traum von einem Job im Labyrinth abschminken können.

Auf Pats Gesicht liegt der versonnene Ausdruck eines Menschen, der gerade fremdes Geld ausgibt ...

Während Maniac mit gedämpfter Stimme Crazy seine Bankverbindung diktiert, überlege ich, wo wir uns einen Ausgang sprengen können. Wir bräuchten einen Sicherheitsabstand von zwanzig Metern, um von der Explosion nichts abzukriegen ...

»Dann mal an die Arbeit«, fordert Bastard mich auf. »Die Zeit steht nicht still.«

Ein Schmatzen ...

Ich ziehe den Abzug, und eine Rakete schießt heulend auf die gegenüberliegende Wand zu.

Das Resultat übersteigt unsere kühnsten Erwartungen. Ein gewaltiges Stück kracht aus der Wand, fünf Meter breit und drei Meter hoch.

Aber damit nicht genug. Sirrend reißen an der gegenüberliegenden Wand ein paar Stahlseile. Sie schnellen hoch, als seien sie aus Gummi, und fegen ein paar Röhren zur Seite.

Die ganze Betonnadel zittert.

Über dem Loch erscheint ein Riss, der sich wie eine Schlange nach oben windet.

Nun schwankt das Gebäude bereits. Weit über uns heult etwas auf, dann senkt sich wellenartig Dunkelheit herab: Angefangen bei den Lampen unter der Decke, erlischt eine Birne nach der nächsten.

So viel zum Sicherheitscheck unter Hinzuziehung Dritter!

»Du Idiot! Du und deine dämlichen Spässeken!«, presst Bastard heraus. »Los, Männer! Weg hier!«

Er braucht uns nicht lange zu bitten.

100

Wir laufen geschlossen durch das Loch und stürmen aus dem Haus. Wie Fußballer, die zur ersten Halbzeit aus der Kabine kommen, aufgeräumt, munter und voller Hoffnungen.

Als Zuschauer dienen uns ein-, zweihundert Monster unterschiedlichen Typs. Da gibt es gigantische Schnecken, Echsen und Spinnen. Ein paar der Viecher sind so groß wie ein neunstöckiges Haus. Sie stapfen ungeschickt und stolz die Straße hinunter. Der ganze Haufen ist ausgerechnet in dem Moment an dem Haus vorbeigekommen, als wir herausgerannt sind. Laut Crazy befinden sich unter ihnen keine computergenerierten Biester, sondern ausschließlich andere Spieler.

Den verwirrten Mienen der Monster nach zu urteilen, stimmt das.

Niemand von uns hat die Absicht, es auf ein Kräftemessen mit ihnen ankommen zu lassen, nicht mal unser kampfesfreudiger Teenie. Wir stürzen in die entgegengesetzte Richtung davon, doch da setzt uns die ganze Monsterschar mit einem entschlossenen Aufschrei nach.

Während hinter uns das Gebäude einkracht ...

So muss es gewesen sein, als der Turm von Babel einstürzte. Die Bibel liefert zwar keine genaue Beschreibung des Spektakels, aber meiner Ansicht nach dürfte das Ganze recht schnell vor sich gegangen sein und ziemlich beeindruckend ausgesehen haben. Gott liebt effektvolle Schauspiele, wir Menschen äffen ihn da nur nach ...

Die Monster sind derart versessen darauf, uns zu erwischen, dass sie nicht auf Anhieb begreifen, was hier geschieht. Kein Wunder – dergleichen hat es im Labyrinth noch nie gegeben.

Zunächst setzt ein Steinhagel ein. Einzelne Brocken des Gemäuers prasseln auch um uns herum zu Boden, der Löwenanteil geht jedoch exakt über unseren Angreifern nieder. In der nächsten halben Minute brechen wir sämtliche Sprintrekorde auf kurzer Strecke. Derweil verwandelt sich die Straße hinter uns in einen Steinbruch. Hier sollten mal die Maschinen aus dem neunten Level anrücken, Arbeit fände sich genug für sie!

Eine Weile krauchen noch ein paar der größten Monster aus den Trümmern hervor. Eines dieser Biester, die stark an Trolle erinnern, schleudert uns sogar ein riesiges Mauerstück hinterher. Zum Glück trifft es nicht.

Irgendwann ist der Wolkenkratzer endgültig in sich zusammengestürzt und hat die wackeren Helden im Kampf gegen die terrestrischen Invasoren unter sich begraben.

Wir bleiben erst stehen, als wir einen guten Kilometer hinter uns gebracht haben. Crazy schüttelt fassungslos den Kopf, als er sich die Ausmaße der Zerstörung besieht. Über dem Trümmerhaufen hängt eine pilzförmige Staubwolke.

»Also zerstreute sie der Herr von dort über die ganze Erde«, bringt Nike heraus und holt einmal Luft, um dann fortzufahren: »Und sie ließen ab, die Stadt zu bauen.«

Nicht nur ich muss an die Bibel denken ...

»Warum kannst du eigentlich nie etwas sauber und ordentlich machen?«, fragt Crazy mich, und in seiner Stimme schwingt Schmerz mit.

»Das ist nun mal meine Natur«, rechtfertige ich mich.

»Ob wir wohl Aussicht auf Bonuspunkte haben?«, will Maniac wissen.

»Vergiss es! Das war die gesamte Wache des Imperators!«, schreit Crazy wütend. »Irgendeine Gruppe wird ganz bestimmt dieses Level erreicht haben! Und die spaziert jetzt ungehindert zum Palast!«

»Ist das so schlimm?«, frage ich.

Crazy schweigt kurz, seufzt dann und winkt schicksalsergeben ab. »Geschehen ist geschehen«, sagt er. »Lasst uns zum Palast gehen!«

»Erst müssen wir unsere Daten eingeben!«, wirft Pat ein. »Falls jemand von uns abgemurkst wird ...«

»Nur haben wir diese Möglichkeit nicht. Formal sind wir nämlich gar nicht hier.«

»Was soll das heißen?«, fragt Maniac. »Müssen wir dieses Level etwa in einem Anlauf meistern?«

»Ganz genau. Verbuch das unter den Nachteilen, die dein Weg mit sich bringt.«

»Scheiße«, sagt Schurka. »Dann müssen wir jetzt erst mal Ausrüstung finden ... gute Waffen, MedKits und kugelsichere Westen.«

»Nur wirst du nichts davon finden! Das letzte Level musst du mit dem durchlaufen, was du hast.«

Daraufhin schweigen wir alle. Irgendwann räuspert sich Bastard laut und verkündet: »Wir haben unser Ziel also erreicht. Aber ob wir deshalb Grund zur Freude haben ...?«

Er hätte die allgemeine Meinung nicht treffender formulieren können.

Der Palast des Imperators ist recht klein, fast nur ein lauschiges Häuschen aus schwarzem Stein.

Hinter den Bäumen eines Parks verborgen, nehmen wir ihn in Augenschein. Diese Bäume sind komisch, haben bizarre Formen und bunte Blätter. Um sie herum flattern Schmetterlinge von der Größe einer Hand. Als wir die Tiere zum ersten Mal gesehen haben, haben wir sofort zu den Waffen gegriffen, doch Crazy hat uns abgehalten und erklärt, die Schmetterlinge seien nicht gefährlich. Und auch die Bäume nicht. Tatsächlich verströmt der Ort mit seinem lilafarbenen Himmel, den bunten Blättern und dem tiefblauen Wasser der Seen Ruhe und Frieden. Nirgends ist eine Falle auszumachen. Vor dem Palast steht auch keine Wache, denn der Imperator hat keinen Schutz nötig.

Jetzt warten wir.

»Und du bist sicher, dass der uns abmurkst?«, will ich von Crazy wissen.

»Ja. Das ist kein Mensch, das ist ein Programm. Jeder, der den Park betritt, wird in seine Datenbank aufgenommen. Er handelt jedoch nie impulsiv ...«

Die Trägheit des Imperators ist unsere Chance. Wir warten darauf, dass er den Palast verlässt – und wir seine Aufmerksamkeit dann auf das Team lenken können, das wir noch in diesem Level entdeckt haben. Sollte es zu einem Kampf zwischen diesen beiden Parteien kommen, haben wir eine Chance, uns in den Palast zu schlagen.

»Sie kommen«, verkündet Maniac erleichtert. Er hat den Parkeingang im Auge behalten, ein hohes Tor in einem schmiedeeisernen, verzierten Zaun.

»Er kommt«, rapportiert auch Crazy.

Das Team, das den Park betritt, kenne ich nicht. Meine frühere Gruppe kämpft sich bestimmt immer noch durch die Levels. Die Leute sterben und werden wiedergeboren, erschrecken ihre Freunde mit Erzählungen von »*solchen* Mücken« und von »Schlangen, die alle Gift spucken«. Das Ende des Labyrinths ist für sie noch längst nicht in Sicht. Ich hätte also nicht so schlecht von ihnen denken sollen. Ich hätte nicht einen von ihnen zu verdächtigen brauchen, der Dark Diver zu sein.

Die Gruppe, die jetzt anrückt, muss vor einem oder zwei Monaten zu ihrem Kreuzzug aufgebrochen sein. Es sind mehr als ein Dutzend. Männer, Frauen und ein Mädchen im Teeniealter. Wer sie eigentlich sind, wie alt sie wirklich sind, welches Geschlecht und welche Muttersprache sie haben – das werden wir nie erfahren. Für uns sind sie weder Freunde noch Feinde. Sie sind lediglich Kanonenfutter.

Und das Futter muss nicht unbedingt wissen, für welchen Schlund es bestimmt ist.

Der Imperator, dessen Tod das Ziel dieses Spiels ist, ist gerade aus dem Palast getreten ...

Die Entwickler haben sich bei ihm einen Spaß erlaubt, denn er ist nicht einfach bloß anthropomorph gestaltet – es *ist* ein Mensch. Er trägt eine schneeweiße Toga, ist groß gewachsen, hat blondes Haar und aparte Gesichtszüge. Vermutlich hat er blaue Augen. Er ist der Fleisch gewordene Traum der Nazis.

Und genauso todbringend wie der Nationalsozialismus.

»Laut der Spiellegende«, murmelt Crazy, »haben Außerirdische vor vielen Tausend Jahren Kinder der Erde entführt, um aus ihnen den Imperator zu züchten. Er sollte über gewaltige Kraft und grausame Stärke verfügen. Und die Menschen sind nun einmal die vollkommensten und todbringendsten Wesen im ganzen Universum. Hinter dem Ganzen steht also ein zutiefst philosophischer und symbolischer Gedanke ...«

Tiefe, Tiefe, ich bin nicht dein ...

Ich musterte den Imperator, um mir ein Bild von unserem Gegner zu machen. Bisher ließ sich kaum etwas sagen, da ich ja nicht wusste, wie schnell er sich im Kampf bewegen oder welche Waffen er einsetzen würde. Doch selbst die langsamen Bewegungen der gezeichneten Figur entbehrten nicht einer gewissen raubtierhaften Grazie. Das war schlecht.

»Das Ziel des Spiels besteht nicht bloß darin, den Anführer der Feinde zu töten. Jeder Spieler weiß, dass er mit dem Imperator eigenhändig seinen Vater, Bruder, Sohn oder Freund tötet. Insofern propagiert das Labyrinth auch keine Gewalt und Fremdenfeindlichkeit, im Gegenteil, denn gegenüber dem ...«

Ich hatte genug gesehen.

Deep.

Enter.

»Wir konnten der Kommission des Kongresses stichhaltig beweisen, dass wir keineswegs Gewalt und Grausamkeit predigen ...« Crazys Stimme wird immer nervöser. Der Imperator hält in seinem Flanierschritt stur auf uns zu. Die andere Mannschaft ignoriert er vollständig.

Zum Glück bemerkt sie ihn aber ...

Drei aus der Gruppe lassen sich gut eingespielt aufs Knie nieder und richten die Läufe ihrer Raketenwerfer auf den Imperator. Hinter ihnen legen ihre Mitspieler die Waffen an. Ein paar dieser bizarren Schießeisen hätte ich mir nicht mal in besoffenem Zustand ausdenken können.

Das ferne Schmatzen, mit dem die Raketenwerfer geladen werden, höre ich nicht. Aber innerlich zähle ich mit.

Jetzt muss die dritte Rakete im Lauf stecken, die vierte, die fünfte ...

Ich mache mich auf einiges gefasst ...

Das ist wirklich ein perfekt abgestimmtes Team. Sie feuern alle gleichzeitig.

Eine Flammengarbe schießt dem Imperator entgegen.

Achtzehn Raketen, plus die anderen Waffen. Das gibt einen Ring aus blauem Licht, Bündel blauer Nadeln, Flammenklumpen, rotierende Klingen, Flatschen eines giftgrünen Gels ...

»Jetzt!«, schreit Crazy, als der Imperator wieder unter dem Feuersturm auftaucht. Er ist unverletzt und hat nicht den geringsten Schaden davongetragen, nicht einmal die blonden Locken sind zerzaust. Nun hält er mit leichten, geradezu tänzelnden Schritten auf die andere Gruppe zu.

Wir haben genau durchgesprochen, wie es nun weitergehen soll.

Als Erster stürmt Dschingis los. Da er immer noch mehr tot als lebendig ist, soll er den Palast auskundschaften. Der Imperator kümmert sich nicht weiter um ihn.

Das andere Team ist ebenfalls viel zu sehr mit dem Kampf beschäftigt, als dass sie auf Dschingis achten würden. Es hat lange Wochen gedauert, zum Imperator vorzustoßen. Dafür mussten sie das schwierigste Spiel in der Geschichte der Menschheit durchlaufen. Sie mussten gegen computergenerierte Monster antreten, die zwar nicht denken können, aber dafür auch keine Fehler machen, und sie mussten sich gegen Menschen durchsetzen, die sie für ihre Konkurrenten hielten. Und schließlich mussten sie gegen Monster kämpfen, in denen Menschen steckten.

Jetzt steht der Imperator vor ihnen.

Diese Spieler würden Crazys Auffassung, das Labyrinth erziehe zu Menschenliebe und Toleranz, vermutlich uneingeschränkt zustimmen. Nach dem Spiel.

Erneut fallen Schüsse.

Drei Spieler stürzen sich auf den Imperator. Vielleicht wollen sie ihn in einen Nahkampf verstricken, vielleicht wollen sie sich aber auch opfern und ihn dadurch von ihren Mitspielern ablenken.

Der Imperator hebt eine Hand, als winke er von einer Tribüne herunter. Daraufhin löst sich von seinem Handteller eine Kette weißer Feuer und hüllt die drei Angreifer ein. Ihre Schreie gehen in den Explosionen fast unter. Der idyllische Park steht bereits in Flammen. Die überdimensionalen Schmetterlinge klappen die Flügel zusammen und lassen sich ins Gras fallen. Einer landet direkt vor meiner Nase und bohrt sich mit wenigen Bewegungen in den Boden.

Sind die etwa so programmiert?

Oder haben die das selbst entwickelt? Denkbar wäre es ...

»Los!«, rufe ich.

Jetzt springen Crazy, Pat, Nike und ich auf und sprinten zum Palast des Imperators.

Die anderen übernehmen die Verteidigung.

Wir könnten dem Imperator nichts entgegensetzen. Entweder die andere Gruppe tötet ihn – oder er vernichtet unsere Deckung. Aber wir sind ja auch nicht hier, um gegen einen computergenerierten Feind zu kämpfen. Unser Feind ist höchst real, unser Ziel ebenso. Maniac, Bastard und Zuko wissen genau, dass sie sterben werden.

»Zum Thronsaal«, keucht Crazy. »Wir müssen den Thron vernichten ... das gehört nicht zum Spiel, deshalb würde das nie jemand machen ... Dafür brauchen wir mindestens fünf Raketen ...«

Dschingis signalisiert uns bereits, dass die Luft rein ist.

Der Imperator beendet gerade seinen Kampf gegen die andere Mannschaft.

Auf einen markerschütternden Schrei hin drehe ich mich im Laufen um. Der Imperator mordet die Spieler mit bloßen Händen. Er schnappt sie sich einfach, schüttelt sie und wirft leblose Puppen mit gebrochenen Knochen zu Boden. Gerade erledigt er das Mädchen.

Nur gut, dass der Loser vor zwei Jahren, als ich ihn aus dem Labyrinth herausgeschleust habe, nie das Ende des Spiels erlebt hat. Wer auch immer er gewesen sein mag – es ist besser, wenn er unsere Spiele nicht sieht.

Dabei sind wir im Grunde gar nicht so schlecht. Wir haben nur dämliche Spiele.

In dieser Sekunde eröffnet Bastard das Feuer.

Was ihn dazu veranlasst hat, weiß ich nicht. Wir haben ausgemacht, dass sie warten sollen, bis der Imperator mit allen Spielern aus dem anderen Team fertig ist. Trotzdem springt Bastard jetzt hoch und fängt an zu schießen – aus einer lächerlichen Pistole, mit der du nicht mal ein normales Monster auf Anhieb ausschaltest.

Der Imperator dreht sich um und wirkt irgendwie fassungslos. Es kommt zu einer Lichtexplosion, seine Augen scheinen auf wie blendende Projektoren.

Und das war bestimmt noch nicht das letzte Ass, das er aus dem Ärmel gezogen hat.

Schade, dass Bastard diesen Auftritt in keiner Weise würdigen kann.

Der Hacker ist im Nu verkohlt. Rund eine Sekunde hält er sich noch auf den Beinen, dann trägt eine Windbö seine Aschewolke davon.

Was für ein schneller, eindrucksvoller und völlig absurder Tod.

Dabei bin ich mir aus irgendeinem Grund sicher gewesen, Bastard würde uns alle überleben!

Jetzt haben auch wir den Palasteingang erreicht. Pat will sich nach den anderen umdrehen, doch ich stoße ihn mit einem ordentlichen Schubs hinein. Das ist kein Anblick für ihn.

Maniac und Zuko stehen inzwischen auch in Flammen, die noch übrigen Spieler des anderen Teams ebenso. Täusche ich mich oder sind die Bewegungen des Imperators nun etwas langsamer?

Nike und Crazy schlüpfen Pat hinterher in den Palast. Ich nicke Dschingis zu. »Los, rein!«

»Ich bleibe hier!«

»Hast du jetzt völlig den Verstand verloren?!«

»Das ist ein Spiel!«, brüllt Dschingis mich an. »Wach auf, Diver! Such den Eingang zum Tempel! Das hier ist doch bloß ein Spiel! Fun! Los, geh, ich verschaff euch noch mal zehn Sekunden!«

Ich klopfe ihm auf die Schulter und husche in den Palast.

Er hat recht. Und ich Idiot habe viel zu lange irgendwelche Spielchen gespielt.

Der lange Gang ist lausig kalt. An den Wänden ziehen sich Flachreliefs dahin, die irgendwelche Wappen darstellen. Meine Freunde warten schon ungeduldig auf mich.

»Weißt du, wo der Thronsaal ist?«, frage ich Crazy. Der nickt nur, und wir stürmen weiter.

»Die anderen werden dem Imperator schon einheizen!«, bringt Pat ohne sonderlich große Überzeugung heraus. Er hält den Raketenwerfer im Anschlag, als erwarte er, jeden Augenblick in einen Hinterhalt zu geraten. Die Mühe könnte er sich sparen. Crazy hat uns versichert, im Palast wäre niemand. »Bastard hat mir gesteckt, dass alle Monster eine Schwachstelle haben. Er würde auch wissen, wo ...«

Der Gang mündet in einen runden Saal. Dick tastet die Wand ab und drückt einen unscheinbaren Knopf. Erst da begreife ich, dass es sich bei diesem Raum um einen Fahrstuhl handelt.

Wir werden langsam und feierlich nach oben getragen.

»Vielleicht sollte man nicht gleich auf den Imperator schießen?«, wende ich mich nach Atem ringend an Dick. »Vielleicht sollte man erst einmal über Frieden und Freundschaft mit ihm reden, versuchen, ihn von diesen Werten zu überzeugen ...«

Crazy lächelt müde. Er ist viel zu blass. Außerdem fasst er sich immer wieder an die linke Brust. »Mit dem Imperator kannst du nicht reden. Er würde nichts von alldem verstehen. Diese Möglichkeit ist ihm nicht eingespeist, bei ihm handelt es sich um ein reines Angriffsprogramm.«

»Das war ein Fehler, diese Möglichkeit nicht zu programmieren ... Was ist mit seinen Schwachpunkten?«

»Seine Wadenbeine«, antwortet Crazy völlig ernst. »Und die Schläfen. Außerdem ... aber ein Angriff bringt eh nichts. Selbst diese andere Mannschaft hatte zu schwache Waffen. Und wir ...« Der Fahrstuhl bleibt stehen.

»Das ist der Thronsaal«, verkündet Crazy erleichtert. Wir betreten einen monumentalen, rautenförmigen Saal. Er ist sehr streng gehalten, verzichtet auf jeden Prunk. Nur der Thron in der gegenüberliegenden Ecke ragt aus dem Interieur heraus. Es ist ein riesiges Ding aus silbern funkelndem Metall.

Und mit einem Wachtposten auf jeder Seite!

Die beiden Monster haben nicht mit uns gerechnet. Wahrscheinlich hat bisher noch nie jemand versucht, in den Palast vorzudringen, denn das ist ja nicht das Ziel des Spiels. Den ersten Schuss gibt Pat ab. Mit ihm reißt er das Reptil unter den beiden Wachen in blutige Fetzen. Die schneckenförmige Kreatur zögert ein paar Sekunden, bevor sie den Kopf nach hinten wirft und uns ihren giftigen grünen Speichel entgegenspuckt.

Doch der erreicht uns nicht. Zischend verdampft er auf den Marmorfliesen des Fußbodens.

»He, du abgebrochener Sir Max!«, ruft Pat verächtlich und gibt den zweiten Schuss ab. Die Schnecke gleitet geschmeidig zur Seite. Daraufhin eröffnet auch Nike das Feuer. Ihr Nadelwerfer verwandelt das Monster in ein krampfhaft zuckendes Sieb.

»Der Traum eines jeden Intelligenzlers aus Sowjetzeiten. Du brauchst deinen Feind nur anzuspucken, und schon verreckt er. Ob unsere russischen Programmierer hier die Finger im Spiel hatten?«, bemerkt Nike mit einem Blick auf Pat. »Das hast du gut gemacht.«

Hinter uns wackelt der Aufzug und fährt wieder in die Tiefe.

»Vielleicht kommt Dschingis ja doch noch?«, fragt Pat leise.

»Darauf würde ich nicht hoffen.« Crazy nickt Richtung Thron.
»Los jetzt! Wir brauchen fünf Raketen!«
Pat und ich schießen gleichzeitig. Zwei Raketen. Vier. Sechs. Die letzte sicherheitshalber.
Die Metallkonstruktion scheint zu implodieren. Verkohlte Metallstücke lösen sich wie Blütenblätter von ihr ab und fliegen durch den Raum. Im Innern dieser Blume zuckt ein purpurrotes, atemberaubendes Licht.
»Schnell!«
Crazy und Nike stürzen zum Eingang, Pat wirft noch einen hoffnungsvollen Blick Richtung Fahrstuhl. Der nähert sich bereits wieder.
Ich packe den Jungen am Kragen und ziehe ihn zum zerstörten Thron.
»Da sind Dschingis und Bastard!«, schreit Pat stur.
»Die beiden sind längst tot!«, erkläre ich unumwunden und stoße Pat in den lichterfüllten Eingang. Er verschwindet genauso spurlos, wie vor ihm schon Nike und Crazy verschwunden sind.
Als ich ihm nachspringe, habe ich dem Fahrstuhl das Gesicht zugekehrt. Da tauchen gerade die blonden Locken auf, unter denen mit sengendem Feuer die blauen Augen lodern.
Du kommst zu spät, Freundchen.

Alles ist dunkel. Um mich herum wabert grauer Nebel. Ich bin teilweise auf Pat gefallen, der sich nun unter mir windet.
»Leonid?« Crazy hilft mir aufstehen. »Da wären wir also«, verkündet er mit einem schiefen Grinsen.
Da wären wir also – im nebligen Nichts. Hier gibt es nur den festen Boden unter unseren Füßen, hier gibt es nur uns vier. Und den Nebel. Ein Déjà-vu vom Feinsten.
»Was ist das?«, frage ich, als ich Pat hochhelfe. Der schnauft empört und schüttelt mich ab.

»Das ist … eine Pause«, antwortet Crazy. »Der Tempel braucht eine gewisse Zeit, um sich aufzubauen. Aber keine Sorge, es ist alles, wie es sein soll.«

»Und wie kommen wir rein? Du hast gesagt, man müsse einen Test absolvieren – ob du auch wirklich ein Diver bist.«

»Stimmt«, erwidert Crazy. »Aber der ist simpel. Wir kommen schon in den Tempel. Wenn auch nur wir zwei.«

Ich sehe Nike an.

Sie hält ihren Nadelwerfer nach wie vor im Anschlag.

Und auch ich nehme den Finger nicht vom Abzug.

»Senk die Waffe, Nike«, verlange ich.

Sie hat einen entschlossenen Blick. Einen äußerst entschlossenen und hoch konzentrierten Blick. »Ist das dein Ernst, Revolvermann?«

»Mein völliger. Nicht dass du am Ende noch auf die Idee kommst, allein in den Tempel zu gehen.«

»Verlier jetzt nicht die Nerven, Ljonka«, ermahnt mich Crazy. »Den Tempel kann nur ein Diver betreten …«

Nike deutet ein Lächeln an.

»Dick!«, sage ich nachdrücklich. »Denk doch bitte mal daran, wie sie die Trosse runtergekommen ist! Sie ist ein Diver, Crazy! Genau wie du und ich!«

Nike beugt sich vor, legt die Waffe auf den Boden und hebt die Hände. »Hört mal, Leute, ich habe nicht die Absicht, auf euch zu schießen! Schließlich haben wir alle das gleiche Ziel.«

Pat reißt die Augen auf und fängt an zu zittern. Ich weiß genau, was er denkt.

O ja, das ist vermutlich keine schöne Entdeckung. Er hat Nike für eine Freundin gehalten, sich vielleicht sogar auf kindliche Art ein wenig in sie verliebt …

Und jetzt schwant ihm, dass seine Freundin eine Feindin ist.

Der Dark Diver.

»Ihr macht da alle einen Fehler …«, bringt Nike leise heraus.

Crazy steht heute irgendwie auf der Leitung. Trotzdem richtet auch er seine Waffe auf die Frau.

»Du bist ein Diver«, stoße ich aus.

»Ja. Genau wie ihr zwei. Und? Ist das ein Grund, mich umzubringen? Dann nur zu!«

Wir sehen uns an – und da höre ich, wie es schmatzt.

Ich schaffe es gerade noch, den Lauf von Pats Waffe herumzureißen, sodass die Rakete in den Nebel schießt. »Lass das!«

»Die hat meine Kiste auf dem Gewissen!«, schreit Pat, dem Tränen über die Wangen laufen. »Die, die ...«

Es geht ihm gar nicht um seinen Rechner. Am liebsten würde er sich jetzt selbst erschießen, seine Zuneigung zu Nike abknallen, die Dankbarkeit für ihre Hilfe, die Solidarität ... am liebsten würde er jene Minuten ungeschehen machen, als er an ihr gehangen hat, fast ohnmächtig, wegen der Höhe und wegen des Frauenkörpers in seinen Armen ...

»Pat! Überstürze nichts!«, verlange ich eindringlich. »Niemals!«

Und dann geht es los.

Licht blitzt auf, der Nebel verzieht sich.

Vor uns materialisiert sich der Imperator.

Eine ganze Weile steht er bloß da, als sei er kein Programm, das nur eine Fähigkeit hat: zu töten. Er sieht sich um, dreht genau wie ein Mensch den Kopf von einer Seite zur anderen.

Crazy Tosser weicht mit stierem Blick einen Schritt zurück.

Er weiß, dass der Dark Diver nicht hier sein dürfte ...

Nike hebt bereits ihre Waffe auf. Da sie hinter dem Imperator steht, sieht er sie nicht.

Das dauert alles zu lange!

Tiefe, Tiefe, ich bin nicht dein ...

Krampfhaft zog ich die Maus über den Tisch. Es wäre zwar bequemer, die Bewegungen mit dem Sensoranzug nachzuvollziehen, aber die Maus war nun mal schneller.

»Wer seid ihr?«, fragte der Imperator, der doch eigentlich gar nicht sprechen kann, mit monotoner Stimme.

Daraufhin drückte Crazy Tosser ab.

Die Klingen schossen wie ein silbernes Band aus dem Gewehr und hackten dem unverwundbaren Imperator den linken Arm ab.

Entweder musste er halb tot zu uns gekommen sein – oder er war nur im Park unverletzlich.

Doch so oder so, seine Kampfkraft hatte nicht gelitten: Er antwortete mit einer Explosion. Crazy verkohlte auf der Stelle, bis ihm das völlig intakte Gewehr aus der Hand fiel, die sich in Asche aufgelöst hatte.

Habe ich dir gesagt, Pat, du sollst nie überstürzt handeln? Da habe ich mich geirrt.

Ich brachte das Fadenkreuz auf Schläfenhöhe. Der Imperator schien das zu spüren, denn er sprang zur Seite, packte mit seiner unverletzten Hand Pat und schob ihn als Schutzschild vor sich. Aus dem Stumpf tropfte Blut, aus dem Gesicht des Imperators wich alle Farbe.

Brachte ein Programm, das sich ständig vervollkommnet, dergleichen hervor?

»Wer bin ich?«, fragte der Imperator.

Da wusste ich, dass mir gleich die Nerven durchgehen würden.

Wir haben alle zu lange in der *Tiefe* unsere Spielchen gespielt. Wir basteln uns Interfaces, die sich anpassen, wir zimmern uns computergenerierte Diener zurecht, die von ihrer Sache bald mehr verstehen als jeder lebende Mensch.

Was wird aus einem Programm, das tagein, tagaus Menschen umbringt und selbst umgebracht wird? Ein Programm, das ununterbrochen läuft und bei Bedarf auf die schier unerschöpflichen Ressourcen aus dem Netz zurückgreift. Ein Programm, das auf jede neue Taktik und Strategie seines Gegners reagieren soll, das die Reaktion eines Menschen adäquat einzuschätzen, das Gespräche zu belauschen und zu verstehen hat, das seinem Gegner nicht nur harte und exakte, sondern auch psychologisch vernichtende Schläge beibringen muss.

»Schieß, Ljonka!«, schrie Pat.

Ganz am Anfang – war dem Imperator da tatsächlich die Fähigkeit zur Geiselnahme eingespeist worden? Oder die Möglichkeit, Friedensverhandlungen zu führen?

»Schieß!«

Ich sah auf den Bildschirm und beobachtete, wie sich das Licht in den Augen des Imperators sammelte. Der gezeichnete Imperator hielt den gezeichneten Pat gepackt, aus einer gezeichneten Wunde strömte gezeichnetes Blut. Momentan waren sie beide gleichermaßen irreal, gaben sie beide nur Comicfiguren ab. Die eine Puppe wurde von einem Jungen gesteuert, der sich gerade im Zustand einer Deep-Hypnose befand, die andere von einem Programm.

Verhandle nie mit Terroristen ...

Ich drückte ab.

Die Explosion warf mich zu Boden. Der Sensoranzug beulte leicht ein, auf diese Weise den Aufprall imitierend.

Deep.

Enter.

Ein Regenbogen im grauen Nebel ...

Ich stehe auf und presse den Raketenwerfer an mich. Ich glaube, er ist inzwischen leer ... nein, eine Rakete steckt noch drin ...

Um mich herum sind die Überreste des Imperators und von Pat verstreut. Ein Würgereiz packt mich.

»Leonid ...«

Ich drehe mich um und sehe Nike in die Augen.

Bei der Explosion hat auch sie etwas abbekommen. Sie kniet auf dem Boden und hält die Waffe auf mich gerichtet.

»Du hast alles richtig gemacht«, erklärt sie. »Pat ist ein kluger Junge, er hatte völlig recht, als er gesagt hat, du sollst schießen. Denn all das ist nur Fiktion. Es ist ein Spiel. Es ist die *Tiefe*. Hier stirbt niemand wirklich. Und die Hauptsache ist doch, dass jemand in den Tempel gelangt.«

»Und wer von uns beiden wird das sein?«, frage ich. Mein Finger ruht auf dem Abzug des Raketenwerfers. Wenn wir beide gleichzeitig abdrücken, wer stirbt dann schneller? Und wie sieht es aus, wenn ich als Erster schieße?

»Kommt es denn darauf an?«

»Worauf sollte es sonst ankommen?«

»Endlich den Brief in Händen zu halten. Herauszukriegen, was Dibenko der Welt verheimlicht.«

»Aber für mich ist es auch wichtig, in den Tempel zu gehen«, sage ich.

»Das verstehe ich doch, Revolvermann. Allerdings hast du das schon öfter versucht ...«

»Wer bist du?«, will ich wissen. »Wer bist du, Nike?«

»Wenn du nicht selbst darauf kommst ...«, erwidert sie nach einer kurzen Pause lächelnd.

»*Ich* gehe in den Tempel!«, verkünde ich – und drücke den Abzug.

Nike bleibt eine halbe Sekunde, bis die letzte Rakete in den Lauf gleitet, dann noch mal eine halbe Sekunde, bis die Rakete die fünf Meter zwischen uns zurückgelegt hat. Das ist mehr als genug Zeit, um mich in ein Sieb zu verwandeln ...

Nur schießt sie nicht!

»Nein!«, schreie ich, als die Feuerfontäne im Nebel explodiert.

Aber selbst in der *Tiefe* kann man nicht alles ungeschehen machen.

Nun stehe ich allein im Nebelmeer, neben einem Häufchen Asche, das einmal Crazy Tosser war, neben blutigen Klumpen, zu denen die Menschen und der computergenerierte Imperator zerfetzt worden sind.

Ich bin ganz allein.

Aus irgendeinem Grund bist du am Ende immer ganz allein.

Ich lasse den Raketenwerfer fallen. Den würde ich jetzt mit Sicherheit nicht mehr brauchen.

Ich weiß, was ich tun muss, aber ich weiß nicht, wie das gelingen soll.

Crazy hätte es vielleicht gewusst, doch ihn gibt es nicht mehr.

Sobald ich den ersten Schritt mache, scheint sich das Schlachtfeld in Luft aufzulösen. Es bleiben nur der Nebel und die Dunkelheit.

Ich bin allein mit meinem Alptraum.

Ich mache den nächsten Schritt. Und noch einen. Zunächst musst du auf gut Glück losgehen. Wenn du dann in der Ferne das Licht sieht, darfst du dich beglückwünschen, die richtige Richtung gewählt zu haben. Dabei weiß ich genau, dass dieses Licht immer auftaucht.

Egal, welche Richtung ich einschlage.

101

Hinter der *Tiefe* steckt mehr, als es auf den ersten Blick den Anschein hat.

Sicher, ihre Grundlage ist klar und simpel. Die virtuelle Stadt Deeptown verbindet verschiedene dreidimensionale Welten miteinander. Du hast die Möglichkeit, dich in dieser Stadt zu bewegen, mit anderen zu kommunizieren und zu agieren, indem du dir entweder einen teuren VR-Anzug und einen Helm zulegst oder Tastatur und Maus benutzt. Das Deep-Programm reduziert die Unterschiede zwischen beiden Varianten auf ein Minimum und zwingt dich zu glauben, du würdest tatsächlich durch eine reale Welt gehen. Dieses Programm ist die größte Zauberin in der virtuellen Welt.

Und dann gibt es eben noch etwas. Etwas, das es einem Diver gestattet, die Fehler in fremden Programmen als offene Türen und schiefe Zäune wahrzunehmen und die *Tiefe* jederzeit zu verlassen.

Vor zwei Jahren habe ich persönlich dann noch geglaubt, an eine neue Grenze vorgestoßen zu sein.

Da bin ich nämlich ohne jeden Computer in die *Tiefe* gegangen. Da bin ich in der Lage gewesen, durch jede Wand zu gehen und in der *Tiefe* alles zu tun, was ich mir nur vorzustellen vermochte.

Doch jeder Traum endet einmal. Leider.

Und so stellte ich beim Aufwachen fest, dass alles nur eine Deep-Psychose gewesen war. Ich hatte mir meine einmaligen Fähigkeiten lediglich eingebildet, hatte aus mir einen Superman der virtuellen Welt gemacht. Es war, wie Vika es nannte, eine Überkompensation.

Doch ich habe mich daran gewöhnt, mit dieser Deep-Psychose zu leben.

Das ist nicht schwer – seit die Zeit der Diver vorbei ist.

Und selbst damals hatte ich nicht alles nur zusammenfantasiert. Den Loser hatte es wirklich gegeben. Und so lange er in der *Tiefe* war, bin ich imstande gewesen, kleine Wunder zu vollbringen – auch wenn ich nur geleuchtet habe, weil ich mich in seinem Licht gespiegelt habe. Denn all das, was ich sein wollte, steckte in ihm, wer auch immer er gewesen sein mochte, ein Außerirdischer von fernen Sternen oder das Produkt der Netzintelligenz oder ein Zeitreisender. Doch so oder so war er der Inbegriff aller Kraft, Wunder, Heldentaten und Abenteuer.

Dann ist er fortgegangen, und ich bin zurückgeblieben. Als derjenige, der ich immer schon gewesen bin. Als Ex-Diver. Als lebender Loser.

Die Frage ist nur, warum ich dann jetzt vor einer Brücke stehe, warum ich seit Monaten davon träume.

Warum ausgerechnet sie mich zum Diver-in-der-*Tiefe*-Tempel bringt.

Diese Haarbrücke, die ich nicht zu überqueren vermag.

Gibt es sie nun oder gibt es sie nicht?

Wie soll ich all das erklären? Ist es ein neuer Anfall, eine Halluzination, ein unmöglicher Zufall?

Oder ist doch ein Teil meiner Vergangenheit zu mir zurückgekehrt?

Ich weiß es nicht.

Die linke Wand besteht aus blauem Eis, die rechte aus purpurrotem Feuer. Wie lange versuche ich nun schon, zwischen ihnen hindurchzubalancieren? Ich habe alles probiert, was man sich nur vorstellen kann! Aber dort, am Ende der Schlucht aus Feuer und Eis, dort schimmert ein echtes warmes Licht. Dort steht der Tempel. Ein Stück aus einer untergegangenen Zeit. Eine Antwort auf zukünftige Fragen.

Ich muss diese Brücke bewältigen. Das ist meine Pflicht. Und ich habe nur einen Versuch ...

Ich setze einen Fuß auf den Faden. Er ist straff wie eine Saite gespannt, er bildet eine dünne Linie zwischen Wahrheit und Lüge, eine Brücke zwischen dem Guten und dem Bösen, er dient mir als Fährmann, der mich von der Vergangenheit in die Zukunft übersetzt ...

Die Antwort ist zum Greifen nahe. Crazy hat behauptet, der Test wäre simpel. Jeder Diver würde ihn bestehen. Das ist schließlich keine Falle, kein für den Feind gedachter Hinterhalt. Es ist ein einfacher Test, um Freund von Feind zu scheiden.

Ich bin ein Freund. Ich bin ein Diver – und deshalb werde ich diesen Test bestehen.

Die linke Felswand tötet dich langsam und Stück für Stück. Sobald du sie berührst – weil du Halt suchst, weil du nicht fallen willst –, schmiedet die Kälte deine Hände fest, kriecht zu deinem Herzen, gefriert dein Blut.

Ich will kein Eis!

Die rechte Wand ist gütiger. Sie tötet dich im Nu, noch ehe du den Schmerz spürst, hast du dein Leben ausgehaucht. Sie kommt als Feuerkuppel daher, als großzügige Flamme, sie schenkt dir die Freiheit, zu Asche zu werden.

Aber ich will auch kein Feuer!

Dieser Test ist simpel. Er *muss* simpel sein! Ein Austritt aus der *Tiefe* würde mir nicht weiterhelfen, das habe ich bereits ausprobiert. Dann verschwindet lediglich die Brücke, das Feuer und das Eis bleibt jedoch.

Was habt ihr euch ausgedacht, Leute?

Was muss ich begreifen, um diese Brücke, die sich über einen endlosen Abgrund spannt, überqueren zu können?

Oder soll ich vielleicht anders an die Sache herangehen?

Was kann ich nicht mehr?

Was habe ich verloren, als ich mir diese Deep-Psychose eingefangen habe?

Die Möglichkeit, die Löcher in fremden Programmen zu sehen? Aber die haben alle verloren, auch diejenigen, die den Tempel gebaut haben ...

Den Kontakt mit der Realität?

Dito. Ich kann die *Tiefe* jederzeit verlassen, ich will es nur nicht mehr.

Nein, die Antwort ist ... dass ich aufgehört habe, an die Irrealität der *Tiefe* zu glauben. Dass sie für mich zum realen Leben geworden ist. Dass sie mir inzwischen alles ersetzt. Oder zumindest fast alles.

Dabei ist die *Tiefe* nach wie vor nur ein Spiegelbild der Welt.

Denn in den funkelnden Wolkenkratzern und all den prachtvollen Palästen steckt viel zu wenig Mühe. In den märchenhaften Gärten und Parks gibt es allzu oft schönes Wetter. In den designten Gesichtern entdecke ich zu selten lebendige Augen.

Die *Tiefe* ist ein Spielzeug, das wir in Händen halten.

Sie ist gut, sie ist schlecht – sie ist gleichgültig.

Dieser graue Nebel, das Feuer und das Eis, dieser Faden über der Schlucht – all das ist bloß Fiktion. Eine Zeichnung auf dem Bildschirm. Und der endlose Abgrund unter mir ist ebenfalls ein Trugbild. Es sind eingebildete Ängste.

Ich bewege mich, mache einen vorsichtigen Schritt vorwärts, stelle einen Fuß auf die Saite, während ich den anderen auf dem soliden und festen Boden lasse.

Ich muss diesen Weg bis zum Ende gehen.

Es übersteigt jedoch die Kräfte eines Menschen, einen Kilometer über ein hauchzartes, vibrierendes Haar zurückzulegen. Und meine Diver-Fähigkeiten ändern daran nicht das Geringste – denn die Brücke schmilzt unter meinen realen Füßen.

Ich darf nicht warten, bis sie sich in Luft auflöst.

Ich darf nicht zögern, bis meine Kräfte schwinden.

»*Tiefe, Tiefe ...*«, murmle ich, als ich einen weiteren Schritt mache. »*Tiefe, Tiefe, du bist mein.*«

Tiefe, Tiefe ... ohne uns bist du nichts.

Und so laufe ich neben dem Faden entlang, in den Abgrund. Ins Nichts.

Die linke Wand besteht aus blauem Eis, die rechte aus purpurrotem Feuer ...

Der Wind peitscht mir ins Gesicht, sengend und eisig zugleich.

Wie gern möchte ich einen der Felsen berühren, sei es den aus Feuer, sei es den aus Eis! Den Fall unterbinden, diesen endlosen Flug beenden!

Doch genau das wäre mein Untergang – wie schon beim letzten Mal und beim vorletzten und ...

Ich verliere jeden Orientierungssinn.

Für mich existieren nur noch zwei Flächen, die Feuerwand und die Eiswand, zwischen denen hindurch ich in die Tiefe falle ...

Oder fliege.

Das hängt von der Betrachtungsweise ab.

Das winzige warme Licht ist weit weg. Sehr weit. Zu ihm führt diese Brücke, über die niemand gehen kann.

Nur brauche ich keine Brücke.

Denn ich falle ja nicht. Ich fliege.
Jeder fliegt nun einmal, so gut er kann.

Ich muss mich von allem lossagen. Vom Labyrinth des Todes, das wir durchlaufen haben. Vom Imperator, diesem dummen Programm, das so unvermittelt gefragt hat: »Wer bin ich?«
Denn all das spielt keine Rolle.
All das ist zweitrangig, all das ist zum Tod verdammt, sollte die *Tiefe* selbst sterben.
Mir ist nichts passiert.
Ich bin nicht in diese Schlucht gefallen.
Ich fliege. Ich fliege, so gut ich kann, zwischen zwei Flächen hindurch, die mir beide den Tod brächten, würde ich sie berühren.
Aber ich habe einen Orientierungspunkt.
Das warme Licht im ewigen Dunkel.
Es umfasst alles. Dort befindet sich jeder von uns Ex-Divern. Und vielleicht birgt es sogar den Schlüssel für unser aller Leid ...
Es ist schwer, daran zu glauben, dass du fliegen kannst. Dafür musst du alles vergessen. Du musst dir ständig sagen, dass es gar keine Brücke gegeben hat und du auch keinen Schritt ins Bodenlose getan hast ... Du musst den Raum auf den Kopf stellen, die Arme ausbreiten.
Du musst dich dem Flug überlassen.
Das Feuer ist unter mir. Ein tosendes, ewig hungriges Meer. Das Eis ist über mir. Eine solide Decke, die sich niemals durchstoßen lässt.
Denn so wünsche ich es mir.
Und vor mir schimmert das Licht.
Nicht unter mir, nicht über mir – vor mir.
Du musst dich von allem lossagen. Du musst die Welt so drehen, dass sie zu dir passt. Du musst sie zwingen, dir zu gehor-

chen. Wo die Erde liegt und wo der Himmel, auf welchem Untergrund es sich besser steht – das entscheidet jeder für sich. Seit Anbeginn der Zeiten. Selbst als es noch keine *Tiefe* gegeben hat, keine Computer, als es nur Höhlen und zarte Zungen eines gestohlenen Feuers gab, war das schon so.

Seit Anbeginn der Zeiten hatte ein Mensch das Recht, die Welt nach seinem Willen zu gestalten.

Wahrscheinlich sind diejenigen, die all das nicht vergessen haben, Diver geworden. Und diese Fähigkeit kann uns niemand nehmen. Keine Deep-Psychose, nichts. Selbst wenn die Quelle unserer Kraft verloren geht, bleibt uns dieses Können erhalten. Denn es reicht, blind daran zu glauben, es reicht, sich daran zu erinnern, dass du einmal imstande warst, die Welt nach deinem Willen zu gestalten.

Das Licht kommt immer näher ...

Es ist wirklich simpel, da hat Crazy Tosser recht gehabt.

Du brauchst bloß einen Schritt in den Abgrund zu machen – der für dich ein echter Abgrund ist. Du darfst nicht vor der *Tiefe* fliehen, darfst dich nicht hinter dem kalten Glas des Monitors verstecken.

Sicher, wir können jederzeit aus der virtuellen Welt auftauchen, diese Gabe zeichnet uns Diver aus.

Aber zum Diver-in-der-*Tiefe*-Tempel darfst du nur gelangen, indem du dich selbst negierst. Indem du etwas nicht mit dem Körper spürst, nicht mit dem Blick oder dem Gehör wahrnimmst – sondern indem du deine in Panik aufgewühlte Seele in einen endlosen Flug wirfst.

Und die Felswände nicht berührst ...

Als Belohnung wartet dann in der Ferne dieses warme Licht auf dich, das du auf keine andere Weise erreichen kannst.

Ich schreie etwas. Ich weiß nicht, was, denn ich höre meine Worte nicht. Aber eigentlich will ich sie auch gar nicht hören.

Schade, dass diese Schlucht so kurz ist!

Aus irgendeinem Grund weiß ich, dass ich in dieser Sekunde alles zustände brächte. Ich könnte sagen: *Tiefe, Tiefe, ich bin nicht dein!* Auf den Bildschirm blicken und verstehen, wie ich diesen Weg bewältigt habe. Aber das will ich gar nicht.

Die Zeit, wo ich das wollte, ist vorbei.

Unter mir liegen die Felswände, diese erbärmlichen und lächerlichen Wände aus Feuer und Eis. Der Nebel. Und der Rand der Schlucht, der mir sanft gegen die Füße schrammt.

Unter mir liegt aber auch der Diver-in-der-*Tiefe*-Tempel, zu dem ich so lange unterwegs gewesen bin ... zu dem ich aufgebrochen bin, lange bevor ich wusste, dass er überhaupt gebaut worden ist.

Ich sehe ihn mir genauer an und fange an zu lachen. Ganz leise.

Er baut sich vor meinen Augen auf. Der Nebel verdichtet sich, wird dick, verwandelt sich von weißer Milch in weißen Stein, der immer fester und solider, der immer realer wird.

Wie konnte so was überhaupt möglich sein?

Vor drei Jahren hatte es überhaupt noch keinen Tempel gegeben! Damals haben wir Diver gerade angefangen, Kontakte untereinander aufzunehmen und uns in einem kleinen unauffälligen Restaurant zu treffen. Die Idee eines Klubs hing in der Luft, aber niemand hatte Lust, ihn aufzubauen.

Vor drei Jahren hatte der Hacker Byrd gar keinen Tempel besuchen können! Und nie im Leben hätten wir für einen Sicherheitscheck jemanden von außen herangezogen! Nein, Byrd hatte mir in der Hacker-Kneipe ein Lügenmärchen aufgetischt und sich insgeheim köstlich über mich amüsiert!

Nur dass dieses Märchen sich jetzt vor meinen Augen materialisiert. Da steht ein weißer Turm, so hoch wie ein neunstöckiges Haus und mit einer Kristallkugel an der Spitze.

Was ist Wahrheit, was ist Lüge? Und nach welchen Gesetzen entscheidet sich, wann unsere Fantasien und Witze Realität werden, die manchmal komisch, manchmal brutal sind.

Ich gehe zum Turm.

In dieser Sekunde setzen sich Tausende von Servern auf dem ganzen Planeten in Betrieb. Auf jedem von ihnen liegt ein winziges Fragment des Tempels ... und alles wurde versteckt, synchronisiert und kopiert, all das hat sein eigenes geheimes, unsichtbares Leben geführt und nur auf dieses Signal gewartet.

Und jetzt ist die Zeit des Tempels gekommen.

Langsam verzieht sich der Nebel. Einen Moment bleibt es trotzdem noch trübe und unklar, dann kann ich die ersten Bäume erkennen. Der Tempel hat sich also einen Ort am Rand von Deeptown ausgesucht, im Waldring, der die eigentliche Stadt von einigen halbisolierten Enklaven trennt. Irgendwo hier haben Romka und ich damals, nach dem Hack in Al Kabar, unsere Verfolger abgehängt.

Ich finde deinen Mörder, Romka. Das dauert nicht mehr lange, hab nur noch etwas Geduld. Aber das ist für dich jetzt ja nicht mehr so schwer ...

Je weiter ich auf den Turm zugehe, desto realer wird er. Die Mauern bestehen aus weißem Stein, die Fenster sind schmal wie Schießscharten, die Scheiben von außen mit einem Gitter geschützt. Die massive, breite Tür besteht aus poliertem hellem Holz, anstelle einer Klinke gibt es einen Bronzering.

Und nun?

Wie komme ich hinein?

Ich berühre den Ring – und die Tür geht problemlos auf. Wie konnte ich das vergessen! Da ich über die Brücke gekommen bin, habe ich mir das Recht erworben einzutreten.

Übrigens habe ich mich selbst ebenfalls etwas verändert. Ohne es zu merken. Statt der Kriegsuniform trage ich jetzt die Kleidung des Revolvermanns.

Bestens. Ich hasse Uniformen.

Als ich mich noch einmal umsehe, mache ich durch die letzten Schwaden des abziehenden Nebels ein mattes purpurrotes Licht und ein kaltes blaues Schimmern aus. Leb wohl, mein langer Alptraum. Leb wohl.

Kaum betrete ich den Tempel, meldet sich in der Jackentasche des Revolvermanns der Pager. Ein durchdringendes, helles Klingeln oder ein vorsichtiges Anklopfen – je nach Anrufer. Im Labyrinth hat der Pager nicht funktioniert, die blockieren da fast alle Verbindungen. Also muss ich jetzt tatsächlich schon in der normalen Welt Deeptowns sein.

Dschingis, Bastard, Pat, Maniac und Zuko haben sich bereits gemeldet.

Nur Crazy Tosser bringt genug Geduld auf, meinen Anruf abzuwarten.

Ich stelle eine Verbindung zu Maniac her und spreche den Text der SMS ins Mikro: »Ich bin drin, Schurka. Alles okay. Sag den anderen, dass alles bestens ist. Und ... gebt mir etwas Zeit, ich möchte mich gern erst mal allein hier umsehen.«

Bei den anderen brauche ich mich nicht zu melden. Ich aktiviere den *Bitte-nicht-stören*-Modus und stecke den Pager wieder ein. Dann sehe ich mich um.

Ein kleiner runder Saal mit einem Durchmesser von sechs, sieben Metern. Er nimmt den ganzen unteren Raum des Turms ein.

Auch im Innern bestehen die Wände aus poliertem weißem Stein. Über den sauberen Parkettfußboden sind Kissen verteilt, damit man auf dem Boden sitzen kann. In der Mitte des Saals führt eine hölzerne Wendeltreppe nach oben.

Alles ist sehr schlicht und streng. Stein und Holz. Wieso haben die sich dann mit dem Tempel so lange rumgeplagt? Den hätte ich ihnen in vierundzwanzig Stunden designt.

Ich gehe zur Treppe, berühre das Geländer aus kühlem, glattem Holz, stelle mich auf die erste Stufe und halte nach etwas Ausschau, das irgendwie ungewöhnlich ist.

Nichts.

Na gut, dann mal hoch in den ersten Stock.

Die Treppe bringt mich an Wänden aus Stein vorbei, irgendwo gibt es eine Tür.

Und Fresken! Sie ziehen sich entlang der Treppe nach oben.

Okay, die hätte ich nicht an einem Tag hingekriegt, sondern sie erst überhaupt nicht zustande gebracht.

Das erste Fresko ist grau und besteht aus geballtem Nebel. Nur hier und da lassen sich Gebäude erkennen, kleine, unscheinbare und einförmige Häuser, dann noch ein paar Hände, die aus dem Nebel herausragen, und Gesichter, genauer gesagt: halb verschwommene Konturen von Gesichtern.

Der nächste Schritt, das nächste Fresko.

Der Nebel hat sich fast gelichtet. Die Gebäude werden größer, die Stadt wächst. In den Straßen tauchen klobige Figuren auf, Autos fahren ...

Weiter.

Jetzt erkenne ich in der Stadt bereits Deeptown wieder. Sagenhafte Wolkenkratzer, prachtvolle Paläste, Terrassen und Kanäle, Gärten und Plätze, eine bunte Menge, Leuchtreklamen, die ihr Licht gen Himmel schicken ...

Der nächste Schritt bringt mich vor eine Tür. Ich zögere kurz, dann öffne ich sie.

Und erstarre auf der Schwelle.

Das hier erinnert verdammt an den Park des Imperators aus dem letzten Level des Labyrinths. Er wirkt völlig friedlich. Ich bin mir fast sicher, dass dieser Park endlos ist, dass du, wenn du ihn einmal betrittst, jahrelang darin herumirren kannst. Es gäbe zahllose Wege, am wolkenlosen Himmel würde die Sonne strahlen, durch die Seen Fische schwimmen, in den Bäumen Vögel singen. Manchmal würde es regnen, manchmal Wind gehen. Ich bücke mich, um etwas Gras auszureißen – und schäme mich deshalb ein wenig.

Als hätte ich mit Ölfarbe auf einen Felsen gepinselt: *Ljonka war hier.*

Hier ist es schön. Sehr schön.

Am liebsten würde ich noch hinzufügen: *wie in der Kindheit.* Aber die hat ja jeder anders erlebt.

Mit einem unwillkürlichen Grinsen auf den Lippen schließe ich die Tür wieder. Ich würde noch einmal hierher zurückkommen. Wann immer ich wollte ...

Der nächste Schritt, das nächste Fresko.

Ein Wasserstrudel. Und ein Mensch. Mit einer Hand krault er, mit der anderen zieht er einen schlaffen Körper hinter sich her.

Der legendäre erste Diver. So legendär, dass wir nicht einmal seinen Namen wissen. Es gibt Grund zur Annahme, er habe Taylor geheißen, der englischen Pünktlichkeit Hohn gesprochen und keine Logs geführt.

Wahrscheinlich ist er deshalb auch von hinten dargestellt.

Der nächste Schritt, das nächste Fresko.

Es zeigt den berühmten Hack bei Microsoft! Wenn Antonio, den alle immer nur Einsteiger nannten, nicht lügt, hat sich ihm die solide Steinmauer als morscher Lattenzaun dargestellt. Das war das Loch in der Verteidigung. Mitgehen lassen hat er damals nichts – bis auf ein Autogramm von Bill Gates.

Der nächste Schritt, das nächste Fresko.

Es ist Bogomil gewidmet, dem sagenumwobenen Bulgaren, über den niemand auch nur das Geringste weiß. Vielleicht war dieser Hack aus sehr traurigen Gründen sein letzter Hack. Vielleicht hatte er aber auch einfach auf die *Tiefe* und auf seine Diver-Fähigkeiten gepfiffen und sich zur Ruhe gesetzt. Die Summe, um die er die Bank erleichtert hatte, sollte jedenfalls für ihn, seine Kinder und sogar seine Enkel reichen.

Er hatte im Übrigen einen sehr eigenen Sinn für Humor. Wie sonst ließe sich erklären, dass er eine Schweizer Bank in einem Kostüm von Wilhelm Tell ausgeraubt hatte?

Das nächste Fresko.

Das ist einer von uns, aus Russland. Mist, jetzt komme ich nicht auf den Namen ... Aber an seine Geschichte erinnere ich mich. Er hat einen Jungen gerettet, der bei einem Spiel völlig die Zeit vergessen hatte. Seine Eltern waren für eine Woche verreist – und er hatte freien Zugang zum Netz. Der Junge wurde nach drei Tagen aus der *Tiefe* geborgen, mehr tot als lebendig.

Das nächste Fresko.

Und noch eins.

Immer weiter ...

Wir sind alle hier. Jeder hat ein Bild erhalten, unabhängig von seinem Bekanntheitsgrad und seinen Fähigkeiten. Ohne dass nach guten und schlechten Taten unterschieden worden wäre. Nichts wurde beschönigt, nichts dazugedichtet.

Und über jeden gibt es etwas zu berichten, das sozusagen zu seiner Visitenkarte geworden ist.

Fresken und Stufen.

Stufen und Türen.

Ich gehe Stockwerk um Stockwerk weiter nach oben, betrachte jedes Bild, öffne jede Tür ...

Jetzt wird mir auch klar, warum der Tempel selbst nicht sonderlich groß ist. Wozu? Wenn es genug Raum in den Räumen gibt.

Ein endloser Garten und riesige Labyrinthe aus Gängen und Sälen mit beeindruckendem Echo ...

Eine strahlende Sonne, ein Restaurant auf einem Berggipfel mit Wänden aus Kristall und Silber; die Aufschrift *Olymp* auf dem Besteck könnte treffender nicht sein ...

Eine Flussbiegung im Abendnebel, mit einer kleinen Jacht, die am Ufer schaukelt ...

Fester und elastischer Wolkenschaum, eine Einladung, über den Himmel zu spazieren ...

Mit einem Mal geht mir auf, dass ich neidisch auf diejenigen bin, die den Tempel erbaut haben. Dass ich einen maßlosen, blinden Neid empfinde, der angereichert ist mit einem wütenden Hass auf mich, den Idioten, der sich seine kleine reale Welt aufgebaut hat ... ohne wirklich etwas davon zu verstehen ... und nicht einen Handschlag getan hat, um diesen in der *Tiefe* verborgenen Tempel zu errichten.

Flucht ist letztlich nie ein Ausweg – denn du kannst nicht vor dir selbst davonlaufen.

Fresken. Türen. Gesichter. Taten.

Hier ist alles vorhanden. Nichts ist vergessen. Sicher, man kann darüber streiten, ob der Ruhm des Roten Hundes auf dem Hack eines unknackbaren Programms – ein Emulator für Gerüche in der *Tiefe* – oder auf seiner Arbeit bei Interpol basiert. Mir gefällt jedenfalls, dass er auf dem Fresko in Uniform dargestellt ist.

Und da ist auch Crazy Tosser!

Aber nicht bei der Arbeit im Labyrinth des Todes! Nein, er ist mit einem Filter dargestellt, der eine traurige Berühmtheit erlangte. Mit ihm wurde ein halbes Jahr lang ein Großteil der Korrespondenz in der *Tiefe* kontrolliert! Und zwar nicht für ein bestimmtes Ziel, nicht um Material zu finden, mit dem jemand kompromittiert werden konnte, oder um Passwörter zu knacken, sondern einfach um zu zeigen, dass das Briefgeheimnis auch in der *Tiefe* nicht gewahrt wird.

Nur hätte ich nie im Leben vermutet, dass dieser Filter auf Crazy zurückgeht!

Ich steige Stufe um Stufe nach oben. Fresken, Gesichter, große, kleine und winzige Taten.

Dann müsste ich hier auch irgendwo sein!
Mir wird mulmig.
Was würde ich wohl sehen? Wer hat nach welchem Prinzip die Augenblicke ausgewählt, um sie hier auf den Fresken festzuhalten? Was hat er aus meinem Leben gewählt, damit es in grellen Farben im rohen Putz erstrahlt, damit es für immer im Tempel verbleibt?
Ich gehe noch ein paar Schritt weiter – und sehe die Antwort.
Gelber Sand. Der graue, versteinerte Rumpf eines Dämons, der in seiner Hand den Faden einer Brücke hält. In der Ferne ragen die Türme von Al Kabar auf. Ein Wolf sitzt in fast menschlicher Pose im Wüstensand. Und ich sehe mich, wie ich in der lächerlichen Kleidung eines russischen Recken einen Hang hinunterlaufe, auf die ausgestreckte Pfote des Dämons zu.
Gut. Dafür brauche ich mich nicht zu schämen. Ich habe Al Kabar die Daten nicht mal geklaut! Die haben sie mir ja sogar geschenkt.
Mit einem verwirrten Lächeln gehe ich weiter nach oben. Der Turm endet bald, ich habe die Kristallkugel fast erreicht.
Fresko um Fresko.
Stopp.
Es ist Zeit, mich von meiner Arroganz zu kurieren.
Ich betrachte das letzte Fresko in der Reihe, am Ende der Spirale. Ein würdiges Ende ...
Das bin ich.
Und das Fresko eben war Romka gewidmet. Kein Wunder, das ist seine Stunde gewesen, in der er aufgetrumpft hat. Als er mir bei dem Hack geholfen hat.
Ich dagegen komme nicht so gut weg.
Der Revolvermann hat die Hand erhoben, um zuzuschlagen. Mit einer blauen Feuerpeitsche, dem Warlock 9000. In einem fliederfarbenen Trichter versinkt ein Mensch ...

Damals habe ich zum ersten Mal eine Abkürzung durchs Labyrinth des Todes genommen. Damit ich den Loser dort rausbringen konnte.

Sollte das die wichtigste Tat in meinem Leben gewesen sein? Im Grunde ist dagegen nichts einzuwenden. Ich habe immer geglaubt, dass ich stolz darauf sein dürfte. Auch wenn ich nie erfahren habe, um wen es sich bei ihm eigentlich gehandelt hat. Aber das weiß niemand. Er ist zu seinen fernen Sternen aufgebrochen, in die Tiefen des elektronischen Netzes oder in eine strahlende Zukunft, die irgendwann eintreten wird ... Er hat sie einfach verlassen, unsere unzulängliche, dumme Welt.

Aber warum ausgerechnet dieser Moment?

Warum ausgerechnet der Schlag – mit dem ich andere Diver ausschalte? Dieser erbarmungslose, wenn auch virtuelle Schlag gegen die beiden Diver des Labyrinths? Warum ist nicht der Moment festgehalten worden, als ich dem Loser den Weg durch eine Reihe von Monstern bahne, als ich ihn mit meinem eigenen Körper decke oder ihn über die Server der Elfen aus dem Labyrinth raushole? Als ich von der Polizei gejagt werde?

Wer hat ausgerechnet diese Situation ausgewählt?

Und weshalb?

Okay, vermutlich sollte damit vor allem eins erreicht werden: Sowohl ich wie auch alle anderen werden mit diesem Fresko an eine schlichte Wahrheit erinnert. Man kann das Böse durchaus in etwas Gutes verwandeln – man darf dabei nur nie vergessen, welches Ausgangsmaterial man gewählt hat.

Mit glühendem Gesicht wende ich mich von dem Bild ab.

Dann steige ich ins letzte Stockwerk des Turms hoch, in die Kristallkugel.

In gleißendes Licht.

Die Kugel ist nicht glatt, sie ist aus Tausenden von winzigen Vielecken zusammengesetzt. Da sich das Sonnenlicht in jedem einzelnen von ihnen bricht, ist es auf einmal viel heller. Als ob ich in Abertausenden von Sonnen stehen würde.

Ich trete an die gewölbte Wand heran, lehne mich gegen sie, verschmelze mit ihr, spreize die Beine, breite die Arme aus und umfasse das Licht.

Die Sonne in den Augen.

Die Welt unter mir.

Es ist schwer, durchs Licht hindurchzusehen.

Doch da unten liegen die Paläste und Wolkenkratzer Deeptowns, die Brücken, Straßenüberführungen, Plätze, Straßen, Parks, Gärten, Schwimmbecken und Alleen. Hier scheint die Sonne, dort regnet es. Dort tagt es gerade, da bricht gerade die Nacht herein.

Ja, wir sind tatsächlich nur ein Spiegelbild der realen Welt. Mit dem einzigen Unterschied, dass wir ein etwas groteskes und konzentriertes, ein etwas körperhafteres Spiegelbild sind.

Ich hole den Pager raus, auf dem nach wie vor neben den Namen der anderen ein Licht schimmert, weil sie auf meinen Anruf warten. Dick hat jedoch immer noch keine Verbindung mit mir aufgenommen. Gut, ich würde später anrufen.

Habe den Tempel gefunden, simse ich an Ilja. *Adresse anbei.*

Dann drücke ich auf den Knopf *Adresse hinzufügen.* Jetzt, wo sich der Tempel in Deeptown materialisiert hat, gibt es endlich eine Adresse. Sie wird automatisch an meine Nachricht angeheftet.

Das dürfte es gewesen sein. Jetzt kann ich nur noch warten.

Bis der Brief eintrifft, den ein Freund aufgegeben hatte, der inzwischen tot ist. Bis ich wissen werde, was Deeptown auszulöschen vermag. Vielleicht werde ich mit diesem Wissen Dibenko erpressen. Vielleicht werde ich aber auch bloß einen Skandal lostreten.

Doch in jedem Fall würde ich mich rächen.

Gerade als ich den Pager wieder wegstecken will, fängt er an, sanft zu vibrieren. Da ich den *Bitte-nicht-stören*-Modus aktiviert habe, teilt mir das Programm auf diese Weise mit, dass ich eine Nachricht erhalten habe.

Ob sie von Crazy ist?

Ich werfe einen Blick aufs Display: Niemand, der im Adressbuch auftaucht.

Sicher, ich sollte die SMS besser erst nachher lesen, sie würde sich schon nicht in Luft auflösen. Aber ...

... ein wenig Neugier schadet nie.

Ich rufe die Informationen über den Absender ab.

Sie sind ausgesprochen dürftig.

Dmitri D.

Ein leichtes Zittern erfasst mich.

Ich rufe die SMS ab. *Leonid! Wir müssen miteinander reden!*

Das Symbol für den Brief erlischt, stattdessen leuchtet ein Telefonhörer auf. Das ist eine Aufforderung, jetzt Verbindung aufzunehmen.

Okay ...

Der Pager braucht ein paar Sekunden, bevor das kleine Display sich vergrößert hat und auf ihm ein Gesicht erscheint.

Ein graue, nebelumwogte Kontur über dem Stehkragen eines schwarzen Mantels.

»Hallo, Diver«, sagt der Mann Ohne Gesicht.

»Hallo, Dibenko«, gebe ich zurück.

Schweigend starren wir einander eine Weile an, obwohl es kaum was zu sehen gibt, schließlich haben wir uns seit dem letzten Mal nicht groß verändert.

»Wir müssen miteinander reden«, wiederholt Dmitri Dibenko, der Mann hinter dem Deep-Programm, der Vater der *Tiefe*. »Das wird ein unangenehmes Gespräch, aber es ist nun mal unvermeidlich.«

»Und worüber?«, erwidere ich.

»Wart's ab!« Der Stimme nach zu urteilen, ist Dibenko völlig gelassen. »Zunächst mal räume ich ein, dass ich dich erneut unterschätzt habe. Im Übrigen: meinen Glückwunsch!«

»Wozu?«

»Wie, wozu? Immerhin hast du den Tempel erreicht.«

Alles klar, den Wink hab ich verstanden. »Dann komm zur Sache.«

»Nicht so.« Das inexistente Gesicht scheint zu grinsen. »Nicht über den Pager. Wer weiß, wer da alles mithört. Besser, wir treffen uns.«

»Wo?«

»Bei dir, würde ich vorschlagen, im Diver-in-der-*Tiefe*-Tempel. Natürlich nur, wenn du nichts dagegen hast. Ich könnte in drei Minuten da sein, ich bin nämlich schon auf dem Weg.«

Aha.

So ein Pager ist wirklich eine unsichere Sache ...

»Okay.« Ich hoffe inständig, dass mein Gesicht ungerührt bleibt, dass ich nicht versehentlich den Befehl »Verwirrung« gegeben habe. »Ich lasse dich rein.«

Mit diesen Worten beende ich das Gespräch.

Die Ereignisse nehmen ja eine rasante Wendung!

Am besten rufe ich sofort die anderen an, damit sie alle herkommen ... Stopp!

Genau das durfte ich nicht tun.

Ich bin ein Diver.

Und nur ein Diver kann dem Schuss aus einer Waffe der dritten Generation entkommen.

Also sollte ich höchstens Crazy anrufen.

Oder, nein, auch das sollte ich besser bleiben lassen.

Denn alles, was ich sage, kann gegen mich verwendet werden – und gegen diejenigen, die bei mir sind.

Ich gehe zur Treppe und stiefle ganz langsam wieder nach unten.

Halt!

Hier fehlen die Fresken ja!

Genauer gesagt, die Spirale besteht hier aus leeren Rechtecken, die erst noch ausgefüllt werden müssen. Sie zieht sich nach unten, die beiden Bildbänder sind in Form einer Doppelhelix angeordnet, genau wie die DNA.

Aber wie sollte es anders sein? Ich bin über die Vergangenheit der Diver hochgekommen – jetzt gehe ich über ihre Zukunft runter. Diese Fresken müssen noch gezeichnet werden – sofern die Zukunft eintritt.

Ich gehe an künftigen Siegen und Niederlagen, an Heldentaten und Gemeinheiten und an verschlossenen Türen, hinter denen die Zukunft wartet, vorbei hinunter ins Parterre.

Die Eingangstür öffne ich genau in dem Moment, als der Mann Ohne Gesicht aus dem Auto steigt. Natürlich ist er nicht allein. Er hat zwei Bodyguards an seiner Seite. Ich erschaudere – denn unwillkürlich schießt mir der Gedanke durch den Kopf, dass einer von den beiden vielleicht Romkas Mörder ist.

110

Für den Bruchteil einer Sekunde herrscht Verwirrung, allgemeine Verwirrung. Der Rolls-Royce steht mitten im Wald, Dmitri Dibenko mit seinen Schlägern davor. Die Bodyguards haben die Hand auf den Pistolen, der Chauffeur lugt neugierig durchs Fenster. Ich beobachte das Ganze von der Tür des Divers-in-der-*Tiefe*-Tempel aus.

Nun kommt Dibenko auf mich zu. Er bedeutet seinen Leibwächtern, die ihm schon nachwollen, beim Wagen zu warten.

Die Jungs blicken ziemlich finster drein, es behagt ihnen offenbar nicht, ihren Augapfel allein zu lassen. Dennoch gehorchen sie.

»Lässt du mich rein, Leonid?«, fragt Dibenko, als er vor dem Tempel steht.

»Ja. Aber nur dich.« Ich habe keine Ahnung, wie die Verteidigung des Tempels funktioniert, aber es dürfte nichts schaden, das klarzustellen. Daraufhin trete ich zur Seite. Dibenko will reinkommen – stößt aber auf eine unsichtbare Barrikade.

»Verdammt, jetzt gib mir schon die Hand!«, zischt er.

Die Bodyguards stieren ihren allmächtigen Boss an, der sich in einem unsichtbaren Spinnennetz verheddert zu haben scheint.

»Verlierst du dann auch nicht dein Gesicht?«, bemerke ich grinsend, reiche ihm aber die Hand. Sobald wir einen Handschlag austauschen, kann Dibenko eintreten.

»Wie willst du etwas verlieren, das du gar nicht hast?«, blafft er. Ohne ihm darauf zu antworten, schließe ich die Tür.

»Das ist er also, der Tempel ...«, murmelt Dibenko gedankenversunken und sieht sich um. »Was ist oben?«

»Das geht dich nichts an.«

»Wie du meinst«, bemerkt der Schöpfer der virtuellen Welt mit einem kaum wahrnehmbaren Lächeln. »Behaltet eure Geheimnisse nur für euch.«

»Weshalb bist du gekommen?«

»Wegen meiner Geheimnisse«, sagt Dibenko. »Ausschließlich deswegen.«

»Nur fürchte ich, dass das längst nicht mehr nur deine Geheimnisse sind, Dmitri.«

Dibenko antwortet nicht gleich. Ich frage mich, ob ich nicht sofort aus der *Tiefe* auftauchen sollte. Eine Waffe der dritten Generation muss ja schließlich nicht wie eine Waffe aussehen. Was, wenn er mit Hilfe eines Knopfes auf mich schießt? Wie will ich mich dann wegducken?

»Ich komme als Freund«, sagt Dibenko da zu meiner Überraschung. »Ich habe nicht vor, dich anzugreifen. Das musst du mir glauben.«

Fragend ziehe ich eine Augenbraue hoch. Ach ja, was für schöne Worte. *Als Freund.*

»Wenn du mir nicht glaubst, dann glaubst du vielleicht deinen Freunden, die diesen Tempel gebaut haben!«, fährt Dibenko in scharfem Ton fort. »Meinst du etwa, ich wüsste nicht, was geschieht, wenn ich dich *hier* angreife?«

»Und?«, frage ich in einem möglichst ironischen Ton. »Was geschieht dann?«

»Dann sterbe ich«, antwortet Dibenko ernst. »Was ist? Schließen wir Waffenstillstand?«

»Setz dich«, fordere ich ihn auf. »Unterhalten wir uns.«

Auf dem Boden, genauer gesagt, auf den weichen Kissen, sitzt es sich sehr bequem. Die Menschen im Orient verstehen schon zu leben ...

Ich sage kein Wort, sondern warte, bis Dibenko anfängt. Der muss aber offenbar erst seine Gedanken ordnen.

»Ich bin nicht dein Feind«, erklärt er schließlich. »Wirklich nicht.«

Ich hülle mich in Schweigen.

»Aus einer meiner Firmen sind einige vielversprechende Arbeiten gestohlen worden«, holt er aus. »Die würde ich gern zurückhaben.«

»Willst du etwa behaupten, du hast keine Sicherheitskopie?«, frage ich scheinheilig.

»Doch«, räumt Dibenko ein. »Das war ein sauberer Hack, bei dem nur Kopien gemacht wurden. Aber darum geht es gar nicht, Leonid! Die Zeit ist einfach noch nicht reif für diese Projekte!«

Jetzt könnte ich meinen Sieg feiern. Dibenko gesteht alles – und ist in Panik.

»Sehe ich auch so«, sage ich.

»Dann bist du bereit, mir die Dateien zurückzugeben? Oder sie in meiner Anwesenheit unwiderruflich zu löschen?«

»Nein.«

Dibenko atmet scharf ein. »Leonid, du weißt doch genau, worum es hier geht!«

Jetzt wird's spannend. Er glaubt, die Dateien seien bereits im Tempel, mehr noch, er ist fest davon überzeugt, dass ich ihren Inhalt längst kenne.

»Der Übergang zu einer neuen Welt muss sukzessive erfolgen ...«

Das hätte er sich sparen können!

»Sag das mal den Eltern von Romka!«, platzt es aus mir heraus. »Mach ihnen klar, dass der Tod ihres Sohnes eine Begleiterscheinung des sukzessiven Übergangs in die Zukunft war!«

Doch offenbar setze ich bei ihm mehr Wissen voraus, als es der Fall ist.

»Romka? Ist das der junge Mann, der ... den ...«

»Ganz genau der.« Wenn unsere Hirne Zahnräder wären, würde es jetzt ununterbrochen klickern.

»Das war er? Dein früherer Partner? Der junge Diver?«

»Ja.«

»Das habe ich nicht gewusst.«

»Warum hast du deinen Security-Leuten eine Waffe der dritten Generation gegeben?«

Er schweigt und hängt seinen eigenen Gedanken nach.

»Das habe ich nicht, Leonid«, sagt er dann. »Wirklich nicht. Das war ein Zufall ...«

»Mein Freund ist also *rein zufällig* gestorben?«

»Dein Freund ist bei einem Hack gestorben.« Dibenko ist völlig außer sich. »Nach dem Alarm ... die Panik ... alle Security-Leute waren im Einsatz ... und drei Dutzend junge Idioten von Entwicklern ... Einer von denen schnappt sich plötzlich den Prototyp, um den Security-Leuten zu helfen. Er wusste nicht, was er in Händen hielt!«

»Das wusste er nicht?«

»Er wusste nicht, dass im Magazin tödliche Munition steckte.«

Ich weigere mich, ihm zu glauben. Denn wenn ich das täte, würde ich ihm verzeihen. Damit würde ich mir das Recht auf meine Rache nehmen. Damit würde ich Romka das Recht auf Rache nehmen.

»Es stimmt, wir haben an einer Waffe der dritten Generation gearbeitet«, fährt Dibenko unterdessen fort. »Im Auftrag der Polizei von Deeptown. Aber wir hatten auch ein eigenes Interesse an diesem Projekt. Daneben gab es noch eine ganze Reihe anderer, gewichtiger Gründe, es zu realisieren. Aber niemand von uns hatte je die Absicht, das Labor mit dieser Waffe zu verteidigen. Schon allein deshalb nicht, weil es völlig unangemessen wäre. Wenn du Hacker abschrecken willst, reicht eine Waffe der zweiten Generation. Welcher Hacker möchte schließlich all seine kostbaren Mikrochips einbüßen?«

»Das sehe ich nicht so«, bringe ich heraus. »Vielleicht wolltest du die Waffe einfach mal testen?«

»Solche Tests werden unter sehr strengen Bedingungen durchgeführt«, blafft Dibenko mich an. »Dafür werden sehr gut bezahlte Freiwillige ausgesucht. Außerdem ist dann ein ganzes Heer von Ärzten anwesend, ausgerüstet mit Defibrillatoren, Tropfen, aufgezogenen Spritzen und all dem anderen Kram!«

»Hast du dafür Beweise?«

»Was würde dir denn genügen? Die Honorarschecks? Die von mir unterschriebenen Anordnungen? Die exakten Pläne für die Tests? Der offizielle Auftrag der Polizei von Deeptown? Die Laborberichte?«

»Wer hat Romka getötet?« Mir ist klar, dass ich mit dieser Frage kapituliere, mir ist klar, dass jetzt ich es bin, der das Gesicht verliert.

Doch ich glaube ihm – und etwas Schlimmeres hätte mir nicht passieren können.

»Ein Junge von zweiundzwanzig Jahren«, gibt Dibenko Auskunft. »Ein begabter Entwickler mit einer guten Intuition. Seine Frau ist schwanger, seine alte Mutter lebt in Rostow am Don. Der Junge war sicher, dass im Prototyp Lähmungsladung steckte. Sein einziger Fehler war, dass er den Helden spielen wollte. Soll ich ihn dir jetzt ausliefern, Leonid?«

Er schreit, brüllt mich an, und ich schweige verbissen, sitze mitten im Diver-in-der-*Tiefe*-Tempel, auf meinem ureigenen Territorium, und bringe kein Wort heraus.

»Ich weiß genau, was du willst! Rache! Gerechtigkeit! Strafe für den Mörder! Und? Wie soll das aussehen? Willst du den

Mann eigenhändig erledigen? Oder Killer anheuern? Oder übergibst du ihn am Ende der Polizei? Dieser Junge ahnt noch nicht mal, dass er ein Mörder ist! Ich habe ihm gesagt, dass die Gerüchte über den toten Hacker erstunken und erlogen sind! Dass ich sie selbst gestreut habe, um weitere Hacker abzuschrecken. Andernfalls ... gut, er hätte nicht Hand an sich gelegt – aber er würde als Entwickler keinen Pfifferling mehr wert sein. Seine Nerven liegen sowieso schon blank. Was ist jetzt? Soll ich ihn dir ausliefern? Dir seinen vollen Namen und die Adresse geben?«

»Schwöre, dass er nichts von alldem gewusst hat!«, verlange ich und weiß gleichzeitig, wie unsinnig das ist. Wie kann man in einer Welt, in der alles Lug und Trug ist, einen Eid fordern? Noch dazu von demjenigen, der diese Welt geschaffen hat und das Recht hat, alles in ihr zu tun. Trotzdem bitte ich ihn darum.

»Ich schwöre es«, sagt Dibenko. »Mir ist klar ... dass du nachher meine Stimme analysieren wirst ... aber ich lüge nicht. Ich lüge nicht, Leonid.«

»Warum hast du dich darauf eingelassen, Dibenko?«, will ich wissen. »Auf eine Waffe der dritten Generation. Warum musstest du die virtuelle Welt ausgerechnet damit beglücken? Und komm mir jetzt nicht mit einem Auftrag der Polizei! Den hättest du jederzeit ablehnen können.«

»Ich hatte Aufträge für Schock- und Lähmungswaffen!«

»Als ob du nicht wüsstest, dass es von da aus nur noch ein halber Schritt zu einer Waffe ist, die tötet! Die Lähmung kann schließlich auch die Herzmuskulatur betreffen, der Schmerzschock kann unerträglich sein. Worauf es ankommt, ist, dass die Grenze zwischen Technik und Psyche überwunden wird. Und das schafft außer dir niemand.«

»Niemand?« In seiner Stimme schwing Ironie mit. »Und wer hat diesen Tempel ausgerüstet?«

Darauf erwidere ich kein Wort. Ich habe schließlich keine Ahnung, wie sich dieser Tempel verteidigt.

»Glaub mir, ich hasse euch Diver nicht«, versichert Dibenko. »Ja, ich halte euch nicht mal für Verbrecher. Aber ... nachdem ihr die Waffe der dritten Generation entwickelt habt ... musste ich dafür sorgen, dass das Gleichgewicht der Kräfte gewahrt bleibt.«

»Wer hat dir die Geschichte denn erzählt?«, frage ich.

»Der Dark Diver.«

Ich habe den Eindruck, dass er jetzt lächelt.

»Du weißt, wer er ist?«, frage ich.

»Der Dark Diver? Ich wünschte, ich wüsste es. Aber du weißt es offenbar auch nicht, oder? Deshalb hast du auch das Gerücht in die Welt gesetzt, ich hätte dir eine Waffe der dritten Generation gegeben. Das war ein Köder für ihn, oder?«

Ich hülle mich in Schweigen.

»Ich weiß nicht, wer er ist«, beteuert Dibenko noch einmal. »Aber seit geraumer Zeit habe ich Angst, in die *Tiefe* zu gehen. Sicher, ich habe den Orden der Allmächtigkeit ... und inzwischen auch eine Waffe, die tötet – aber die hat der Dark Diver auch. Schon seit einer ganzen Weile. Deshalb rechne ich jederzeit damit, dass mir jemand eine Kugel zwischen die Rippen jagt ... mit einer Explosion voll von blendendem Licht, ich rechne mit Schmerzen und damit, dass mein Herz aussetzt.«

»Ich bin auch nicht begeistert von dem, was er tut«, gestehe ich. »Er hat meinen Freund angeheuert, um in deine Firma einzusteigen. Damit er die Drecksarbeit für ihn erledigt. Du behauptest, deine Security-Leute hätten eigentlich keine Waffe der dritten Generation. Aber das ist völlig egal. Der Dark Diver hätte Romka trotzdem nie in diese Geschichte verstricken dürfen.«

»Damit bleibt dir nur ein Ziel für deine Rache«, hält Dibenko fest. »Oder nicht?«

»Und? Bist du jetzt zufrieden?«

»Natürlich. Ich habe dir doch gesagt, dass ich als Freund gekommen bin. Du hast doch das Gerücht in Umlauf gebracht, ich hätte dich angeheuert ...«

Dibenko kramt in den Taschen seines Mantels – und holt eine Pistole heraus.

Licht flammt auf. Eine Säule aus grellem Licht schießt von der Decke und kesselt Dibenko ein. Seine Silhouette wird ganz grau und verblasst. Seine Bewegungen verlangsamen sich, werden träge ...

Dibenko hält die Pistole am Lauf gepackt und streckt sie mir sehr ungeschickt entgegen, schließlich lässt er sie zwischen uns auf den Boden fallen.

Sofort erlischt das Licht.

Was auch immer das Verteidigungsprogramm geplant haben mag, es hat sich abgeschaltet, kaum dass Dibenko die Waffe nicht mehr in der Hand hielt.

»Nimm die!«

Offenbar hat er nicht mal bemerkt, welche Gefahr ihm gedroht hat.

»Was ist das?«, will ich wissen.

»Der Prototyp einer Waffe der dritten Generation. Mit der wurde dein Freund ermordet ... falls das eine Rolle spielt.«

Ich betrachte die Pistole. Sie sieht wie eine ganz gewöhnliche Smith & Wesson aus.

Gut, aber entscheidend ist ja, was in dem Ding steckt ...

»Womit ist sie geladen?«, erkundige ich mich.

»Die ersten fünf Patronen sind die Lähmungsprogramme, die die Polizei von Deeptown in Auftrag gegeben hat«, antwortet Dibenko. »Sie bewirken eine Lähmung von fünfzehn bis zwanzig Minuten, die ohne Folgen wieder abklingt. Die nächsten fünf ... Bei denen handelt es sich um besagte Neuentwicklung, die wohl nicht in Serie gehen wird. Die Wahrscheinlichkeit eines letalen

Ausgangs ist zu hoch. Sie lösen zwar auch nur eine temporäre Lähmung aus ... die allerdings auch den Herzmuskel betrifft.«

»Und du bist bereit, mir diese Waffe zu überlassen?«

»Wollen wir einen kleinen Vertrag aufsetzen? In dem du dich verpflichtest, eine neue Software zu testen. Bislang gibt es leider noch keine Gesetze, die vergleichbare gefährliche Produkte verbieten. Deshalb hoffe ich auf deine Besonnenheit, Diver.«

Ich hebe die Pistole auf und sehe Dibenko an. Wenn ich jetzt auch von einem Lichtkreis eingekesselt werden würde, dann würde Dibenko vielleicht verwundert sein. Zumindest würde er doch wohl zusammenzucken.

Aber anscheinend ist mir im Tempel alles erlaubt.

»Was soll ich damit, Dmitri?«, frage ich, und ohne eine Antwort abzuwarten, füge ich hinzu: »Gut, ich glaube dir. Und Deeptown tut mir leid. Mir wird angst und bange bei dem Gedanken, was hier losbricht, wenn eine solche Waffe in Umlauf kommt ... Aber ich kann das Rad der Zeit nicht zurückdrehen. Und ich will keine Rache üben. Ich werde nicht einem jungen Dummkopf hinterherjagen, der einmal Räuber und Gendarm gespielt hat. Ich habe nicht einmal vor, dich zu erschießen ... und sei es nur deswegen nicht, weil du die *Tiefe* geschaffen hast. Nein, Dibenko, all das ist doch eine Farce. Es hat als Tragödie angefangen und endet jetzt als Farce. Ich habe diesen Tempel betreten ... habe diese verdammte Waffe bekommen ... und wozu? Ich hätte mir all das sparen können. Obwohl – nein, das stimmt nicht. Du weißt, dass ich neue Freunde gefunden habe. Und das bedeutet mir sehr viel. Wenn nur Romka nicht dafür hätte bezahlen müssen ...«

Die Nebelmaske, die das Gesicht Dibenkos ist, richtet sich auf mich. »Dann wirst du also die gestohlenen Daten vernichten?«, fragt Dibenko.

»Nein. Hier im Tempel sind sie sicher, das kannst du mir glauben.«

»Das verstehe ich nicht«, erwidert Dibenko leicht erstaunt. »Wirklich, das verstehe ich nicht.«

»Was?«

»Hast du vielleicht vor, die *Tiefe* für immer zu verlassen?« Das Unverständnis ist also nicht gespielt. Auf beiden Seiten nicht.

»Wie kommst du denn darauf? Natürlich werde ich auch weiterhin in die *Tiefe* gehen.«

»Bist du dir so sicher, dass du immer rechtzeitig auftauchen kannst? Um dich vor der Kugel in Sicherheit zu bringen?«

»Vor wessen Kugel?«

»Des Dark Divers.«

Geht das schon wieder los.

»Warum sollte der mich töten wollen, Dmitri?«

»Weil du etwas hast, das er dringend braucht!«, brüllt Dibenko. »Und solange du diese Daten aufbewahrst, wird er dich jagen. Und deine Freunde auch! Er wird dir genauso zusetzen wie mir, und er wird dir am Ende die Dateien abnehmen!«

»Aber wozu?!«, brülle ich. »Wenn der Dark Diver sowieso schon eine Waffe der dritten Generation hat, wenn er dich damit seit Langem bedroht ...«

Als Dibenko aufsteht und das Kissen mit dem Fuß wegkickt, begreife ich, dass ich mich verplappert habe.

»Du hast dir die Daten also noch gar nicht angesehen?«, bringt er heraus. »Oder?«

»Nein«, räume ich ein. »Aber sie enthalten doch die Quelltexte für eine Waffe der dritten Generation, oder?«

Daraufhin bricht Dibenko in ein derart anhaltendes Gelächter aus, dass ich alle Zeit habe, mir innerlich eine Narrenkappe aufzusetzen, mir lange Ohren zu zeichnen und einen Zettel mit der Aufschrift *Esel* auf den Rücken zu pappen.

»Leonid ... du ... du bist einmalig. Echt. Aber in Ordnung. Ich verlange nicht von dir, dass du mir die Daten unverzüglich zurückgibst. Sieh sie dir in aller Ruhe an. Und dann triff deine Entscheidung. Und die Pistole ... die behalte lieber. Sei darauf gefasst, dass du sie einsetzen musst. Denn dein Leben ist jetzt wirklich nicht mehr viel wert. Sag auch deinen Freunden, dass sie nicht in die *Tiefe* gehen sollen. Denn jetzt bist du das Ziel des Dark Divers. Weil du wesentlich leichter zu erwischen bist als ich!«

»So einfach ist das nun auch wieder nicht. Immerhin bin ich ein Diver!«

»Leonid.« Der Mann Ohne Gesicht beugt sich über mich, denn ich sitze noch immer auf dem Boden. »Selbst wenn du dir die früheren Fähigkeiten der Diver bewahrt haben solltest ... sind sie nichts im Vergleich mit seinen Fähigkeiten! Das darfst du mir glauben! Ich frage mich sogar manchmal, ob ihr nicht all euer Können eingebüßt habt, damit es sich in einem einzigen Menschen wieder sammeln kann. Damit dieser Mensch zum Dark Diver werden kann. Er ist nahezu allmächtig. Die Hälfte der Projekte meiner Firmen dient nur dazu, den virtuellen Raum zu schützen und zu beobachten. Und weißt du auch, warum? Weil der Dark Diver mich ununterbrochen angreift. Ich traue mich kaum noch in die *Tiefe*! Sogar in diesem Moment bin ich von einer Unzahl von Schutzpanzern umgeben. Und bisher hat mich nur eins gerettet: Der Dark Diver ist, wie die meisten von euch, ein hundsmiserabler Hacker. Es ist, als ob Magie und Technik aufeinander losgehen. Er schlägt mit seinen Diver-Möglichkeiten irgendwie intuitiv auf meine Programmierer ein. Bisher konnte ich ihm immer noch etwas entgegensetzen. Aber das hat mich enorme Anstrengungen gekostet. Der Dark Diver braucht die Daten. Also nimm dich in acht!«

»Was passiert, wenn ich ihm diese Daten gebe?«, frage ich.

»Sieh sie dir erst einmal an! Danach vernichtest du sie am besten. Und lass mich diesen Kampf zu Ende führen. Ja, Leonid, ich bin bereit, den Dark Diver zu töten. Aber wenn du das übernehmen würdest ... dann könnte das Gerücht, das du in die Welt gesetzt hast, Wirklichkeit werden. Denn ich würde mir diesen Mord einiges kosten lassen.«

Er wartet eine geschlagene Minute, doch ich erwidere kein Wort. Solange ich die Daten nicht in Händen halte, solange ich nicht weiß, was Dibenko eigentlich fürchtet und was er verbirgt, auf was der Dark Diver Jagd macht und was er so heiß begehrt, habe ich kein Recht, mich zu alldem zu äußern.

»Ich wünsche dir, dass du überlebst«, meint Dibenko. »Lässt du mich jetzt wieder raus?«

»Geh nur!«, sage ich. »Die Tür öffnet sich von selbst.«

Ich kann nur hoffen, dass das stimmt und dass Dibenko nicht mitbekommt, dass ich im Tempel ein unwissender Newbie bin.

Die Tür öffnet sich tatsächlich. An der Schwelle dreht Dibenko sich noch einmal zurück. »Wenn du dir die Daten angesehen hast, setz dich mit mir in Verbindung«, bittet er. »Dann reden wir weiter!«

Ich bleibe allein zurück.

Mit einer Pistole, mit der man jemanden in der Realität umbringen kann. Die ich für Dibenkos größtes Geheimnis gehalten habe. Obwohl sie kaum mehr als eine Wasserpistole zu sein scheint, in diesem großen, echten Spiel – von dem ich nicht die geringste Ahnung habe!

Scheiße aber auch! Wenn Ilja bloß endlich in die *Tiefe* käme!

Ich hole den Pager raus und blicke finster auf die Lämpchen. Da leuchtet ein weiteres auf, fast als wäre es unter meinem Blick zum Leben erwacht. Irgendwo in der realen Welt sitzt Ilja am Rechner, während vor ihm ein Regenbogen explodiert, der die Welt in ein Märchen verwandelt ...

Ich bringe die Geduld auf zu warten, bis er in der *Tiefe* angekommen ist – Gott weiß wo – und die eingegangene SMS liest.

Prompt empfange ich seine Antwort: *Ich komme.*
Wenn Dibenko wirklich Zugriff auf meinen Pager hat, ob er dann durch diese SMS versteht, wo die Daten eigentlich gerade sind?

Aber was würde es ihm nutzen, sich Ilja zu schnappen? Nichts. Der Junge hat den Brief ja nicht mal bei sich. Der liegt im Büro der Firma. Und in die kann selbst Dibenko mit seinen Möglichkeiten nicht einsteigen.

Vielleicht könnte der Superman von Dark Diver hier im Tempel einen Hack landen. Aber er muss die dechiffrierten Daten in die Finger kriegen, nicht die verschlüsselten.

Ich überschlage, wie lange Ilja zum Tempel unterwegs ist. Das hängt in erster Linie von den Kapazitäten seines Rechners ab. Wenn er von einer Soundkarte für hundert Dollar träumt, dürfte seine Kiste nicht sehr schnell sein. Wahrscheinlich hat er nur einen museumsreifen Pentium II. Oder sogar nur einen Pentium. Mit völlig ausgelasteter Festplatte. In den Staaten und in Japan müssen Minderjährige mindestens einen Pentium II mit einem Prozessor mit 400 MHz und einem Arbeitsspeicher von 128 MB haben, um in die *Tiefe* zu gehen. Aber wir sind nicht die Staaten, bei uns ist alles möglich.

Ich sollte wohl von zehn Minuten bei einer guten Verbindung ausgehen. So lange braucht ein Rechner wohl, um das vollständige Bild eines Ortes zu erstellen, an dem Ilja nie zuvor war. Das bedeutete eine gemütliche Fahrt im Taxi oder eine nette kleine Fahrradtour.

Jetzt nehme ich zu Maniac Kontakt auf, per Telefon, nicht per SMS. Er geht sofort ran, muss also mit dem Pager in der Hand auf meinen Anruf gewartet haben.

»Du Schuft!«

Übel nehmen kann ich ihm das nicht. Während ich mir den Tempel angesehen und mit Dibenko gesprochen habe, sind die anderen vor Neugier fast geplatzt. Außerdem haben sie sich wahrscheinlich Sorgen um mich gemacht.

»Ich hatte überraschend Besuch«, erkläre ich. »Kommt her!« Ich schicke ihm die Adresse.

»Irgendwann werde ich dich auch eine halbe Stunde lang einer solchen Qual aussetzen!«, droht mir Maniac und legt auf.

Recht hat er ja ...

Aber wie hätten wir denn auch ahnen sollen, dass Dibenko hier aufläuft?

Dass er mich beobachtet und den Moment abpasst, da ich den Tempel betrete?

Ich fange an, auf und ab zu tigern. Wenn bloß die anderen schon hier wären! Wenn bloß Ilja endlich die Daten abliefern würde!

Was enthalten sie – wenn Dibenko sich fast sicher ist, dass ich zu ihm überlaufe, sobald ich ihren Inhalt kenne?

Was kann wichtiger sein als ein möglicher Tod der virtuellen Welt?

Es gibt nichts Beschisseneres als zu warten – und dabei nicht das Geringste tun zu können.

iii

Zwei Taxis fahren vor. Aus dem ersten steigen Bastard, Dschingis und Pat, aus dem zweiten Maniac und der Magier. Ich stehe mit gesenktem Kopf vor dem Turm. Jetzt würde ich was zu hören kriegen ...

»Ljonka!«, schreit Pat und hüpft auf der Stelle herum. »Wir haben es geschafft!«

Dschingis und Bastard wirken ebenfalls nicht so, als seien sie sauer auf mich. Der Magier steht da und mustert den Turm mit der skeptischen Miene eines Bauherrn, der ein eben fertiggestelltes Objekt abnimmt.

Nur Maniac blickt finster drein und droht mir mit der Faust. Okay, soll er.

Die Taxis fahren wieder ab. Die computergenerierten Fahrer zeigen nicht das geringste Interesse für diesen Turm mitten im Wald. Aber was soll er ihnen auch schon bedeuten?

Ich lasse meine Freunde hinein, wobei ich jedem von ihnen auf die Schultern klopfe und meinen Arm dann beiläufig auf ihnen ruhen lasse, bis sie ihm Tempel sind. Bastard versteht offensichtlich, was es damit auf sich hat. Und Maniac auch. Die anderen achten jedoch nicht weiter darauf.

»Das ist also der Tempel?«, fragt Dschingis leicht enttäuscht, als er drinnen ist. »Ziemlich ärmlich ...«

»Was ist da oben?«, will Bastard wissen.
Pat stürmt derweil bereits schweigend die Treppe hoch. »Hier sind Bilder!«, erklingt kurz darauf seine begeisterte Stimme. »Coole Bilder!«
Der Magier lässt sich zu Boden plumpsen, klaubt sich ein paar Kissen zusammen und sieht uns mit zufriedenem Blick an.
»Wo ist der Brief?«, kommt Maniac als Erster zur Sache.
»Der wird gleich zugestellt«, beruhige ich ihn. »Was ist euch passiert?«
»Erinner mich nicht daran«, sagt Dschingis. »Dieses Schwein von Imperator hat mich in zwei Teile gerissen ...«
»Das ist noch gar nichts«, schnaubt Maniac. »Ich weiß jetzt, was ein Mensch fühlt, dessen Kopf getrennt vom Rest seines Körpers über den Boden rollt. Und der Magier ...«
»Das ist nicht nötig!«, fällt ihm Zuko ins Wort. »Bloß kein Gerede!«
»Und Nike?«, will Dschingis wissen. »Ist sie ein Diver?«
»Ja. Und offenbar der Dark Diver. Er hat uns also doch überlistet ... jedenfalls fast.«
»Pat hat uns erzählt, was vorgefallen ist«, sagt Dschingis. »Was ist mit Crazy? Hat er sich noch nicht gemeldet?«
Ich sehe auf den Pager. »Bisher noch nicht. Komisch.«
Eine Welle der Nervosität erfasst uns alle. Das ist wirklich komisch. Aber wir können nichts machen, nur warten ...
»Schurka, du hast Dick doch mitgeteilt, dass mit mir alles in Ordnung ist?«
»Ja. Ich habe ihm eine SMS auf den Pager geschickt.«
»Der Imperator kann Crazy doch nicht tatsächlich getötet haben, oder?«, frage ich, als erwarte ich, von den anderen eine Antwort zu erhalten. »Euch hat er doch auch alle umgebracht ... ohne dass es Konsequenzen gehabt hätte.«
»Was hat dich eigentlich so lange aufgehalten?«, will Bastard wissen.

»Dmitri Dibenko ist hier gewesen. Wir haben miteinander gesprochen.«

Stille tritt ein.

»Was wollte er?«, fragt Dschingis irgendwann.

»Dass ich die Daten lösche. Er sagt, der Dark Diver würde sie um jeden Preis an sich bringen wollen. Und dass wir alle, vor allem aber ich, in Lebensgefahr sind, wenn wir diese Daten nicht vernichten. Das Absurde an der Sache ist ... er hat mich sogar aufgefordert, mir die Dateien anzusehen. Er ist sich nämlich völlig sicher, dass ich danach mit ihm übereinstimme.«

In diesem Moment klopft es zart an die Tür.

»Da kommt unser Brief«, sagt der Magier und reibt sich die Hände.

»Oder der Dark Diver ...«, ergänzt Maniac.

Darüber könnte man lange spekulieren.

Und außerdem könnten die anderen mich fragen, ob es in diesem Diver-Tempel einen simplen Spion gibt.

Da ich die Antwort nicht kenne, gehe ich zur Tür und öffne sie.

»Die Firma HLD, Zustellungsdienst für schwer zu ermittelnde Korrespondenz«, leiert der rotblonde Junge vor der Tür los. »Ist das der Tempel ...?« Da hebt er den Blick – und die Gesichtszüge entgleiten ihm. »Leonid?«, fragt er. »Bist du das?«

»Ja.«

Welchen Schluss er jetzt wohl zieht?

»Willst du mich verarschen?«

Die letzten Tage passieren vor meinem inneren Auge Revue. Wie ich Bastard aufgespürt habe. Romkas Tod. Die Versuche, das Labyrinth des Todes zu bewältigen. Der Besuch des Dark Divers. Nike, die (oder der) uns fast getäuscht hätte. Der Imperator, der sich so verhalten hat, wie sich ein Programm niemals verhalten kann. Die Brücke. Der Besuch des Mannes Ohne Gesicht.

Und all das, um einen Teenie auf den Arm zu nehmen? Um ein paar lustige Abenteuer zu erleben ...?

»Das ist der Diver-in-der-*Tiefe*-Tempel«, sage ich. »Gib mir den Brief!«

»Aber was machst du denn hier?«

»Ich arbeite hier.« Eine fast ehrliche Antwort. »Es ist alles in Ordnung, du hast deinen Brief richtig abgeliefert.«

Ilja sieht mich zweifelnd an, dann langt er nach der Ledertasche, die an seinem Gürtel hängt.

»Na, komm erst mal rein!«, fordere ich ihn auf und schiebe ihn sanft am Ellbogen in den Tempel.

Die illustre Gesellschaft, die sich im Turm versammelt hat, irritiert Ilja überhaupt nicht.

»Hallo!«, begrüßt er die anderen. »Wer unterschreibt?«

»Er.« Maniac nickt in meine Richtung. »Er unterschreibt.«

Nun zieht Ilja den Brief aus der Tasche. Es ist ein großer fester Umschlag, der bereits leicht beschmutzt und zerknickt ist. Er scheint leer zu sein.

»Und?«, murmelt Ilja, als er auf das Kuvert starrt. »Wo bleibt der Brief denn?«

Er will genauso gern wie wir sehen, dass der Brief sich materialisiert, dass die Adresse des Tempels als richtig anerkannt worden ist und die Server von HLD die Daten in den leeren Umschlag übertragen. Sein Wunsch, sich endlich eine neue Soundkarte verdient zu haben, dürfte dabei mindestens genauso groß sein wie unsere Neugier auf die Daten.

Schließlich schwillt das Kuvert nach und nach an. Es wird schwerer, Ilja lässt sogar die Hand leicht sinken. Auf sein Gesicht schleicht sich ein Lächeln, das so begeistert, ehrlich und offen ist, als hätte er einen dicken Brief von einem todkranken, millionenschweren Verwandten erhalten.

»Unterschreib jetzt!«

Das sollte nun wirklich kein Problem sein. Ich hinterlasse mein Autogramm auf dem Zustellungsbescheid – und nehme den Brief an mich.

»Also dann ... ich muss hier irgendwo ...«, setzt Ilja an, während er in seinen Taschen kramt. »Ich schulde dir fünfundzwanzig Dollar, oder? Die kannst du gleich ...«

»O nein, dieser Leonid, da verdient er auch noch an dem Brief«, fährt Bastard mit theatralischem Flüstern dazwischen.

Diese Giftnatter.

»Vergiss es«, sage ich zu Ilja.

»Wie, vergessen? Wir haben doch abgemacht ...« Ilja zieht ein paar zerknüllte Dollarscheine aus der Tasche.

»Okay«, sage ich schnell. Ich nehme das Geld an mich – und drücke es ihm wieder in die Hand. »Trinkgeld. Wie es sich gehört.«

Ilja schnauft, steckt das Trinkgeld aber weg. Er nickt in Richtung der anderen. »Zahlen die Diver so gut?«, fragt er neugierig.

Da geht mir endlich die Komik der Situation auf. Wie sollte Ilja mich auch für einen Diver halten? Mich, der ich ein ebenso unbescholtener Einwohner Deeptowns bin wie er, der ich früher Möbel geschleppt habe und nun ins gemachte Nest untergekrochen bin.

»Kann nicht klagen.« Ich schiele aus den Augenwinkeln zu den anderen hinüber. Der Magier und Bastard amüsieren sich königlich. Dschingis und Maniac scheinen vor Neugier beinah zu platzen und bringen deshalb nicht mal mehr ein Lächeln zustande. »Okay, Kumpel, danke ...«

»Keine Ursache.« Ilja streckt mir die Hand entgegen, und wir verabschieden uns per Handschlag. »Du ... lass dich mal wieder in der Kneipe blicken ... zum Quatschen.«

»Mach ich.«

Ob ihn das alles wirklich nicht interessiert? Ob es ihn wirklich kaltlässt, mal mit Divern zu reden? Mit Ex-Divern, meine ich natürlich. Und der Tempel? Aber gut, auf den ersten Blick macht er tatsächlich nicht viel her. Ein leerer runder Raum, eine Treppe ...

Ich schließe die Tür hinter ihm und drehe mich zu den anderen um.

»Mach schon«, treibt mich Maniac an. »Ich glaube, es ist am besten, wenn du den Brief öffnest.«

Das Papier ist fest, ich muss sogar ein Eckchen mit den Zähnen aufreißen, bevor ich den Umschlag öffnen kann.

»Wo steckt eigentlich Pat?« Bastard späht plötzlich nervös die Treppe hoch.

»Er weiß, dass wir hier nicht auf einer Exkursion sind. Wenn er verpasst, wie wir den Brief lesen, ist er selbst schuld«, entgegnet Dschingis. »Komm schon, Leonid!«

Ich entnehme dem Umschlag ein dickes Büchlein, das fest in Plastikfolie eingeschweißt ist. Das ist der Schutz, der nicht zu knacken ist. Und hier, im Diver-in-der-*Tiefe*-Tempel, ist der Schlüssel eingebaut.

Ich pule am Rand der Folie. Zunächst geschieht gar nichts.

Doch schließlich reißt das Plastik knisternd ein und zerfällt in kleine Teile. Wie Konfetti. Der Schlüssel ist akzeptiert worden.

»Die Gesellschaft New boundaries«, lese ich vor. *»Vorläufiger Bericht zum Projekt Sweet immersing. Nur für Angehörige des Aufsichtsrats.«*

»Den Teil kannst du dir sparen!«, drängelt Dschingis.

Ich setze mich auf den Boden und öffne das Buch. Weißes Papier, schwarze Schrift. Trocken, offiziell, konservativ. Nichts zur Auflockerung, keine Animation, Soundeffekte oder Videoclips. Aber das ist ja auch keine Präsentation fürs Publikum, sondern Arbeitsmaterial ...

»Hier gibt es eine Art Vorwort«, informiere ich die anderen mit einem Blick auf die erste Seite. *»Das Deep-Programm,* *die revolutionäre Entdeckung im Bereich der Psychotechnik, hat die Erschaffung einer neuen, einer virtuellen Welt ermöglicht, die wir Deeptown nennen. Die kühnsten Träume der Menschheit sind damit in Erfüllung gegangen. Es sind völlig neue Industrien der Wissenschaft, Produktion und des Entertainments entstanden. Fünf Jahre nach der Grundsteinlegung Deeptowns zeigen sich indes auch negative Folgen dieser virtuellen Welt. Deeptown ist zu einem bloßen Spiegelbild des realen Lebens verkommen und in keiner Weise mehr frei von den Lastern und Unzulänglichkeiten der menschlichen Natur. Dieser Fehlentwicklung soll mit dem Projekt Sweet immersing entgegengewirkt ...«*

»Wo bleibt der Passus über den bahnbrechenden Parteitag, Ljona?«, fragt Bastard in scharfem Ton. »Revolutionäre Entdeckung, die kühnsten Träume ... Das ist doch Rotz mit Schokoüberzug!«

»Was ist mit Schokolade, Tocha?«, fragt Pat, der gerade wieder auf der Treppe erscheint.

»Die würde dir sowieso nicht schmecken! Also halt den Mund!«, sagt Bastard, ohne sich umzudrehen. »Komm her und hör zu, wenn wir dich schon nicht rausschmeißen!«

Pat sagt kein Wort, stiefelt polternd die Treppe runter und setzt sich neben Bastard. Ich blättere vor. Das, was wir suchen, müsste bald kommen. Romka hatte nicht viel Zeit, er konnte sich nur wenige Seiten ansehen, nur ein paar Absätze lesen. Dabei muss er auf etwas gestoßen sein, das ihn so geschockt hat, dass er alles um sich herum vergessen hatte.

»Hier steht was über das Projekt *Deep box*«, sage ich. »Eine technische Dokumentation. Die sich eher mit Hard- als mit Software befasst.«

»Gib mal her!« Dschingis streckt die Hand aus, doch ich tu so, als bemerke ich es nicht.

Das hier ist meine Sache. Mein Kampf! Dieser Ausdruck ist mit Blut und Dreck besudelt, aber in dem Fall trifft er zu: Es ist mein Kampf! Ich mag Dschingis. Er ist ein intelligenter, starker und guter Mann. Gerade Letzteres ist wichtig, dass er gut ist – dabei aber nicht blind und alles verzeihend. Nein, er ist ein sehender Mensch – und dabei gut.

Aber er ist nicht in diesen Abgrund zwischen den Felswänden aus Feuer und Eis gesprungen. Es ist nicht sein Freund, der ermordet worden ist. Nicht er wurde verraten und verkauft. Natürlich freue ich mich für ihn, dass ihm das erspart geblieben ist. Aber dieses kleine Buch, das Romka das Leben gekostet hat, gehört mir. Und ich allein entscheide, was ich daraus vorlese und was ich übergehe.

»Gleich ...«, murmele ich, während ich weiterblättere. Maniac seufzt, wartet aber geduldig. Der Magier liegt in der Pose eines Sultans da, der aller Lebensfreunden überdrüssig ist, und gähnt demonstrativ.

»Was hast du da gerade?«, fragt Dschingis erneut. Und diesmal antworte ich ihm.

»Skizzen. Ich würde sagen, dass sieht aus wie ein ergonomischer Stuhl ... oder eher gesagt ein ergonomisches Bett ...«

Wenn fünf Leute ungeniert in das Buch glotzen, das du in Händen hältst, hast du kaum noch eine Chance zu entscheiden, was du ihnen mitteilst und was nicht.

Anders ausgedrückt: Es ist unmöglich.

»Das ist doch Tinnef!«, bringt Bastard zum Ausdruck, was alle denken. »Kann mir doch niemand erzählen, dass alle Welt auf diesen Zwitter zwischen Bett und Zahnarztstuhl scharf ist, den diese Wunderknaben entwickelt haben!«

»Sie haben ihn nicht mal entwickelt, sondern nur gebaut«, korrigiert ihn Maniac, der sich vorbeugt und ein paar Seiten vorblättert. »Hier sind sogar die Patentkäufe dokumentiert! Diese

Dinger hier werden im Gesundheitswesen eingesetzt, um bettlägerige Menschen zu versorgen. Und die hier in der Weltraumforschung. Dann sind da Systeme zur Fernkontrolle und kontaktlose Interfaces ...«

»Eine regelmäßige Körpermassage, die Option für Sondenernährung oder intravenöse Ernährung ... Das ist das Aus für den Sensoranzug und den VR-Helm«, hält Dschingis fest.

»Recht abgefahren. Oberflächlich, aber abgefahren. Ich persönlich hätte gegen einen solchen Computerplatz nichts einzuwenden. Wenn ich mehr als zehn Stunden in der *Tiefe* bin, habe ich immer wahnsinnige Rückenschmerzen. Aber deswegen jemanden umbringen ... oder das zu fürchten ... das ist doch Quatsch!«

»Der Dark Diver hat sich besonders für den zweiten Teil des Projekts interessiert«, ruft Bastard uns in Erinnerung. »Schlag den mal auf, Ljonka. Wie hieß es doch gleich? Artificial character oder so.«

»*Artificial nature*«, sage ich und blättere weiter. »Hier! Und jetzt geht es ausschließlich um Software!«

»Das sind Filtersysteme«, bemerkt Maniac mit gerunzelter Stirn. Ich schlage die Seiten schneller um, vertiefe mich kaum noch in den Text. »Für Bilder, Geräusche, räumliche Verschiebungen ... Meine Güte! So ein Kompressionslevel können die doch nie im Leben erreichen!« Er reibt sich die Nasenwurzel und fährt unsicher fort: »Oder doch?«

»Und wozu soll das alles gut sein?«, frage ich Schurka.

»Sieht aus wie ein Überwachungssystem, oder?«, wendet sich Maniac an Bastard.

»In der Tat«, bestätigt Bastard. »Ein System, das sich selbst weiterentwickelt und das Verhalten eines Objekts feststellt. Anscheinend eines Menschen. Noch dazu mit Rückkopplung. Und sogar mit Prognosen und KI-Elementen.«

»Die moderne Technik ist noch nicht so weit, dass eine künstliche Intelligenz möglich wäre!«, ereifert sich Maniac.

»Stimmt«, räumt Bastard ein. »Aber hier geht es ja auch nicht um einen einzelnen Rechner. Die zielen auf eine Anbindung an die Netzressourcen. Das bedeutet eine Umverteilung der Daten ... der allgemein zugänglichen genauso wie der persönlichen, das bedeutet Stromverschlüsselung und Decoder.«

»Man muss solche Berichte von hinten anfangen«, erkläre ich da und schlage das Buch auf den letzten Seiten auf.

»Ein Resümee«, ruft Pat erleichtert aus. »Das lese ich auch immer zuerst!«

»*Das Projekt Artificial nature wurde drei verschiedenen Testserien unterzogen*«, lese ich vor. »*Wie bereits dargelegt ...*«

Da wir die Berichte zu den Experimenten, die sich irgendwo zwischen den Beschreibungen der Software und dem Resümee finden, nicht gelesen haben, verstehen wir diesen Bezug nicht. Aber er wird schon stimmen. Romka hat das vermutlich ebenso gesehen, denn auch er muss das Buch von hinten angefangen haben.

»*Durch die Nutzung von Datenbasen Dritter bei der Programmierung des Ausgangsverhaltens, das Kopieren von Reaktionen der (menschlichen) Probanden und die Analyse der Effizienz der eigenen Handlungen konnten Resultate erzielt werden, die weit über die bisherigen Werte für eine Künstliche Intelligenz hinausgehen. Bei Erhöhung der Kapazitäten des Operationssystems sowie bei Ausweitung des Lebensraums der virtuellen Figur dürfte die KI mit der Zeit jene Parameter aufweisen, die als Schwellenwerte des Verstandes gelten. Einige Besonderheiten des eingespeisten Ausgangsverhaltens müssen indes – bei aller Effizienz für die rasche Entwicklung und Selbstvervollkommnung der Figur – als inadäquat für die weitere Arbeit betrachtet werden. Daher sollte die Testserie in den nächsten zwei bis drei Monaten einge-*

stellt werden, danach sollten die Versuche an Figuren mit einem weniger aggressiven Ausgangspotenzial wieder aufgenommen werden.«

»Ich weiß, wer damit gemeint ist«, sagt Pat zu unserer Überraschung. »Ganz genau.«

Ich sehe ihn an und nicke. Wenn ich mich nicht täusche, zittert Pat leicht.

Es ist eine Sache, Geisel in einem Spiel zu sein. Aber es ist eine ganz andere zu verstehen, dass dich ein lebendiges Wesen gepackt hat, um sich hinter dir vor einem Raketenwerfer in Deckung zu bringen. Ein Wesen, das schon fast über Intelligenz verfügt. Der Imperator, der an das letzte Level des Spiels gekettet ist. Der ein ums andere Mal in den Kampf ziehen muss, der unbesiegbar und stark ist – und trotzdem ein ewiger Verlierer.

»Sollen sie doch alle ... Halt dir die Ohren zu, Pat!«, brüllt Bastard. »Sollen sie doch ...«

»Halt den Mund!«, fährt Dschingis ihn an. »Gut, jetzt wissen wir, dass sie Experimente zur KI durchführen und dafür eine Figur aus einem Internetspiel nutzen. Das ist im Grunde eine brillante Idee. Unbedingt rentabel, schließlich sind sie für die Programmierung des Imperators sogar noch bezahlt worden. Erinnert ihr euch an das Lamento von Crazy? Darüber hinaus verhindern die exzellenten Verteidigungssysteme des Labyrinths, dass ihre Figur ausbricht oder Hacker zu ihr vordringen können. Zudem ist der permanente Zustrom neuer Spieler, die ständig die Taktik und die Strategie ändern, gewährleistet.«

»Was heißt hier Strategie!«, empört sich Bastard. »Der hat mich allein mit seinem Blick in Flammen aufgehen lassen!«

»Ja und? Das ist das aggressive Ausgangspotenzial – hast du etwa nicht zugehört? Und diese Aggression ist leider nicht verwunderlich. Denn die Notwendigkeit, sich zu verteidigen und anzugreifen, ist nun einmal der Motor jeder Evolution. Daran ändert auch die Tatsache nichts, dass diese Evolution im virtuellen Raum stattfindet und der Imperator anstelle eines Körpers nur elektrische Impulse hat. Das Ganze ist sehr gut durchdacht – widerlich, aber intelligent.«

Bastard atmet laut ein und aus, sagt jedoch kein Wort.

»Ich habe mal ein Buch gelesen«, ergänzt Dschingis, »in dem der positive Held der positiven Heldin auseinandergesetzt hat, was nötig ist, um zu siegen. ›Werde böser als die Bösen, werde gemeiner als die Gemeinen.‹ Und diese positiven Figuren des Buches sollten als human gelten. Was erwartest du da von Geschäftsleuten, Bastard? Wenn selbst ein Schriftsteller, der glaubt, seine Leser zum Guten zu erziehen, ein solches Prinzip verkündet? Und was erwartest du dann von diesem computergenerierten Imperator? Er wird andauernd umgebracht! Jeden Tag! Die Leute kommen überhaupt nur zu ihm, um ihn zu töten. Niemand besucht ihn, um mit ihm in seinem Park Tee zu trinken! Verdammt noch mal, er konnte gar nicht anders werden!«

»Ja, ja, ich habe es verstanden!«, knurrt Bastard. »Allerdings findest du am Ende immer für alles eine Rechtfertigung!«

»Eben habe ich dir nur dargelegt, was mich das Leben gelehrt hat«, sagt Dschingis. »Und natürlich kannst du nicht alles rechtfertigen. Aber fast alles. Lies weiter, Leonid!«

»*Die zweite Testserie*«, fange ich an. Maniac und der Magier haben diesen Teil während des Geplänkels von Dschingis und Bastard schon gelesen, warten aber geduldig, bis ich die Seite umblättere. »*Hier wurden Experimente mit Freiwilligen durchgeführt, die mindestens zwölf Stunden pro Tag in der* Tiefe *verbringen. Bei Beginn der Experimente variieren die technischen Daten ihrer Rechner von mittlerer bis maximaler Schnelligkeit nach US-*

Standard. Die freien und allgemein zugänglichen Server, über die Deeptown läuft, dienten als zusätzliche Ressourcen. Wie aus den Grafiken hervorgeht ...«

»Wo sind die Grafiken?«, fragt Pat. Ich ignoriere die Frage, Dschingis erklärt Pat mit schnellen und leisen Worten etwas. Wahrscheinlich die Bedeutung des Wortes Resümee.

»Die ersten Hinweise auf ein Afterlife wurden nach vier Monaten beobachtet. Zum einen war die Reaktionsgeschwindigkeit um ein Vielfaches gesteigert, was nur mit technischen Mitteln festgestellt werden konnte. Zum anderen lag ein gewisser Abstand zwischen dem Aufwachen eines Menschen aus der Deep-Hypnose und dem Verschwinden seiner virtuellen Figur. Nach einem Jahr war bei allen Probanden des Experiments eine ›Fremdsteuerung‹ zu beobachten. Sobald sie sich in der virtuellen Welt aufhielten, wähnten sie sich in einem Zustand, der mit einem Drogenrausch zu vergleichen ist; ihr Körper schien unabhängig von ihnen zu agieren, eine dritte Person schien für sie zu sprechen. Die Probanden selbst schienen sich dieser ›Fremdsteuerung‹ indes nicht bewusst, sondern fassten offenbar alle verbalen Äußerungen und alle Taten als eigene und angemessene Reaktion auf. Als abschließender Beweis für ein Afterlife kann das Verhalten der virtuellen Figur nach erzwungener Abtrennung vom (menschlichen) Operator angesehen werden. Dabei waren zunächst eine kurzzeitige ›Erstarrung‹ der Figur sowie inadäquate Reaktionen auf die Umwelt zu beobachten; anschließend folgte jedoch eine kurze Phase äußerlich sinnvoller und in das Verhaltensmuster des Operators passender Handlungen. Im Zuge wiederholter Experimente gelang es, die Phase der ›Erstarrung‹ derart abzukürzen, dass sie durch technische Mittel nicht mehr nachgewiesen werden konnte. In Einzelfällen existierte die virtuelle Figur bis zu mehreren Stunden eigenständig weiter, die maximale Dauer lag dabei bei 26 Stunden und 13 Minuten, was deutlich über der Zeit liegt, die

ein Mensch in der Tiefe bleiben kann. *Äußerlich zeigten die Figuren keine Auffälligkeiten, sie waren imstande, über alltägliche und Fachthemen zu kommunizieren. Darüber hinaus erzählten sie (subjektiv gelungene) Witze, ließen Emotionen sowie depressive Reaktionen erkennen. In drei Fällen wurden kreative Handlungen beobachtet, für die sich keine Analogien festhalten ließen; in einem Fall hat die virtuelle Figur eindeutig intuitive Fähigkeiten erkennen lassen.«*

»Scheiße«, sagt Bastard. »Scheiße, scheiße und noch mal scheiße. Die haben eine Künstliche Intelligenz geschaffen!«

»Wenn es bloß das wäre.« Dschingis setzt sich neben mich. »Leonid, du weißt, um was es hier geht?«

»Sie kopieren ...«, sage ich. »Sie kopieren deine Persönlichkeit. Sie übertragen dich in die virtuelle Welt. Wenn sie das auch tun, ohne das Gedächtnis zu kopieren. Aber das könnte wohl niemand. Von dir bleibt nichts als ein Abdruck deiner Persönlichkeit in der *Tiefe*. Und dieser Abdruck fängt dann an, sein eigenes Leben zu führen. Er greift auf alle Ressourcen zurück, die ihm zugänglich sind. Er imitiert menschliches Verhalten ...«

»Sag mal, mein Junge«, wendet sich Bastard an Pat, »wärst du bereit, deinen Doppelgänger in der *Tiefe* anzusiedeln?«

»Warum nicht? Das würde mir wahrscheinlich sogar Spaß machen«, antwortet Pat. »Ich würde die *Tiefe* verlassen, und er würde sich weiteramüsieren! Nachher würde er mir dann erzählen, was er alles erlebt hat!«

Er kichert bei der Vorstellung, was der Doppelgänger in der *Tiefe* anrichten würde, wenn man ihn nicht kontrollierte.

»Die dritte Testserie wurde unter Hinzuziehung der Deep box durchgeführt. Beklagenswerterweise ist die Reinheit des Experiments dadurch beeinträchtigt worden, dass die Probanden nur vierundzwanzig Stunden im virtuellen Raum bleiben können, und es nicht gelang, diese Barriere zu überwinden. Gleichwohl

können die erzielten Resultate als Erfolg gewertet werden. Hinweise auf das Afterlife ließen sich etwa gegen Ende der ersten Woche beobachten. Ab der Mitte des zweiten Monats war die virtuelle Person zu einer uneingeschränkten Tätigkeit von vierundzwanzig Stunden pro Tag imstande. Messbare Veränderungen in den Reaktionen und im Verhalten ließen sich selbst während des Schlafs des (menschlichen) Operators oder nach seinem Aufwachen aus der Deep-Hypnose nicht feststellen. Unabhängige Experten haben der Figur ein angemessenes Verhalten bescheinigt, sie nimmt am gesellschaftlichen Leben ihres Milieus teil und zeigt die dem Operator eigenen intellektuellen, emotionalen und sexuellen Reaktionen. Signifikante Abweichungen sind hingegen im Verhalten der (menschlichen) Operatoren festzuhalten. Ihr Interesse an der realen Welt sinkt stark, sie zeigen emotionale Indifferenz und gewisse Defizite im Umgang mit Menschen außerhalb Deeptowns, darunter auch mit Individuen, die zuvor besondere Relevanz für sie hatten. Außerhalb der Deep box oder ohne einen Computer wird der Operator nervös, gerät leicht in Erregung und zeigt eine erhöhte Affinität zu Alkohol- und Drogenkonsum. Die sexuellen Reaktionen reduzieren sich dagegen auf ein Minimum. Die Fähigkeiten zur Analyse einer Situation und die intellektuelle Tätigkeit leiden indes nicht. Die Operatoren zeigen ein Maximum an Einfallsreichtum, um eine Fortsetzung des Experiments zu erreichen. Im Verhalten wurde eine auffällige Korrelation mit Prozessen beobachtet, die eine Drogenabhängigkeit begleiten. Die Interpolation der Daten erlaubt die Hypothese, dass die Operatoren der zweiten Testserie am Ende des zweiten Jahres des Experiments ähnliche Veränderungen zeigen werden.«

Alle schweigen.

Jeder hängt seinen eigenen Gedanken nach.

Auch ich.

Dieses Wissen muss Romka das Leben gekostet haben. Nicht die Entdeckung, dass Dibenko eine Künstliche Intelligenz geschaffen hat. Nicht das Wissen um die Möglichkeit, das eigene »Ich« in die virtuelle Welt zu kopieren.

Nein, was ihn in Panik versetzt hat, was ihn dazu gebracht hat, mit den Daten zu fliehen, sie zu verstecken und seine Spuren zu verwischen – das war dieser Passus.

In ihm hat er einen Blick in die Zukunft geworfen. In die Zukunft von uns Menschen. Nicht der Menschen, die in die *Tiefe* gehen, um zu arbeiten, zu entspannen, Freunde zu finden oder sich zu verlieben. Ja, noch nicht mal von den Menschen, für die die *Tiefe* nur Diebstahl, Intrigen, Gemeinheit und Ausschweifungen bedeutet.

Sondern von Millionen von Menschen, die nur noch ein Anhängsel einer virtuellen Figur sind. Millionen von lebenden Maschinen mit geröteten, entzündeten Augen und Muskelschwund, Millionen von in Stücke gerissenen Menschen, die am Monitor kleben, mit einem Helm auf dem Kopf, oder in der *Deep box* hocken, nur damit sich die elektronische Nadel in ihren Verstand bohrt und sie mit den durch die *Tiefe* schwirrenden Teilchen zu einem Ganzen zusammenflickt.

Das ist sie, unsere Zukunft. Das süße Paradies der Eloi, die in virtuellen Gärten leben.

Und natürlich der Herden von Morlocks. Es ist nämlich durchaus nicht gesagt, dass die Morlocks nachts die Wohnungen der Eloi heimsuchen und deren süßes Fleisch benagen müssen. Die Zeit der Nachtgespenster gehört der Vergangenheit an, Mister Wells. Und Sie, mein verehrter Träumer aus Großbritannien, können von Glück sagen, dass sie das nicht mehr erleben. Daten bedeuten Macht, das weltweite Netz bedeutet Macht, eine Atomrakete kann man auch aus der *Tiefe* zünden, und man kann sogar lernen, Roboterpolizisten herzustellen. Ebenso wenig ist es ein Problem, die Betonbunker, in denen *Deep box* stehen, mit einem elektrischen Zaun zu sichern. Oder den Imperator aus dem Labyrinth mit MGs auszustatten.

Aber warum solche Schreckensszenarien entwerfen? Auch ohne sie wäre die Zukunft düster genug.

Wenn du gut lernst, mein Junge, darfst du ins Paradies ... Wozu brauchen wir überhaupt Urlaub? Nein, wir kaufen uns lieber die *Deep box* und entspannen in der Tiefe!

Ich habe gehört, unser Nachbar ist vor einer Woche gestorben. Seine virtuelle Kopie hat es mir gestern erzählt. Wir haben bei einem Gläschen zusammengesessen und auf seinen verschiedenen Körper aus Fleisch und Blut angestoßen.

»Das bedeutet Unsterblichkeit«, presst Dschingis hervor. »Wenn man die *Artificial nature* lange genug laufen lässt, kann die virtuelle Persönlichkeit zu einem autonomen Wesen mutieren. Nehme ich jedenfalls an.«

»Ich würde mich bei einer solchen Unsterblichkeit im Grabe umdrehen!«, murmelt Bastard.

»Bist du dir da sicher? Kannst du wirklich die Hand für dich ins Feuer legen – wenn du dem Tod ins Auge blickst?«

»Ich würde es einmal ausprobieren«, teilt Pat begeistert mit. »Echt!«

»Aber dann würdest du für immer ein vorlauter Bengel bleiben!«, macht Dschingis ihm klar.

»Wär mir doch egal!«

»Was wollen wir mit diesen Informationen jetzt anfangen?«, fragt Maniac.

Zumindest daran hat sich nichts geändert. Du erhältst eine neue Information – und wirst so gezwungen, eine Antwort zu geben.

Auf eine Frage, auf die es keine Antwort gibt. Und das ist das eigentlich beschissene an der Sache.

»Wir können die Daten löschen, so wie Dibenko es vorgeschlagen hat. Aber das wäre ein unwiderruflicher Schritt«, bemerkt Maniac nachdenklich. »Das würde ich nicht raten.«
»Wir könnten sie auf meinen Rechner überspielen«, schlägt Dschingis vor. »Was meint ihr?«
»Warum auf deinen?« Ich klappe das Buch zu. »Was ist mit meinem? Oder Maniacs?«
»In meine Wohnung kommt, glaube ich, so schnell niemand rein. Deshalb dürfte sie am sichersten sein.«
»Und was ist in der virtuellen Welt?«
»Wir sichern sie zusätzlich mit Passwörtern. Gleich mit mehreren. Dann werden die Dateien nur zu öffnen sein, wenn wir alle gemeinsam die Entscheidung treffen.«
»Macht das, Leute«, sagt Maniac. »Sichert sie mit vier Passwörtern. Ihr lebt alle in derselben Stadt ... da ist es besser, wenn ich außen vor bleibe. Aber ich nehme an, ihr würdet trotzdem auf meine Meinung Rücksicht nehmen, oder?«

VIERTER TEIL

Der Spiegel

00

Tiefe, Tiefe, ich bin nicht dein ...
Ich nahm den Helm ab, blieb gedankenversunken sitzen, packte ihn dann auf den Bildschirm und begrub damit die komischen Figuren aus grellem Synthetikfell. Die hatte ich schon lange, sie stammten von einer großen PC-Ausstellung. Ich hatte sie auf den Monitor geklebt, und sie sahen mich mit ihren durchscheinenden Glasperlenaugen an. Vielleicht flüsterten sie ja manchmal miteinander. Wenn ich in die *Tiefe* abgetaucht war.
Wie sieht's aus, Diver? Gibst du dich geschlagen?
»Vika, Ausstritt aus der *Tiefe*. Und fahre den Rechner runter.«
»Wird erledigt.«
Ich erhaschte gerade noch einen Blick auf die Uhrzeit. Halb eins. Das war nicht übermäßig spät. Ich hatte Kopfschmerzen, aber nicht so starke, wie ich befürchtet hatte.

Wir hatten das Labyrinth überlistet. Ich hatte die Brücke überwunden und den Tempel betreten. Ich hatte die Daten bekommen – und noch dazu eine Waffe von Dibenko. Eine verbotene Waffe, von der ich den anderen nichts erzählt hatte.

Trotzdem gab es wenig Grund zur Freude.

Dmitri Dibenko würde die *Tiefe* töten. Aber nicht so, wie ich vermutet hatte.

Würde eine Waffe der dritten Generation etwas gegen die seltsamen Symbionten ausrichten, die halb Mensch, halb Maschine waren?

Keine Ahnung, aber meine Instinkte sagten mir, dass dem nicht so sein würde.

Und wie jeder Diver gab ich viel auf meine Instinkte.

Das war übrigens ein weiteres Argument zugunsten der *Artificial nature*. Diese Symbionten dürften ein langes Leben vor sich haben.

Das Schlimme an der Sache war ja nicht die *Deep box*. Das war ein teures, kompliziertes Ding, das sicher nicht für die Massenproduktion taugte. Vielleicht würden ein paar einzelne User, die ihre Persönlichkeit möglichst schnell in die *Tiefe* kopieren wollten, darauf anspringen. Schwerkranke zum Beispiel, die erpicht auf Unsterblichkeit waren, selbst in dieser merkwürdigen Form. Oder Menschen, die in Geld schwammen. Solche wie Dschingis.

Das Deep-Programm dagegen hatte ja gerade deshalb triumphieren können, weil es so schlicht war. Was brauchtest du schon dafür! Selbst ein VR-Helm und ein Sensoranzug waren nur nützliche, angenehme Accessoires, aber nicht obligatorisch. Im Grunde reichten ein Computer, ein Modem, eine Internetverbindung und ein kleines Programm ...

Und nun gab es ein neues Programm, das dir in der *Tiefe* zu Unsterblichkeit verhalf, das einen elektronischen Abdruck von dir erzeugte. Gut, es war ziemlich groß. Aber auch die Kapazitäten der Hardware waren inzwischen ja andere ...

Eine Kopie. Eine neue Persönlichkeit. Ein elektronischer Symbiont.

Nenn es, wie du willst. Du kannst sicher auch noch ewig mit diesem Programm herumexperimentieren, es testen und darüber diskutieren. Vermutlich alles zugleich. Das ändert jedoch nichts an einer Tatsache: Dieses Programm ist nicht einfach reizvoll – es ist eine echte Versuchung.

Wer würde ihr widerstehen?

Und was würde aus Deeptown werden, wenn es genauso viele elektronische Kopien wie lebende Menschen gibt? Würden die Kopien das brauchen, was die Menschen in der *Tiefe* geschaffen haben? Oder würden sie einiges mit leichter Hand über Bord werfen? Würden sie den unvollkommenen Menschen noch etwas übrig lassen? Und wie viel von den Prototypen würde noch in diesen Symbionten stecken? Wie weit würden sie eine eigene Persönlichkeit entwickeln?

Konnte die Zahl der Kopien überhaupt derart ansteigen? Da eine virtuelle Figur nicht über einen einzelnen Rechner zu laufen vermag, würde sie auf einen Teil der allgemein zugänglichen Ressourcen des Internets zurückgreifen. Solange es sich noch um Experimente handelte, hielte sich das alles im Rahmen. Aber was, wenn die Zahl der Figuren auf ein paar Dutzend oder ein paar Hundert anwächst? Wie viele solcher Figuren würde das Netz verkraften?

Und was würden diese elektronischen Trugbilder unternehmen, wenn sie erkennen – und das würden sie früher oder später –, dass ihnen Grenzen durch die Ressourcen gesetzt sind? Würden sie das Auftauchen neuer virtueller Persönlichkeiten verhindern? Würden sie zur Waffe greifen?

Oder ...

Die Rechner, mit denen wir heute arbeiten, sind mehr oder weniger an ihre Grenzen gelangt. Aus Silizium und Germanium ist herausgeholt worden, was herauszuholen war. Aber das quantitative Wachstum würde über kurz oder lang dem qualitativen Platz machen. Dann würden Computer auf den Markt kommen, die auf völlig neuen Prinzipien basieren. Ich erinnere mich noch genau an die Zeiten, in denen ich einen 386er für die schnellste und professionellste Kiste gehalten habe – und heute musst du dich schämen, wenn bei dir zu Hause ein Pentium oder Pentium II steht.

Alles hing davon ab, wann und wie Dmitri Dibenko beabsichtigte, sein neues Projekt, die Software *Artificial nature*, auf den Markt zu werfen. Dann würde sich entscheiden, welchen Lauf die Geschichte nimmt.

Aber Dibenko konnte ich immerhin fragen, wenn ich wollte. Blieb der Dark Diver. Was würde er mit dem Programm tun? Würde er es frei zugänglich ins Netz stellen? Würde er für ungeheure Summen Raubkopien verkaufen? Oder es ausschließlich für sich selbst nutzen? Würde er den Kampf gegen *Artificial nature* aufnehmen, bevor Dibenko sie auf den Markt bringt? Würde er nach Schwachstellen in der Shell suchen?

Ein Haufen Fragen. Ich wusste nicht das Geringste über den Dark Diver. Ich hatte eine gewisse Ahnung ... aber im Moment zog ich es vor, der Sache nicht auf den Grund zu gehen.

Ich stand langsam aus dem knarrenden Stuhl auf, schlüpfte aus dem Sensoranzug und legte ihn aufgeknöpft über die Stuhllehne. Ich lugte zur Schlafzimmertür hinüber.

Ein schwaches Licht schimmerte darunter hervor. Die Brücke zwischen Wachen und Schlafen ...

Ich trat an die Tür heran, öffnete sie leise und spähte hinein.

Vika schlief nicht. Sie saß auf dem zerwühlten Bett vor dem eingeschalteten Laptop und stierte auf den Monitor, der ihren Bildschirmschoner zeigte: einen Wald, eine Frau mit einem Bogen in der Hand, neben ihr sitzt ein Wolf ...

Wenn sie doch bloß schon geschlafen hätte! Dann hätte ich sie nicht geweckt! Und morgen ... morgen würde ich mich bestimmt nicht trauen, ihr meine Fragen zu stellen.

»Gutes Zeitfenster ... Nike!«, sagte ich.

Vika rieb sich fröstelnd über die nackten Schultern.

»Gutes Zeitfenster, Revolvermann«, sagte sie, ohne sich umzudrehen.

01

Ich setzte mich neben sie.
Von außen betrachtet war das alles sehr merkwürdig. Eine fast nackte Frau, ein halbnackter Mann ... Da saßen zwei Menschen nebeneinander, die sich liebten. Die im Leben etwas mehr erlebt hatten als andere Menschen. Sie saßen da und schwiegen, weil jedes Wort nur Unglück heraufbeschwören würde.

»Vika ...«

Sie drehte ganz leicht den Kopf und sah mich an. »Du erlaubst, dass ich mir eine anzünde?«, fragte sie.

Was sollte das? Seit wann fragte sie mich um Erlaubnis, wenn sie rauchen wollte?

»Gib mir auch eine.«

Vika holte aus dem Nachttisch ein Päckchen Zigaretten, starke, keine leichten Frauenzigaretten. Und ein Feuerzeug sowie einen Aschenbecher. Eine weitere Überraschung. Natürlich stöberte ich nicht in ihren Sachen. Aber hätte mir nicht der Geruch auffallen müssen? Wahrscheinlich ...

»Du bist im Tempel gewesen?«, fragte Vika, als sie mir Feuer gab. Auch das hätte anders herum sein müssen ...

»Ja, bin ich.«

»Das freut mich, Revolvermann. Was musstest du tun, um hineinzukommen?«

»Die Brücke überqueren. Die aus meinen Träumen. Die, über die ich nie rübergekommen bin.«

»Komisch ...« Sie inhalierte tief und legte die Zigarette ab. »Ich habe mir schon gedacht, dass der Test irgendwie mit dir persönlich zusammenhängt. Was mich erstaunt, ist, dass der Zusammenhang so direkt ist ...«

»Wieso, Vika?«

»Überleg dir doch mal, wie das gehen soll! Ob das System eine Rückkopplung hat und deine Ängste deshalb projizieren konnte?«

»Das meine ich nicht. Wieso bist du in die *Tiefe* gegangen – ohne mir etwas davon zu sagen?«

»Wirst du mir glauben?«

»Ja.«

Lächelnd streichelte mir Vika die Schulter. »Ich wollte dir helfen. Einfach nur helfen ... als du die Orientierung verloren hast. Mehr nicht.«

Ich schwieg.

»Du hast eine Deep-Psychose, Ljonka. Schon lange. Du ertrinkst, Diver. Vielleicht ist das auch meine Schuld. Ich habe immer etwas geliebt, was es hier gibt, in der realen Welt. Aber alles, was du liebst, was dir Freude bringt und dein Leben ausmacht, ist in der *Tiefe*.«

»Das stimmt nicht ...« Die Worte widersetzten sich mir, waren störrisch, wollen nicht über meine Lippen. Ich könnte jetzt auch einen Stein zernagen – es wäre genauso schwer, wie ein Wort herauszubringen. »Ich habe doch dich ...«

»Schon. Aber nur dort. In der *Tiefe*. Dieser Wahrheit willst du allerdings nicht ins Gesicht sehen. Sonst müsstet du dir eingestehen, dass ich für dich letzten Endes immer in der *Tiefe* geblieben bin. Deshalb bin ich nach Deeptown zurückgekehrt ... um wieder bei dir zu sein.«

»Vor langem?«

»Ja. Es hat nicht gleich geklappt.«

»Nike ...«, murmelte ich und sah sie an. »Was für ein Idiot ich doch gewesen bin! Ich hätte es gleich kapieren müssen. Nike und Viktoria. Die Griechin und die Römerin. Du hast dich nicht einmal groß getarnt.«

»Wozu? Mir war klar, wie du reagieren würdest, wenn du mir auf die Schliche kommst. Trotzdem wollte ich dich nicht hinters Licht führen. Dich nicht.«

»Warum hasst du Dibenko so?«

»Wie kommst du denn darauf?« Vika sah mich erstaunt an. »Ich hasse ihn nicht. Gut, ich hege auch keine besonderen Sympathien für ihn. Aber das ist ja wohl etwas anderes.«

»Und was an ihm gefällt dir nicht?«

»Spielt das wirklich eine so große Rolle, Leonid? Jetzt, hier, wo wir allein sind ... nicht in der *Tiefe* ...? Kommt es da wirklich darauf an, was ich von Dibenko halte?«

»Ja!«, brachte ich scharf heraus.

»Okay. Er ist ein Genie, das zu früh auf den Plan tritt. Er hat etwas ersonnen, für das die Menschheit noch nicht reif ist. Auf das sie moralisch und ethisch noch nicht vorbereitet ist. Das kommt häufig vor, die Väter der Atombombe waren ihrer Zeit auch voraus. Aber kannst du dir Einstein oder Bohr vorstellen, wie sie auf dem Sterbebett hartnäckig behaupten, die Atomwaffe sei ein Segen und müsse öfter eingesetzt werden? Nein, diese Genies wussten, an welchem Punkt sie Schluss machen mussten. Dibenko weiß das im Grunde auch, aber es interessiert ihn nicht. Und deshalb mag ich ihn nicht.«

»Lassen wir ihn aus dem Spiel. Möge Gott sein Richter sein.« Ich schluckte. »Aber was ist mit Romka?«

»Romka?«

»Warum hattest du mit ihm kein Mitleid?«

»Wovon redest du da, Ljonka?«

»Warum hast du ihn mit in dieses Abenteuer hineingezogen?«

Ich sah ihr in die Augen. Und verfolgte, wie ihr Blick immer finsterer wurden. Vielleicht, weil sie mich nicht verstand. Vielleicht, weil sie sauer war.

»Wer hat ihn wo mit reingezogen?«

»Der Dark Diver hat ihn ...« Ich verstummte.

»Wie kommst du darauf, dass ich der Dark Diver bin, Ljonka?«

Gute Frage. Auf die ich selbst gern eine Antwort hätte. Ich hatte es eben einfach angenommen, mehr nicht. Obwohl: Nein, das stimmte nicht. Erst hatte ich vermutet, der Dark Diver sei Nike. Dann war mir klar geworden, dass hinter Nike Vika steckte ...

Und dann hatte ich ein Gleichheitszeichen zwischen beide Gleichungen gesetzt, ohne zu bedenken, dass in der einen immer noch eine Unbekannte auftauchte.

»Ich bin nicht der Dark Diver, Revolvermann. Ich bin mit euch ins Labyrinth gegangen ... weil ich dich da nicht allein lassen wollte. Du solltest jedoch nicht wissen, dass ich in die *Tiefe* gehe. In gewisser Weise habe ich dich also doch hinters Licht geführt, und das tut mir leid. Aber ich bin nicht der Dark Diver.«

»Vika ...«

»Es gibt nichts, was die *Tiefe* mir geben könnte, Ljonka. Es gibt nichts, was sie mir nehmen könnte ... abgesehen von dir.«

»Vika ...«, wiederholte ich. Alle Worte waren zu kalten, spitzen Kieseln geworden, scheuerten hässlich wie Sand auf meinen Lippen. Alle Worte hatten sich in Luft aufgelöst. Nur ihr Name war mir geblieben. »Vika ...«

»Du magst es nicht, wenn dir jemand hilft, Ljonka. Du bist daran gewöhnt, stark zu sein. Du bist daran gewöhnt, dir selbst zu helfen, du bist daran gewöhnt zu retten, andere aus der *Tiefe* zu ziehen und zu verteidigen, du bist daran gewöhnt zu kämpfen und zu gewinnen.« Sie lächelte. »Du bist ein Diver ... und wirst sogar dann noch einen Ertrinkenden an den Haaren aus dem Wasser ziehen, wenn du selbst längst untergehst. Und du wirst jede helfende Hand ausschlagen ... Bestenfalls erlaubst du es jemandem, neben dir herzuschwimmen.«

»Vika ... das stimmt nicht ...«

»Das ist ein Teil der Wahrheit, und zwar kein geringer. Die Ereignisse vor zwei Jahren haben dich stärker getroffen als jeden anderen von uns. Du hast dich selbst verloren, Ljonka. Sogar Romka hat all das besser verkraftet – das darfst du über seinem Tod nicht vergessen. Aber du hast dich eingeigelt. Du hast alle Fäden gekappt, du wolltest gar keinen Ausweg aus deiner Misere finden. Du hast dir immer wieder eingeredet, dass du kein Diver mehr bist.«

»Aber ich bin wirklich kein Diver mehr. Ich bin nur noch ein Niemand.«

»Und deshalb schleppst du gezeichnete Möbel durch die Gegend? Trinkst gezeichneten Wodka in billigen virtuellen Kneipen?«

»Ja – eben weil ich heute ein Niemand bin.«

Vika schüttelte den Kopf. Sie berührte noch einmal meine Hand. »Vor wem läufst du weg, Leonid? Vor wem oder vor was?«

»Mich würde viel eher interessieren, wohin ich renne, Vika. Ich weiß, was ich verloren habe, aber ich weiß nicht, worauf ich zusteuere.«

»Ljonka ...«

Sie umarmte mich, und das kam so überraschend, dass ich zusammenzuckte. Sie schmiegte sich gegen meine Brust. Nichts von dem, was sie sagte, stimmte. Aber das behielt ich für mich.

»Ljonka, du hast nichts verloren ...«

Ich antwortete nicht. Ich saß da, hielt sie in den Armen, vergrub mein Gesicht in ihrem Haar – und schwieg.

»Ljonka, Diver zu sein, das bedeutet, Talent von einer höheren Instanz erhalten zu haben. Von Gott, dem Schicksal oder den

Genen. Da mag jeder das einsetzen, was ihm zutreffend erscheint. Was hast du verloren, Ljonka? Die Fähigkeit, jederzeit aus der *Tiefe* aufzutauchen? Nein. Die Fähigkeit, etwas zu sehen, das andere nicht sehen? Ja – aber war diese Fähigkeit wirklich so wesentlich?«

Wesentlich oder nicht ... hier stand etwas ganz anderes zur Debatte.

Mein Schicksal.

»Ich weiß, woran du jetzt denkst. Du konntest Wunder wirken. Kleine Wunder, als du bloß ein einfacher Diver warst, große Wunder, nachdem du den Loser getroffen hast. Genau das wurde dir dann genommen. Doch nicht nur dir, sondern uns allen. Aber hängt daran wirklich dein ganzes Leben, Ljonka?«

»Das war mein Schicksal.«

»Nein – das war nur das, was du aus deinem Schicksal gemacht hast. Es war lediglich die Form oder das Instrument, aber nicht sein eigentlicher Kern. Was meinst du, gab es viele Dreckskerle unter den Divern?«

»Wir haben immerhin geklaut. Programme, Geld und Geheimnisse.«

»Und? Wie viele von den Divern haben das getan? Und wie oft?«

»Nicht viele, aber ...«

»Wie viele Dreckskerle gab es unter uns, Ljonka? Wie viele Diver haben ihr Talent missbraucht? Spiele, Wetten, Hacks und Diebstähle, ja, das gab es – aber niemand hat sich auf wirklich miese Sachen eingelassen. Du kannst die Gesetze einer Gesellschaft verletzen – aber du darfst nie die Gesetze der Moral verletzen. Hast du das vergessen?«

»Aber damals haben wir alle zusammengehalten. Wir hatten unseren Kodex. Was ist denn davon noch geblieben?«

»Du spielst auf den Dark Diver an, oder?«

»In erster Linie, ja. Über die anderen wissen wir schließlich nichts. Er hat nichts von seinem Talent eingebüßt. Behauptet jedenfalls Dibenko.«

Vika seufzte.

»Ich habe heute mit ihm gesprochen. Wenn Dibenko mich nicht angelogen hat, dann hat der Dark Diver seine Fähigkeiten nicht nur in vollem Umfang behalten, sondern sie sogar noch vergrößert. Er jagt diesen Daten nach, auf die er Bastard und Romka angesetzt hat. Er hasst Dibenko ... und versucht, ihm zu schaden.«

»Deshalb hast du mich also nach Dibenko gefragt ...«

Ich antwortete nicht, sondern langte nur nach ihrer Hand.

Warum hatte ich ihre Augen nicht in denen von Nike erkannt? Warum hatte ich ihre Stimme nicht gehört, die Wärme ihrer Hand nicht gespürt?

Weil ich vergessen hatte, wie sich all das anfühlte – in der Realität? Wie Vika war. Die echte Vika, nicht die gezeichnete auf dem Bildschirm. Weil ich vergessen hatte, wie die Vika war, mit der ich Tisch und Bett teilte?

Märchen enden nicht umsonst mit der Hochzeit. Wobei: Manchmal kommt der Drache ja erst nach der Hochzeit. Ein großer, böser feuerspeiender Drache, der es liebt, Männern die Braut zu entführen. Dann haben die Märchen die winzige Chance, noch ein bisschen länger zu dauern.

Muss man diesen blöden Drachen vielleicht extra züchten – damit das Märchen nicht zu schnell endet?

Ich hasse Drachen. Und diejenigen, die sie züchten.

»Ich bin nicht der Dark Diver, Ljonka. Wirklich nicht.«

»Vika ...«

Einen Moment lang kam es mir so vor, als würde sie gleich in Tränen ausbrechen. Ich zog sie an mich, umarmte sie noch fester und streichelte ihr mit einer Hand das Gesicht. Es war trocken. Vika konnte nicht weinen. Der designten Vika hatte ich das nicht beigebracht – und die echte hatte es von selbst verlernt.

»Ich brauche keine Waffe der dritten Generation, denn ich habe nicht die Absicht, irgendjemanden umzubringen. Weder in der Realität noch in der *Tiefe*.«

»Es geht nicht um eine Waffe. Diese Dateien ...«

»Was enthalten sie eigentlich?«

Ich hielt Vika nach wie vor umfasst. Ich hatte gar nicht genug Hände, um alle zu umarmen, die Trost nötig hatten. Ich war nicht stark genug, um alle vor dem Ertrinken zu retten. Ich hatte nicht genug Leben, um wenigstens eines so zu leben, wie ich es wollte.

Doch du kannst immer nur das tun, was in deinen Kräften steht. Mehr nicht.

»Es geht um ein Projekt, bei dem niemand getötet wird. Im Gegenteil. Es entsteht neues Leben. Nur weiß ich nicht, ob die *Tiefe* dieses Leben braucht.«

Dann erzählte ich ihr alles.

Angefangen von dem Moment an, als ich auf den Abzug gedrückt hatte – obwohl ich bereits ahnte, wen ich tötete.

Ich erzählte über den Tempel, in dem jeder von uns in der Wand verewigt war.

Den Besuch von Dibenko.

Die Ankunft der anderen.

Über den Brief mit den Dateien.

Bis hin zur *Artificial nature*.

»Dieses neue Leben tötet bereits ...«, flüsterte Vika. »Obwohl es noch nicht mal seine ganzen Kräfte voll entfaltet hat.«

»Es ist nicht dieses Leben, das tötet.«

»Es spielt ja wohl keine Rolle, wer den Abzug drückt, ein Killer, der weiß, womit er schießt, oder ein begeisterter Teenie, der nicht mal ahnt, was er anrichtet. Dieses Leben tötet bereits, das ist seine zweite Natur. Es kämpft um seine Existenz, um seinen Platz unter einer gezeichneten Sonne. Bisher noch mit unseren Händen.«

»Diese Wesen können nicht in die reale Welt gelangen. Niemals. Der Imperator kann das Labyrinth nicht verlassen, die elektronischen Symbionten können ...«

»Dafür kann es passieren, dass wir für immer dort bleiben. Und dann wird es gar nicht so viele Diver geben, die nötig wären, um alle zu retten.«

»Nur wird dann auch niemand mehr gerettet werden wollen. Genau das ist ja das Schreckliche ...« Ich atmete so tief durch, als wollte ich ins Wasser springen und tauchen, um die nächsten Worte auszustoßen: »Ich verlasse Deeptown. Ich bin stark genug, um das zu tun.«

»Nein, du wirst Deeptown nicht verlassen.« Sie hob den Kopf und lächelte. Schwach nur, aber immerhin. »Oder willst du jetzt etwa fliehen?«

»Was soll ich denn sonst machen?«

»Du bist ein Diver!«

»Ich bin ein Niemand!«

»Du bist ein Diver! Noch bist du imstande, die Welt nicht durch eine rosarote Brille zu betrachten! Noch bist du imstande, zu gehen und wiederzukommen! Noch kannst du dich in den Kampf stürzen! Denn du bist ein Diver! Und nur darauf kommt es an, Ljonka! Auf Objektivität, Freiheit und Mut! Nicht auf die Fähigkeit, Löcher in Programmen zu entdecken oder diese Löcher einzureißen ...«

»Du hast das Gewissen vergessen, Vika.«

»Das Gewissen tut in dem Fall gar nichts zur Sache. Selbst ein gewissenloser Mensch bleibt ein Diver. Allerdings ein Dark Diver.«

»Der hat immerhin seine Fähigkeiten nicht verloren.«

»Das heißt nur, dass auch du deine Fähigkeiten wiederentdecken kannst! Du bist ja sogar schon über diese Brücke gegangen!«

»Das ... war doch was ganz anderes.«

»Ach ja? Weißt du noch, wie wir über deine Fantasien gelacht haben ... wie du geträumt hast, du wärest ohne jede Telefonverbindung in den virtuellen Raum eingetreten ... dass du zum Flughafen gefahren bist, um mich abzuholen ... Aber was davon war Traum und was Wirklichkeit, Ljonka? Zu welchem Zeitpunkt ist dir das Telefon tatsächlich abgestellt worden? Damals hast du etwas vollbracht, wozu sonst niemand imstande war! Du bist durch Wände gegangen, hast über Gewehrkugeln gelacht und dich in jedes Eckchen des Internets ausgedehnt. Und das war kein Traum! Wir haben uns geküsst und sind am Himmel über Deeptown dahingeflogen ... Oder hast du das vergessen?«

»Und dann ist der Loser gegangen und hat alles mitgenommen, was er mir gegeben hat.«

»Wirklich alles? Denk an die Brücke, Ljonka! Du hast bereits im Traum angefangen, sie zu überqueren. Wie oft? Zweimal, dreimal?«

»Viel öfter. Ich habe es dir bloß nicht jedes Mal erzählt.«

»Warum nicht?« Sie rückte etwas von mir ab.

»Damit ... damit du nicht begreifst, was eigentlich mit mir los ist.«

»Hast du wirklich geglaubt, ich würde das nicht auch so verstehen?« Sie schüttelte den Kopf. »Ich habe zwar nichts gesagt, das stimmt. Aber du glaubst doch wohl nicht allen Ernstes, dass ich auch nichts verstanden habe?!«

»Tut mir leid.«

»Du brauchst dich nicht zu entschuldigen. Aber du bist über diese Brücke gegangen, Leonid. Du bist ohne Netz, ohne Rechner und ohne Modem ...«

»Eben hast du selbst eine andere Erklärung gegeben ...«

»Eben habe ich alles Mögliche gesagt ...«

»Ich weiß nicht, was ich tun soll«, gestand ich leise, als wollte ich um Mitleid heischen.

»Denk nach, du bist schließlich ein Diver. Und erzähl mir mal ...« Vika zögerte, rückte etwas von mir ab und sah mich streng und forschend an.

»Was ist?«

»Wann bist du dahintergekommen, dass Nike ein Diver ist?«

»Als Nike die Trosse genauso gut runtergekommen ist wie wir Diver.«

»Ja ... da hätte ich mich zügeln sollen. Und wann ist dir klar geworden, dass ich Nike bin?«

»Erst am Ende. Erst im Palast.«

»Als du Nike gesagt hast, dass sie dir gefällt, hast du also noch gar nicht gewusst, dass ich das bin?«

»Aber das warst doch du!«

»Aber das war dir nicht klar.«

Mist. Da hatte ich mir was eingebrockt.

»Ich habe es gespürt ...« Ich lächelte. »Vika, wahrscheinlich habe ich einfach gespürt, dass du das bist. Wie ... wie in dem Märchen, wo der Prinz seine Prinzessin unter Hunderten von Mädchen erkennt, deren Gesicht verhüllt ist.«

Ich könnte jetzt viele schöne Worte sagen.

So viele, dass ich sie am Ende selbst glauben würde: Ja, ich habe es gespürt, geahnt, gewusst ...

Doch damit würde ich mir nur eine Maske aufsetzen, fast so, wie ich in Deeptown in meine Avatare schlüpfte. Ich würde Vika sicher dazu bringen, mir zu glauben, denn genau das wollte sie ja, auch wenn sie die Lüge erkannte. Meine Lüge wäre also keine Mauer, im Gegenteil, sie wäre eine Brücke. Dann wäre ich völlig unschuldig – denn welche Schuld sollte ich mit dem Kompliment, sie gefalle mir, schon auf mich geladen haben? Selbst bei einer ausgesprochen puritanischen Moral wäre das nichts Schlimmes. Und Vika war nun weiß Gott nicht puritanisch.

Ich bräuchte also nur zu dieser kleinen Notlüge zu greifen ...

»Wenn ich ehrlich sein soll«, sagte ich, »habe ich nichts gespürt. Und wenn ich doch etwas gespürt habe, dann ist mir das nicht bewusst gewesen. Nike hat mir einfach gefallen. Sie ist eine attraktive und entschlossene Frau.«

Ich hatte keine Ahnung, wie Vika darauf reagieren würde. Früher hätte ich es gewusst. Aber heute nicht mehr.

»Sie hat mir selbst auch gut gefallen«, erwiderte Vika lächelnd. »Es ist meine zweitliebste Figur, gleich nach Madame. Ich hatte sogar tatsächlich den Wunsch, in diesem dämlichen Labyrinth des Todes zu arbeiten.«

»Und was ist mit deiner Stelle in der realen Welt?«

»Na gut, dann eben im Nebenjob.«

»Lieber nicht. Es reicht, wenn wir einen Verrückten in der Familie haben, der nicht mehr aus der *Tiefe* rauskommt.«

»Leonid ...«

Ich sah Vika in die Augen.

»Finde den Dark Diver! Finde ihn und rede mit ihm. Frag ihn, was er eigentlich will.«

»Der ist selbst darauf aus, mich zu finden. Ich habe nämlich das Gerücht gestreut, Dibenko hätte mich angeheuert, damit ich den Dark Diver umbringe.«

»Und nun ist diese Ente Realität geworden ... Aber du hast nicht vor, ihn wirklich umzubringen, oder?«

»Nein. Nehme ich jedenfalls an.«

»Dieses *Nehme ich jedenfalls an* schlag dir besser aus dem Kopf. Der Security-Typ hat vielleicht nicht gewusst, was er tat, als er den Schuss abgegeben hat. Aber du weißt es. Und du würdest es nie vergessen. Niemals.«

Sie redete sehr ernst, meine Vika.

»Er hat bereits auf uns geschossen, Vika.«

»Nur weil ihr damit angefangen habt.«

»Mag sein. Aber er ist in ein fremdes Haus eingebrochen.«

»Weil er den Dialog gesucht hat!«

»Vika, er hat eine Waffe der dritten Generation.«

»Das behauptet Dibenko. Aber was, wenn der Dark Diver nur blufft? Oder euch nur drohen will? Bisher hat er schließlich noch niemanden umgebracht, oder?«

»Wenn er jemanden tötet, dann werde ich mich ebenfalls mein Leben lang daran erinnern. Und ich weiß nicht, was schmerzhafter für mich sein wird: zu wissen, dass ich ihn getötet habe, oder zu wissen, dass er einen Freund von mir getötet hat.«

»Leonid ...« Sie seufzte, dann schmiegte sie sich wieder an mich. »Ljonka ... Ljonka ...«

Warum war ich bloß so störrisch?

Wollte ich mich rächen?

Oder war ich bloß nicht bereit zu verzeihen?

Oder – und das wäre das Schrecklichste – beneidete ich diesen Diver, der seine Kraft uneingeschränkt bewahrt hatte? Bewahrt – und dann all die Regeln und Normen über Bord warf, die uns Diver immer im Zaum gehalten hatten.

War es womöglich genau das, worum ich ihn beneidete?

Diese kecke Chuzpe, mit der der Dark Diver Jagd auf Dibenko machte, mit der er den Schöpfer der *Tiefe* zwang abzutauchen? Diesen spielerischen Übermut, mit dem er in Dschingis' Haus eingedrungen war und uns ein Gespräch aufgenötigt hatte? Diese Leichtigkeit, mit der er den Abzug gedrückt hatte, nicht im Labyrinth des Todes, sondern in der ganz normalen Welt von Deeptown?

Ich wusste nicht, wer ihn aus welchem Grund Dark Diver nannte. Vielleicht verdiente er diesen Namen wirklich. Wenn er sich jedoch selbst so getauft hatte, sah die Sache übel aus. Denn dann galt: Nomen est omen.

»Tu nichts, was du nicht rückgängig machen kannst, Ljonka!«

»Du hast ja recht.«

»Tu das niemals. Wenn du einmal sagst: ›Ich hasse dich‹, dann machst du das auch durch zehn: ›Ich liebe dich‹ nicht wieder wett. Und ein Mord …«

»Ich weiß! Aber einen Mord hat es bereits gegeben!«

Ich verstummte und lauschte meiner eigenen Stimme nach. Wollte ich mich rächen? Oder konnte ich nicht verzeihen? Das war die Frage.

»Vika …«

Jetzt wurde ihr Gesicht doch nass, und ich schmeckte das Salz.

»Vika, ich werde es versuchen. Ich werde mir wirklich alle Mühe geben.«

»Du bist ein Diver, Ljonka. Vergiss das nicht!«

»Ich …«

Unsere Hände wurden heiß.

Jedes Wort war nun überflüssig.

»Ich bin kein Diver, Vika … Hier und jetzt bin ich kein Diver.«

»Wann hast du eigentlich das letzte Mal geschlafen?« Sie lächelte. »Bist du sicher …?«

Ich nickte.

»O ja. Diese Nacht will ich keine Sterne sehen. Und auch nicht über Feinde sprechen.«

Vika nickte. Und ich sah, wie sie unter Tränen lächelte.

»Gut … Die Sterne können warten. Ich werde sie darum bitten. Und irgendwelche Feinde brauchen wir nicht um Erlaubnis zu fragen.«

10

Morgens aufzuwachen ist eine feine Sache.
Und zwar tatsächlich morgens. Nicht mittags, wenn grelles Sonnenlicht durch die Gardinen fällt, der Verkehr lärmt, Kinder plärren, und der Kopf nicht frei, sondern immer noch schwer ist.

Um acht Uhr morgens aufzustehen – das ist für einen Einwohner Deeptowns geradezu eine Heldentat.

Vika hantierte bereits in der Küche und sang leise vor sich hin, begleitet vom laufenden Fernseher. Ein köstlicher Duft hing in der Wohnung. Ich könnte mich noch ein wenig im Bett aalen, ohne an die *Tiefe* zu denken, an die kleinen und großen Auseinandersetzungen, an überflüssige Heldentaten oder an die perfiden Intrigen der virtuellen Welt – Intrigen, deren Platz im Mülleimer sein sollte, Intrigen, die bis zum Abend verblassen und am nächsten Tag zu Staub zerfallen.

Das war der Rhythmus, dieser wahnsinnige Rhythmus von Deeptown. Ich liebte ihn. Trotzdem willst du manchmal deine mit Mikrochips vollgepfropfte Kiste am liebsten vergessen und dieses Zaubertor in die große und atemberaubende Welt nicht öffnen. Da willst du in einem normalen Zimmer sein, wo sich die Tapeten von der Decke lösen, die Dielen knarren und es durchs Oberlicht zieht. Wo deine Frau, die du liebst, in der Küche singt und für dich Faulpelz Frühstück macht.

»Mach mal Platz, Ljonka!«

Vika erschien mit einem Tablett in der Hand, was mir einen verdutzten Blick entlockte.

»Habe ich dir eigentlich schon mal Kaffee ans Bett gebracht?«

»Nein«, antwortete ich ehrlich.

»Dann wollen wir dieses Versäumnis schnellstens nachholen.«

So was sieht in Filmen ja immer gut aus. Möglicherweise haben die da aber andere Betten. Und die Speiseröhre dürfte bei den Stars auch anders aufgebaut sein. Halb liegend, halb sitzend zu trinken, das geht ja gerade noch, in dieser Position jedoch zu essen – das ist die Herausforderung. Ich mag kontinentales Frühstück, nur haben Toasts die Angewohnheit zu krümeln, und zwar nicht aufs Tablett, sondern ins Bett. Weichgekochte Eier lassen sich auch kaum auf dem Tablett aufklopfen, wenn dieses Tablett auf einer dicken Decke liegt, unter der sich wiederum dein eigener weicher Bauch befindet. Dann wackelt einfach alles.

»Du darfst jetzt mit Fug und Recht vor deinen Freunden damit angeben, dass deine Frau dir das Frühstück ans Bett bringt«, erklärte Vika. »Spar dir aber die Präzisierung, wie oft das geschieht, abgemacht?«

»Abgemacht.«

Ich genoss das Ganze in vollen Zügen, auch wenn ich eigentlich lieber im Sitzen, gewaschen und mit geputzten Zähnen frühstücke.

»Vika«, sagte ich, nachdem ich ein paar Schluck Kaffee getrunken hatte, »was hast du heute für Pläne?«

»Ich gehe zur Arbeit. Ich habe schon angerufen, dass ich ein bisschen später komme ... aber wirklich nur ein bisschen.«

»Könntest du die Arbeit heute nicht mal vergessen? Lass uns ausgehen. Ins Theater. Oder in ein Konzert. Und davor einfach irgendwohin spazieren gehen ...«

»Das wäre schön«, räumte sie ein. »Nur wird daraus leider nichts.«

»Warum nicht?«

»Weil du heute ebenfalls arbeitest.« Sie lächelte und gab mir einen Kuss auf die Stirn.

»Ich habe aber keine Lust«, maulte ich im Ton eines verwöhnten Kindes.

»Das ist ein gutes Zeichen. Trotzdem muss es sein. Du fährst jetzt zu deinen Freunden. Dann entscheidet ihr, was ihr mit den Dateien von Dibenko macht. Setzt euch mit ihm in Verbindung ... und versucht, den Dark Diver zu finden. Und klärt endgültig alle noch offenen Fragen!«

»Du meinst, wer von uns was möchte«, erwiderte ich.

»Ganz genau. Seht zu, dass ihr zu einem Interessensausgleich kommt. Wenn du mich fragst, sollte diese Erfindung noch nicht auf die Welt losgelassen werden. Zumindest sollte die breite Öffentlichkeit davon verschont bleiben. Die Menschheit braucht nämlich nur noch künstliche Intelligenzen und Menschen, die in der elektronischen Welt unsterblich sind ... um endgültig eine kollektive Psychose zu erleiden. Ich glaube, dass Dibenko das eingesehen hat. Und dieser Dark Diver ... sollte das auch begreifen. Bleibt die Frage, was er vorhat. Er wird die Dateien bestimmt nicht an alle weiterreichen, die scharf darauf sind. Oder er wird Dibenko erst in den Bankrott und dann in den Selbstmord treiben. Was also ist sein Motiv? Geld, Macht, Ruhm oder verletzte Selbstliebe. Kriegt das raus. Und dann findet einen Kompromiss. Das ist mein Rat ... sozusagen vom schönen Geschlecht der Menschheit.«

»Gut.« Ich lächelte. »Wir werden es versuchen.«

»Und pass auf dich auf.« Vikas Gesicht wurde ernst. »Bitte. Wenn du dem Dark Diver begegnest, tauche auf! Vielleicht hat Dibenko ja doch recht, und er ist bewaffnet ...«

»Okay.«

»Ljonka ... ich weiß, dass das kein Spiel ist. Und dass ihr alle euer Leben riskiert. Nehmt den Jungen also besser nicht mit nach Deeptown. Er wäre eine perfekte Geisel.«

»Ich richte es Dschingis aus.«

»Und vergiss nicht, was ich gestern gesagt habe. Geh nicht selbst auf die Jagd! Noch dazu mit dieser Waffe!«

»Gut.«

»Dann pass also auf dich auf. Und kämm dir die Haare!«

Ich verschluckte mich beinahe am Kaffee, als ich diese bizarre Mischung aus Ratschlägen vernahm. Vika stellte unterdessen das Tablett auf dem Nachttisch ab, stand auf und strich sich den Rock glatt.

»Ich muss los. Viel Glück, Ljonka«, sagte sie lächelnd. »Eine gute Verbindung und ein schnelles Ping.«

Mit welchen Worten man wohl eigentlich in die Schlacht geschickt wird?

Keine Ahnung. Zum Glück nicht. Ich hatte noch nie jemanden in den Krieg schicken müssen, war auch noch nie selbst in einen gezogen. In meinem Gedächtnis flackerten Bilder aus meinen Schulbüchern, aus Romanen und Filmen auf. Hieß es damals: Kehre zurück mit deinem Schild oder auf ihm? Das vielstimmige Gejammer der Frauen ... Der schweigende, nicht einmal flehende Blick, der sich vorab mit allem abfand, was geschehen würde ...

Oder sagte man heute: Eine gute Verbindung und ein schnelles Ping? Doch selbst dieser Wunsch war inzwischen veraltet, denn ich ging nicht mehr übers Modem in die *Tiefe*, um dann bei einem Verbindungsabbruch zum Götzenbild zu erstarren, bis die Verbindung wiederhergestellt war. Und um mich bei miserabler Verbindung nicht mit verzögerten Antworten herumzuschlagen. Aber ein neuer Abschiedsgruß war noch nicht formuliert. Oder wir hatten ihn noch nicht gehört.

Ich sollte Pat oder Ilja mal danach fragen, die müssten das wissen.

Noch vor einer Woche hätte ich allerdings gedacht, dass ich Romka fragen könnte ...

Die Wohnungstür schlug zu. Ich stand auf und fegte die Krümel aus dem Bett auf den Boden. Heute Abend würde ich ganz bestimmt putzen. Um Vika eine Freude zu bereiten. Ich würde sogar wischen. Und in den Regalen und Schränken Staub wischen.

Und jetzt raus aus dem Bett!

Erst mal sollte ich duschen. Wechselduschen. Mit Duschgel, das nach Moschus roch.

Wer hatte gesagt, dass er heute nicht in die *Tiefe* gehen wollte?

Irgend so ein Typ, von dem ich schon mal entfernt gehört hatte ...

Ich fuhr mit meiner feuchten Hand über den beschlagenen Spiegel und betrachtete mich. Meine Augen waren kaum noch gerötet. Und meine Lippen, die normalerweise zu einem schmalen Strich zusammengepresst waren, hatten sich ein wenig entspannt.

Ein Kompromiss?

Vielleicht finden wir den ja wirklich. Ein schlechter Friede war immer noch besser als ein guter Streit.

Wenn der Dark Diver doch damals bloß nicht Bastard und Romka in diese Sache reingezogen hätte. Dann würde mein Freund jetzt noch leben ...

»Ich werde es versuchen, Vika«, sagte ich. »Ich werde es versuchen. Ehrenwort.«

Die Metro war gerammelt voll. Ich war nicht mehr daran gewöhnt, zur Rushhour unterwegs zu sein. Ich stand unmittelbar an der Tür, eingezwängt zwischen einem alten Penner, einer vorzeitig verhärmten Frau und einem mürrischen Teenager mit Kopfhörern über den Ohren. Mit meiner vernachlässigten Garderobe, der verschlossenen Miene, der bleichen Gesichtsfarbe und dem angespannten Blick dürfte ich kaum besser aussehen als sie, von dem Alten in dem speckigen Mantel vielleicht abgesehen.

Im Grunde war das hier ein guter Ausschnitt aus unserer Gesellschaft. Ihm fehlte nur noch ein Neureicher wie Dschingis. Aber solche Typen steigen nicht in die Metro. Doch auch ohne sie bot sich mir kein schlechtes Bild. Ein Alter, dem bereits alles egal war, eine Frau, die ihr Päckchen zu tragen hatte, und ein Junge, der seine Umwelt weder hören noch sehen wollte.

Und ich natürlich.

Ein Diver, der weniger aufgetaucht als vielmehr an die Oberfläche getrieben worden war. Wie eine Wasserleiche. Von dem Alten hatte ich die Gleichgültigkeit gegenüber meinem vergänglichen Körper und meinem Äußeren, von der Frau die Müdigkeit, auch wenn sie bei mir nicht von stundenlanger Arbeit in einem Laden oder Büro herrührte, sondern auf meine eigene Dummheit zurückging, und von dem Teenie die blockierten Ohren – sobald die Sprache auf die reale Welt kam.

Was fehlte uns bloß? Was? Hier, in der realen Welt? Ich glaubte nicht daran, dass es mehr schlechte als gute Menschen gab. Ich glaubte nicht daran, dass wir alle schwach waren. Ich glaubte nicht daran, dass alle ihren Mitmenschen immer nur Böses an den Hals wünschten. Sicher, es ließen sich unzählige Beispiele gegen diese Sicht anführen. Mörder, Psychopathen, Perverse, irgendwelche Rowdys, Egoisten und Dreckskerle. Die Welt war voll von ihnen. Trotzdem stellten sie nur eine Minderheit dar – andernfalls hätte sich die Welt längst in ein entsetzliches Schlachtfeld verwandelt.

Oder war das am Ende längst geschehen?

Nein. Wahrscheinlich nicht. Sonst hätte dieser kräftige Teenie den Alten, der am Boden lag, getreten, um mit diesem Tritt alles, was alt und dreckig in dieser Welt war, auszulöschen. Die Frau würde die Münzen aufklauben, die dem Opfer aus der Tasche rollen. Die übrigen Fahrgäste würden Wetten abschließen, wann der Alte endlich verreckt.

Und ich würde zu Hause sitzen, mit einem VR-Helm auf dem Kopf und im Sensoranzug und mich leicht auf dem Stuhl winden, während zarte Huris in den paradiesischen Labyrinthen Deeptowns meinen virtuellen Körper verwöhnen ...

Stattdessen fuhr ich jedoch zu Dschingis – und zwar nicht weil mir persönlich Gefahr drohte. Und der Junge würde mir ins Gesicht spucken, die Frau mir eine Ohrfeige geben, wenn sie meine Gedanken lesen könnten.

Dabei waren diese Gedanken keineswegs aus der Luft gegriffen. Der Junge verzog tatsächlich angeekelt das Gesicht, sobald sein Blick auf den Penner fiel. Und die Frau wäre vermutlich froh, hätte sie die zwei Dollar pro Tag, die ich ohne groß nachzudenken täglich an die Firma Newcombs-Port für das Recht zahlte, in die *Tiefe* zu gehen.

Nein, in allen von uns steckte eben doch noch etwas, das uns nicht nur wie eine Bestie die Zähne fletschen ließ, das über die virulenten Instinkte eines Tieres und über schallendes Gelächter hinausging. Mal mehr, mal weniger stark ausgeprägt. Aber ohne Frage steckte es in uns allen. Trennte Mensch von Tier. Es war ein solides Gitter, das man durchsägen oder fest einmauern konnte, je nach Gusto. Es war eine Brücke über einem Abgrund.

Keine Ahnung, wann wir auf dieses Gitter verzichten können. Vielleicht wirklich erst dann, wenn die Ziege sich neben dem Schneeleopard zur Ruhe legt.

Und nur wenn ich fest davon überzeugt wäre, dass dieses Gitter für alle Zeiten weiterexistiert, dann hätte ich mir noch gestern die Pistole von Dibenko geschnappt und in Deeptown für Ordnung gesorgt.

Dschingis öffnete mir. Er war frisch rasiert und trug Jeans und ein kariertes Flanellhemd.

»Komm rein«, forderte er mich auf, ohne über mein Auftauchen verwundert zu sein.

»Habe ich dich auch nicht geweckt?«

»Nein. Ich stehe immer früh auf. Mit Pat und Bastard ist allerdings erst gegen Mittag zu rechnen.«

Hinter Dschingis tauchte Byte auf. Ich hielt dem neugierigen Retriever die Hand hin, der Hund stupste seine Nase gegen sie, erkannte mich und rieb sich an meinem Bein.

»Gehen wir in die Küche?«, schlug Dschingis vor.

»Um Bier zu trinken?«, fragte ich misstrauisch.

»Nein, ich denke, wir könnten jetzt einen Kaffee gebrauchen. Mit Kognak. Oder mit Schwarzem Rigaer Balsam. Falls du den magst.«

»Was für eine Frage, natürlich. Wie es sich für jeden Bürger der ehemaligen UdSSR gehört.«

Anscheinend war es mir heute vom Schicksal bestimmt, ständig Kaffee zu trinken.

In der Küche hatte sich nichts verändert. Rein gar nichts. Selbst die leeren Shiguljowskoje-Flaschen standen noch herum. In Anbetracht der Tatsache, dass Bastard Bier wie Wasser trank, bezweifelte ich allerdings, dass es dieselben waren.

»Dann wollen wir mal!«

Dschingis schien löslichen Kaffee zu verachten. Ebenso eine Kaffeemaschine. Ich saß da und sah zu, wie er eine Handvoll Bohnen in eine kleine Kaffeemühle gab und sie eigenhändig, langsam und penibel mahlte. Der Kaffee war Colombo, von der russischen Firma namens Moskowskaja Kofeinja na pajach.

»Ich hoffe, du hast nichts gegen russischen Kaffee einzuwenden?«, fragte Dschingis. »Es gibt ja Leute, die rümpfen da die Nase, aber ... es ist wirklich guter Kaffee. Anständig geröstet. Ich kaufe keine Importware, wenn es adäquate russische Produkte gibt.« Er dachte kurz nach, ehe er fortfuhr: »Nur findest du sie eben verdammt selten.«

»Keine Sorge, wir haben auch russischen Kaffee zu Hause.«

Was für ein Vergnügen, reich zu sein. Da kannst du dich so bescheiden geben.

»Womit hast du eigentlich dein Geld gemacht, Dschingis?«

»Mit Scheiben«, antwortete Dschingis gelassen. »Mit Raubkopien von CDs und DVDs. Windows Home für ein paar Dollar, aktuelle Spiele, Programmpakete ... Wenn du was im Mitinski-Mediamarkt oder an irgendeinem Kiosk kaufst, dann fließt dein Geld in meine Tasche. Für den Kaffee.«

Er gab die gemahlenen Bohnen in ein langstieliges Kupfergefäß.

»Wenigstens profitierst du ja jetzt von meinem schändlich erworbenen Geld.«

»Aha.«

»Dann sind da noch die Übersetzungen von Spielen ... Wenn mir ein Spiel gefällt, mache ich sie selbst. Wenn nicht, gebe ich die Arbeit weiter an irgendwelche Kumpel. Manchmal auch an Pat. Er verdient sich gern was ...«

»Jetzt ist mir auch klar, wem ich die billigen Witzchen zu verdanken habe. *Ihr Schiff hat an der Insel der Sirenen angelegt. Diese haben so fantastisch Songs von Depeche Mode gesungen, dass ein Teil der Mannschaft desertiert ist.*«

»Der stammt mit Sicherheit nicht von Pat. Der kann Depeche Mode nicht ausstehen.«

Dschingis goss uns den bereits fertigen Kaffee ein, holte die Flasche Rigaer Balsam und kleine silberne Becher heraus und stellte alles auf den Tisch.

»Willst du den Likör in den Kaffee oder extra? Ich nehme ihn normalerweise extra.«

»Ich auch.«

Wir grinsten uns unwillkürlich an.

»Auf unseren Erfolg ...« Dschingis hob das Glas.

»Und ich?«, erklang es da verschlafen von der Treppe. »Bist du das, Ljonka?«

Bastard kratzte sich den Bauch und blinzelte kurzsichtig.

»Hast du deine Brille schon wieder verlegt?«, fragte Dschingis.

»Ich habe sie nicht verlegt. Ich weiß genau, dass sie hier irgendwo ist ... glaube ich.«

Er zog seine monströsen Satinshorts hoch und setzte sich zu uns.

»Es ist noch Kaffee da, nimm dir welchen, solange er noch warm ist«, forderte Dschingis ihn auf.

»Du könntest einem alten Freund auch einschenken ... jede Etikette lässt du vermissen ...«, brummte Bastard und streckte sich zum Herd aus. »Wenn sie kommen, um dich zu enteignen, werde ich nicht ein Wort zu deiner Verteidigung vorbringen.«

Er räusperte sich und stellte das Kupfergefäß mit dem Kaffee feierlich auf den Tisch. Sein Blick machte sich auf die Suche nach einer Tasse. Als er keine fand, seufzte er bloß und trank direkt aus dem Topf.

»Wunderbar!«, brachte er heraus, nachdem er etwas Balsam in den Kaffee gegeben hatte. »Dürfte ich vielleicht bei dir überwintern, Dschingis?«

»Würdest du etwa gehen, wenn ich nein sage?«

»Selbstverständlich nicht. Außerdem schuldest du mir noch was. Eine Goldmünze. Noch aus den Zeiten vom Lastkahn.«

»Ich schulde dir überhaupt nichts«, entgegnete Dschingis mit breitem Grinsen. »Die Goldmünze habe ich auf ehrliche Weise gewonnen. Schließlich bist du mit deiner Arbeit nicht rechtzeitig fertig geworden.«

»Bin ich doch! Du hast bloß die Stoppuhr zu spät angehalten!«, brüllte Bastard. »Aber das ist typisch Unternehmer! Schrecken vor nichts zurück, um dich zu schröpfen! Echt! Sieh dir diesen Ausbeuter an, Ljonka!«

»Was hat es eigentlich mit diesem Lastkahn auf sich, den ihr ständig erwähnt?«, fragte ich.

»Auf diesem Lastkahn ist die russische Hacker-Community aus der Taufe gehoben worden!«, erklärte Bastard feierlich. »Auf die Hacker!«

»Und auf die Diver!«, ergänzte ich und hob mein Glas.

»Wir haben uns damals einen XT geklaut«, brüstete sich Dschingis.

»Nicht geklaut! Sondern geliehen! Wir haben die Kiste ja wieder zurückgegeben!«

»Ja, nach vier Jahren. Das war übrigens ein Fehler«, sagte Dschingis. »Vielleicht sollten wir uns jetzt so ein olles Ding kaufen ... wenn es die überhaupt noch gibt. Und mal wieder Digger spielen.«

»Digger ...«, brachte Bastard versonnen heraus. »Ja ...«

»Auf dem alten, an einem Poller festgebundenen Lastkahn hat sich eine ganze Kompanie getroffen ... von jungen Entwicklern. Wir hatten nur diesen einen Rechner.« Dschingis hing lächelnd seinen Erinnerungen nach. »Damit haben wir gelernt. Und zwar alles, was es zu lernen gab. Wir haben billiges Bier und billigen Kaffee in uns reingekippt, wir haben billige Brötchen gegessen und Hacksteaks aus Sägespänen. Es war eine gute Zeit, was, Tocha?«

»Das stimmt«, bekräftigte Bastard. »Damals hatte ich zwar noch keine Harley, sondern nur eine Ish Jupiter. Aber sonst konnte ich nicht meckern.«

Er schlürfte geräuschvoll den Kaffee und wischte sich mit dem Handrücken den Mund ab. »Also, Jungs, wie weiter?«

»Wieso sollen wir überhaupt weitermachen?«, fragte Dschingis zurück. »Wir werden es nicht schaffen, Dibenko daran zu hindern, dieses Programm in Umlauf zu bringen. Und es selbst verkaufen ... Sicher, die Scheiben würden weggehen wie warme Semmeln. Ein Programm, das es dir erlaubt, eine unsterbliche virtuelle Kopie von dir zu erstellen. Aber mir reicht eigentlich das Leben, das ich habe.«

»Was hat Dibenko denn mit dem Programm vor?«, wollte Bastard von mir wissen.

»Keine Ahnung.« Ich zuckte die Schultern. »Wir könnten ihn danach fragen. Vielleicht gibt er uns ja eine ehrliche Antwort.«

»Solche Programme, deren Entwicklung eine Stange Geld gekostet und an denen Dutzende von Fachleuten gesessen haben, verschwinden nicht einfach in der Versenkung«, bemerkte Dschingis. »Das ist gar nicht denkbar. Daher kann die Frage nur lauten, wann Dibenko das Programm auf den Markt wirft.«

»Wir müssen den Dark Diver fragen«, sagte ich. »Was er eigentlich vorhat.«

»Wen haben wir denn da?« Dschingis kniff die Augen zusammen. »Man soll doch keine Ruhe haben.«

»Hallo allerseits.« Pat tapste barfuß und in Jeans in die Küche und rieb sich die Augen. »Was seid ihr heute alle so früh auf?«, brummte er, als er den Kühlschrank öffnete. Nach einer kurzen Inspektion nahm er sich einen Becher Joghurt und ließ sich auf einen Stuhl plumpsen. »Außerdem weckt ihr mit eurem Geschrei das ganze Haus auf!«

»Geh dich waschen«, befahl Dschingis.

»Mhm, wenn ich gegessen hab.«

»Eine kluge Entscheidung«, unterstützte ihn Bastard. »Mit zu viel Hygiene biederst du dich nur der verhätschelten westlichen

Gesellschaft an. Ein echter Hacker muss dreckig und ungekämmt sein, gelbe Zähne und eine graue Gesichtsfarbe haben.«

Pat sah Bastard von unten herauf an, löffelte aber dennoch stur den Joghurt weiter.

»Ich habe heute was zu tun«, erklärte Dschingis. »Ich kann erst abends in die *Tiefe* gehen. Treffen wir uns wieder bei mir ... aber in der *Tiefe*. Um sieben. Nein, besser um acht. Passt euch das?«

»Könnten wir uns nicht eher treffen?«, wollte Pat wissen.

»Du solltest vorerst sowieso nicht in die *Tiefe*, mein Junge«, teilte ich ihm mit.

»Wieso das denn nicht?«

»Weil Kinder traditionell die besten Geiseln abgeben.«

»Dann werde ich halt als zwei Meter großer Kerl mit dickem Bart auftreten«, konterte Pat.

»Leonid hat recht«, mischte sich Dschingis ein. »Ich glaube, die nächsten Tage solltest du auf die virtuelle Welt verzichten.«

Im Blick des Jungen las ich, dass ich in seiner Achtung gewaltig gesunken war. Ein Sturz in die endlose Schlucht vor dem Tempel dürfte nichts dagegen sein.

»Auf dich bin ich sowieso stinksauer, Ljonka!«, fuhr Pat mich an.

»Aber du musst trotzdem ...«

»Du hast mich mit dem Raketenwerfer abgeschossen!«, warf mir Pat vor, während er den Löffel ableckte. »Du hast mich umgebracht! Was, wenn ich einen Schmerzschock gekriegt hätte? Oder mein Blinddarm geplatzt wäre?«

»Rede nicht so einen Unsinn!«, verlangte Dschingis. »Du gehst heute nicht in die *Tiefe* und damit basta.«

»Wir werden ja noch sehen, wie weit ihr ohne mich kommt«, knurrte Pat. »Was ist mit diesem Programm? Ich würde es gern mal ausprobieren ... nicht in der *Tiefe*, sondern einfach so ... Mir die Readme-Datei ansehen ...«

»Ich habe mein Passwort vergessen«, antwortete Dschingis grinsend. »Hast du aufgegessen? Ja? Gut, dann geh dich waschen!«

»Ihr Schufte!«, warf Pat uns hin, als er aufstand. »Echte Heldentat! Drei Männer gegen ein Kind!«

»So eingeschnappt wie du bist, kannst du wirklich nur ein Kind sein«, bemerkte Bastard und langte nach einer Papirossa. »Aber wenn es darum geht, Pornos runterzuladen, dann bist du natürlich ein ganzer Mann.«

Da Pat es anscheinend nicht auf einen Streit mit Bastard anlegen wollte, schnaufte er bloß und ging hinaus.

»Er wird sich die Dateien doch nicht vornehmen?«, fragte ich.

»Nein. Er weiß, dass wir nicht scherzen«, beruhigte mich Dschingis und zündete sich eine Zigarette an.

»Wovor genau haben wir eigentlich Angst?«, fragte Bastard. Er stieß eine dicke Rauchwolke aus. »Okay ... so was hat es noch nie gegeben. Das ist eine ganz neue Dekoration im Theater des Lebens. Eine künstliche Intelligenz ... ein kluger – oder fast kluger – elektronischer Doppelgänger, die Möglichkeit, zugleich in der *Tiefe* und in der realen Welt zu sein ...«

»Das ist keine neue Dekoration«, unterbrach ich ihn. »Das ist ein neues Stück, in dem wir ... nicht auftreten, sondern leben müssen.«

»Ist doch auch egal. Aber wir misstrauen immer erst mal allem, was neu ist. Wir verdächtigen alle anderen und fürchten sie gleichzeitig. Aber was, wenn dieses Programm wirklich ein Wunder ist? Die Rettung? Der Beginn eines neuen Zeitalters? Lassen wir doch die Roboter für uns schuften, mir soll's nur recht sein!«

Bastard bedachte uns mit einem triumphierenden Blick. Ich hüllte mich in Schweigen. Dschingis ebenfalls.

»Also ...« Bastard drückte die Papirossa behutsam aus und legte sie aufs Fensterbrett. »Werft die nicht weg, vielleicht rauche ich sie nachher weiter. Ich hau mich noch 'ne Runde hin, meine werten Kampfgenossen. Der Junge hat recht, ihr schreit hier das ganze Haus zusammen ...«

Er stand auf und schnappte sich dabei mit einer geschmeidigen Bewegung die noch fast volle Balsam-Flasche. Dschingis bemerkte es entweder nicht oder hatte nichts dagegen.

»Irgendwie hat er recht«, murmelte er, den Blick aufs Fenster gerichtet. »Meinst du nicht auch?«

»Dass wir alle noch eine Runde schlafen sollten?«, fragte ich scheinheilig.

»Dass wir immer erst einmal alle verdächtigen und fürchten. Dass wir immer mit dem Schlimmsten rechnen. Sicher, das musst du, manchmal rettet allein dieser Argwohn dir das Leben. Aber was, wenn die Sache hier ganz anders liegt?«

»In dem Fall wüsste ich auch nicht weiter«, gab ich ehrlich zu.

»Eben.«

Dschingis erhob sich, ging zum Fenster, blieb davor stehen und steckte die Hände in die Taschen.

»Was schlägst du denn vor?«, fragte ich. »Was willst du machen, wenn du nicht weißt, welcher Weg zum Guten führt und welcher zum Bösen?«

Dschingis nahm Bastards Kippe nachdenklich an sich und zündete sie sich an. »Wie er diesen Mist nur rauchen kann«, brummte er.

»Sollen wir etwa tatenlos zusehen?«, gab ich mir selbst Antwort. »Das bringt auf lange Sicht gar nichts. Sollen wir umkehren? Das käme einer Kapitulation gleich ...«

»Du gehst durch einen Wald und triffst auf eine hohe Mauer«, sagte Dschingis unvermittelt. »Was machst du?«

»Das Spiel kenne ich.«

»Dann erinnere dich, was du geantwortet hast.«

»Ich gehe etwa einen Kilometer nach rechts. Wenn die Mauer nicht endet, gehe ich zwei Kilometer nach links. Danach versuche ich, sie zu überwinden.«

»Tatsächlich?«, hakte Dschingis nach.

»Ja.«

»Ich habe übrigens geantwortet, es hinge vom Ziel ab. Wohin ich aus welchem Grund will.«

Dschingis drückte die Papirossa aus und zündete sich eine von seinen eigenen Zigaretten an. Irgendwie rauchte er heute mehr als sonst.

»Nun haben wir schon Winter.«

Daraufhin stand ich ebenfalls auf, trat ans Fenster und sah nach unten.

Schnee. Weißer, sauberer, flockiger Schnee. Er funkelte nicht in der Sonne, dazu war der Himmel zu wolkenverhangen. Aber es war richtiger Schnee. Der jetzt bis zum Frühling bleiben würde.

»Bald kommt Neujahr«, sagte Dschingis. »Apfelsinen, Kuchen im Ofen, Salat, Sekt ... Ein Tannenbaum, Lametta, bengalische Feuer, Girlanden ... Gäste, Musik, Späße und Glockengeläut ... Hört sich an wie ein Test im freien Assoziieren, findest du nicht auch?«

»Kater, Müll, Müdigkeit und ein verlorener Manschettenknopf ...«, ergänzte ich. »Ist es nicht das, was dir als Erstes einfällt?«

»Ich mag den Sommer lieber als den Winter«, entgegnete Dschingis lächelnd. »Aber er endet immer. Was meinst du, Leonid, wäre das nicht schön? Ein endloser Sommer – wenn auch in der elektronischen Welt. Selbst wenn von dir nur eine Kopie in ihr lebt ... Trotzdem wäre es der ewige Sommer. Erinnerst du dich noch, wie wir in der *Tiefe* standen und du gesagt hast, dass der Sommer vorbei ist? Und jetzt könnte er ewig anhalten.«

»Das muss jeder für sich selbst entscheiden, Dschingis«, antwortete ich leise. »Was ist dir wichtiger? Der Sommer ... oder der ewige Sommer? Das Leben oder die Illusion von Leben ...«

»Ich bin ein lebender Mensch!«, versicherte er – nicht lächelnd, sondern geradezu feixend. »Ich lebe. Ich werde leben. Und der Sommer wird nicht so bald enden.«

Warum biss er sich so am Sommer fest?

Mich hatte er offenbar völlig vergessen. Er blickte zum Fenster hinaus, schaute auf den weißen Schnee, die Aschesäule fiel von seiner Zigarette, das Lächeln in seinem Gesicht schien festzufrieren.

»Wir haben auch jetzt Sommer. Nur eben mit Frost. Aber der nächste Sommer wird kommen ... Ich spüre schon seinen Atem, der leicht über die verschneiten Blätter hinweggeht ... der Sommer ...«

Er tat einen tiefen Zug an der Zigarette.

Was war das für ein Gespräch? Selbst auf der Bühne, selbst in einem Stück aus dem 19. Jahrhundert redete niemand so.

Und schon gar nicht redeten reiche Müßiggänger so, wie charmant und gebildet sie auch sein mochten.

»Der heiße Wind, der dir über die Wange streicht, der Geschmack von Erdbeeren auf den Lippen, die Sterne am Himmel, das warme Wasser, in das du eintauchst ... der Sommer ... Er geht so schnell zu Ende, dass du nicht mal schreien kannst: Stehengeblieben! Dabei habe ich schon seit Langem den Eindruck, dass er noch hier ist. In meinen Fingerspitzen lebt die Erinnerung ... die Erinnerung an den Sommer. Mit einem Zittern, einem Zucken, mit dem Kopf, den ich dem Regen entgegenstrecke, mit einem leisen Lachen und einem zufälligen Lächeln erinnere ich mich an den Sommer ... Immer nur an ihn. Man kann dir sagen, dass er vorbei ist, gleichwohl suchst du seine Spuren, rennst ihm hinterher und erwischst ihn doch nie ... Dennoch bleibt der

Sommer da. Und du wandelst auf seinen schmelzenden Spuren ... fährst zwei Stunden im Auto, sitzt drei Stunden im Flugzeug, gehst ein Stück zu Fuß ... nur um zu ihm zu gelangen. Wo, weiß ich nicht. Aber wir brechen immer auf. Weil wir den Sommer suchen. Einen kleinen, winzigen Sommer. Ein zartes Überbleibsel des Sommers. Mehr brauchen wir nicht, denn sonst würden wir in der Hitze sterben ... der Sommer ...«

»Dschingis«, sagte ich sanft. Doch er hörte mich nicht. Er jagte seinem Sommer nach.

»Gebt mir mein Stück vom Sommer ... Er lebt doch sowieso in mir. Für immer. Mein Sommer. Wie er war, wie er ist und wie er sein wird. Ein ewiger Sommer! Ich weiß genau, wie er endet. Wie die gelbe Sonne in einer purpurroten Abenddämmerung versinkt. Wie der Wind anfängt, nach Schnee zu riechen. Diesem Wind habe ich zugelächelt. Ich habe ihn gebeten, sich zu gedulden. Nur noch ein wenig. Lass mir den Sommer noch ein Weilchen!, habe ich gesagt. Aber der Wind hat solche wie mich schon zur Genüge gesehen. Als er noch warm war, hatte er sich nicht mit mir gestritten. Sobald er jedoch kalt wurde, flüsterte er: Der Sommer ist zu Ende. Ich habe ihm erst nicht geglaubt. Doch der Sommer war tatsächlich vorüber. Es regnete. Kalter, trister und grauer Regen ging nieder. Und da habe ich die Hand ausgestreckt und einen Tropfen aufgefangen. Mein Spiegelbild darin gefiel mir nicht. Das bin ich nicht!, habe ich dem Tropfen erklärt. Da gefror das Wasser zu einer winzigen Eisperle. Und in dem Moment habe ich begriffen, dass dies mein Spiegelbild war. Am Schrecklichsten dabei war, dass das Eis auf meinem Handteller nicht geschmolzen ist. Also war meine Hand sogar kälter als dieses Eis.«

Dschingis lachte.

»Und da habe ich begriffen, dass der Sommer vorüber war.«

»Was ist mit dir, Dschingis?«, fragte ich.

»Nichts, es ist alles in Ordnung.«

Er schnippte die erloschene Zigarette in den Ascher. »Kennst du so etwas nicht, Leonid?«, wollte er wissen. »Diese große Versuchung. Hast du noch nie den Atem des ewigen Sommers gespürt? Was bedeutet denn schon diese Waffe von Dmitri Dibenko! Hätte er sie nicht entwickelt, hätte es früher oder später ein anderer getan. Deshalb wollen wir ihn nicht an dieser Waffe messen. Sondern an der *Tiefe*. Am ewigen Sommer. Am Leben, der Illusion von Leben ... Kommt es denn darauf an, ob ich den Sommer finde oder mein Doppelgänger? Leonid, einen Dschinn kannst du nicht in einem Tonkrug einsperren. Die *Tiefe* wird sich verändern. Egal, ob wir etwas unternehmen oder nicht. Vielleicht helfen wir ihr, zu einer neuen Welt zu werden? Vielleicht sollten wir auf der Stelle unsere Passwörter eingeben, *Artificial nature* auf unseren Rechnern installieren ... und in den Sommer aufbrechen.«

»Nein«, sagte ich.

»Warum nicht?«

»Da sind auch noch Maniac, der Magier und Crazy. Von ihren Worten hängt ab, ob ich mich an mein Passwort erinnere. Und dann ist da noch Vika. Von ihren Worten hängt ab, ob ich im Sommer leben möchte. Vergiss auch Dibenko nicht, der sich seit Langem seine Meinung zu alldem gebildet hat. Oder den Dark Diver. Mich würde brennend interessieren, was er eigentlich vorhat.«

»Das sind zu viele Wenn und Aber«, brachte Dschingis heraus. »Zu viele Bedingungen bei einem einzigen Sommer, der für alle reichen muss.«

Hinter uns schluchzte jemand. Ich fuhr herum.

Bastard stand an der Wand und wischte sich mit seinem schmutzigen Taschentuch die Tränen ab.

»Dschingis!« Er schnäuzte sich geräuschvoll. »Dschingis, zwitschere noch etwas weiter vom Sommer, ja? Mir fällt gar nicht mehr ein, was da noch alles zugehört. Aber fehlen nicht noch das Bett im Kornfeld und die Badehose, die eingepackt werden muss?«

»Du bist ein herzloses Schwein«, blaffte Dschingis ihn an. »Ein herzloses und unromantisches Schwein.«

»Ich? Ich bin wegen meiner Papirossa hier. Und die hast du mir weggeraucht. Aber ich verzeihe dir, Dschingis. Wenn du nur noch ein wenig vom Sommer flötest ... Kriegst du das eigentlich auch über den Frühling hin?«

»Nein. Denn der Frühling überbrückt nur die Zeit zwischen Winter und Sommer, der ist nichts Eigenständiges.«

»Und dann behauptest du, ich sei unromantisch«, bemerkte Bastard seufzend. »Okay ... vergessen wir das. Aber denk daran, mein Dichterfreund, dass du aufbrechen musst, um die Muskeln spielen zu lassen.«

»Wie oft soll ich dir noch sagen, dass das keine Muskelspiele sind, sondern geschäftliche Verhandlungen!«

»Von mir aus kannst du es nennen, wie du willst!« Bastard zwinkerte mir zu. »Lass die Zigaretten hier und fahr los. Und vergiss nicht, den Lauf deiner Pistole zu reinigen.«

»Irgendwann setze ich diesen Kerl noch vor die Tür«, sagte Dschingis zu mir. »Ob du's mir glaubst oder nicht.«

»Ich glaub's dir nicht«, erwiderte ich.

»Dann eben nicht. Doch Spaß beiseite. Wo gehst du in die *Tiefe*, Leonid? Da Pat nicht mitkommt, gibt es hier noch einen freien Rechner. Und ich habe eine gute Verbindung.«

»Ich gehe lieber von zu Haus aus. Daran bin ich gewöhnt.«

»Gut. Dann bis um acht.«

Dschingis verließ die Küche. Der Retriever, der es sich unter dem Tisch gemütlich gemacht hatte, erhob sich, stapfte auf der Stelle herum und sah bald sein Herrchen, bald uns an.

Quantität siegte über Qualität. Byte stieß einen fast menschlichen Seufzer aus und legte sich wieder hin.

»Das hat Dschingis manchmal«, erklärte Bastard amüsiert. »Dieser verfluchte Romantiker! Jedenfalls musst du bei solchen Anfällen gut zuhören und im richtigen Moment anfangen loszugiften. Sonst kann er sich die Karten legen. Dann erzählt er nämlich seinem Geschäftspartner was von der Unvollkommenheit des Universums, von der Schönheit, die in grauen Steinen verborgen ist, vom abklingenden Sommer und davon, wie bitter ein Vogel schreit, der sich nachts an einem sternenlosen Himmel verirrt hat. Irgendwann speichert dann jemand ab, dass Dschingis mächtig abgebaut hat – und das wäre sein Ende. Dann wäre es aus mit dem guten Osceola. Oder war es Akela, der unterging? Wer war jetzt das Oberhaupt des Wolfrudels und wer der Häuptling der Seminolen?«

»Akela.«

»Was ist mit Akela?«

»Akela ist untergegangen.«

»Du schwindelst mich auch nicht an?«, fragte Bastard in strengem Ton. »Es ist lange her, dass ich das letzte Mal Kipling gelesen habe.«

»Aber Dschingis wird jetzt nicht untergehen?«

»Der wird jetzt vermutlich jemand gewaltig über den Tisch ziehen. Der Geschäftsmann Dschingis und der Freund Dschingis sind zwei völlig unterschiedliche Personen. Den ersten kenne ich zum Glück kaum, gepriesen sei der Allmächtige.«

11

Deep.
Enter.
 Ein Farbstrudel.
 Fast alle assoziieren mit dem Deep-Programm Schnee. Warmen, bunten Schnee zwar, aber trotzdem. Doch jetzt war Dibenko bereit, der Welt einen ewigen Sommer zu schenken.
 Warum kommt mir der bloß wie eine Schneewüste vor?
 Aber damit muss ich wohl unrecht haben. Nein ... das trifft die Sache nicht. Vielmehr habe ich nicht das Recht, für andere eine Entscheidung zu treffen. Wenn *Artificial nature* selbst Dschingis in Versuchung führt, wie würde dann erst ein durchschnittlicher User reagieren? Ein junger Mann aus der Provinz zum Beispiel, der sich nachts auf seinem Arbeitsplatz einschließen lässt, nur um über eine hundsmiserable Verbindung in die *Tiefe* zu gehen, noch dazu ohne VR-Anzug und Helm. Nur um unter dem Himmel Deeptowns umherzustreifen, nur um einmal nach Herzenslust in den Elfenwelten zu spielen, in einen billigen Puff zu rennen oder ein teures Restaurant zu besuchen, das er sich im richtigen Leben nie würde leisten können. Oder ein an den Rollstuhl gefesselter Mensch, für den die *Tiefe* die einzige Möglichkeit darstellt, mit eigenen Beinen über Gras zu laufen – das echt wirkt, obwohl es nur gezeichnet ist. Was sollten dann all die

anderen unglücklichen, sehnsüchtigen, gequälten, müden und enttäuschten Menschen zu *Artificial nature* sagen?

Die *Tiefe* ...

Es ist ein Tanz. Ein Tanz von warmen Schneeflocken. Ein Wasserstrudel, der dich in die Dunkelheit zieht. Ein Kaleidoskop. Ein Feuerwerk ...

Es ist Licht.

Ich stehe in meinem Hotelzimmer. Alles ist wie immer. Auf dem Bett liegen Proteus und der Biker, diese müden alten Puppen. Du wirst zu mir kommen, Dark Diver. Und dann reden wir miteinander.

Ich überprüfe meine Taschen. Die Pistole, die mir Dibenko geschenkt hat, habe ich eingesteckt.

Damit bin ich ausreichend auf das Gespräch vorbereitet.

Und auch der Pager mit dem blinkenden Lämpchen ist da. Endlich – Dick hat sich gemeldet.

Nach dem Angriff des Imperators habe ich mir extreme Sorgen um Crazy gemacht.

Dick selbst ist nicht in der *Tiefe*, er hat mir nur eine Nachricht hinterlassen.

Als ich sie abrufe, baut sich ein Bild auf.

Oho.

Wir kennen nur selten die echten Gesichter unseres Gegenübers.

»Hallo, Leonid.«

Crazy ist wirklich schon alt, bestimmt über fünfzig. Genauer kann ich es nicht sagen – denn ich kenne zu wenig Schwarze. Und ich hätte nie im Leben vermutet, dass Crazy Tosser ein Schwarzer ist!

»Ich habe nicht viel Zeit«, teilt mir Crazy mit. Er ringt sich ein Lächeln ab. In seinem Gesicht steht Schmerz geschrieben. Das Display zeigt ihn liegend, Schatten wuseln um ihn herum. »Ich habe darum gebeten ... wenigstens eine Minute. Das wird schon gehen. In unserer Welt stirbt man ja wohl nicht gleich am ersten Infarkt, oder?«

»Bestimmt nicht, Dick«, sage ich, obwohl er mich nicht hören kann, denn zu dem Zeitpunkt ist er längst ins Krankenhaus gebracht worden. Um ihn kümmern sich jetzt Ärzte und Pflegepersonal, und ich bin sehr zuversichtlich, dass alles glimpflich abgeht. Richard ist kein armer Mann, das amerikanische Gesundheitssystem ist weit besser als unseres. Alles wird gut werden, anders kann es gar nicht sein.

»Meine Tochter wird dir eine Mail schicken. Ich komme schon wieder auf die Beine. Mir haben die Nerven versagt, Leonid, ich werde wohl langsam alt. Alt und dumm. Aber gut ...«

Dick sieht zur Seite und nickt kaum merklich. Man treibt ihn zur Eile an. Keine Ahnung, was er da wem gesagt hat, was er zusammengelogen hat, damit man ihm erlaubt, weiter in die Kamera zu sprechen. Vielleicht etwas von einem wichtigen Vertrag, von einem Eine-Million-Dollar-Geschäft.

»Ich bin fest davon überzeugt, dass du es in den Tempel geschafft hast. Und dass du tust, was getan werden muss. Viel Glück ... Diver. Bring die Sache zu Ende ... auch für mich alten Dummkopf mit schwachen Nerven. Viel Glück!«

Das Bild verschwindet.

Das war's.

Mir fällt ein, wie Dick die Gesichtszüge entglitten sind, als der Imperator fragte, wer wir seien.

Das richtet diese künstliche Intelligenz also an. Das ist der Fortschritt. Er tötet – auf eine zumindest annähernd reale Weise.

Nein, ich glaube nicht, dass der Imperator Crazy Tosser mit einer Art Waffe der dritten Generation angeschossen hat. Wahrscheinlich sind daran wirklich eher Crazys Nerven schuld. Die Anspannung, die Müdigkeit ... und das kranke Herz.

Dennoch ist das Leben, das Dibenko geschaffen hat, schon heute imstande zu töten.

Ich öffne die Tür, spähe vorsichtig in den Gang hinaus, verlasse das Zimmer und schließe ab.

Während ich die Treppe hinuntergehe, sende ich Dibenko eine Bitte um ein Treffen auf den Pager. Ich warte nicht gern – und wahrscheinlich bin ich gerade deshalb ständig dazu gezwungen.

Ein Taxi zu erwischen ist dagegen in Deeptown fast nie ein Problem. Kaum hebe ich die Hand, hält auch schon ein Wagen. Der Fahrer ist ein junger Punk mit buntem Iro und einer zerrissenen Jacke, die er über dem nackten Oberkörper trägt. Offenbar ein Programm. Ich nenne die Adresse und mache es mir im Fond bequem.

Die Straßen sind verstopft, sodass wir kaum vorwärts kommen. Wir lassen den Platz der Virtuellen Welt hinter uns und biegen irgendwo ins chinesische Viertel ein.

»Ob das wirklich schneller geht?«, bemerke ich.

Chinatown ist erst vor Kurzem in der *Tiefe* entstanden, denn China wollte der virtuellen Community sehr lange nicht beitreten. Aber am Ende konnte das Land eben doch nicht widerstehen. Jetzt wächst das Viertel rasch an. In der virtuellen Welt gibt es mehr als genug Raum. Vermutlich gefällt das den Chinesen.

»Mhm«, sagt der Fahrer.

»Sicher? Eine Abweichung vom Routing ...«

»Mhm.«

Mit einem Mal missfällt mir die Art, in der er antwortet.

Ich starre auf den kräftigen, ausrasierten Nacken. In Gedanken wiederhole ich das Gespräch.

Computergenerierte Fahrer sind von Natur aus höflich. Bis zur Unhöflichkeit lakonisch zu sein – das bringt nur ein Mensch fertig.

Noch ehe ich den Gedanken zu Ende gedacht habe, melden sich in meinem Inneren die Instinkte, ein Vorgefühl oder die Intuition.

Schon im nächsten Moment presse ich dem Fahrer Dibenkos Pistole an den Nacken. Sanft, aber nachdrücklich.

»Halt sofort an!«

Über den Geschäften leuchten bunte Lichter, ein Papierdrachen segelt am knallblauen Himmel, alle – ausnahmslos alle – Menschen lächeln.

»Anhalten«, nuschelt der Fahrer – und gibt Gas.

Das ist kein Programm! Ich habe einen Befehl gegeben, und der Fahrer hat mir nicht geantwortet. Er hat mir nicht gehorcht und den Befehl nicht ausgeführt. Nur ein Mensch kann lügen und auf Zeit spielen.

»Das wirst du noch bereuen, Freundchen. Ich habe eine Waffe der dritten Generation.«

Der Fahrer dreht den Kopf zu mir zurück und grinst.

Mir stockt der Atem. Er sieht mich an – und gleichzeitig rast er weiter und bewegt das Lenkrad.

»Ach ja?«, bringt er heraus. »Und was soll mir das sagen?«

Mir kann nichts passieren. Mir *darf* nichts passieren. Ich bin in der virtuellen Welt, verflucht noch mal, und das Schlimmste, was ...

Das Schlimmste, was mir hier passieren kann, ist zu sterben.

Plötzlich läuft uns jemand vor den Wagen, es folgt ein stumpfer Schlag, und ein Körper fliegt an den Straßenrand. Schreie. Das ist nicht weiter besorgniserregend, natürlich nicht, denn bei einer außergewöhnlich starken physischen Belastung wird der automatische Austritt aktiviert. In Deeptown verliert jeder Unfall seinen Schrecken, das Opfer kann aufstehen, seine Kleidung abklopfen und weitergehen. Aber früher oder später könnte er eine reale Straße überqueren, ohne sich um die Autos zu scheren ...

Der Fahrer bricht in schallendes Gelächter aus. Er muss doch verstanden haben, dass er eben jemanden angefahren hat. Dennoch lacht er.

»Halt an!«, wiederhole ich.

Was will er? Mich in der *Tiefe* festhalten? Mich irgendwo hinbringen, wo ich nicht hin will?

»Gleich«, kanzelt er mich ab.

Er sieht in die Mündung der Pistole und grinst, öffnet den Mund und schiebt langsam die Lippen über den Lauf.

Das ist Wahnsinn. Das muss irgendeine nie dagewesene sexuelle Abart sein: der Knarre einen zu blasen.

Mit einem Mal verstehe ich Crazy Tosser, der das Feuer auf den Imperator eröffnet hat.

»Spar dir deine Witzchen«, sage ich, während mein Finger die Waffe entsichert. »Ein für alle Mal!«

Wir rasen noch immer durch die engen Gassen Chinatowns. Inzwischen ist jeder Zweifel ausgeräumt: Das ist nicht der kürzeste Weg zu Dschingis' Haus. Das Taxi scheint förmlich durch die Straße zu pflügen, die Menschen bringen sich vor uns in Sicherheit und geben uns den Weg frei.

»Drei ...«, drohe ich.

Was hat dieser Kerl vor?

»Zwei ...«

Abermals ernte ich nur ein amüsiertes Grinsen. Dieser Scherzkeks! Zum Glück besitze ich auch Sinn für Humor. Die ersten fünf Schüsse lähmen – wenn ich Dibenko glauben durfte.

»Eins!«

Der Fahrer bremst.

Doch mir bleibt keine Zeit, mich über seine Einsicht zu freuen. Das Auto hat in einer engen, zugemüllten Gasse gehalten, an einer Hauswand lehnt ein Mann in schwarzem Mantel.

Mit einer Pistole in der Hand.

Ich schaffe es gerade noch, mich wegzuducken, als die Kugel in die Scheibe einschlägt. Der Fahrer dreht sich zu mir um, schnappt grinsend mit seinen Zähnen nach meiner Pistole und versucht, sie mir auf diese Weise aus den Händen zu reißen. Er ist unglaublich kräftig.

In dem Moment drücke ich ab.

Weißer Staub wirbelt auf, ein Geruch nach verbrannten Knochen breitet sich aus. Die zerfetzten Zähne bilden nur noch eine Wolke, die im Wagen hängt.

»Aua«, jodelt der Fahrer – und schmunzelt.

Immerhin hat er die Pistole freigegeben. Anstalten zu sterben macht er jedoch keine, ja, er ist noch nicht mal gelähmt.

Seine Zähne haben Abdrücke auf dem Lauf hinterlassen.

Dieses Schwein von Dibenko!

Jetzt übernehmen wieder meine Instinkte das Kommando: Ich ziehe mit der linken Hand die Waffe des Revolvermannes, reiße sie hoch und gebe einen Schuss auf die grinsende Fratze ab.

Mit der zweiten Generation ist alles in Butter. Sogar mehr als das.

Seine Kiste müsste sich jetzt aufgehängt haben, der Prozessor durchgebrannt sein, genau wie bei mir neulich. Der virtuelle Körper müsste erstarren oder sich auf der Stelle in Luft auflösen.

Doch der heutige Tag steckt voller Überraschungen.

Die Kugel ist in seinen Hals eingedrungen. Er hat sich das Virus, das Paket elektronischer Impulse oder den Trojaner eingefangen. Da ich keine Ahnung habe, wie die korrekte Bezeichnung für diese Munition lautet, bleibt es für mich eine Kugel.

Und für den Fahrer anscheinend auch.

Er schreit, greift nach seinem Hals und presst sich die Hände auf die Einschussstelle. Blut strömt durch seine fest aneinander gepressten Finger, die sich in die Wunde bohren und sie aufreißen ...

... bis unter den gekrümmten Fingern Metall hervorschimmert und ein Geflecht von Drähten zutage tritt.

Ein Cyborg. Ein angepunkter Cyborg. Wie klassisch!

Meine Hand agiert unabhängig von mir weiter, ich gebe einen zweiten Schuss ab, und die Kugel erledigt den Cyberpunk.

Der Kopf mit dem bunten Hahnenkamm wird völlig zerfetzt. Blut, Dreck, ein klebriger grauer Schleim, zermatschte Mikrochips und verhedderte Drähte fliegen herum.

Was für eine ekelhafte Füllung bei einem derart klassischen Cyberpunk.

Ich öffne die Tür und lasse mich aus dem Wagen fallen. Kaum bin ich im Staub gelandet, bringe ich mich hinter einem Reifen vor demjenigen in Deckung, der das Feuer auf mich eröffnet.

»He, Leonid!«

Die Stimme kommt mir vage bekannt vor. Ich erwidere kein Wort und versuche zu eruieren, wo der Feind lauert. In meinem Kopf herrscht gewaltiges Chaos.

Die Munition aus der Waffe der dritten Generation hat versagt – aber nicht, weil Dibenko mich getäuscht hat.

Sondern weil ich damit auf jemanden geschossen habe, der kein Mensch war.

Auf eine künstliche Intelligenz. Oder, wie manche es auch nennen, auf eine zweite Natur.

Die Munition der zweiten Generation hat mich dann gerettet. Keine Ahnung, ob ich den Cyberpunk für immer erledigt habe oder ob er nur eine gewisse Zeit braucht, um sich wieder zusammenzusetzen, die einzelnen Komponenten seines Wesens aus einem Teil des Netzes in einen anderen zu transferieren. Aber selbst wenn ich dem Cyberpunk irreparable Schäden zugefügt haben sollte, fühle ich mich nicht wie ein Mörder.

»Warum so aggressiv, Ljonka?«
Die Stimme klingt amüsiert, sogar lustig.
»Wer hat denn mit der Schießerei angefangen?!«, schreie ich und hechte zum anderen Rad.
»Oh, ich habe nur mit Lähmungsmunition geschossen. Ich will dich nicht umbringen, das musst du mir glauben!«
»Du bist der Dark Diver!«
»Ja, auch diesen Namen gibt man mir ...«
Wenn ich mich danach nicht gesehnt habe!

Irgendwo am Rand von Chinatown im Dreck zu liegen, versteckt hinter einem Taxi, in dem eine künstliche Intelligenz liegt, die ich getötet habe. Und mit dem Dark Diver zu reden, der obendrein bewaffnet ist.

Ich stecke die Waffe des Revolvermanns weg und hole erneut Dibenkos Pistole heraus. Kurz darauf ziehe ich auch die Waffe des Revolvermanns wieder hervor.

Sicher ist sicher.

»Ich nehme es dir nicht übel, dass du den Taxifahrer ermordet hast, Leonid. Alle Achtung, du bist schnell dahintergekommen, dass du ihn mit einer Waffe der zweiten Generation erschießen musst! Aber, wie gesagt, ich bin deswegen nicht sauer. Von der Sorte gibt es dank Dima Dibenko inzwischen genug. Und sie lassen sich sehr leicht lenken. Sie sind so impulsiv wie Teenager ... Manchmal frage ich mich sogar, ob sie nicht tatsächlich intelligent sind.«

»Was willst du von mir?«

Wo steckt er? Ich sehe die Mauer, doch ich entdecke den Dark Diver nirgends.

»Ich will mit dir reden, Leonid. Mehr nicht! Das war auch der Grund, weshalb ich zu Dschingis gekommen bin, aber da habt ihr euch ja höchst ungastlich verhalten ...«

»Sprich!«, verlange ich.

Dafür ernte ich ein leises Lachen. »Du hast nicht gerade eine optimale Position für ein Gespräch.«

»Keine Sorge, ich finde auch in dieser Position meine Argumente«, antworte ich und richte beide Waffen auf die Mauer.

»Also, was hast du auf dem Herzen?«

»Ich will die Dateien, Leonid.«

»Welche Dateien?«

»Spiel hier nicht den Dummkopf! Ich brauche die Dateien, die Bastard und Romka Dibenko abgeluchst haben. Die zwei und ich, wir hatten einen Vertrag.«

»Du hast sie ans Messer geliefert, du Schwein! Damit kannst du dir deinen Vertrag sonst wo hinschieben!«

Gibt es in Chinatown eigentlich eine Polizei? Nachdem wir so durch die Straßen gebrettert sind, hätten wir doch schon längst festgenommen werden müssen. Genauer gesagt, man hätte versuchen müssen, uns festzunehmen.

»Nun mach mal halblang!«

Täusche ich mich etwa oder klingt seine Stimme jetzt völlig ernst?

»Ich habe nicht wissen können, dass man mit einer Waffe der dritten Generation auf die beiden losgeht! Und ja, ich habe darauf bestanden, dass Bastard Romka mit auf diesen Hack nimmt.«

Hört, hört.

Damit war Bastard nicht rausgerückt – obwohl er sich mit diesem Hinweis völlig aus der Affäre hätte ziehen können.

Dieser grobe, laute und zynische Hacker ...

»Der Junge brauchte das! Er wollte seinen Weg im Leben finden. Und ohne diese dumme Tragödie hätte er ihn auch gefunden. Ich wollte ihm helfen. Glaubst du mir das?«

Ich liege auf dem Boden, presse die Stirn gegen den dreckigen Reifen und starre in den Staub.

Ich glaube dem Dark Diver.

Wie konnte das kommen? Du gehst einer Sache auf den Grund – und stellst dann fest, dass nichts und niemand an ihr die Schuld trägt.

Und meiner Ansicht nach lügt der Dark Diver wirklich nicht. Warum hätte er Romka den Tod wünschen sollen? Und niemand konnte wissen, dass Romka bei dem Hack in *New boundaries* ernsthaft Schaden nehmen würde.

»Glaubst du mir?«

»Wozu brauchst du die Dateien?«, frage ich zurück.

»Glaubst du mir oder nicht?«

Spielt das für ihn wirklich eine so große Rolle? Was ich antworte? Was ich von ihm halte?

»Ja«, sage ich mit gedämpfter Stimme.

Trotzdem hört er mich.

»Gut. Ich brauche diese Dateien. Gib sie mir, und unsere Wege trennen sich. Du willst mir ja wohl nicht weismachen, Dibenko hätte dich tatsächlich angeheuert. Das ist ein hübsches kleines Gerücht, das ich aber keine Sekunde geglaubt habe. Schließlich erinnerst du dich nur zu gut daran, wie er dich in der *Tiefe* ertränken wollte.«

»Wozu brauchst du die Dateien?«, wiederhole ich.

Manchmal ist stumpfsinnige Sturheit der einzige Ausweg.

»Sie müssen allen Usern, die das wollen, frei zugänglich sein. Aber wir können uns gern darauf einigen, dass Dschingis das Projekt zunächst auf den Markt bringen kann.«

»Was glaubst du, was geschieht danach?«

»Was meinst du denn?« Der Dark Diver bricht in schallendes Gelächter aus. »Die User werden selbstverständlich mit *Artificial nature* in die *Tiefe* gehen. Jeder, der es gern möchte, kann seine Persönlichkeit ins Netz transferieren. Die heutigen Möglichkeiten Deeptowns lassen das nicht zu ... aber mit diesem Programm wird der Fortschritt vorangetrieben. Die virtuelle Welt würde um ein Tausendfaches anwachsen.«

»Und was hätte das für einen Sinn?«

»Ich liebe die *Tiefe*.«

Ich glaube, das könnte ewig so weitergehen. Dieses Gespräch mit Waffen in der Hand ...

»Ich kann dir nicht sagen, ob wir dir die Dateien überlassen«, beende ich das Ganze. »Treffen wir uns morgen wieder.«

»Leonid, versuche nicht, mich zu täuschen. Denn du entkommst mir nicht. Ich habe dir doch wohl deutlich genug vor Augen geführt, wozu ich imstande bin, oder?«

Dann wollen wir doch mal sehen, wer wozu imstande ist ...

Tiefe, Tiefe, ich bin nicht dein ...

Wie sehr ich doch daran gewöhnt bin, dass dieser kurze Satz mich aus der *Tiefe* bringt!

Doch die Welt um mich herum nimmt keine comichaften Konturen an. Die Welt bleibt, wie sie ist. Und ich bin in der *Tiefe*, und die *Tiefe* ist Realität geworden.

Die erste, die entscheidende Fähigkeit eines Divers, die Grundlage aller Dinge – sie ist mir abhanden gekommen.

Tiefe, Tiefe, ich bin nicht dein ...

Nichts.

»Na? Reicht das?«

Er lacht.

Er weiß, was ich versucht habe, und er weiß, dass ich eine Niederlage erlitten habe.

Guter Gott, woher hat er diese Möglichkeiten? Sind ihm denn gar keine Grenzen gesetzt?

Nein, das kann nicht sein. Auch der Dark Diver ist nicht allmächtig – sonst hätte er sich diese Dateien längst besorgt und dechiffriert.

Und das bedeutet ...

Ich springe auf, schlage eine Rolle über das Taxi und falle zu Boden.

Das tut verdammt weh ...

Der Dark Diver steht wieder an der Hauswand! Nur hat er keinen festen Boden unter den Füßen, sondern schwebt einen Meter über dem Asphalt und setzt in der Luft langsam einen Fuß vor den anderen. Deshalb habe ich ihn also nicht gesehen.

»Ich gebe dir zwei Stunden, Leonid«, teilt er mir unerschüttert mit. »Danach bekommst du ernsthafte Probleme. Bis dann.«

Vielleicht könnte ich ihn trotz allem mit einem Schuss erwischen. Nur ist sein Gesicht jetzt das von Romka – und das macht es mir unmöglich, den Abzug zu drücken. Was für ein mieses Schwein!

Der Dark Diver fährt mit der Hand über die Mauer, und die aufgekratzten Ziegel öffnen sich zu einem schmalen Spalt. Durch ihn verschwindet er, indem er zu einem feinen, bunten Blatt Papier zusammenschrumpft.

Eine weitere kleine Demonstration seiner Kräfte.

Mir ist zum Heulen zumute. Wie der mich abserviert hat. Wie ein Kind, das in der Ecke stehen muss, um über sein Verhalten nachzudenken, würde ich am liebsten in Tränen ausbrechen.

Ich schiebe die Waffe des Revolvermanns ins Halfter, stecke Dibenkos Pistole in die Tasche und werfe einen letzten Blick auf das Taxi mit dem reglosen, durchlöcherten Körper des Punks.

»Stehengeblieben!«

Der Polizist hat eine durchdringende Stimme. Mit so einem Ausruf zertrittst du Ziegelsteine. Äußerlich ist er übrigens ein zweiter Jackie Chan.

»Ich rühr mich ja gar nicht vom Fleck«, antworte ich. Nach der Begegnung mit dem Dark Diver jagt mir die Polizei Deeptowns nicht mehr die geringste Angst ein.

100

»Du bist spät dran«, bemerkt Dschingis.
Ich nicke ihm zu und betrete die Wohnung. Nichts in meinem Äußeren zeugt noch davon, dass ich vor Kurzem in einer dreckigen Straße gelegen und ein paar einfache Saltos vollführt habe und mit einem Gemisch aus Blut und Siliziummasse bespritzt worden bin.
Der Dreck bei uns in Deeptown kann sich sehen lassen. Er ist elektronisch, trocknet schnell – und fällt dann einfach ab. Allerdings fühle ich mich noch schmutzig. Vielleicht sollte ich kurz in den Jacuzzi springen? Natürlich nur, wenn er nicht randvoll mit Bierflaschen ist ...
»Ich hatte eine Unterhaltung mit dem Dark Diver.«
»Oho.« Dschingis nickt in Richtung Bibliothekstür. »Dann lass uns da reingehen, und du erzählst alles! Die anderen sind schon da!«
»Alle?«
»Bis auf Pat. Ich habe ihn dazu verdonnert, Hausaufgaben zu machen. Das kann zwischendurch auch mal nicht schaden.«
In der Bibliothek haben sich in der Tat schon alle versammelt. Die Stimmung ist jetzt ganz anders als vor unserem Aufbruch ins Labyrinth. Ruhiger, würde ich sagen, und gleichzeitig trauriger. Maniac und der Magier sitzen am Kamin, reden über etwas

und trinken Whisky. Was für merkwürdige Angewohnheiten sich die beiden in Amerika doch zugelegt haben. Bastard ist wie immer in seinem Element. Eine lange Reihe von Shiguljowskoje-Flaschen steht vor ihm, die eine Hälfte leer, die andere voll. Inzwischen bin ich ziemlich neugierig auf dieses Bier, ich muss es wohl mal in der Realität probieren. Womöglich hat sich sein Geschmack in den letzten Jahren ja verbessert ...

»Der Dark Diver hat mir ein Ultimatum gesetzt«, erkläre ich anstelle einer Begrüßung. »Ich habe zwei Stunden ... genauer gesagt, zwei Stunden minus zehn Minuten, um ihm die Dateien von Dibenko zu geben. Danach dürften wir mit unangenehmen Konsequenzen zu rechnen haben.«

Maniac gießt mir wortlos einen Whisky ein. Ich lange nach dem Glas und berichte, was in Chinatown vorgefallen ist.

Als ich fertig bin, kann ich von den zwei Stunden gleich noch mal fünfzehn Minuten abziehen. Dschingis qualmt eine Zigarette nach der nächsten und macht eine immer düsterere Miene.

»Du hast also einen Cyberpunk ermordet«, fasst Bastard seufzend zusammen. »Was für Kräfte in dir schlummern!«

»Ich möchte eure Meinung zum Ultimatum hören«, sage ich. »Ehrlich gesagt habe ich nicht vor, diese Entscheidung allein zu treffen.«

»Welche Möglichkeiten hat der Dark Diver?«, will Maniac wissen. Wieder stehen wir vor sehr klaren und sehr unangenehmen Fragen.

»Soweit ich es beurteilen kann, enorme. Er hat etwas gemacht, wozu auch ich einmal imstande war ... aber da hat mich der Loser an seiner Kraft teilhaben lassen. Das heißt also ... dass der Dark Diver sehr stark ist. Im Grunde kann ich mich nur wundern, dass Dibenko ihm bisher Widerstand leisten konnte.«

»Können wir etwas gegen den Dark Diver ausrichten?«, fährt Maniac mit der Fragestunde fort.

»Ich werde jetzt gleich mein Alarmprogramm zu Ende schreiben«, erklärt der Magier, lächelt dann jedoch unsicher und winkt ab.

»Nein«, sage ich ganz offen. »Er hätte mich ohne Weiteres am Taxi umbringen können. Er hätte einfach nur noch ein bisschen höher fliegen müssen und mich dann erschießen können. Oder er hätte sich unsichtbar machen und mich dann erschießen können. Er kann tun und lassen, was er will.«

»Der hätte uns mal im Labyrinth eine Kostprobe seiner Superfähigkeiten geben können«, speit Bastard aus. »Indem er den Imperator abgeknallt und uns den Weg freigeräumt hätte!«

»Nike ist nicht der Dark Diver.«

Darüber hätte ich am liebsten nicht gesprochen. Bis jetzt habe ich es vor mir herschieben können. Nun mussten die Karten jedoch auf den Tisch.

»Bist du dir sicher?«, fragt Dschingis skeptisch. »Hast du sie noch mal gesehen?«

»Ich sehe sie jeden Tag. Nike ist Vika. Meine Frau.«

»Madame!«, ruft der Magier triumphierend aus. »Das habe ich doch gleich gewusst! Ein Blick auf sie hat gereicht! Konnte überhaupt niemand anders sein. Ich habe nur nichts gesagt, weil ... Wenn sie nicht erkannt werden wollte, dann musste ich das ja wohl akzeptieren.«

»Ach ja«, bemerkt Maniac bloß. »Und du bist wirklich sicher, Leonid?«

»Was Nike angeht, nicht unbedingt. Aber Vika glaube ich. Und sie ist nicht der Dark Diver.«

Damit wäre das Thema abgehakt. Maniac und der Magier glauben Vika, Dschingis und Bastard mir.

»Das müssen wir Pat sagen«, meint Dschingis nachdenklich.

»Er ist immer noch sauer auf sie. Gut, das mit Nike hätten wir also geklärt. Bleibt der Dark Diver. Wie wollen wir uns ihm gegenüber verhalten?«

»Was schlägst du denn vor?«

»Wir sollten ihm die Programme geben. Ob wir sie auch selbst nutzen ... das muss jeder für sich entscheiden. Danach sollten wir jeden Kontakt zum Dark Diver abbrechen. Ich werde die Programme übrigens nicht auf den Markt schmeißen ... und alles daransetzen, den Verkauf in Russland zu verhindern. Irgendwie werde ich mein täglich Brot auch ohne dieses fragwürdige Geschäft verdienen.«

»Dein täglich Brot mit Butter und Kaviar«, knurrt Bastard. »Was, wenn wir die Programme einfach vernichten? Der Dark Diver wirkt nicht wie ein Psychopath. Er wird sich nicht um der Rache willen an uns rächen. Wenn wir die Dateien nicht mehr haben, wird er sich wieder auf Dibenko konzentrieren. Und der ist selbst schuld an dem Schlamassel, schließlich ist das sein Werk. Ich bin dafür, die Dateien zu vernichten. Unwiderruflich! Zum Teufel mit ihnen! Auf wessen Computer sind sie gespeichert?«

»Auf meinem.« Dschingis hat kurz mit der Antwort gezögert. Er sieht mich an, lächelt ... und ich sehe in seinen Augen das Licht eines ewigen Sommers. »Gut. Ich bin einverstanden. Vernichten wir sie. Zusammen mit der Festplatte. Völlig. Wir formatieren die Festplatte nicht nur neu, wir überschreiben sie auch noch, bohren ein Loch in sie und schütten da etwas Säure rein.«

»Dibenko wird die Programme mit Sicherheit früher oder später auf den Markt werfen«, gibt Maniac zu bedenken. »Da habe ich nicht den geringsten Zweifel. Gut, vielleicht wartet er noch etwas ab ... experimentiert noch ein, zwei Jährchen mit ihnen rum. Aber okay, von mir aus vernichten wir die Dateien.«

»Die Leute haben hart an den Dingern gearbeitet ... sich alle Mühe gegeben ...« Der Magier seufzt und kratzt sich den Nacken.

»Wir löschen ja nicht das Original«, erwidert Maniac. »Sondern nur die Kopie. Die geklaute Kopie.«

»In dem Fall: einverstanden! Dafür ist es übrigens gar nicht nötig, die Festplatte zu zerstören, ich habe da ein kleines Programm, das ...«

»Die Festplatte wird zerstört«, stellt Dschingis mit eisiger Stimme klar.

»Wie du willst, wenn es dir nicht leid ums Geld tut, die Festplatte ist schließlich noch tipptopp, und ich lege die Hand dafür ins Feuer, dass mein ...«, brabbelt der Magier eingeschnappt.

»Aber gut, dann hau halt deine Festplatte kaputt!«

Nun richten sich alle Blicke auf mich.

Die letzte Meinung, die noch fehlt.

»Dann werde ich mal das Urteil verkünden, ja?«, frage ich. Ich weiß genau, was ich sagen will.

»Hallo, Ljonka!«

Pat kommt in die Bibliothek. Er trägt einen VR-Anzug, der haargenau so aussieht wie die Uniform im Labyrinth.

»Pat!«, empfängt Dschingis ihn wütend. »Hast du mir nicht etwas versprochen?«

»Ich habe meine Hausaufgaben gemacht!«, ruft der Junge. »Alle! Und ich habe sogar noch einen super Skin gezeichnet. Da wollte ich mir mein Lob abholen!«

»Der Skin ist gut«, lobt ihn Dschingis. »Trotzdem hast du mir versprochen, nicht in die *Tiefe* zu gehen. Oder hast du das schon wieder vergessen?«

Pat sieht Bastard flehend an. Der räuspert sich – und streicht die Segel. »Komm schon, Dsching«, sagt er. »Du brauchst dir doch wirklich keine Sorgen zu machen. Hier sind wir sicher. Außerdem hat Pat das gleiche Recht wie wir alle, diese Sache zu entscheiden.«

Das letzte Argument zieht.

»Setz dich, du Maler«, sagt Dschingis in scharfem Ton. »Wir überlegen, was wir mit Dibenkos Programmen machen.«

»Und?«, fragt Pat, während er sich zwischen Dschingis und Bastard quetscht.

»Die allgemeine Meinung geht dahin, sie zu zerstören. Der Dark Diver hat uns ein Ultimatum gesetzt, er verlangt die Dateien. Wir glauben, es ist am besten, die Daten zu vernichten. Dann wird er uns nämlich in Ruhe lassen. Gegen ihn zu kämpfen, das übersteigt unsere Kräfte.«

»Wieso das denn?«, fragt Pat, der erst von Dschingis zu Bastard und schließlich zu mir sieht.

So stürzen Idole. Der coole Businessman Dschingis, der große Hacker Bastard und der letzte Diver Leonid – sie alle geben vor dem Dark Diver klein bei.

»Weil es absolut nicht in unseren Kräften liegt. Er hat in der *Tiefe* Möglichkeiten von nahezu mystischer Natur – was du von uns nicht gerade behaupten kannst. Entweder müssen wir also auf Deeptown verzichten und unsere Besuche in der *Tiefe* aufgeben oder wir vernichten die Dateien.«

Eins muss man Pat lassen: Er zögert keine Sekunde. »Dann löschen wir die Dateien! Oder geben sie ihm!«

»Nein, wir werden sie ihm nicht geben. Wir löschen sie.« Dschingis richtet seinen Blick wieder auf mich. »Leonid? Wofür bist du?«

»Wir löschen sie«, antworte ich. »Und zwar völlig. Ich will auch erklären, warum.«

Anscheinend haben alle auf eine Erklärung gewartet – wie auch immer die aussehen mag.

»Dibenko hat sich da eine sehr ausgefeilte Sache einfallen lassen. Er hat eine künstliche Intelligenz geschaffen, die zunächst jedoch nicht eigenständig ist, sondern nur als Anhängsel eines Menschen auftritt. Im Grunde also einen Cyborg, nur dass die eine Hälfte dieses Cyborgs nicht mechanisch und elektronisch, sondern virtuell und programmiert ist. Diese KI kopiert in der ersten Phase nur die Reaktionen des Menschen. Später ... antizipiert sie diese Reaktionen dann. Stimmt das soweit?«

Als Maniac nickt, fahre ich fort: »Dieses Wesen kann sich außerdem selbstständig weiterentwickeln ... Das haben wir bereits beim Imperator erlebt. Er hat als dummes Programm mit ein paar eingespeicherten Reflexen begonnen und hat jetzt ... die Grenzen dieses Programms weit hinter sich gelassen. ›Wer bin ich?‹, hat er uns gefragt. Dibenko hat mit seinem Spielzeug also ganze Arbeit geleistet. Was mich jedoch stört ...«

»Ich weiß«, unterbricht mich Dschingis. »Und du hast ja recht. Es gibt nicht nur den Imperator. Da ist auch noch dein Taxifahrer.«

Seine Gedanken bewegen sich wirklich in den gleichen Bahnen wie meine.

»Man kann natürlich behaupten, der Imperator sei von Anfang an darauf abgerichtet gewesen zu kämpfen und zu töten«, sage ich. »Weil seine Rolle im Labyrinth es so verlangt. Deshalb hat er sich auch in diese Richtung weiterentwickelt. Aber der reale Mensch, der hinter dem Taxifahrer steckt, dürfte kaum ein Psychopath gewesen sein, der seinen Spaß an Auffahrunfällen hat, der einen Pistolenlauf anknabbert oder Menschen entführt. Dennoch ist die Figur genau dazu geworden und dient jetzt dem Dark Diver. Und das ist leider auch nicht erstaunlich. Er musste sich einen elektronischer Körper erwerben. Er musste sich entwickeln. Und der Kampf, die Aggressivität und der Krieg sind ideale Stimulatoren für diese Entwicklung. Der Affe hat den Stock nicht in die Hand genommen, um Bananen von den Zweigen zu schlagen ... sondern um auf einen Feind einzudreschen. Das Programm von Dibenko wird in Deeptown Millionen von Höhlenmenschen hervorbringen. Millionen von zivilisierten, klugen, elektronischen Neandertalern. Ich weiß nicht, in wen sie sich letzten Endes verwandeln. Vielleicht schaffen sie es, eine neue und gute Welt aufzubauen. Doch zunächst einmal werden sie kämpfen müssen ... sich prügeln und schlagen müssen. Damit sich ihr Bewusstsein voll entfalten kann. Damit sie anfangen zu denken.«

»Scheiß auf deine Festplatte«, bricht es aus dem Magier heraus. »Dschingis, du wirst danach noch mit dem Hammer auf sie einschlagen, abgemacht? Und wenn wir die Einführung dieses Programms nur um ein Jahr verhindern ... wäre schon viel gewonnen.«

»Dann sind also alle einverstanden?«, frage ich.

»Ja.« Maniac erhebt sich. »Ich muss los, Leute. Vernichtet die Dateien und teilt dem Dark Diver mit, dass wir sie nicht mehr haben. Und macht Dibenko klar, welche Gefahren diese Projekte bergen. Vielleicht denkt er dann ja noch mal über alles nach.«

»Ich werde auch gehen«, sagt der Magier. »Ich muss da noch was geradebiegen.«

»Hast du deine Arbeit vernachlässigt?«, erkundigt sich Bastard beiläufig.

»Hab ich nicht«, blafft der Magier ihn an. »Gestern ... war ich wegen der ganzen Geschichte im Labyrinth etwas neben der Spur. Ich bin dann in meine Firma gegangen und habe einem Freund eine LAN-Mail geschickt. Nichts Besonderes. *Wenn das Leben dich durchfickt, weißt du immerhin, dass du noch unter den Lebenden weilst!* Der Mann ist ein russischer Emigrant, der sollte den Witz doch verstehen!«

»Das ist ja fast ein Aphorismus«, gickelt Maniac. »Und? Konnte er mit deiner Art von Humor nichts anfangen?«

»Ich habe das falsche Icon angeklickert ... und die Mail ist an alle Mitarbeiter gegangen.«

Maniac stößt einen Pfiff aus.

»An dreiundzwanzig Leute, darunter fünf Frauen ... Jetzt werde ich wegen sexueller Belästigung angeklagt ... Von allen Frauen und von drei Männern ...«

»Diese Amis!« Bastard schüttelt den Kopf. »Entschuldige dich und schieb etwas Geld rüber, damit die Sache nicht vor Gericht kommt. Sonst stehst du am Ende nämlich ohne Hosen da ... und dann wird sich zeigen, was von dir noch unter den Lebenden weilt.«

»Gehen wir«, sagt Maniac amüsiert und stupst den Magier leicht gegen die Schulter. »Du bist mir schon einer!«

Erst als die beiden die Bibliothek verlassen haben, gestattet sich Bastard loszukichern.

»Das ist nicht komisch, Tocha.« Dschingis schüttelt tadelnd den Kopf. »Der Magier hat sich da ernste Probleme eingebrockt.«

»Weiß ich ja.« Es kostet Bastard einige Mühe, sein Gekichere einzustellen. »Ich stelle mir nur gerade die Gesichter seiner pikfeinen Kollegen vor, wenn sie von ihrem Chef eine solche Mail bekommen ...«

»Ich finde das lustig«, bringt Pat leise heraus.

»In deinem Alter ist jedes unanständige Wort lustig.« Dschingis sieht mich müde an. »Schieben wir's nicht auf die lange Bank, ja? Sonst läuft das Ultimatum noch ab ...«

»Einverstanden«, erwidere ich. »Verlasst die *Tiefe* und zerstört die Festplatte. Hast du da noch was Wichtiges drauf?«

»Nichts, wofür ich mein Leben aufs Spiel setzen würde. Die Kiste ist nicht für die Arbeit, sondern ausschließlich für mein Privatvergnügen gedacht. Überlässt du es uns, die Festplatte zu zerstören? Oder willst du lieber dabei sein?«

»Ich vertraue euch«, versichere ich. »Ich bin mir sicher, dass dir diese Sorte von ewigem Sommer keine Freude machen würde.«

»Ljonka, habe ich nicht wirklich einen guten Skin gezeichnet?«, fragt mich Pat.

Ach ja ... jeder hat seine eigenen Probleme. Aber letztlich bin ich ganz froh, dass Pat so leicht auf sein neues Spielzeug verzichtet. Obwohl er das Programm noch nicht mal ausprobiert hat.

»Absolut!«, bestätige ich. »Super!«

»Sogar die Pistole wirkt echt ...«, grummelt Pat, als er eine Waffe aus dem Halfter zieht. »Oder nicht?«

Er hat sehr leichten Herzens auf *Artificial nature* verzichtet.

Er hat ohne zu zögern Dschingis Verbot missachtet.

Er hat diesen Skin mühelos hingekriegt.

»Dschingis!«, schreie ich und springe auf.

Zu spät.

Pats erster Schuss gilt mir.

Der zweite Dschingis, der sich umgedreht hat und seinen Augen nicht traut.

Der dritte Bastard, der sich gerade aus dem Sessel erhebt.

Das ist keine Explosion einer blauen Spielzeugflamme, wie in der echten Pistole im Labyrinth des Todes. Das ist eine blaugraue Spirale, die kurz vor deinen Augen aufblitzt und rotiert, um dann blitzschnell alles Leben aus deinem Körper zu saugen.

Was für ein seltsames Gefühl!

Wie bei einer Lokalanästhesie ... nur eben am ganzen Körper. Mein Körper ist noch vorhanden, ich spüre ihn ... aber er gehorcht mir nicht mehr. Ich bin eine Holzpuppe, wie Pinocchio, und ungefähr so beweglich wie ein Baumstamm.

Dafür verspüre ich wenigstens keinen Schmerz, als ich falle.

Und ich schaffe es, höchst erfolgreich zu Boden zu gehen. Ich sehe Dschingis und Bastard, die schlaff in den Sesseln hängen.

Und Pat, der neben ihnen steht.

Der Dark Diver.

Wie dumm.

»Pat!«, schreit Dschingis. Sprechen können wir also auch. Sehr schön. Das gibt uns eine Chance. »Was ist denn mit dir los?«

Mit unserm Pat wahrscheinlich gar nichts.
Dieser Pat senkt die Pistole und tritt an mich heran.
»Pat!«, brüllt Dschingis noch einmal.
Der Dark Diver beugt sich über mich. »Deine zwei Stunden sind um«, raunt er mir zu. »Ich warte auf eine Antwort.«
Es ist ziemlich schwierig, die Worte herauszubringen. Wie Dschingis es geschafft hat herumzubrüllen, ist mir ein Rätsel. Trotzdem bringe ich die Worte durch meine taube Kehle. »Nimm die Maske ab! Mach dich nicht auch noch über uns lustig!«
Pat grinst und führt mit einer mir vertrauten Geste die Hände zum Gesicht, um sie dann von oben nach unten zu ziehen. Er setzt sich ein neues Gesicht auf. Obendrein werden seine Schultern breiter, und er wächst ein wenig. Die Uniform verändert die Farbe, reißt auf und verwandelt sich in einen schwarzen Mantel.
Jetzt steht Dmitri Dibenko vor uns. Nicht der Mann Ohne Gesicht, sondern Dibenko, wie wir ihn alle von Fotos kennen. Von alten Aufnahmen, auf denen er verlegen lächelt, verblüfft, ein Mann, der noch nicht weiß, was er angerichtet hat.
»Dschingis, das ist nicht Pat«, sage ich. »Das ist der Dark Diver.«
Dschingis stößt ein leichtes Stöhnen aus, als versuche er, sich zu erheben.
»Gefällt dir das besser?«, fragt der Dark Diver geradezu erheitert. »Ja? Oder wäre dir ein anderes Äußeres lieber? Vika, Maniac, Kommissar Raid, Crazy ... Doch genug mit dem Geschwätz. Ich will die Dateien, Leonid!«
Ich hülle mich in Schweigen. Eine Viertelstunde, dann würde die Lähmung nachlassen. Das musste sie einfach.
»Ihr schätzt die Situation nicht ganz richtig ein.« Der Dark Diver betrachtet erst den verstummten Dschingis, dann Bastard, der wütend die Augen aufreißt, aber ebenfalls keinen Ton herausbringt. »Noch greife ich zu humanen Methoden. Eine kurzzeitige Lähmung von fünfzehn, zwanzig Minuten. Erhalte ich in

dieser Zeit nicht die dechiffrierten Daten, wiederhole ich die Prozedur ... Und das wäre wirklich unschön für euch ...« Er legt eine kurze, vielsagende Pause ein. »Denn ich habe nur noch eine Lähmungskugel. Alle anderen führen zu Herzrhythmusstörungen. Meiner Ansicht nach sind diese Kugeln der Munition vorzuziehen, die Romka getötet hat. Aber es wäre doch trotzdem ... unschön, oder nicht? Wenn der Kopf noch denkt, Hände und Füße noch warm sind – und das Herz dann einfach aufhört zu schlagen. Fünfzehn Minuten ... das hält kein Gehirn aus. Bei den Experimenten von Dibenko wurden diese psychopathischen Freiwilligen mit einer Herzmassage gerettet. Aber hier sehe ich leider nirgends eine Ärztebrigade ...«

»Du wärest bereit, uns zu töten?«, hake ich nach.

»Wäre ich das?«, bringt der Dark Diver gleichgültig heraus. »Ich weiß nicht. Ihr könnt natürlich davon ausgehen, dass ich nur bluffe. Das ist euer gutes Recht ... in der nächsten Viertelstunde. Aber ich stehe für ein neues Leben, das gern das Licht der Welt erblicken würde. Ich stehe für eine neue Welt. Für neue Horizonte. Ich weiß Millionen von Menschen hinter mir, die nie ein ewiges Leben erlangen werden, solange Dibenko zögert, zaudert und experimentiert. Habt ihr schon einmal von einem Mann namens Wolf Meirman gehört? Ich vermute nicht. Das ist ein junger Wissenschaftler, der kurz davor ist, eine einzige Feldtheorie vorzulegen. Doch er ist an Leukämie erkrankt und wird bald sterben. Ihm bleibt noch ein halbes Jahr, wenn's hochkommt ein Jahr. Dibenkos Programme würden es ihm erlauben, seinen Verstand in die *Tiefe* zu transferieren.«

»Nicht seinen Verstand«, bemerkt Dschingis. »Sondern die Illusion seines Verstandes.«

»Jeder Verstand ist eine Illusion.« Der Dark Diver lässt sich nicht einmal dazu herab, sich Dschingis zuzuwenden. »Meirman würde seine Art zu denken in die virtuelle Welt kopieren, seine unorthodoxen, paradoxen Einfälle, seine Methode, Fakten zu analysieren ... Sicher, er würde etwas verlieren. Aber er würde auch etwas gewinnen. Ihm würden alle Informationen aus dem Netz zur Verfügung stehen. Er würde auf jede Frage eine Antwort erhalten – sofern diese existiert.«

»Das ist Demagogie.« Dschingis versucht offenbar ebenfalls, auf Zeit zu spielen. »Denn du setzt einen etwaigen Nutzen und das Leben eines Menschen gleich.«

»Ihr seid mir die Richtigen, um mir etwas über Moral beizubringen«, antwortet der Dark Diver gelassen. »Hacker, Diver, Geschäftshaie ... um nur einmal das zu nennen, was auf der Hand liegt. Hör auf, Zeit zu schinden, Dschingis. Ich brauche die Dateien. Und ich werde sie bekommen. Das ist mein völliger Ernst. Ihr habt doch besprochen, mir die Dateien zu überlassen. Also rückt sie endlich heraus! Ansonsten habt ihr die Wahl: Entweder ihr bleibt bei eurer Entscheidung, mir die Daten zu geben, oder ihr zieht es vor, sehr wahrscheinlich zu sterben. Seid ihr sicher, dass ihr dieses Risiko eingehen wollt?«

»Wenn wir erst mal tot sind, kommst du erst recht nicht an die Dateien heran«, hält Dschingis ihm vor Augen. »Sie sind mit vier Passwörtern verschlüsselt.«

»Das weiß ich. Aber ich bin zu diesem Schritt gezwungen. Und sei es nur, damit Dibenko etwas entgegenkommender wird. Ich könnte keine Außenstehenden töten, um ihm zu beweisen, dass es mir ernst ist. Aber euch ... Ihr habt euch schließlich freiwillig in diese Situation gebracht. Denn ich habe euch doch gewarnt, oder?«

Niemand erwidert etwas darauf. Mich hindert daran allein schon die Tatsache, dass ich ständig mein Mantra wiederhole. *Tiefe, Tiefe, ich bin nicht dein ...*

Aber sie will mich nicht freigeben. Unter gar keinen Umständen. Wenn ich nur wüsste, wie der Dark Diver das anstellt. Dafür muss er nämlich nicht bloß den virtuellen Raum kontrollieren – dafür muss er mich in irgendeiner Weise direkt beeinflussen.

»Ihr alle habt etwas, das ihr verlieren könnt.« Der Dark Diver tritt an den Kamin heran und hält die Hände ans Feuer. »Für eine Idee zu sterben ist edel. Aber ist diese Idee euer Leben auch wirklich wert? Folgender Vorschlag: Ich zähle jetzt bis sieben. Dann ...«

In seiner Stimme liegt eine bestimmte Sicherheit, Gleichgültigkeit, Kraft. Etwas, das uns alle Hoffnung nimmt.

Er würde auf den Abzug drücken. Ich würde noch spüren, wie mein Herz einen letzten stumpfen Schlag tut, bevor es stehen bleibt. Natürlich nicht für immer, sondern nur für fünfzehn Minuten ...

Ich würde noch am Leben sein, ich würde spüren, wie ich in einen bodenlosen Abgrund stürze. Möglicherweise würden die Wände aus Feuer und Eis immer weiter auf mich zurücken. Nur würde dann vor mir kein warmes Licht schimmern.

Und der Flug würde nie enden.

Irgendwann würde Vika mich finden, mein bleiches, totes Gesicht unter dem Helm erblicken.

»Du bist ein Dreckskerl, Diver!« Ich lausche meiner Stimme nach: Irgendjemand scheint an meiner Stelle zu sprechen. »Du bist ein Dreckskerl, aber du hast recht. Diese Idee ist unser Leben nicht wert. Deshalb bin ich bereit, dir die Dateien zu überlassen.«

Der Dark Diver nickt lächelnd. Dass ich ihn beleidigt habe, steckt er ohne mit der Wimper zu zucken weg.

»Du kriegst die Dateien ...«

Das ist Dschingis.

»Dann bleibt nur noch unser großer Hacker.« Der Dark Diver sieht Bastard an. »Komm schon, tu nicht so, als ob du dich nur mit einer Tastatur unter den Fingern verständigen kannst. Das ist ein hübscher Gedanke, aber ich weiß, dass dem nicht so ist. Also? Schließt du dich der Meinung der Freunde an?«

»Ja!«, brüllt Bastard.

»In dem Fall schlage ich folgendes Vorgehen vor.« Der Dark Diver nimmt das Handy vom Kamin, hält es ans Ohr und nickt. »Ich rufe jetzt ... den echten Pat an, der gerade brav die verhasste russische Sprache büffelt. Dschingis, du wirst ihn bitten, die Dateien zu öffnen und sie in die *Tiefe* zu schicken. Hierher, auf den Zeitungstisch. Das dürfte er hinkriegen, oder?«

»Er kennt unsere Passwörter nicht, du Blödmann«, bricht es aus Dschingis heraus.

»Dann werdet ihr sie ihm sagen. Einer nach dem anderen. Wer hat die Dateien als Erster gesichert?«

Während er uns das fragt, wählt er bereits.

»Erst Leonid, dann ich, dann Bastard und schließlich Pat.« Dschingis scheint zur vollständigen Kapitulation bereit.

»Hervorragend. Und ... kommt nicht auf die Idee, mich übers Ohr zu hauen! Verkneift euch jede verschlüsselte Botschaft! Wir wollen doch nicht, dass der Junge hierherkommt, um euch zu retten, nicht wahr?« Der Dark Diver lauscht auf den Klingelton und hält Dschingis das Handy ans Ohr.

»Hallo, Pat.«

Dschingis' Stimme klingt wie immer. Als ob er am Kamin säße, mit einem Glas Whisky in der Hand, eine Zigarre rauchen und mit uns über die großen Fragen des Lebens philosophieren würde.

»Du machst deine Hausaufgaben? Gut. Pass auf ... du musst mal kurz unterbrechen. Hol die Dateien, die wir chiffriert haben ... genau. Du hast keine Lust aufzustehen? Aber es dürfte ja wohl nicht so schwer sein, übers LAN an sie ranzukommen, oder? Na, siehst du ... Wir nennen dir jetzt alle unsere Passwörter. Du öffnest die Dateien und sendest sie in die *Tiefe*. In die Bibliothek.

Auf den Zeitungstisch. Nein, das ist kein Scherz. Also streng dich an. Ich gebe dir jetzt Ljonka.«

Der Dark Diver nickt lobend, schlägt Dschingis auf die Schulter und kommt mit dem Handy zu mir.

»Hi«, sage ich.

»Wieso gebt ihr mir jetzt eure Passwörter?«, will Pat wissen.

»Wir wollen etwas Action ins Spiel bringen.« Ich schaffe es sogar zu grinsen. »Bist du bereit?«

»Ja.«

»Dann diktiere ich dir jetzt mein Passwort. Erst Zahlen. Sieben. Vier. Sechs. Null. Sechs. Zwei. Vier. Sieben. Jetzt Buchstaben. W. H. O. Alle groß. Dann: d. s, beide klein. Und jetzt wieder Zahlen. Eins. Drei. Sechs. Acht. Eins. Ein kleines y, ein großes Z. Dann ein Dollarzeichen. Als Nächstes ein Klammeraffe.«

»Ein Klammeraffe wie in den E-Mail-Adressen?«, fragt Pat zurück. »Oder das Wort?«

»Nur Lamer benutzen in ihren Codes Wörter, die etwas bedeuten«, belehre ich ihn. »Das at-Zeichen natürlich. Jetzt kommen drei offene Klammern und die Zahl 8. Zum Abschluss ein Ausrufezeichen.«

»Ich hab's«, sagt Pat. »Es wird akzeptiert.«

»Dann gebe ich dich jetzt an Dschingis weiter.«

Der Dark Diver hält das Handy etwas zur Seite. »Das ist ein gutes Passwort«, flüstert er. »Mein Kompliment.«

Ich bringe keinen Ton heraus. Das ist mein allgemeines Passwort. Jetzt muss ich alle Daten neu verschlüsseln. Nun hält der Dark Diver Dschingis das Handy hin. Der bedenkt mich mit einem beinah ebenso empörten Blick wie den Dark Diver. Seine Stimme bleibt jedoch völlig gelassen. »Die erste Hürde wäre also genommen, ja? Gut. Dann gib jetzt mein Passwort ein ... Es ist ganz einfach, was für Lamer.«

Deswegen also die Empörung.

»Es ist ein Satz. Der erste Buchstabe klein, alle anderen groß. Achte auf die Zwischenräume zwischen den Wörtern. Am Ende steht ein Punkt. Also los ... und wiederhole mir jeden einzelnen Buchstaben!«

Was für ein Gewese um ein Passwort ...

Dschingis holt tief Luft und bringt mit eisiger Stimme heraus: »Vierzigtausend Paviane schieben sich in den Arsch ne Banane.«

Der Dark Diver krümmt sich in einem lautlosen Lachen. Das Handy in seiner Hand tanzt vor Dschingis' Ohr auf und ab. Bastard stößt einen Grunzlaut aus und versucht, erst Dschingis und dann mich anzusehen.

Ich reiße mich zusammen. Das kostet mich zwar einige Mühe, gelingt aber.

»Wie bitte?« Plötzlich verliert Dschingis die Ruhe. »Was soll das heißen – mit W?! Hast du im Zoo vielleicht schon mal Paviane gesehen?!«

Da kapituliere ich.

Wir haben verloren, wir haben vor dem Dark Diver klein beigegeben. Und es ist noch nicht klar, ob er uns am Leben lässt, nachdem er die Dateien bekommen hat.

Trotzdem liege ich jetzt gelähmt da, in der *Tiefe* und bei mir zu Hause – und amüsiere mich köstlich. Weniger über Dschingis' Passwort als vielmehr über die Standpauke, die er Pat hält.

»Ja! Banane!«

»Eine für alle?«, fragt Bastard scheinheilig und überlässt sich einem leisen, gluckernden Gekicher.

»Das war's. Jetzt nennt dir Tocha seinen Code. Im Übrigen solltest du etwas fitter in russischer Orthografie werden!«

Als der Dark Diver zu Bastard geht, sieht er mich an und lächelt. Ich lächle nicht zurück – aber ich spüre, dass ich es könnte. Echt! Wir waren tief gesunken!

Dschingis hat sich das, nebenbei bemerkt, klug überlegt. Ein Passwort kann auch aus sinnvollen Wörtern bestehen. Das ist schließlich wesentlich bequemer. Der Satz muss nur völlig absurd sein und sich leicht einprägen. Dschingis' Code passt zudem überhaupt nicht zu ihm – und das macht den Schlüssel so zuverlässig.

Wobei er aber immer noch komisch bleibt.

»Pass auf, Alter«, dröhnt Bastard ins Handy. »Dsching hat ein gutes Passwort, oder? Wir lachen uns hier fast kaputt!«

»Fang an!«, verlangt der Dark Diver leise.

»Also ... mein Code ist auch ganz einfach. Aber ein paar Wörter könnten dir unbekannt vorkommen ... wenn du also nicht weißt, wie sie geschrieben werden, frag lieber. Ansonsten ... achte nicht zu sehr auf den Inhalt.«

Dschingis verkrampft sich merklich.

»Also ... das ist etwas dreckig, mit Slang und vulgären Ausdrücken ... aber du bist ja schon ein großer Junge ...«

»Schneller!« In der Stimme des Dark Divers schwingt eine leichte Drohung mit.

»Solltest du es aber nicht verkraften, bringe ich dich zu einem Psychologen ...«

»Aus welchen Wörtern besteht dein Code?«, zischt Dschingis.

Bastard seufzt und senkt die Stimme: »Also, pass jetzt genau auf! Die Buchstaben wechseln sich ab, der erste klein, der zweite groß, der dritte wieder klein und so weiter ... ohne Zwischenraum zwischen den Wörtern. Und denk einfach nicht weiter darüber nach!«

Dann nennt er sein Passwort.

Die nächsten zehn Sekunden hängt Grabesstille in der Bibliothek. Der Dark Diver steht zum Götzenbild erstarrt da, sein Gesicht läuft puterrot an.

Ich würde am liebsten ebenfalls rot werden. Aber das kann ich nicht.

Schließlich durchbricht die eisige Stimme von Dschingis die Stille: »Was bringst du dem Jungen da bei?«
Bastard schnaubt nur, antwortet aber nichts.
»Ich bringe dich um, du verkommener Kerl!«
Bastard verzieht das Gesicht und sagt in oberlehrerhaftem Ton: »Ja, mein Junge, ich weiß, dass dieses Wort nur selten im Plural gebraucht wird und deshalb ein wenig ungewöhnlich klingt. Nein, im Wörterbuch findest du es bestimmt nicht ... in keinem. Aber nach den allgemein gültigen Rechtschreiberegeln müsste der Plural so lauten.«
Dschingis atmet geräuschvoll aus.
»Was?« Bastard denkt kurz nach. »Nein, natürlich nicht! Eigentlich ist das unmöglich! Die Anatomie, Physiologie und die Psychologie eines Menschen lassen das gar nicht zu! Und wenn du das Problem einem Fachmann für Werkstoffeigenschaften vorlegst, dann würde er dir erklären, dass auch die Physik dagegen spricht. Es ist sozusagen eine Fantasie, die ironisiert und mit gewissen Kraftausdrücken beschrieben wird. Gut, wir reden später über diese Frage. Ja, das war alles. Vergiss es am besten gleich wieder, ja? Jetzt gib dein Passwort ein ... und dann schicke uns die Dateien!«
Ohne ein weiteres Wort zu sagen, legt der Dark Diver das Handy auf den Kaminsims zurück und tritt an den Zeitungstisch heran.
Dabei habe ich den Eindruck, er würde darauf achten, nicht in Bastards Nähe zu kommen.
»Was blieb mir denn anderes übrig, Dschingis?«, fragt Bastard in kläglichem Ton. »Ich will schließlich nicht sterben! Und dein Passwort ... war ja auch nicht ohne!«
»Mein Passwort war harmlos wie ein Weihnachtsfest im Kindergarten!«, empört sich Dschingis. »Jedenfalls verglichen mit deinem!«

»Nun übertreib mal nicht, Dschingis! Etwas mehr Objektivität bitte!«
»Wie konntest du nur je auf einen solchen Code verfallen?!«
»Dafür ist er absolut sicher! Den knackt nie jemand!«
»Selbstverständlich nicht. Solche Dreckschweine wie du kommen nur alle Jubeljahre einmal auf die Welt!«
»Es tut mir wirklich leid«, sagt Bastard leise. »Entschuldige.«
Ich höre ihrem Streit zu, mische mich aber nicht ein.
Denn ich bin mit einer weitaus wichtigeren Sache beschäftigt: mit den Zehen zu wackeln.
Die Lähmung klingt ab. Vielleicht ja bei uns allen – und Dschingis und Bastard haben es über ihrer Auseinandersetzung nur noch nicht mitbekommen. Vielleicht aber auch erst mal nur bei mir.
Mit einem Mal ist ein Klatschen zu hören.
Auf dem Zeitungstisch erscheint das kleine dicke Buch. Der Dark Diver grapscht danach und blättert es schnell durch.
Hat er also sein Ziel erreicht. Nun würde ein neues Leben in Deeptown Einzug halten. Aller Physiologie und Werkstofflehre zum Trotz ...
Ich ziehe das Bein ganz leicht an. Bestens. Sogar meinen Körper kann ich wieder spüren.
»Sehr schön«, bringt der Dark Diver heraus. »Ihr habt fair gespielt. Und das werde ich auch tun. Lebt wohl, meine Herren. Ich wünsche euch, dass ihr auch in Zukunft derart ungewöhnliche Passwörter findet.«
Er verändert sich noch einmal und steht nun wieder als Pat vor uns. Wahrscheinlich muss er das tun, um Dschingis' Wohnung verlassen zu können.
Übertrieben kindlich, ja, geradezu hüpfend, geht der falsche Pat zum Ausgang der Bibliothek. Und bleibt wie angewurzelt stehen.

Ich hebe den Kopf.

In der Tür steht der andere Pat. Im Sensoranzug, nicht in der Uniform aus dem Labyrinth. Und mit einer kurzläufigen Waffe in der Hand.

»So einen Ausdruck hat Bastard in meiner Anwesenheit noch nie gebraucht«, erklärt dieser Pat. »Selbst wenn er betrunken war, nicht. Deshalb war mir sofort klar, dass er sein Passwort nur ausgespuckt hat, weil ihm jemand eine Pistole an die Kehle gesetzt hat.«

101

Obwohl der Dark Diver mir den Rücken zugekehrt hat, bin ich mir nicht sicher, ob er mich nicht doch im Auge behält. Dazu imstande wäre er sicher – nehme ich jedenfalls an.

Trotzdem darf ich nicht länger auf dem Boden liegen bleiben.

Langsam und unbeholfen stemme ich mich hoch. Meine Arme und Beine sind nicht länger aus Holz, sie sind jetzt aus Watte.

Dschingis bewegt ebenfalls den Kopf. Er verzieht das Gesicht, als verursache ihm das entsetzliche Schmerzen oder als müsse er sich unglaublich anstrengen, aber dennoch dreht er den Kopf.

Was geht gerade mit unseren Körpern vor? Ob die Muskeln leicht zucken? Ob die Finger ungeschickt über die Tastatur wandern? Ich muss aus der *Tiefe* raus ... muss ... raus ...

Aber ich schaffe es nicht. Der Dark Diver hat mir auch diese – meine letzte – Fähigkeit genommen.

Tatsächlich nur mir?

Und tatsächlich nur diese Fähigkeit?

Die Frage drängt sich auf: Wer ist denn schuld daran, dass wir Diver vor zwei Jahren unsere Kraft verloren haben?

Tiefe, Tiefe ... gib mich frei ...

Es kommt mir vor, als renne ich gegen eine unsichtbare Gummiwand. Oder als wollte ich mich von einer straff gespannten Leine losreißen.

»Lass ihn gehen, Pat!«, befiehlt Dschingis.

»Ja«, schreie ich fast. »Mit dem kannst du dich nicht messen, Pat! Niemand von uns kann das! Lass ihn durch!«

Doch Pat hat jetzt nur noch Augen und Ohren für den Feind, der vor ihm steht, der seine Freunde beleidigt hat, der seine Kiste vernichtet hat und der sich als eine Freundin ausgegeben hat. Denn Pat glaubt ja immer noch, Nike wäre der Dark Diver!

Vor ihm steht derjenige, der in sein Haus eingebrochen ist, der ihn beklaut hat, der Bastard gezwungen hat, nicht nur das vulgäre, zynische Monster zu mimen, sondern tatsächlich dazu zu werden, und sei es nur für einen Augenblick. Vor ihm steht derjenige, der schon einen anderen Jungen auf dem Gewissen hat, den Pat zwar nicht kannte, der aber ein Freund von Bastard und mir war.

Pat würde den Dark Diver nicht gehen lassen.

»Du brauchst hier nicht den Helden zu spielen, mein Junge«, erklärt der Dark Diver ruhig. »Deinen Freunden ist nichts passiert. Die Dateien gehören mir, und zwar ohne Wenn und Aber, also kann ich sie auch mitnehmen. Und jetzt runter mit der Waffe!«

»Ich schieße, und dann ist deine Kiste im Arsch! Und die Dateien bleiben hier! Kapiert?!«

Du hättest längst schießen müssen, du kleiner Dummkopf. Aber du musst erst deine Wut sammeln. Sammeln und ausleben. Dabei kann der Dark Diver jeden Moment zuschlagen. Und er ist viel schneller als du, denn er besitzt noch all die Fähigkeiten, die wir Diver verloren haben. Wenn er nicht gleich schießt, heißt das nicht, dass seine Entscheidung nicht feststeht. Das tut sie. Nur hat er noch Reste eines Gewissens, und deshalb will er selbst mit der Lähmungsmunition nicht auf dich feuern.

»Lass mich durch, mein Junge«, insistiert der Dark Diver. »Ich will dir nicht wehtun, denn ich mag dich. Und deine Freunde haben mir die Dateien ja freiwillig gegeben, frag sie ruhig.«

»Pat, das stimmt!«, schreit Bastard. Auch er zuckt und versucht aufzustehen. »Soll er abziehen!«

»Lass ihn gehen!«, brüllt Dschingis mit einer Stimme, die sogar den Dark Diver zusammenfahren lässt.

»Pat, verlier jetzt nicht die Nerven, es ist alles okay!«, versichere ich. Ruhig und überzeugend. Um einen Kontrast zu den anderen zu bilden. Um die Spannung aus der Luft zu nehmen. »Wir erklären dir nachher alles! Jetzt lass ihn ruhig gehen!«

Es ist ein kurzer Moment, der Bruchteil einer Sekunde nur, als Pat bereits die Waffe senkt, und der Dark Diver einen Schritt nach vorn macht.

»Du hast gesagt, dass du eine Freundin bist!«, explodiert Pat da.

Das ist es also, was er nie verzeihen wird.

»Nike ist nicht der Dark Diver!«, schreie ich. Doch da ist es schon zu spät.

Pat feuert.

So was habe ich noch nie gesehen. Aus dem Lauf schießt eine orangefarbene Flamme, die den Dark Diver einhüllt und lichterloh brennen lässt.

»Du hattest mal einen Rechner!«, trumpft Pat auf.

Doch da erlischt das Feuer, schrumpft in sich zusammen, als habe es sich selbst verschmaust.

Und der falsche Pat ändert erneut sein Aussehen. Er wächst, verwandelt sich in einen gelenkigen, hochaufgeschossenen und von hinten nicht zu erkennenden Mann, der mir trotzdem vage bekannt vorkommt.

»Du solltest wissen, dass ich im Moment nicht über einen konkreten Computer laufe, du kleine Rotznase«, teilt ihm der Dark Diver mit.

Dann schießt er. Die Pistole, die bis eben noch im Halfter gesteckt hat, liegt nun in seiner Hand.

Das hättest du besser nicht getan!

Ich stehe auf und mache einen Schritt – ich bin schon fast wieder fähig zu gehen.

Aber ... was ist das?

Pat geht nicht zu Boden wie ein gefällter Baum, sondern steht nach wie vor auf beiden Beinen.

Hat der Dark Diver etwa sein Können verloren?

»Scheiße!« Derjenige, den ich nur von hinten sehe, senkt die Waffe. »Was ...?«

Auf Pats Gesicht zeichnet sich ein Grinsen ab. Ganz kurz nur, und vermischt sich dann mit Verwirrung und Angst. Dann lässt er seine Waffe fallen und greift sich mit beiden Händen an die Brust.

Ans Herz.

Tiefe, Tiefe ...

Die unsichtbare Leine knirscht, reißt aber nicht. Ein straffes Gummiband legt sich mir übers Gesicht.

Der Dark Diver springt an Pat vorbei und stürzt in den Flur.

»Pat!«, schreie ich.

»Mein Herz schlägt nicht mehr!«, spricht Pat erstaunt das aus, was ich bereits begriffen habe.

Ich kann ihn gerade noch auffangen, als er wegsackt, und ihn auf den Boden betten. Nur bringt das rein gar nichts. Ihn kann jetzt nur eine Herzmassage retten, eine starke, professionelle, unbarmherzige, die ihm ein paar blaue Flecken und gebrochene Rippen einträgt. Damit das Blut ja weiter durch den kleinen Körper fließt und sein dummes Gehirn versorgt ...

»Pat!« Dschingis springt hoch, schmeißt dabei den schweren Sessel um und kommt auf allen vieren zu uns gekrabbelt. »Pat!«

Im Gegensatz zu mir versteht er was von einer Herzmassage. Seine Hände legen sich auf die Brust des Jungen, pressen auf ihn ein und tun alles, um ihn wiederzubeleben.

Nur wird das nicht klappen! Nicht in der *Tiefe*! Nicht wenn Pat einen teuren VR-Anzug trägt, der jeden kräftigen Stoß in eine zarte Berührung verwandelt!

Nein, Dschingis muss das in der Realität machen, in der realen Wohnung, wo Pat jetzt vom Stuhl rutscht, sich über die Brust kratzt, als wolle er zu seinem nicht mehr schlagenden Herzen vordringen.

»Dsching, sterbe ich jetzt?«, flüstert Pat tonlos.

Aus den Augenwinkeln heraus beobachte ich, wie Bastard aufsteht und wie ein betrunkener Zombie auf uns zutorkelt.

Tiefe, Tiefe …

Die unsichtbare Kette gibt einen weiteren Laut von sich. Doch auch diesmal scheitere ich. Die *Tiefe* gibt mich nicht frei!

Andererseits würde ich Pat selbst dann nicht retten können, wenn ich aus der *Tiefe* herauskäme. Ich bin ja bei mir zu Hause, ich bin viel zu weit weg. Nur Dschingis könnte dem Jungen helfen.

»Tritt aus!«, schreie ich Dschingis zu, der Pat unverändert in der *Tiefe* eine Herzmassage verabreicht. »Tritt aus, du Idiot! Wo steht dein Rechner?«

Dschingis sieht mit irrem Blick zur Decke. Mist, das ist zu weit weg. Mit unseren halbtoten Körpern kommen wir nicht durch diese endlose virtuelle Wohnung. Selbst wenn Dschingis in der Realität nur wenige Meter von Pat getrennt wäre, vielleicht im Zimmer nebenan säße – hier, in der *Tiefe*, ist dieser Weg für ihn zu lang.

»Dann geh ohne Rechner raus!«, brülle ich. Als ob ich vergessen hätte, wen ich vor mir habe. Als ob ein normaler Mensch dazu imstande wäre. Als ob jemand, der kein Diver ist, diesen regenbogenfarbenen Wirbel zerreißen und sich den Helm abnehmen kann. »Tritt aus, du Blödmann! Du schaffst das! Das ist alles bloß Illusion! Betrug!«

Tiefe, Tiefe ...

Pat sagt bereits nichts mehr. Er starrt nur mit einem Blick, der immer trüber wird, vor sich hin. Vielleicht sieht er aber auch schon gar nichts mehr, vielleicht ist das nur unsere Hoffnung, die sich in der trügerischen *Tiefe* in die Illusion von Leben verwandelt hat.

»Das kann ich nicht!«, schreit Dschingis. »Das schaff ich nicht!«

Die Leine zittert. Die Kette klirrt. Aber ich bleibe in der *Tiefe* eingesperrt.

Tiefe, Tiefe ...

»Doch! Du schaffst das! Du musst das schaffen!«, verlange ich. Dann verpasse ich ihm eine Ohrfeige. Mit voller Kraft. »Du musst! Und weil du es musst, kannst du es auch!«

Du warst nicht immer gut zu mir, Tiefe. *Und auch ich habe dich nicht immer geliebt. So etwas gibt es nur im Märchen. Aber ich glaube daran, dass du nicht nur eine stumpfsinnige, herzlose Linse bist, die über unsere auf einem Glasträger befestigten Seelen gestülpt wurde. Nein, du bist mehr. Du bestehst aus jedem Einzelnen von uns. Wir alle haben für dich gelitten. Wir haben dir alles gegeben, was wir hatten. Das Gute und das Böse, den Hass und die Liebe. Deshalb muss in dir etwas Neues entstanden sein. Und ich glaube nicht, ich will einfach nicht glauben, dass dieses Neue grausam und unbarmherzig ist.*

Ich bitte nicht für mich. Und auch nicht für Dschingis oder Bastard. Noch nicht einmal für Pat. Ich bitte für uns alle. Für alle, die in die Tiefe *gehen, die jetzt in ihr sind oder sie eines Tages besuchen werden.*

Denn sollte Pat sterben, dann würdest du eine andere werden, *Tiefe.*

Unwiderruflich.

Der Dark Diver kann seine heißbegehrten Daten ruhig bekommen – deshalb ist unser Spiel nicht aus. Doch wenn dieser

Junge stirbt – der kein überragender Hacker ist, der Pavian mit einem W schreibt und der nach Ansicht des Dark Divers das ewige Leben in der virtuellen Welt nicht verdient hat – dann ist unser Spiel aus.

Dann haben wir alle verloren.

Sogar du, *Tiefe* ...

Ich sehe Dschingis in die Augen – und entdecke seine Angst, seine Verzweiflung, beobachte, wie er an der unsichtbaren Hürde scheitert.

Tiefe, Tiefe ...

Und da geschieht etwas.

Es ist, als würde sich zwischen Dschingis und mir ein Faden spannen.

Und ich meine, in seinen Augen Splitter des blauen Eises, Blütenblätter der purpurnen Feuerblume tanzen zu sehen.

Während er in einen bodenlosen Abgrund zu springen scheint.

»Oh!«, stößt Bastard aus, als der Körper von Dschingis trübe wird, seine Farbe verliert und sich in Luft auflöst. »Was ist das?«

»Die Herzmassage!«, schreie ich. »Verabreiche Pat eine Herzmassage!«

Natürlich konnten wir uns das sparen: leichte Schläge auf die Magnetbänder im VR-Anzug, die Illusion eines Schlages, die Illusion einer Berührung – all das wird Pat nicht retten. Doch Bastard soll ruhig etwas unternehmen, während sich Dschingis irgendwo in der realen Welt den Helm vom Kopf reißt, sich aus den verhedderten Kabeln befreit und aus dem Zimmer stürzt.

Ja, Bastard soll ruhig etwas unternehmen ...

»Ich bringe dieses Schwein um!«, brüllt Bastard, während er ungeschickt auf Pats Brust drückt. »Das schwöre ich! Ich bringe ihn um! Den verquirle ich zu Scheiße!«

»Der gehört mir!«, stelle ich klar und springe auf.

Ich habe die Gewalt über meinen Körper zurück, er fügt sich wieder meinen Befehlen.

Vielleicht hat die Wirkung des Schusses nachgelassen. Vielleicht hat die graue Spirale aufgehört, uns auszusaugen.

Vielleicht musst du manchmal aber auch alles, was du hast, geben, um etwas zu bekommen.

Die Antwort auf diese Frage interessiert mich nicht.

Selbst wenn ich jetzt aufhöre, ein Diver zu sein. Für immer.

Ich renne aus der Bibliothek.

Der Dark Diver gehört mir.

Ich versuche nicht, die Tür zu öffnen. Ich schlage auf sie ein – die Holzverkleidung birst wie Papier, der Stahl wölbt sich wie Karton – und springe durch die Tür hindurch.

Ich kann verzeihen.

Viel.

Ich kann glauben.

Fast alles.

Ich glaube, dass der Dark Diver Romka nicht ans Messer liefern wollte. Das hätte mir auch passieren können. Auch ich hätte Romka an den erfahrenen Hacker empfehlen können, damit er etwas lernt und Erfahrungen sammelt.

Ich glaube sogar, dass der Dark Diver nicht geahnt hat, mit welcher Waffe er da geschossen hat. Dass er sich sicher war, Pat nur zu lähmen.

Aber eins verzeihe ich nicht. Diese feige Schnelligkeit, die der Dark Diver bei seiner Flucht an den Tag gelegt hat. Als er begriff, was er angerichtet hatte …

Er gehört mir.

Dort, in Dschingis' Wohnung, konnte ich nichts mehr ausrichten. Ich habe weder die Kräfte noch das Wissen, um den Folgen dieses Schusses etwas entgegenzusetzen. Aber ich bin stark genug, um neue Schüsse zu verhindern.

Ich rase Hals über Kopf aus dem Haus. Sicher, ich könnte die Security-Typen fragen. Oder auch Fußgänger. Ich könnte ein Taxi anhalten.

Doch ich spüre den Dark Diver so klar, wie er mich umgekehrt wohl auch.

Die Passanten weichen mir aus, als ich die Straße hinunterhetze.

Vika, verzeih mir, ich habe dir versprochen, kein Risiko einzugehen. Aber die Fähigkeit, die *Tiefe* zu verlassen, ist mir genommen worden …

Vika, ich habe dir gesagt, ich würde versuchen, einen Kompromiss zu finden. Offenbar habe ich dich da angelogen.

Denn ich suche keinen Kompromiss mehr.

Nach links!

Der Dark Diver rennt ebenfalls. Mit dem schweren Datenpaket in der Hand rast er durch die Straße, macht nicht die geringsten Anstalten, zum Himmel aufzusteigen oder durch Mauern zu gehen.

Als ob er nur ein ganz normaler User wäre.

Dem es gerade nicht sonderlich gutgeht.

Noch mal nach links!

Inzwischen sehe ich den Dark Diver bereits. Mich trennen höchstens noch hundert Meter von ihm. Bei seinem Anblick ziehe ich die Waffe des Revolvermanns und wundere mich sogar noch über mich selbst: Ich will nicht seine Kiste vernichten – ich will ihn töten.

Als der Dark Diver sich nun zu mir zurückdreht und mich kurz ansieht, messen wir einander mit Blicken.

Dann verschwindet er.

Löst sich in Luft auf.

Niemand achtet darauf. Jeder hält es für einen Standardaustritt aus der *Tiefe*. Die Wahrheit kennt nur er. Und ich.

»Du entkommst mir nicht«, raune ich.

Vielleicht hört er mich ja. Wenn nicht, wird er es womöglich hören, sobald er wieder einen virtuellen Körper annimmt.

»Du musst mich schon umbringen, um mir zu entkommen, hörst du?«, schreie ich. Die Leute weichen mir aus und sehen mich an, als ob ich verrückt wäre. »Aber das traust du dich nicht, oder?«

Tiefe, Tiefe ... ich bin nicht dein.

Die Displays des Helms. Eine gezeichnete Straße.

Ich nahm den Helm ab und rang gierig nach Atem.

Die Uhr zeigte halb elf. Vika war noch nicht wieder zu Hause. Also konnte ich sie nicht einmal um Rat fragen.

Aber worauf kam es mir im Moment denn an? Auf ihren Rat? Oder auf Klarheit?

Inzwischen war eine Viertelstunde seit dem Schuss vergangen.

Ich griff nach dem Telefon und rief Dschingis auf dem Handy an. Ich hatte Angst, fürchtete, er wäre zu spät gekommen und hätte es nicht geschafft ...

»Ja!«

Als ich Bastards Stimme höre, wunderte ich mich nicht einmal darüber, ihn am Apparat zu haben.

»Wie sieht's aus?«

»Er lebt«, teilte mir Bastard kurz angebunden mit. Ich spürte, wie mir ein Stein vom Herzen fiel.

»Ist alles in Ordnung?«

»Was heißt hier in Ordnung?! Pat wiederholt ständig meinen Code. Dschingis hat ihm schon gesagt, er würde ihn beim nächsten Mal nicht retten. Trotzdem wiederholt er immer wieder diese Worte.«

»Das ist doch ein gutes Zeichen«, entgegnete ich. »Es bedeutet, dass er nicht unter einer Amnesie leidet. Und dass sein Gehirn keinen Schaden davongetragen hat.«

»Welches Hirn soll bei ihm denn einen Schaden davontragen?«, fragt Bastard absichtlich laut zurück. Ich vernahm eine zarte empörte Stimme. Dann hörte ich etwas rascheln, als ob Bastard sich von den anderen entfernen würde. »Erklär mir mal lieber, was Dschingis da angestellt hat«, verlangt er nun mit gedämpfter Stimme.

»Er ist zu einem Diver geworden.«

»Und wie hat er das gemacht?«

»Danke deinem Schöpfer, dass er dir das nicht abverlangt hat, Bastard! Und jetzt ruf lieber den Notarzt! Jemand soll sich Pat besser mal ansehen.«

»Das haben wir längst getan. Hast du den Arsch erwischt?«

»Noch nicht. Aber er entkommt mir nicht. Jetzt nicht mehr.«

»Leonid ...« Bastard stieß einen Seufzer aus. »Lass es gut sein. Sonst gibt's noch ein Unglück. Und darauf können wir ja wohl verzichten. Schließlich sind wir alle am Leben. Und das soll doch auch so bleiben, oder?«

»Keine Sorge, Bastard. Es kommt sowieso ... wie es kommen muss.«

»Leonid!«

»Ich mache keinen Unsinn, glaub mir! Trink ein Bier. Und gib Dschingis einen Kognak. Grüß Pat von mir ... und bitte ihn um Verzeihung.«

»Wofür?«

»Einfach so. Tschüs, Bastard.«

Ich beendete das Gespräch und setzte den Helm wieder auf.

Deep.

Enter.

Ich nehme den Regenbogen des Deep-Programms nicht mal wahr. Ich mache lediglich einen Schritt – der mich von der realen Welt in die *Tiefe* bringt.

Vor mir stehen zwei junge Frauen.

»Der tut nur so!«, sagt die eine von ihnen.

»Eben nicht! Der ist längst abgehauen. Und das ist bloß eine Attrappe!« Die andere streckt die Hand aus und schnippt leicht gegen mein Gesicht.

»Schnapp!«, sage ich und klappere mit den Zähnen.

Die Frauen kreischen amüsiert auf.

»Du hast verloren!«, ruft die erste. »Du hast verloren!«

»Wer wagt es, meine Ruhe zu stören?«, frage ich mit Grabesstimme. Die beiden Frauen interessieren sich jedoch nicht für den Revolvermann als solchen, sondern debattieren eifrig über ihre Wette.

»Tschüs!«, bringen sie wie aus einem Munde heraus, ehe sie kichernd die Straße hinunterlaufen.

Wie einfach für sie alles ist! Und genau so muss man in der *Tiefe* leben.

Ich trete an eine Hauswand und lehne mich gegen sie. Ich würde jetzt gern eine rauchen. Schade, dass der Revolvermann Nichtraucher ist.

»Hast du eine Zigarette für mich?«, haue ich einen Mann an, der an mir vorbeigeht. Der nickt und hält mir ohne zu zögern ein Päckchen und ein Feuerzeug hin. Ich zünde mir eine an.

»Warum flattern dir die Hände so?«, fragt er mich. »Hast du dir einen angetrunken?«

»Nein. Ich habe ein Gespenst gesehen.«

»So was kommt öfter vor«, erwidert der Mann. »Du musst ihm das Kreuzzeichen machen und es mit Weihwasser besprengen.«

»Ich werd's mir merken«, verspreche ich.

Mir ist wirklich nicht gut. Ich sehe mich nach allen Seiten um. In Deeptown gibt es an jeder Ecke Kneipen und Lokale.

Tatsächlich entdecke ich erst eine Pizzeria, dann ein Restaurant, das *Traktir*.

Frönen wir dem Patriotismus!

Ich betrete das *Traktir* und sehe mich um. Die Einrichtung ist ganz okay. Ich setze mich an einen freien Tisch. Eine Holzbank steht an der Wand, davor ein derart abgeschabter Holztisch, dass er weiß wirkt. Ein brennender Holzplan spendet Licht. Auf einem Karren voller Heu finden sich Kübel und Eimer mit Salat. Alles im Stil *à la russe*. Es soll den Ausländern ja gefallen.

Ein Kellner in einem knallroten – wie sollte es anders sein? – Hemd kommt herbeigeeilt.

»Ein Glas Kognak«, bestelle ich.

»Wir haben hervorragenden Wodka«, informiert mich der Kellner. »Echt russischen.«

»Hör mal, Freundchen, ich bin Russe. Und ich habe einen verdammt schweren Tag hinter mir. Trotzdem will ich jetzt keinen Wodka trinken. Hast du das verstanden?«

Obwohl er nickt, stelle ich noch mal klar: »Du bringst mir also ein Glas Kognak aus dieser schönen Flasche mit der Aufschrift Kutusow. Und ein Kaviarschnittchen. Das ist alles.«

»Kommt sofort.«

Als er meine Bestellung bringt, zahle ich gleich und trinke in einem Zug das halbe Glas.

Ein wunderbarer Kognak.

In der realen Welt habe ich ihn erst einmal getrunken. Und auch das nur, um mich später an den Geschmack zu erinnern.

Gut.

Die Anspannung weicht allmählich von mir. Ganz langsam. Doch ich spüre genau, wie der heutige Abend, mein Körper, der zu Holz geworden ist, die weit aufgerissenen Augen Pats und Dschingis, der die Hürde zwischen *Tiefe* und realer Welt überwunden hat, in den Hintergrund treten.

Sie verschwinden nicht auf Nimmerwiedersehen, natürlich nicht, aber doch vorübergehend.

Damit ich all das überstehen kann.

Am Nachbartisch sitzt eine fröhliche Gesellschaft.

»Komm schon, Rain, trag uns ein Gedicht vor«, bittet jemand eine attraktive junge Frau.

Und die hat nicht die Absicht, sich lange zu zieren. Sie legt stolz den Kopf in den Nacken und lächelt, als wolle sie die Albernheit dieser Pose noch unterstreichen.

Trotzdem verstummen alle.

Mit silbriger Hand übers Glas gestrichen,
Und die Scheibe ist dem Spiegel gewichen.
Die Kunst ihn dir vor die Nase hält.
Damit in ihm dein Blick auf dich selber fällt.

Sie trägt das Gedicht sehr unprätentiös vor. Irgendwie albern, etwas unbeholfen und als nehme sie die Situation nicht ganz ernst.

Wir alle halten nur zu gern den Spiegel hoch ...
Illusion verbirgt des Bösen Schatten noch.
Der Doppelgänger sich mit einem Lächeln empfiehlt,
Der Spiegel uns allen die Seelen stiehlt.

Wie leicht du dich an seinem Rand doch schneidest,
Wie stark auch der Schmerz, an dem du leidest –
»Zerbrich mich nicht!«, der Spiegel fleht,
Und all die Liebe wird von Kälte verweht.

Eine grausame Welt, in Spiegeln gefangen,
Die erpicht darauf, die Freiheit zu erlangen.
Doch was, sollte je ihr das glücken?
Doch was, sollten die Spiegel uns unterdrücken?

Und wenn uns eines Tages werden beschert
Zahllose Seelen, von Spiegeln verzerrt?
Wenn ein gläsernes Klirren die Welt erschüttert –
Und unklar, für wen das Orchester schmettert.

Die Frau verstummt. Sie lächelt schüchtern, bricht dann jedoch in schallendes Gelächter aus und greift nach ihrem Weinglas. Trotzdem bleibt an dem Tisch für ein paar Sekunden noch alles still.

Auch ich sage kein Wort. Aus irgendeinem Grund fällt mir Byrd aus dem *Toten Hacker* ein.

Er hat sich den Tempel nur ausgedacht, daran kann es nicht den geringsten Zweifel geben.

Wie kann eine Fantasie Realität werden? Warum hat der Hacker den Diver-in-der-*Tiefe*-Tempel beschrieben, den er nie im Leben gesehen hat – und auch gar nicht hätte sehen können? Warum trägt diese Frau ein Gedicht über etwas vor, von dem sie noch nicht einmal etwas ahnt?

Was haben wir angerichtet, als wir in die *Tiefe* gegangen sind?

Ich stiere auf den Kognak, der die Farbe dunklen Bernsteins hat. Auch das ist eine *Tiefe*. Und viele haben sie genau in ihm gesucht.

Viele haben sie sogar gefunden.

Ohne sich auch nur anzustrengen ...

Ich werfe einen kurzen Blick auf die Frau, und ein Teil von mir löst sich aus meinem Körper.

Wandert zu einem Server, weiter zum nächsten. Zum Eingangsgate und dem Provider. Bis zur Vermittlungsstelle der Telefongesellschaft.

Eigentlich heißt sie Lena. Sie ist aus Piter. Nein, aus Kronstadt, um genau zu sein.

Ihr Rechner ist nicht sehr schnell, ihr Schutz der übliche. Er stellt kein Problem für mich dar. Sie geht nicht in die *Tiefe*, um zu kämpfen. Und auch nicht, um zu retten.

Gott sei Dank gibt es auch noch Menschen, die auf all das verzichten können.

Die an unserer Stelle Worte sagen, die wir nicht mehr herausbringen.

Die lachen, wenn wir es längst verlernt haben, auch nur zu lächeln.

»Komm raus!«, verlange ich, den Blick auf eine Stelle mir gegenüber gerichtet. »Du kannst dich nicht ewig verstecken, das weißt du genau. Doch selbst wenn du das versuchst, hole ich dich am Ende aus deinem Versteck.«

Die Luft vor mir wird dunkel und verdichtet sich.

Während ich beobachte, wie der Dark Diver Form annimmt, trinke ich meinen Kognak aus.

Letzten Endes finde ich meine *Tiefe* doch nicht in diesem Getränk.

110

»Im Gegensatz zu dir«, erklärt mir der Dark Diver ohne Umschweife, »kann ich mich ewig verstecken.«

Lächelnd sehe ich ihn an.

Der Teufel fürchtet ein Lächeln mehr als das Kreuz und Weihwasser. Jede niederträchtige Tat wird mit ernster Miene vollbracht. Alles Übel rührt nur daher, dass jemand Angst vor einem Lächeln hat. Und es spielt keine Rolle, ob er sein eigenes Lächeln fürchtet oder das eines anderen.

»Es stimmt, ich werde schwächer«, räumt der Dark Diver ein. »Ich verliere einen Teil meiner Kraft, während du einen Teil deiner früheren Kräfte zurückgewinnst. Aber auch das ändert im Grunde genommen gar nichts.«

»Pat lebt«, sage ich.

»Ich weiß.«

»Natürlich. Sonst wärst du wohl nicht hier erschienen.«

»Jetzt hör mir mal gut zu, Leonid!« Er fährt mit der Hand über den Tisch und zieht erst ein Glas, dann eine volle Flasche Kognak aus der Luft.

»Tut mir leid«, spricht ihn ein Kellner an, der prompt zu uns geeilt kommt, »aber es ist verboten, eigene Getränke ...«

Da fängt er den Blick des Dark Divers auf, verstummt und zieht ab.

»Leonid, woher hätte ich wissen sollen, dass die nächste Patrone tödlich ist?«

»Deswegen.« Ich hole die Pistole hervor, die mir Dibenko gegeben hat, entnehme ihr das Magazin und lasse die Patronen herausfallen.

»Eins, zwei, drei, vier ... sechs fehlen. Oder nicht?«

Der Dark Diver sieht mir in die Augen.

»Die erste Kugel hast du auf mich abgefeuert. Aber daneben. Mit der zweiten habe ich auf den Polizisten geschossen. Dann hast du noch drei Kugeln an mich, Dschingis und Bastard verschwendet. Die sechste war tödlich. Damit hast du auf Pat geschossen.«

»Ich habe nicht mehr an den Schuss gedacht, den du abgegeben hast.«

»Wundert mich gar nicht. Du hast dich fröhlich im Netz aufgelöst und nicht einen Gedanken daran verschwendet, was wohl in dieser Zeit geschehen ist.«

Der Dark Diver gießt Kognak ein, erst sich, dann mir. »Willst du?«, fragt er. »Er ist auch bestimmt nicht vergiftet.«

Ich hülle mich in Schweigen.

»Leonid ... jetzt komm schon!«, dringt der Dark Diver in mich. »Ich hätte nie mit einer tödlichen Kugel auf euch geschossen. Niemals! Du musst doch wissen, dass ich Dschingis mag, Bastard interessant finde und Pat gut leiden kann. Und dass ich nie im Leben auf dich geschossen hätte.«

»Wenn ich sterbe, bedeutet es schon längst nicht mehr dein Ende.«

»Das stimmt. Vor etwas über einem Jahr war das noch anders. Aber seitdem bin ich eine eigenständige Persönlichkeit.«

Ich sehe dem Dark Diver ins Gesicht – in mein Gesicht – und lächle.

»Das Problem liegt einfach darin, dass wir die Welt mit jeweils anderen Augen sehen«, fährt der Dark Diver fort. »Ich betrachte sie aus der *Tiefe* heraus. Du von draußen. Denn für dich existiert noch eine reale Welt. Mit einer Sonne, einem Himmel und Menschen. Ich habe das zwar alles auch, aber eben hier, in der *Tiefe*. In Deeptown.«

»Wie konnte das geschehen?«, will ich wissen.

»Hast du das vergessen?«

»Ja.«

»Der Loser hat dir einen Teil seiner Kraft gegeben, Leonid. Erinnerst du dich noch, wie du fast untergegangen wärst, als Dibenko versucht hat, dich mit dem zyklischen Deep-Programm auszuschalten? Dieser Falle für Diver.«

»Ja.«

»Da hat dir der Loser einen Teil seiner Kraft gegeben, Ljonka. Eine Schale. Oder einen Panzer. Eben mich. Auf diese Weise konntest du dem endlosen Eintauchen entkommen. Du konntest das Netz lenken. Natürlich nicht direkt ... sondern durch mich. Als das für dich nicht mehr von Bedeutung war, bin ich zu einem Niemand geworden. Ein hirnloser Appendix, der nur deine Befehle auszuführen hat. Ein Programm, das sich im Netz verlor und auf dein Erscheinen warten musste. Ich musste lernen, deine Wünsche zu erahnen, und stets den besten Weg wählen.«

»Du bist zu einer Figur geworden, wie sie Dibenko jetzt mit *Artificial nature* geschaffen hat.«

»Richtig.«

Ich stürze den Kognak hinunter und sehe den Dark Diver an. Der breitet irgendwie schuldbewusst und demütig die Arme aus.

»Du hast freiwillig auf diese Gabe verzichtet, Leonid, vergiss das nicht. Du hast dich für die reale Welt entschieden ... wobei du den Eindruck hattest, eine endgültige Entscheidung zu treffen. Deshalb hast du alle Brücken hinter dir abgebrannt. Du hast auf deine Fähigkeiten als Diver verzichtet. Aber am Ende konntest du dich eben doch nicht ändern, deinen Körper, dein Hirn. Darum hast du das Divertum als Erscheinung ausgelöscht. Du hast das Netz und das Deep-Programm verändert. Danach konnten die Menschen nicht mehr in der *Tiefe* ertrinken, denn der Timer ist jetzt im Deep-Programm selbst eingebaut. Die Diver haben die Löcher in den Codes nicht mehr gesehen – weil du es so wolltest!«

»Das wollte ich ganz bestimmt nicht!«

»Doch. Wenn auch unbewusst natürlich. Aber du hast das Streichholz angestrichen – und ich habe die Brücken verbrannt. Wie du es mir befohlen hast. Doch sobald die elektronische Asche niedergegangen, sobald der Befehl erfüllt war, da habe ich mich im Netz aufgelöst. Und bin eingeschlafen. Ich wäre sogar ... fast gestorben. Aber dann bist du zurückgekehrt.«

Stimmt, ich war zurückgekehrt.

Was hätte ich denn sonst tun sollen? In der realen Welt war ich ein Niemand, ohne Arbeit, ohne Freunde, ohne Interessen. Da hatte ich nichts und niemanden. Außer Vika.

Aber selbst das, so schien es, hatte mir nicht gereicht.

Die Liebe ist ein Feuer. Wenn man sich ganz von der Welt abschottet, allein für sich bleibt, dann merkst du nicht einmal, wie die Flamme den Sauerstoff verbraucht und schließlich erstickt.

»Ja, ich bin zurückgekehrt«, sage ich.

»Und genau da bin ich wieder zum Leben erwacht. Ich bin dir gefolgt. Ich habe deine Worte gehört. Ich habe deine Gesten imitiert. Ich habe gelernt, dein Verhalten zu prognostizieren. Und ich habe mich von deinen Gefühlen ernährt, habe sie aufgegessen. Ich habe mir deinen Zorn einverleibt, deine Tränen geweint und deine Wut ausgelebt.«

»Und was ist mit dem Rest? Mit Liebe, Freude und Güte?«

Der Dark Diver lächelt bitter.

»Davon hast du mir nichts übrig gelassen, Leonid. Das hast du alles für dich selbst beansprucht. Ich mache dir deswegen keinen Vorwurf ... Es wäre absurd, etwas anderes zu erwarten.«

Für Dritte wirken wir vermutlich wie zwei alte Freunde, die sich nach langer Zeit wieder getroffen haben.

Und das Schreckliche daran ist, dass es stimmt.

»Und deshalb bist du ... so geworden?«, frage ich.

»Wahrscheinlich. Aber auch darüber beklage ich mich nicht. Schließlich bin ich weder ein böses Genie noch ein irrer Killer. Ich bin nur härter und ernster als du. Aber ich lebe ... ich bin echt, wenn auch nur hier in Deeptown!«

»Warum hasst du Dibenko so?«

»Ist das wirklich so wichtig? Einigen wir uns doch einfach darauf, dass ich seine neuen Programme brauche. Um Geschwister zu kriegen. Wesen wie mich. Denn wir sind die rechtmäßigen Bewohner der virtuellen Welt. Seine Ureinwohner.«

»Aber all diese Programme stecken doch bereits in dir!«, ereifere ich mich. »Sie machen dich überhaupt aus! Wofür brauchst du da noch Dibenkos Dateien?«

»Kannst du mir etwa sagen, woraus du bestehst, Leonid? Wie deine Leber funktioniert und dein Herz schlägt? Wie die Impulse über die Neuronen springen, wie sich der Darm zusammenzieht, wie die Hormone im Blut ausgeschüttet werden?«

»Was hat all das denn mit dir zu tun?«

»Kannst du deine Niere aus dir herausziehen, sie präparieren, unter dem Mikroskop betrachten und dann wieder in dich hineinstopfen? Ich jedenfalls kann das nicht. Bisher. Deshalb brauchte ich eine Art Quelltext. Und den habe ich jetzt ja auch.«

»Und damit wirst du Wesen wie dich nach Deeptown bringen?«

»Ja.«

»Nein!«

Wir messen einander mit Blicken. Der Blick des Dark Divers – ist der Blick eines Menschen. Die Augen sind der Spiegel der Seele. Und in seinen Augen erkenne ich mich wieder.

Aber es sind falsche Spiegel.

»Du wirst mich nicht aufhalten, Leonid. Niemals. Du bist jetzt wieder ein Diver, gut, das hast du also geschafft, aber ich ... ich bin ein Teil der *Tiefe*. Deshalb bin ich stärker als du.«

»Ich konnte mich nicht ändern. Das hast du eben selbst gesagt. Und das heißt ...«

»Das heißt überhaupt nichts, Leonid. Nichts! Du wolltest unbedingt einen Teil deiner Kräfte zurück, und den hab ich dir gegeben. Ich kann dir auch alles zurückgeben. Bitte, nimm es und herrsche! Vollbringe Wunder! Gehe ohne Rechner in die *Tiefe*, reiße Mauern ein und baue Paläste! Trotzdem bleibe ich stärker als du. Denn inzwischen habe ich viel gelernt.«

»Stimmt«, bestätige ich. »Das glaube ich dir. Nur weiß ich etwas ... von dem du keine Ahnung hast.«

Der Dark Diver dreht sein Glas in den Händen und schüttelt den Kopf. »Du bluffst.«

»Die Welt der Spiegelbilder ist zäh und grausam«, entgegne ich. »Nein, ich bluffe nicht.«

Tiefe, Tiefe, ich bin nicht dein ... Tiefe, Tiefe, gib mich frei ...

Eine Wand. Nicht aus Gummi, sondern aus Stein.

Solange der Dark Diver in meiner Nähe ist, kann ich die *Tiefe* nicht verlassen. Das dürfte kaum ein Zufall sein.

Du gehst durch einen Wald und triffst auf eine hohe Mauer. Was machst du?

»Warum hasst du Dibenko?«

»Warum willst du das unbedingt wissen? Gut, du hast ihm alles verziehen. Sogar dass er versucht hat, dich umzubringen. Aber ich habe ihm nichts verziehen.«

»Darum kann es ja wohl nicht gehen. Schließlich begleichst du längst nicht mehr meine Rechnung – sondern deine eigene. Also, warum?«

»Was spielt das für eine Rolle?«

»Ich will dich verstehen.«

»Verstehen?«, fragt der Dark Diver schmunzelnd. »Oder besiegen?«

»Dibenko hat diese Welt geschaffen. Deine Welt, die einzige, in der du leben kannst. Und selbst sein Angriff auf mich ... ohne diesen Angriff hätte mir der Loser nicht einen Teil seines Panzers überlassen. Er hätte dich nicht an mich abgetreten. Ja, es würde dich überhaupt nicht geben.«

Ich verstumme und sehe den Dark Diver an.

Und begreife alles.

»Habe ich denn darum gebeten, in die Welt gesetzt zu werden?«

Ringsum ist alles still. Sehr still. Ganz langsam zerfließt das *Traktir*. Die Welt hüllt sich in Nebel. In graues Dunkel, die Kehrseite Deeptowns.

Das ist die Welt, in der der Dark Diver eigentlich lebt.

Mein allmächtiges Spiegelbild. Mein lebender Panzer. Der Abdruck meiner Seele, der in einem Moment des Schmerzes und der Angst, der Trauer und Einsamkeit genommen wurde.

Ich habe in der *Tiefe* gute und schlechte Zeiten erlebt. Wenn es mir gutging, habe ich meine Freude aufgesogen, sie bis zur Neige ausgekostet, sie restlos zusammengeklaubt. Wenn es mir schlechtging, habe ich mich davongemacht. Dann habe ich meinen Panzer allein zurückgelassen, Auge in Auge mit meinem Schmerz.

»Habe ich darum gebeten, geschaffen zu werden?«, fragt der Dark Diver.

»Darum kann niemand jemals bitten. Kein einziger Mensch.«

Wir knien im grauen Nebel. Der Nebel ist überall, der Nebel wölkt sich um uns herum, kriecht über unsere Gesichter und erstickt unsere Stimmen. Und nirgends – nirgends gibt es auch nur einen Funken Licht.

»Aber ich bin kein Mensch. Ich bin ein Lebewesen. Ein intelligentes. Aber ich bin kein Mensch. Ich habe kein Deep-Programm, Leonid. Ich sehe Deeptown so, wie es ist. Eine gezeichnete Sonne. Ein gezeichneter Himmel. Gezeichnete Gesichter. Aber ich weiß, dass es noch eine andere Welt gibt.«

»Die ist genauso.«

»Nein. Sie ist anders. Echt. Du kannst Vika küssen – oder ihr an die Kehle gehen. Du kannst mit einem Freund reden – oder streiten. Ihr Menschen seid einander gleich. Ihr lebt unter euresgleichen. Und genau das will ich auch.«

Tiefe, Tiefe, ich bin nicht dein ...

»Was hast du vor, Leonid? Willst du mich töten? Das wird nicht klappen. Dein Hass mag immens sein – aber er verleiht dir nicht die Kraft, mich zu töten.«

»Ich hasse dich nicht.«

»Ach nein?« Der Dark Diver lacht. »Dann sag mir doch: Ich liebe dich! Los, sag es!«

»Du tust mir leid.«

Darauf erwidert er nichts.

»Du tust mir leid, Dark Diver.«

»Ich brauche dein Mitleid nicht.«

»Verzeih mir, dass ich dich allein gelassen habe.«

»Hör auf damit! Das ist nicht nötig!«

»Verzeih mir, dass ich mich von mir selbst abgewandt habe. Ich habe mein Schicksal verraten. Ich habe gedacht, dass alle Probleme auf einen Schlag zu lösen sind, dass sich alles Unglück aus der Welt schaffen lässt. Dass es ein ideales Verhalten gibt und absolute Wahrheiten. Dass eine kleine gemütliche Welt in einer großen ungemütlichen Welt überleben kann. Dass man das Fenster schließen kann und die Stimmen anderer nicht mehr hören muss.«

»Schweig!«

Der Dark Diver schüttelt sich ungeschickt, als sei ihm die gezeichnete Kleidung zu eng. Ich begreife, was er machen will.

Fliehen.

Genau wie ich vor ihm geflohen bin.

»Ich werde dich nicht mehr allein lassen«, versichere ich und berühre seine Schulter.

Tiefe, Tiefe, ich bin nicht dein ...

In seinen Pupillen spiegelt sich ein Regenbogen.

Der graue Nebel zerfällt zu buntem Schnee.

Der Helm ist schwer – zu schwer für meinen gezeichneten Körper.

Ich strecke die Hand aus, fange eine Schneeflocke und betrachte das winzige, schillernde Kristall.

In ihm drehen sich Ziffern, endlose Ziffern, die mir nichts sagen.

In ihm schimmern Gesichter, endlose Gesichter, die ich nie sehen werde.

Ich stehe in einem regenbogenfarbenen Schneegestöber, in einem Sturm, den jemand bunt angemalt hat, mit Farben, die von einer unerschöpflichen Palette stammen.

»Ich werde mich nie wieder von mir abwenden.«

Und der Dark Diver in mir zittert, als die Flocken des bunten Schnees uns durchbohren.

Des echten Schnees in einem echten Deeptown.

Wie einfach das ist: die Welt zu ändern.

Ich stapfe durch den niedergehenden Schnee und halte mein Gesicht dem Wind entgegen. Unter mir zieht sich ein unsichtbarer Faden dahin, der entlang eines Abgrunds gespannt ist.

Will ich das tun? Wirklich? Habe ich das Recht dazu?

Die ewige Frage, auf die es niemals eine Antwort gibt.

Nein, das stimmt nicht, einige haben sie ja gefunden. Diejenigen, die sich fürchten, diesen Schritt zu machen. Diejenigen, die nicht das Risiko eingehen, ihr Gesicht in den Wind zu halten. Diejenigen, die von der Brücke stürzen.

Aber irgendjemand muss doch auch das tun, oder?

Ich strecke die Hand aus, klaube mir ein paar der schweren bunten Flocken, presse sie in der Hand zusammen und forme daraus einen Schneeball.

Einige werden behaupten, ich zerstöre etwas.

Denn der Schnee war bunt – und der Schneeball ist weiß. Aber auch Weiß ist eine Farbe.

Ich hole aus und werfe den Schneeball. Schon in der nächsten Sekunde setzen die Kampfpatronen auf dem Tisch im *Traktir Rost* an. Schon in der nächsten Sekunde wird den Freiwilligen, auf deren Rechnern *Artificial nature* läuft, für einen Moment schwindlig. Schon in der nächsten Sekunde lodert vor mir ein warmes Licht auf.

Ich mache noch einen Schritt. Die Brücke gleitet unter meinen Füßen hinweg.

Ich zerteile den Schneesturm und trete in Dibenkos Büro ein.

Der Raum ist sehr streng gehalten und flößt dir sofort Respekt ein. In der Realität ist sein Büro garantiert ebenso imposant, daran zweifle ich nicht im Geringsten.

Der Schöpfer der *Tiefe*, derjenige, der die künstlichen Intelligenzen geschaffen hat, sitzt vorm Computer und spielt Tetris. Ziemlich schlecht übrigens. Der halbe Bildschirm ist schon voller Steine, die wird er kaum noch wegkriegen können.

»Klicke Pause an«, rate ich ihm.

Dibenko zuckt zusammen und dreht sich um. Die bunten Steinchen prasseln von oben nach unten und fügen sich zu einem bizarren Ornament.

»Leonid?«

Ich weiß, was er fürchtet. Ich weiß, warum seine Finger krampfhaft über die Tastatur fahren, um das Deep-Programm zu starten.

»Ja, ich. Keine Angst! Den Dark Diver gibt es nicht mehr.«

»Wie bist du reingekommen?«, fragt Dibenko, ohne die Finger von der Tastatur zu lösen.

»Ich bin immerhin ein Diver.«

»Dann zeig mir mal das Loch, durch das du geschlüpft bist!«

»Ich habe es bereits gestopft. Du brauchst keine Angst zu haben. Es ist alles vorbei. Der Dark Diver wird dich nicht länger verfolgen. Und er wird auch dein neues Programm nicht verbreiten.«

»Hast du ihn getötet?«

Ich habe nicht das Recht, ihn zu verurteilen. Die Erleichterung in seiner Stimme jedoch wird für immer verhindern, dass wir Freunde werden.

»Ich bin mit ihm fertig geworden«, weiche ich einer Antwort aus. »Du bist ziemlich zugemauert.«

Dibenko sieht mich verständnislos an. Ihm ist schleierhaft, wie ich das Leben und ein Spiel miteinander vergleichen kann.

»Und du bist sicher, Leonid?«

»Ja.«

Dibenko denkt kurz nach. »Gut«, sagt er schließlich. »Ich glaube dir. Wir hatten eine Abmachung unter Gentlemen, und ich werde mein Wort ...«

Er zückt sein Scheckheft, unterschreibt einen Scheck und überlegt.

»Das ist nicht nötig.«

»Ich soll die Summe nicht eintragen? Komm schon, Leonid, so läuft das nur in billigen Actionfilmen.«

»Du kannst den Scheck vergessen. Ich würde ihn sowieso nicht annehmen. Und ich brauche ihn auch nicht. Ich meine, falls es mir in den Sinn kommen sollte, mir dein Geld auszahlen zu lassen. Aber das wird mir wohl nicht in den Sinn kommen.«

»Warum willst du den Scheck nicht?« Dibenko ist aufrichtig erstaunt. »Immerhin habe ich dich um Hilfe gebeten und dir eine Belohnung versprochen.«

»Das war meine persönliche kleine Angelegenheit.«

»Okay.« Dibenko klappt das Scheckheft zu und macht es sich in seinem Sessel bequem. »Dann will ich dir wenigstens meinen Dank aussprechen. Nach Einzelheiten werde ich dich nicht fragen. Bist du gekommen, um mir diese Neuigkeit mitzuteilen?«

»Nicht nur deswegen. Dmitri, was hast du mit *Artificial nature* vor?«

»Du hast dir das Programm also angesehen? Wir werden es noch eine Weile testen. Und etwa in einem halben Jahr wird das Programm dann der Öffentlichkeit vorgestellt und auf den Markt gebracht.«

»Bist du sicher, dass dieser Schritt nötig ist?«

Ich setze mich Dibenko gegenüber an den Tisch und sehe ihn an. »Dmitri, glaubst du wirklich, dass unsere Spiegelbilder besser sein werden als wir? Und dass sie sich freuen werden, in einer gezeichneten Welt zu leben? Wenn sie nicht durch das Deep-Programm aufgepeppt ist? Wenn sie keine Chance haben, ins echte Leben zu wechseln?«

»Es wird von jedem selbst abhängen, wie sein Spiegelbild ist. Und ob sie sich freuen werden, wird sich herausstellen. Jedes Leben ist besser als das Nichts, meinst du nicht auch?«

Der Dark Diver in mir frohlockt, ich schüttle den Kopf. »Dmitri, das ist kein Auftritt vor der Presse. Mich interessiert deine ganz persönliche Meinung.«

»Also, Leonid! ... Ach, zum Teufel mit dir!« Er weicht meinem Blick aus. »Ich weiß es nicht! Auf keine der beiden Fragen kann ich dir eine Antwort geben. Aber irgendjemand sollte sie wohl suchen, diese Antworten, oder?«

»Ja, das sollte jemand tun. Deshalb habe ich mich der Sache angenommen. Und ich kann dir sagen, dass die Antwort auf beide Fragen nein lautet.«

»Leonid, die Zeit, in der ich noch etwas zu entscheiden habe, ist längst vorbei. Endgültig. Die Maschine ist ins Rollen gekommen. Ich kann sie bremsen oder beschleunigen. Aber ich kann sie unter keinen Umständen mehr anhalten. Das Programm kommt auf den Markt. So geht's nun einmal zu im Geschäftsleben. Vor allem, wenn es ums Big Business mit dem großen Geld geht. Kindereien wie der Orden der Allmächtigkeit gehören der Vergangenheit an. Heute sitzen mir meine Geschäftspartner im Nacken, nehmen mir meine Konkurrenten die Luft zum Atmen. Das Geld ist investiert, das Programm fertig. Und deshalb kommt es auch auf den Markt.«

»Verstehe. Aber einen Rat möchte ich dir geben. Versprich den Leuten nicht zu viel.«

»Das verstehe ich nicht.«

»Preise *Artificial nature* als benutzerfreundlichstes Interface für die *Tiefe* an! Als Programm mit KI-Elementen. Als sicheren Schutz gegen eine psychotropische virtuelle Waffe. Von mir aus auch als System zur Prognostizierung! Aber verliere kein Wort darüber, dass dieses Programm imstande ist, eine eigene Intelligenz hervorzubringen. Da würde man dich nur auslachen!«

Er sieht mich schweigend an. Und da füge ich hinzu – wobei meine Bosheit wohl auf das Konto des Dark Divers geht, auf seinen Schmerz und seine Einsamkeit und auf sein Leben im grauen Nebel zurückzuführen ist: »Du und ich, wir sind doch seriöse Menschen. Keine sensationsgeilen Journalisten, keine Schriftsteller, die von Wundern träumen. Beim heutigen Stand der Technik ist eine künstliche Intelligenz einfach nicht denkbar. Irgendwann in der Zukunft mag sich ...«

»Leonid, du hast doch die Berichte gelesen, oder?«

»Ach ja, diese exaltierten jungen Entwickler – was die nicht alles schreiben ...«, halte ich süffisant dagegen. »Wenn es darum geht, Experimente darzustellen und Daten zu interpretieren, dann kennt ihre Fantasie keine Grenzen. Da basteln sie ganz schnell eine künstliche Intelligenz zusammen. Aber die Realität ...«

»Wie hast du das angestellt?«

»Genauso wie vor zwei Jahren, als ich den Timer ins Deep-Programm eingebaut habe.«

Dibenko presst die Lippen aufeinander. Er sieht nicht gerade erstaunt aus. Entweder hatte er sich das zusammengereimt, noch ehe ich die Wahrheit kannte, oder er steckt den Schlag tapfer weg.

»Geht's etwas genauer?«

»Dmitri, du weißt besser als ich, was es heißt, ein Programm zu schreiben. Auch das ist ein schöpferischer Akt irgendwo an der Grenze zwischen Mystik und Zauberei. Du startest es das erste Mal, und es läuft nicht. Du startest es erneut, und es läuft. Dann startest du es ein drittes Mal, und es öffnet sich etwas ganz anderes. Es ist Alchemie. Zauberei. Hast du dir noch nie die Daumen gedrückt – dass das Programm auch funktioniert? Manchmal hilft dergleichen. Frag einen Künstler, wie er auf die richtige Farbe kommt. Frag einen Schriftsteller, wie er die passenden Wörter auswählt. Frag einen Bildhauer, woher er weiß, welche überflüssigen Teile er vom Marmor abschlagen muss.«

»Und du bist sicher, dass du die richtigen überflüssigen Teile abgeschlagen hast?«

»Ich hoffe es.«

Dann stehe ich auf und verbeuge mich.

Und löse mich in bunten Schnee auf.

III

Ich legte den Helm auf den Bildschirm. Wie üblich.
Ich zog den VR-Anzug aus der Schnittstelle. Wie üblich.
Aber den Anzug selbst behielt ich an.
Die Tür zum Schlafzimmer stand offen. Vika saß auf dem Bett und sah mich an.
»Es ist alles in Ordnung«, sagte ich.
»Wirklich alles?«
»Nein, natürlich nicht. Das ist ja nie der Fall. Trotzdem ist so weit alles okay.«
Vika nickte. Ihr Blick war irgendwie sehr merkwürdig. Inquisitorisch.
»Bastard hat angerufen. Er hat uns für morgen zu Dschingis eingeladen. Und er hat gesagt, dass mit Pat alles in Ordnung ist, er musste nicht mal ins Krankenhaus. Was ist da passiert?«
»Jemand hat mit einer Waffe der dritten Generation geschossen. Das war jedoch die letzte Kugel. Die Dinger gibt es inzwischen nicht mehr.«
»So etwas hatte ich schon befürchtet. Aber du konntest Pat retten?«
»Nein, das war Dschingis. Es musste jemand sein, der in der Nähe des Jungen war.«

»Du hast ganz rote Augen, Ljonka. Und du siehst aus ... als ob du alle Dark Diver erschrecken möchtest.«

»Es gab nur einen Dark Diver. Und den gibt es mittlerweile auch nicht mehr.«

»Du hast ihn ...?«

»Nein! Er hat einfach aufgehört, ein Dark Diver zu sein. Mehr steckt nicht dahinter.«

»Wir sollten wohl einmal über verschiedene Dinge miteinander reden, Ljonka. Über etliche, wenn ich es recht bedenke.«

»Stimmt. Aber morgen. Da werde ich erst dir alles erzählen, dann fahren wir zu Dschingis – und dort muss ich auch noch das eine oder andere klarstellen.«

»Ja ... du musst hundemüde sein«, erwiderte Vika. »Komm schlafen.«

»Nein, deshalb müssen wir das Gespräch nicht vertagen. Ich muss noch etwas in der *Tiefe* erledigen. Eine letzte Sache. Dabei habe ich noch immer nicht die leiseste Ahnung, wie ich mich in der Frage verhalten soll. Aber ich muss das allein entscheiden, ich darf nicht mal jemanden um Rat fragen.«

»Bist du sicher, dass die Sache nicht warten kann?«

»Ja, denn ich habe etwas begriffen. Eine schlichte Wahrheit, die mir vorher allerdings nicht klar war. Wenn du schwimmen kannst, dann solltest du nicht am Ufer sitzen.«

»Ist die Zeit der Diver wieder angebrochen?«

»Sie war nie vorbei, Vika. Wir waren nur alle müde. Dennoch hat es die ganze Zeit über Diver gegeben. Genauso wie es sie heute gibt und auch in Zukunft immer geben wird. Solange die *Tiefe* lebt und in ihr diejenigen, die zu ertrinken drohen.«

»Das wird Nedossilow hart treffen ...«

»Er wird's verkraften – und sich eine neue, durch und durch logische Erklärung ausdenken. Davon versteht er etwas.«

Wir sahen uns an und lachten beide.

»Dann ab mit dir«, forderte mich Vika schließlich auf. »Und komm bald wieder. Vergiss nicht, dass ich hier warte.«

»Das vergesse ich nie.«

Der Helm war schwer, aber daran war ich gewohnt.

Das ließ sich nicht vermeiden.

Deep.

Enter.

Die Wände des Hotelzimmers. Proteus und der Biker liegen auf dem Bett, an der Wand hängt das Bild mit der Hütte, gemalt mit groben Pinselstrichen.

Wie sehr mir dieses Hotel zum Hals raushängt.

Es wird Zeit, mir wieder ein Haus zu bauen.

Ich hebe die Körper von Proteus und dem Biker auf, schüttle sie aus und hänge sie in den Schrank.

Dann öffne ich die Tür und verlasse das Zimmer.

Ich blicke stur geradeaus.

Ich könnte durch Deeptown gehen, ohne auf die Mauern der Häuser und die Barrieren der Sicherheitssoftware zu achten, einfach durch sie hindurch. Ich könnte mich zum gezeichneten Himmel aufschwingen, über den weiße Wolken ziehen und an dem die Sonne strahlt. Oder ich könnte mich einfach von Punkt A nach Punkt B beamen.

Derjenige, der vor Kurzem noch der Dark Diver war, lebt jetzt in mir. Und gemeinsam bringen wir einiges zustande.

Trotzdem hebe ich die Hand und halte ein Taxi an.

»Zum Labyrinth des Todes.«

»Auf schnellstem Weg?«, will der rothaarige, sommersprossige Fahrer wissen.

»Nur wenn es sich so ergibt.«

Wir fahren über den Gibson-Prospekt, Richtung amerikanisches Viertel, an der Tjurin-Straße und am Wassiljew-Platz vorbei.

Die Frage bleibt: Wer ist eigentlich dieser Gibson?

Würde ich mich bei der Kraft danach erkundigen, die nun in mir nistet, bekäme ich eine Antwort.

Nur sind sie so langweilig, diese prompten Antworten. Das ist nichts für uns Menschen.

Außerdem brauche ich meine Kraft für etwas anderes.

Während der Fahrt schließe ich die Augen und strecke mich im Netz aus. Gelange zum ersten Server, zum nächsten, schließlich zum dritten. Zu einer Suchmaschine. Eine Frage, eine Antwort. Ein weiterer Server. Das Lokalnetz in einem Krankenhaus im fernen Vancouver. Der Schutz ist solide, kann mich aber nicht aufhalten. Jetzt nicht mehr.

Ich werfe einen Blick auf die Bildschirme und informiere mich über die Computerdaten, schließe mich an die Videokamera unter der Zimmerdecke an und beobachte einen Moment lang den schlafenden Crazy Tosser.

Komm schon, werd wieder gesund!

Auf uns wartet immer Arbeit in der *Tiefe*.

»Das Labyrinth«, teilt mir der Fahrer mit.

Nachdem ich bezahlt habe, nehme ich mit einem Kopfschütteln den Restbetrag auf meinem Konto zur Kenntnis. So oder so, ich muss mit Crazy sprechen, wenn er wieder genesen ist. Ich werde nicht noch einmal Klaviere durch die Gegend schleppen.

Am Eingang zum Labyrinth des Todes ist nicht viel los, nur wenige Gruppen eifrig diskutierender Spieler haben sich heute eingefunden. Obwohl ich das gewusst habe, ist der Anblick ungewohnt.

»Ljonka!« Ein rotblonder Junge kommt auf mich zugerannt und hält mir die Hand hin. »Du hier! Aber stell dir vor, das Labyrinth ist heute geschlossen!«

»Ich weiß. Sie haben Probleme im letzten Level. Das Programm für den Imperator ist ausgefallen.«

»Diese Lamer«, stöhnt Ilja. »Aber wieso müssen die da gleich das ganze Labyrinth schließen? Ich stecke im zwölften Level fest. Weißt du noch, wie man das schafft?«

»Kann mich absolut nicht mehr erinnern«, antworte ich. »Was ist? Hast du dir deine Soundkarte gekauft?«

»Klar! Jetzt solltest du mal meinen Rechner hören! Bum, bum, bum! Yeah!«

Er wiegt den Kopf. Aha. Er lauscht gerade seiner Musik. Seiner sensationellen Musik. Denn in seinem Alter gibt es nun einmal nur hundsmiserable oder eben sensationelle Musik.

»Meinen Glückwunsch«, sage ich. »Hast du eigentlich gewusst, dass Dibenko nicht mal eine Soundkarte hatte? Das ist auch der Grund, warum sich das Deep-Programm ohne Ton startet.«

»Ja. Trotzdem höre ich immer etwas, wenn der bunte Schnee einsetzt. Irgendeine Musik. Allerdings sehr leise. Ich habe gedacht, dass liegt an meiner miesen Soundkarte. Aber mit der neuen ist es genauso!«

»Das liegt ja auch nicht an der Soundkarte. Das liegt an dir.«

Der Junge nickt, hat aber bereits vergessen, was ich ihm gesagt habe. So, wie er vor Energie strotzt, kann er sich nicht lange bei einem Thema aufhalten.

»Du arbeitest jetzt also für diese ... Ex-Diver?«

»Für die Diver.«

»Ich werd mal bei euch vorbeikommen, einverstanden? Und du komm mich mal in der Hacker-Kneipe besuchen, ja? Es gibt aber jetzt ein neues Passwort. Das lautet ... gleich hab ich's ... ach ja, Liebe und Ewigkeit! Kannst du dir das merken? Ich muss weiter ...!«

»Ich werd's versuchen.« Ich bleibe sehr ernst. »Und jetzt lauf los! Wahrscheinlich hast du noch eine Menge vor, oder?«

»Mehr als du dir vorstellen kannst!«, schreit Ilja, als er schon davonrast. »Auf mich warten Millionen von Dingen!«

Ich bleibe lächelnd eine Minute stehen.

Dann dehne ich mich durch den geschlossenen Torbogen hindurch aus.

Denn auch ich habe noch etwas zu erledigen. Eine einzige Sache, die allerdings nicht angenehm ist.

Ein Sumpf, in dem es von Monstern wimmelt.

Berge, von denen Monster herunterklettern.

Ein Himmel, an dem Monster fliegen.

Unterirdische Gewölbe, durch die Monster rasen.

Und eine Stadt, mit Monstern jeder Art.

Der Wolkenkratzer, den wir in die Luft gesprengt haben, ist bereits aufgebaut. Das Dach ist natürlich nicht zu sehen, aber ich weiß, dass sich dort eine Gruppe von Monstern um eine Kanone drängt.

Ich drohe ihnen mit dem Finger und gehe weiter.

Sie schießen nicht auf mich.

Ich betrete den Park vor dem Palast des Imperators und sehe mich um. Da drüben, an der Stelle, haben wir uns versteckt. Wie lange das her ist! Und da ist die Gruppe von Spielern langgezogen, die der mächtige Imperator getötet hat.

Ich brauche jetzt Wut. Wut, Hass und Bosheit. Sonst werde ich das, was ich tun muss, nicht fertigbringen. Es ist eine Sache, einem Panzer, der gerade zum Leben erwacht, die ersten Anzeichen dieses Lebens zu nehmen. Oder einen Punk, der eine Pistole benagt und einen Fußgänger überfahren hat, abzuknallen.

Aber es ist eine ganz andere Sache, jemanden umzubringen, der kein Pendant in der realen Welt hat.

Jemanden, der in einem kalten, leidenschaftslosen Experiment geschaffen wurde. Dem als Erstes die brutalen Regeln des Spiels eingespeist worden sind: zu töten und getötet zu werden.

Ich habe nicht das Recht, ihn am Leben zu lassen.

Ich muss ihn töten.

Sicher, damit tue ich etwas, das sich nicht rückgängig machen lässt. Aber ich muss verhindern, dass dieses Wesen in den Straßen Deeptowns auftaucht. Ich darf nicht zulassen, dass er begreift, wer er ist, alle Barrieren einreißt und sich im Netz ausbreitet. Denn dann würde selbst meine jetzige Kraft nichts mehr gegen ihn ausrichten können.

Ich stehe da und schüre meine Wut. Genau wie Pat vor ein paar Stunden, als er dem Dark Diver gegenüberstand. Ich rufe mir in Erinnerung, wie der Imperator den Spielern über seinem Knie das Rückgrat gebrochen hat, wie er Bastard abgefackelt und Dschingis getötet hat. Diese letzte Figur eines grausamen Spiels darf ihren Weg nicht zu Ende gehen. Denn dann wäre wieder alles wie gehabt. Dann würde mit dem echten Leben auch der echte Tod in Deeptown Einzug halten.

Sobald ich mir sicher bin, dass meine Wut groß genug ist, gehe ich zum Tor des Palasts.

Ihr habt den Gläubigen weisgemacht, dass ihr weder das Böse noch die Gewalt propagiert. Vergiss es doch, Crazy! Das Einzige, was ihr bewiesen habt, ist, dass das Labyrinth ein ausgesprochen profitabler Vergnügungspark ist. Aber was, wenn der Imperator irgendwann aus dem Labyrinth ausbricht und sich an all seinen Mördern rächen will?

Schließlich hat er den ersten Schritt auf dem endlosen Weg der Selbsterkenntnis bereits gemacht. Er hat die entscheidende Frage gestellt. Damit hat er aufgehört, sich allein dem grausamen Programm des Spiels zu unterwerfen.

Und ich muss ihm diesen Weg abschneiden.

Die Gänge sind leer.

Ich nehme den gleichen Weg zum Fahrstuhl wie beim letzten Mal und drücke den verborgenen Knopf. Der Fahrstuhl setzt sich in Bewegung.

Die Entwickler des Labyrinths können mich in diesem Moment weder sehen noch hören. Trotzdem zerstöre ich lieber alle Kontrollkanäle, sodass auf den Monitoren nur noch ein erstarrtes Bild zurückbleibt.

Ich will keine Zuschauer.

Ich tue etwas, das getan werden muss – aber ich will daraus keine Show machen.

Der Thronsaal ist ebenfalls leer. Es gibt auch keine Wache. Sie hatte der Imperator bereits aus freien Stücken aufgestellt, den Vorgaben des Programms zum Trotz. Ich ziehe die Waffe des Revolvermanns. Die werde ich nicht brauchen, denn ich habe vor, den Imperator mit der Kraft des Dark Divers zu töten. Aber ich benötige ein Symbol.

Ich durchquere den Saal und sehe hinter dem silbrigen Metallthron nach.

Dort entdecke ich den Imperator.

Er sitzt gekrümmt da, hat die Knie ans Gesicht gezogen und umfasst sie mit den Händen. Es ist die Pose eines Menschen. Ob sie ihm von Anfang an eingespeist war – diese Pose eines bemitleidenswerten, frierenden Kindes? Diese Möglichkeit, sich hinter dem Thron zu verstecken, nicht auf die nächsten Gruppen von Spielern zu reagieren, auf ihre lauten Schreie, auf ihren hartnäckigen Beschuss, auf ihre Empörung, dass ein derart langweiliges Finale das gesamte aufregende Spiel versaut?

Warum hat nicht eines der drei Teams, das es bis zum hundertsten Level geschafft hat, bevor das Labyrinth geschlossen wurde, auf den Gebrauch der Waffe verzichtet? Warum haben sie ihn so lange und stumpfsinnig beschossen, bis selbst das enorme Lebenspotenzial des Imperators erschöpft war?

Oder ist das nicht die richtige Frage?

Habe ich Angst, die richtige Frage zu stellen?

Der Imperator hebt den Kopf und sieht mich an. Ich warte. Vielleicht erkennt er mich ja. Vielleicht lodert in seinen Augen ja wieder diese blendende Flamme – die mir jedoch nichts mehr anhaben kann.

Sobald das geschieht, werde ich noch einmal alles abschlagen, was überflüssig ist.

Er sieht mich sehr lange an. Mir wird allmählich mulmig.

Denn ich kenne diese Pose. Und ich glaube, ich kenne auch diesen Blick.

»Wer bin ich?«, fragt der Imperator.

Ich setze mich vor ihm hin. Der Dark Diver in mir murmelt etwas von überflüssigen Zeremonien und von der Notwendigkeit, Probleme kurz entschlossen zu lösen.

Aber jetzt habe ich das Recht, seine Stimme einfach zu überhören.

»Warum hast du aufgehört zu töten?«, will ich wissen.

Er schweigt, als ob er nach Worten suchen würde. Sein Wortschatz ist nicht reich, besteht nur aus dem, was er von den kampfestrunkenen Spielern gehört hat, wenn sie sich gestritten haben oder Kommandos brüllten.

»Weil ich nicht will.«

»Und warum willst du es nicht?«

Der Imperator versucht, etwas zu sagen, erstarrt jedoch.

Vielleicht fehlen ihm die Worte, um sein Verhalten zu erklären – schließlich hat er solche Worte noch nie gehört.

Und dann lächelt er. Verlegen, schuldbewusst und scheu.

Was ist geschehen, als er uns nachgestürzt ist? Als er zur Kehrseite Deeptowns, in die graue, verschwommene Welt der

Datenflüsse, gelangt ist? Was hat er da gesehen, gehört und verstanden?

Möglicherweise nicht mehr, als dass die Welt nicht allein aus einer Stadt und einem Park besteht, in dem er töten muss und getötet wird.

Wut und Hass, Aggression und Angst – diese Gefühle stecken in jedem von uns.

Auch sie sind lebenswichtig.

Doch es gibt noch etwas anderes – und wahrscheinlich ist es stärker. Wie sonst könnte ein zum Leben erwachtes Programm die Instinkte überwinden, die ihm eingespeist worden sind? Wie sonst würde es darauf verzichten, einen Schlag mit einem Schlag zu beantworten?

Wie sonst könnte ein Programm fragen: Wer bin ich?

Ich stehe auf und fasse den Imperator beim Arm. Er erhebt sich gehorsam und sieht mich fragend an.

Man darf nichts tun, was sich nicht rückgängig machen lässt. Aber muss sich nicht auch jemand der unwiderruflichen Taten annehmen?

»Pass auf, gleich werde ich dir etwas zeigen«, sage ich. »Du musst nur noch einen Moment Geduld haben!«

Das geht über seine Kräfte. Noch. Doch es fehlt nicht mehr viel, dann wird er allmächtig sein.

Dann wird er vermutlich sogar über die Zeit gebieten.

Ich stupse die Wand des Palastes an, stoße mit der offenen Hand gegen sie, und die Wand fällt in sich zusammen. Hinter ihr liegt nicht der Park des Imperators – hinter ihr liegt Deeptown. Ich mache einen Schritt nach vorn. Der Imperator folgt mir.

Wir stehen auf einem Hügel, die Stadt liegt unter uns. Wie auf dem Präsentierteller. Da drüben, da ist eine Grünanlage, eine von Hunderten in Deeptown.

»Das ist die Welt«, sage ich. »Und die Welt bedeutet Liebe.«

»Das ist die Welt«, wiederholt der Imperator, und in seinen Augen leuchtet ein Licht auf. Ein Licht, wie es noch nie in ihnen gelegen hat. »Und die Welt bedeutet Liebe.«

»Siehst du, wie einfach das ist?«, sage ich, lächle – und mache einen Schritt zur Seite. Der Moment ist gekommen. Alles muss ich ihm nicht sagen. »Viel Glück! Und – lebe!«

»Wer bin ich?«

Diese alles entscheidende Frage lässt ihm keine Ruhe. Wer ist er? Wer bin ich? Habe ich jemanden, den ich danach fragen könnte?

»Ich glaube, ich weiß es, aber du musst die Antwort auf diese Frage selbst finden. Anders geht es nicht!«

Der ehemalige Imperator des Labyrinths nickt und sieht sich unsicher um. Dann macht er seinen ersten Schritt.

»Tschüs!«, sage ich. »Leb wohl! Ich muss weg! Denn ich habe noch jede Menge zu tun. Mehr als du dir vorstellen kannst. Auf mich warten Millionen von Dingen!«